大生意人 ①

赵之羽 著

谨以本书，致敬商业，致敬企业家！

江苏凤凰文艺出版社
JIANGSU PHOENIX LITERATURE AND
ART PUBLISHING

果麦文化 出品

在我看来，做生意就是做人。

说到底，人生也不过就是一场生意。

一时输赢无所谓。只要最后算总账时，通扯起来是赚了。

这笔生意就做得！

——古平原

自序

生意人，苦命人，天命人

我为什么要写《大生意人》？因为它要我写。

这话听起来挺玄，仿佛带着点禅机。但我始终相信，当我在徽、晋等地游历时，是这个故事主动找到了我，也许是冥冥中带着一些过往商人的嘱托，像是订了一份必须完成的契约，有一种力量驱使着我，让我将商人的真相写出来，不仅是为了澄清，更是为了传承。

商人的脸上往往都带着"财大气粗""多财善贾"的金面具，然而面具后面的表情别说写一本书，就是写一个图书馆出来，也未必能写尽。我写这本书，就是要尽力把面具后面那个真实的商人形象写出来。不是写商人的人生得意须尽欢，而是写他们的挣扎失意、惶恐难安、不屈反抗，写他们在世事变革的历史洪流中身不由己的悲凉。纵使做到了沈万山富甲一方、胡雪岩富可敌国，到头来不过换了一抹苦笑而已。这本书从头至尾写的恰恰就是那一抹苦笑，被历史遗忘、被过去掩埋的属于所有商人的那一抹不甘。

古代的生意人，现代的企业家，说来说去，其实都是苦命人。

商人营实业、助流通、纳捐缴税，于国家有绝大贡献。然而自古以来，士农工商、重农抑商，不仅视商人如下贱，更对其所掌握的财富虎视眈眈，如书中所写以巨贿结交权贵的京商，被官府敲骨吸髓的晋商，为国家出头却被朝廷背刺的徽商，林林总总，皆是血泪，历朝历代，莫不如此。

商人创业艰难守业难。我在徽州游历时常听一句民谚"前世不修，生在徽州，十三四岁，往外一丢"，这说的不仅是徽州人年幼离家经商的不幸，更是天下商人艰苦从商的辛酸，但这样的苦楚往往被世人说成是"商人重利轻别离"，一言既出流传千古，谁来为他们辩诬？

更有甚者，商人们一直被贬损丑化，如《杜十娘怒沉百宝箱》中的孙富、《金瓶梅》里的西门庆、《威尼斯商人》里的夏洛克、《欧也妮·葛朗台》中的守财奴，在这些经典故事里，商人的形象无不是世间贪嗔痴欲的集大成者。时至今日，在各类小说、影视作品中，企业家也大都是为富不仁的负面形象，成了供读者观众们切齿唾骂的对象。

商人如此之苦，却从不见诸文字，那些读书人从不肯为商人去写些什么，唯恐铜臭污秽了书香。好在这故事找上了我，让我借主人公古平原来写出商人内心的情怀与信念——古平原从一个读书人到一名商人，化儒为商，以商济世，以做天下人的商人为己任，面对官商勾结、欺压良善，他奋起反抗，以信为本，面对洋商入侵、抢占命脉，他拼死抵挡，聚天下商帮共赴国难。他是徽商，却也是晋商、鲁商、粤商、洞庭商帮、宁绍商人、龙游商会……是千千万万个中国商人的缩影，他身上的勤劳、智慧、坚守、诚信、骨气，才是中国商人的真正本色。

古平原是一位晚清商人，然而他身上的特质却是属于古往今来所有优秀商人的，如果他活在今天，必是一位了不起的企业家。我在书中借徽商耆老胡老太爷的口，说了这样一句话："长江后浪推前浪，如今是你们这一辈儿龙腾虎跃的时候了。"这说的是一代代的中国商人总会有属于自己的使命。如果说古时商帮如徽商、晋商传承的是中国商人的精神，近代商人如张謇、卢作孚、刘鸿生开创的是现代企业的雏形，那么当代中国企业家则是在一个最好的年代遇到了最艰难的重任——不仅要让自己富起来，更要让身边一大批人都过上好日子。不仅要富民，而且要强国。

古代的生意人，现代的企业家，说来说去，其实都是天命人。

天降大任于斯人也，这是新时代赋予企业家的使命。正所谓"享天下之利者，任天下之患；居天下之乐者，同天下之忧。"这句古文在周星驰的电影《功夫》中有着更直白的表述，"能力越大，责任就越大，你避不了的。"这就是书中主人公古平原的"以天下为己任"，也是今日中国企业家的"天下之任"，他们面对的困难不比前辈商人们少，而他们肩上的担子又比这些前辈更重。

企业家中有很多如同古平原一样的优秀人物，他们出身草根，一个铜子掰两半，一个汗珠摔八瓣，为了做好生意吃尽了苦头，最知道钱财的来之不易，但在事业有成之后从不吝于回报社会，无论是推动就业、公益慈善，还是挺立桥头、创新发展，对内不忘扶危济困，彰显企业家的反哺情怀，对外打破国际垄断，展示中国人的刚毅风骨。即使内忧外患再苦再难，也要咬着牙负重前行，外人看到永远只有风光无限，又有几人能知其中艰辛苦难。

有一句话常令我感动落泪："中国人总是被他们之中最勇敢的人保护得很好。"就像古平原面对洋商侵占中国商业命脉，不惜以身家性命来抵挡；就像抗战时期毁家纾难、支援前线的民国商人；就像如今面对国际霸权挺身而出，维护国人尊严，为中国去赢得一个未来的企业家们。这样的家国情怀与担当，这样的企业家精神，才是中国商人代代相承的血脉谱系。

正是因为有了他们，我写的这本书才有了灵魂。

一本书总是有这样那样的遗憾，幸好书本之外还有现实，幸好现实也终将被写进书本。

到那时候，我们再看。

赵之羽

2025 年 3 月 18 日于沈阳

目 录

008　　楔　子　商王
010　　第 一 章　逃生
051　　第 二 章　晋商
091　　第 三 章　京商
125　　第 四 章　走镖
163　　第 五 章　闯关
200　　第 六 章　阴谋
233　　第 七 章　当铺
268　　第 八 章　佛门
305　　第 九 章　杀戮
340　　第 十 章　收购
379　　第十一章　营救
418　　第十二章　贩粮
461　　第十三章　票号
504　　第十四章　做局
540　　尾　声　复仇

楔子
商　王

　　武王伐纣，灭了殷商，商的遗民被赶出自己的土地，只得以生意为活路，以贸易求残喘，四宇之内从此有了"商人"。

　　商人之称从一开始就带着"贱民"的意味，"士农工商"排名最后倒还罢了，再看看史上那些著名的大商人：吕不韦为秦始皇诛杀，沈万三被明太祖流放，石崇为绿珠而夷族，弦高为犒师而破家……掐指算算，上下五千年，商人若出人头地，竟没几个有好下场。

　　朝代更迭，历经血腥的商人们逐渐学会了韬光养晦之术。或独善其身，不问政事，但求以巨富之资颐养天年，又或拉帮结伙来应对官府的无尽索需以及同行的种种竞争，如此便有了所谓的"十大商帮"流传于世，其中倒也真出了不少名噪一时的大商人，如鲁商孟洛川、徽商胡开文等，俱是各自商帮中一时无两的漂亮人物。

　　到了清末，洋商从通商口岸进入中国，一旦发生贸易纠纷，外国兵舰便为本国商人出头，替他们争得最大利益，这也让一向惯于自生自灭的中国商人在大开眼界的同时不免自怨自艾。然而，就在众商帮齐齐注目洋商之际，向来被世人冷落的尚阳堡居然悄悄起了一个足以令天下商界大佬们为之更加动容的变化。

　　沈水尚阳堡与冰州宁古塔齐名，是清朝在关外的两大发配流放地之一。民谚有云"一入尚阳堡，性命十有九难保；一入宁古塔，情愿地陷与天塌"，然而就是在这虎狼生惧且不属于十大商帮领地的所在，竟出现了一位商界奇才——他审时度势，目光高远，将人情化于商才之中，从仕途无望的自我救赎到拯救万民于水火，他将成为一个兼济天下的大生意人作为此生必须去完成的目标。十数年间，他以茶发家、以盐立业、以粮济万民，聚金拢银数以千万，百业称雄且惠民无数，令当时纵横商界的晋商、徽商、京商、洞庭商帮、龙游商会、广州十三行等商帮无不甘拜下风，更是在国难当头之际，以身家性命力拼洋商，击垮不可一世的上海买办集团，其所作所为让当朝统治者亦不得不承认是商人为大清挽回了颜面。难怪民国时兆秩裕作《明清商贾奇闻录》，将其排名"财神"胡雪岩之上，称其为"一代商王"。

  此人出身低微，乃咸丰年间一个被流放发配尚阳堡的犯人，原籍徽州，名叫古平原。

第一章

逃　生

1

十月底的山海关已经起了朔风，眼看随着风来就是一场大雨。关外的凌海镇紧挨着海边，镇南边不远有一处十里长的乱石滩，滩上都是粗粝的尖石，一向少有人来。像这样风雨欲来的天气，这里更是应该一眼望不到人影。但偏偏就在这个时候，竟有一个人步履蹒跚地走在海边，不时停下来，望着大海连连叹气。

"棋差一着满盘输，输了，完了。"他长吐着气，仿佛要把一腔的郁闷都吐出去。

"唉！"走到一块高出海面数米的巨石旁，那人呆立了良久，终于一跺脚，向上爬了几步，来到岩石顶上，双手拢在一起，对着海面高声呼喊，"玉儿，爹对不住你，爹没用！"喊过几声之后，就要往波涛汹涌的海中跳去。

"慢着！"身后忽然传来一声喊，倒把这要跳海的人吓了一跳。他身子一僵，缓缓转过身来，这才看清叫住他的是个年轻后生。

那后生也看清了眼前要跳海的这个人：五十多岁年纪，胡子头发白了一多半，再配上一身的短衣襟和一双长满粗茧的大手，肯定是长年在外跑买卖的生意人。

后生一抱拳："这位大叔，我要是没看错的话，您怕是想不开要寻短吧！"

这人长叹了一口气，闭上眼点了点头。他是燕门太谷人氏，为人厚道热心肠，年过半百，乡里乡亲都称他常四老爹。燕门商人又名晋商，像常四老爹这样老实巴交的人也做了点小买卖，省吃俭用积攒了二十多年，竟落下一千多两银子，又设法借了一千两，兑了个盐池，打算下半辈子靠着卖盐过日子。

没想到运气太坏了，就在当年，久旱无雨的燕门，竟从惊蛰开始下起了瓢泼大雨，三天一小雨，五天一大雨，直到秋分还是阴雨绵绵。养盐池的人不怕天旱只怕地涝，像这样的雨，通省的盐户没一个不叫苦连天，盐粒的收成还不到以往的十分之一。

别人还好说，虽是不赚钱，靠着往年的积蓄还能勉强维持生计。常四老爹则不同了，他的盐池有一半是向人借欠而来，债主都等着秋后算账，有的要抽本银，有的要拿利息，家里面整日闹得是沸反盈天。

最要命的还不是欠了人家的银子，而是欠了国家的盐。按照清制，盐池的产出里有六成是官盐，到期按足量交兑官府，其余四成的散盐才能卖给持有盐引的盐商。

这一任的太谷县令是个只知抽鸦片的"万不管"，县衙一应事务全都交由他的大管家与几位师爷打理。这些人心黑手狠，根本不看天时，一纸公文下到各乡的盐场，咬定了必须照去年的收成上缴官盐，少一两也不成，到期不交就要没收田籍，并抄没家产充公。

常四老爹火撞心头，摆在眼前的银债和盐债是躲不开的两道坎，他只得请了几个本家亲戚来商量如何渡过难关。其中一人出的主意还算靠谱，常四老爹按他的指点先是摆了一桌酒，将所有债主都请到，请求将债务延期三个月，到时不还，情愿将盐池变卖还债。然后又用自己的房产做抵押，借了一笔二百两银子的高利贷，用这笔钱做本钱，带着几个人直奔关外的营口盐场，计划贩运海边盐场的海盐来抵官盐，顺便再赚上一笔偿付银子的利息。虽然这样还是要亏不少，但总比破家毁业要强。

这算盘打得不错，从燕门到沈水也还算顺利，一行人在营口盐场找到了接洽的卖家，以三成公盐七成私盐的价格买了一批上好海盐，雇了三辆大车，打算一路上行些贿赂夹带入关，没想到在山海关前遇到了大麻烦。

山海关是扼守关内外的重镇，眼下这位守关的曹守备与前几位大不同，不但不要贿赂，而且查验极严，稍有夹带被查出来，轻则罚个倾家荡产，重则在关门处枷号十日。百十来斤的大枷戴在身上，十天里只能在囚笼里站着，每天只有一勺稀粥。如此连着枷死了三个人，没人敢再轻易冒险。凡是带了私货的大车队都在关外不远处的凌海镇打尖歇脚，观望形势。

可常四老爹等不起，他与债主约好了延期三个月，而且借的高利贷也是三个月到期。就算现在即刻启程，也要快马加鞭才能赶回去。所以他忧心如焚，天天跑到关口前打听消息。

方才他到了关门，正赶上一队商贩被搜验出在米袋里夹带私盐。这伙人好话说尽，还递上一百两银子的好处，怎奈那曹守备脸黑得像墨汁，一声令下，将所有货物没收。商队的骡伙计每人被重打四十杖，两个管事的商人则各被枷号十天。常四老爹见状，觉得这一次肯定在劫难逃，不由得心灰意冷，走着走着到了海边，便起了轻生的念头。

没想到这时恰好被一个后生叫住了，常四老爹抬眼打量来人。见这后生长身鹤立，英气勃勃，虽着粗布短衫，神情中却有一种不怒自威的气势，绝非庸碌之辈。再看他眼里含笑，眸子一闪十分有神，好像四面八方的事情都逃不过他的眼睛。

常四老爹也是阅人无数，一瞥就知道这后生不是歹人，他想了想，扑通一声便给这后生跪了下来。

那后生猝不及防倒被吓了一跳，连忙闪身避开，伸手来搀："大叔，这可使不得，您有话就说，何必这样。"

常四老爹不肯起来，哽咽道："年轻人，你说得不错，我是要自尽。可我方才糊涂了，没有交代后事就死，倒累了我身边的人。"

说罢他从怀里拿出一只铜哨："我叫常四，是从燕门来的商人，车队就歇在前面镇上的来福记。伙计里有个黑大个是我干儿子，名叫刘黑塔。小伙子，我拜托你，拿我这只哨去找他，就说我死了，让他不必找尸首，把货就地卖了，不管多少钱，拿回燕门去还债。然后把我女儿接着，找个地儿过安生日子……"说着说着，常四老爹眼泪落了下来。

那年轻后生也面容戚然，劝道："常大叔，你不要想不开，谁没有走窄了的时候？关二爷还走过麦城呢。您且放宽心，不管什么事，总有法子可想。"

常四老爹连连摆手："唉，这次我是看清楚了，过不去了，真的过不去了。"

后生见他这样，怜悯之下倒是起了好奇心，追问道："到底什么事呢？"

常四老爹本没心思讲自己的事情，但转念一想，既然求人家捎话，也不能吞吞吐吐什么都不说，就简要地把事情经过讲了一番，末了加了一句，"可怜我这人做了一辈子生意，从不欺心，这世道是真不让人活啊！"

后生心里有数，这个曹守备新官上任，升官的心比火炭都热，是一心要拿往来行商的身家性命来染自己的红顶子，想从他这里过关，真是千难万难。何况眼前这个人和他的商队竟是一刻也容不得耽误，非要马上进关不可，否则就有家破人亡的危险。

后生也不去接常四老爹一直伸手递着的哨子，他背着手走了几步，低眉敛目沉思不语，随后又抬眼仔细地盯了常四老爹两眼。

后生的神情倒把常四老爹闹了个愣怔，心说这是怎么了，瞧这年轻后生倒好像比我的心思还要重。

过不多时，后生点了点头，仿佛下定了决心，再次来到常四老爹的面前，一拱手："对不住，这口信我不能帮您老带了。"

"这……这是为何？"

后生微微一笑："因为大叔您不必死，我有办法让您把货物带进关。"

常四老爹先是一惊，但马上就想到这应该是后生的一句托词，想来人家也是好心，打算先稳住自己，再慢慢来劝。他是绝了生念的人，只是淡淡一笑，也不搭话。

那后生倒是有些诧异，但他最是机警不过，脑子一转就已明白了常四老爹心中所想，知道自己出言太急，话也说得太满，难怪难以取信于人。

"常大叔，我的办法也不是万无一失，但是只要您愿意试，总还是一条生路。况且我也不是一无所求。"

常四老爹这才认真地品了品他话里的意思，觉得不像是在开玩笑，迟疑着开口道："你……真的有办法？要多少银子？"

后生道："花不了几个钱。"

"怎会……"

"这先不提，我先说说我的条件，要是能行，咱们再说出关的办法不迟。"

常四老爹点头，倒不知这后生有何条件，如果是银子，百八十两倒是能凑凑，再多了却也头疼。

就见后生微微一笑："方才听大叔说，您的车队要夹带私盐入关，我想请您再多带一样东西。"

"什么东西？"

后生指了指自己的鼻子："我！"

"你？"常四老爹吃惊不小，"你要入关，何须我带进去，自己到关口径直进去就是了。"

后生不动声色："这关外几百万人，有的能入关，有的就入不了。如果真像大叔说的那样，我能如此轻易就入关，还用提这个条件吗？"

常四老爹听到这里脑子里忽闪过一个念头，失声道："你……是流犯？"

后生没言语，只将自己的裤腿向上一拽，露出脚踝，靠外侧打着一个黑色三角的烙印，正是流犯的标记。

常四老爹看得清清楚楚，倒抽了一口凉气，连连摆手："年轻人，你简直是在开玩笑。我不帮你，死我一个，帮了你，要死全家，这如何使得？"

也难怪常四老爹大惊失色，大清朝有极为严苛的"逃人法"，该法在清初还仅限用于各王府、旗主的逃奴，后来推而广之，连流犯也包括了进去。这"逃人法"最凶蛮的地方就在于，对窝主和帮助犯人逃亡的人，处罚比"逃人"还严厉，主犯必定斩首，家属充作官奴，家产一律充公。自此法施行以来，有些奸恶之徒甚至冒充逃人，假意四处借宿，然后同伙再借机敲诈，非将人弄得倾家荡产不可。

远的不提，就说现下，如果有人见到常四正与一名流犯在如此偏僻的地方交谈，给二人安上一个密谋逃亡的罪名，也是不得了的。

常四老爹正是想到这一层，才惊慌不已，甚至还怕眼前就是个"仙人跳"。自己本来已经山穷水尽，万一再摊上这种官司，连家眷都要受连累，那可真是死不瞑目了。

后生见常四老爹吓得嘴唇都发了白，一时倒也愣住了，想了想才道："常大叔，您别害怕。我也不瞒您，我姓古，叫平原，安徽歙县人。五年前我在京里摊了场官司，被发配到关外。细的也不说了，我在关外一待五年，什么走私的法子都看过了，就说这贩私盐，我想出了一个绝佳的法子，就连如何混在你的车队里入关，我也有万全之策。只要你点头答允，就算把你我二人都救了。要是不答应，我绝不勉强。"

常四老爹始终在摇头："不行，不行，无论如何我都不能连累家里人。我还是那句话，你既然是流犯，我的事情也不敢拜托了，就此别过吧。"

听了这话，古平原眼光黯淡下来，掉头向镇上走去，走几步再回头，见常四老爹还是站在礁石上，眼睛望着海面，显见死意未息。

古平原心想，这是能救人而不救，说起来还是造孽。自己在千里之外尚有牵挂之事，何不行此一善，就当积德也好。

念及此，他又往回走，扬声道："大叔，你先下来，我有话说。"

常四老爹并未转身，只是喑哑着嗓子道："我是将死之人，你就不要连累我了吧。"

"既然常大叔怕受连累，我也不敢再求。只是那私盐入关之法，大叔可要听听？"

常四老爹闻言一震，缓缓转头："我不帮你，你还要将那法子告诉我？"

古平原不在意地一笑："我又不是商人，用不着一物换一物。"

说罢，他干脆又爬上了礁石，伸手指向大海："常大叔您方才要是跳下去，这海就成了催命的阎王，现在它却是您救命的福星。"

"这话怎么说？"

"我这个法子简单得很，您连夜买上三车最鲜活的海鱼，总共花费不过二三十两银子，然后将水槽里注满淡水，再将那海盐倒入其中。外人看您运的是鱼，其实却是盐，管教神仙也猜不到。"

常四老爹倒吸一口气，重又上下打量了古平原几眼："这明修栈道暗度陈仓的法子，真亏你想得出来。好！好！"

古平原一笑："我这个人就是喜欢瞎琢磨。这些日子没事儿就凑在城门口看热闹，想着自己就是个私盐贩子，该要如何运盐入关。看他们搜检得久了，也看出些破绽来，便想了这个法子。原以为是穷极无聊打发时间，不料今日却有了用处。"

常四老爹连连点头："你可真是有心人！"

"不过办法虽好，却有两件事情一定要留意。第一，那鱼只能在到关口前的半个时辰放入水里，否则水太咸，鱼一翻白就露馅儿了。第二，这水中掺盐的事只能找你从燕门带来的伙计去做，万不可交给关外的骡伙计，保不齐里面有一心谋财的家伙拿你告官。"

常四老爹听得频频点头，忽又想起一事，重皱愁眉："那入了关之后又该如何是好？这三大车的盐水若是晒起来，没十天半月绝不成，时间上还是来不及啊！"

古平原点头道："有时间自然可以晒盐，现在时间紧迫，难道不可以煎吗？"

"不错！"常四老爹一拍大腿。

制盐之法有晒、煮、煎三法，煎盐损耗最大，但时间却最快，晒盐法恰好相反。眼下事急从权，平素不用的煎盐法正好可以派上大用场。

死中得了一线生机，常四老爹自是大喜过望。忽又想起这个叫古平原的后生求自己的事，自己实在无法答应，不由得大是尴尬。

古平原笑了笑："常大叔不必为难，我既然将秘诀和盘托出，自然也就不会以此要挟于您，您只管放心入关吧。"说罢，转身就走。

"等等！"常四老爹为人方正，一辈子不曾欠过人情，眼见这后生一走，自己这人情要亏上一辈子，连忙将他叫住。

"古老弟，我虽然不能帮你逃进关去，但你要是有其他事托付给我，我自当尽力去办。"

古平原想了一下："算了，我要做的事，若能逃入关去，自己去做，就算送了命也是该着。但要大叔为我冒险……"

古平原的确是个厚道人，办法既然已经和盘托出，常四老爹又不愿带自己入关，再留下去徒然让人家为难,所以他拱了拱手:"老人家,您回去准备吧,一切留神在意,我先就告辞了。"说罢,头也不回向镇子上走去。

"哎……"常四老爹的话在喉咙里打了一个转,又咽了回去。他方才一个冲动想把古平原叫住,答应帮他逃亡,闪念间又犹豫不决,只得眼睁睁地看着古平原渐渐远去。

2

"古大哥!我可找着你了,你去哪儿了?好半天没见你的人影。"古平原刚走到凌海镇,就被迎面过来的一个面色焦急的年轻人叫住了。

"我去那边城门口看枷人了,然后又到海边转了转。"古平原刚刚放过一个逃出关的大好机会,心头难免有些牵碍。

"还那么严?"

古平原点了点头:"刚才又枷了七八个,看样子这曹守备是铁板一块,难撬得很。"

"那也不见得,沈水大营的军马,他敢拦吗?"

古平原与面前这个叫何世非的年轻人是相交莫逆的好友,但二人都是戴罪在身的流犯,由关内被流放到尚阳堡,受沈水大营管制。历朝历代,流犯里都有不少读书人,这些读书人在不打仗的时候有很多用处。古平原就是读过大书的人,能敲算盘,会写文书。到了关外没两年,正赶上笔帖式[1]报丁忧回籍,营官们一商量,干脆不补人了,让古平原顶上这个位置,活儿有人干了,笔帖式的俸禄则被几个营官吃了空饷。

不过古平原也不吃亏,无论如何这比到深山里开矿或修桥挖路要轻松得多,而且得着机会还能照顾照顾自己亲近的人。像这一趟,他跟随许营官来山海关接京商为沈水大营采办的军马,就把自己的好朋友何世非一起带上了。

听到何世非说曹守备不敢拦军马,古平原不以为然地摇摇头。

"怎么,我说得不对?"

"兄弟,你想一想,京商的人早就到了山海关那边,可就是过不来。要真是军

---

[1] 笔帖式是清代官府中的低级文书官员,主要职责包括翻译和抄写公文、管理档案以及传递文书。

马,许营官这几天又怎会急得如同火上房?"

何世非眨巴眨巴眼睛:"古大哥,你是说……"

"这几个营官里,许营官最贪,保不齐他早跟京商的人串通好了,用没有勘合的劣马来冒充军马,反正那些勘合文书只由许营官来验真伪,他不说,谁知道?"

何世非用手搓搓前额,张大眼睛道:"我的天!怪不得京商迟迟不过关,原来是不敢啊!"

"嘿,这个曹守备也不知道吃了什么药,钱不要,人情不讲,连沈水大营的面子都不给,许营官拿他也没辙。眼瞅着到了交接的期限,再这么等下去,难免更多人起疑,对他可是不利啊。"古平原说话慢悠悠的,何世非听得可是心里发急。

"那怎么办呢,总不成就这么耗下去吧?"

古平原满腹心事也被逗得一乐,一拍他的肩膀:"兄弟,你急什么?马匹过来了,那是我们的事。过不了关,跟我们一点关系都没有,只要小心提防着许营官找人出气就是。"

何世非恍然地点了点头。

关内不远处的一片草场上,京商马队的帐篷紧挨着拢了一个圈,正好将那些"军马"都围在其中。在众人搭建的帐篷上风口,有一顶结实敞亮的牛皮大帐,帐里住着的不是寻常伙计,而是京商大掌柜张广发。

正如古平原猜的那样,京商这次运送的"军马"其实就是从乡下低价收来的劣马,有些老母马生过五六胎,肚子都拉了下来,松垮垮的。只因有许营官做内应,所以京商这一次有恃无恐,没想到却遇上了个"门神"曹守备。京城里前日送来了信儿,叫张广发做了这趟生意就赶紧回京城,有要事相商,故此张广发这几日也是急得不行,一干伙计则十分戒惧,不敢擅离营地,更不敢轻易靠近大掌柜的帐篷,免得触霉头。

但此时就偏偏有一个小伙计大大方方从营地外走了进来,看了一眼老老实实做事的众伙计,笑了一下,随后竟一掀帘,径自走进了张广发的大帐。

"我到关上转了一圈,看明白了,这个曹守备是连一两不上税的油都不肯从关口漏出去。"小伙计一进帐篷便说道。

"先不说这个。"站在他对面的中年人紧拧着眉,看样子有些气恼,想用手点指这小伙计,却又放下,"你怎么能一个人跑出关去呢?这要是出了什么事,我……"他转头看看四周,又压低声音,"我怎么和东家交代?"

小伙计满不在乎地笑了笑,他看上去年纪还不到二十岁,白净面皮,柳眉星眼,乍一看是个俊少,但细一瞧这人却眼神无定、嘴唇极薄,仿佛随时都准备了一个轻蔑的笑容。

"我说张大叔,你带的这些都是什么伙计?一个个只知道睡觉,商队出了事儿,连个出主意的人都没有。我要是不去打听打听,你还能指望谁?"

"那也不成,你就老实待着吧,我这边银票已经准备好了。俗话说得好,世上就没有不沾腥的猫。我就不信,这一沓银票递上去,那曹守备的脸还能不开晴!"张广发也是咬着后槽牙说。如此一来,这趟买卖的利润就少了许多,回去仍是不好交代。

小伙计一听这话,双手抱臂,脸可就沉下来了:"你和我爹一样,就会给当官的塞钱。我就不明白了,这买卖不这么做就不成吗?"

"当然不成!"张广发也急了,"你懂什么,靠着官船好过江,东家这么做生意做了一辈子,无往而不利。"说完他抓起那沓银票往外走,想了想又回头嘱咐道,"钦少爷,求求您可千万别再乱跑,不然别怪我回去跟东家说。"

等到午夜时分,张广发气急败坏地走进帐篷。一进来就一愣,只见那钦少爷正坐在小几上,用瓦罐在熬着什么汤,味道竟是怪得很。

"这是我从洋行带回来的正宗锡兰茶,里面有香料,要连茶带水一起煮才有味道。英国人都这么喝,要是有奶油放进去一点就更好了,现在这样只能将就。"钦少爷用汤勺尝了尝,一脸的失望。

"我说你就别摆那洋行的谱了,东家送你去天津,又不是让你学这个。"张广发无奈道。

钦少爷又是鄙夷一笑:"看样子,事情不顺吧?"

张广发张张嘴,想说的话又咽了回去。

"银票被没收了,过关也休想,我说得没错吧?"

"那个王八犊子,真不知道是从什么畜生肚子里生出来的。我刚说了几句,连要运什么货都没说出口,递上去的银票就被当贼赃没收了。明天天一亮,我非到山海关总兵那儿去……"

"行了,我的张大叔,你没去之前我就知道是这结果。这当口,银票也不灵光了,真要是想过关,还得动生意人的脑筋。"钦少爷指了指自己的头。

"什么意思?你还能有什么主意?"

钦少爷招了招手,示意他附耳过来,等到主意说出来,张广发大为兴奋:"嘿,我说少爷，你这主意成啊，可真是不简单，虎父无犬子。"

钦少爷本来笑嘻嘻地听着，听到最后一句，脸色顿时一沉。

"我跟我爹不一样！"

3

第二天时近中午，关门上的士卒正在盘查过往车辆，就见远处甩开来一极长的车队，往关口缓缓而来。待车队到了近前，发现领头的小伙子骑着高头大马，人和马都披红挂彩。再往后看，双挂的马车有好几十辆，也都红绫缠颈，彩带高飞，清一色地挂着亮湛湛的铜铃。厢车不多，用来拉货的车倒是不少，车上空无一物，一看就知道这是接亲的车队。

"我说你们这是……"关口上的头目刚开口问了半句，那神采飞扬的新郎官已然跳下马，扬着眉道："几位，辛苦了。我们是从半壁山来的，到南泥洼台接我老婆过门。"

"哦，远道来的，怪不得一口子京味儿。不过，这接亲怎么来了这么多车啊？"

新郎官一笑，凑近了低声道："我老丈人手面阔，让我多带车来拉嫁妆。"

"你娶的是？"

"女家姓耿，耿连庄耿大善人您听说过吗？"

"哎哟！"小头目一愣，这耿连庄别说在南泥洼台，就是在关外也有这么一号，年节都要请山海关的总兵到他们家赴宴。小头目连忙堆上巴结的笑脸，"敢情您是耿财主的准姑爷，他老人家嫁闺女，好说好说。"小头目踮着脚看了看，发觉大部分的车都是空的，又走了几步，掀开几辆厢车看看，也都是空的。

"道太远了，就没带女眷来，说好了都是耿家负责。"新郎官看出他心里疑惑，上前补了一句。这新郎官当然就是昨日在张广发面前出主意的钦少爷。他出的这个主意妙极——找几家大车店只雇车不雇马，再买几匹红绫扮作接亲的队伍，就这么大大方方地闯到了关前。

张广发扮作寻常伙计藏在车队里，昨天他和曹守备见过，担心被认出来坏事。他一直紧张地看着前面，虽然听不到钦少爷与守关头目的对话，但看两人那表情，心就放下了大半。

小头目见来人没什么走私嫌疑，又是不能得罪的人，便挥了挥手想放行，突然就听从上面城门楼子里传来一声重重的咳嗽。往上一看，打箭眼里伸出一只手，向自己招了招。

他苦笑一下，冲新郎官道："你等一下，曹守备叫我，我去去就回。"

过了没一刻钟的工夫，小头目匆匆地跑了下来，脸色却变了，大声一呼："把这车队围起来，挨辆搜，守备大人说了，哪儿见过这么多接亲的车，没准就藏着私货。"

新郎官听了倒是不在乎，抱着臂站在一旁看士卒们施为，嘴里冷冷道："行，你们搜吧，要是搜出来，我也戴大枷站站笼。不过，要是搜不出来误了吉时，哼，我那老丈人可不是好惹的。"

任他这么说，县官也不如现管，曹守备就在上面看着，士兵们谁敢偷懒？可就是把大车队翻了个底朝天，除了行脚用的帐篷铺盖，一样私货都没找出来。

"满意了？"新郎官问道。

"这……"小头目直想打自己嘴巴，心说我里外不是人，这差使当得太窝囊。他再往上看看，城门楼子里也没了动静，赶紧侧着头挥挥手，"走吧，走吧，别忘了缴人头税。"

车队轰轰隆隆过了关口，走出好远，张广发这才从后面赶过来，一把将钦少爷从马上拦腰抱下，喜道："你这一出《文昭关》唱得真行，回去我非和东家夸你不可！"

要说这次出门，开始的时候没人发现这少年就是钦少爷。但世上没有不透风的墙，再加上少年自己也没刻意隐瞒，总跟张广发在一起。慢慢地，就有人猜着了他的身份。一传十，十传百，很快整个车队都知道大老板的独生子也跟在车队里。现在，钦少爷立了这样一桩大功，谁不要过来逢迎两句？钦少爷扯了红绫带，起初还没什么，后来车队里的伙计都上来七嘴八舌这么一夸，他脸上也渐渐露出得意之色。

"去，找到沈水大营许营官的住所，就说我们已经带着马匹出来了，请他们尽快验马。"到了这一步，张广发便得心应手了，他派出伙计与许营官联络，同时派人找客栈歇息。

晚饭之后，京商出关的消息就在沈水大营来的人中间传开了，这些人大部分都是流犯，来到这儿充作领马的苦力。古平原和何世非在吃饭的时候也听到了这个消息，何世非抓抓腮："古大哥，这一招还真不错，以后别人要偷运马匹也可以如此办理。"

"马匹的运量很少，尤其是入关出关。除了大营用军马，其余都是各地就近配种贩卖，哪里用得着经山海关来走私？这一招对普通商人没什么用。不过能想出这种办法的人也不简单就是了。"古平原说着说着，呆呆地出了神。

古平原这副样子何世非也是看熟了的，他知道古大哥心里主意多，此时不晓得又在想着什么，也不便去打扰，吃过饭自己跑去外面的路边茶馆听书。今儿茶馆里讲的是袍带书，《隋唐演义》中的"程咬金劫皇杠"。这一段煞是精彩，讲的人手舞折扇充作宣花斧，绘声绘色，听的人更是两耳竖起，生怕漏了情节。

就在这当口，忽听茶馆外面传来喧哗之声，好像是有人吵了起来。刚开始何世非也没在意，仔细一听不对，里面有个声音好熟，再一辨，可不就是自己古大哥的声音嘛。何世非这才一惊站起身往外就跑，来到大街上，借着昏黄的天色一看，只见古平原正紧紧抓住一人的衣领，眼睛瞪得几乎绽出来，不住地大声叫道："怎么不是你？你不开口还好，开了口我更认准是你。你这……你这恶徒，为什么陷害我？为什么！"

古平原连声质问，声音凌厉，已经惊动了不少人。这镇上本就困住了许多商队，人人闷得发慌，巴不得有人生事好看热闹，很快就聚了一大群人，围成一个圈。

何世非在一旁看呆了，在他印象里古大哥温文尔雅，向来是动心不动手，今儿个这是怎么了，谁惹着他了？愣了半晌，他才返过味来，慌忙分开众人，挤进圈内。

就见被古平原抓着的那个人，国字脸，留着一字胡，看穿着打扮都是掌柜的样子，唯一不同的是袖口绣着三道金丝，这是京商的标志，此人眼神中带着一丝惊慌，神色却是不变，只不过始终避着古平原的视线，一个劲儿地说："你放手，我不认识你，你认错人了！"

"放屁！"古平原破天荒地动了粗口，咬牙切齿道，"认错人？你这张脸，我无时无刻不在记着，一辈子也忘不了！"

那京商掌柜的身边也跟着两个伙计，伙计看掌柜的被人揪住了，扑上来就要打古平原。

"这是怎么了？别动手，有话好说！"何世非过来相劝，只是不知前因也不知后果，硬是无从劝起。

"姓古的，你一个流犯嚣张什么？小心吃军法！"那京商掌柜见古平原被人抱住，手却始终不撒开，不由得急挠挠说道。

古平原一听这个话，陡然之间静了下来，一双眼睛却还是不错目地盯着面前这个人，目光森然，眸子里有一股不怒而威的气势。古平原虽然不说话，却比说话时还要慑人。京商掌柜被他看得心里发虚，喃喃道："怎么，你还不服气，要不要我去找你们营官？"

"不必了，我在这儿！"说话间，从人群外走进来一个矮墩墩的军官，吊梢眉，狮鼻阔口，一脸凶相，身边也带着两个军卒。此人一进来就沉着个脸，向左右看了看，随即呵斥古平原道："你灌了黄汤失心疯了不成，这是京商的张掌柜，给我们送军马的，你揪他做什么？"

何世非知道大营六个营官里就数这个许营官又贪又凶，一听他说的话，吓得腿肚子都转筋了，赶紧过来掰古平原的手，小声说："大哥，快撒手！"

古平原慢慢把手松开，退开一步，也没看许营官，只盯着张广发，一字一句地问道："我只问你，你说不认得我，怎么知道我姓古？又怎么知道我是流犯？"

一句话把张广发问愣了，周围的人也都觉得古平原问得有理，等着看张广发如何回答。

不料张广发脸色变了变，转而对许营官拱了拱手："营官大人，我张某人虽是初来关外，可是京商与沈水大营不是一回两回买卖了，关外的规矩我还真就闹不懂，这流犯怎么审起良民来了？"

"流犯古平原！给张掌柜磕头赔罪！"许营官被他这么一问，脸上着实挂不住，一瞪眼恶狠狠地望向古平原。

古平原就像没听到一样，不遵令也不回答，依旧是双眼直勾勾地看着张广发。这下子许营官可真被激怒了，从腰里拽出马鞭，一步迈过来，劈头盖脸地朝古平原打下来。他下手可真狠，鞭子打到脸上顷刻就是一条条血痕，古平原的衣服也被打开了花。人群中的一堆闲汉开始时还挂着笑看着，间或吹两声口哨，后来见古平原咬着牙硬挺，渐渐都不出声了。

"营官，您手下留情哪！"何世非吓坏了，看古平原不躲不闪不求饶，石雕一样站在这里，知道今儿这事儿要坏，赶紧跪在地上给张广发磕头："大掌柜，您帮着说句话吧，我大哥他今儿是痰迷了心窍，您老大人不记小人过，您老是活菩萨……"

张广发也觉得这样子不是了局，趁机下了台阶，咳嗽一声开了口："许大人，咱们不是还有买卖要做嘛，别为了个流犯生气，倒把正事给耽误了。回头镇上最好的酒楼我请客，这事儿就算了吧。"

"算不了！"许营官把鞭子一甩，气鼓鼓地指着古平原叫道，"我先去接军马，等回来再收拾你，非把你捆在拴马桩上抽死不可！"

"算了、算了。"张广发好说歹说把许营官劝着一起走了，临走时回过头瞅了一眼，发觉古平原看向自己的目光中怒火不减，心不由得又是一缩。

他们走了，人群也渐渐散了，何世非从地上爬起来，见古平原还是一动不动地盯着张广发离开的方向，脸上颈上血痕纵横，忍不住抱住他的腿哽咽道："古大哥，你这是干吗呀，你要吓死兄弟我吗？我可是头回看见你这样，你……你这到底是怎么了？"

古平原沉默片刻，擦了擦脸上的血迹，声音低沉道："你还记得我被人陷害的那件事吗？"

"记得呀。"

"就是这个人！"

"他？你别是认错了吧？"何世非猛回头看去，张广发早就走没影了。

"错不了！"古平原的声音斩钉截铁，"当时他虽然只露了半张脸，但我印象太深了，他说话的声音也是一模一样，我认准了就是他。再说我方才问他的那句话怎么解释？你没看到他有多慌张吗？"

"可人家是京商大掌柜，无冤无仇，怎么会跑去陷害你呢？"

"天叫我遇到他，这次非弄个清楚不可。"

何世非害怕："古大哥，要我说还是算了吧，你刑期都过去一半了，剩下的忍一忍就……"

"这不是还剩几年的事儿！"古平原说完发觉自己的口气有些硬，歉意地降低语调，"兄弟，我和你不一样，你的事儿虽然也冤，你心里也怨，毕竟知道个因果。我呢？糊里糊涂就被埋在这关外的活棺材里了。十年哪……"他眼圈一红，差点掉了泪。

听他这么一说，何世非也不言声了，知道这位大哥想到家里的老母弟妹触动了情肠。何世非与古平原交情莫逆，古平原平素拿他当弟弟看，事事护着他。他身子骨本弱，流犯里颇多凶恶之徒，这几年要不是得古平原照应，早已被人欺侮得客死异乡，因此对古平原感激得是无可无不可，一切事情听凭这位大哥做主。在他眼里，古大哥就是《水浒传》里及时雨宋江一样的人物，还带上点智多星吴用的计谋，时至今日他才算看到了古平原内心深处的隐痛。

"张大叔，怎么着，听伙计说你方才在街上被个流犯给生擒活捉了？"张广发交接了军马，请许营官等吃喝完，刚回到客栈就被钦少爷堵住了。

"没有的事，误会一场。"张广发不愿在这个题目上多说。

"我可听伙计说得活灵活现，好像是你做了什么对不起人家的事儿。"钦少爷却不容他打马虎眼，嬉皮笑脸道，"张大叔，打小你就照顾我，真看不出来你还挺坏的，回去我得跟爹说说。"

"你可千万不能跟老爷说！"张广发一下子紧张起来，"这是我的私事，你少管。哎，你这是要干吗去啊？"他看钦少爷长衫马褂，穿着打扮已不是伙计身份，看样子像是要出去。

"关外我也是头回来，我去镇上到处转转，开开眼。"钦少爷说着便往外走。

4

古平原满腹心事，他让何世非先回了流犯住的火房子，自己在镇子上漫无目的地走着，一时想到当年被人陷害时那惊心动魄的情景，一时又想到今儿老天爷有眼，让自己在关外遇到了仇家，不能轻易放过。但是自己手里没凭没据，许营官眼看着也不会为自己做主，要如何弄清楚当年的真相，可真是让他犯了难。

他只顾低头琢磨事情，忽然旁边一扇角门被人用力推开，一个小伙子赤着上身，被从门里重重推到街上，脚下一绊正巧跌在古平原身前。

门旋即关上，小伙子也随即从地上爬起来，嘴里大叫："王八蛋，有你们这么做买卖的吗？欺负我不懂行是不是？天津卫九街十八坊我都逛过，有名的婊子我都睡过，你们这破烂地儿，丑怪婆儿，也敢坑人？我……"

小伙子气得在地上直打转，捡起地上一块残砖，不偏不倚把左边门上挂着的一个大红灯笼给砸了下来。

古平原听到小伙子说话是京城口音，心里一动，又看见他把人家挂的红灯笼给砸下来，顿时又是一惊。

妓院、赌坊这些地儿的灯笼，左边那个叫"招财"，右边那个叫"进宝"，打从年头挂到年尾，碰坏了视为大忌。古平原情知等妓院的打手一拥而出，这小伙子不被打死也得打残。想到这儿，他一个箭步冲上去，拉着那小伙子就跑。

小伙子猝不及防，被拉着跑了十几步，后面打手们蜂拥而出叫骂着追了上来，他连忙撒腿跟着古平原跑。二人一路逃，七拐八转，竟然绕出了镇，来到一处小树林，这才歇了口气。

古平原心想好人做到底，把外套脱了给这小伙子穿上，往西边的一条小道一指："顺着这条路往前走，看见第一座桥就可以拐回镇子。"最后，到底还是加了一句，"可别再拐到钵子街去了。"说完，扭头就要走。

"兄台，请留步。"小伙子脸上有点挂不住，但还是勉强说道，"今日之事多亏兄台，改天我一定重重谢过。请您留个姓名住址，明儿个我好把这衣服还回。"

古平原原本对他心存几分瞧不起，一听这话，觉得此人还算是通情达理，这才回道："我叫古平原。衣服不值几个钱，还不还的也没什么关系。不过我冒昧问一句，听您是京城口音，莫非是京商的人？"

"这个……"小伙子自然就是京商的钦少爷，他今儿可是触了大霉头，此刻古平原问他是不是京商的人，他一时不敢开口回答。

古平原看他脸色，心里猜到了八九分，自顾自往下问道："这一趟京商运马出关，听说主事的姓张。要是方便，这张掌柜的事儿，我想跟您打听打听。"

钦少爷听他问张广发的事儿，心里更是一惊，但人家刚救了自己，只得硬着头皮回答道："你要问什么？"

"这张掌柜五年前是做什么的？"

"五年前？"钦少爷先是疑惑，随即一挑眉，"哦，我明白了，你莫不就是今天下午在街上揪住张大叔的那个人？"

古平原也是一怔："你叫他大叔？"

"嗨，他原先……他……"钦少爷猛然觉出自己说走了嘴，这一下不但把自己是京商的事儿挑明了，连自家的来历都要说了出来，便忙把嘴闭上。但话都说到这个分儿上，猝然刹住，脸上的尴尬也就可想而知了。

要搁在平日，古平原见他有难言之隐，绝不会硬逼着他往下说。但今天不同，这个事儿对他太重要了，容不得面前这人打马虎眼，于是他一双眼紧紧地盯着这人不放。

钦少爷愣了一下，眼珠一转忽然捂住了肚子。

"哎哟，古兄，真对不住，方才没穿衣服想是受了凉。这一会儿内急，你我改日再叙，改日再叙……"他边说边挪脚步，说完了撒腿就跑。

"哎！"古平原没防他这一手，又是好气又是好笑，一低头却看见那人脚下掉了什么东西，捡起来看时是一方上好的汉玉章，阴文刻的是"李钦"两个字。螭钮镂空，想必是拴在腰带汗巾上，又掖在里面，这才没被老鸹子搜了去。

这玉晶莹透白，一望可知价值不菲，古平原便清楚此人绝不是京商寻常伙计，喃喃道："李钦……李钦……他和张广发是什么关系？"

古平原出去转了一大圈，救了个人，捡了块玉，回到火房子时何世非正在眼巴巴地等他。

"有件事大哥听了肯定欢喜。"何世非一直担心古平原,见他平安无事回来,这才放了心,"你现在是不是最怕那姓张的跑了?告诉你,京商被困住了。"

"哦?"古平原向前倾了一下身子,立时机警起来,

"你不是跟我说过,许营官这一趟来公私两便?公的是接军马,好处咱就不说了。私的,原来是他暗地弄了一批私盐来,讲好了卖给山东的一个盐脚子。"

古平原点点头:"这事儿我知道,我还知道那盐脚子看关上盘查得严,不敢运这批盐,这几日一直央告许营官,想吃些亏把货退了,听说昨儿都跪了,可许营官连正眼都不看他。"

"已经退了。"何世非插言道。

"退了?不能吧,盐退回来就要砸在许营官自己的手里,他能干这善心事儿?"古平原难以置信,忽又想起方才何世非说京商也被困住了,恍然道,"这批盐让京商买下了?"

"不是买下。"何世非向左右看了看,"方才许营官把那个张广发叫到客栈,用这批盐抵的军马钱。"

古平原的脑筋动得极快,心里盘算着,缓缓点头:"这一下子,连那盐脚子吃的亏算在内,他至少又多赚了几百两。可是京商刚打关内冒险过来,盐能不能运出去心里有数啊,怎么敢做这笔交易?"

"许营官逼他们收的,我不知道为什么京商就同意了。"

"他们的军马是劣马,这不是正经买卖,所以许营官要黑他们,他们也不敢吭声。反正没处报官去,这就是不按规矩做生意的结果。其实论起来,这批盐运进关的收益倒是在卖马钱之上,只不过运不出去也是白搭。"

"我看见那个张掌柜脸上青一阵白一阵,不用问,他也没什么好辙儿。这么一来,古大哥你大可从长计议,不必急于一时了。"

这一夜古平原也没睡实,等到天边已然放了白,街上也有了骡马走动的声音,他索性不睡了,一翻身爬起来,轻手轻脚走出客房。

此刻天蒙蒙亮,门前已有大车队奔往关前。古平原见那车队上插着盐旗,便想起昨日在海边救的那个燕门商人,不知是否已然准备妥当安全入了关。想着想着,心中忽然一动,想起小时候在徽州家乡听过的一句话——钱是救命药,亦是杀人刀。

"一体两面,既然我能用这个法子来帮人,那我何不……"古平原喃喃自语,眼神中忽地放出光来。

5

京商投宿于本地数一数二的连福客栈，古平原急匆匆赶过来，在来告帮[1]的人群中挤上前去对着伙计开口道："小兄弟，麻烦你，我想进去找京商的张掌柜。"

他这一说不打紧，身后几个人把他往外面一拽，口中喝骂："哪儿来的不长眼睛的家伙！爷们在这儿等了一夜了，你刚来就想横插一杠子，没那么便宜的事儿，边上候着去！"

古平原气不打一处来："我不是来告帮的，我找张广发有事儿！"

他口气不善地提名道姓，眼瞅着就不是那低声下气之人。客栈伙计也是一愣，刚要问问，打里面出来一个京商的人，店伙计连忙一弯腰。

"爷，您睡好了。您看看，这儿有几个人来找张掌柜，还有一个说不是来告帮的。"

出来的是商队的大伙计，昨晚许营官用私盐付了马钱，张广发一回到客栈就召集手下人开会，商量怎么把盐运出去，但任谁也没想出个好主意来。大伙计正为这事儿头疼，抬起眼扫了店伙计一眼，口中说："掌柜的正在想买卖上的事儿，没工夫见他们！咦？"

他"咦"是因为看到了古平原。昨天古平原当街揪住张广发，大伙计也在场，不由得把眼一瞪："我说那个流犯，你还嫌昨天的鞭子挨得不够多是不是？居然还敢找上门来，快滚！"

"你们正在为难的事儿，我可以帮忙。"古平原不想和他一般见识，忍下一口气说。

"就凭你一个臭流犯，你能帮什么？"大伙计冷笑一声，对客栈里的伙计道，"别人还好说，就这小子要是敢往里闯，你们就捆翻了送到沈水大营军爷的住处，自然有人收拾他！"说完，转身进去了。

古平原见那几个店伙计也是一副仗势欺人的样子，知道自己要是硬闯非吃亏不可，只得暂时退到一旁。

等了没多一会儿，从门里又出来一位穿绸裹缎之人，此人走出门左顾右盼，显见还没想好往哪儿去呢，古平原一见这人眼睛顿时就亮了，高喊一声："李钦！"

出来的正是那位钦少爷，他是出来遛早的，一出门就被人叫住，转头看见古平

---

[1] 意为请求帮助。

原,脸色顿时就变了。

古平原含笑迎上来,店伙计呵斥着要拦,古平原一指李钦:"我跟这位爷说两句话,你们问他想不想听?"

李钦没办法,走前几步,一扯古平原,低声道:"咱们一边说去。"

等走到僻静处,李钦瞪了古平原一眼:"你怎么知道我叫什么名字?"

古平原从口袋里摸出那枚印章,冲着李钦晃了晃,"是你丢的不是?"

"说吧,你想要多少钱?"李钦下意识地一摸腰间,这才发现自己的印章不见了,点了点头,仿佛明白了。

古平原一愣,知道他误会自己是来讹钱的,便干脆将他的手拽过来,把印章拍在他手里。

"你……你到底要干什么?"这下子李钦彻底糊涂了。

"能帮我安排见张掌柜一面吗?"

李钦听了没言语,重又打量起古平原。他看古平原的时候,古平原也在看他,昨儿夜里天太黑,彼此的长相只是看了个大概。现在再看李钦,就见他眉眼长得很俊俏,手指细长,想来必是在养尊处优的环境里长大。但大概是夜夜笙歌的缘故,他的肤色有些苍白,眼圈略发黑,看上去有华贵之姿却非沉静之人,特别是眼神中带的那丝轻狂傲慢,与商人的待人接物格格不入。

二人相互端详了几眼,李钦开口道:"这位古朋友,你昨儿救了我,要说帮你个忙也没什么。不过你和张大叔之间一定有事,不说明白了,我是不会帮你的。你也别打算蒙我,要论动心眼,十个你也不是我的对手。"

古平原尽管心里不舒服,还是拱了拱手:"你说得不错,我与张掌柜之间确实有笔账要算。老实说,我之所以到了今天这个地步,成了关外的流犯,全拜这位张广发张大掌柜所赐。但我一没得罪过他,二并不认识他,他为什么要害我,我打算找他当面问个明白。"

"行,那我带你进去弄个清楚。"李钦到底是年少好事,听罢眼里露出兴奋之色,"你可别打错了主意,里面都是我们的人,要是闹起来,可没你什么好果子吃。"

李钦带着古平原往里走,伙计们自然谁也不敢拦。二人穿堂入室,一直走到客栈的东跨院,也就是京商包下来的那个独院。

大伙计也在院子里面站着,一看李钦把古平原带进来了,吓了一跳。心里暗自埋怨这位钦少爷不懂事,迎上来道:"少爷,您怎么把他带进来了,他是个流犯!"

"我知道。"李钦把眼一瞪,"张大叔呢?"

"大掌柜在屋里和账房李先生议事呢。"

说话间,正房的门已开了,一个干瘪老头拧着眉毛摇头晃脑地走出来,一指大伙计:"我没什么好主意,你有主意你进去说吧。"

大伙计也是一摇头。古平原精明,一猜他们就是为了那批私盐运不进关而苦恼,当下扬声喊道:"我有运盐的法子!"

在场的几个人都吓了一跳,同时看向他。房间里传来脚步声,张广发出现在门口,他一见古平原,脸上顿时惊诧至极。

"是你!"

"是我!"古平原一改昨日态度,见张广发要喊人,向前一步道,"张掌柜,我在关外不是白待的,你这盐除我外,没人能帮你运进去!"

张广发轻抽了一口气,再三端详古平原,考虑半晌才一侧身。

"请!"

古平原进了屋,李钦也跟着走了进去。张广发把门关好,坐下一言不发地盯着古平原。

古平原昨日已然看出,张广发是个精明内敛的人,在这样的人面前说话用不着拐弯抹角,于是直奔主题。

"五年前你我素不相识,你为什么要骗我,害得我要被充军流放整整十年?"

张广发声音冷得像冰:"你进来就是要说这个?我昨儿已经说了,你认错人了!"

"我无凭无据,你自然是不肯认的。"古平原早料到他有这样的反应,转口说,"现在我能帮你把私盐运出去!只要你告诉我为什么……"

张广发不置可否,端起茶来喝了一口,用盖儿拨着碗中的茶叶,眼皮子垂下来压根不看古平原。一旁的李钦好奇地看着两人,目光不停地扫来扫去。

"怎么?你不信?"古平原急道。

"年轻人,你到底还是嫩了些。"张广发突然笑了,"我来问你,你若是我,敢答应这样的条件吗?私盐、私盐,走私嘛,各有各的道,但都要经过那道关门。先不说你的法子能不能用,就算是真能用,我的车队过关的时候,你抽冷子蹦出来,把我们爷们卖了,我哭都找不着坟头。你说是不是?"

这说得也有理,古平原一时也愣住了。

"这个嘛,我有好办法!"李钦眼珠转了转。

"你写一张字据。"他冲着古平原道,"就把你这个法子明明白白地写在上面,落上你的姓名,交给张大叔。过关的时候你要是告密,就等于是把自己也告了,流犯犯法罪加一等,你自然没那么傻,这不就结了嘛。"

果然好办法,张广发听着脸上已经有了笑容。他表面上不动声色,心里却是急得很,东家让他办结了这一趟的差事后抓紧回京,偏偏又遇上以盐抵账的事情。若是贱价将盐就地卖了,这里是海盐的产地,必然卖不上好价钱,自己在京商里的名声就算砸了。若说用走私之法混进关去,从昨晚到今天,车队中的几个头领人物想破头也没想出万无一失的办法,偏偏古平原就在这时候闯了进来。

"这样说来,你就先把运私盐的法子说出来,让我听一听。"他对古平原道。

"笑话,我说了,你叫人来把我攥出去,我怎么办?你先说!"

"我说了,你不肯说那法子又怎么办?"

李钦听笑了:"得嘞,你们二位这是麻秆打狼,两头害怕。这样吧,今儿我来做个保人。古兄你先说,只要这个法子有用,我保证让张大叔说出你要的答案。实话告诉你,我是他的少东家,他不敢不听我的。你昨晚上救了我,我不会恩将仇报,你就放心吧。"

"他昨晚救了你?"张广发听得一愣。

"哦,遇上几个地痞,小事,小事。怎么样,你信不信得过我?"李钦怕去妓院的事儿露了馅,连忙乱以他语,然后问向古平原。

"行!"古平原想一想,不这么办,这事儿就是僵局。看看李钦说的像是实话,于是在纸上写出运盐的法子,落上自己的名字交给张广发。

张广发拢目细看,李钦这边也凑上来,等到看完了,二人一对视,目光同时一闪,都缓缓点头。

"这法子使得,难为你想出来这么绝的办法。"李钦看向古平原。

古平原淡淡一笑,并不言声。徽州商人经商的方式共有五种,"走贩"排在了第一位,接下来方是囤积、开张、质剂、回易。徽商最善于走贩,夹带私货的手段不胜枚举。古平原家中几代都是买卖人,从小到大身边邻里更是商贩无数。适逢乱世,苛捐杂税繁多,不夹带私货则走贩必定血本无归,所以古平原每日听的都是回乡的行商讲述与各地税关斗智斗勇的故事。加之天分极高,所以别人一筹莫展,他却能在极短的时间内就想出了万无一失的法子。

李钦见他不搭话,干笑了几声,转回头对张广发道:"张大叔,人家可是对咱们和盘托出了。你别让我这个保人为难,该说的你也说吧。"

张广发一看李钦那副认真的样子，暗地一皱眉头，站起身来，冲着古平原拱了拱手。

"对不住，我先出去一趟！"

"去哪儿？"古平原噌的一下站了起来。

张广发没有理会他的剑拔弩张，很轻松地笑了笑，解释道："当年的事儿不是三言两语就能解释清楚的，你要是想听我细细说来，那就容我把手头的事情安排一下。你方才说的那一计，我现在就要让伙计们准备起来，今晚就要入关。这样办两不耽误，你看如何？"

话说得在理，古平原虽然心里急，但是还是点了点头放他去了。

张广发出了院子，点手把大伙计唤来，就照着古平原传授的如此这般如此地安排了下去。大伙计一听是这么个好办法，大为兴奋。张广发则不同，把事情交代完毕，脸色一沉。

"还有件事，你现在就去做，越快越好！"

等他说完，大伙计有点蒙了，"掌柜的，这人生地不熟，去哪儿找这种药啊？"

张广发压低声音："你就寻那偏僻的小巷子，凡是卖春药的必定都有这种药。"

这样一说，大伙计领命而去。张广发先不急着回屋，在前后院子里转了几圈，等到大伙计回报把一切都准备好了，他才慢悠悠返回屋中。

李钦早就等得不耐烦了，他原本想和古平原套套话，问问这里面的究竟，可是古平原性子沉稳，一个字也不肯多说，所以李钦巴不得张广发赶紧回来破解谜团。

"张大叔，你怎么去了这么长时间？"

"嗯，事情不少，都要一一吩咐准备。这可不是小事，万一被逮到了，那站笼岂是好去处？再说，眼看时已近午，我准备了一点酒饭，大家边吃边谈吧。"张广发一摆头，几个客栈的伙计已经把几盘精美的菜肴连同一个酒壶、三个酒盅送了进来，随后关上门退了出去。

古平原心想你是我的仇人，我一心想知道这里面的隐情所以才忍气吞声，怎么还能和你在一桌上吃酒聊天呢？但他刚要开口拒绝，张广发抢先一步端起离自己最近的酒杯，斟满一杯一饮而尽，亮着杯底道："我先干为敬。"

"好！"李钦是大家公子哥，酒楼歌坊常进常出，这些场面更是不在话下，端起酒壶把古平原那杯斟满了，又把自己那杯也满上，"来，我也敬一杯！"

古平原沉吟着，迟迟不举杯，张广发一笑："莫不是怕我在酒里下了毒？"

"笑话！"侧座作陪的李钦一扬眉，"这是一个壶里倒出的酒，张大叔要下毒，岂不是连自己也毒死了。既然你这么信不过我们京商，来，我俩换换酒杯。"说着，他拿过古平原面前的酒杯一口喝干，然后把自己那杯推给古平原。

话说到这份儿上，古平原也只得拿起杯子喝了。他确实有点怀疑张广发在酒里动手脚。但看李钦的神色无异，杯子又换过了，他这才放下心来。

三个人坐下，古平原机警得很，轻易不动筷子。看张广发让得殷勤，偶尔夹一筷子菜也必是张广发动过的那一盘。张广发都看在眼里，却不露声色。酒过三巡，按理说就应该入正题了，没想到张广发还是只字不提当年之事，古平原一问，他就顾左右而言他，说起了皇城根儿的老故事，把古平原气得直想拍桌子。

这一次连李钦都看不过去了，把酒杯一放，直截了当地说："张大叔，咱做人可不兴这样的，你是不是想耍赖？"

张广发一愕，随即仰头大笑了两声，然后眯眼笑着说："钦少爷说得不差。姓古的，我实话告诉你，你想知道的事情，从我嘴里一个字都掏不出来。不过我还真得谢谢你，你那条计真好，我张某人这一趟买卖，出关靠钦少爷一条计，入关靠你的一条计，来，我再敬你们二位一杯。"

古平原和李钦的脸色同时都变了，古平原的脸煞白，李钦却是涨得通红。古平原看了看李钦，李钦则看着张广发，随即怒道："张大叔，你别忘了，我是保人，我是李家少爷，这是我家的商队，我要你说，你就得说！"

张广发神色不变，微微低了一下头，算是表示歉意："对不住了，少爷，今儿这事，还真就不能听你的。再说这一趟出来，东家要我拿你当寻常伙计待，这伙计也不能命令掌柜啊。"

"你……"李钦气急，手指张广发，"言而无信，你这不是败坏我京商的名声吗？"

"信？"张广发一乐，"东家说得好，买卖做成了才有诚，钱赚到手了才叫信。你若是个叫花子，就是一身文遍仁义礼智信，也没人搭理你。"

啪的一声，古平原一拍桌子站起身来。他再也听不下去了，知道今天自己被人从头耍到尾，于是冷冷地对张广发道："这些年来，有时午夜静思，我还总对自己说或许当年之事有什么误会，现在看来，你果然是个卑鄙无耻之徒。我那张字条想必你也不会还给我了，要用它来要挟我不去报官，那你就打错主意了！古某堂堂七尺男儿，岂能受你如此之欺，就是拼了同归于尽，你也休想把那私盐运出关！"

说完，他转身就走，没想到来到门口一拉房门，阳光兜头这么一照，顿时头晕眼花，勉强再往前迈了一步，就如同踩在棉花堆里一般，人不知不觉咕咚一声栽倒在地。

李钦一见大惊，再回头一看，张广发的嘴角露出诡秘的笑容。便也腾地站起身，刚要说话，没料想头一晕，竟然站不住。双手扶桌勉强一抬头，冲着张广发："你居然连我也……"

张广发这才过来扶住李钦，慢慢地让他躺下。看着李钦眼睛渐渐闭上，叹了口气："钦少爷，谁让你非管这档子闲事呢？算大叔对不住你了！"

6

古平原一睁眼，只觉头疼欲裂，他跟跟跄跄走到院中，天已经全黑了，嘶哑着声音大声喊道："来人，来人哪！"

"哟，爷您醒了？"随声跑进来的是店伙计。

"张广发呢，京商呢？"

"张掌柜带着商队早就入关了。临走多结了一天的房钱，说您吃醉了酒，嘱咐小的让您睡好，谁也别来打扰。"

古平原还没听完，就已经冲了出去，他抱着万一的希望来到关门前，向守夜的士兵一打听，果不其然，京商车队早就扬长而去。

古平原心里的火一股股地往上拱，双拳攥紧，指甲不知不觉嵌进了肉中，竟也不知疼痛。他漫无目的，不知不觉走到一家客栈前，与几个骡伙计擦肩而过，听到这样一句话。

"你说这常老板也真有意思，前几天急得火上房，昨儿又出昏招，说是要把盐卖了换鱼。这一来二去，不净是赔钱的买卖吗？"

又一个声音道："你管他那么多呢，咱是伙计，听人的命，让咱干啥咱就干啥。"

古平原听到这儿便知道他们说的是那个燕门商人常四，敢情他还没走呢。再一想便恍然，常四的商队是临时雇来的，自然不像京商那般令行禁止，准备的时间必定要长，反倒是京商雷厉风行，一日之间便可乔装过关。

古平原站在街边想了想，认定眼下只有这一条道可走了。于是转到客栈后身，踮脚扒着矮墙看了看。果不其然，后院里常四老爹放风，旁边一个黑大个赤着上身，热汗直流，正一铲铲地把盐往水车里兑。

古平原又想了好久，终于一咬牙，翻身越过了矮墙，扑通跪在地上。

前日常四老爹与古平原分别后，回到客栈把这条好计说与干儿子刘黑塔。父子二人不敢轻信他人，所有的事情都是两个人亲力亲为。原打算今天一晚将盐水准备好，明儿一早出关，不料正在此时居然有人翻墙闯了进来。常四老爹吓得眼前一黑，差点心疾发作。刘黑塔则将铁铲一举，瞪大双眼护在老爹身前。

"是你？古老弟。"常四老爹稍微缓过神来，一眼就认出了古平原，赶紧叫刘黑塔把铁铲放下，过来搀扶古平原。

怎奈无论他如何用力搀扶，古平原就是垂头跪着，不肯起来。

"唉！"常四老爹一看这情形便明白了。其实他这两日何尝睡好，闭上眼睛就想起古平原期盼的目光，只觉得欠了人家一个天大的人情，心里不时难过。现在古平原找上门来了，常四老爹绝不认为他是有所要挟而来，看那样子必是遇上了什么过不去的坎儿，走投无路才来求自己。

"古老弟，你先起来，你是我家的恩公，怎么能跪着说话呢，你是不是想让我老头子也给你跪下？"常四老爹颇重感情，说着说着眼圈也红了，叫过刘黑塔，两人一边一个把古平原搀了起来。

古平原心里也不是滋味，本来自己无偿献计，洒然而去，现在却出尔反尔，就是这么一跪，已然让人家万分为难，自己所求之事到了嘴边硬是说不出口。故此他虽然站起身来，仍是怔怔地默不作声。

常四老爹虽然是个实诚人，但一辈子做买卖，什么人没见过？在心里品了品，就明白了古平原此刻的心情。不仅他明白了，就连刘黑塔这粗人都看出古平原必是遇上了什么难事。他肚子里藏不住话，一开口便道："爹，咱们就把这位古大哥带出去吧，好歹此计也是人家想的。一条计活两家，岂不是好！"

"你先别插话。"常四老爹摆摆手，转而对古平原和颜问道："古老弟，那日你只说了半截话，这流人逃亡一不小心就是死罪，你干吗要冒此大险呢？"

"我……唉！"古平原提到此事，心情复杂，他与张广发之间的事情与常四老爹毫无干系，贸然说了出来，又担心常四老爹胆子小会被吓坏。好在自己还有一个急着入关的理由，此刻倒不妨说出来。

想到这儿，他一声长叹："我自幼丧父，全靠家慈将我拉扯大。五年前遭此大难，从此与家中音书不闻。前月我听说逆匪已经快要打到我家乡了……"

常四老爹一抬手："我明白了，你是想回去探望令堂。"

"对，听说当地的青壮年已经扶老携幼纷纷逃散。我母已年迈，家中弟妹尚未成年，不知能否逃离险地，我现下心中真是急得像油烹一般。"说着说着，古平原触了情肠，为人所欺的愤懑，加上思念亲人的悲苦，俱化作了眼中的热泪。

常四老爹被他这几句话说得心头一痛，想想自己也是壮年丧妻，一直未续弦，吃苦受累将独生女儿拉扯大。将心比心，这姓古的后生为人热诚，又重孝道，实在是个好人。纵然是流犯之身，但这兵荒马乱的年月，谁有罪谁没罪，又怎能分得清楚。

此刻他已是有七八分心活，试探着再问："你说要混在车队中入关，自然已有了万全之策，不知是何好计？"

古平原听他问到此节，已知事情有望，看看左右无人，压低声音如此这般说了一遍。

常四老爹边听边点头，末了两手一拍："好，好，既然如此，我带你入关便是！"

古平原闻言，心头一震，他方才只是抱了个万一的希望，倒也没想到这位老爹竟是如此古道热肠。感动之余，倒头又是一跪："如果能顺利入关，大叔就是我的再生父母。"

"我身边的后生娃，都叫我老爹，你也这么叫吧。"常四老爹将古平原搀扶起来，一时间两个人心中都有感慨。原本是陌路相逢，几日之内竟然休戚与共，等于把彼此的性命都拴在了一起，人世间的际遇竟是如此奇妙。

古平原依言改了称呼："老爹，我这藏身之法更要隐秘，最好不要让其他人知道。"

常四老爹道："这你放心。不密不成事，更何况这是弄不好要掉脑袋的大事，我一定小心就是了。此事只有我们父子两个去办，好在所费工时不多，我恰又懂点木工，应该不会耽误明日出关。"

古平原又是一拜："累老爹为我担这么大的干系，我真是……"

"莫说了，莫说了，别说你也帮了我一个大忙，就凭你如此孝顺，也不该窝在这关外等死。只是你现在便要藏身在这客栈吗？"

古平原摇摇头："此时还不可以，我是随尚阳堡军营的军需官来此办差，虽说此处不似尚阳堡管得那般严，但若是天黑之时还不回营，万一追究起来，便会坏了大事。老爹只管放心去准备你那边的事情，半夜子时我一定前来与你会合。"

"好，一言为定，你自己也要多加小心。"常四老爹拍了拍古平原的肩膀。

刘黑塔在一旁本来一直没说话，这时候突然一步跨过来，粗声粗气道："这次要不是你，我们这趟买卖算是砸了。等入关之后，我替老爹给你磕头道谢。"

古平原知道他们爷儿俩要忙的事情还多，也来不及客气，拱了拱手，又从矮墙翻出。走到街上，远远望了望山海关那巍峨雄壮的楼门，深吸了一口气，暗道："死活就是这一遭了。"

7

古平原回到火房子，找到何世非三言两语将自己要逃出关去的事儿说了，一向受他庇佑的何世非立时难过得红了眼。他二人还没来得及再说什么，客栈的朱老板代替营官例行点名，等点到古平原时，抬头一笑，冲着他点头："古老弟，许营官有请！"

古平原心头一怔，强作镇定走到朱老板面前："我今儿吃过饭之后有些不舒服，弄了剂诸葛行军散，正躺在床上发汗。您帮我回个话，明儿一早我去见许营官可好？"

"哎哟，古老弟，这我可不敢，许营官只说叫你去，没说让我代你请假。我要是贸然答应，万一营官怪罪下来，我这买卖家可吃罪不起，您多见谅。"

古平原知道他说的是实话，也知道要叫这个看起来胖得有些蠢，其实圆滑无比的朱老板，代自己担这样的干系是绝做不到的事情。他只得随朱老板出了屋向客栈走去。

一路上，古平原想从朱老板口中问个究竟，怎奈朱老板一问三不知，只管打着灯笼走在前面，还走得是又急又快。他把古平原带到二楼，说了声"许营官在天字二号房"，就悄没声地退了下去。

许营官正在屋中等他，"小古，有件事非要你做不可。"

"是，请营官吩咐。"古平原听见是交代差事，先放了一半的心，甭管是什么难事儿，先领了差再说，拖到明儿那什么都不用管了。

"过不几日，我们这一趟的差事就结了，回营要向总务官报账。你也知道这一次我们是用盐顶的京商的马钱，这笔账前前后后倒了几遍手，账也不在一个册上，显得不够漂亮，回去在总务官面前难免要多费唇舌。要说通文笔懂算盘，哪个也不如你。"说着他把一本厚厚的账册丢了过来。

"你来帮我合合账，所有杂七杂八的账目都合到一本账册上。你既然充作笔帖式，这件事情我就全权委派给你，数目就按照我给你的账册来合。至于交接验收一应的签字都由你来签，统共一夜做完它。回营之后我给你记上一功，保不齐免你两年的刑期。"

古平原越听越是心惊,等听到最后竟然不由自主激灵灵地打了个冷战。这哪是要给自己记功,分明是要栽赃嫁祸,诿过于人,将这一次买到劣马的罪名全都推到自己身上。回营之后这许营官必定翻脸。有道是官官相护,自己到时候说什么都没有用,难免落个人头不保。更何况常四老爹那边不等人,丑末寅初,山海关大门一开,车队就要入关,自己再要等上这么一个机会不知是何年月了。

想到这儿,他赔笑道:"这件事哪能劳烦大人,小人自当效劳。不过在这里合账怕打扰了大人休息,不如让小人将账册拿到营房下处……"

"胡说!"不待古平原说完,许营官一拍桌子,"营房里人多手杂,这账册能随便带到那种地方去吗?我找人来吃酒要吃上一宿,你就在里屋做事好了。"

古平原心下雪亮,许营官怕别人不信是流犯做的账,叫来吃酒的这些人做见证。看来自己若是今夜入不了关,留在营中也难逃一劫。但眼下没有任何办法,只能见机行事。

卧室的窗前有一个条桌,古平原坐在桌前,打开账册,一条一条细合。他的性格是内方外圆,既来之,且安之。他侧耳细听前厅的动静,来的三个人有两个是随行的军官,还有一个是贩马的客商,彼此吃酒闲聊,内容无非是某某将佐克扣了多少军饷,盛京哪个堂子里来了好看的窑姐。小半个时辰过去,还只是听许营官在那里胡吹大气,窗外却已经打了二更。

"不妙,四更天一到城门就开,这样耽搁下去非误大事不可。"就在此时,窗棂咯地一响,开了一条缝。古平原连忙假作研墨,走到窗前一看,窗外之人正是何世非。

古平原大惊,将声音压得极低道:"世非兄弟,你怎么来了?"

"大哥,我都知道了,这样你走不了,我来替你。"何世非双脚踩在窗外引雨用的木槽上,两只手扒着窗沿,用同样低的声音回答。

"不行,我逃了,你就是从犯,要将这罪都担起来,还不要了性命?"

"我应付一阵之后就跳窗逃走,回营房去睡大觉,谁也不会想到是我在冒充你。"

"这……"

"没时间了。"何世非轻轻一推窗,极小心地迈了进来,古平原怕惊动外厅众人,只得用手一搭,何世非双足落地,便推古平原,"快走,快走。"

古平原知道此时迟疑不得,连嘱咐的话都没时间多说。好在两人穿的都是流犯常穿的粗布灰衣,换衣都不必,何世非只需坐在那里背对着众人就可冒充。

古平原心乱如麻,幸好这客栈他来过不止一次,轻车熟路摸了出去,撒腿如飞向来福记客栈跑去。

　　常四老爹等得心急如焚，买鱼、化盐水的事情进行得都很顺利，车内供古平原藏身的机关也已设好，没奈何那个约好的小伙子迟迟不到。常四老爹甚至在心里做了最坏的打算，万一这是官府布的一个局，有意引自己上套……他晃头不敢再想下去。

　　刘黑塔的想法却与他不同："爹，你放心，咱这就叫贵人相助，那位古大哥说的话不像是编出来的，天底下哪有那等丧尽天良的人会拿自己的母亲开玩笑？"

　　"唉！"常四老爹未语先叹气，"你还不晓得人心的险恶，这等性命交关的事谁敢轻忽，那姓古的年轻人迟了时辰，必定是出了什么想不到的事，我们的计划看来要改一改了。"

　　"这……"刘黑塔也不住地犯难，只得踮起脚尖四面望着，盼着出现条人影。

　　居然真被他盼到了，一条黑影从大道那边贴着墙根跑来，刘黑塔忙叫道："爹，你看，这是不是……"

　　常四老爹精神一振，连忙迎了上去，一看果然是古平原，喜不自胜。见他跑得脱了力，忙与干儿子一边一个架住，扶到车边。

　　古平原要了一瓢水喝下去，常四老爹见他喘匀了气，这才开口问道："古老弟，你怎么这早晚才来，可急死我了。"

　　古平原抱歉地笑笑："教老爹受惊了，出了点岔子，好在耽迟不耽错，总算没误事。东西都准备好了？"

　　刘黑塔向院内一指："三辆大水车不够，临时又加了一辆，装七百斤的鱼，其实是四大车的盐水。古大哥，你这计可真够绝的。你要弄这机关也不难，就是在水车底下装上一块板子，里面能躺一个人。"

　　"关键是这暗槽一定要装在水车里面，只有这样搜验的士兵才不会怀疑。"古平原一边检查一边道。

　　"也难为你了，要在水里躺上至少两个时辰，全靠一根苇秆换气。"常四老爹说道。

　　"东西准备好了，其余的就看运气吧。"此时古平原心里倒是平静下来，接下要做的就是往水里一躺，等到再起身的时候，不是钢刀架颈，就是已经入关重获自由。一死一生，全看今天了。

　　眼看就要三更天，天边开始有些蒙蒙放亮。古平原不再多想，脱下衣服交与刘黑塔，自己爬到做好了机关的大水车里。刘黑塔递给他一根苇秆，看着他潜入水底躺好，将一块盖板盖在上面。

"去叫伙计们起来，吃过饭立刻出发，我们第一批入关。"常四老爹也明白开弓没有回头箭，拼就拼这一把了。

8

常四老爹的车队果然第一个赶到山海关前，这些天因为关禁森严，原本最热闹的秋集也萧条了许多，大家的目光不由自主地落在了关口前的那几排站笼上，只见那几个站笼里的人早就没了气息。

"我呸，官府砍脑袋还要过上几堂，这可倒好，说枷死就枷死，也忒不拿人当人了。"刘黑塔忍不住狠狠地往地上唾了一口。

"噤声！"常四老爹连忙压制义子，"这可不比镇上，等入了关随你说。"

车队到了关前，守关的士兵尚自哈欠连天，嘴里骂骂咧咧："他娘的，这么早就要入关，赶着奔丧哪。"

刘黑塔听他嘴里不干净，眼睛一瞪从车上蹦下来，常四老爹赶紧拦在他的身前，满面赔笑道："军爷，大清早的辛苦你了，这点小意思，您老留着和弟兄们买包茶叶。"

十两银子的一个红包递上去，守关的态度自然大不相同，那小头目眉开眼笑。"算你识相，不过，"他话锋一转，"想来你也听说了，我们这儿的曹守备办事最严，要是咱们没查出来却被他查出来，大家都要挨棍子。你的车队只要没问题，就尽快放你们出关。"

"那是，那是。"常四老爹哈着腰，脸上挂着笑。

"车上都是什么啊？"

"鱼，都是鱼。趁新鲜赶着入关卖个好价钱。"

"嗯。"小头目不置可否地围着大车转了一圈，指挥着手下的士卒，"你们上去检查检查。"

几个士兵跳上车去，掀开车盖子，用长枪在水里搅了搅。那鱼本就被浓盐水"杀"得难受，盖子一开，又被一搅和，噼里啪啦直往外蹦。

"头儿，几辆车都是鱼。"

小头目也不答言，解下佩刀，用刀鞘在车身上敲打了几下，又俯下身仔仔细地看了个遍，几辆车都是如此。

敲了几下没发觉有什么异常，小头目一挥手："行了，就这么着吧。放他们入关。"

常四老爹大喜过望，想不到这"鬼门关"竟如此轻易地就闯了过来，生怕夜长梦多，连忙道谢。指挥伙计拽马赶车，就要入关。

想不到怕什么来什么，就听从通往关上的楼梯处传来一声尖刻的叫声："等一下！"

常四老爹心里一哆嗦，面上却笑容不改，向上望去。

就见来的这个人，穿着五品的守备武官服，只是前后的补子上都遮了素布，顶子也是白缨子。咸丰爷龙驭上宾还不到两个月，整个大清国无论官民都在服百日大丧，因此做此打扮。这武官白净面皮水蛇腰，一双眼珠滴溜乱转，嘴角微微向下，显见是个极难应付的主儿。

"这就是关上的曹守备，你自己小心着点。"那小头目低声说了一句，双手一垂，两眼望向地面，等着守备大人问话。

"这车里装的是什么？"

"回大人话，小的已经验过了，这四辆车里装的都是海鱼。"

"把路凭拿来给我看。"曹守备一伸手。

"是。"小头目要来常四老爹等人的路凭，双手递给曹守备。这路凭是行商必备的通关凭证，上面记载着商人的省籍、姓名。曹守备一边翻看，一边上下打量着常四老爹，咯咯笑着问道："燕门来的？"

"回大人话，是。"

"来的时候运的是什么货啊？"

"草民来时匆忙赶路，拉的是空车。"

"为什么匆忙赶路？"

"这……"常四老爹突然想起这句实话不能说，可临时改口又没有那份急智，只憋得是头胀脸红。

"哼！"曹守备冷哼一声，把路凭往地下一摔，回过头去呵斥把关的士兵，"你们这群混账东西，也不想一想，这车队大老远从燕门来，难道就是为运几车臭鱼回去吗？这里面要是没有夹带，我自己挖了这双眼睛去。"

讲完，他把脸转向常四老爹，又是咯咯一笑："怎么着？是要我验，还是你自己认了？"

常四老爹心想，何止有夹带，还夹了一个大活人呢，而且还是个流犯。但此时伸头一刀，缩头也是一刀，说什么也没有自己主动认账的道理。于是牵了牵嘴角，勉强挤出一个笑："大人开玩笑了，草民们都是守法的商户，再说大人虎威草民都早已听闻，哪个敢轻捻虎须。"

"漂亮话说得倒是好听！"

曹守备阴笑着从士兵手里拽过一杆长枪，拽了拽袍带就要上车，那小头目赶忙拦住："守备大人，这……这不劳您亲自动手。"

"滚开，让你们瞧瞧我的手段。"曹守备拿长枪向车里一立，将枪拔出来，看看水渍浸到的地方，又将枪在车外比了比，确定车内的水深与车体大致高低相同，这才不言声走向第二辆车。

这一招正打在致命的地方！古平原的那辆车吃水明显要比别的车浅。常四老爹的心提到了嗓子眼，刘黑塔摸摸腰里系着的九节链子鞭，悄悄将就近一辆车的拴马扣松了松。他打算一旦事情败露，立刻上马挥鞭，抢上老爹逃出关口。

不过连续三辆车验下来都无异状，曹守备自己也有点意外，他停下来，重新打量了一下这车队里的人。伙计们倒是个个若无其事，甚至有的还哼着小曲，不像是装出来的。

曹守备疑惑地皱了一下眉头，又将目光投向领头的二人，这一看却吓了一跳，只见那黑大个眼中出火，正恶狠狠地瞪着自己。曹守备一怔，再看那老汉，脸上虽然还是带笑，却明显面容僵硬。

人的脸就是一面镜子，不说话比说话还要清楚。曹守备验了那么多车队，什么人没见过。此时已经可以确定，这最后一辆车肯定有毛病。

曹守备心想："老王八蛋，还敢跟我嘴硬，一会儿大枷套在头上，看你服不服软。"想罢，抄起长枪向最后一辆大车走去。

常、刘二人的呼吸都要停住了，就在这千钧一发之际，从关门的另一侧，传来马挂銮铃的声音，声音急促，显见马上的人正在打马飞奔。

在场的人都是一怔，就见一匹快马直奔关口而来，看那样子是要冲关。

守门的士卒见状顿时慌了手脚，他们守关有责，一旦被人冲出关去，就要吃军法。小头目抽出腰刀冲上前去，虚劈一刀，喝道："什么人，还不下马！"

马上人拽住缰绳，带起一阵的尘土，也不知跑了多少路，身上都是土，灰扑扑的，连衣服的本色都看不清了。

"城门官在什么地方，立即叫他来见我。"这人下马后一张口，气喘如牛，声音嘶哑。

小头目趋前喝问:"你是什么东西,敢叫我们大人……哎哟、哎哟!"原来他一句话没说完,已经被一马鞭抽在了脸上。

"反了,兄弟们给我上!"小头目一蹦三尺高,腰刀一举就要下手。

"慢着!"曹守备看了多时,他眼尖,发现从马上下来这人,尽管衣服上都是灰土,但分明是一身武官的装束,只是没戴顶子,想来是飞马疾驰嫌碍事,收在行囊里了。

曹守备向前一拱手:"兄弟是守这城门的守备,未请教阁下……"

"少废话!"来人横得很,一伸手将自己身后背的一个长条布包解了下来,抖一抖,拿出一卷公文,"兵部八百里加急,带我去见总兵大人。"

"八百里加急?!"曹守备脑子里轰的一声。

历来朝廷与地方上的公文往来,在传驿递报上都有严格的规定,半点也错不得。普通公文用不上加紧二字,走邸报便可。若是急报,依轻重有"二百里""四百里"与"六百里"三种加急,"六百里加急"只限极少几种情况使用,大多与兵事有关,如总督、将军、巡抚、学政因故出缺,又或者重要城池失守或克复,地方上才能采用这种最为紧急的汇报方式。而朝廷对地方几乎从不使用六百里加急,为大家熟知的一次,还是康熙年间,皇帝擒鳌拜,老谋深算的孝庄太皇太后为了做到万无一失,密令驻守热河的八旗子弟星夜进京勤王,当时用的就是六百里加急。

而这一次从京里传来的居然是号称特例的八百里加急。曹守备听人说过,"八百里加急"除非是京师已被围困,要调兵救援才用得上,这说明京里肯定是出大事了。

"难道是逆匪出奇兵围了京城?"曹守备脑子一闪念,没工夫容他细想,驿差已经大不耐烦,从身上取出兵部的勘合,一把摔了过来。

曹守备连忙接住,展开一看,"着游击展天成递八百里加急至山海关总兵处,限时赶到,不得有误"。上盖着兵部的紫泥大印。

这再无可疑,也绝不能再耽误。别说来的是名游击,就是一个小小戈什哈,冲着这份骇人听闻的八百里加急也绝不能怠慢了。否则一不留神,不是摘顶子就是掉脑袋。

游击是从三品,官职远在他之上,曹守备先打了个千,然后赔笑道:"展游击,总兵大人现在府内,我领路,您老跟着我来就是。"

一转眼,他领着京里来的驿差走得不见踪影。现场众人丈二和尚摸不着头脑,那个小头目是个老兵痞,听得多见得多,知道既然是重要公文到了,关上定然有大动作，只待上面交代下来就是。

常四老爹这时候缓缓过一口气来，晓得这是个千载难逢的好机会，此时不走更待何时，便从身上又摸出一个十两重的银锭塞在小头目的手里。

这是彼此心照不宣的事。小头目掂掂银子，明白这个人情做得。不要说曹守备九成九没心思再来料理这件事，就算回来问起，只消说一声车队拦住了关口，挡了来往军民的路，放行也是应该的，于是默不作声地一挥手。

常四老爹如蒙大赦，高喊一声"走"，刘黑塔一马当先，赶着大车飞也似的离了山海关。

9

这下等于是在鬼门关里打了个转再出来，常四老爹回头望望，只见关隘越来越远，真不敢相信这一趟竟然就这么闯了出来。等赶到一处僻静的树林，常四老爹支开伙计，要刘黑塔打开水车里的暗槽放古平原出来。

古平原在里面耳目闭塞，但神志始终清醒，在关口那段，车队停的时间太长，他就预感到要出事。等到一出来，没想到已经顺利通过查验入了关。他大喜过望，先抹干净身子，换上衣服，然后张口问经过。

他急着想知道，常四老爹却不愿在此细说，怕的是伙计听了去多有不便，于是召集众人。伙计们围拢过来，见多了个年轻小伙子，都大为奇怪，常四老爹不慌不忙拿出早就准备好的一番说辞应付了过去。

古平原在浓盐水里泡了大半天，身上杀得又痒又痛，但重获自由的狂喜早就冲淡了一切，依着他，此刻就想道别常四老爹，直奔京城而去。但常四老爹却不同意，因为晚上还要有一番表示。

好在前进的方向大体上是一样的，如此走了半天时间，常四老爹挑了个不会引人注目的镇子歇下脚来。这一停是为了将盐水煎成盐粒，至少要两天的工夫。至此常四老爹才将真相讲明，并作为补偿给伙计们发了赏钱，当下刘黑塔指挥着一应伙计开始煎盐。吃过晚饭，常四老爹巡看了一圈，见有刘黑塔在，不用自己多操心，这才将古平原请到自己住的房间，备了一壶酒，一热一凉两碟下酒的小菜。

关上门之后，常四老爹不由分说便向着古平原跪了下来，而且要叩头，古平原急出了一头汗，又不敢大声阻止，恐店里的伙计听见起疑，只得半跪半搀硬是将常四老爹拽了起来。

"古老弟，你一条好计，救了我的命也救了我全家，我老头子哪能吝惜这一个头。"常四老爹脸色郑重无比。

古平原自然感动，但要说到救命，人家也救了自己一命，而且冒的风险更大。

待把这一层意思说出来，常四老爹连连摇头："那是你老弟命好。今天眼看就要被那短命的守备戳穿了，却平白无故地来了封什么八百里加急的公文，将他调了开，全靠了你老弟的福气大，整个车队都跟你沾了光。"此刻日头刚落，身边无人，正好长谈一番。常四老爹给古平原倒满了一杯酒，自己也掛了一杯，慢慢将白天的事情一五一十说给古平原听。

他的口才算不上好，但事情的惊险在那里摆着，古平原又是亲历，边听边是心惊。听到后来，停杯不饮，刚刚下肚的几杯酒，都化作冷汗冒了出来。

常四老爹夹一口菜，拿起酒盅又倒了一杯入口："你听了也后怕吧？黑塔说我当时脸白得都没了血色。你想想，要是那封公文晚来一步，现在你已经被擒回军营，我大概也已经人头落地了。"

话是一点不错，正因如此，古平原内心歉意更甚，重又举杯敬常四老爹："为了我的事，让您老冒这么大的险……"

"莫说，莫说。"常四老爹一摆手止住了他，"我还是那句话，你运气好，我们都是跟你沾光。不过古老弟，我看你一表人才，怎么会从徽州流放到关外呢？"

一句话问出来，古平原一阵沉默，常四老爹自己就先老大不好意思，又是连连摆手："我老头子一喝多了就喜欢问这问那，这毛病从前被家里老伴骂过不知几次了，还是改不掉。古老弟，你就当我没问过，喝酒，喝酒。"

古平原赶忙说："老爹，凭你我现在的交情，有什么不能说的，更何况也不是保密的事情。只是您这一问，我就想到了五年前，一时出了神，您老别见怪。方才您问我怎会从徽州发配至关外，其实我是从京城发配过去的。"

古平原家在徽州歙县古家村，古姓是村中大姓。徽人有"徽骆驼"之称，最是坚忍耐劳。加之徽州地形不易种粮，于是很多人从商过活。当地有民谚"前世不修，生在徽州，十三四岁，往外一丢"，说的就是徽州的男孩往往十岁出头就必须跟着家中大人去跑码头、学本事。

古家村也不例外，家家户户都是买卖家。古平原的祖父原是个粮商，随着京杭大运河的漕船做生意，家道还算是殷实。但就在古平原出生那一年，余杭至扬州一带"闹漕"，百姓揭竿而起，抵制官府征收漕粮。官府后来虽然派兵弹压，但古平原的祖父却赔了老本,一急之下,把命送在了扬州。古平原的父亲为了还欠下的债务,也跑起了买卖,他经商的手腕很是高明。起先几年还算是顺利,债务还清不说还赚了一些银子,家里比小康差些,但温饱却是不成问题。谁想日子刚刚好上一点,古平原的父亲想做一笔大生意,凑了些钱前往北方,竟一去不返,一晃就是十余年音讯全无。若是活着,无论如何会有音信递回来,所以大家都说他必定是在荒山野岭出了意外,想来是没指望了。古平原的母亲胡氏拉扯三个孩子,靠给人缝补为生,日子过得极苦。有几个荒年,若不是族人接济,他家的这一脉就要断绝了。

古平原从小就聪明伶俐,稍大一些之后,族中不少人要带他到外面学生意。但胡氏坚决不允,这是因为古平原的祖父、父亲经商都没落什么好下场,胡氏决意不让古平原再去从商。

不从商可以,但孩子必须有个谋生之路。胡氏尽管家境不好,却有孟母遗风,一心要孩子读书上进,将家中三进的宅子卖了两进,拿出银子送古平原去附馆。古平原的聪明用到任何事情上都不差,读书也是一点就通,别人尚在蒙对,他就已经可以开笔了。这一馆是族学,请的是从县丞任上致休的一位白姓宿儒,此人每对人言生平未见过聪颖如古平原者,颇有扶之成才的愿望,也算是得慰老趣。

古平原也没有辜负母亲和白老师的期望,十四岁进学成了秀才,又过三年参加乡试,竟然一次就中了举。红差来报,胡氏自然喜不自胜,在村里祠堂摆了酒宴。

席间,白老师就说,来年三月正好是皇家选才的秋闱之年,古平原才气纵横,若会试一鼓作气中了进士,甚至点了翰林,那才是光大门楣。

酒席散了,胡氏却犯了难。读书人赴京文试那是多少人一辈子梦寐以求的事情,自己家的孩子有这个本事,可是进京的盘缠却没有。算来算去,到京城路途遥远,再加上进京后的用度,花费不菲,一来一回没有二十两银子是绝下不来的。

这个难题早有人为她想到了。第二天一大早,白老师就捧了白花花的三十两台州足锭上门来。老先生清廉自守,一任县丞做下来,宦囊所积不过百两银子,都是从俸禄里省吃俭用存下来的,今天却慷慨相赠,讲明怜才之意无须归还。

这样的神童,这样的义举,一下子成了十里八村的美谈。临行之际,全村人来送行,古平原当着众人,先是给母亲磕头,然后又给白老师重重磕了三个头,之后洒泪相别。

古平原是第一次出远门,但他在家里是老大,素来做事谨慎,也知道盘缠来得不易。因此省吃俭用,尽量搭车搭船,所以走得不快,到京城时已近十月,离入闱不到一个月。

古平原颇有识人之智，也有自知之明，住在考生云集的客栈里，几日下来窥一斑可见全豹，料定自己虽然难以考中状元、榜眼、探花这三甲鼎，但二甲却有把握，退一步说，就算"场中莫论文"，中个三甲副榜也是十拿九稳的事情。十年寒窗，真到了大轿一抬，回乡光宗耀祖的那一天，实乃人生快事。

谁料想就出了事，而且是谁也想不到的飞来横祸。

原本一切顺顺当当，入闱那天，进了龙门，搜检之后，古平原被带到自己的号房。摆开笔墨，收拾心神，先写诗赋。这是他的拿手好戏，一篇大卷子写得"黑、大、圆、光"，自己看了都要叫好。接着做八股策论，八股题目向例出自"四书"，这一科选了《论语》，题目是"钓而不纲，弋不射宿"。古平原先打腹稿，再写了破题，阐明国家税赋不应竭泽而渔，要适当与民休息。时已近午，有人将午饭从小窗户送了进来。

饭还没吃到一半，古平原忽听到外面有人问负责值勤警戒的号卒，号房内是否是安徽举子古平原？

古平原顿时一怔，考场制度最严，龙门鼓响之后，号房门一关，除非失火，举子不得擅出，更不得与外人交谈，怎会有人打听自己。

正在疑惑之时，忽听有人轻轻敲了敲窗户，古平原犹豫一下，走到窗边，就听窗外人低声说道："古举子，你家里来信，说令堂重病垂危，要你知晓。"说完，窗外人疾步而去。古平原急推窗看去，却只看到那人的半张侧脸。

古平原天性纯孝，闻言如同五雷轰顶，什么功名前程，此刻早就抛到九霄云外。他匆忙收拾文房四宝，推开号门就要出场。

守门的号卒自然要拦，古平原只说提前交卷，但科场历来没这个规矩。只要进场，就算是昏厥，大夫也只能在号房里把脉开方，不到第二日黄昏，绝不能放人出场。

这些规矩古平原自然是知道，但此刻心神一乱却顾不得了，情急之下声音大了些，把这一院的房官引了来。福无双至，祸不单行，古平原的用意本来是要获个"喧哗科场"的罪名，拼着打十个小板，被逐出科场也就是了。但偏巧赶上房官走近时，他与号卒彼此推搡，手中的包裹一扬，这下坏了事了！

原来他心急之下，砚台里磨好的墨汁没有倒掉，就这么扣了盖子放在包里，此刻手一扬，无巧不巧，整个砚台砸在房官的脸上，把房官砸了个乌眼青不说，一兜墨汁将房官的脸染得像包公。

大清自开国以来，京试大典的贡院科场里从没出过这样的乱子。当下不由分说，士卒一拥而上，三道麻绳将古平原紧紧捆上，这边房官、副主考、主考逐层上报。担任此次科举主考官的是文华殿大学士、礼部尚书万青黎。万尚书为人最是方正，是个有名的道学，听说有人咆哮考场，而且殴打侮辱房官，火冒三丈，认为是有辱斯文的大丑事，立时下令将古平原扭送京兆尹衙门。

京兆尹杨嘉倒是个明事理的官，而且一向关照寒门学子。细问之下，觉得事虽荒唐，但情有可原，只要所言属实，未必不能从轻发落。谁知查问之下，却一个证人也找不到。

按理说，科场重地外人绝不能入，送口信之人必是能走动的执役，更何况之前这人还向号卒打听过古平原所在的号房。但问遍科场，无一人承认有此事。再到安徽会馆去打听，竟然也没发现有任何人从徽州来为古平原送信。

这就证明古平原所言不实。礼部下札，立时革去他的举人功名，再由京兆尹衙门按律治罪。拟发配冰州宁古塔与披甲人为奴，终身不得入关。待到堂上听判，却改成了发配流放稍近一些的沈水尚阳堡，十年为期，算是从轻。

10

"说来说去，令堂到底有事还是无事呢？"常四老爹听了半晌，到底忍不住插了一句话。

"无事。"事情过去了五年，古平原说起时已很是平静，甚至于有些安慰，"事情一发，我便求同乡打听，结果如衙门所说，安徽没有来人与我送信。后来发配到此，家慈托人捎信一封，更是证明贡院里的那个口信根本就是假的。"

"会不会是送错了信，不是给你的口信？"

"那人在窗外分明问是不是徽州古平原，这一科徽州的举子我都认得，并无人与我重名重姓，怎么能错？"

"这我就不明白了，你初次进京，与人没有深仇大恨，怎么会有人要害你？"

古平原轻轻一拍桌子，道："老爹说得透彻，这也是我这五年来日思夜想想不明白的地方。我曾想过或者是有人不愿让我中榜，但我的文名并不盛，也挡不了谁的路，怎么会有人和我开这么个玩笑？"

"想不明白，实在想不明白。"常四老爹摇着头再斟一杯酒，一饮而尽，"古老弟，我劝你一句话，你现在是逃犯的身份，可千万不要为了这件事再返京城，俗话说两京捕头，天下第一，你可要小心。"

这句话正戳在古平原的心窝上，入关不过半天时间，他的心思已然变过了。在凌海镇上他是一门心思想找张广发问个清楚明白，冒险逃亡入关所为也是此事，可一旦死里逃生闯出性命，他反倒犹豫了。正如同常四老爹所言，跑到京城去找张广发无异于自投罗网，就算自己豁出一条性命把真相弄清了，只怕今生今世再也回不了徽州，见不到母亲和弟妹。

他矛盾地笑了笑，"常老爹放心，我没那么傻，再说我现在探母心切，一心只想回故乡。"

"说到这个嘛。"常四老爹伸手从怀里拽出个小布包，里面是四个小银锞，每个五两分量，"古老弟，我这次出来带的也不多，你要回乡总要有盘缠，这点是我的心意，你可千万要收下。"

"不！"古平原连忙推辞，"您老千难万险把我带出来，就是我的再生父母，我怎能再要您的银子？"

"这就叫什么话，老爹还差这点银子吗，难道我还能让你双手空空上路不成？"常四老爹一噘嘴，胡子翘了起来。

古平原说什么也不肯收，后来实在推不掉，便取折中之法，拿了一块银锞，五两银子可兑大钱四千余文，路上省着点花，用到徽州勉强够了。

常四老爹还不肯，一定要古平原全数收下，逼得古平原没有办法，只得说实话，"您这一趟买卖，要说赚也不过就是百八十两。去除门包、折耗、税银还有雇车骡马以及伙计们的行脚钱，大概也剩不了许多。要是再给我二十两，岂不是白忙？"

这一句话碰到了常四老爹心坎上，他轻轻叹了一声："原本就是白忙，替官家白当差。现在运了盐回去抵上官盐，盐池倒是保住了，可这房子已经押给了放贷的，实在是没有办法可想了。"说罢又是自失地一笑，"我倒是行，什么苦都吃过，大不了去住草房，只是委屈了我的女儿。"

古平原是个热心人，听到这话，皱皱眉头问道："老爹，你就痛痛快快地说，要想把今年的债还完，一共需要多少两银子？"

"这也不瞒你了，我现在欠了三份债。一份是官盐，要是车队平安回去，这份债算是还上了。第二份是利息，我的盐池有一半是向别人借银子兑来的，讲明是年息一分二厘的利，一千两银子就是一百二十两的利钱，但这笔利息我回去央告央告，兴许能缓上一缓。第三份就是这次来关外贩盐，用房子做抵押，借了印子钱二百两，三个月的利钱也是一分二厘，连本带利要还上二百二十四两。"

古平原心算极快，常四老爹话音未落，他已接口道："也就是说，不算官盐，现下如果有三百五十两的进项,您老就能渡过这一关?"

常四老爹默默点头:"这些天我反复盘算过了,盐池的收项虽然不好,也勉强能赚上一百两。我手头的银子将来给了这些伙计脚钱之后,大概还能剩三十多两。但是还有二百多两,真是不知到哪里去找,实在不行就把我那老宅子给了放印子钱的吧。"

古平原摇着头笑了:"老爹,您看您,刚才还说不差这一点,现在来看别说二十两,就是二两也是您的救命钱,也真难为您还能凑这一包银子给我。"说着他把已经拿在手里的五两银子重又放入布包,在桌上一推,推到常四老爹那一边。

他止住要说话的常四老爹,"老爹,我方才说了,您就是我的再生父母,我不但不能使您雪上加霜,而且还要为您想想办法,看怎样把银子筹足。"

常四老爹见他这般,也不好立时坚持,只好把银包收了起来。见古平原一时皱着眉头,便宽慰道:"哪里能想出法子赚上二百两,若是能,天下的人还不都来做,还轮得到咱爷们。"

"不见得。"古平原想了一阵子,心中已有腹案,"眼下就有个机会,若是看得准,把握得住,用老爹手中剩下的银子就能赚上一大笔,兴许就能把这二百两凑够了。"

"古老弟,你不是开玩笑吧?你入关才一天,而且这一天我都与你在一起,哪会有机会你能看见,我却看不见?"

古平原笑了:"其实看见这个机会的人是老爹,只是您没想到罢了。"

常四老爹挠挠头:"这……这关子可卖得大了。古老弟,我晓得你主意多,还是别让我猜闷了。"

"这也没什么,只不过我碰巧知道些朝廷的制度。"古平原的点子就来自那"八百里加急"。他知道八百里加急一出,定是京城出了什么了不得的大事。

"到底是什么事?现在你我不能知道,但一定是坏事。"

因为如是喜事,譬如皇子降生、皇帝久病痊愈之类,必定是发邸报而非军报。更何况咸丰爷刚刚驾崩,小皇帝以六岁的冲龄即位,皇家何喜之有?

"一定是坏消息。"古平原说得极有把握,"既然是坏事,那就会有赚钱的机会。"

话说到这里,常四老爹还是不懂,这也难怪他,他只是个买卖人,除账本外大字不识一个,有关朝廷的体制仪注更是全不知晓,而古平原的主意就是从这上面来的。

"按例来说,咸丰爷的百日大丧就要过了,大丧里各地都在戴孝穿素,衙门的灯都是白纱的。现下各地衙门已经要开始采办红纸、彩灯、朱墨、亮绸之类的物品，以备替换。但这个坏消息一来，衙门的采办就不免观望。他们观望，那些进了货的商家可等不起，因为大家都要等银子周转，所以必要减价零售脱手。老爹就不妨沿路买上一批。"

"他们都卖不出去，我买了来还不是烂在手上？"

"老爹别忘了，你一路去到燕门，还要个把月的时间。朝廷办事，历来越是糟到极点的事情越要速速遮掩过去，所以到时候兴许这个坏消息就已经结束了。汾都府驻着巡抚衙门、兵马司衙门、藩司衙门、臬司衙门，都是大衙门，附近的州城府县还有知府衙门、县衙门，大大小小不计其数。衙门再要开始采买，就只能从你这里大宗进货，到时候价钱就是你说了算了，那些衙门里的听差只求能买到货交差，至于贵贱，反正不是他们出钱，哪个与你计较。三五十两银子进的货转手就是对半的利，要是赶上衙门急着买进，再多两倍也不稀奇。"

常四老爹又惊又喜，喃喃道："有这等好事？那万一……"

"顶多就是我料事不准，到时候衙门不肯高价来收。可是老爹别忘了，我们是贱价买进，肯定亏不了本，大不了原价卖出也就是了。"

"不错，不错。"常四老爹猛然想到，白天里曹守备的检查也只是险些发现古平原藏身车中，至于那借活鱼运盐水之计却是始终无人起疑。

"古老弟，听你说得头头是道，那一条盐水计更是闻所未闻，到底是家学渊源，不愧是商界世家子弟。"

"其实我在家乡倒没学过生意经，只不过邻里乡亲为商居多，耳濡目染也就懂得了些经商的诀窍。"徽商历来是商界巨擘，几百年的传承真的是不可小觑。古平原虽然只是读书之余学得了一点皮毛，但他天资聪颖，可以举一反三，已然让常四老爹这个做了一辈子生意的商人刮目相看。

"看你的样子倒像个做生意的老手，算盘打得极精。"常四老爹心中暗暗佩服，二人继续喝酒谈着生意上的事情。

古平原说若是知道那封八百里加急的内容，做这一笔生意就更有把握。

慢说他不知道，就是全国上下王公亲贵、督抚重臣、文武百官全都加一起，此时知道事情首尾的人也不超过十人。

只不过古平原猜得一点也没错，京城里的确是出了事，天大的事！

第二章

晋 商

1

咸丰十九年，也就是去年，英法联军烧了圆明园。咸丰爷带着后宫避到了承德避暑山庄，京里头留着懂洋务的恭亲王奕訢来与洋人办交涉。转眼就是一年。谁也没有想到，原本身子就不好的皇帝，竟然就此病死在了避暑山庄的东暖阁。

噩耗一出，天下震动，恭亲王借机与英法订了和约，专等大行皇帝的梓宫回銮，新皇即位。新皇是谁，那是连想都不必想的事情。因为咸丰帝身后只有一子一女，女系丽妃所出，子却是懿贵妃所生，继承皇统的自然就是这唯一的皇阿哥载淳。

可问题也就正是出在这位新皇的生母身上。懿贵妃是个权力欲极重的女人，皇帝生前因为身子不好，需要有人帮着批本，她看准时机将批本的事情握在手里，明着是替皇帝代笔，暗地里已经在学习如何参与政事。

但是皇帝的宠臣、军机大臣肃顺早就看出懿贵妃的野心，也不止一次在皇帝耳边进言，要皇帝早做决断，不妨学汉武帝对待"钩弋夫人"的故事，杀其母留其子。

皇帝倒是忍不下心，这件事就这么搁置了。事情虽然搁着，懿贵妃却早从太监宫女那里听闻肃顺要对自己不利，恨得咬牙切齿。

皇帝驾崩，肃顺成了八大顾命大臣之首，立时权倾天下。懿贵妃与恭亲王两个人都想掌权，又都要除肃顺，于是一拍即合结成同盟，等到八位顾命大臣护着大行皇帝的灵柩走到密云，恭亲王派了醇亲王以及几位亲信前去迎接，然后分别将八人调开，最后一一擒获，用的罪名是"专擅把政，目无尊上"。

肃顺虽然成擒，但有一件事令朝廷绝不敢大意。肃顺一向与在外的汉人督抚交好。当初逆匪初起，八旗无用，亏了肃顺力排众议，重用汉人，这才有湘勇、淮勇力拼逆匪的局面，否则能不能保住大清国还在两可之间。所以这些人都是朝廷倚重，用来消灭逆匪的重器，既不能得罪，又要防他们上书为肃顺乞情，到时候这面子既不好驳回去，也不能照准，可就为难了。

顾虑到这一层，朝廷对顾命大臣全数被擒下狱一事，消息封锁得极严，正因如此，有一道命令必须尽快下给与京师接壤的直隶、热河、山海关的驻防军队，这是防着肃顺的党羽利用众人不知情的便隙，一道矫诏调兵来京勤王护驾，到时真假李逵打起来，肃顺浑水摸鱼，就极有可能翻身。这都是不可不防，而且一定要安排好的大事。

肃顺被密擒在三天前，而常四老爹今日在山海关见到的"八百里加急"的公文，就是严令山海关诸将及所部，非见"玉玺""御赏""同道堂"三印，不得随意调兵，违者立斩。军法讲究的是听令而不问缘由，尽管各地总兵都对此摸不着头脑，但依令而行至少不会有错。

除此之外，下给山海关的命令中还有一条就是封闭关门十日，非旨不得擅开，以防驻扎在关外的旗兵哗变。

所以古平原真正是运气好。这一闭关，沈水大营的营兵，想出都出不来，更谈何抓捕，等到十日之后，古平原早就海阔凭鱼跃，天高任鸟飞了。

但古平原此刻不可能知道这么多的内幕，他只觉得这一天亡命下来，神疲力乏，骨头节都带着说不出的酸痛感。吃罢了酒回到房里，他勉强支撑着擦了擦身，向床上一歪，便昏睡了过去。

第二天一大早，常四老爹就起了身，他年纪虽然大了，身体却还硬朗，惦记着煎盐的事，半夜里还起来看了好几回。再说他也惦记着古平原的逃犯身份，每次店外有点风吹草动，狗一叫，常四老爹心里就是一翻个儿。

常四老爹从房中一出来，正巧与古平原走个碰头，一望便知古平原昨夜也没睡好，一双眼如同火燎，红得吓人。

"古老弟，你先回屋歇着吧，等出发了我再告诉你。"

古平原这一夜连着做了好几个噩梦，最后梦见何世非一张惨白的脸，猛然惊醒。他打算请老爹派个伙计回去打听打听何世非是否有被自己牵连，话还没说出口，就听一队从山海关方向被拦返的商队进了大车店，领头的人嘴里嘟嘟囔囔。

"他娘的，真是倒了八辈子霉，进不去关也罢了，大清早就见城门楼子上挂人头，晦气到家了！"

古平原心中一动,赶过去问道:"山海关上挂了人头?是什么人啊?"

"一个流犯的人头,说是什么助匪类逃脱,按'逃人法'斩首示众。"商队领头的摇摇头,没好气道。

古平原只觉得眼前发黑,心痛如绞,深悔不该让好兄弟顶替自己,许营官心狠手辣,必然是他发觉了后下了毒手。古平原这时候心里乱得如同狂风掠地,说什么也要回去给何世非收尸,常四老爹拦不住他,连忙喊刘黑塔,两个人一个抱腰一个拉手,古平原挣了两下,猛然间哇的一声吐了一大口血,人随即瘫软下来昏迷不醒。

常氏父子把他架回房躺下,常四老爹老于商旅,对出门在外的事情烂熟于心,他搭了搭古平原的额头,果然,烫得像小火炉,鼻孔出气也是极热。

"坏了,这是急病,大概昨夜就蕴着病根儿。现在又受了刺激,更是不得了,赶快去请郎中。"

小镇上没郎中,只有一家药铺的老板懂些医道。药铺老板为古平原把了把脉,又看看舌苔,极有把握地说:"这是风寒之症被急火攻心引了出来。不要紧,我开些药,喂他吃下去,静养几日就没事了。"

开方吃药不成问题,可是要静养就难了,总不能将古平原一个人丢在客店里。常四老爹思来想去,决定带古平原上路。先向燕门走,什么时候古平原的病好了,再分道扬镳也不迟。

于是等盐煎好,他雇了一辆舒适的马车,里面铺上被褥,让古平原躺进去,随着车队出发。一路上照着药方吃药,古平原的病却始终不见好转。常四老爹怀疑是庸医误诊,赶到下一个大市镇,请了有名的大夫来看,却也说是风寒入体,脾虚体弱,开的方子大同小异。抓过药一吃,烧时退时发,人却始终不见清醒,迷迷糊糊,神志不复。

常四老爹没有办法,只好买来冰块为古平原擦身退烧,每过一个市镇就延请大夫为古平原瞧病。来的大夫把过脉都说是风寒,看了前面的方子也都点头,但古平原的病就是始终不好,把常四老爹愁得不知如何是好。

刘黑塔也没闲着,听常四老爹说了古平原想出来的生财之道,他大是兴奋。沿路上指挥伙计收购喜庆用物,红蜡、红纸、朱砂、彩布,装了满满一大车,就等着到燕门看古平原的话灵不灵。

2

"把我放出去,听见没有!"从京商的车队中不时传来这么两嗓子,伙计们都像听惯了一样，谁也不言语，就跟没听见一样。

喊话的正是李钦，他把喉咙都喊疼了，也不见人来，只得颓然坐下。

李钦被京商带入关的时候还是昏迷不醒，张广发只推说他喝酒误事，士卒验过不是流犯也就放他过去了。不过等李钦醒了之后，这一通大闹连张广发都头痛不已，只好把他关在马车上。

李钦被关了几天，也软了下来，到今天实在闷得熬不住了，咬了咬牙，又喊道："我不闹了，叫张广发来！快去叫！"

闻讯赶来的张广发把伙计们都远远打发走了，从腰间摘下一把钥匙，亲手打开了车厢的门，阳光乍一照进来，刺得李钦睁不开眼，好不容易眯缝着眼睛向外看去，顿时吓了一跳，只见张广发直挺挺地跪在车后，垂首不语。

张广发是大掌柜，脸面要紧，就算是犯了再大的错，哪怕是得罪了东家，顶多是主动辞柜，绝没有跪地认错的道理。

"少爷，我这一跪一是向您赔罪，二是有件事要求您。"

"什么事儿？"李钦迷惑不解。

"从今往后您能不能别提在关外遇上古平原的事儿，就当从没见过这个人，行不行？"

"这……"李钦可为难了，他原打算从车里一出来，非逼着张广发把事情的原委一一讲清楚，不然实在是好奇难忍。可没想到张广发棋先一着，抢先把自己的嘴给堵上了。

"古平原的事儿我可以不管，但我问你，当时是不是给我下迷药了？那不是同一壶酒吗，你怎么没中毒啊？"

张广发笑了笑："迷药抹在酒杯上，我不是抢先拿起一杯嘛，那杯上做了记号。"

"嘿，这么说剩下的两个酒杯里都下了药，你是存心连我也要迷倒啊！"李钦想明白之后差点把鼻子气歪了。

车队再往前走，过了遵化眼瞅着离密云不远了。

"歇过今晚，明儿大伙都精神着点，一气儿赶路，争取赶在外城关门之前进城。到时候回家抱着婆娘睡觉，比在大野地里吃冷风强上百倍。"张广发一边安排伙计扎营，一边大声说道。

一句话说得人人笑逐颜开，唯一笑不出来的是李钦，他只要一静下来就想到古平原，心里有一份说不出的别扭，于是一个人悄悄离开了车队。

这一晚皓月当空，不远处一座土山，山脚下勒着石碑，上写"磨盘冈"。沿着山有一条羊肠小道，再加上月色清明，上山的路倒还好走，半个时辰不到李钦已然来到了庙前面。这座庙前后只一进，有大殿无庙产，也就没有主持的和尚道士。殿前有一座天然石台，台上摆着不少插着残香的小香炉。周围乔木高大，枝叶却很稀疏，月光透过树叶照下来，如同斑驳鬼影。

李钦胆子不大，看着黑咕隆咚的大殿心里直犯嘀咕，犹豫了半天才踏进半只脚。好在这殿残破，大梁漏了一角，借着月光，李钦抬眼往上看，殿里供的竟是雷神。雷神是水部诸神，供雷神和供龙王一样，都是为了祈雨。

李钦来到神像前，觉得雷神那双厉目瞪着自己，心下觉得不自在，刚要退出去，就听到旁边角落里有窸窸窣窣的声音。

"谁？"李钦大吃一惊，连忙退了几步来到殿门口。

等了半天没动静，他壮着胆子又探了探头。

"别动！敢过来，一剑扎死你！"从角落里传来一个女子的声音，声调稚嫩，听起来仿佛还没有成年。

李钦一愣，连忙止步，他知道自己在明处，人家看自己看得清清楚楚，便拱了拱手。

"打扰了，我是京城的商人，从此经过，上山来观瞻庙宇，我这就走。"李钦还以为是本地乡民半夜祈神祭拜，也不欲多事，转头就想走。

"请等一下。"殿里又传来另一个女子的声音，李钦这才知道里面并非一人。陡然想起狐仙鬼怪的传说，饶是他在洋行入了洋教，但从小听的故事深入于心，脸上神色不禁变了变。

"你别害怕，我们不是鬼也不是怪，和你一样都是大活人。"里面的人仿佛看出他心中所想，安慰了一句，随后走了出来。

出声的是女人，出来的却是男人，李钦好生奇怪。细一端详才发现原来是两个男装打扮的女子。一个与自己年纪相当，大概刚过及笄之年，虽然扮作翩翩公子，但细细看去，明眸皓齿，肌肤胜雪，清秀绝伦，双目晶晶如月射寒江。此人正凝神看着自己。

李钦虽然年未弱冠，但已在风月场里混过多时了，这个楼、那个馆的花魁也见过不少，可称阅人无数，却被这女子一比都比了下去，他没想到荒郊野岭居然有这样的美人儿，顿时就愣愣地看住了。

"喂，我说你这人，直眉瞪眼地看什么呢？"声音一起，李钦才想起旁边还有一人。这一个还要再小上两三岁，豆蔻年华一脸的稚气，做书童打扮，手里拿着一柄三寸长没出鞘的短匕，想必方才说"一剑扎死你"的就是她了。

"哦，姑娘……"

"你说谁是姑娘？"李钦刚一开口，就被那凶巴巴的小书童打断了。

李钦倒不怕这样的人，笑嘻嘻道："要是男人说话这个声音，我倒真要撒腿跑了。"

"为什么？"小书童追问。

"必是被女鬼上身呗。"李钦一笑。

"你……"小书童刚要发作，旁边的公子拦住了她。

"算了，四喜，是我们猝不及防忘了装男嗓儿，怨不得给人家认出来。"

"知道了。"那叫四喜的小书童嘴里答应着，却还不忘狠狠挖了李钦一眼。

那公子开口道："请问，你方才说是京城来的商人，途经此地？"

"是，我们的商队去给沈水大营运送军马，现在是走回程，就扎营在不远处。"李钦好色，见了美貌女子就心痒，但面前这人却又有一种凛然不可侵的感觉，让他在心动之余还多了一份爱慕之心，故此也不藏着掖着，和盘托出。

那女子又打量了他两眼，微微一笑道："敢问阁下可是李家公子？"

李钦心里一跳，迷惑地看了看她，喃喃道："……你是怎么知道的？"

这无异于承认了，女子又是一笑："给沈水大营运军马这样的生意，在京商中只有李家才能揽下。在商队扎营之时独自跑上山看风景，足证连大掌柜都约束不了你。再加上你衣衫华贵……"

女子轻描淡写一说，李钦可是听呆了，这般玲珑心思，片刻间推理得滴水不漏，可真是少见。这一定不是普通人，李钦不禁问道："请问你是哪家的千金小姐，怎会深夜在此荒山野岭？"

"我嘛……"那女子心里仿佛有事委决不下，抬眼看看李钦，又叹了口气。

"姑娘，萍水相逢也是有缘，你有事情尽管说。实不相瞒，我确是李家的少东家，能帮处我一定帮。"

"真的？"女子眼前一亮，

"如有半句虚言，让雷劈死我。"这句现成咒起得恰是地方，四喜不禁一乐。

"我想跟着你们商队回京，我要见你爹。"女子等他发了誓，立时开口接道。

"我爹？"让李钦想破头，他也想不到女子要求的竟是这件事，顿时如坠云雾中，瞪大了眼看着这女扮男装的主仆二人。

"怎么，我难为你了？那就算了。"女子倒是毫不在乎。

"这个……"人家要见自己爹，这无论如何也不算难事儿。李钦糊里糊涂地答应了下来，一路下山时问那女子叫什么名字，女子总是不肯说。

李钦气急了："总得有个称呼吧？不然有事情我怎么寻你说话？"

女子一指四喜："你和她说，让她来告诉我。"

李钦原本还打算在路上和这女子攀谈亲近，至此已知无望，等到回了商队，找到张广发，让他安排一顶空帐篷给那主仆二人住。张广发一听原委就急了，一把把李钦扯到边上："我的少爷，你好糊涂，带人进京去找老爷？这俩是什么人你知道吗？不知道就随随便便带去见老爷，你的胆子忒大了！"

"能怎么样？又不是毒蛇猛兽。"李钦还不服气。

"伙计们看不出来，你就以为我也看不出来，你当我这掌柜的白当了？"张广发被这小少爷气得不轻，"那是两个姑娘，对不对？有道是和尚、乞儿、多情女，在外面跑的都知道，这三种人都是绝不可招惹的，你怎么胆子这么大？"

"洋行里没教过这个。"李钦没好气道。

张广发直摆手："罢、罢，我不管是雄是雌，趁早把她们俩撵走，咱不惹这麻烦。"

"这三更半夜，把人姑娘家撵走？亏你想得出来！"李钦也发脾气了，一扭头不理不睬。

"你不撵我去撵，她俩留在这儿，我一晚上别想睡好。"张广发抬腿就要去撵人。

"行，你撵吧，不过等到了京里，咱俩的那个约定也就不算数了。"李钦灵机一动拿古平原的事儿来要挟张广发。

这一招果然好使，张广发立时如泄了气的皮球，没奈何只得答应下来。

从密云一路过来，张广发已经没心思去管李钦和那"捡"回来的俩姑娘了，他敏锐地发现路上的形势有变。不管是乡间路口还是大邑门户都有士兵把守，水陆码头更是搜检极严。张广发因为惦记着东家的信，所以急着回城，一路上不免破财免灾。好在这些士卒都肯伸手拿钱，红包就是通行凭证，手一摆对大车队视而不见，他们这才能在城门关闭之前赶到城下。

到了广渠门一看，张广发可就头疼了，这里的搜检比乡间严上不只十倍。绿营的千总带着七八个把总分成几队来搜，行人入城，辫子要散开，鞋都要脱下来验看。看这架势，入城的队伍行进缓慢，今夜无论如何是进不去了。他只得吩咐一声，叫大伙计找客栈，城外暂歇一宿。

他这边安排着，李钦也拍了拍马车的门，待那主仆下了车，往前一指："看见没有，搜人是搜男不搜女，你们俩让人一搜就麻烦了，不如改回女装吧。"

四喜一看城门，脸色有些发白，拉了拉公子袖子，悄声说："小姐，咱们听他的吧。"

那公子摇了摇头，看了一眼她们带的书箱，也悄声道："人虽搜不得，难道东西就能搜吗？还是要想个万全的法子进城。"

正说着，就听城门那儿有人喊张广发的名字，边喊边冲着队伍走过来。

张广发拢目一看，登时大喜，从马上跳下来，紧走几步。

"李安，你怎么到城门这儿来了？"

来人是高门大户仆从的打扮，年纪与张广发相仿，听问先是一躬。

"张掌柜，老爷知道城门戒严，怕你们不好进来，特地求了九门提督一张条子。这几日都让我在此等候，总算是把你们等到了。"

张广发连忙把他扶住，嗔怪："你怎么和我闹这个，当年的交情都忘了不是？再要这样我可不依。"

李安憨憨一笑："现在你是大掌柜嘛，不一样了。"

有了九门提督的条子，京商的车队畅通无阻地进了城门。此后兵分两路，大伙计带着车队返回商号不提，李安带着李钦、张广发，还有那半路相识的主仆，来到位于前门大街与先农坛之间的京商会馆。

3

京商会馆由来已久，始建于元朝，距离古刹般若寺不远。明初曾荒废过一段时期，后来明成祖以天子守国门，迁都京城，京商继而中兴，绵延明清两代。几百年下来，会馆房舍虽然依旧高轩，但早已破旧不堪。后来李家主人李万堂于咸丰初年出资翻修，买下周围地皮，不计工本大造楼阁，重建后的会馆比原先扩了三倍不止。新盖的三座二层小楼，分为"议事""兴学""度支"，不仅可以供京商大佬会议商谈，而且无论富贵贫贱，只要缴纳京商会费，开堂会之时一视同仁，皮匠铺的小老板也能和茶庄、粮行的大掌柜同坐一席。

李万堂如此热心京商公益，且又公道无私，手面豪奢，赢了不少人心。待到京商会馆大修已毕，有头有脸的京商汇聚一堂，公推其为会馆总执事，传到外面老百姓耳朵里，就变成了京商首领。再加上李家世代经商，买卖无数，早就有"李半城"的称号，可谓是声望一时无两，大江南北的商界就没有不知道京城李家的。

因为会馆全由李家捐资而建，故而前边三进是京商公所，后面一片宅院则无异于李家私宅，平日李家主人李万堂也都是在此会客理事。

穿过九曲回廊，见张广发随李安进了上房，李钦趁机凑过来道："都到了这儿了，你总该告诉我，为什么要见我爹了吧？"

公子瞟了他一眼没出声。

李钦无奈地咽口唾沫："那姓什么叫什么总该说了吧。不然一会儿我爹把我叫进去一问，我带了个无名无姓之人来见他，岂不荒唐！"

原本他也没抱多大指望，不料那公子居然开了口："说得也是，待会儿要是李老爷问起，你就说我姓苏，名紫轩，紫气东来的紫，轩辕黄帝的轩。"

"哦，苏……听你口音是京城人士。现在天色已晚，待会儿见了我爹之后，我送你回家如何？"这女子不仅神秘，而且身上透出的那股子气质再加上美貌，让李钦很是着迷。

"等会儿再说吧，出了门还不定会去哪儿呢。"苏紫轩嘴上应着，脚步有意无意往上房走去，这里与前面公所隔着很远，嘈杂之音传不过来，等走近了上房，里面的谈话声便依稀可辨。

就听一个沉稳有力的声音始终在说话："现在靠山变成了冰山，冰山也已经倾倒，这没什么可惜的，越是大生意风险也就越大。不过我们不能不早自为计。"

他话音一落，这时就听张广发道："唉，没想到会出这种事，这些年花在他身上的钱陆陆续续一百万也不止啊，心血付之东流，就这么全完了。"

"不要想那些！这几年具体的事情都是你去办的，眼下要先把线斩断，字据一张也不能留，明白吗？"

"是！我马上就去办。"张广发答应一声辞出上房，与李钦打过招呼便匆匆而去。随后李钦被叫了进去，那声音顿时严厉起来。

"听说你还没到山海关就摆少东家的谱儿？！"

"我……我本来就是少东家……"李钦说话的声音显得底气不足。

那声音许久没有开口，这一沉默，就连苏紫轩在外面站着也感到了一种迫人的压力，心里不禁有些发寒。

良久，李钦喃喃地开口："我带回两个人，有个叫苏紫轩的，她要……要见……"

没等他说完，那声音忽地打断："李安，命人带少爷回府，一个月内闭门读书，哪儿都不许去！"

"我……"李钦的声音刚要放大，李安在旁赶紧拦住。

"少爷，您第一次出远门，能平安回来就是一功，太太那边还等着您呢，赶紧回去吧。"

李安连说带劝把李钦劝出房门，对着退在廊下的一个下人吩咐两句，李钦看了一眼苏紫轩，不情不愿地走了。李安这才对着苏紫轩主仆略一躬身，请她们进了上房。

苏紫轩不慌不忙地带着四喜进了上房，打眼一看就知道，这里其实是李万堂的私人书房，壁上一幅"英绝领袖"李来泰的"半宜明月半宜风"已将房中衬得雅气十足。隔着案几坐着一位年近半百的男人，湖纺的长衫，绣着雅致竹叶花纹的绲边，灰白的头发配上一双炯炯有神的眼睛，看不出丝毫的市侩气。

"想不到他就是李半城，不像是个商人，却好像国子监的学士，清秘院的翰林。"苏紫轩暗暗称奇。

屋中之人自然就是京商首领，号称李半城的李万堂。他看了一眼进来的主仆二人，心里也是一愣，女扮男装已是出奇，且又是如此倾国倾城的美色，他已听张广发说这两人是专程来找自己，但还猜不透她们葫芦里卖的是什么药。

"两位请坐！听说你们特地来找老夫，不知所为何事？"李万堂顺手拿过一把精巧的花剪，轻轻修着桌上的一瓶文竹，连看都没看苏紫轩。

四喜侍立在旁，苏紫轩坐下，盯着李万堂道："我想卖你一样东西。"

李万堂淡淡一笑道："想卖给老夫东西的人不少，但值得买的就不多了。"

"我这样东西你一定想买，就是不知道你的本钱够不够。"苏紫轩可是笑容皆无。

"喔？"李万堂手上的动作丝毫未受影响，声音中却有几分讥诮。

"请过来一看。"苏紫轩指了指四喜拿着的书箱。

李万堂起初见这女子容颜俏丽，还以为不过是来出卖美色，这样的女人他早已司空见惯。原本想给几个钱打发出去，看这样子却非如此。他这才仔细地看了苏紫轩一眼，四喜把书箱捧前几步掀开一角，李万堂略向内细细一看，立时抬头用凌厉的目光扫了苏紫轩一眼。

李安在旁一看老爷这样，也把头伸过来想看个究竟，四喜却已把书箱合上了。

"怎么样，值多少银子？"苏紫轩问道。

李万堂不动声色地指着书箱道："我且不问这是怎么弄来的，我只问你究竟是谁？"

苏紫轩转回头看了一眼李安。

"你但说无妨。"李安这些年为李万堂办了不少机密事，早已是李万堂的不二心腹，论起信任程度还在张广发之上。

"我是谁？"苏紫轩重复了一遍李万堂的问话，像是有些不知如何回答，想了想伸出一只手，纤长的手指上有一枚戒面向里的戒指。她把戒面轻轻转过来，一团红光顿时闪现，看得人目眩神迷。李万堂对珠宝颇有研究，最是识货之人，一看就知道这不是什么红宝石，而是钻石中最为珍稀的火油钻。他猛地想起一件事，眉毛不由得一挑，细细端详着苏紫轩。

"这样的稀世珍宝，又是你亲手送出去的，自然不会忘记。我是谁还用再问吗？"苏紫轩缓缓道。

李万堂不答，对李安吩咐道："出去守着，不许任何人靠近。"

李安答应一声。李万堂这才转脸对苏紫轩道："你从密云逃出来也罢了，居然还敢回到京城。"

苏紫轩面上毫不在意，脸上却笼着一层寒意："京城嘛，虽险实安，我回来自然有事。"

李万堂揣度着此人来意，重又坐回到书桌后，却没有再拿起那柄花剪。

"想救人？你来晚了。"李万堂几乎是一转念便明白了。

苏紫轩站起身，边在屋中走，边说道："不晚！三法司会审，只要京中有那么一两位亲贵肯说话，就能归到八议[1]制度上去，议亲也好，议贵也罢，哪怕是议功也不妨，都能将罪减等。退一步说，就算是不按八议，拖上些时日，可请督抚力保……"

"晚了！"李万堂听她一口气说到这儿，已知这姑娘智计非常，但还是一字一顿强调着。

"你是怕惹祸上身吧。方才我已在房外听了你的话，哼，靠山变冰山，冰山也倒了，说得可真好。不过你别忘了，水还能结冰，土也能聚山，越是这个时候你出把力，将来……"

李万堂微微摇头，苏紫轩脸上已是变了色，冷笑一声："咸丰四年，园工筹粱

---

[1] 封建时代的一种法律制度，主要针对八种特殊人物在犯罪时的特殊处理方式。

方，李家以川楠充抵贵州金丝大楠，获利五十万两白银。咸丰五年，垄断直隶兼热河十七座大营的军服专卖，每年获利三十万两以上。咸丰十年，户部宝钞案，不经官卖，私自收买经营钱局五处，每年获利在七十万两以上……"

她一边说一边观察着李万堂的表情，却见他除眼神霎时变得如刀锋般锐利外，脸上的颜色却是丝毫未变，心中暗暗钦佩此人的养气功夫。要知道这些都是李家的绝密生意，其中无不与当朝大员有直接的关联，通同贿赂，私相买卖，若是有一样捅了出去，都是抄家杀头的罪名。

等苏紫轩全都说完了，李万堂居然轻轻鼓了鼓掌："好记性，早就听说有一本账册，抄了家也不见下落，还以为见机得快，早早就毁去了，想必是在你手里吧。"

苏紫轩点了点头："从十岁开始我就保管这账册，上面的每一笔都是我记的。你不要打什么杀人灭口的算盘，我的书童有两个，这个叫四喜，还有个叫三笑的童儿没跟来，我要是出了事，账册的秘密自然就公之于众。"

李万堂听了连眉梢都没动一下，仿佛这样的安排早在他的意料之中。

苏紫轩点了点头："我知道你是聪明人，别的人就算是我握着他的把柄，也还真不敢去找，因为那些人太笨了，辨不清形势，搞不好急急忙忙挖个坑，连我带他自己都一起埋了。"

"明白这个道理，可见你对人心也知之甚深。"李万堂看向苏紫轩的眼神里带着三分欣赏，话中却又有七分冷酷，"聪明太深遭天妒，你真的是来晚了！"

他一再说晚了，苏紫轩心里陡起警觉，颤声道："你是什么意思？"

"你前面说得都对，奈何没有什么三法司会审，昨儿一道旨意已然定了斩立决。"

"什么？！什么时候？"苏紫轩的脸顿时变得比玉还白。

李万堂嘴里说出来的话仿佛寒冬腊月门洞吹出来的风："今日午时。"

午时！现在已是戌时，已然过去四个时辰。苏紫轩眼前一黑，若不是四喜手快扶着，险些跌在地上。

"菜市口问斩，老夫也去了，看得千真万确！"李万堂表面一脸的木然，但仔细看却能看出他一直在用眼角余光不停地观察着苏紫轩。

"有话留下吗？"苏紫轩脸上的表情极痛苦，紧紧地咬着唇，竟然没哭，满是怨毒地问。

他二人始终在回避着一个心照不宣的名字，李万堂沉默了一会儿，道："没什么要紧话，只是大骂西后与恭王。"

"知道了！"苏紫轩咬了咬牙，强撑着站起身来，四喜在一旁担心地看着她。

"临走的时候能去送一送,足证你还记得这番交情,倒真要谢谢你。救人的事情就算了,不过我在京里总得有个待的地儿,就麻烦你了。"

"你要留下来收尸?"李万堂虽然如此问,但显见并不如此认为。

果然,苏紫轩答道:"那不是自投罗网吗?再说宗室无暴尸,后事自然由宗人府管。我留下来有其他的事儿。"她的语气不容置疑。

李万堂脸上掠过一丝不易察觉的笑意,却假作为难,皱紧眉思量了半晌才叫道:"李安。"

李安闻声而入,李万堂吩咐道:"带这二位到西城口袋胡同那处宅子,安排她们住下,从府中派几个稳重的老人儿,一切用度全由府上账目拨给。"

"是。"

苏紫轩跟着李安要往外走,李万堂忽地又道:"书箱里那东西,你打算怎么处置?"

苏紫轩头也没回,答道:"原想万不得已时用来救人,现在有更大用处了!"

她说完带着四喜径直去了。李万堂坐在椅上,看着她的背影消失,这才拿起那柄花剪,将眼前文竹一剪而断,轻声自语道:"好一柄利器,不用可惜了。"

4

"东家,我来了!"张广发在书房门外道。

"进来。"

书房里李万堂聚精会神地看着墙上新挂上的一幅地图,听见张广发的脚步,并未回身。

过了老半天,李万堂才转过身,问了一句:"前面诸位店铺掌柜议得怎么样了?"

张广发站起身毕恭毕敬地回话:"大家都很焦急,京里这一乱,各自的买卖都受了不小的影响,再加上军捐又提了两成,都在叫苦。"

李万堂脸色平静如常:"只不过是暂时的麻烦罢了。我所担心的并不是这些。你对此事怎么看?"

"小人愚钝,不过我觉得咱们京商赚钱的秘诀,向来都是与朝廷和官府搞好关系,所谓近水楼台先得月。这一条是其他商帮无论如何也比不了的,也是京商的根本。只是眼下这一场大乱局,把我们多年喂饱的红顶子官员几乎掀了个遍,有许多做得顺风顺水的生意一下子断了头。官府不再承认我们的专卖专买之权,这才是最大的危机。"

李万堂静静地看着他,等着他往下说。

张广发品不出滋味,也不知自己说的是对是错,只得继续道:"直隶热河的驻军军服专卖权已然被官府收回,内务府的头儿也换了,听说狮子大开口,皇差的事儿一时半会儿不容易办下来……"

张广发还要接着往下说,李万堂一摆手止住他:"这些都要慢慢想办法,水磨功夫下到,银子使到,一定能办成。但在此之前我们必须先开一处钱源,来维持对朝廷上下大笔的开销。"

"可是最能赚钱的几处买卖都出了问题,不要说入账,每个月还要往里搭不少银子。我看不如先把几个铺子歇业,再卖掉几个,伙计也辞退一些。"张广发思量着。

李万堂面无表情:"你做生意已是大有长进,可还是参不透上乘的道理。"他见张广发依旧不解其意,轻轻吐了三个字:"大顺号。"

张广发也是做生意的老手,李万堂这一点拨,他立时明白了过来。大顺号是西便门厢有名的一家货栈,生意红火,就是因为一时周转不灵,关了几天铺面,辞了两个伙计,结果被生意对手趁机大造谣言,说他家要倒铺,债主堵门,货东抽货。几天的工夫,偌大的一家货栈竟然就这么真的倒了下来。

"您是说京商就像是老虎生了病,不倒下来谁也不敢靠近。可一旦露出颓相,别的商帮就会如狼群一样扑上来。关了铺子,辞了伙计,到时候只有死得更快?"听了张广发的话,李万堂点了点头。

生意不好却又不能关铺子辞伙计,张广发一时还捉摸不透这独特的生意经。但对李万堂的信赖已是多年的习惯,立刻说道:"这样一来,钱源的事情就更难办了。"

"有个一举两得的法子。"李万堂抬手指了指墙上的地图。

"这是燕门的省图。可是燕门一向被晋商控制,我们在那边几乎没有生意。"张广发困惑道。

李万堂不答反问:"要论能生财,天下最好的生意是什么?"

张广发没有一丝犹豫,立时答道:"官靠开矿,商靠银号,偏门则是赌场。"

"朝廷严令商人不得开矿,赌场嘛,不足以支撑京商。"

"那就只有银号了。"张广发插了一句,此时他已经若明若暗地猜出李万堂看燕门省地图的目的。

北票号、南钱庄,尤其是燕门票号,自清初以来,将北五省的银钱生意牢牢抓在手里，根本不容外人插足。去年洋人入侵京城，户部官员逃得无影无踪，四大恒钱庄也关门歇业，这又给了燕门票号可乘之机。结果各省解来的税银、军捐、厘金全都要经由燕门票号中转汇账，再报到户部，无形之中燕门票号成了大清朝的户部银库。这笔钱的数目大得不得了，光每日生出的利钱就是一笔巨数。

"如果坐视不理，时日久了燕门票号必然成为庞然大物，到时候只怕京商也难抵挡。"李万堂目中显示出一丝罕见的担忧。

"难道我们不能把这笔生意拿过来？我们占了京城的地利之便，比燕门要有利得多。"张广发想为东家分忧。

李万堂坐下，把玩着一把紫砂小壶，轻轻弹了弹，又取出雪白的绢子拂拭，随口说道："这些日子我结交上了新任的户部尚书宝鋆。据他说，咸丰爷当日有旨，说燕门票号维持官银有功，指定燕门票号来负责地方与国库的交接。先帝刚刚龙驭上宾，生前下的所有旨意，做臣子的都不能奏请更张，否则就有大不敬之嫌。"

张广发不以为然："可是先帝最重要的一道旨却没人理睬。"他指的当然是顾命大臣被诛戮一事。

"不要再提这件事了，一个好的商人应该学会审时度势。谁在高位谁就是我们必须结交的人，再说宝大人也不是什么忙都没帮。"李万堂说到最后一句，忽地降低了声调。

张广发跟着他不是一天两天了，立时趋前静听。

"宝大人说，先帝指定由燕门票号来做这大生意，咱们都得遵旨不是，就连晋商也不能抗旨不遵哪！"

张广发先是不解其意，后来听李万堂将"燕门"两个字咬得极重，细一琢磨眼里不由得放出光来。

"东家是说甭管是哪家商帮，只要在燕门开了票号，就都可以分上一杯羹？"

"不只是一杯羹，燕门票号难道就不能变成李家票号吗？"李万堂此言一出，才看得出来他身为京商首领的霸气。

张广发听得汗毛一竖，明知此事难如登天，却又不禁大是兴奋："那您说的一举两得……"

"围魏救赵。"李万堂轻轻挥了挥手。

与其等着晋商来京城争利，不如抢先一步到燕门去搅个天翻地覆。张广发已经彻底明白了东家的计策，换成别人此时自保还来不及，但李万堂却要在这个时候与晋商打一场恶战，正应了兵法上的"攻其不备，出其不意"。若论胆气之豪、下手之狠，也真就只有他李半城才能想出这样的主意。

"您真是算无遗策。不过……"张广发转脸又想起一事，"想要在燕门开票号，先要到当地同业公会办担保，后到燕门的藩司衙门领照帖，还要选址建号聘掌柜招伙计，全办下来费时至少半年。这还不说，几百年来从没有外地人到当地开办票号，同业公会十有八九不会给担保，那后面的一切都无从谈起。"他越想越难，脸色暗了下来。

他说的这些，李万堂听了稳如泰山："这些我都想到了，而且解决的办法你也已经给我带来了。"

"我？"张广发大惑不解。

"还记得你从密云带回来的那对主仆吗？"

"您是说那个叫苏紫轩的人？听说您命李安将她们安置在了西城。"张广发始终不知道苏紫轩主仆的来历，他觉得李安可能知道一些，只是几次侧面打听，都没有结果。

不过李万堂此番也毫无告诉他的意思，只是说："你去见她，将为难之处说给她听，她一定有办法。"

张广发带着一肚子的疑问走了，第二日一早他又来到会馆，见了李万堂的面就兴奋地说："东家，您真是神机妙算，那苏紫轩手里居然有一家燕门票号，还愿意拿出来给我们用。"

李万堂像是早已料到了，丝毫不露声色，问道："那她又要什么？"

张广发心想原来东家早就知道此举必有代价，便说："她只说要和我们一起去燕门，还要用这家票号入股，一开始要一半。后来我争了争，最后定下她三我七，不过这还要东家同意，签字画押才算成契。"

"应了她！"李万堂毫不犹豫。

"还有件事……"张广发有些吞吞吐吐，"她说在离京前，想让老爷帮她安排见个人。"

"谁？"

"原户部尚书陈孚恩。"张广发刻意压低了声音。

李万堂深皱了眉头，陈孚恩是铁杆肃党，多年来为肃顺掌管财源，肃顺一垮下来，肃党里第一个被逮的就是此人，目前被关在刑部大狱，据说一直在严审，要从他口中挖出肃顺可能藏匿的私财。

"朝廷是白费心机，肃顺近年来结交督抚拥兵自重甚至意图自立，为收买人心，他的银子花如流水，并没有什么大项的私藏。"

"既然如此，这个苏紫轩为什么要冒险见陈孚恩呢？"

"她绝不会是为了念旧情去探监。"李万堂沉吟了一会儿，决然道，"给她办，但要小心在意，绝不可留下李家的痕迹。"

"我知道了。"张广发满口应了下来，但人却不走，面色突然变得无比犹豫，"东家……"

"你还有什么事吗？"李万堂的声音有些沙哑，眼神也透着憔悴。

"我，我……先去办事了。"只一瞬间，张广发决定将路上遇到的那件稀奇事彻底瞒下来，宁可自己一人担着心烦，也不可再给东家添乱。

西城的一所四合院小宅里，苏紫轩在房中，此时身边并无外人。早起沐浴后，她换上一身素净的白衣，赤着一双小巧玲珑的玉足坐在绣墩上，四喜给她梳着头，二人正在聊天。

"那个李钦可真讨厌，三天两头跑过来，也不嫌烦得慌。小姐你要是再不给他脸色看，我替你赶他出去。"四喜鼓起腮帮。

苏紫轩手中拿着一枝窖养的牡丹，轻拨着花瓣，闭上眼暗嗅那花香，随口答道："他和他爹不和，将来也许能用得上，所以先别得罪他。"

"那好吧，算便宜了他。对了，小姐，我已经嘱咐厨房，打今儿起您茹素，一点荤腥都不沾的。"

"前几日就是如此了，只是防着人起疑，今儿才说罢了。"苏紫轩眼中闪过一抹哀色。

四喜觉出了，赶忙换个话题："小姐，你说那个京商的掌柜，怎么会知道我们手里有一家燕门票号能帮上他的忙。"

苏紫轩淡淡一笑："他才没那么大本事呢，必是李万堂的主意。当初我当他面说的那本账册，上面所有的银钱往来都是通过那家燕门的票号。他必是想到外人的票号无法用来做这种机密事，所以那票号一定在我名下。"

"那小姐你干吗要和他们去燕门？"四喜一双大眼睛眨巴眨巴。

苏紫轩慢悠悠地说："京城眼下戒备森严，京商又失了元气，一时也难以利用。晋商富甲天下，又恰好负责国库的转接，所以我要去寻个机会，看看能不能……"她用雪白的贝齿咬了咬唇，忽地将花枝折断，却转过头看向四喜。

"小姐，你别动嘛，头发都乱了。"

苏紫轩没有理会她的话,认真问道:"四喜,我要做的事情极险,被抓住了凌迟有余,你要是不愿意陪着我也是人之常情。"她边说边走到桌前,背对着四喜将桂花酒倒了一杯。右手看似去执杯,实则将捏着的拇指和食指一松,将方才从胭脂匣底下的一个暗格中捏出的一撮红末倒入酒里,随后轻轻晃动酒杯,转过身来。

"我知道你在保定府还有亲人,我送你一千两银票,足够衣食无忧。喝了这杯临别酒,你就去投奔他们吧。"

"小姐你说什么话,我怎么能离开你呢?"四喜冷不防听到这话,顿时呆了,眼睛大张着,泪花显现,"我爹娘死了,当初就是他们这几个亲人卖了我,如今我还去让他们再卖一次?我只认小姐,只有你对我好,我是死也不离开的,刀山火海也跟着你呢。"说着小嘴一扁,伤心地哭了起来。

苏紫轩盯了她良久,这才打开房门,泼了那杯酒,回转身笑道:"瞧你,这点小事就哭吗?既是不愿走,那便留下来好了,谁说一定要撵了你?"

四喜破涕为笑,又闹着要给小姐梳个好看的样式,苏紫轩也笑着依了她。只苦了庭院里那窝蚂蚁,整整一窝都死得绝了种。

5

常家车队经过大城赶往燕门,京畿附近的消息传得很快,这时直隶周边都已经传遍了政变的小道消息。肃顺问斩,怡亲王与郑亲王两位王爷因为是皇室宗亲,所以赐白自尽,京城里肃顺一党人人自危。

常四老爹当然不会关心这些事情,他现在忧心的只是古平原的身体以及如何去还那笔印子钱。掐指算算,到家的日子正好是债款到期之时。常四老爹不敢耽搁,在路过省城汾都时,按照古平原之前的指点,派刘黑塔带两个伙计赶着那辆装满喜货的大车进城去看行情。他自己则指挥伙计赶着盐车,直奔自家而去。

这样急着赶路还真对了。常四老爹原本住在太谷县城内,为了照料盐场,又在盐场附近置了一处小房子,但那处房子不值钱,值钱的是太谷县城内的老宅。

要说常四老爹拿来做抵押的这处老宅,真正是好。常氏祖上出过财主,为了盖这所大宅院花了不少的钱。这大宅院早有人惦记,出价到一千两银子的也不在少数,但常四老爹不愿卖祖宅。这次不同了,常四老爹没办法才用宅院抵了高利贷。让他奇怪的是,整个县城里,除了一个叫陈赖子的人,没第二个肯将钱借给他。讲明三个月为期,到时本银利息全数缴回,否则就拿老宅抵债。

现在三个月已经到了，常四老爹赶着车一进自家所在的桃叶巷，就听到从前面传来一阵喧哗之声，里面还夹杂着女人的哭叫。他知道不妙，加了一鞭，盐车飞快地向常家老宅的方向驶去。

常家的老宅在这条巷子里算是气派非常，斗角飞檐的门楼前围了一大群看热闹的人，几个地痞打扮的人正从大门里往外拖一个女人。这女人披头散发，一面挣扎一面大骂："陈赖子，你个天杀的，光天化日就来夺屋，还讲不讲王法了！"有人认得这女人是常四老爹近几年出门做生意时，找来照顾女儿常玉儿的用人李嫂，她与常玉儿感情极好，情同母女。

"王法？"一个穿黑衣短打，留着两撇狗油胡子的男子冷笑一声，抖了抖手上的字据，"我手里拿的就是王法！欠债还钱，这字据上写得明白，三月还不上钱，就拿宅子顶债。"

"来，把老常头家里的东西都搬出来，人也拽出来，这院子从今往后不姓常了！"陈赖子一声吩咐，又有三四个人冲到院子里。

他们刚进去就纷纷抱着脑袋跳了出来，一个年轻姑娘手里拿着门闩一阵乱挥，来到门前一手拽起趴在地上的女子，脆声道："李嫂，不用怕他们。"

"哟，这不是玉儿妹子吗？上次见你还是三个月前到你家立字据时，这几个月不见，可真是越发水灵了。"陈赖子眼前一亮，对着站出来的漂亮姑娘觍着脸皮说道。

"你别在那里胡说八道，哪个认得你。你要收屋也得等我爹回来，没有硬闯女人家门的道理。乡亲们，你们说是不是这个理儿！"常玉儿转向围观的众人。

大家早就对陈赖子不满，但事不关己，陈赖子手上又有字据，倒也奈何不了他。现在见常玉儿一问，大家哄然一声，竟都是向着常家说话。

"喂，这是怎么回事，难不成欠债的倒有理了？"陈赖子没想到常玉儿竟如此机灵，避开债务不谈，只说男女大防，反倒赢得了众人的同情。俗话说众怒难犯，陈赖子情急之下道："要照这么说，你爹一天不回来，我就一天不能收屋，那要是他死在外头，一辈子不回来呢？"

"你！"常四老爹一晃三个月没回来，常玉儿和李嫂本就在担心，此刻听陈赖子满嘴胡扯，只气得浑身发抖。

李嫂高叫一声："你这无赖，我和你拼了。"一头就撞了过来。

陈赖子猝不及防，一闪身，推了李嫂一把。李嫂一头栽在地上，额角碰出好大一个口子，血流满面。

就在这当口，常四老爹已经赶着盐车到了，这一幕他全看在眼里。就是泥人尚有三分土性，但常四老爹实在是个忠厚人，尽管心里大怒，面上却不露出来，只是急急下了车，赶到李嫂身旁。

常玉儿乍一见爹回来了，又惊又喜，抱着李嫂的手不曾松开，眼泪已经止不住地落了下来。原本是个大姑娘家，被人逼得当场撒泼，传出去名声要紧，另一面又挂着李嫂的伤势，所以哭得格外伤心。

常四老爹顾不上安慰女儿，先查看李嫂的伤势，好在血流得虽然多，只是皮外伤，没伤在要害处。常四老爹先叫常玉儿将李嫂扶进屋去，然后转过身对着陈赖子一抱拳："陈老兄，为何要到我家中搅闹？"

常四老爹一出现，陈赖子也是心中一紧。但看看常四老爹风尘仆仆，面有忧色，不像是凑到了钱，再看他没敢发作自己，更是放下心来，笑嘻嘻道："常四，你方才也看到了，是你家用人要来撞我。我一闪，她自己碰到地上，这么多人都看见了，你可诬不到我。"

常四老爹强压着火，绷紧了面皮道："那你带人来我家搅闹，这可没冤枉你吧？"

陈赖子一下子把声音拔高了八度，又把那张字据拿了出来："怎么着？想耍赖不成！要不你现在把银子还出来，我就带着弟兄们撤。不然我就要收屋！"

众人的目光都聚在常四老爹身上，要看他如何应对。

常四老爹沉默一阵，低声说："我没银子还你。"

"嗝。"众人一阵叹息，想不到传了几代的常家大宅就要易姓了。陈赖子乐得嘴巴咧到耳根上，叫一声："都跟我进去！"边说边往里闯。

"慢！"常四老爹拦在他身前。

"我说常四，你可不要搞不清楚，这一次就算知县大老爷来，也救不了你。欠债还钱，欠屋还屋，天公地道。"

"我没说不还。不过……看看你手上的字据。"常四老爹紧紧盯着陈赖子。

"字据，字据怎么了？"陈赖子把字据翻来覆去看了一遍，也没看出个所以然。

"看看那上面的日期，是不是八月初五戌正？"

"嗯，不错。"

"当然不错，你是在晚上送银子到我家，与我签了这印子钱的契约。当时正是戌正，而现在天刚正午，也就是说离你来收屋的时间，至少还有五个时辰！"

丢下瞠目结舌的陈赖子不理，常四老爹进了屋，先拿来家中常备的金创药给李嫂敷上。常玉儿把李嫂安顿好了，走到爹身边，一抬眼看见常四老爹一身的尘土，满脸倦容，心疼道："爹，你先坐坐，我去泡茶。"

"不忙，不忙。"常四老爹的眼神很复杂，方才闺女进去，没听到他说手中无钱那句话，看样子还盼着自己大赚一笔回来销债，这话真是不知如何开口才好。

常四老爹看着女儿默不作声。常玉儿感到奇怪，开口问道："爹，怎么了？是不是生意上出了什么事？"

"唉，玉儿，爹没用，这一次只带回了官盐，却没有钱去还印子钱，看样子这宅院过了今晚就要归那陈赖子所有了。"

"啊！"常玉儿吃惊不小，原以为爹一回来就万事太平了，想不到盐场虽然保住了，但家却没了。常玉儿难过得说不出话，想一想爹的心境只怕更苦，趋前几步跪下，抱着常四老爹的腿呜呜咽咽哭出声来。

常四老爹也是百感交集，当年自己就是在这宅院长大，在此娶妻生女，又在此抚养女儿，一柱一石都甚是难舍。有时候恍惚觉得妻子还活在这大院里，操持着家务，只是房多院深，难以相见罢了。想不到如今要弃之而去，想到这儿，他一只大手捂在脸上，两行老泪从指缝中淌了出来。

"爹，您别伤心了，盐场不是还在吗？总不能年年都是这个坏收成吧，我们今后省吃俭用，把钱攒足，再把房子赎回来也就是了。"常玉儿见爹伤怀，自己先止住眼泪，拧了把热手巾，递给爹擦泪，常四老爹默默点头。

"对了，爹，大哥呢？"这说的是刘黑塔，他虽然是义子，但比常玉儿只大一岁，又是从小一起长大，常玉儿始终叫刘黑塔为大哥。

"他，去汾都城卖货了。"

"货？我们还有什么货？"常玉儿疑惑不解。

常四老爹刚要答话，忽然想起一事，失声道："哎哟！"起身就奔后院而去。

常玉儿不知是什么事，也跟着来到后院。就见爹冲着廊下那堆盐货走去，常玉儿也随着来到廊下，一看不由得吓了一跳。

就见廊下躺着个陌生的年轻男子，双目紧闭，身下铺着厚厚的铺盖，身上盖着一床大被。

"这是谁啊？"常玉儿脱口问道。

"先别问，来，帮爹把他抬到客屋中去。"说着常四老爹用铺盖裹着古平原的上半身向上使力。

"我？"常玉儿一下红了脸，暗暗埋怨爹糊涂了，自己一个女儿家，怎好去抬陌生男子。

"快点。"常四老爹催促道,"这是我们家的大恩人,没有他,你就见不到爹了。"

听这一说,常玉儿也顾不上许多了,学着爹的样子用被子包住古平原的脚,使劲向上一拽,与常四老爹一起将古平原架到了屋里。

架是架了,放手之后,常玉儿险些腿一软摔到地上。原因无他,常家虽然不是什么书香门第,但对礼教却也看得紧。常玉儿从小就知道男女授受不亲的道理,即使与大哥,互相递接之间也明白绝不能碰到肌肤。现在居然去抬一个男子,虽说隔着一层棉被,但那一股男子气息扑面而来,还是让常玉儿心头鹿撞,一半是害羞,另一半却又说不出什么滋味。

常四老爹却不能明白女儿的心思,还以为她是力不能胜,便说道:"你歇歇,我去打点开水来给他喝。"

常玉儿还是第一次与一个陌生男子同处一室,值得安慰的是这男人昏迷不醒,否则真不知如何自处。她犹豫一下,走前几步,端详了他的样貌,发觉这男子不似北方的粗豪汉子,倒像个文质彬彬的读书人。

"爹说这人是他的救命恩人,难道爹在外面出了什么危险?"想到这里,她又担心起来。

好在常四老爹不多时便端着一碗水回来,小心地喂古平原喝下去。常玉儿才得空问常四老爹一句话:"这人到底是谁?怎会救了爹的性命?"

常四老爹尽量长话短说,把如何与古平原相识,如何得计能够无恙出关,古平原又是如何突发急病的事情讲述了一遍。听到常四老爹在关外被逼得要跳海,常玉儿心痛不已,哭泣着回头望向古平原,自然是感激无限。

"可是爹,既然你用了这位古大哥的妙计,也许大哥能将货卖个好价钱,那我们的祖屋不就有望了吗?"常玉儿忽想到此处,问了出来。

"哪有那么简单。"常四老爹苦笑一声,"我与黑塔在汾都城外分手,随后就赶了回来。他去卖货,就算卖得顺手至少也要三五天才能将货抖干净,陈赖子岂会容我们。再说,三十两银子进的货,卖好了也不过赚上十两而已,就算是对半的利,六十两还不够还欠陈赖子的三成银子,实在是杯水车薪呐。闺女,就别想了。"

常四老爹一席话把常玉儿刚升起的一点希望也熄灭了,她知道离家已经不可避免了,眼下只能收拾好紧要的东西,跟着爹寻个住处。

住处是现成的,常四老爹在盐场的小房子虽是简陋,收拾一下也能住下。

李嫂也醒了过来,知道主人家要搬家,不肯再躺,坚持起身帮忙。就这样忙忙碌碌装箱子到了掌灯时分，东西大都已经打包。按常四老爹的意思不打算等到戌正了，因为那时天色太晚，不好雇车雇人，与陈赖子赌这个气，反倒自己不方便，何苦来哉。反正早晚都是让，不如早让出去几个时辰。

于是常四老爹打开宅院的大门，走了出来。一打眼就看到陈赖子和他的那帮手下正聚在不远处的树下。

陈赖子刚刚叫人买了几只烧鸡，弄了瓶烧酒，与几个狐党大吃大喝，边吃边拿着根签子剔牙。看到常四老爹出来，陈赖子向手下使了个眼色，一伙人慢悠悠地走过来。陈赖子讪笑道："怎么，常四你在屋里憋闷得慌，出来透口气？我劝你还是回屋去吧，再过一会儿这屋就不是你的了，还不好好多瞧几眼。"说罢，便与手下狂笑起来。

常四老爹也不理会，拱了拱手："既然是我立下的字据，没有反悔的道理。东西已经打好包了，我去雇车，拉了东西就走。"

"慢着！"陈赖子一脸的无赖相，"这会儿你想走，我陈某人还不答应了。"

常四老爹一皱眉，不知他又要出什么花样。

"你说东西都打好包了，那不行，要拆开了让我们看看。字据上写明这所大宅子整个归我，万一你带了什么砖头瓦块出去，我不是吃亏了吗？"陈赖子盯着常四老爹。

真是小人难惹，这分明就是冲着方才常四老爹那句告官报抢来的，想来陈赖子与手下商议一番，要用这个法子留难常家，报复之前当众下不来台的一箭之仇。

箱子是一下午收拾好的，此时打开翻看，又要重新整理，费时费力倒是其次，常玉儿的箱子里有不少都是女人的应用之物，怎么能由着这群恶棍搜检。常四老爹气得咬紧牙关，半晌才道："陈赖子，你不要欺人太甚！"

"就是欺负你又怎么了？你去打听打听，十里八村谁敢跟我陈某人说个不字。要不是你这老小子有这处宅子，就是在道上给我磕三个响头，都甭想我正眼看你一眼。告诉你，今天你的箱子，让看也得看，不让看也得看，否则我看哪个赶大车的敢拉你。等过了戌正，这屋里的东西全归我，你想拉都拉不走。"

常四老爹没想到陈赖子竟然如此蛮横不讲理，怒道："我自己的东西，我当然拉得，你不许，我就去告官。"

"去吧，我去年打了十二场官司，还没输过呢。"陈赖子斜着眼，不慌不忙说道，那自然是他使了银子的缘故。

常四老爹气得没法子，转身往家里走，回手刚要关门，却被陈赖子一手把住。

"关什么门,难不成你闺女在里面洗澡,就让兄弟们看看能怎么样?"

语甚恶谑,而且辱及女儿,常四老爹再不能忍了,一伸手将陈赖子一推。他年轻的时候跑单帮,也学过武艺防身,石锁石担全都来得。现如今年纪大了,手上的力气却还不减。

这一推不要紧,陈赖子噔噔噔连退三步,一屁股坐在了地上,疼得直咧嘴。

"好哇,你个老小子敢动手。"陈赖子恼羞成怒,从手下那儿夺过一根棍子,冲过来就要照常四老爹打去。

突然之间,众人眼前一花,就听"咣当……哗啦"接连几声,陈赖子摔出去足有一丈多远,身子撞上了墙角一个放花盆的木架子,木架一倒,花盆碎了一地。

这一摔可不轻,手下赶过去相搀,扶了几次才扶起来。陈赖子疼得直叫:"哎哟,慢点慢点,可摔着我了,这他妈是谁啊?"

"叫你骂娘,老子打死你!"话音未落,有道人影闪了过来,一巴掌抽在陈赖子脸上,把他打得就地转了三圈。

别人没看明白,常四老爹可早就看出来了,打人的正是干儿子刘黑塔。刚才陈赖子冲过来,刘黑塔从后边赶上来,拽着他的脖领子把他摔了出去。刘黑塔自幼丧了父母,最不能容忍的就是别人对着他骂娘,陈赖子那句"他妈的"犯了刘黑塔的大忌。

"黑塔,住手!"常四老爹最知道干儿子的性子,见他抡圆了胳膊又要打,生怕他力气大,把陈赖子打个好歹,赶忙过去一把抓住。

刘黑塔除了老爹和常玉儿,谁的话也不听,见是老爹让他住手,只得悻悻然收回了巴掌,指着陈赖子道:"王八蛋,你要是再敢满嘴喷粪,我把牙都给你打下来。"

陈赖子早就抱头鼠窜到一边,他知道刘黑塔是远近闻名的硬汉,自己手下这几个人根本不是对手。见常四老爹拉住了刘黑塔,才稍稍放下心来,大叫道:"刘黑子,你敢打我!好,这笔账我们以后再算。现在你们统统给我滚出去,老子要收屋了!"

"收屋?嘿!做你的春秋大头梦!"刘黑塔恶狠狠地说,从随身的褡裢里拿出一包银子,往地上一掼,"老子还钱,快点点数。"

这下子奇峰兀起,在场的人俱一愣。陈赖子满脸不相信的神色,走近打开包裹一看,才铸好的拉丝元宝,五十两一锭,一共六锭,就摆在眼前,白花花一片,看上去叫人心里发馋。

"三百两银子,够还你了吧。"刘黑塔双手叉腰,得意扬扬地道。

"你……你……你这穷鬼,从哪儿淘弄得三百两银子?"陈赖子的计划被全盘打乱,顿时手足无措。

"咸吃萝卜淡操心,管的事还不少,还不拿着银子快滚!不然我把你们的脑袋都拧下来。"刘黑塔眼睛一瞪,向前走了两步。

陈赖子吓得连连后退:"好,好,算你行。"说完看了一眼常氏老宅,眼里突露出一股狠色,他咬了咬牙,拿起银子招呼同伙就要走。

"等等。"常玉儿连忙叫着,"你只能拿二百二十四两,还有那字据要一并还给我爹。"

"还是妹子想得周到,险些让这王八蛋占了便宜。"一家人回到屋中,刘黑塔摸摸后脑,咧开嘴笑了。

"你没看到陈赖子走了之后,乡亲们在背后唾他,那才痛快呢。"常玉儿也笑道,一改先前的悲伤,整个家里喜气洋洋。

"唾他?那是轻的,我哪天非把他堵在巷子里狠狠揍一顿。"

常四老爹眼里也是止不住的笑意,劝道:"算了,咱不惹这麻烦。不过黑塔,你这银子是从哪儿来的?难不成是在汾都府的票号借了钱?"

"嗨,爹,您老也糊涂了,我身上一没田契,二没房契,谁肯借钱给我?"

"对,对,那到底是……"

"就是那车货呀,全卖了!"

"全卖了?这么快?卖了三百两?"常四老爹难以置信地睁大双眼,连声追问道。

"可不是。"刘黑塔坐在厅堂的侧椅上,一掌拍上大腿,"爹,您想都想不到,我把那车货赶到汾都府最大的集市上,一掀开篷布,商户都呼啦围了上来,那阵势简直像是要放抢,把我都吓了一跳。"

常玉儿在一旁扑哧笑了出来。

"妹子,你笑什么?"

"我笑大哥一向天不怕地不怕,能让你吓一跳,当时的情势可想而知了。"

"就是啊,我一看不好,赶紧把车护住。那帮人疯了似的往我手里递银子。我还没来得及接,他们又都走了。"

"怎么走了?"尽管知道事情已经过去,银子也拿到了手,但这一进一出之间干系太大,常四老爹还是忍不住把心吊了起来。

"藩司衙门的人来了,一顿鞭子把人都赶散。那个藩司衙门的采办过来,一张口就给我五十两银子，要把这车货都包圆。好家伙，一转手就是二十两的利，我于是就要答应。"

"大哥你不是拿回了三百两吗？"常玉儿问了一句。

"玉儿你别急啊，听我说完。"刘黑塔得意扬扬地笑着，"亏得我晚答应一声，巡抚衙门的人随后也到了，也要买我的货，价钱给到一百两。过了一会儿，提督衙门也来人，也说要买货。这会儿我反倒不急了，趁着他们争来争去的工夫，我细一打听，原来同治小皇爷再过几日就要举行正式的登基大典，原本汾都府的商家已经为这件事备好了应用的喜庆之物，就等着卖给各大衙门。可是前一阵子京里出了件大事，据说是杀了几个奸臣，为这事闹得是人心惶惶，都说这登基大典肯定要改在年后再办，于是商人就把货都卖给零散小户用作结婚、架梁、乔迁、开业之用。谁承想京里头根本就没改日子，这下可倒好，各个衙门都抓瞎了。你们想啊，小皇帝登基，要是衙门口的灯还是白的，蜡烛也是素的，那谁也担待不起。于是撒下人马去办喜物，可是这种东西屯货本就不多，前一阵子卖光了，商人还没进货，把几大衙门的采办急得不得了。赶巧，我就是这时候赶着一车货进了汾都。"

"那可真是奇货可居了！"常四老爹喃喃道。

"可不是嘛。我这么一听啊，就站在大车上对他们说，现在你们自己喊价，谁的价钱最高，就把货卖给谁。最后还是巡抚衙门有钱，把价抬到三百两，那其余的两个采办不敢做主，要回去请示大人。我心想，得了吧，哪有工夫等你，就一口价三百两，卖给了巡抚衙门。这不是，货也卖了，钱也拿回来了。"

"这件事情你办得好。不过黑塔你要知道，若是你沉沉性子，等那两个采办回来，就是一千两也能拿到手。"常四老爹不无遗憾地说。

"一千两，不可能吧？三百两我都觉得是天价了。"刘黑塔眨眨眼睛。

"这车货关系着几个大员的顶子啊，真要是办他们个大不敬的罪，就都得丢官罢职，所以……"常四老爹话已经说得很明白了，这货关键是看卖给什么人，卖得对不对路，要说为了乌纱帽，一千两又算得了什么。

"爹，要不是大哥及时把货脱手赶了回来，我们这会儿可都无家可归了，要我说大哥这件事做得恰到好处。"常玉儿不同意爹的说法。

常玉儿一语提醒，常四老爹连连点头："看我，真是糊涂了，光想着赚钱。玉儿说得没错，黑塔这次是大功一件。"

说完，常四老爹一愣，缓缓站起身，向后屋望了一眼。随后他又坐了下来，把头低下，先摇摇头，再点点头，也不知想些什么。

常玉儿与刘黑塔都很奇怪，事情办得这么好，怎么常四老爹反而显得心事重重。

"爹，你怎么了？"常玉儿走到近前，轻轻问道。

"唉，我是在想，这次的事情全都亏了那位古老弟，要没有他，爹早就死在了关外，车队更入不了关，祖宅也保不住，他可说是咱们常家的大恩人。"

常玉儿默默点头，刘黑塔抢着问："对呀，我光顾高兴了，古大哥呢，病好些没有？"

常四老爹摇摇头，接着道："听你刚才所说，与这古老弟当初的猜想一般无二。这年轻人好生了得，人还在千里之外，居然能做成汾都府的生意，真是天纵奇才。只可惜，我怕他过不了这一劫。"

"爹，我觉得咱们无论如何也要救他，做人当讲知恩图报，就算是素不相识，也不能见死不救，更何况他是咱家的大恩人。"常玉儿缓缓进言。

"我也是这意思。"刘黑塔痛痛快快地说道。

常四老爹欣慰不已："能说出这番话，就是我常家的好孩子。我已经想好了，这方圆百里之内，只有鸡鼓山双阳沟的李神医医道最高，号称妙手回春。不过他是有名的不出诊，只看上门的病人，可古老弟的病实在经不起折腾了。黑塔你跑一趟，看看能不能求李神医出诊，实在不行，我再套车送古老弟去。"

"好嘞。"刘黑塔二话不说，站起来就往外走。

"大哥。"常玉儿叫住他，"可别空手去，带上四色礼物。"说着又从厨房包了几个杂面馒头，"赶路回来还没吃饭吧，带着路上吃。"

"嘿嘿，谢谢妹子，还是你想得周到。"刘黑塔拿过馒头，一口就塞进去一个，嘴里含糊不清地说。

常玉儿又是好气又是好笑："当心，别噎着。"

6

陈赖子没回家，打发走几个手下，就从县城东大门旁边牌楼的边上拐进了一处小巷，这里是整个太谷县最繁华的泗堂大街的后巷。他七拐八拐，来到一处商铺的后门，看看左右无人，轻轻敲了敲门。不大工夫，门一开，他像条鲇鱼一样，"哧溜"钻了进去。

开门的是个小伙计，陈赖子认识他，开口就问："王大掌柜呢？"

"在后房过瘾呢。"

"带我去……算了，我自己去。"说完，陈赖子拔脚来到后房，见门窗紧闭，知道王大掌柜此刻肯定正在里面吞云吐雾，不由得咽了口唾沫，心想：老子在外面办事，你这老家伙倒真享福，要是能换换位置，就算给老子个神仙当，老子也不干。

他想敲门，又怕打扰了王大掌柜，搓着手在外面打转。声音大了些，里面传来一声苍老的询问："谁在外面？"

陈赖子堆起笑脸："王大掌柜，是我，陈友三。"

屋里沉默了一会儿，那老人才发话："给他开门。"

"是。"一个女人的声音回道，接着，门吱呀一声打开了。一股鸦片烟的味道混着女人身上的香粉气一下子扑了出来，把陈赖子熏得直愣神。

那女人体态丰腴，骚媚入骨，似笑非笑地勾了陈赖子一眼，扭着腰肢回到屋里，身子斜倚在榻上，隔着一张烟桌帮另一头的老头烧烟泡。

陈赖子知道，她就是太谷县最大一处票号泰裕丰大掌柜王天贵的宠妾，名唤如意，之前是驴士大街春香堂的头牌姑娘，身价不菲。听说王大掌柜为了赎她，花了足足一千五百两银子。陈赖子盯着如意看，慢慢挪着脚进了屋。

进屋之后，他立刻把眼光投向榻上正在吸烟的清瘦老头，这个人他可是一点也不敢得罪。整个县城没有不知道的，近十年以来，太谷县令上任的第一件事不是审案，也不是催征，而是投一张晚生帖到泰裕丰拜会王大掌柜，也只有这样，他这一任才能做得太平安心。

"我不是说了嘛，不许你到店铺来找我。你是放印子钱的，让旁人看到，会影响我泰裕丰的声誉。"王大掌柜很是不欢喜。

"是，是。"陈赖子嘴上答应，心里骂道，"他妈的，老子放印子钱的本钱还不是你出的，得了利息你拿大头，真是又要做婊子，又要立牌坊。"

但他没时间多想，接着就道："王大掌柜，那事砸了。"

"嗯？"王大掌柜放下手中那杆翡翠嘴的镶金烟枪，稍稍坐起身，如意马上往他身后垫了个枕头。王大掌柜眼光瞟过去，对如意的伺候很是满意。但接着就沉下脸来，问道："你方才不是还派人过来，说常四的那处宅子准定到手了吗，怎么这会儿又吹了？"

"是，不过那老小子的干儿子刘黑塔赶了回来，看样子不知从什么地方凑到了三百两银子，居然把账还上了。"

"岂有此理！"王大掌柜一拍桌子，现了怒容，"我已经通知了这附近大大小小的同行，不许借给常家银子，是谁这么大胆子，敢和我王天贵对着干？"

"这，小的也不知道。"陈赖子卑恭地低着头。

"哟，发什么火啊！"如意隔着烟桌伸过一条雪白的手臂揽住王大掌柜，"您要是真看中了常家的那处宅子，花钱买下就是。大不了就是千把两银子，值得动气吗？可别气坏了身子。"

"你懂什么？"王大掌柜的脸色虽然和缓了下来，语气却是不减，"我是个商人，将本逐利，能花一两银子搞到手的东西，我绝不花一两一钱。"

"常家的这处宅院我要定了，他既然运回了盐，那就让他在盐上栽个大跟头吧。"王天贵定睛半晌，已经想好了办法，此时一步步地向陈赖子吩咐着，末了说道，"官府那边你不用管，一切有我。其余的事情你都要安排妥当。"

"是。"陈赖子听了一身冷汗，暗道王天贵这老小子可真毒，看来这回常家是完了。

刘黑塔去请李神医，整整三天没音讯，直到第四天破晓，一辆骡车来到常家大院门外，车厢外垂着布帘。一个中年人向车里一躬身："大伯，常家到了。"

"嗯。"帘子一挑，从里面出来一个老者，瘦高的个子，衣衫整洁很有精神，老者站在地上，用旱烟杆挑起车厢的布帘，往里面一指，对着常四老爹说："看看，是你家的人不是？"

常四老爹一伸头，失声叫了出来："黑塔！"就见刘黑塔双目紧闭，一动不动地躺在车厢里。他个子高，身量长，车厢里放不下，一双脚还摆在外面。

"这……这是我干儿子，他怎么了？"常四老爹急问，几步过来向车内探身察看。常玉儿与李嫂在院内也听见了，只是外面有陌生人，尽管着急却一时不便出来。

"没事，没事。"老者不慌不忙道，"他不过是经满络浮，脉气上虚尺虚，是谓重虚也。"

常四老爹听得真真切切，却半句不懂，试探地看向一旁的中年人，那人没好气道："这人是饿晕了，而且也是乏得狠了，没甚大碍，做碗面片汤给他灌下去就好了。"

常四老爹更是疑惑，好端端自己的干儿子怎会饿晕在外面？想想这么着不成话，还是先请问来人的姓名。于是对着老者抱拳为礼："请教老人家尊姓大名？"

老者倒是很客气："老朽李鸿铭，双阳沟人氏。"

"李神医，您是李神医？"常四老爹吃了一惊，想不到刘黑塔到底把李神医请来了。只是不明白他自己为什么会搞到这般模样。但此时也没有时间细问，待客要紧，赶忙将李神医向屋内请。

中年人哼了一声，李神医训斥道："老三，不可无礼！既来了，哪有不进去的道理？"

常四老爹把李神医让进大厅，要李嫂去煮些丸子粥喂刘黑塔吃，常玉儿伶俐，早泡了香茶奉上。这时常四老爹才能问上一问："李神医能大驾光临，真是感激不尽。不过，我这干儿子怎么会……"

"怎么会？"中年人抢着说话，脸上还都是愤愤不平，"你问问那个黑大个，有这么不讲理的吗？我大伯不出诊的规矩已经立了二十年了，他可倒好，跑到我家门前，一跪就是三天三夜，硬要逼着我大伯出诊，这不是欺侮人嘛。"

"哎哟。"常四老爹这才明白过来，想必是刘黑塔的倔劲又犯了，这下好了，本来是请医生来看病，看样子却变成兴师问罪了。他立刻站起身，恭恭敬敬地向李神医深施一礼："我这义子是个粗人，不懂礼数，想必是一时着急，办了混账事。等他醒了，我要重重责罚他。"

"不必了，"李神医摇摇手，"老朽问令郎是家里什么亲人病了，他告诉我病的是非亲非故的一个人。可就为这么一个人，他居然硬是水米不打牙，眼都不合地跪了这么久。遇到令郎这样的人，老朽那规矩就算是铁打的，也要破上一破了。"

常四老爹做梦也没想到李神医会这么说，当下又惊又喜，搓着双手，不知如何是好。

"好了，我还是去看看病人吧。"李神医起身，常四老爹连忙在前面带路，来到后厢房。

来到房里，李神医先是细细地把过脉，然后详细地问了古平原自病发以来的情况，之后沉吟不语。常四老爹与常玉儿不敢打扰，站立在一旁等着。

"病人发病之前可曾吃过什么特别的东西？"李神医又问道。

"他之前的那顿饭是与我一起吃的，没什么特别的，就是一壶酒，两个家常小菜。"常四老爹回忆了一下。

"这就怪了。"李神医捻着胡须，皱眉看着古平原。

"难道不是风寒？"

"风寒只是表症，内里是中了毒。"

"中毒？"常四老爹失声道。

"不错，而且是很奇怪的毒。你再说说看，病人之前都做过些什么？"

常四老爹本来不想透露古平原的来历，此时也顾不得了，就一五一十把与古平原自相识以来的事情说了一遍。待说到古平原藏身盐水中，偷逃入关之时，本来一直闭目在听的李神医忽地睁开双眼，又一把扣住古平原的脉门，过不多时，把手一丢，身子向后一仰，重重出了一口气："原来如此。"

"神医，请问他到底中了什么毒？"常玉儿问道。

"是火毒！"李神医抬眼看着常四老爹与玉儿，"盐有火毒，他在浓盐水里泡得太久，火毒从毛孔渗入体内。本来还不打紧，可是晚上又用了酒，接着受了风寒，最要紧的是闻听噩耗后急痛攻心，心火旺盛，内外交逼，将这股火毒逼了出来。之前的几位大夫都只见风寒之症，以为是寒气御府，其气不清，便下了大黄、柴胡这样的提升之药。风寒倒是治好了，可火毒却反被催发得越来越烈。"

"那这位古老弟现下如何？"

"唉，现如今他的脉相是弦为阳运，微为阴寒，上实下虚，不能自还。这股火毒抑郁良久，在胸腹间盘桓不去，着实凶险得很。"

"还望李神医妙手施救，需要什么药，我立时去办。"常四老爹又是一揖。

李神医避而不受，说道："现在也只能尽人事听天命罢了。你只管放心，方子老朽尽心去开，你把药抓来，按时喂他吃下，三日内就见分晓。"

"是，是。"常四老爹捧来笔墨，请李神医开方。李神医开过方后，看了一眼站在一旁的常玉儿，对常四老爹道："你去抓药吧，我坐上一坐，过一会儿再给他把把脉。"

"如此有劳了，玉儿，你帮爹招呼神医，爹一会儿就回来。"说着常四老爹匆匆而去。

等常四老爹走了，李神医向那侍立一旁的中年人发话道："老三，方才来的时候我听左边车轮咯咯地响，你去瞧瞧，回去的时候别摔着咱们。"

"大伯，那车轮是刚换的，没毛病。"

"要你去你就去，多话！"

中年人不敢顶嘴，领命而去。李神医转过头又深深地看了常玉儿一眼。常玉儿聪明伶俐，早看出李神医是有意将常四老爹和中年人支走，不知他有什么话要和自己说。

李神医支走了旁人，却是迟迟不开口，一口紧似一口地抽烟，低眉垂目不语。

"姑娘。"李神医到底还是开口了，常玉儿赶忙答应一声。

"我是个看病的大夫，一辈子就是把脉开方，凡是于病人有益的事情，我一向是知无不言，言无不尽。"

常玉儿心中更是奇怪，应道："远近十里八村，谁不知道李神医仁心仁术，活人无数，大家都叫您活菩萨呢。"

李神医摇手道："那是病人命不该绝，老朽何能贪天之功。只是今日有一句话，讲出来唐突了姑娘，不讲却又害了床上这位小哥的性命，老朽心中着实为难。"

常玉儿闻言诧异道："老神医，他是我常家的大恩人，我家已经决定无论如何要救他的性命，有话您就请说，不必为难。"她也是着实不明白，为何治病救人却会唐突了自己。

"嗯，既如此，请姑娘面向窗外而立，静听即可。这话，老朽实在不方便当面讲。"

常玉儿心中疑惑，看一眼神医，慢慢走到窗前，背过身去。

"实不相瞒，这位小哥的毒中得太深，时间拖得太久。最难的是，误用庸药，此刻火毒已散入了五脏六腑，再用什么药，也难以见效了。"

常玉儿闻言大惊，只是有言在先，无法回头去看，也不能相问，心中却是惶急不已。

"但是他的病却并非无救，老朽开的药可以拔毒祛邪，保中理气，但还必须有一个药引子，先将火毒引出来，老朽的药才能发生作用。否则药效进不到病灶，纵是千年雪莲也是无用。"

李神医顿了一下，声音低了许多："至于那药引子，便是依阴阳调和之理，以纯阴引出火毒，药力顺势而下方可见效。可是，那便需要……"李神医的声音越来越低，说到最后几不可闻。

常玉儿凝神听着，已是羞得满脸通红，恨不能夺门而出。幸好是背对着李神医，只得闭着双眼强自镇定。

李神医又道："所以我说，这小哥一条性命，就系在姑娘身上，但你若救他，于名节有亏。所以老朽只是将医理说出，此事还请姑娘自裁。救人，有救人的道理，不救，也有不救的苦衷。只有一事请姑娘放心，此事天知、地知、你知、我知，绝不会有旁人知晓。将来这小哥要是病愈，只是老朽的药好，至于内中之事，老朽至死也不会泄露半分。"

李神医等了一下，见常玉儿没有任何表示，便道："言尽于此，老朽告辞了。"说罢，起身走了出去，到院中喊一声："老三套车，咱们回去了。"

"哟，李神医怎么这就走了，饭菜还没做好呢。"没过多一会儿，李嫂走了进来，见常玉儿一动不动地站着，奇怪地扳过她的身子。

"玉儿，好端端的怎么哭了？"她见到两滴眼泪从常玉儿眼里流出来，不由得慌了手脚。

"没事，"常玉儿用手帕抹抹眼角，转而问道，"大哥怎么样了？"

"他呀，壮得像头牛，能有什么事？我喂他喝了三大碗子稀饭，他连眼睛都没睁，喝完放了一串响屁，倒头就睡，呼噜声比打雷都大。"李嫂见常玉儿不开心，有意逗她。

常玉儿此际哪有心思笑，只勉强牵了牵嘴角："一会儿爹回来，我去熬药，李嫂你就去看火做饭吧。做好了饭，还回屋歇着，前儿刚受了伤，别干太多活。"

李神医开的药中颇有几味甚是难熬，药铺的人特别关照过，七分火，三分焖，隔水煎煮，等到一碗药熬好，已经过了吃晚饭的时辰。

常四老爹小心翼翼地将药汤灌进古平原的口中，吁了口气："唉，这下子总算好了，古老弟有贵人相助，看样子这条命是保住了。"

常玉儿侍立一旁，听到这儿，不由得悄悄低下头去。此刻她心里在想："爹不知道，其实这个人的命是保不住的，除非……除非我救他。可是爹要是知道了，会让我救他吗？就算没有任何人知道，我救了他之后，这一生也是不能嫁人的了。不行，就算他是我家的大恩人，我也不能用女儿家的清白之躯去换他的性命，这实在是办不到的事情。"

常四老爹哪里知道女儿在想些什么，兀自兴高采烈地说："这算是死里逃生。依着我说，也甭找什么仇人了，等他醒了，第一件事肯定是要急着回安徽去，他们母子分离足有五年了，这一厢见了面，必然是欢喜得紧。玉儿，我明天就去给古老弟多多买些礼物，让他带回去孝敬高堂。"

常四老爹的话听在常玉儿耳里如同钢刀剜心，她想到遥远的千里之外有一位白发老母在苦盼儿子归来，但儿子却要命丧异乡，今生今世母子再难相见。又想到自己自幼丧母，若是能再见母亲一面，就是死了也千肯万肯。一念及此，常玉儿一捂嘴推开房门跑了出去。

"这孩子，怎么好端端的……"常四老爹摇了摇头，给古平原掖好被角，也走了出去。

这一夜，月白风高，满天云彩都被大风吹得干干净净。打过定更之后，常玉儿摸黑从自己的房间里走了出来，她走两步，又停一下，回头再看看自己的房间。就这样终于来到古平原所住的客房前。

常玉儿深深吸了一口气，这件事情她想了一晚上，已经有了决断。但此刻伸手去拉房门，却还是禁不住颤抖起来……

"哎哟，可饿坏我了。"天边连鱼肚白都还没起，已有一人跌跌撞撞从常家的西厢房走了出来。这人是刘黑塔，他这一觉足足睡了一天一宿，凌晨时分醒来，只觉得腹中十分饥饿。他自己也奇怪为何会回到了家中，但他一饿起来就什么都顾不得了，先奔后厨找吃的。

去后厨的路上正好经过古平原所住的客房，刘黑塔想也没想就迈步走过。忽听门枢一响，房门开了，从内走出一人。

这时候天还一点都没放亮，刘黑塔又是刚睡醒，也没细看便道："古大哥，你病好了？"

"啊！"出来这人显然是没想到外面会有人，惊呼半声，又很快地掩住自己的嘴，僵立在当场。

刘黑塔听出是常玉儿的声音，再定睛一看果是如此。这一下把他也吓傻了，结结巴巴问："这……这……妹子，你这么早到古大哥房里做什么？"

"不要问，不许和爹说！"

刘黑塔此时已经完全清醒过来，什么饥啊饱啊的，全都抛在脑后。他见常玉儿衣裳虽然整齐，可是双颊通红，神色慌乱无比，头上簪横发乱。他可不傻，一见妹子这样，不由得怒喊道："是不是姓古的欺负你了？"

"你喊什么！"常玉儿怕被爹和李嫂听见，没办法只得回身低低喝道，"没有的事！"

"那……你为什么？"

"不要问。别和爹说，也不许和任何人说，更不许再提，不然大哥你就是逼我去死。"常玉儿回过神来，如此一句话镇住了刘黑塔。

刘黑塔与她从小一块长大，从没见过妹子这般模样，一时站在那里不知如何是好。

"我说的话，大哥你记住了！"常玉儿双眼直视刘黑塔，见他木木地点了点头，这才转身跑向自己的房间。

刘黑塔果真和谁也没说，一则他完全弄不明白是怎么回事，二来常玉儿的语气的确是吓住了他。他知道自己这个妹子性子刚烈，万一把她惹急了，可不是闹着玩的。但这件事就此成了一个大疙瘩，憋在他的心里。

7

李神医的"药"真灵，古平原醒了之后，常四老爹就将事情的整个经过一五一十讲述一遍，古平原这才知道自己在鬼门关打了个转又回过来，对常四老爹自是感激不尽。

"老爹，您一而再再而三地救我，对我真是如同再生父母一般。"古平原醒来后的第三天晚上，便在饭桌上当着刘黑塔与李嫂的面，给常四老爹恭恭敬敬地磕了三个响头。常玉儿没在场，这几日她只礼貌性地见了古平原一面，随后就躲在闺房中，尽量避免与古平原相见，常四老爹与李嫂还当是姑娘家不好意思见陌生人，只有刘黑塔隐隐约约明白一点儿。

常四老爹赶紧把他一把扶起来："可别这么说，要说救，你也是一而再再而三地救了我们常家，也是我们常家的大恩人。古老弟，你只管在这儿安心养病，等病好了，我帮你雇车回安徽。"

想到家，古平原百感交集，他醒后感念何世非为己而死，心痛不已，又想到他当初劝自己的话，决定听这位已经不在人世的小兄弟的劝，不再到京城去寻仇。

"我想尽快回去。"

"不急不急，你病才刚好，不养好身体，万一又在道上复发怎么办？至于逆匪的事情，我已经找人细问过了，逆匪拿下武汉三镇之后，顺流而下直奔余姚，目前大军正在围城，安徽暂且无事，你不必担心了。"

这在古平原是个难得的好消息，他心情一好，身体也跟着大好。虽然每日遵医嘱只能在房前屋后走走，但精神自是大不一样。

隔天清早，古平原起床后从怀中拿出一根玉簪，定定地看着。这根簪子是当初他在家乡时，和他青梅竹马的白侬梅送给他的。二人私下里已经有了婚姻之约，只不过古平原从龙门举子变成关外流犯，早已不敢再想这段姻缘。可是玉簪他却始终留在身上，再苦再难，没有动过变卖换钱的心思。就像这一次从关外私逃，他身上什么都没带，唯独把这根玉簪放在贴身的衣物中。

"古公子，我做了枣泥方糕，待会儿你可多吃点儿。"古平原正在出神，李嫂敲敲门走进来，笑呵呵地说。李嫂做的枣泥方糕香气四溢，实在是手艺不凡，古平原笑着谢过。

李嫂见他应了，笑着转身离开。一转过屋角，常玉儿正等在那里。李嫂笑道："行了，人家古公子高兴得很。"

常玉儿脸上泛起红晕，一抿嘴就待转身而去，早被李嫂一把扯住。

"我说玉儿。"李嫂脸上似笑非笑，"我是看着你长大的，你要是想些什么，可别瞒着我。"

"李嫂，你说什么呢？我不懂。"常玉儿大窘，甩手就往后走。

李嫂大乐，跟着后面说："不懂？那为什么巴巴地做了好吃的给人家，还非说是我做的？"

"你……"常玉儿又气又急，正窘得说不出话，前面大门处突然传来如山响般的敲门声。

李嫂与常玉儿都是女人家，彼此对望一眼，眼神中都带了惊慌之色。

古平原也听见了，披着衣服从屋中走出来。

叩门之声持续不断，又密又急，简直就像是官府来抓逃犯一般。古平原心里有"鬼"，暗道一声："不好！莫非是沈水大营的人追来了？"偏偏这时候常四老爹和刘黑塔又到盐场去了，连个能出来打圆场的人都没有。

古平原心里也有些发慌，一时拿不定主意要不要赶快从后门逃出去。想了一想他又镇定下来，要真是官府来拿人，搞不好堵了后门，跑出去是自投罗网。反不如常家大院屋多宅深，真要是藏起来不是那么容易被人找到。

"李嫂，你先不要开门，隔着门问问什么事？"古平原听敲门声持续不断，这样僵持下去也不是个了局，便出了个主意。

"谁啊？"李嫂声音不大地问了一句，"到底是谁，我们家老爷不在。"

"呸，常四这老小子也配称老爷，我们才是县大老爷派来的呢。快点开门，再不开门就要砸门了。"

古平原听门外果然是县衙门的人，不敢迟疑，见李嫂要开门，连忙叫道："先别开！"

常玉儿早就从父兄那里得知了古平原的事儿，此时事急，她低头略想想，对李嫂说："你先应付几句，拖住外面的人。"

说完也不等李嫂回话，又对古平原说："请随我来。"

三拐两拐，她把古平原带到一处房前，眼睛并不看古平原，只是低声说道："你进房中去躲，房后池塘靠近山墙的地方有个暗洞，是将小南河水引进来的活源。真要逃，这里比较方便。"

古平原恍然大悟，一揖到地："多谢常姑娘。"

常玉儿闪身避开，不好意思道："不能留李嫂一个人在前面，我走了。"

古平原看着常玉儿的背影消失，这才轻轻推开房门走了进去。一进门就有一股似麝似兰的香气扑鼻而来，说不出的好闻。再看房中摆设虽然陈旧，却处处流转着女儿家的婉转气息。窗前有一张玉梨雕花的梳妆台，上放剔红牙盒，里面不用问都是胭脂豆蔻。菱花铜镜抹得干干净净，丝毫不见灰尘。

古平原这才知道这间是常玉儿的闺房，犹豫再三，这才抬脚向后走，他要看看那扇后窗在哪里，以免事急慌了手脚。屏风后不远就是后窗，古平原仔仔细细看了看后面的情形，确与常玉儿所言相符，逃起来确是方便，这才放下心来。

这后半间房里有不少女儿家的私密之物，古平原知道在此不妥，回身想要到门前去坐。谁知走得慌张，不经意间从床边带下一件东西，这东西落在地上，古平原定睛一看，不由得大是尴尬。

竟是一件薄如蝉翼的贴身亵衣。

古平原想了又想，不敢伸手去碰，可又怕常玉儿误会自己乱动女儿家的衣物，没奈何只得轻轻拿起。亵衣入手轻柔，一股香气幽幽传来，上面好像还留着常玉儿的体温。古平原镇定心神，将亵衣放好，回身走到门前坐下，全副心神都放在耳朵上，一丝不敢轻忽地留神着前院的动静。

就这么等啊等啊，也不知过了多久，总算听到脚步声往后院来。虽有了动静，古平原的心却一下子提了起来。他急忙起身，轻轻几步走到后窗旁，眼睛直盯着那扇屏风，若是有人进来却不开口，他便要顺着窗户跳出去了。

好在来人先是轻叩了几下门，接着方说："古公子……"

是常玉儿的声音，古平原这才把心放下一半，却还是小心翼翼地没有答话，倘若常玉儿受了什么胁迫，这也是不得不防的一件事。

常玉儿再敲几下门，见无人应声，这才推门走了进来。她转到屏风，见古平原不说话看着她，知道他心里紧张，开口就道："古公子放心，那些人不是来抓你的，而且都已经走了。"

古平原心中石头落地，只觉得虚惊一场，心里又有几分好笑，问道："究竟是什么人？"

常玉儿刚要答话，眼波一转看见自己之前搭在床栏的亵衣，此时却被放在了床上，不用问必是古平原动过了。她的脸腾的一下就红了，心中又羞又气，想瞪古平原一眼，却又实在不好意思看向他。

古平原随着常玉儿的眼神看过去，心里叫声"糟！"，想开口解释却担心越描越黑。正迟疑间，常玉儿已经一转身向门外走了出去。

古平原心里也说不清是个什么滋味，他随着常玉儿走到前面堂屋，意外地看见常四老爹和刘黑塔都在，担心常玉儿向父兄告状，这可是浑身是嘴也说不清的麻烦事。

好在常玉儿什么都没说，只是向常四老爹点点头，示意她已经将古平原带了来，便从侧门走了出去。

古平原这才看清，常四老爹与刘黑塔脸上都有烦忧之色，他知道这肯定和方才前门的吵闹有关，问道："老爹，您不是和刘兄弟一起去了盐场？"

"唉，这不是有邻居赶去报信，才赶了回来。"常四老爹愁眉不展。

"方才来的是什么人？听他们说好像是县衙门的差役。"

刘黑塔"嘿"了一声，接口道："不只是差役，什么人都有，都是买了我们家运回来的盐的客人。"

不是债主也不是捕快，古平原大出意外："难不成是生意上出了事？"

"古老弟。"常四老爹接二连三受到打击，精神已有些支撑不住，他微微颤着音道，"我们拉回来的盐出了问题。不管是交给官府的官盐，还是零售出去的盐都被人退了回来，说是奇苦无比，无法下咽。我方才尝了一下，可不是嘛，这……这可真不知道怎么办才好了。"

"怎么会呢？"古平原见被退回的盐都堆在当院，他也拿起一把细细掂着，看上去是晒好雪白的食盐，可放一点在嘴里，果然苦不堪言。

古平原皱着眉头吐了出来，回头问道："难道卖货之前，老爹没尝过这盐？"

"老爹尝了，我也尝了，是好盐没错。可就不知为什么，现在全都变了苦盐。"刘黑塔闷闷的声音传来。这件事简直要把这莽汉的头都气炸了，可偏偏众口一词，就仿佛当初常家是故意卖的苦盐。

"除卖出去和上缴官府的盐外，我们手里还有没有这一批的存盐？"古平原急急问道。

常家父子对视一眼，摇了摇头。忽然常玉儿的声音响了起来："有，我留了些放在厨房自家用。"她忧心家里，躲在隔间一直都没离开。

常玉儿很聪明，不等古平原再说话就直奔厨房，将那瓶盐取了来。等开瓶一尝，果然是好盐。

刘黑塔咧开嘴就喊："怎么样，我说咱们家卖的是好盐吧！"

古平原直摆手："刘兄弟，这没有用。你自家拿证据根本就没人会相信你。现在要搞清楚的是，为什么卖出的好盐变了苦盐。"

"就是搞不清楚这一点才为难,别人家卖出的盐都没有事,唯独我们家的盐变了味,这到底是……唉!"常四老爹可是一点办法也没有了。

"老爹,您现在准备怎么办?"古平原一边想一边问。

常四老爹的声音很痛苦:"卖宅子,还钱!"

"对了,就是这么回事!"古平原点了点头,"就是为了这处宅子,所以有人下了黑手!"

"古老弟,你把话说清楚一点,我怎么听不懂?"常四老爹张皇失措地看向他。

"其实几句话就说明白了。上次您说找人借钱,没人肯借,只有陈赖子肯借给您,然后他就心急要夺这处宅院。现在您还上了钱,没几天就又来了这么一出儿,分明是有人不甘心,一定要得这处宅子而后快。这才买通了官府和客人,陷害您的盐是苦盐,非逼您卖宅院不可!"

常四老爹是老实人,想不到背后有人会这样坑害自己,听了个目瞪口呆。常玉儿却是个明理的,两下一印证,就觉得古平原说得不差,开口道:"那么多买盐的,只要找出几个肯说实话的不就……"

古平原摇头打断了她的话:"要谋这处宅院的人既然能买通官府,必然势大,恐怕不会有谁敢为了你们常家出来做证。"

这话不假,常四老爹一听,刚刚点亮的心又绝望了。刘黑塔鼓着腮帮子道:"这么说,还是陈赖子捣的鬼,我找他去!"

"不是陈赖子。"常四老爹的脸色难看到了极点,喃喃道,"这次可真糟了。"

"老爹,你是想到了什么?"古平原看出了端倪。

"看来是王天贵啊,他之前就派人向我打听,要贱买这处宅院,我没答应,他放狠话说这大院早晚是他的。还以为他不过是说说就算了,没想到……唉,我常家怎么惹得起这样的人,看来这次是一定难逃破家的厄运了。"常四老爹缓缓蹲在地上,摇头叹息道。

王天贵这个名字一出口,除古平原外的几个人脸上齐齐变色,他便知道这个人一定名气不小。

"古少爷,你不是本地人,不知道这王天贵的厉害。"李婶道,"他是泰裕丰票号的大掌柜,泰裕丰可是通省有名的大票号,我们燕门的大买卖有一堡三号之称,其中一号就是泰裕丰,他家也是太谷县的头号买卖。听说王大掌柜和历任的县令都是换帖兄弟呢。"

"那就没错了。"古平原一听王天贵如此声势也不由得大皱眉头,"你们想想,买通官府将收上来的好盐硬换成苦盐，这不是一般人能做到的事情，要是县大老爷的换帖兄弟，那就能说得通了。"

"这老王八蛋……"刘黑塔咬着牙喃喃骂着。

"唉……"常四老爹蹲在地上，大叹一口气，"王天贵是出了名的手眼通天，在太谷地面上，他不说话，没人敢说下句。咱们常家可弄不过他啊！"

"古大哥，你有什么法子吗？"常玉儿轻声道，虽然这几日避着古平原，但也不知从什么时候起，比起父兄，有了难题她更加相信这位古大哥的能耐。

古平原沉思一会儿，最终还是摇摇头，他知道，王天贵财大，官府势大，两方勾结在一起给常家下了个套，常家无财无势，既然已经落到了陷阱里，想要爬上来是千难万难了。

"恐怕只能硬碰硬了，就算认了是苦盐，赔了也就是了。关键是要能拿得出这笔钱。"

常四老爹闻言苦笑，"看来就只能卖了这处宅院了。"

"不见得。"古平原想起当年白老师讲过的大清律，"这里面其实还有办法可想。当初交盐卖盐，不管是官府还是买家，都是银货两讫，之后再来找后账，你说常家的盐苦，当场可没验出来啊。"

"是啊！明明就是事后栽赃。"刘黑塔一蹦三尺高。

"但是……"古平原把他摁住，接着往下说，"众口一词，就是证据，为什么别家的盐买回去没事，只有常家的盐变了苦盐？"

"这，这，古大哥，你这说得我身上一会儿凉一会儿热的。"刘黑塔丧气道。

"我说的是，只要有纠葛，就能打官司。"

"古老弟，你别想了。"常四老爹不以为然地摆摆手，"在太谷县，还有人能打官司打得赢王天贵？那真是太阳打西边出来了。"

"不是打官司，而是拖时间。"古平原显得很有把握，"这是商讼，按大清律可以三递三审。就算王天贵他使了银子，我们打不赢这苦盐官司，但律法是不容更改的，而且为防讼棍弄法，大清律规定，一事不可连月兴讼，换句话说，就算他判得快，只要我们一直递讼，至少可以拖上三个月不用赔偿。"

"古大哥，你是想用这三个月去筹赔偿苦盐的钱？"常玉儿脑筋转得快。

"是的，就算找到赚钱的机会，也要有足够的时间，打官司就是为了争取时间。"

此言一出，回想起之前古平原指点常家赚钱的那件事，常家人眼里总算有了点亮光。

第三章

京 商

1

"同治、同治……"恭亲王一手支额，眉间紧锁，嘴里低念着刚刚从宫中遵懿旨领来的新皇帝的年号，许久方长长吐了口气，抬目四望。

"你们倒说说看，西边的定这同治二字为年号到底有何深意？"

能进到恭王府小花厅与之共机密的自然都是恭王的亲信嫡系。

左手边第一位须发皆白，形容消瘦的老者便是东阁大学士桂良，他是恭亲王的岳丈，一向与恭亲王在朝中遥相呼应，二十年来人人知道他是自己女婿的不二智囊，只是这几年老病侵寻，已不复当年精神。

右手边第一位是工部尚书兼内务府大臣文祥，近五六年已然隐隐取代桂良，成为恭王最为倚重的左右手，此人在朝中素有贤名，是先帝从工部小吏中简拔出来的人才。

左手边第二位却空着，对面坐的是刚刚升任兵部尚书的曹毓瑛，他在除肃顺时立下了头等大功，若不是他以军机章京的身份从中打探策应，恭亲王与慈禧绝不可能对肃顺一党做到知己知彼，事事占了先机，所以新皇登基之后，曹毓瑛是第一个得到酬报红起来的汉官大员。

恭亲王先将征询的眼光看向桂良，桂良皱着眉刚要开口说话，风过喉头便是一阵大咳，两旁侍女忙赶过去敲背递茶，桂良闭眼在座中连连摆手。

恭亲王无声地叹了口气，再看文祥，文祥正襟危坐，双手扶膝思索良久道："王爷，依我看来，所谓同治，自然是因为新皇年幼，所以求天下百官齐心协力，共同辅佐新君之意。"

文祥话还没有说完,曹毓瑛已经在摇头,一待语毕,便叫着文祥的号道:"博川兄,你真是忠厚君子。这分明是两宫同治之意,西边的素来不满自己不是大清门里抬进来的正宫,这个年号不过是她自抬身价罢了。她的心思有什么难猜,无非是要在字面上把自己与东边的身份拉平罢了。"

"这……"文祥对违反祖制的垂帘听政本就不满,奈何这是恭亲王与慈禧皇太后当初达成的一笔交易,以垂帘听政换取恭亲王入军机执掌国政,所以他一肚子的话说不出,眼下听"西边的"又是这么个心思,更觉非国家之福,叹息一声摇头不语。

"你说两宫同治,可方才两宫太后召我入宫,要封我为摄政王,食亲王双俸。并按照我的建议设了总理衙门,全权处理对外交涉事务。"恭亲王忽然突兀地来了一句,说的虽是喜事,面上却并无笑容。

这话一出口自然是满座皆惊,曹毓瑛先道喜:"恭喜王爷,自我大清入关以来,得此王爵尊号的……"他话才说了半句,就知不妙,下半截咽回了肚中。

"只有一个多尔衮,与我目前的身份处境几乎是一模一样,都是扶持幼主,又都有一个擅于权术的皇太后压在上头,嘿嘿,明明白白的前车之鉴,真是下场堪忧啊。"恭亲王替他把话补全了,今天他自宫中回来,整天怏然不乐,为的就是心中隐隐怕重蹈了多尔衮的覆辙。众人听了这话一时都不敢接口,厅中立时一片默然。

"依我说,这个摄政王的尊号王爷一定要辞掉!"桂良沉吟良久,忽然斩钉截铁地说,"我大清开国时民间曾有谶语,说是大清朝兴于孤儿寡母摄政王,亦将亡于孤儿寡母摄政王,这兴于孤儿寡母摄政王,说的自然是顺治爷、孝庄皇太后与多尔衮了。当年太宗皇帝驾崩,留下了这么一个局面,其后果然是八旗进了山海关,得了这万里江山。然而这亡于孤儿寡母摄政王,眼下……"

不必桂良把话说明白,人人都倒吸了一口冷气,眼下小皇帝正坐在紫禁城的九龙宝座上,他的寡母慈禧太后权欲极重,如果再加上一个摄政王……联想到如今东南半壁的糜烂局面,几个人同时激灵灵打了一个寒战。

恭亲王也愣了良久,刚想开口追问,就见花厅的帘子一挑,一人轻裘缓带,步履轻盈地走了进来,一进门就大笑道:"嗬,好么,军机大臣一共六位,眼下就有五个在此,王爷的小花厅干脆换个牌子叫军机处倒是更贴切些。"

来的是户部尚书宝鋆,他是满朝文武中唯一一个可以不经通报就进入恭王府的人,素来与恭王不拘礼数,也是恭亲王最为倚重的心腹。见他来了,恭亲王愁怀一去,也笑道:"来晚了,还敢胡言乱语,一会儿定要罚你几杯。"

"罚得，罚得。"宝鋆满不在乎地坐下，"内务府那个老赵方才来跟我打擂台，说是御花园里的几处亭子园景该修了，没二三十万下不来。我说放屁，修亭子又不是重盖，字画模糊了找匠人描一描，连梁柱都不换一根，还敢要二三十万，我只给你五千两。"

"他怎么说？"曹毓瑛感兴趣地问。

"还能怎么说。"宝鋆满脸不屑，"无非是念叨宫里的事情难办，伸手要钱的主儿太多，五千两还不够塞牙缝。磨来磨去，我给了一万两打发走了。"

"这事儿我怎么不知道？"文祥可是大大皱眉，他管着内务府。

"还用说，你是出了名的铁门闩，连行宫铺路的石子你都要筛一遍，要是和你说了，这事儿连内务府的门儿都出不去。"宝鋆是个浑身机括一按就动的机灵人，三言两语解说明白。

恭亲王不由得沉了脸："这么说是绕开了内务府的掌钥大臣，直接由宫里发的话？"

"听老赵说是西边的派小安子传的话。"

"现在各处战事吃紧，军机处刚接到奏报，伪梁酋张日宇由秦西进入燕门，意图与当地叛乱结盟壮大，各地求救兵、求粮饷的奏折每日雪片样飞来，军机处捉襟见肘，你那里倒好大大方方给出去一万两。"文祥气急之下，不由得有些迁怒宝鋆。

宝鋆脸皮最厚，只当没听见，却向着恭亲王说道："王爷，说到钱，我带了个人来见你。"

恭王一怔，他在私邸会议时除了在座的几位，从不见外人，宝鋆不是不知道，怎么触这个忌讳？想着不由得问道："是哪个衙门的？"

宝鋆嘻嘻一笑："哪个衙门的也不是，别看穿着官服，其实是个捞钱的好角色。"

一句话把恭亲王说糊涂了，"你这是卖的什么药？"

"专治穷病的药。"宝鋆一本正经地说，"怎么样？王爷要不要见一见？"

"既然来了，就让他进来吧。"恭亲王心里倒是起了一丝好奇。

王爷说传见，不多时帘门一挑，一个人头戴青金石的顶子，身穿四品雪雁补服，进来之后几步走到厅堂正中，跪倒叩头："直隶候补道李万堂参见王爷，见过各位大人。"

清朝的制度亲王体制尊贵，号称"礼绝百僚"，因此恭亲王只是在座上将手虚抬一下，"贵道请起，看座。"

等李万堂坐下，侍女奉上香茶之后，恭亲王再仔细地看了他一眼，就见他四十开外的年纪，面白微须，一双眼炯炯有神，算得上是器宇不凡，特别是满屋都是一二品的红顶子大员，他以四品官杂处其间竟不卑不亢丝毫不显局促。

"王爷不必看了，他这个官是花钱捐来的，若论起来，他其实是京商的首领，前门铺子差不多一半是他家的产业。"宝鋆一语道破来人身份。

恭亲王素来不与百姓打交道，在座的其他人可都是听得一惊，曹毓瑛先就问道："阁下莫非是号称李半城的李家？"

"不敢，京城是天子脚下，什么人敢当此等绰号，那都是市井小民浑叫的。若说在下多开了几间铺子不假，也都是有赖天子贤明，各位大人庇佑，京城太平百姓安居乐业，生意这才能做得下去。同行给面子，让我管京商会馆，也不过是多点操心罢了，谈不上首领二字。"李万堂在座中一躬身答道。

"你很晓事，话说得也得体。"恭亲王不动声色地点了点头，他只是不知为何宝鋆要带个商人来见自己。

宝鋆却道："老李莫要过谦了，京商确是以你马首是瞻嘛。"

宝鋆顿一顿，接着道："王爷，现在天下大势没人比王爷看得清楚，洋人再加上逆匪，其实是个天下大乱的局面，要想收拾这个烂摊子，没有钱怎么行？这是从公处说，若是论私，我听说王爷府上的门包涨了？大的要千把两银子，可是有的？"这后一句问得甚奇，也只有宝鋆才能直言不讳到如此地步。

桂良本来一直在闭目养神，一听此言猝然睁大双目，直视着宝鋆："那是我的建议。"

"算了吧，燕公。"桂良字燕山，宝鋆一贯如此称呼，"这儿就咱们几个，您就别左一下右一下地替王爷当挡箭牌了，就算是您老的建议，也恰恰中了王爷的下怀不是。"

桂良瞟了一眼末座的李万堂，重又闭目不语了。

恭亲王知道宝鋆虽然看上去放浪形骸，不比文祥一望即是老成持重，但在该仔细的地方从不疏忽，既然带李万堂来，又在他面前谈到机密，自然有一番道理，于是拊掌一叹："入军机没几日，府里的开销已然大增……嘿，亲王每年的一万两俸禄本是杯水车薪。"

"王爷这是实话，但把门包加大，从中提出大部分充作自用，万一将来被哪个御史言官参奏，只怕……"文祥留了半句，但人人心里都有数，他说的正是今夜不在场的那位军机大臣左都御史李棠阶，此人守正不阿，若是被他抓住把柄，即使是亲王之尊，也定然弹章搏击毫不留情。

"难不成要我去当铺借钱？"恭亲王苦笑道。

"那倒不必。"宝鋆说着，轻轻伸了个懒腰，却岔开话题道，"记得上次与王爷还有局残棋没下完，不知王爷今夜兴致如何？"

恭亲王怔了一怔，这是他与宝鋆之间的暗号，一说到这话便是有不能为第三者道的机密大事要谈，必须摒绝他人。

然而今夜却非如此，在恭亲王借故遣走众人后，宝鋆用眼神示意，自己所要谈的事情非李万堂在场不可，于是李万堂依然留了下来。

"自从王爷掌了机枢，到您这儿央求差事、告帮的一定不少。"宝鋆笑呵呵道。

"你这是明知故问，何止不少，简直是门庭若市。"

宝鋆笑了："此乃人之常情嘛，这帮旗下大爷论起来不远不近是皇亲，说出话来有人听也有人信，那是开罪不得的。"

"照你说他们要官要钱，就该给他们官做给他们钱花？"

宝鋆缓缓道："官嘛，是朝廷封的，不能轻许，钱倒是不妨多撒些，也好堵他们的嘴。"

见恭亲王想说话，宝鋆抢先道："我知道王爷为难，这是个无底洞，可是只要王爷秉政一日，这个狗洞就要填一日。还有宫里的来使、外地来京的官员，凡是到了王爷府上，也都要厚犒。各地凡有大灾报，王爷是首席军机，少不得也要带头捐银子，几百两只怕是拿不出手吧，少说也要一千两。逢年过节，八旗宗族但凡到府上拜望的，甭管带多少人，人人一个红包，至少也要十两，那还是给下人的例，给主子就要一百两。据说有那不成器的破落子弟，专拣着这个机会带一帮人到王府来发财，平素也养不起那许多下人，就在街上现雇，讲好了红包到手五五分成……"

他一条条掰着还要往下说，恭亲王已是连连摆手，一脸的无奈："别说了，说得我头都疼。你说的半点不错，外头看我这亲王府邸富丽堂皇、光鲜亮丽，我是铁帽子王爷，天潢贵胄，执掌军机，仿佛一人之下，万人之上。其实一提起府里的大笔开销我也是深以为苦。有一样你还没提，现在朝廷军费吃紧，花钱如流水一般，眼看国库就见底了，全靠督抚在外自行筹集也不是办法。我打算一过了年就建议在京的文武百官自愿捐输，以充国库之用。问题是，只有我带头捐了，而且大捐一笔，别的官员才会有样学样，这一笔不能少过十万两，我正打算把密云那处庄子卖了，应该能筹出一半。"

"王爷，何至于此。"宝鋆见是话缝，对着李万堂使了个眼色，"说来说去还不都是为了钱吗？"

李万堂从袖中拿出一个紫皮胡桃纹的长信筒，向前两步递到恭亲王身边的案几上，然后又退了回去。

恭亲王轻皱了下眉头，他已经猜到内中何物了，然而打开一看，心里还是一惊。的确是银票，数目却是惊人，正是四大恒之一的老恒兴开出来的龙头银票，一共十张，每张两万两！

恭亲王心下骇然，一品京官一年的俸禄不过一百八十两，尽管这只是名义上的俸禄，私下还有冰敬、炭敬等外省官员孝敬的财物，然则积攒一世也甭指望这么多的银子。此人号称李半城，手面真是大方得让人不敢置信。

"王爷，您别犯嘀咕，老李家有的是钱，这是他真心孝敬您的，再说这不过是个开头而已，您就放心……"宝鋆见恭亲王敛了笑容，便也见机收住话。

"我来问你。"恭亲王话语低沉，已带了一丝诘问的语气，对着李万堂道，"你可知道按大清律，贿赂官员该当何罪？"

一听这话，宝鋆都吓了一跳，李万堂却不慌不忙，起身答道："无罪。"

"妄言！贿赂怎会无罪？"

"贿赂自然有罪，然而王爷此时问在下，自然是指这信封中的银票，这却不是贿赂，所以无罪。"

恭亲王不言语，只用一双炯炯有神的眼睛不怒自威地看着李万堂，听他继续说下去。

"所谓贿赂，按律法是私赠财物而有所请托，这私字一是指私下无人，二是指赠予私人，这银票却不是赠予王爷私用，而是京商出资希望王爷用于公事，譬如捐输国库之类，更何况在下并无向王爷请托之事，所以并非贿赂，更谈不上有罪。"李万堂侃侃而谈，至此煞尾。

恭亲王听到这儿嘴角微微露出一丝笑意，宝鋆也跟着松了口气。

"你与宝大人未进之前，我正与花厅中的列位大人讨论新皇年号。"恭亲王忽然另起话题，将方才文祥与曹毓瑛所言道出，接着问道，"不知你对这同治二字有何看法？"

宝鋆的心刚刚放下，此刻又提了起来。他今晚带李万堂来王府，就是希望王爷能够开此财源，这样自己居中作为京商与王府之间的桥梁，即使是运金子的时候掉下来的损耗，也能把自己镀成一座金桥。

然而他太了解恭亲王了，没有才干的人休想搭上王府这条船，王爷考完李万堂的急智，这又在考他的见识，倘若王爷不满意又或者李万堂根本就答不上来，那今儿这事就算是泡汤。

李万堂听了王爷的问话，沉思一下反问道："女主临朝垂帘听政已有数月，王爷看两位皇太后是何等样人？"

恭亲王心里点头，以李万堂位阶之低又只是个候补官，若是不问这句话也真的是无从答起，但只淡淡说道："慈安太后处理朝政全无主意，一切大事听凭慈禧太后处置。"

李万堂又想了一下道："文大人与曹大人的说法都对，却又不全对。"

"你这么说是什么意思？"

"文大人所言至公无私，曹大人的说法则是至私无公，这两样意思其实都有，但却未免小瞧了这位西太后。"

恭亲王目光闪动一下，却是不露声色，端起茶来轻抿一口又放下，好整以暇地听着。

"这位西太后是位厉害角色，恐怕是以北宋的宣仁太后自勉，以女中尧舜自居，大抵常伴先皇左右听闻政事时便已料到有今日之局面。所以，她定的同治二字虽是公诸天下，其实只是给一个人看。"

"谁？"恭亲王脱口而问。

李万堂沉默着，只抬眼目视恭王不语。

"我？这同治二字的年号是定给我看的？"恭亲王大为惊异。

"正是，试问肃顺一去，满朝文武中何人权力最大，又有何人是太后唯恐起异心的？只有王爷。这年号其实是向王爷表明，王爷秉政、太后垂帘的同治格局不会轻易更张，请王爷不要心存顾虑，要实心任事。"

"有道理。"宝鋆不禁击掌称善。

"我料定西太后除了颁此年号以定王爷之心，过几日还会有一个绝大的恩赏赐予王爷，借此来笼络你。"李万堂极有把握地说。

恭亲王不禁对李万堂刮目相看了，苦笑着应了句："这恩赏已经下来了。"说着把方才与桂良等人说的消息又说了一遍。

西太后权欲如此之重，与摄政王之间将来必有冲突，这是可以想见的事儿。花厅中一时沉默下来，几个青衣侍女也感到了气氛凝重，互相用眼睛瞄瞄，也不知是不是该上前伺候。

过了一会儿，月影西斜，大概是被光晃了眼，花园中的池塘里扑棱棱飞起一只塘鸭，倒把座中想事情想得出了神的三个人都吓了一跳。

李万堂率先开口道:"依在下看来,王爷只怕是过虑了。"

"何以见得?"

"王爷英才有目共睹,不管将来怎样,最起码在皇上亲政前,两宫太后还要仰仗王爷处理国事。若是说到亲政之后嘛,现如今的情形与顺治爷那会儿不大一样了,现在的大清朝不仅有皇上,有亲王,有文武百官,有万千黎民,还多了一样,那就是洋人!"

恭亲王听到这里,眼睛慢慢放出光来,将身子往前倾了一下,用手点指道:"你说下去。"

"是。洋人势大,连先帝都被他们从京城撵到了热河,朝廷忌惮洋人已是不待言的事实,再加上方才宝大人说的八旗宗室以及外省督抚,如果王爷能将这些人织成一张网,即使将来太后与皇上有不利于王爷的举动,只要洋人、八旗、督抚都站在王爷这边,那真可谓是固若金汤,再没人能动王爷分毫。"

恭亲王沉吟着道:"织这样一张大网,不仅费时,而且费力,洋人最是贪利,要洋人为你出力,所费不菲啊。"

"王爷请放心,只要是王爷的事情,一句话交代下来,我京商必定全力以赴。"千里来龙到此结穴,话说到这儿才算是说到了正地方,李万堂再不迟疑,斩钉截铁地说道。

恭亲王盯着他移时[1],慢慢收回目光。恭王是天纵聪明,压根就不信李万堂所说的毫无请托,只是这笔交易实在诱人,明知是火中取栗也忍不住要伸手。再一说,恭王连番考问,已知面前这人年方不惑即成为京商首领绝非偶然,不仅人情世故熟透,而且分析事情鞭辟入里,不知不觉中连自己的心障也被他解了十之八九,若是用得好,真不失为一个好帮手。

"只是这个摄政王只怕我是当不成,那句亡于孤儿寡母摄政王,实在是令人心悸,消息传出去,我岂不是被架在火上烤吗?"恭亲王叹了一声。

"换个称呼如何?"李万堂知道这笔交易谈成了,恭亲王的威权越重,对自己越有利,自然不愿意失去这么大一块肥肉,想了又想忽然有了妙悟。

"换个称呼?"

"易摄为议,改为议政王,万事可议,岂不是妙?"李万堂微微一笑。

"好!"宝鋆立时叫绝。恭亲王也浮出笑容,双掌便待一合,又放下手敛了笑

---

[1] 一会儿。

容，转过脸来对宝鋆说："既是如此，今后你与李道台就多亲近亲近，有什么事他和你说，我这边自然也就知道了。"

宝鋆一愣，旋即明白这是恭亲王表明自己不私其利的手法，却也正合了自家的心意，立时笑着点了点头。

2

常四老爹那边，"闹盐"变成了"打官司"，第一堂果然审得极快，王天贵的换帖兄弟陈县令不容分说判了常家败诉，只不过常四老爹当堂就喊冤，如此一来，要再递讼过二堂必得是再经一整个月，王天贵没想到常家还有这么一手，气急之间却又无法可想，事情还真就拖了下来。

古平原的身体也养得差不多了，他本想出门四处转转，为常家找到一条生财之路，但他流犯的身份毕竟担心败露，只好听从劝告，每日等常四老爹和刘黑塔从外面带回的消息。这一天，古平原听见有人叫门，知道是常四老爹回来了，就走上前去应门。正好常玉儿也赶来开门，二人双手各执门闩一端，四目一对，常玉儿红了脸，不言声将手一放，抽身就向后屋走去。

古平原望着她的背影，摇了摇头，心中不解，常四老爹的这个独生女儿，时常与自己在宅中相遇，但自从那次将自己引到闺房之后，她却很少再与自己说话。看她与其他人都有说有笑，对自己却如此冷淡，难不成那件亵衣的事情真的得罪了她？

门一开，常四老爹与刘黑塔走了进来。刘黑塔身子壮，在大狱受的拷打没伤到筋骨，早就好了。常四老爹脖颈上的伤更是皮肉伤，结了痂也就没事了。不过今日不同往日，这爷儿俩好像是闹了什么别扭，常四老爹气哼哼地往屋中一坐，端起茶来一饮而尽。刘黑塔黑着脸站在立柱旁，也不看老爹，只是不言声。

李嫂见状失笑道："哟，这可真是太阳打西边出来，你们爷儿俩这该不是置气呢吧？"

"怎么不是！"常四老爹余怒未歇，一指刘黑塔，"你这小子胆大包天了是不是？你要是敢去，看我不打断你的腿。"

李嫂一听这话，知道老爹动了真火，赶忙跑到后屋去把常玉儿请了来解劝。

这边刘黑塔倔头倔脑道："有什么了不起，不就是玩命嘛。"

"好哇，看来真得打断你的腿，至少还能保住你的小命。"常四老爹火往上撞，几步赶过来，抄起顶门棍就要揍刘黑塔。古平原在一旁，怎么能让他真下手，立时拦住老爹。

这时候常玉儿也到了，伸手夺过老爹手里的棍子，真是又好气又好笑："爹，您都多大岁数了，再说大哥都多大了，您怎么能还像小时候那样说打就打呢。"

"多大我也打得。"常四老爹气得胡子都撅起来了，"我辛辛苦苦把你们拉扯大，他可倒好，要去玩命！唉！"常四老爹一声叹，重又坐回到椅子里。

"有道是富贵险中求，不冒冒险哪来的财路？眼下要赔偿那伙闹盐的，可现在家里一点积蓄都没了。而且我听说陈赖子正找我们盐场的那几个债主，要收他们手里的欠条，来抽我们的本金，到时候更加傻眼。莫不如趁着这么个好机会，赚上一大笔，省得受那群王八蛋的气。"刘黑塔并不服气，一只手叉着腰大声道。

"听听，他还一堆的道理。"常四老爹心知干儿子说得没错，只是他要做的事太过凶险，说什么也不能答应。

"大哥。"常玉儿埋怨地叫了一声，转回头向着爹笑道："女儿这可是听糊涂了，难不成大哥要去干什么犯法的事？"

"唉！我懒得说，反正不是什么好事。"

"犯什么法，做买卖也犯法？爹不说，我来说！"刘黑塔巴不得妹子站在自己这边，抢着要把事情说清楚。

这事发生在三日前，消息传自汾都府。从瀚海来了几位客商，找到省城最大的悬济堂药铺，说是要大宗地进货。药铺自然巴结，大掌柜亲自出迎，奉茶一问，却原来只要一味药，便是燕门特产的岢岚五加皮。五加皮就是杨树根，要最细的那一截才有药效，主治痈肿疔毒，消水肿心腹气胀，该药以岢岚县所产的最为奇效，不过这种药论药效不如延胡索，又不能种植，所以当地的药农采集量很少。

这味药悬济堂自然有，只是一年下来进货量不过五百斤而已。这几位客商一张口要一万五千斤的货，把大掌柜的也吓了一跳，盘算一下，通省城搜罗也不到他们要货量的一成。这一万五千斤的生意着实诱人，大掌柜连夜派人到岢岚县进货，又向同业拆借，好不容易凑足了数量，但瀚海客商的一个要求却让这笔生意几乎泡汤。

"莫非有什么无理的要求？"古平原听得入神，见刘黑塔说得口干，给他递上一碗水，顺口问道。

要求其实并不无理，只是要送货上门而已，并且要一个月内送到。大宗买卖历来可以送货上门，像如此巨额的生意，甚至可以免费送货。但就是这个要求，大掌柜却无法满足,双方就僵在此处,怎么也谈不拢。

"那是为何,眼看货已备齐,送过去就是一笔好买卖,为何不送?"古平原不解。

常四老爹开口了,说得又急又快,倒像是为他劝阻刘黑塔辩解似的,"古老弟,你不是本地人,自然不知内情。"

内情是前来买货的客商来自漠北瀚海,要求送货的地方在漠北瀚海草原北面,靠近通商堡的盟旗所在地巴彦勒格,那里是漠北瀚海人最大的聚居地。

"按照路程来说,从汾都到巴彦勒格,驼队走上一个月的时间是足够了。可是现在漠南瀚海与漠北瀚海的军队为了争夺一大片丰美的水草地正在交战,整个草原打得是狼烟四起。漠南瀚海与漠北瀚海的王爷都是朝廷封的,眼下朝廷也不知要偏向哪一头,正在左右为难,仗还不知要打多久。要送货去漠北瀚海,就一定要经过漠南瀚海的地盘,到时候还不是羊入虎口?"常四老爹三言两语把事情解释得很清楚了。

"难道不可绕路而行?"古平原对相关地理不熟悉,故此有这一问。要解释也很容易,从燕门出发,如果要绕过漠南瀚海到达漠北,要么走高窟玉源一线,要么过直隶沈水冰州,俱是万里之遥,别说一个月,就是一季也到不了。

古平原一听就明白了,但有一点:为何刘黑塔明知不能成事,还非要前往不可?

只因有一条险道!

在贺兰山旁,经过传说中的铁木真陵,之后会有一条枯水河。涉河而过走上一天的路程,便可来到一处草场。

"其实是墓场。"常四老爹说,"要想不被漠南的军队发现,唯有穿过这处草场,问题是这草场里处处都是无底的泥沼,每走几步便是一个杀人的陷阱。尽管人人都知道从这条路到漠北是最近的,还不用到杀虎口缴税,可是没有几个商队有胆子从此走。最起码自我记事起,燕门商人就当没有这条路一样。"

"想来在那里陷了不少人?"

"何止,你出门去问,凡是家里有走西口的,祖上都有人死在黑水沼。"

"哦,原来是叫黑水沼,听这名字就是大凶之地。"

"半点不错,古老弟,你想想看,我怎么能让黑塔去冒这个险?"

古平原边听边计较,此刻心里已经有了打算。他这几日也替常四老爹盘算过,除闹盐这件棘手事儿外,当初常四老爹盘盐场时借的那一千两银子也是随时冒烟的炮仗。如果王天贵真的把这几笔借债都转买过来,眨眼间就成了常家的大债主。到了那时候就算想方设法凑齐了赔偿闹盐的银子，常家大院很可能还是保不住。放印子钱的都心黑手辣，看样子王天贵指使陈赖子要使的正是这一招。而常家要想不受胁迫，只有趁早将那一千两还上，眼下就是个一劳永逸的好机会。

"老爹，这笔买卖要是做成了能赚多少？"

"听说悬济堂去收药的时候，已经有人漏了风声，所以药农扳价，原本应该是一千五百两银子的药最后花了两千五百两才买到手。"

"运费呢？"

"现在就是差在运费上。这笔买卖要是不运，根本就不能成交。若是运，哪个敢去走黑水沼？听说现在悬济堂的大掌柜急得团团乱转，运费不断往上涨，出到一千两还是无人敢去。至于瀚海人那边的出价，那是人家的秘密，谁肯轻易泄露。"

"我懂了。"古平原眼前一亮，"瀚海人出的一定是天价，否则悬济堂绝不会任由药农扳价，也不会把运费出到千两。老爹，我想去趟汾都城。"

"你去汾都城做什么？"

"知己知彼方能百战百胜，这么大的买卖，不能只由悬济堂一口出价。我想去会会那帮瀚海人，摸摸他们的实底，咱们既然要卖命，就要卖得值回票价。"

常四老爹品了品他话里的意思，眉毛一扬："古老弟，你要做这趟玩命的买卖？"

"不，我是替常老爹做，赚了钱还了债，就可以不受那王天贵的气了。"

常玉儿在一旁听了半晌，眼里流露出感激的神情。刘黑塔更是激动不已："古大哥，你真够义气，我真是服了你了。"

常四老爹止住干儿子，严肃地说："古老弟，这可不行。你我虽然不算是深交，可是我能看出你这个人古道热肠。问题是这是我家的事，怎可让你去涉险。真要去做，也是我这把老骨头去蹚路，反正也年纪大了，死不足惜了。"

古平原早知他有此顾虑，干脆打开天窗说亮话："如说我全是为了常家就肯把条性命押上，也不尽然，我还有我的打算。老爹知道我的身世，既然考学不成又革了功名，此番回乡如果双手空空，非但不能帮助家里，只怕还要拖累老母弟妹。所以我要做这笔买卖，既是帮老爹筹得还债之银，也要帮自己赚上一笔，将来带回家乡。不管做什么，也算是有点本钱。"

这么一说，常四老爹方才释然，人家有人家的打算。但也正因为这样，常四老爹对古平原更是刮目相看。普通人刚刚脱困出难，哪里还有闲心去想将来，更别提还要为家中打算。古平原却是走一步想三步，心思细密不说，胆子也大，三言两语之间，就敢把一条命豁出去，不由得人不佩服。

他这样想，一旁的常玉儿与刘黑塔也都是如此想。刘黑塔先就嚷了起来："古大哥，这一趟谁都拦不住我了，我非和你一道去不可。"

古平原笑而不答，看向常四老爹。常四老爹再想想，一跺脚："好，你就随着古老弟去吧，有他在，我也放心。"

古平原心头大喜，他也知道刘黑塔在道上肯定是个好帮手，听老爹吐口，自然大喜过望。

既然只有一月之期，那就事不宜迟。古平原、常四老爹与刘黑塔当天就上路奔往汾都府。临行之际，常玉儿嘱咐父亲和大哥一路小心，末了走到古平原面前，低着头，用细若蚊蝇的声音说道："你……千万保重身体，一定要回来。"

短短两句话，常玉儿吞吞吐吐半天才说完，脸已经红到脖颈，之后，她扭转身快步走到门后，不再出来。

大门外的几个人面面相觑，特别是古平原听得张口结舌，不知如何应对。但此时也没时间深究，几个人打马如飞，直奔几百里外的汾都府而去。

就在他们快出县城门的时候，泰裕丰的王大掌柜刚好从店里往外走，见三人骑马出城而去，皱起眉头眼珠转了转，点手唤过身边的小厮："去找陈赖子，让他打听打听常家的人去干什么。必要的时候一路追过去，打听明白回来告诉我。"

3

古平原几人并不知道行藏被人看了去，跑了两天，总算赶在第二日天黑前进了汾都城。

"古老弟，我们是先找家客栈住下，还是先去悬济堂看看？那家药店大得很，就在巡抚衙门的隔街上。"

古平原想了一下："这样吧，我们定一家客栈，就让刘兄弟把行李送过去，我与老爹直接去悬济堂。"

"如此甚好。"常四老爹嘱咐了干儿子几句，将行李卸下来交与刘黑塔，然后与古平原并骑前往悬济堂。

他们来得正好，悬济堂的门口此时热闹极了，一群身穿羊皮坎肩，脚踩蹬破天皮靴的汉子正将药铺的大门围了个水泄不通，而那大门已然紧闭。

"都是驼队的领房。"常四老爹一眼就认了出来。领房这个词对古平原倒是陌生，常四老爹解释道:"领房就是我们燕门商人走西口的领队人,其实就是路途上实际的头领,沿路上行止吃喝都要听领房的话。当然领房赚的钱也要比商队里普通的驮夫多好几倍,可是一旦驼队因为引路的缘故出了事,他的干系也是甚大,甚至要倾家荡产来赔。"

"看样子,他们围在悬济堂外,也是因为瀚海的那笔买卖。"

"那是自然,这笔脚钱拿到手,也就不必再吃走西口的苦了。"

古平原吐了口气,下马来到悬济堂门口,扬声大喊:"开门,敢走黑水沼的主儿来了。"

他这么一叫,人群无不侧目,也就自然而然地闪开了一条路。古平原走上前去。身后的这群领房都愣住了,先是互相小声询问,很快就按捺不住,也高声叫了起来。

"小子,你是哪儿来的?敢和我们领房抢生意。"

"哎,你不是常四吗,你领来的这小子是干吗的?脸这么生,没见过啊。"

"是不是胡闹啊?"

众人七嘴八舌,有几个火气大的撸胳膊挽袖子就要上来质问古平原。古平原不慌不忙,转回身抱了抱拳:"各位三老四少,我只问大家一句话,要是我让开,你们谁能现在就应承了这笔买卖,要是有,我现在就让。"

几十个领房你看看我,我看看你,顿时鸦雀无声。

古平原又拱拱手:"既然如此,不管我是本地人,还是外来户,总得容我进去问问吧。"

话说到此,悬济堂里已经有人应门,一个年长的伙计将门打开一条缝,冲着古平原问了一句:"你敢走黑水沼?"

古平原点点头,与常四老爹一前一后进了药铺。门一关,领房人又鼓噪起来。

药铺里冷冷清清,没有人来买药。大厅与后院都堆满了打好包的药材,看样子就是瀚海客商点名要买的五加皮了。

伙计将古平原让到客厅,奉茶之后道:"请问贵客怎么称呼?我好去回禀大掌柜。"

"我姓古,名叫古平原。这位是太谷县盐场的常老板。"

"原来是古老板和常老板,请稍坐,我去请大掌柜。"

其实大掌柜早已经知道了,不多时便从堂后走出。经营药材的人没有胖子,大多身材较瘦,悬济堂的大掌柜也不例外,生就苦瓜脸,穿一件天青长衫,一出来便点头道:"古老板、常老板,鄙人悬济堂武掌柜,还望多多指教。"

古平原起身回礼:"好说,好说。"

"恕我冒昧。"武掌柜打量了一下面前的两个人,不易察觉地皱了皱眉,"方才听伙计说您二位要走黑水沼,可是就我看,你们不像是领房,这……"

古平原不待他把长声拖完,就开口道:"武掌柜有眼光,我们的确不是领房,也从没走过西口。"

武掌柜脸一沉:"这不是开玩笑吗?莫非是戏耍我武某人不成?"

"岂敢。不过我有一言,不知当讲不当讲。"

"……"

"您看大门外,那么多领房,有的已经年过半百,大概西口走过不下百遍,可是有谁敢喊一嗓子敢走黑水沼。没有吧?既然如此,领房又有什么用?"

武掌柜吸了口气:"你的意思是?"

"请让我与瀚海人见一面,之后我自有道理。至于脚钱,大掌柜说给一千两,那就是这个数了,我绝不再加。"

"你要见瀚海人……"武掌柜一手扶额,显见心中委决不下。

"请大掌柜想想,要是这批药材运不出去,这笔买卖就砸了,到时候一万五千斤的药材怎么处理?"古平原不失时机地加了一句。

"好,你既然敢走黑水沼,那就让你见见瀚海来的客商。"武掌柜打定主意,吩咐一声让伙计去后院请人。

眼见伙计走向后院,武掌柜叹了口气:"听古老板讲话,就知道是个心里有谱的人。我也不瞒你说,这笔生意我现在后悔极了。"

"这笔买卖做成了能赚不少,怎么说个悔字?"常四老爹一直没开口,见古平原目的达到,一直紧绷着的心总算有些放下,这才插了句话。

"当初这些瀚海人来买药的时候,我就少问了一句话。总以为就算要运,也必是绕路而运。谁承想货进好了,他们却说要以一个月为期运到,又不给定金,只说货到交钱,当时真如同霹雳一般。这批药材是加价进的货,即使是不加价,这许多五加皮也无处去销,只能眼睁睁烂在手里。到时候东家不但要辞了我,恐怕还要叫我通赔,弄得我这些日子茶饭不思,一想起来就头痛。"

"这么说,这笔买卖对武掌柜来说咬手得很?"

"就是这么句话。"

古平原点了点头,见伙计陪着几个瀚海人进来,便知道是买药的客商到了。

这伙瀚海客商为首的那人，长着一张方脸，下颏却是尖的，他双眉斜立，显得面目阴沉。这人进来就好大不耐烦，用一口流利的汉话道："武掌柜，你总是避着不见面，难道不发货了吗？要是这样我们可回去了。"

"巴图老爷，您别急，这不是运货的人到了嘛。所以请您出来商谈几句，看看把货运到什么地方。"

巴图上一眼下一眼打量了古平原半天，挑了挑眉问道："你就是驼队的领房？"

"是。这趟货由我来运。"他打量古平原的时候，古平原也在看他。

"那你知道要用多长时间运到？"

"发货之日起一个月为期。"

"既然这样，你有把握吗？要是过了期，我可不收货。"

"没问题，走过黑水沼到漠北，二十天就够了。"

"哈哈哈。"巴图一阵大笑，"敢走黑水沼，是条汉子。既然这样，你按时将货送到巴彦勒格以西十五里的一个名叫乌克朵的小城里。我带人先回去，到时会在那里接货。"

"货款怎么付？"

"货到付现银。"

"多少？"

"足锭纹银六千两。"

"恕我再问一句，这批药材运到漠北是要做什么用？"

"哼，我说你这个领房怎么这么多事？"巴图大为不满，"你们燕门商人来我们草原买牛，我们会问这牛运回去是杀了吃肉，还是耕地种田吗？"

"巴图老爷您息怒，他也是好奇心重，没有别的意思。"武掌柜生怕得罪了瀚海客商，忙赔不是，一面回身埋怨道："古老板，问那么多干什么，货运到收银子不就是了嘛。"

古平原笑了笑没言语。等巴图一干人走了，武掌柜送至门外，常四老爹才在古平原身后悄悄说道："我瞧着这人不大地道，我以前也和瀚海客商打过不少交道，没一个像他那样说话支支吾吾。"

"但这笔买卖倒是不假。"古平原也小声说道。正因为真，所以期限很严格，要按期送到。如果别有内情，又或者是有意行骗，那倒是不妨放缓些日子，以免到手的大鱼跑了。

待武掌柜转回屋，古平原已经气定神闲准备了一番话说。

武掌柜先开了口，苦笑道："古老板，这下子我的底可是被你探得一清二楚了。"

古平原一抬手："武掌柜，还像我方才说的那样，脚钱就是一千两，绝不再加。"

武掌柜明显并不相信："既然这样，古老板盯的是哪一份银子呢？"

"我方才算了一下，瀚海人出价六千两，去掉脚钱一千两，还剩五千两。而武掌柜进货用了两千五百两，等于是对半的利，难怪武掌柜对这笔买卖如此上心。"

药材生意，除人参外，难得能有两成的利润，两千五百两即使是对悬济堂这样省城数一数二的大药铺来说，也是不菲的利润。武掌柜要是做成了这笔生意，年终分红利，东家自然不会亏待他。

古平原接着道："既然武掌柜觉得这笔生意咬手，何妨少担点风险。"

"你这话是……"

"我买下你手中五千斤药材，但我不拿现银出来，如果货物平安运到，利润你我三七开。"

"也就是说这笔买卖，你入三成的干股，只分红。"武掌柜沉吟道。

"对。"

"那要是赔了呢？比如说车队陷在黑水沼。"武掌柜紧盯一句。

常四老爹答话了："简单。我在太谷有老宅、有盐场，加在一起足够赔你那五千斤药材。"

武掌柜沉思片刻，一指桌上的文房四宝："立字据。"

找来中保，常四老爹按了手印，将随身带来的房契与武掌柜过目无误之后，武掌柜也按上了手印。

"接下来就要去找外面那些领房了。"古平原松了口气。

武掌柜却紧锁眉头："这些人可不好对付，在门外已经围了四五天了，又想吃羊，又怕惹一身膻。"

"不要紧，我出去说两句话，他们自然会跟我一起走。"古平原极有把握地向外走去。

武掌柜与常四老爹对视一眼，也紧紧跟了出去。常四老爹知道这班领房的厉害，生怕古平原吃亏。武掌柜则是一半担心，一半好奇，不晓得古平原会使出什么手段来降服这一班号称天难收、地难管的驮夫头子。

等出了门口一看，古平原已经站在门外的大石狮的底座上，一手抓住狮头，另一只手在空中招了一招。其实不必他招手，在场的领房人自然而然地围拢了过来。

"各位三老四少，有件事和大家说一声，这一趟跑漠北的活计我古某人已经担了下来。但是我没有驼队，不知哪位肯与我走这一趟？"

一句话说出来，人群顿时炸了锅。众人先是齐刷刷将眼光投向武掌柜，见他没有异议，知道古平原说的是真话，顿时七嘴八舌，说什么的都有，但总是以风凉话居多。

"这小子莫不是失心疯了，我们领房都不敢走的黑水沼，他敢走？"

"我看，大概武掌柜也是急疯了，找了个毛头小子来押货。"

"这一趟悬济堂肯定是赔大发了。"

古平原不动声色。足有一刻钟之后，待人群稍稍安静下来，他才道："各位，说句老实话，我对走西口的路不熟。我想请教各位一句，要是这一趟不走黑水沼，而是从别的地方绕道去漠北，一千两银子你们肯走吗？"

"废话，要是不走黑水沼，一支驼队二百两银子就去得。"人群中有人喊道，众领房一致点头，看来这是个众人认可的公价。

"我明白了，这与路途远近无关。之所以走黑水沼一千两银子都没人肯去，全是因为路上凶险，搞不好要送掉一条命。"古平原故作恍然大悟的样子。

"你到底是真不懂还是假不懂，别在这儿装蒜。黑水沼是出了名的吃人不吐骨头，要是黄土大道，还轮得到你来抢食？"有个性子急躁的领房高叫起来。

古平原笑了笑："那我还要问一句，如果这一趟即使是走黑水沼，也能保证平平安安就能把一千两银子赚到手，你们肯去吗？"

他三说两说，把大家伙都说糊涂了。连常四老爹、武掌柜在内，人人都交换着疑惑的眼神，反而没人肯出声了。

等了一会儿，一位看起来年纪最长的领房人开了口："后生子，你就别卖关子了，到底你有什么好办法，也说出来让我们大家都听一听。难道说你知道什么万无一失的路线不成？"

听老领房这么一问，人人都屏住呼吸，等着古平原回答。

古平原拱了拱手："老人家，我哪有什么万无一失的路线，不过我却有万无一失的法子。"

古平原的办法一说出来，所有人都惊呆了。

原来古平原提出驼队一进入黑水沼，就由他走在十丈之前。一旦古平原陷进泥沼，驼队就可以不用前进，直接原路后退返回汾都府，而脚钱照付。

"当然，要是货没运到，就不能找武掌柜要脚钱。不过这笔一千两银子的脚钱，太谷县的常四老爹会给你们的。"

这真是万无一失的办法，照这个办法，驼队一点风险也不用冒。无论是顺利走出黑水沼，还是原路返回汾都城，都能拿到巨额的脚钱。只是这方法也太过匪夷所思，古平原说完半晌，才有人试探地问："那你的意思是，如果你陷进泥沼，驼队就可以不必前进了？"

"对，也不必救我，大家只管向后转，安全地撤出来也就是了。"古平原说得斩钉截铁。

这下众人是真的听懂了，这个外乡人才是真的要来玩命，而且是货真价实，一点退路都不给自己留。众人哗然，议论纷纷，自然都是在说古平原。

武掌柜好不容易才回过神，偏一偏头，问向常四老爹："这年轻人是什么来路？"

常四老爹早就听呆了，咽了口唾沫，张张嘴，想说却又没说出口。

这时就听古平原又大声道："诸位，有道是胆小不得将军做，古某这一次命是豁出去了，谁敢和我一起去？"

走西口的汉子最服的就是拿命不当命的人，越是狠角色，越能得到大家的信服。方才一大群领房人没一个正眼看古平原，可现在不同了，他们纷纷走上来拍古平原的肩，对他的胆大妄为表示赞赏。

现在古平原已经发愁究竟要带哪个领房的驼队走了，他把这个难题留给常四老爹。自己将武掌柜叫到一边："大掌柜，请问柜上可有懂医术的伙计？"

"怎么没有？悬济堂的伙计个个都略通医道，就是称得上精通的也有好几个。"

"那好，麻烦你荐一个通瀚海话的随我一起走。"

古平原在悬济堂外说的一番话，被从太谷随后赶至的陈赖子一字不差听在耳朵里，他快马加鞭回报给王大掌柜。

"难怪常四能想到打官司拖时间，原来是请了这样的能人。"

陈赖子跟在他身后亦步亦趋："照小的看，那姓古的不像是常四的伙计，两个人倒像是搭伙做买卖。"

"你以前听说过这姓古的吗？"

"他不是本地人。听大车队的伙计说，常四是从关外将他带回来的。"

"关外？"王大掌柜沉吟片刻，忽地一击掌，"关外哪有什么正经的买卖人，除了当兵的就是流犯。难道说……那姓古的是个偷跑出来的流犯？"

陈赖子吓了一跳："不能吧，常四出了名的下雨都怕砸脑袋，他敢私带流犯入关？"

"何止掉脑袋，是杀头抄家的罪名。"王大掌柜眼里放光，"这事宁可信其有，不可信其无。你去一趟关外，查查这个姓古的底。如果真是流犯，常家的老宅一分钱都不用花，就能拿到手。"

陈赖子领命退了出去，王大掌柜满意地点点头，拿起桌上的一块面点心，用手使劲一握，松手时，点心已经碎成了粉末。

4

驼队的人一年四季行李包裹都是打好卷捆在驼背上，说一声走，立时就可以拔脚，巧的是悬济堂的药材也是打好了包只等装，几乎是一夜之间驼队就已经准备好了。

一万五千斤的货仅凭一支驼队是无论如何不够的，这就显见了常四老爹的办事老到。他雇了两支驼队，自然有两个领房，一个是本地公认经验最是丰富的老齐头，另一个却还是学满出师不过一年的年轻领房，孙二领房。

刘黑塔嫌那年轻人没经验，常四老爹道："你懂什么，驼队在一起走，说是两支其实是一支。若是两个领房都是老资格，到时候各执己见，驼队难免要起争执。现在这样一老一少，老的有经验，少的有精力，才是最好的搭配。"

古平原听了暗自点头，觉得常四老爹的用人之道十分可取，用句俗话来说就是"一山不能容二虎"，如此安排甚是妥当。

常四老爹走到古平原面前："古老弟，你真是好角色，现在整个汾都城都传遍了，说是有个外乡人胆大包天，要带头去闯黑水沼。"

"大概就是因为我是外乡人，不晓得这黑水沼的可怕才敢去闯一闯，但愿到了那里不要出丑露乖才好。"古平原平素也没觉得自己的胆子有多大，倒是这一次全凭一股血气之勇，出了个大彩，不仅自己面上有光，连带常家的名号也打响了，心里也是有几分得意。但是他心里这样想，嘴上却不能露出来。

"我要说的正是这个。"常四老爹正容说道，"古老弟，真要是到了黑水沼，能过则过，过不去就算了，不值得把一条命搭在里面。能交到你这样的好朋友，盐场和老宅也不算什么，权当已经没了。"

古平原面上表示感谢老爹的心意，心里却是打定主意。人家话自然是要这么说，可是自己不能半吊子，这一次便是刀山油锅也要闯过去，不然就索性躺在黑水沼里睡个饱。

这时有个驼队的伙计来送信。"常老板,这边有位姑娘找您。"

"找我?"常四老爹一皱眉,举目望去便是一愣,"玉儿,你怎么来了?"

常玉儿雇了一辆马车,不答常四老爹的话,只是吩咐着车老板将车上之物卸了下来。常四老爹一看更是诧异,常玉儿带了两个包裹和一口小箱子。

"玉儿,我们应带之物都备齐了,你就不用再……"

"爹,这是我的应带之物。"常玉儿穿着锦青的素色短袄,配一条玄色夹裤,略施粉黛,将头发梳成一条又黑又粗的长辫儿,辫梢儿扎着一根红绳,上有珠花,看上去很是利落。

"啊?!"三个人听了都大吃一惊。

"爹,我也要跟着驼队一起走。"常玉儿声音不大,语气却十分坚决。

"不行,我不同意,你一个女儿家,怎么能走长路,何况还是这么危险的路!"常四老爹几乎是喊了出来。刘黑塔与古平原也是下意识地直摇头。

常玉儿却是不急不恼:"爹,您听我说。"她一指刘黑塔,"就大哥那个脾气,万一在路上发作起来,除爹外,只有女儿能镇住他。这次的事情对家里来说非同小可,可不能弄出乱子来。"

"哎。"刘黑塔一听急了,"妹子你怎么拿我说事啊?"

常玉儿脸上微微一红,其实她只说了一半的理由,担心刘黑塔闹事不假,可是自从古平原从家里走了之后,她就坐立不安。常玉儿在心里面已经将自己当成古平原的人了,眼见他要冒这么大的危险,实在是放心不下,思前想后这才决定找这么个借口一同跟着去。

要说对付刘黑塔,连常四老爹都不如常玉儿,她抿嘴一笑,借机掩盖脸上的羞色:"若说是路上危险,有大哥在,还卫护不了我吗?"

刘黑塔一听又乐了:"那是,谁敢碰我妹妹,老子拧了他的脑袋!"

常四老爹狠狠一瞪他,还是那句话:"不行!"

常玉儿轻轻一扯爹,把他叫到一旁,轻声说:"上次出关的事是大哥去的,这次又加上古……古老板。说来说去是为了我们常家的事情,难道常家就不出个人吗?"

"那也该我去!"常四老爹辩解道。

"陈赖子和王天贵还在觊觎我们家的老宅,上次的情形您赶大车回来时也看到了。要是再来那么一出,家里没个出面应对的人怎么行?所以您得留下。"常玉儿路上就把说辞都备好了,此时左一个理由、右一个说法,常四老爹实在招架不住。

111

"可你一个女儿家……"

"爹，花木兰都能代父出征，我也不比她差啊。您别忘了，从小儿您把我当男孩子养，还教过我骑马呢，再说我也会几句瀚海话，兴许关键时刻能派上用场。"

"唉！"说到这儿，常四老爹彻底没词了，长叹一声算是应允了。古平原听了也没法子，只觉得肩上担子又重了三分。

驼队出汾都城北行不到十里，驿路迎面来了几匹马，还有一辆马车。驼慢马快，彼此一错，古平原扭头一看，顿时大吃一惊，险些从骆驼上跳下来。

马上坐的不是旁人，正是张广发还有李钦。他们也看见了古平原，目光中也满是错愕，却没有收缰，几匹马依旧飞快地奔着汾都府方向而去。

古平原几乎就要催着骆驼去追，但刚起了这个念头，就强逼着自己忍了下来。他不是不知轻重的人，自己要是一催骆驼跑了，驼队非散了不可，想了想只得咬牙忍了，心中却落下一个大大的疑问。

5

走黑水沼，要先渡黄河。燕门境内有名的壶口瀑布，是观黄河的天下第一景，然而要渡黄河，却非远远避开那里不可。驼队沿着黄河往上游走了七天，拣了一处滩多浪平的渡口，将整个驼队运了过去。

当晚宿在黄河边，众多伙计围着火堆有说有笑，古平原却望着跳动的火焰出神。

"古大哥，你在想什么？"刘黑塔走过来直接问道。

"哦。"古平原笑了笑，"那火一团一尖，好像我家乡的一座座山。对了，刘兄弟，你是老爹的螟蛉义子，怎么没跟了老爹的姓？"

一句话问得刘黑塔敛了笑容："这就是老爹厚道。我七岁那年，汾河发大水，我家的村子整个被冲了。爹娘只来得及把我丢到一个木架子上，就被水冲走了。等我醒过来，就已经躺在常家的炕上了。后来听邻居说，当时上游冲下来东西，别人都挑值钱的捡，只有老爹看我还有口气，就把我抱回了家。"

常玉儿对这段往事知道得比谁都清楚，此时在一旁静静地听着。刘黑塔说到此便沉默了下来。古平原知道他在感伤前事，也不来催他，刘黑塔过了一会儿又道："别人都笑老爹傻，正好膝下无子，捡了个儿子却又不叫他改姓。只有老爹私下对我说，不能让老刘家绝了后嗣，所以坚决不许我改姓。"

古平原大是动容，叹道："常老爹虽是商人，行事却比那些饱读诗书之辈更具侠烈之风。"

"哼！商人怎么了？"老齐头不知什么时候来到他们身边，听见古平原这话，冷笑一声，"我记得去年夏县蝗灾，官府要我们驼队商会捐钱，大家一想都是乡里乡亲，大大小小的驼队一共凑了四百两银子。后来一打听，这笔钱到了夏县统共就剩下了不到四十两，其余的都被那帮狗官一层层扒了皮贪了污。要说那群当官的哪个不是读书人，却心地龌龊得连我们这帮下九流的脚夫都不愿与之为伍。"

古平原闻言一震，只觉得老齐头的话与自己恩师的话，在心里撞来撞去，一时竟不知哪个才是金玉良言。要说他被流配这许多年，眼里看的，耳里听的，早就知道当今之世圣人之言根本就是镜花水月，此刻被老齐头一语揭破，竟隐隐觉得自己当初被革了功名也不是一件坏事。

"老齐头，话别说得那么糙，古大哥也是读书人，我看和那些当官的不一样。"刘黑塔粗中有细，见古平原变了颜色，担心他心里难过，故此用话解劝。

"别说当官的了，就是咱们燕门的那些缙绅老爷，不也都是与官府一个鼻孔出气，那些书都读到狗肚子里了。"老齐头方才也喝了几杯暖身，此刻酒一上头，也顾不得看别人的脸色，只图说个痛快。

"我看这话说得也不错。"常玉儿一直没说话，此时开口道，"那王天贵身上听说也有捐来的功名，太谷的县太老爷更是进士出身，还不是沆瀣一气，心黑如墨，专拣着和我们这些升斗小民过不去。"

"仗义每多屠狗辈，负心都是状元郎。"古平原背着手念了几句诗，眼见天边云开月明，不知为何竟心情大好起来，对着面前的大河一声长笑。身后的刘、齐二人面面相觑，暗想这位读书人发了什么诗性，却不知从这时起，古平原已经不再只是读书人了。

过河之后，再往前走不到三天，便可到往黑水沼去的最后一个市镇——高头营。驼队在此地补充了给养，向前直走便遇到一道道山梁，在翻不尽的山梁之中穿行。如此又走了足足三天，穿过号称天兵守城的犊牾山，眼前突然豁然开朗，一大片草甸子横亘在前方，无边无际。这里有北方的狼山与大青山挡住寒气，又有地热温泉，因此中原虽然已入冬天，此地却仿佛刚入初秋。

驼队伙计都在欢呼雀跃，刘黑塔也长啸一声："嘿嘿，总算是走出来了，这几天抬头就是那一小条天，差点没把我憋煞。"

古平原也觉得胸臆为之一宽，只有老齐头脸上没有半点笑容，反而叹了口气："再往前面走不远，就到黑水沼了。"

"齐老爷子，给咱们讲讲这黑水沼吧。"驼队的伙计，包括那年轻的孙二领房在内，都没有到过黑水沼，对这传闻中的鬼沼半是恐惧，半是好奇。

老齐头拔了一根草茎在嘴里细细地嚼着，眼神逐渐迷离起来，半晌才开口："通商堡这地方你们一定不陌生，那是我们晋商与瀚海、俄国进行货物交易的重镇。无论是南方的茶叶、木材，还是本地的草药、粮食，都要经过杀虎口运向漠北，奔的就是通商堡。"

燕门驼队常年走的就是这一条线路，驼队众人自是熟悉。但走这条线路有几大弊端，一是路途遥远，没有河道水运，全凭车马骆驼，路上损耗颇重；二是漠南瀚海的几个王爷私设关卡收取厘金，盘剥甚重；第三点则是最让走西口的商人头痛的，就是这条路上匪患猖獗，杀人越货相当狠毒，商队不带上十几个走镖的好汉就无法成行，这也是极重的一笔负担。

有了这三重，走西口的道上可说是洒满燕门商人的血汗。但是放着现成的一条近路却无人能走，或者说无人敢走，这条路就是黑水沼。这片由长茅草甸子形成的沼泽，方圆百里，只要走过去，就是一条坦途直通通商堡，比之走杀虎口那条路近了至少十天，而且路上太平，又无税关。可就是因为有黑水沼拦在其中，好端端的一条路，百年来竟然成了天堑绝壁。

"真的就找不到一条路穿过去？"

路倒是有，只是年年变，甚至月月变，有时竟然一天之内就会消失。"走这泥沼没有技巧，全凭运气。有时你觉得脚底下稀软，却偏偏就能踩过去。有时明明看着像结实的硬地，其实只是被太阳晒干的一层泥壳，一脚陷下去，九头牛都拽不上来。"老齐头对这泥沼知之甚详，一番话说得周围的年轻伙计们脸色发青。

"老爷子莫非走过这条路？"古平原灵机一动，问道。

"走过，当年跟着我一位本家叔叔来过这儿，不过那一次也没走通。当年驼队只走了一里地就陷了三匹骆驼，还搭上一个伙计，就知难而退返了回来。"

"要是有大木板子铺上几十里就好了。"刘黑塔突发奇想。

老齐头嗤笑一声："有什么用？费钱费力不说，不到一个月就沤烂了。而且人能踩过去，搭了货的骆驼一踩，木板不就折了吗？要我说这黑水沼就是阎王爷放在这儿专门拿来收人的，一陷进去直接就到了阴曹地府，连棺材板都省了。"

"老齐头，你别说得这么吓人，好端端的大太阳天，被你一说怎么阴风阵阵了。"

刘黑塔打了个冷战。

"走着瞧吧。"老齐头淡淡道,又转向古平原,"古老板,按规矩,走黑水沼要先祭水鬼,一应的祭品我都带着。"

古平原其实不大信鬼神之说,但他也知道走远道的商队有很多规矩忌讳,如果不祭水鬼,恐怕没有一个伙计能安心上路。于是点头应允,等走到离黑水沼不远的一处空场,便将这桩差事派给了老齐头。

老齐头一脸的庄重,先向常玉儿道了个歉,请她远远避开。驼队上祭的时候有妇女在场多有不便,恐怕冲撞了什么神仙鬼道。接着指挥伙计卸下两个箱子当祭桌,铺开一领白布,上面摆上香炉、瓜果、三牲,唯独不见祭台上常见的水酒,都说水鬼中有不少是因为贪杯失足才落了水,所以极恨杯中物,故此祭桌上不见酒。

等到物品排放整齐,老齐头转回身来,请古平原上第一炷香,古平原坚辞推让。老齐头却守着规矩不肯越权,古平原只得敛容整衣,恭恭敬敬地上了头香。接下来是刘黑塔,他算是这趟驼队的二东家,然后是老齐头、孙二领房,之后伙计们按在驼队中的分工高低依次上了香。

老齐头最后紧闭双目,念诵告词:"脚踏实地心不慌,南天门里闯一闯。水鬼祭毕应退避,一心一意走天光。"念完之后,两个力大的伙计兜着白布将祭品一股脑倒在了黑水沼里。

古平原倒是没听老齐头在念叨什么,他仔细地看眼前的黑水沼。从表面上看确实看不出有什么凶险,只是泥地上的茅草长得比岸边茂密,而且泥沼里除了草,连一株小树也看不到。沼里不时冒上几个泡泡,倒像是里面有什么活物在吐气。

就在古平原放眼打量黑水沼的时候,从旁边的小路上走来一名老农,肩上背着一担子的草,腰上掖了把短镰,看来是打草的当地人。老齐头连忙迎了上去,笑呵呵道:"老哥,身子骨还好?"

"哦,还好,托福了。"老农有些明白过来了,试探地问,"你们这是要过黑水沼?"

"是,还望老哥指教,从什么地方过牢靠一些?"老齐头要问的就是这句话。

"这个嘛……"老农抽了抽嘴角,沉吟着不作声。

老齐头见状赶紧从口袋里掏出十个制钱塞在老农手里:"这点小钱请老哥喝茶。"

"哎哟哟。"老农慌了手脚,连忙推让着,开口道,"我先问问,你们……你们这是打哪儿来啊?"

"我们是汾都府的商队,要赶到漠北去。"

"怪不得，我看你们也不像附近县城的商队，要是附近的商人，也不会今年来闯黑水沼。"

古平原听出老农话里有话，赶上来作了一揖："老人家，请问今年怎么了？"

老农见古平原文质彬彬，仪表不凡，慌忙回了个礼："今年不是雨水大嘛。往年这黑水沼虽然难走，可是要是不怕死，还能试着闯一闯。今年就不一样了，原本只是烂泥塘，现在成了烂泥泡子，压根没地方落脚。"他指了指前面不远处，"就说这沼泽边上吧，往年踩上去顶多忽悠一下。今年可倒好，一脚没脚面，二脚没脚腕，三脚就没腿肚子，谁有天大的胆子敢往里走啊。"

谁也没想到黑水沼如今是这般情形，岂止难上加难，分明就是势比登天。众伙计眼中都不由自主地露出了惊惧之色，还是老齐头经验老到，等老农走了，对愣在一旁的古平原说："古老板，这些乡下人有时候一辈子都走不出村头的二里地，他的话也不必全信。咱们再往前走走看，说不定就有转机。"

但老农说的话是对的，驼队沿着沼泽边走了两个时辰，所见到的除了烂泥就是稀汤，果真是无处下脚。眼见天黑，老齐头只得让人牵住骆驼，就地搭帐篷。

这一晚，驼队上下人人心事重重，都是茶饭不香，蒙头大睡的倒也是有不少。大家也看出来了，明天一早驼队何去何从就要有决定，还是原路返回的可能性大，反正天塌下来有货东和领房顶着，伙计们乐得睡觉休息。

古平原也躺在帐篷里，但他当然不是在睡觉，而是闭着眼考虑下一步怎么办。这一带的地势他向老齐头请教之后完全明白了，再沿着沼泽往前走就是太行山的支脉，山高壁陡无路可攀。就算有路，带着驼队也过不去。若是反过来走，就是奔着高窟那边去了，更不靠谱。时间上首先来不及，再说高窟的马匪出了名的凶残，无人护镖，无异于送羊入虎口。

想来想去，只剩下走黑水沼这一条路，但贸然走进去等于是送死。"有没有万全之策呢？"古平原想得头痛，不自觉地出了声。

"哪有什么万全之策。"老齐头与刘黑塔联袂而入，原来他们在帐篷外已经半天了，听到古平原自言自语，这才进来。

古平原连忙起身让座，倒了杯热茶请老齐头喝。老齐头喝了一口，将杯子放在一边，诚恳地说："这几日，古老板的事儿我听刘爷说了不少，无亲无故却义助常家，敢拿一条命去拼，我老头子很是佩服。也正因如此，我有句话要讲。"

刘黑塔在一旁也说："老齐头的这番话对我讲过了，我觉得挺在理，古大哥你也听听。"

"老前辈的话自然要听。"古平原的脸上是那种诚意聆听的神色。

"好,那我就倚老卖老了。"老齐头正了正身子,"古老板,这一次的买卖说句实话,利润的确是大,对悬济堂、驼队、古老板和太谷的常老板来说都是如此。但究竟值不值得拿命去拼,还请古老板三思。我老齐头在商队混了一辈子,发财的、破产的见了无数,到最后还是一条命最重要。俗话说留得青山在,不怕没柴烧。眼下这个形势想必古老板也明白,硬是要走黑水沼,那就是去送命,不可能有什么好结果。到时候古老板没了命,驼队也得灰溜溜回去。与其那样,倒不如古老板不要冒这个险,大家一起回汾都。"

古平原无言地摇了摇头。老齐头又道:"我知道古老板是担心损失,损失大家都担一些。我可以代表驼队说话,这一趟我们只要从汾都到黑水沼的行脚钱,平常多少就是多少,至于说那一千两,就当没听过好了。总不成明知走不过去,还要硬逼着古老板在前面探路吧。"

"老齐头,你真够意思。"刘黑塔一挑大拇指。

"朋友嘛。骆驼心齐才能走大漠,人要是心不齐,只想着自己发财,岂非比畜生还不如。"

古平原此刻心乱如麻,站起身拱拱手:"老爷子,你的好意我全都明白,只是我这一趟身上担的干系太大,且容我想一想。"

刘黑塔还要劝,老齐头老于世故,知道古平原一时难以决定,就摆了摆手:"让古老板一个人静一静吧,我想我说的话他会明白的。"他一挑布帘,回头加了一句,"人算不如天算,老天爷不帮着,那就别想着和天斗了。"

古平原重又坐下,品着老齐头的话,仔细想着这里面的出入。

若说驼队向后转回汾都自然是简单,但悬济堂的武掌柜就被自己坑了,一万多斤的药材,肯定要烂在手里。

常四老爹这边更惨,当初说好了要付驼队的脚钱,何况还欠着别人的债,到时候偌大一把年纪无家可归,衣食无着,带着一双儿女又该如何是好?

还有驼队,原本欢天喜地出了汾都,现在灰头土脸回去,就成了全城的笑柄,哪个会听你解释?老齐头简直是用一辈子的声誉来换自己的性命,这份盛情也叫人难以消受。

最后说到自己,倘若一咬牙,什么都不顾,自然是可以一走了之,回徽州就罢了。甚至此刻暗夜无人,抽身便走,就当没来过燕门这一趟,也不认得什么常四老爹、武掌柜。只是今后午夜梦回，想起这一茬事，不免要一辈子内愧于心，那样子做人也着实没有什么味道。

思来想去都还是要走黑水沼，但眼前就是一条死路。古平原不是一条道走到黑的莽汉，他反复思量如何能够死中得活，直想到天已三更，还是半点办法也想不出。

他缓一缓神，发觉蜡烛不知什么时候已经灭了，自己却没有半点察觉，不禁哑然失笑。取来一根新蜡点上，发现在燃尽的蜡烛旁边都是被燎了半边翅膀的飞虫，不禁暗自叹了一声，难不成自己明日就是那扑火的飞蛾？

他没睡，旁边帐篷里的常玉儿更是枯坐不眠。她隔着帐篷一直望着古平原这边的烛火，等到蜡烛熄灭，她才感到眼睛发酸，竟是怔怔地也不知出了多长时间的神。常玉儿的心思连她自己都想不明白，要说从家里的事情考虑，她当然希望古平原能闯出一条路，这样常家就有救了。可要是从女儿家的心思来说，古平原这条命是她用自己的清白身子救的，她半点也不愿意让古平原去冒风险。就这么思来想去，常玉儿也是听了一夜的风啸没合眼。

这一夜，连一向沾枕头就睡的刘黑塔也是辗转难眠，他性子虽粗，却不是没心没肺的人，知道老爹的身家性命都在驼队身上，心里也在暗自做着盘算。常四老爹对自己有养育之恩，因此明天古平原不去走黑水沼可以，自己却不能不走，拼了这条性命，也要探一条路出来。要真是老天爷不开眼，自己几脚就陷了进去，那就当用条命来谢老爹好了。他这样一想，心里倒好受许多，临到天光之际，终于迷迷糊糊地睡着了，可就在刚刚要进入梦乡之时，刘黑塔只觉得有人在晃自己，边晃还边喊："刘爷，醒一醒，出事了！"

刘黑塔心里一翻个儿，本来就没有睡熟，立时一骨碌身爬了起来。睁眼看时，老齐头和孙二领房都在，两人都是一样的表情，仿佛活见了鬼一般瞪着自己。

不待刘黑塔开口问，老齐头先说道："古老板不见了。"

刘黑塔心头一凛，好半响才艰难地问道："跑了？"

他虽不愿做此猜测，但其实跑了也平常，性命交关的事情，又是如此左右为难。有道是"千古艰难唯一死"，每到这种关头，一走了之的事情屡见不鲜。

出乎意料的是，老齐头摇了摇头，递过一张纸片。纸片上墨迹未干，显见是草草而就，其上半行半草写了一首七言："燕雀一生草头钻，老死炕席也无端。都云人力不胜天，今日偏闯鬼门关。"

这首诗写得甚是直白，刘黑塔也看得明白，失声道："古大哥独自去闯黑水沼了！"

老齐头脸色无比凝重，用手指点了点那张纸的下端。刘黑塔这才注意到下面还有一行小楷，写着："驼队跟着蜡烛走，烛灭人死可回头。"

刘黑塔猛一掀帐篷门，人已经冲了出去，大踏步跑到沼泽边上。这时已是晨曦，岸边起了一层薄雾，透过雾气，能看见沼泽的深处，隐隐约约亮着一点火光，不用说那自然是古平原在等候。

"古大哥，古大哥，你先回来，咱们再商量。"刘黑塔急得跳着脚大喊大叫，见古平原始终不理，他便要往黑水沼里冲。

老齐头一把拉住他："慢着，刘老板，以现在的情形，你要是也进到沼泽里，驼队怎么办？你要拿个主意。我虽是领房，可你是货东，古老板不在，一切听你做主，驼队进还是不进黑水沼？"

"进！进！"刘黑塔急得声都岔了音，"古大哥都敢拿一条命去拼，难道咱们是孬种？你老齐头可别忘了，他是外乡人，别叫人家看了咱们燕门爷们的笑话。"

"好，就是这么一句话！伙计们，收拾东西进黑水沼！"老齐头再不多言，招呼着伙计们将货物搬上驼背，赶着骆驼进了黑水沼。

6

一进黑水沼，立时有一股寒气从地底冒了出来，人人都打了个冷战。走在沼泽里脚下就像没有根一样，每一步都晃晃悠悠，如同走在大雪地里，更要费尽全力才能将腿拔出来。就连骆驼都感觉到此处的危险，摇着脑袋不愿前进，赶驼的伙计费了九牛二虎之力，又是抽又是引，这才让骆驼挪步。

驼队本来是老齐头打头阵，现在刘黑塔硬抢了一匹骆驼走在最前面，老齐头只得跟在他身后。大家都是第一次进黑水沼，就连经验老到的老齐头也心神不宁，边走边念叨："这活见鬼的路，难为古老板敢一个人走出这么远。"

"还用你说？"刘黑塔头也没回，他一再喊古平原，可是古平原理都不理。见驼队进了沼泽，他也开始往前走。沼泽里跑不得，跳不得，人人的速度都是一样，古平原不停步，驼队与他之间的距离就永远是那么长。刘黑塔喊了一阵，见古平原不答应，只得收声，对老齐头说："我现在是一百二十个佩服他，别看人生得文弱，这颗胆子可真是比天都大。"

"还是太冒失了些，就是硬要走也可以大家商量一下。"老齐头说道。

"还商量什么，你老齐头也说过，走这泥路没学问，只看运气。要么闭上眼睛走到黑,要么背上包裹走回头,想来想去,还不是没有办法只能硬闯。所以照我说,古大哥就是横下一条心非走不可,那就不用和任何人商量,反正一条命是自己的,自己也做得了主。"

"他这是受人之托,忠人之事。年轻人,真是难得,难得。"老齐头将着胡子不住点头。

古平原留下的字条上说要驼队跟着烛光走,等到天光大亮,他在十余丈外的身影已经可以看得很清楚,自然就不用什么蜡烛了。刘黑塔几次想要加速赶上去,无奈这烂泥沼就像绊脚索,一步也快不得,气得他破口大骂不止。

老齐头倒是一点儿不敢忘了自己的职责,始终在看手上的指南针。见古平原的位置偏了,就发声提醒,驼队此时已经成了一条直线,队伍拖得极长,随着古平原慢慢一直向北而去。

走到日近正午,太阳直射下来,泥沼被烤得四处冒泡,沿着地面起了一层霾。这时已经来到沼泽最深处,草也渐渐少了,一眼望去四面八方都是泥水,看得人心里发焦。有匹提前发情的骆驼脾气暴躁,走着走着,竟然猛地一挣摆脱了牵驼的伙计,往斜刺里一钻。

那个小伙计大惊,赶了几步要追上去。老齐头听到后面喧哗,回头看去也是大惊,连忙喊道:"别追,千万别追。"

照驼队规矩,失了骆驼丢了货物要赔。小伙计听见了老齐头的话,一犹豫,见骆驼在泥沼里也跑不快,只在自己身前几步的距离,不追实在不甘心,就大着胆子又往前蹚了几步。

老齐头急得直拍腿,连声喊:"把他拽回来。"

人人都听见了这句话,可人人手里都牵着匹骆驼,就是有心去帮忙,也不敢松缰绳。

就在大家都愣神的一刹那,落跑的骆驼忽然四蹄一软,接着身子一栽,才一眨眼就已经陷进了一大半的身子在泥沼里。

跟上来的小伙计许是急迷了心,竟然还要用手去拉,等到他回过味来,泥浆已经没了腰。他吓得大叫救命,可此时谁敢上去救他,再说也根本没有时间救。就听得小伙计惨叫声不断,不到一袋烟的工夫,骆驼先沉了下去,在泥浆里带出一个漩涡,把那小伙计连头带脚卷了进去。再过一会儿,泥浆平伏,上面一丝痕迹都没有,沼泽里又是安安静静,仿佛这一桩大惨事从来没有发生过一般。

驼队里的每一个人都真真切切地看见了这一幕,顿时呆若木鸡一般,傻怔怔地瞪着方才吞噬了一人一驼的那处泥沼,看起来那里与现在驼队走的路并无半点不同,谁又能想到下面竟然藏着杀人的陷阱。

老齐头愣了半晌,浩然一叹:"这都是命里该着,没法子的事啊。"

刘黑塔此前只是听闻黑水沼如何如何凶险,这番算是见识到了厉害。摸了摸大脑袋,又看看依旧在前面探路的古平原,不由得咋舌道:"我的娘啊,古大哥走了这半天还能在上面待着,运气可真是不错。"

老齐头频频点头:"你这话,我早就想说了。你看他一步步走得实,其实分分钟都可能没命。但是既然走到现在都没事,还真是吉星高照,搞不好咱们驼队跟着他就能闯出去。"

"既然这样还等什么?大家伙走!"刘黑塔一挥手。

经过这一番眼见的危险,驼队中的每一个伙计都意识到杀身之祸就在身边。方才尚有人隔着骆驼唠些闲话,而现在意识到自己的处境也是大大不妙,整个驼队除了骆驼粗粗的喘气声之外,竟变得鸦雀无声。人人注目身前的脚印,唯恐行差踏错惹来大祸。

古平原回头之间,对身后的这桩惨祸也是遥遥相见,但他亦是无可奈何。若说不曾暗暗心惊那是自欺欺人,但事到如今万无打退堂鼓的道理,就算明知下一步是万丈深渊也要迈下去。

走黑水沼绝不能停下脚步,即使现在无事的地面,一两个时辰一过,说不定就是无底洞,因此非一口气走上一天一夜不能休息。老齐头深知这个道理,打叠起精神,向后面吼道:"爷们都加把劲,脚底下紧上一步,都跟上了!"

其实不用他说,大家都已经十二分地倍加小心,就这样脚步赶脚步,一直从天晌午走到日薄西山,前面的古平原忽然不动了。

一开始刘黑塔与老齐头两个人还未发觉,一旦走近发觉了,两个人的反应截然不同。

刘黑塔是大喜,他认为古平原必是走在前面看见了黑水沼的尽头,因此停住了脚步,故而喜极大叫:"古大哥,是不是咱们快走出去了?"

老齐头却知绝无此理,他虽然没有走过黑水沼,但按路程及脚程推断,非到明日天亮,驼队看不到沼泽的边际。所以他想的是另外一回事,也扬声大叫道:"古老板,莫非是陷住了?"

古平原既没有回头,也没有回音。老齐头经验老到,一看就知道自己所料不差,只怕古平原此时已经紧张得两耳不闻,一心只想脱身之法。

看样子陷得不深，而且踩上的也不是眨眼就没顶的稀泥泡子，这就还有救。老齐头命驼队停下，自己双手拢在一起，大声指挥："古老板，听我的。甭管是哪条腿陷住了，先弯着膝盖慢慢躺下来。"

刘黑塔恐怕古平原听不清楚，老齐头喊一句，他就扯着嗓门跟着喊一句，如此一来，连最后的驼队伙计都知道在前探路的古老板陷在了泥中，看得见的目不转睛盯着，后面看不见的屏住呼吸心里不住念佛。

古平原依言而做，慢慢躺倒在泥地上。老齐头又道："古老板，接下来才是关键。你身子其他地方都不要用劲，陷住哪儿了，就在哪处使劲，一点一点往上抽，应该是能拔出来。"

刘黑塔跟着喊完这一句，双手一拍，大吼道："费那个劲干吗？我过去把古大哥拽出来。"说着就要往前走。老齐头一伸手拦住，"慢着。你拽？你的劲再大有三头牛的劲大吗？我上次走黑水沼时，驼队里有个伙计也是这般陷了进去，我们卸了三辆牛车，用三头牛往外拔，结果你猜怎么着？好端端的大活人，拔出来的时候两条腿已经留在了黑水沼里，简直就是五马分尸。"

刘黑塔倒吸一口凉气，看着眼前已经逐渐昏暗的沼泽地，喃喃道："鬼……鬼沼！"

"对喽。"老齐头见劝住了刘黑塔，就不再理他，扬声又道："古老板，你莫心急，也急不得，只能一点一点来。"

古平原始终一言不发，却能看出他实实在在是按照老齐头的指点在努力脱难。此时驼队寂静无声，没有一人不是心急如焚，因为整个驼队的命运可说就握在古平原一人手中。

"到底怎么样了？"常玉儿的声音在刘黑塔身旁响起，他一回头见妹子正骑着马往古平原的方向看去。

刘黑塔唬了一跳："妹子，我不是让你走在最后面吗？你怎么跑前面来了，快回去，危……危险。"

常玉儿何尝不知道危险，可是她实在是顾不得了，心里面急得如同火烧，要不是怕匆匆行事反倒误事，她就把马催到古平原身边了。所以不管刘黑塔怎么说，常玉儿坚决不往后退，刘黑塔也没办法。

刘黑塔是这些人中性子最急的一个，等不多时，见古平原那边毫无进展，摩拳擦掌想要过去帮忙，直到老齐头提出了极严重的警告："去不得，一去古老板的命就送掉了。"他这才作罢，但仍是摇晃着大脑袋，眼睛瞪得犹如铜铃一般，一眨不眨看着。

其实看也无用，小半个时辰过去，古平原只不过将一条陷下去没了膝盖的腿拔出来半寸，几丈之外的人哪里能够看清。但就是这半寸，已经过了性命交关的关口，此后就越来越好办了。直到暮色低垂得几乎看不清古平原的身影，终于见他身子一滚，向旁边滚出去几米，算是脱了险地。

至此人人都松了一口大气，刘黑塔抹抹额上的汗水，老齐头止不住地拍着胸口，常玉儿一闭眼流下泪来，心里都是一句话："古平原真是命大！"

老齐头刚待招呼，就见古平原双手在被陷住的那条腿上揉捏了几下，身子一挺站了起来，拿出火镰，打亮明烛，向后方的驼队看了看，辨了一眼方向之后又向前方艰难地走去。

"这……这可不成。"刘黑塔方才心中已经决定，接下来的道路要由自己来探，见古平原依旧前行，他急赶上去想要拦阻，自己却先被老齐头拦住了。

"算了吧，古老板这是铁了心要走出黑水沼。你去换他，他也一定不肯，不如就成全了他的心愿。"

刘黑塔想了想，知道老齐头说得不假，也只能默然作罢。

前方烛光不灭，驼队就可随着光亮继续走下去。从太阳落山的酉时走到月落星沉的寅时。天边刚刚见白，沼泽里突然起了一阵大雾，随着雾气升起，不多时前方古平原的蜡烛忽然无声无息地灭了。

这下子不由得驼队不紧张，老齐头、刘黑塔张口大叫，古平原却是一声回应都没有。

"难道又陷住了？"刘黑塔饶是胆大，此时也不敢乱闯，只急得抓耳挠腮。

"不应该啊，除非是遇上了传说中的'鬼打泡'？否则怎么会一声都没叫出来。"老齐头虽然办法多，但是在浓雾中也只能停下脚步。挂在骆驼颈上的"气死风灯"最多能照出一丈多远，再往前谁也不知道是什么状况。

"怎么办？"等了半天，刘黑塔终于忍不住问了。

他问得容易，老齐头想答上一句却是不易，因为责任太重。脚下是凶地，眼前又看不清楚，实在是个进退两难的境地，老齐头心中也是发慌，若是古平原已经遭难，说明十丈之内必有大凶险。驼队已经走了一天一夜，势难再回。若是硬着头皮往前走，辨不清方向不说，古平原的遇难之处恐怕也就是大家的葬身之地。

"你倒是说话啊。"刘黑塔又催促道。

老齐头心一横："走吧，刀篱笆一撞，撞开就活，撞不开就认命吧。"

没想到话音刚落，前方的烛火竟然奇迹般又亮了起来，老齐头如同看见救星，生恐烛火又灭，大吼一声带着驼队就往前赶。

刘黑塔拉着骆驼走在最前，走出去五六丈远，忽然觉得脚下不对，身子一栽就倒了下去。

老齐头在后面看得明白，大惊失色，正一怔神间，刘黑塔竟又一个鲤鱼打挺蹦了起来。他不只是蹦起来，而且还大叫道："成了，成了，走出来了。"

老齐头一怔，但随即明白过来，刘黑塔这一天一夜在烂泥塘里走，一遇硬实的平地竟然立足不稳。

"驼队走出了黑水沼。"这句话从前方的领队传到最后一匹骆驼，几乎是一瞬间的事儿，驼队霎时震动起来。此时走在前面的十几匹骆驼已经上了岸，但后面的驼队还长，老齐头经验老到，知道后方的驼队还不能大意，亲自赶到后面去压阵。直到最后一匹骆驼也上了岸，这才算大功告成，一举闯出了这几十年没人敢走的黑水沼。

"老天爷保佑。""佛祖保佑。"岸边大大小小数十个伙计跪地感谢上苍，老齐头与刘黑塔兴奋劲儿一过，不约而同想到一个问题："古平原呢？"

此时烛火尚在，就在前方不远处有个土坡，刘、齐两人带着伙计赶过去，就见古平原跪伏在地，手上死死捏着最后那支快要烧残的白烛，身子在不住地打战。

刘黑塔扑过去紧紧抱住古平原："古大哥，咱们闯出来了，闯出来了！"

古平原双目模糊，边笑边点头，已是哽咽得说不出一个字来。身边的伙计围拢过来，将他从刘黑塔手里夺下，高高抛到空中，又稳稳接住，人人脸上都是劫后重生般的喜悦。常玉儿在岸边远远看着一身是泥疲惫不堪的古平原，眼里蕴满了泪水。

第四章

走　镖

1

驼队这一闯出黑水沼，就等于是抢出了整整十天的时间，老齐头拍胸脯保证，往后再无难走的路。经过一日夜的折磨，驼队上下困顿不堪，于是便在岸边就地休整。

这天晚上，黑水沼畔篝火映天，伙计们将骆驼赶到营地的四周打桩系好，借骆驼来挡风。除值夜的伙计外，人人都围坐在篝火旁。本来商队在外轻易不得饮酒，但今晚老齐头做主暂废了这个规矩。

"今晚上大家都痛痛快快地喝几杯，一来是庆贺驼队走出了黑水沼，二来是为古老板压惊。这一次真是九死一生，全靠了古老板胆大心细。来，我敬古老板一杯。"老齐头向坐在身边的古平原举杯示意。

古平原连忙起身离座，走到众人中间，高高端起酒杯。

"多谢齐老爷子夸奖。不过这一次能顺利走出来，不只是我，还是全驼队老少的功劳。正如齐老爷子说的，走黑水沼全凭运气。我这一次误打误撞，如果不是大家伙信得过我，也不能建功。我借齐老爷子这杯酒，敬全驼队的兄弟。"

说着古平原一仰脖，干干脆脆一杯酒见底。众人哄然叫好，也纷纷饮了此杯。

接着古平原又满上杯，脸色却是一变，将声音略放低了些："我这第二杯酒，敬留在黑水沼里的那位兄弟，愿他在天之灵安息。"说着转向刘黑塔："兄弟，将来回到汾都城给我提个醒，这一趟甭管我得了多少银子，要拿出两成来分给那位兄弟的家里。"

刘黑塔答应一声。驼队里的伙计相互看看，交换着眼神，惊异之情溢于言表。走西口的驼队伙计一条命本不值钱，像这样人死身灭，除了一副棺材板和十两银子的安家费，其余再得多少完全看这个人在驼队中的人缘，靠大家"凑份子"而已。现在"大老板"出手如此大方，真是闻所未闻，也就是这样一个举动，使得古平原彻彻底底收服了整个驼队的心。

刘黑塔不习惯场面如此凝重，咧着大嘴道："古大哥，我看你平时极是稳重，怎么这一次连商量都不商量，冒冒失失就往泥潭里闯，难不成有什么把握？"

这句话其实人人想问，所以大家都静下来听古平原如何作答。古平原稍有些无奈地笑了笑："把握倒是没有，靠山嘛，算是有一个。"

刘黑塔瞪大眼睛："喔，什么靠山？"

古平原往上面指了指，刘黑塔顺着他手指的方向看去，却只见满天星斗，摇了摇头道："古大哥你就别卖关子了。"

古平原道："我的这个靠山，就是老天爷。昨儿一早，我拿着蜡烛到黑水沼边上，心中起了个愿。"

"哈。"刘黑塔打趣一句，"古大哥是读书人，怎么也信神信鬼？"

"别打岔。"孙二领房想学学如何走黑水沼，听得是聚精会神。

古平原笑笑道："我对自己说，如果走出一百步后这烛火还没有被风吹灭，那么不管千难万险，我也一定走下去。要是烛火灭了，那么就是老天爷示警，到了那时候……"

古平原没往下说，大家自然心头雪亮，要是老天爷不帮忙，就是有天大的本事也得陷在这吃人不吐骨头的沼泽里。

"古老板真是贵人，能得天之佑，我们这趟买卖想必是有惊无险了。"老齐头捻着几根狗油胡不住地点头。

古平原正与老齐头说话，一眼瞥到常玉儿站在篝火的远处看向自己，他告了个便，起身走向常玉儿。常玉儿原本只是想静静地看着古平原，没想到他却过来了，心里不知怎么有些发慌，一转身进了帐篷。古平原望着她的背影摇了摇头，他原本觉得女人走黑水沼比男人更加不易，想安慰她几句，现在看她掉头就走，实在捉摸不透她的心思。

这天晚上大家喝喝谈谈，直到深宵方才尽兴而散，各自回到帐篷去休息。

第二天天光大亮，古平原昨晚吃酒吃得多了，宿醉未醒还在头疼，但因为惦记着驼队，他挣扎着起身。掀开帐篷门一看，先就大吃一惊。

只见外面三步一岗，五步一哨，一夜之间驼队大营竟然变了军营。

他的帐篷前也有两个军卒在守卫，见古平原出来，将手中长枪一横，意思是不许他随便走动。古平原上下一打量，见这两个军卒身上的号衣是瀚海打扮。自己又不会说瀚海话，只没奈何处，就听得隔壁帐篷那儿刘黑塔瓮声瓮气地大叫起来："活见鬼了，你们是哪儿的军队，咱们这是买卖，又没造反，怎么就不让挪窝儿？"

古平原连忙高声叫道："黑塔兄弟，不要鲁莽，等我来跟他们说。"

"慢着，慢着。"老齐头从左边连跑带颠赶了过来，一边拿袖子擦汗，一边连连摆手。

古平原心中一宽，老齐头走惯了西口，惯与瀚海人打交道，有他在就一切都好办。

果然，老齐头一张口就道："古老板，莫惊莫惊，是好事情。"

军队上门围住了驼队，怎么看都不像是好事。可是古平原并没有问，他知道老齐头这样说自然是有道理，且听下去就是了。

"我方才向领兵的佐领大人问过了，他们是漠北瀚海伯尔颜王爷的部下，那位买咱们货的巴图老爷让他们来护卫我们的驼队，好尽快赶到漠北。"

"原来是这样，那再好不过。齐老爷子，请你去与他们的头儿说说，我请各位弟兄先吃喝一顿，犒劳犒劳大家。"

军队的佐领就跟在老齐头后面，他也懂几句汉话，听了古平原的话，走上来生硬地说道："你们的饭，不吃，你们的驼队，快上路。"

"是，是。"古平原连忙点头答应。

等那个佐领满意地转身走后，老齐头凑上来道："古老板，我怎么闻着这事有点味儿不对啊？"

"你是说……"

"你看这军队的架势哪像是来护送，分明就是押解。刚刚那个佐领还说，一路上要少休息，快赶路。还有一句话最可疑，他在讲到那位巴图老爷时，既不说他请军队来护送，也不说他雇军队，用了一个派字，你说说这不是大有问题吗？"

"这么说那位巴图老爷大有来头啊。"古平原的眉头也皱了起来。

"这且不管，我看现在就只能听这帮兵大爷的，赶紧上路，否则惹恼了他们可不是玩的。"

"是，那就请齐老爷子给大家说说，一是安抚大家别害怕，二是要大家抓紧赶路，千万不要节外生枝。"

老齐头领命而去，古平原点手唤过刘黑塔："兄弟，你那火暴脾气这几天可得收敛着点儿。这些兵大爷不讲理，手里又有家伙，咱不和他们硬碰硬。"

刘黑塔眼睛一瞪："怎么着，他有家伙我没有？"说着摸了摸腰里缠着的九节钢鞭。

"嗨，话不是这么说，咱们是商人，出门是求财不是求气，和气生财嘛。"

刘黑塔摸摸大脑袋，有些不好意思地笑了："古大哥，你这话从前老爹也说过，可我这人没心没肺，一着急就忘了。"

他又压低声音："可是古大哥你也别大意，我看这些军队不是好来路，一个个的忒横。"

古平原不动声色地点点头："你放心。既来之则安之，他们要是敢放坏，我自有办法。"

话虽然如此说，等到一上路，就连驼队里最迟钝的伙计也感觉出这股军队的来意绝不只是保护驼队这么简单。从黑水沼一路往巴彦勒格边上的乌克朵城走，很快就靠上了当年铁木真会盟的斡难河。游牧部落亦是依水而居，一路走来着实有几个大市镇，然而军队的佐领却严令驼队众人不得靠近市镇，一应的物品补给均由驼队出钱交给军卒去办。

这就不成道理了，即便是押解犯人，也要送犯人打尖住店，绝没有将犯人与世隔绝的做法。也正是因为瀚海军队行事诡异，驼队中很快便起了种种的传言，闹得是人心惶惶。

"古大哥，你说这帮瀚海人葫芦里卖的是什么药？"刘黑塔扯上老齐头，一起钻到古平原的帐篷里来议事。

古平原沉吟半晌，转而问老齐头："我是第一回走西口，以前有这规矩吗？"

老齐头叼着旱烟袋，狠狠地吐了一口烟："没有，别说你没见过，我走了一辈子的西口，也没碰上这么怪的事。"

古平原想了想，又道："咱们懂瀚海话的伙计不少，这几日可弄明白了这股军队的来历？"

老齐头还是摇头："他们的军纪很严，除那个佐领还有军需官外，其余的士兵就像哑巴一样，问也问不出话来。不过好在明日就到乌克朵了，不怕到那里不给咱们一个交代。"

"我怎么觉得这么走下去，比在黑水沼里闯还悬呢？"刘黑塔一拨愣脑袋。

古平原也深有同感，不仅如此，而且他已起了极深的警惕之心。这就是他的过人之处，每逢危险来临，心中总是能有预感。古平原心下做好了防范，只等到了乌克朵再随机应变。

2

乌克朵是漠北瀚海通商堡盟旗最大市镇巴彦勒格的一座卫城。因为巴彦勒格是伯尔颜王爷的驻地，因此在东南西北四个角都筑有卫城，里面驻防军队，存有军粮，以便在形势危急的时候拱卫王城。

乌克朵位于巴彦勒格的西南郊，四面筑有土墙，墙里面就是军营。有军营的地方自然也会有饭馆、烟馆、妓院、客栈和货栈，为兵大爷提供吃喝玩乐的地方，所以乌克朵虽然地方不大，却很是热闹。

这队瀚海兵将古平原一行送到城里一家最大的客栈，驼队伙计在孙二领房的带领下从侧门入马号，拴骆驼卸货。古平原则带着老齐头和刘黑塔，从客栈正门走了进去。

"古老板，你好守时，佩服佩服。"随着一声生硬的汉语，巴图一挑帘子迎了出来。

古平原迅速地与老齐头交换了一下眼色，彼此都是出乎意料的眼神。之前古平原与老齐头商议的时候都认为，这位巴图老爷行事如此出人意表，只怕就算是到了乌克朵，也不能顺利地完成交易。没想到驼队还没到，巴图就已经在客栈迎候了，看样子对这笔买卖很是上心。

古平原没时间多想，上前一步，拱手笑道："巴图老爷，让您久候了，真是过意不去。"

"哪里，哪里，古老板能带着驼队从黑水沼走出来，我是非常的佩服。来、来，请屋里坐，酒席我已经备好了，专为你们接风洗尘。还有，你们这驼队人不少，这家客栈你们住下，就没有几间空房了，所以我做主替你们把客栈包下了，也好休息。"

这又是一个没想到，当初在汾都城见巴图时，只觉得他阴沉傲慢，如今却殷勤备至。"莫非是鸿门宴？"古平原心里加了十二分的小心。

这一晚的酒宴上，巴图对这笔买卖只字未提，对古平原的旁敲侧击、各种打听，他也借酒盖脸乱以他语。后来他实在躲不过去了，竟然提议叫局，找来长兴客栈边上桃花居的几个当红姑娘，自己左拥右抱，实际上是在装聋作哑。常玉儿避席不出，但在房中却听得直皱眉头，瞅着个机会让客栈的伙计把刘黑塔叫了进来。

"妹子，你怎么不出去吃点儿？"刘黑塔已喝得醉意朦胧。

"大哥，你糊涂了，这种场面我怎么能出去！"常玉儿心里的不高兴都写在脸上，刘黑塔却是浑然不觉，还端着酒杯嘿嘿傻笑。

常玉儿把他手里的酒杯抢下来:"第一,从现在开始你一杯都不能喝,我来这儿就是管着你别贪杯误事。第二,外面那几个、那几个……"常玉儿大姑娘家,明知道外面那几个莺声浪语的女人是做什么的,可哪儿好意思说出来,憋了半晌道,"总之你连碰都不许碰一下,不然小心我回家告爹。"

"嗯?"刘黑塔晃晃脑袋,"我不碰倒是简单,可你看那巴图直把女人往古大哥怀里推。"

常玉儿真正就是气在这儿,她在房里早就听见外面巴图在大声谈笑,不停地要姑娘们给古老板敬酒。

"这你别管,古大哥是正经人儿,才不会做那龌龊事儿呢。"常玉儿与其说是给刘黑塔听,还不如说是在宽慰自己的心。

等到酒过三巡,巴图提出,驼队远来需要休息,他要告辞了,明天一早再来。古平原想一想,天色已晚,没有硬要留人的道理,于是起身相送,到了客栈之外,看着巴图的马车扬尘而去。

"这巴图不是个正经买卖人。"古平原一回屋,老齐头就皱着眉头说,"那几个婊子我已经打发回去了。咱们燕门商人有规矩,出外行商绝不能碰女色。瀚海商人都知道咱的这个规矩,也都敬重。可是这个巴图居然如此轻狂,说明他根本就没和燕门商人打过交道,又或者不把商场上的规矩放在眼里。"

"我也看出来了,他的眼角带着股子邪气,可见心术不正。这且不管它,反正他自己说明天要来,我们争取明天完成这笔交易,到时候银货两清,也就是了。"

"古老板,不是我老头子说句丧气话,只怕这笔交易没那么简单。"

"喔,老爷子在担心什么?"

"很多,最有可能的是巴图会压价。他既然不是正经买卖人,只怕也不会把诚信二字放在心上。"

刘黑塔听到这儿一瞪眼:"他敢,老子把他脑袋拧下来。"

古平原脸色阴晴不定,几番思量之后重重地喘了一口气:"真要是那样,我们也得认了。本来就是翻倍的暴利,大不了少赚点,关键是一定要把交易完成了。"

第二天一大早,巴图果然如约而来,古、齐、刘三人将他请到天字号的大客房里。奉茶寒暄之后,巴图开门见山:"古老板,既然你们千里迢迢地来了,我也就不耽误时间了,这是银票,你点收一下,然后我到楼下去验货取货,这笔买卖就算成了。"

谁也没想到他会如此痛快,见巴图递过来一张银票,老齐头连忙伸手接过,一边说着:"应该先验货,后付钱,您这也太信得过我们了。"一边将银票转手递给古平原。

古平原接过银票展开,不看则已,一看之下笑容顿时凝在脸上。齐、刘二人不解,刚探头要看,古平原已经迅速将银票折好,向巴图递了回去,嘴上说道:"巴图老爷,您弄错了吧,这货已经送到了,怎么还付定钱呢。"

巴图紧盯着古平原的眼睛,脸上是莫测高深的笑容,他轻轻地摇了摇头:"不,这就是全款。"

古平原顿时笑容全无,正色道:"这张银票巴图老爷没拿错?这可只有五十两。"

"没错,我只出五十两。"巴图的语气一点开玩笑的意思都没有,说得郑重其事。

五十两!当初在汾都城约好的价码是六千两,这连百分之一都不到,要按这个价成交,武掌柜知道了就得抹脖子上吊。

想过巴图会压价,但谁也想不到他会压得这么狠!

古平原这时候已经知道,自己和驼队掉到了人家事先就编好的一张大网里。老齐头经多见广,尽管同样脸色煞白,却一言不发。刘黑塔就不同了,他噌的一下就跳了起来,张口就叫道:"好你个兔崽子,跟爷们玩阴的,这货,老子不卖了。"

巴图不理他,只对着古平原说话:"古老板,这生意场上的事情瞬息万变,我也是有不得已的苦衷。货款我是带来了,你到底收是不收?"

古平原冷冷道:"对不住,这个价我没法卖给你。"

"那好。"巴图干脆地站起身,"什么时候想卖了,只管告诉客栈老板一声,让他来找我。我就先告辞了。"说完话,头也不回径直带着两个从人走出了客栈大门。

客房里一片死寂,驼队的三个领头人如同木雕一般坐着。直到桌上马奶茶的热气散尽,老齐头才艰涩地开了口:"唉,中了人家的套子了!"

刘黑塔一直在等着古平原说话,这会儿也憋不住了:"什么套子?咱不卖就完事了呗。"

老齐头苦笑一声没言语,刘黑塔大睁双眼:"怎么,我说得不对?"

古平原也觉得嘴里又苦又涩,摇了摇头:"兄弟,你也跟着常四老爹做了这么长时间的买卖了,难道不知道货到地头死这句话?咱们的货现在是千辛万苦到了瀚海,一句不卖,就这么拉回去,驼队的脚钱怎么办,药材拉回汾都怎么处理?老爹抵押的宅子又该如何?这些你都想过没有?"

"我、我……"刘黑塔被问得张口结舌,怔了半晌颓然坐下,抱着大脑袋不说话了。

"我看，这一次除了认栽，没别的办法了。他奶奶的，老子跑西口这么多年，头一次碰上放坏水的瀚海人。"老齐头气急败坏之下大骂起来，"唉，真是钱迷心窍，这世上哪儿有这么好的买卖！"说着，他左右开弓，抡圆了给自己两个大嘴巴。

"老爷子，别这样，咱们慢慢想办法。"古平原连忙拦住。

"办法？古老板，你是聪明人，这个坑是早就挖好了的，就等驼队千里迢迢赶来往下跳。现在人家有兵没钱。咱们是讲理讲不了，打官司打不了，你说还能怎么办？唉，我光想着给我那俩孙儿赚些娶媳妇盖房子的钱，真是人越老越贪，活该啊！"老齐头不住声地骂自己。

"其实我早就想到这里面有事。"古平原此时已经冷静了下来，"只是没想到这巴图手段如此毒辣，竟然要我们血本无归。这时候咱们不能自乱阵脚，一定要想出死中求活的法子来。"

说是这么说，一时之间谁又能够起死回生？连着好几天，三个人坐困愁城，怕驼队伙计得知后闹事，还不敢将此事泄露出去，整天聚在古平原的房间里，商议来商议去，也没商议出个好办法。

"我呸，这不等于是坐了监狱吗？"等到第四日头上，刘黑塔怒气冲冲走了进来。

老齐头懒得开口，古平原皱眉问道："怎么了？"

"还是那群兵，堵着大门死活不让我出去！"

"你出去干什么，想找那巴图打一架？别忘了这可是瀚海人的地面，人家或许正等着你来硬的，到时候扣个罪名让驼队拿药材赎人，你不等于是帮了巴图一个大忙？"常玉儿也走了进来。这件事古平原要求其他两个人把驼队上下都要瞒住，可瞒得了别人，瞒不住常玉儿。常玉儿很聪明，与刘黑塔又是从小一起长大，大哥脸上不对劲，她一眼就看出来，三问两问刘黑塔扛不住就全说了。

常玉儿知道之后吃惊非小，她虽然聪明，可是对做生意的事情也并不内行，所以她也没有好主意，只能不时过来宽宽众人的心。今天一来就听到刘黑塔要出去，忍不住出言警告。

"我现在哪有心思闯祸，不过就是出去透口气罢了。"

"怪呀！"古平原忽然来了这么一句，几个人都不约而同看向他。

"你们说，巴图到底为什么要派军队看住我们呢？"这两天，古平原的面前一直放着一包五加皮，他不时拿起一枝来琢磨，这时他把药材放在桌上，眼睛直盯着门外。

"那还用问，怕我们跑了呗。"刘黑塔不以为意地说。

"齐老爷子看呢？"古平原问道。

"我看……是这个理儿吧？"老齐头犹犹豫豫地说道。

"不见得。我总觉得这里面有古怪，可又说不上来。"常玉儿沉吟着。

"这里面一定有鬼，我来说给你们听。"古平原这一说，几个人都凑了过来，"你们想，五加皮是冷门药材难以脱手，这批货如果我们不卖了，就这么拉回汾都，那么算上驼队的脚钱、武掌柜高价进货的差价，这些都加在一起，恐怕还不如把药直接倒到斡难河里合算。"

"对，拉回汾都肯定赔得更多。"老齐头点了点头。

"那就是了，明知道我们肯定是不会把货拉走，巴图怕什么？又为什么一定要把我们看得死死的？"古平原这一问，几个人面面相觑，不知如何作答。

"除非……"常玉儿心念急转，"除非他不是怕我们出去，而是怕有人进来！"

"对了，就是这么回事！"古平原一拍巴掌，"我们都想岔了，以为门外的兵是看住我们不让我们擅自离开，其实他们更是在看住外面的人，不让他们进来。"

"那又是为什么？"刘黑塔听了个稀里糊涂，迫不及待要问个清楚。

"我问你，巴图为什么要高价买五加皮这种药材？"

"不知道。"

"只怕他不让外人进来，就是怕我们知道。"

老齐头听出门道了："依古老板的意思，我们这批药材对巴图来说有厚利可图？"

古平原重重点了点头："问题是一日不弄清这批药材究竟有什么用，一日就无法抓住巴图的痛脚，只能被他牵着鼻子走。知己知彼方能百战百胜，可现在我们两眼一抹黑，别说赢了，就是输也会输个稀里糊涂。"

几个人一时又沉默起来，这几日人人看得清楚，这客栈是巴图早就安排好的。从掌柜到伙计是要什么给送什么，可就是不多言不多语，问十句答不到半句，想从客栈中人的嘴里挖点什么出来，看样子是不可能了。

古平原想了又想，暗中下了决心，可没和别人说，只是对老齐头道："驼队里应用的药材都有吧。"

"有，驼队走远道，难免有伙计生病，常备的药材都有。这一次你不是带了个懂瀚海话的药铺伙计吗？叫什么乔松年的，我把这些药都交给他保管了。"

"唉，这几天我也有点昏沉沉的，请老爷子把他叫进来，给我配服药吧。"

"好，好，我这就去叫他。"老齐头起身去叫人，常家兄妹见古平原身子不舒服，也都起身让他静养。常玉儿犹豫再三才开口道:"古大哥,办法都是人想出来的,你也不要太急,还是身子要紧。"

这位常姑娘对自己一会儿冷一会儿热,古平原也不知该说什么才好,只得点点头表示听见了。

常玉儿在门外见那药铺伙计乔松年进了房间,她毕竟放心不下,左右看看无人,站在门口假装拂拭身上的灰尘,侧耳听着。

就听屋里两个人说话,声音不大难以听清。常玉儿正在着急,忽然乔松年把声音拔高了:"绝不行,这应了十八反哪!"

常玉儿一愣,十八反就是不懂医理药理的人也都听过。那"本草明言十八反,半蒌贝蔹及攻乌。藻戟遂芫俱战草,诸参辛芍叛藜芦"的歌诀就贴在每家药铺的墙上,提醒配药的伙计千万不能将药性相反的药混入一个方中,否则轻则药力无用,重则中毒身亡。通天下的药铺无不以十八反为大忌,一旦配错了药,也就等于是砸了自家的招牌。

怎么扯上十八反了?常玉儿心里纳闷,可偏偏屋里两个人的声音又小了下去,她干着急也没办法。待听见伙计的脚步声往门边来,只得闪身避开。

看乔松年要下楼,常玉儿终于忍不住轻声叫住了他。

"请等一下。"

乔松年便是悬济堂的武掌柜派给古平原的那个"通药理,懂瀚海话"的伙计,年纪不过三十上下,个头不高,脸上总是一副不卑不亢的神情。他加入驼队后并不合群,一路行来不与其他人打交道,歇下来便拿本书来看,所以从未与常玉儿说过话。听她叫自己便是一愣:"哦,是常姑娘啊,有事吗?"

"请问,古老板身子如何?"

乔松年面色顿时古怪起来,吞吞吐吐道:"这……可能……大概是……我也说不太清。"

"那你这是要去给他配药?"

"是。"

这就不对了,病都没弄清楚就配药?常玉儿看向乔松年,乔松年被她看得浑身不自在,讪笑了两声:"没什么事,我先下去配药了。"

看着这药铺伙计下楼,常玉儿不自觉地咬紧了下唇。

"怎么了?"刘黑塔从后面走了过来。

"没怎么。"常玉儿怔了一会儿,无言地摇摇头,却掩不住眼中的忧色。

3

这一天夜里，古平原果然病了。而且这场病来势汹汹，发作起来，把古平原弄得上吐下泻，发起高烧，折腾了大半宿，人已经委顿不堪。

"你们这些混账王八蛋，老子要出去请大夫！"老齐头看拖不得了，天一亮就要刘黑塔出去找大夫，可把门的士兵还是不让出去。刘黑塔气得三尸神暴跳，要不是常玉儿拦着，他就要拽链子鞭往外闯了。这个时候，客栈老板过来了，对着士卒耳语两句，然后回身对驼队众人点头哈腰。

"几位，稍等我一下，我去给你们请大夫。"说完他一溜烟地跑没影了。

"嗯，病了？"客栈老板可不是先去找大夫，而是来到巴图家里禀告此事，巴图听了之后有些将信将疑。

"真真切切病了，而且是急病，要是再不请大夫来治，只怕人就要不行了。"开客栈的都不愿意有人死在自家的店里，嫌晦气不说，对生意也有影响，所以客栈老板把古平原的病情又夸大了三分。

"既是病得要死，那就肯定不是装的。"巴图点了点头，"你就找个大夫去看看吧。"

客栈老板请的也的确是位好大夫，这人叫萨都喇，也算是巴彦勒格的名医了。等他一进古平原的房门，古平原勉强着开口让众人出去。常玉儿走在最后，见人都出去了，她又轻又快地关上房门，自己闪身避到花架后面。屋里的两人一个只看病人，另一个病体支离，竟是谁也没有发觉花架后还有个人藏着。

"烦请让我搭一搭脉。"萨都喇读的是汉文医书，与瀚海一般的大夫不同，身上有些儒医的气质，对汉人也很有好感。

"不必了。"古平原声音微弱，语气却是不容置疑。

不必了？屋里的两个人一在明处一在暗处都当自己听错了。这叫什么话。请了大夫来，病重得起不来床，却不让号脉，古平原是不是病糊涂了？

"这病我自己能看，不劳烦先生费心。"古平原见萨都喇愣住了，接着解释道。

大概天底下的大夫最不爱听的就是这句话了。萨都喇把脸一沉："既是自己能看，又为何要请我来，莫非是耍笑于我？"

古平原说一句话要喘息半天，他摸索着从枕下拿出个纸包，打开来往萨都喇面前一推。

萨都喇眨了眨眼睛，好半天才弄明白是怎么回事，眼前这可不是个京丝足纹的五十两大元宝吗？

"你这是……"萨都喇出一次诊是五钱银子，这五十两银子差不多是他半年的诊金，他不由得怔怔地望着古平原。

"不瞒萨大夫说，我这病是自找的，为的就是见您一面。"古平原艰难地说。

"见我？"萨都喇大惑不解。花架后面的常玉儿却捂着嘴险些惊呼出来，她不必多想就记起了昨晚古平原与乔松年的对话，再想想古平原这一夜病得半死不活的惨状，常玉儿紧咬着下唇，眼泪止不住如珠玉一样落下。

等她稍微平缓一下心绪，就听古平原已经对萨都喇说到了后面："事情经过就是如此，若是弄不懂那巴图要这五加皮做何用处，我就是死也难闭眼。还望萨大夫能给我指条明路，这五十两银子就权当是给您的酬金。"

他见萨都喇半晌不语，便又道："俗话说，医者父母心，还求萨大夫成全。"

一句"医者父母心"打动了萨都喇，他不答古平原的问话，却反问了一句："你可知道那巴图的来头？"

"这……不瞒您说，实在不知。"

"咪。"萨都喇笑了，脸上忽起讥诮之色，却非对古平原所发，"汉人后生，你也不必问了，反正在这瀚海地界，你是斗不过他的。听我一句劝，收了那五十两银子赶紧回燕门，还能留住条命。否则惹恼了那巴图，你们驼队都要死无葬身之地。"

警告如此严重，古平原心里也是一沉，怔怔地没了言语。而萨都喇则已经把那锭元宝往古平原身前推回，起身道："无功不受禄，既是你能看病，我也就不久留了。告辞！"

"萨大夫，您留步，我还有话说！"古平原心里着急却起不得身，强撑着想把萨都喇叫回来，却哪还来得及？

萨都喇几步来到门口就要开门，就在这时候，从花架后面转出一个人，二话不说就给萨都喇跪下了。

萨都喇冷不防吓了一跳，仔细一看竟是个女人，更是吃惊。

"哟，姑娘你……"萨都喇知道汉人男女授受不亲，也不敢伸手去搀，挓挲着手不知如何是好。

常玉儿仰头注视着萨都喇，一脸恳求之色："萨大夫，方才古老板说的话您也都听见了。这一次的生意实实在在是牵着许多人的身家性命，收了五十两银子简单，可回去不知有多少人要家破人亡，这其中也包括我家。萨大夫，您是救人性命的医生，我求求您，就给我们指条明路吧！"

古平原没想到常玉儿会藏在屋里，知道自己"得病"的事儿已被她知晓，看她这样求着，心里也不好受，却又燃起一丝希望，双手拄在床边，定定地看着萨都喇。

萨都喇愣了半晌，长长叹了口气，开口道："好吧，姑娘你先站起来。"

古、常二人听萨都喇允了，心里都是大喜过望。常玉儿连忙起身，请萨都喇回来坐下，又倒香茶奉上。

萨都喇想了半晌，说道："其实不是我不说，实在是为你们好。汉人有句话叫胳膊拧不过大腿，实在是很有道理。你们把事情弄清又能怎样？"

古平原问道："照您这么说，那巴图是大有来头了？"

"他是喀尔喀王府的大管家。"

萨都喇轻描淡写一句话，古、常二人都吓了一大跳。

"您是说，这漠北草原的主人，手握方圆千里生杀大权的伯尔颜王爷？"常玉儿虽然是第一次来瀚海，可燕门与瀚海通商已有百年，平素街传巷闻，对瀚海的事情也知道不少。伯尔颜王爷在漠北比大清皇帝还要位高权重，牧民们见了朝廷的官吏可以不理不睬，可见到王爷府里的一条狗都要躬身避开。

"正是。王府的大管家那是何等威势，你们怎么可能斗得过他呢？"

古平原只觉得心头的大石百上加斤，眉毛拧成一团，沉思片刻才道："那我更不明白了，他以王府大管家之尊，千里迢迢到燕门去买药材，又是为了什么？"

问到这一句，萨都喇面有难色，好不容易才下了决心，压低了声音道："所谓救人救到底，我就与你们说了吧。不过你们千万不能传出去，否则大家都有杀身之祸。"

古、常二人对视一眼，同时点了点头。

刘黑塔等人在房门外等得正不耐烦，就听门一响，萨都喇从房里走了出来，半步跨出，回头又大声说了一句："这病要避风静养，几天之内都不能起床。"说完把门带上。

"萨大夫，这……这古老板的病怎么样了？"老齐头是真急了，驼队摊上这么桩倒霉事儿，偏偏能做主的货东又病了，自己身上的责任可着实不轻，就盼着古平原赶紧好起来。

萨都喇把脸一沉："别都围在病人房前，刚才我说的话你们不是也听到了？"说着他有意无意地往客栈老板那边看了一眼，"他病得很重，这几日要静养，派个人端茶送水就够了。床前要打起屏风，以免被风吹到。方子我已经开好了放在屋里，你们一会儿照方抓药就是了。"

"是，是。"老齐头和刘黑塔都是心情焦躁，等送走了大夫，二人互相看了一眼，一前一后进了古平原的房间。

两人一进来又都一愣，怎么常玉儿在屋里啊？

常玉儿也不解释，关了房门，然后一指椅子："古大哥有话要说，你们先坐吧。"

古平原这时候病情稍缓，也有了些精神。见老齐头与刘黑塔神色慌张，便安慰道："我这病是吃了细辛配藜芦，应了十八反，对症下药解了毒性就会好，你们不用太过着急。"

老齐头与刘黑塔原本只是焦急，听完古平原的话，却变成了丈二和尚摸不着头脑。常玉儿见古平原说话辛苦，在旁接道："古大哥是想找个大夫来打听消息，不得已出此下策，自己服下了十八反的药剂，害了一场病。"

老齐头这才恍然大悟："古老板，你这可真是把命都豁出去了。"

古平原勉强笑了笑："我们之所以此前束手无策，就是因为不了解内情。何况伙计配药也掂酌了剂量，还要不了我这条命，只是受些罪罢了。"

刘黑塔张着嘴，半晌才道："古大哥，咱们可说好了，下回再有这事儿，非得我来不可，我身子壮再多吃几剂也不要紧。"

常玉儿插口道："先别说这些，那萨大夫说的话可都是救命的消息。"

老齐头忙点头："对，对。他到底说什么了？"

等常玉儿把萨都喇的话一转述，老齐头和刘黑塔面面相觑，许久都作声不得。

原来巴图之所以要不远千里来燕门买药，完全是奉了伯尔颜王爷的命令。就在四个月之前，漠北瀚海与漠南瀚海刚刚兵戎相见，从漠北瀚海的北方边界突然起了一场瘟疫。这瘟疫一开始只传染牛马，后来竟然逐渐传染到了牧民身上，而且只要得了病，就很难医治。

前线兵事紧，后方又起了瘟疫，且有蔓延之势，伯尔颜王爷忧心如焚。为免打击士气，他下令严格封锁瘟疫的消息，所以即使是与瀚海来往密切的燕门商人，也均不知道漠北竟然出了这样一件大事。

消息封锁住了，接下来就要延请名医扑灭瘟疫。一开始用的是当地的大夫，治了一阵后发觉很不得力，于是又转到中原秘密寻医。碰巧就有一个医道世家的子弟要巴结王爷，献上了一张祖传的千金方，一验之下奇效如神。王爷自是大喜，不过这方子上八味药材，有一味必须全数到燕门进货，这味药就是古平原运来的岢岚五加皮。

"王爷给了巴图大管家一万两银子，要他火速到燕门采办药材，所以他才找到了汾都最大的悬济堂。"

话说到这儿，老齐头全明白了："他只买了六千两的药，敢情这小子吞了四千两还嫌不够，还要把一万两全都吞下，心可真是黑到了极点。"

"错了，他是要吞九千九百五十两，还有五十两是给咱们的。"古平原微微一牵嘴角。

"古大哥，亏你还笑得出来，我都要气炸了。"刘黑塔哪儿受得了这个气，一怒之下蹦了起来，直趋门口，"我去王爷府找伯尔颜王爷告状去！"

"萨大夫说，王爷在几百里外指挥作战，根本就不在巴彦勒格。巴图必是回到瀚海知道王爷前往前线督战，这才大着胆子行此贪狠之事。"古平原一句话止住了刘黑塔。

"古老板，我倒是有个疑问，巴图这么干，会不会是王爷的指使？"老齐头心中存疑。

"不会。"古平原答得很干脆，"如果是王爷指使，巴图不会藏头匿尾，一路上唯恐我们与瀚海人接触，他就是怕消息走漏，被王爷怪罪。"

"这么说来，这萨大夫还真是消息灵通。"老齐头边想边说。

"嗯，他算是这一带的名医，当初曾与几个大夫一起会诊过瘟疫。不过他也奉了王爷府的严令，绝不准把此事泄露出去，否则按阵前扰乱军心处置，那可是死罪。"

"如此说来，我们也不能利用这个消息来逼巴图就范？"

"跟官府自然是说不得。"古平原深深点头。

老齐头直摇头："不好办，现在虽是知道了巴图要药材做什么，可依旧是打官司没地儿递状纸。"

"我想了又想，虽然路途非近，而且缓不应急，可还是得找个人到前线去向王爷告状不可。这事一旦闹大了，只有王爷能给咱们做主。"

"我去！"刘黑塔抢着道。

"不行！"别人还没说什么，常玉儿先摇头，"大哥你那性子，见了王爷可别说不明白话再打起来。再说你看看门外那些瀚海兵，真要是动了刀兵，大哥你的那身武艺还能派上用场。"

古平原也认为刘黑塔不适合，可驼队离了老齐头和孙二领房又不行，自己更是不能远离。

"我去！"这一次常玉儿无比沉稳地开了口。

"你？"几个人都吃惊不小。

还没等人出声反对，常玉儿竖起三根手指："听我说完。一来，我懂一些瀚海语，与瀚海人打交道不是问题。二来，我一个女人家深居简出是正理儿，所以无故不见了踪影，也不会引来客栈中人的怀疑。我大哥就不行啦，他那么大的个子，又喜欢到处走动，突然不见了人影，不出半天就被人发现了。第三嘛……"她转向老齐头，"听说瀚海人不愿意和女人起冲突，这可是真的？"

"那是半点不假，要是哪个瀚海汉子欺负了姑娘家，一辈子都被人瞧不起。他们性子骄傲得很，就是没人看见，也不会做这种事。"老齐头和瀚海人打了一辈子交道，对他们的习俗了如指掌。

"那就是了，所以整个驼队反而是我去最为安全。"常玉儿心感古平原为这笔生意舍生忘死，说来说去是为了常家，故此才大着胆子主动请缨。

她这么一说，几个人都没话了，虽然派她去，大家都极不放心，可想了又想，又反驳不了她说的那几条理由。

"好吧，如此就有劳常姑娘了。"古平原见那二人都犹犹豫豫，知道非自己下个决断不可，即使是天大的责任，说不得也要背上了。

刘黑塔鼓着腮帮子不说话。他担心妹妹的安全，可也知道自己这个妹妹，看上去柔弱可欺，其实内心那份刚劲儿，比起男儿来也不遑多让，从小到大她决定了的事情谁也拧不过。

老齐头见他们决定了，搓手道："既然这样，要安排常姑娘悄悄离开，也要费一番手脚。"

"先不忙，等两天再说。"古平原再一细思又幡然变计，"反正要让人混出去，走一个是走，走两个也不妨。等过两天我的病稍好了，我也要一起出客栈。"

古平原想的是，与其一帮人坐困愁城，不如自己出去看看，总之在客栈里困着肯定是无计可施。再者，他也担心伯尔颜王爷护短，万一不肯给驼队做主，自己这边一定要做两手准备才好。

众人又是一番商议，最后决定兵分三路。

一路就是老齐头和刘黑塔带着驼队在客栈里等消息，这里面的重担就落在老齐头身上，他要把驼队的人，连孙二领房在内都要死死瞒住，只说交易正在进行，出了些岔子但却无妨。

二路人马就是常玉儿女扮男装骑马直奔千里之外的前线战场，去给王爷送信，最好能讨个公道。

至于这最后一路就是古平原这一路。他叫上了那个从悬济堂借来的懂瀚海话的伙计乔松年，悄悄出去几天。就在乌克朵周围打听打听消息，看看能不能想出什么好办法。

"古老板，你可快去快回，驼队的大事还要你来做主。"老齐头干了一辈子驼队生意，最担心的还是这一次。

"放心吧，我绝不耽搁时间。方才萨大夫临出门那几句话，可真是误打误撞说得好。如此一来，我以及服侍我的药铺伙计几天不露面，客栈里的人也不会起疑心。"古平原对老齐头说。

等刘黑塔与老齐头离开房间，常玉儿慢走一步，神情复杂地对古平原道："古大哥，你怎么能吃那种药呢，万一伤了身子……"说着眼睛一红，落下泪来，她急忙把头偏开。

"哦。"古平原见她这样，倒不知如何措辞，想想道，"我们身在绝地，没有冒死之心，哪儿来的求生之道呢？常姑娘，你说呢？"

"我，我……"常玉儿心里想说的话何止万千，但女儿家的矜持阻止了她，最后只是默默点了点头。出房间时她又偷偷地回头看了一眼，如果此时古平原也向她看来，应该不难发现她那满目的关切之情。

4

两天时间很快过去了，这一天到了吃晚饭的时候。驼队里的两个伙计忽然打了起来，从屋里打到院里，又从院里打到大门口，几十个伙计都上来劝，呼啦一下就冲过了门口。

把门的两个瀚海兵赶紧上来拦，哪拦得住这么多人。好在这些伙计也不远走，只是劝架而已。不多时劝住了，也就都纷纷回了客栈，瀚海兵这才松了口气。谁都没发现，方才一同出来劝架的人中，有三个人已经趁着夜色和人群的掩护不见了踪影。

"常姑娘，要你孤身犯险，我心中真是过意不去，你可千万要当心。"过了小半个时辰，在城里一家马号旁，三个人都牵着一匹马，古平原再三叮嘱扮了男装的常玉儿。

常玉儿虽然自告奋勇，可是心里也难免忐忑不安。不过她一半是为自己，另一半却是担心古平原。她低垂着眼睛，小声道："古大哥，你也要当心，别被巴图的人撞见。"

古平原把她送到城门口，眼望着常玉儿柔弱的身子孤零零催马而去，回头又从城门楼子里看了看黑沉沉的城内，气得直咬牙：“好你个巴图，我们拼了命地给你运药材，你竟然如此不讲商界道义，我非把你心里的如意算盘搅个天翻地覆不可！"

"古老板，我们现在去哪儿？"乔松年在一旁问道。

"去药店，不只是乌克朵的药店，巴彦勒格连同四座卫城里大大小小的药店都要转一遍。这一次你唱戏，我只在一旁听着。"这两天古平原把主意都打好了。

"我唱戏？唱什么戏？"乔松年听了个稀里糊涂。

"咱们去打听打听，最近王府有没有大宗地进药，进的又是什么药？"

"问这干吗？"

古平原已经把事情经过原原本本告诉给乔松年，此刻便直接说道："我想试试看能不能把千金方上的药材打听出来。你想，王府一定是不缺常备药的，要是大宗地进药，必定和这千金方有关。你不是来漠北瀚海做过几回生意嘛，看看能不能找几个熟识的药店掌柜。"

"我明白了。孟子曰，得道者多助，失道者寡助。想来这巴图平常也是飞扬跋扈，想要找个一起对付他的人应该不难。这件事儿您就瞧我的吧。"乔松年极有把握地说。

古平原没想到一个药铺的伙计竟然也会"子曰诗云"，且谈吐不凡甚有见识，不由得深深看了他几眼。乔松年发觉了，脸一板又是一副拒人于千里之外的样子。

乔松年的确是得力，巴彦勒格稍有规模的药铺他都来送过药材，没几天的工夫就打听到王府曾经找过几家药铺的掌柜密谈。

"古老板，既是密谈，想必都受过嘱咐不能外泄。交情不够，话是套不出来的，还要防着打草惊蛇。"乔松年也很机警。

"是这个理儿。你既然这么说，莫不是有好路子？"

乔松年这才面露得意："不瞒您说，城里那家延年堂与悬济堂是老相与了，从上两辈的老掌柜开始就打交道，办货从来都是先付后给，连个押头都不要的。他们家的中原药材有七成都是从我们店里进的货。再者一说，嘿嘿，他们家的那位大掌柜挺赏识我，还曾经问过我愿不愿意在他那儿干。"

他边说，古平原心中边转着念头，待到听完，知道连公带私这个消息都可以向延年堂去打听，不过耍些手腕还是要的。

"你们两家的交情比有些联号的生意还要休戚与共，所以你这样跟他去说，就说咱们这一回吃了大亏，如果不能挽回，悬济堂就要关门歇业了。如此一来，延年堂一定着急，到了那时再打听就十拿九稳了。"古平原密密嘱咐了一番。

乔松年心领神会，两个人商量好之后，这才来到巴彦勒格顺义街上的延年堂。这也是当地药业的一块老牌子了，门前的青石阶被进进出出的客人踩得溜光水滑，买药的人川流不息，一看生意就好得不得了。两个人进门时，刚巧大掌柜送主顾出门，一眼就瞧见了。

"哟，这不是乔老弟吗，怎么这个月来了，难道是哪家缺了什么急用的药材？对了，上次从你们柜上进的大黄真是不错，配到八正散里其效如神啊。"大掌柜还当乔松年是生意之余来叙交情的，等让到里屋坐定了，听完二人的来意脸色都变了。

"乔老弟，你这……这不是要我的脑袋吗？"大掌柜坐在座中，往前躬着身，连声说道。

"掌柜的，这是什么话？以我们两家的交情，我怎么能害您呢？"

大掌柜直摆手："这个事儿别说你了，我店里的伙计都不知情。王府有严令，瘟疫的事儿谁敢泄露出去，就抄家灭门。要不就这么个大事儿，能一直瞒到现在？"

"是疖子总是要出头的，像这种瘟疫之灾，瞒着不是办法。"古平原忍不住了。

大掌柜看了他一眼，乔松年忙说："这是我们古货东，这一趟的驼队，他是首领。"

"哦，原来是古老板。你们的消息倒是灵通。"大掌柜与古平原毕竟是初见，神色中带着一丝戒备，语气也是淡淡的，"瞒自然是不能瞒到底，王府已经在想办法了。"

"可惜有人贪心，明明能配成的药，却要节外生枝。"古平原冷冷道。

大掌柜一愣："您这说的是……"

"是王府管家巴图，他人心不足蛇吞象，想要硬贪一万两银子的药材。"古平原知道如要求人相助，最好是待人以诚，再加上这是燕门客商的老相与，想必也是信得过的人，所以把这件事的经过从前到后讲述一遍。大掌柜听完之后也吃惊不小，他只知道王府在找良医治病，却没想到良医已经把方子开出来了。

"哎呀！我说王府前些日子派人到我这儿打听几味药材的存量和售价呢，敢情是这么回事儿啊。"大掌柜听完一咂嘴，"你们这当上得可不轻啊！这不是血本无归吗？"

"唉。"古平原打个唉声，抬眼看了看大掌柜，"不瞒您说，那巴图把我们看得紧紧的，我是吃了十八反的药材，这才装病偷跑出来，到您这儿来求助来了。"

大掌柜一听古平原敢吃十八反的药，把命都豁出去了，也不禁为之动容，可是思来想去还是直摆手。

"不行,不行,你们这太难为我了。你们到了瀚海是行商,将来拔脚一走就是了。我呢,是坐地的本地商人,家业都在这儿,一旦被巴图知道了,我非家破人亡不可。"

从这一刻开始,古平原和乔松年轮番来劝,可磨破了嘴皮子也没有用,大掌柜把头摇得像拨浪鼓,说什么也不肯帮这个忙。

最后古平原实在没有办法了,站起身拱了拱手:"大掌柜,既然这样,我也不强人所难,请您借我一把梯子吧。"

"梯子?"大掌柜还以为自己听错了,莫名其妙地问道:"借梯子做什么?"

"摘延年堂的老匾。"古平原不紧不慢地说。

"嗯?!"大掌柜怔了一下怒道,"古老板,我不帮你的忙,你就要摘我的老匾?"

"您误会了!古某是知道延年堂这块金字招牌快则三个月迟则半年必定保不住。你我虽是初交,但总算相识一场,我愿为大掌柜效劳,今日就把它摘下来。"

大掌柜气得把桌子一拍:"这真是越说越不像话!古老板,我问你,我这延年堂的招牌凭什么保不住,愿闻其详。"

古平原不动声色地笑了:"看来大掌柜还真是没明白其中的道理,那我就给您说一说。"

他往座中一坐,顺手拿起一个杯子:"这一次的事情想必大掌柜也听明白了,要是如了巴图的愿,我们五十两银子把货卖了,回去悬济堂恐怕就要关门歇业,您这延年堂的药材七成都打悬济堂赊账进货,你能不受影响?这巴彦勒格的药铺哪个不看您家的买卖眼红,逮到这个好机会一定群起而攻之,非要挤死你不可!再加上巴图接下来还要大宗进药,依他的贪性,一定会把价格压到最低,到时候延年堂这样的大药铺必定首当其冲深受其害,这么一来您这买卖还能做下去?"

说着他把杯子往地上一摔,啪的一声脆响,把听得入神的大掌柜吓得一哆嗦。

"这是我卖了药材的结果。"古平原说着又拿起一个杯子,"再来说说我不卖这药材又如何。古某堂堂男子汉,如此受巴图之欺,若真是恶向胆边生,一把火把那药材都烧了,大家一拍两散倒也痛快。可有一宗,瘟疫早晚有一天传到巴彦勒格,到时候没有千金方的良药,只怕大掌柜一家也是难逃家破人亡吧。"说完他又把第二个杯子掷下,又是啪的一声,震得大掌柜两眼发直。

"照你这么说,你卖不卖药材,我这买卖都做不下去了?"大掌柜倒吸一口凉气,怔怔地看着古平原。

"那也不见得。"古平原见此情景，知道再加上一把劲儿就差不多了，转过脸笑眯眯道，"大掌柜的，您也别太担心了，坏事难道就不能变好事吗？"

"这……"大掌柜平素也是个精明人，只是今天遇到了古平原。

"您想想，要是您帮着我们顺利完成这笔交易，将来我们回了燕门，武掌柜听说您这么帮忙，能不投桃报李？要知道燕门商人最讲信义，这样一来，就算是巴图压价从您这儿购药，有悬济堂在后面帮衬着，您这边也不伤筋动骨不是？更何况巴图压价，受损失的不止您一家药铺，别家无此奥援，只怕就要捉襟见肘，到时候延年堂兴许还能再并上几个铺子……"古平原使尽浑身解数，先是晓之以害，接着动之以利。

大掌柜光听古平原这么说，就如同从地狱到天堂走了一圈，不知不觉间里面的衣服都被冷汗打湿了。

古平原冷眼看着他，见他站起身不停地在屋中踱步，知道此时不给他霹雳一击不能助他下决心。

"亏你还是大掌柜，临事而疑则祸不旋踵。既然这样古某告辞了。只是到了摘匦的时候，如果人手不够，古某随叫随到！"说完古平原冲乔松年一使眼色，二人同时往外走去。

"且慢！"大掌柜在后急叫一声。

古平原一只脚已经跨出客厅，听到呼声止住脚步却不回头。

"好吧。"大掌柜此刻心乱如麻，瞻前顾后觉得没有万全之策，不得已才道，"帮你们可以，只是一定不能让巴图知道。"

古平原心下大喜，回身道："大掌柜放心，古某愿意立下重誓。"

大掌柜苦笑一声："说吧，要我做什么？"

5

常玉儿出了乌克朵，催着那匹买来的灰斑马一路向南，沿着乌格塔勒戈壁的边上，往两军重兵对垒的牛肚谷疾驰。她出城的时候打听过，想要避开沿途的战场，就只能翻过昆巴尔山，山路极险，但常玉儿豁出去了。

昆巴尔山在瀚海是一座名山，传说中是黄教苦行僧卡尔达拉遇魔神阻拦，连破七道心障，终于得证大道的地方。它矗立在大漠边上，山上几乎没有树，是一座秃山。等来到山脚下，常玉儿向一户牧民问路，再向前看，心里顿时就是一翻个儿。

险，真是奇险！不错，人是可以骑着马上去。但是上了这条依着石壁开凿出的小路，再想下马就不可能了，除非从马屁股后面下去，想从侧面下马非掉到悬崖底下不可。

常玉儿这才明白，为什么这条又细又长的路被牧民称为"无常锁链"，这简直就是一条勾魂路。但从这条路过去，只要一天的时间就能到牛肚谷。想到过了这条路就能找到王爷诉说冤屈，她不再犹豫，一催马就上了山道。

这匹马也知道身在险地，每一步都迈得格外谨慎。即使这样，有好几次蹄子蹬空，差点就歪着身子栽下去，半天下来，人和马都记不清吓出几身冷汗了。常玉儿几次勒住马往上看，就觉得昆巴尔山如同一个石巨人，高高俯视着自己，要是抖抖身子，非粉身碎骨不可。

"活是幸，死是命"，常玉儿心里苦笑一下，想起了古平原在黑水沼里挣扎的情景，却又有一丝甜蜜的感觉。

见天色已黑，她从马后行囊里取出浸了松油的火把，用火镰点着，照着前进的路。再走一阵，天色完全黑了下来，就听得山谷里不时传来鸟兽归巢的鸣叫，间或也有几声猛兽之音。常玉儿不禁想到，万一在这山间狭道上遇到恶狼一类的凶兽，那可怎么办，真是避无可避了。

走这种山路，最险的地方就是树杈弯，走着走着前面没路了，原来是拐了一个急弯，这要是走得急了，肯定一头栽下万丈深渊。偏偏这条路上树杈弯还不少，在这种地方想停下来打个盹那是痴心妄想，一个翻身就无影无踪。所以走到后半夜，常玉儿虽然困倦了，可还是强打精神往前赶路。

常玉儿打算过了下个弯口，就勒住马，熄了火把，好歹歇一歇吃口干粮。就在她神疲力乏之时，冷不防从前面的弯口冲出来一道黑影，火把一映，石壁上的影子张牙舞爪，如同饿虎一样扑过来。

常玉儿猝不及防，魂都吓飞了，手已经拽紧缰绳。这才想起来此处避无可避，避就是死路一条，除了掉进悬崖没别的路走。好在常玉儿走的是下坡路，站在高处，对方是从下面往上来，从地势上看常玉儿占了优势。就在她一愣神的工夫，对面一声马嘶，常玉儿凝目望过去，这才发现对面也是一人一马，而且那匹马转过弯角突然见到迎面上方的火把，不由得惊了，只稍一晃动，左边的两个蹄子同时蹬空，顿时一声惨嘶，往悬崖下落去。

常玉儿惊得目瞪口呆，想救却反应不及。但马上的那个人反应可不慢，即刻甩镫离鞍，双脚一踩马背，腾身而起抓住了悬崖上的一块石头，只差了一点就和马一起摔成了肉饼。

常玉儿赶紧轻轻催马，来到近前，底下这个人抓住常玉儿甩过来的缰绳，灰斑马慢慢后退，将此人拽了上来。

常玉儿惊魂稍定，借着火把照耀仔细打量，就见这个人浓眉大眼，穿着牧民常穿的长襟皮袍，蹬着硬实底的马靴，腰里还挎着一把明晃晃的腰刀。

常玉儿打量对面来人，先开了口："对不住，把你的马惊了，我赔你银子吧。"

此人闻言又是大大一愣，手一指，有些结巴道："你……你是女人？！"

常玉儿这才发现事出突然，自己竟忘了装嗓音。好在虽是夜半无人，然而这极险之地倒成了自己的护身符，也不必担心对方有什么歹意，当下大大方方承认道："是，怕走长路不方便，故此扮了男装。"

那人思疑着问："你一个女人，大半夜的走这条路做什么？要知道这路直通牛肚谷。因为打仗，前面出口的隘谷已经封了好几个月了，根本无人通行，不然我过弯口时也不会连个哨声都不打。"

常玉儿这才知道过弯口还要打哨，心里暗叫了一声惭愧。她忽然灵机一动，问道："这位大哥可是从牛肚谷来？"

"那是自然。"

常玉儿一路上见过许多如此穿着打扮的人，看他的衣着就猜到了几分："您是牧马人？"

"不错。我说你这个小姑娘，为什么半夜走这么险的山道？"

常玉儿道："我是要去牛肚谷找伯尔颜王爷。"

"你要找王爷？"牧马人心里起了疑，左一眼右一眼打量常玉儿。

"我有急事！"常玉儿话不敢说明白，不由得涨红了脸。

想不到那牧马人倒笑了："没有急事怎会大半夜走这条路呢？我也和你一样，有急事呢。"

"你……你有什么事？"

"这不是两家议和了，我家在大漠边上有一处马场。这几个月战线封锁，始终不得过来查看，心里急得很，所以就走了这条路，盼着快点赶到马场去。"

他说别的话常玉儿都没听进去，唯独议和两个字听得真，她又惊又喜道："议和？是漠南和漠北议和吗？"

得到肯定的答复后，常玉儿心里也高兴，无论如何，战事结束，王爷兴许就能腾出手来料理乌克朵的事儿。

"你遇到我也算是运气好，我出发的时候，两军也已经拔营了。你现在到牛肚谷估计一个人也找不到。"

常玉儿急问:"那王爷去哪儿了?"

"战事结束,这些军情也都无须保密了。我在路边听说,这一次两家是在朝廷主持下达成的和议,不仅议和,还要结盟,故此要开结盟那达慕。牛肚谷地方狭小,所以两军挪动到西北方四十里外的乌兰牧场去了。"

"什么是那达慕?"这个词常玉儿第一次听到。

"简单来说就是赛马、射箭、摔跤,选出最好的瀚海勇士来祭敖包,感谢草原母亲的哺育之恩。"牧马人顿了顿又说,"汉人姑娘,你我都急着赶路,还是赶紧各奔东西吧。"

说完,他身手敏捷地从石壁上找了块可以借力的石头,一悠一荡便已到了常玉儿身后,挥一挥手大踏步而去。

"你……你怎么知道我是汉人?"常玉儿扭头问道。

"你连那达慕都不知道,不仅是汉人,而且还是中原人。"牧马人的声音远远传来。

常玉儿一想果然如此,自己也不禁哑然失笑。

好不容易走出了狭长的山道,常玉儿注意到路边到处是打坏的兵器和埋锅造饭的痕迹,野草黄土上不时还能看到斑斑血迹。正如那个牧马人所言,前几日还在拼命厮杀的战场上,此时一个人影也不见。常玉儿心中暗自庆幸,要不是遇到了指路人,自己还真不知道该往哪儿找王爷。

常玉儿几乎是一夜没合眼,这时候却也顾不得休息,找了处水源饮了饮马,看着日头辨了辨方向,重又上马直奔西北方而去。

6

"这招儿可险哪!"为了防止泄密,大掌柜把古平原让到自己门窗紧闭的小账房里。

"富贵险中求,更何况现在巴图逼得我们求自保,那就非兵行险着不可了。"古平原得到大掌柜的支持,索性放开手脚,打算来个绝地反击。

"你得想个办法把我开脱出去,我还是那句话,我是坐地的商人,冒险也不是这个冒法。"

"是,银子上又没印着您延年堂的字号,借我银子巴图绝发现不了。我只求您,等我收购了千金方上另一味药材——茅尾草之后，把库房暂借我存存货，时间不用久，三五天便可。"

古平原这些天一直反复琢磨巴图这个人，由人及事，终于抓住了一丝反败为胜的机会。

大掌柜听完他的办法，怔了半晌才摇着头道："我就不懂了，你是怎么猜到巴图还没有买进千金方上其余药材的？"

古平原一笑，笑容中带着些许讥诮之色："我与巴图打过两回交道，看得出其人是狡狐之性。从这性情上看，我猜他断然不会在燕门五加皮入手之前就买进其余药材。"

"哦，请问何为狡狐之性？"大掌柜颇感兴趣。

"两条，一是贪婪，二是多疑。巴图之所以向晋商大幅压价，其理由无非是个贪字，想把王爷给他的买药钱都据为己有。也就是说压了五加皮之后，他还会对其余本地能买到的药材一一压价。但他又担心如果不能顺利买到五加皮，那么即使将其余的七味药都买下来，千金方缺了一味也是无效，反而会因为损耗了大笔银子而受到王爷责罚，故此我断定他一定会等最难买的五加皮入手之后，再与本地药商做买卖。"

古平原顿了顿，见大掌柜听得入神，又道："诚如您所言，您是坐地的商人，绝不敢得罪王府的大管家，就是赔钱，也得二话不说地把药卖给巴图。不只是您，巴彦勒格及其周边大大小小的药铺都是如此，他就是吃准了这一点，所以才有恃无恐。"

"唉，古老板见事明白，要说这巴图的心也太黑了，草原上的牧民眼巴巴地盼着治病良药，可他为了多贪些钱，宁可一等再等。这期间要死多少人哪！"大掌柜摇头叹息。

"古时贤者尚知民为贵，社稷次之，君为轻。现在不仅是倒过来了，连一个王府的管家都敢如此残民以逞，这世道真是……"乔松年在旁一直听着，此时无奈地摇了摇头。

古平原也沉着脸："所以我绝不能纵容了这条草原上的疯狼，非和他拼到底不可！现在是我们在明处，巴图在暗处，所以我们处处受气。等把千金方上的药材抓在手里，就变成了我们在暗，巴图在明，形势就可以逆转。"

大掌柜再想不出什么话来反驳古平原，只得取出钥匙，亲手从小账房的钱柜里拿了三四张银票。

"茅尾草是千金方上最便宜的一味药，这些银子足够将巴彦勒格附近所有药店的存货都买断，其余地方的货量就不值一提了。"

"怎么拖了这么久？到底是什么病哪？"巴图在他新起的宅子里正发脾气，他坐在正堂中央的狼皮椅子上，双目瞪着跪在下面的客栈老板。巴图知道，王爷走前已命人在北面瘟疫蔓延的草原上，用火烧出了一片几百里的荒原，人畜损失巨大，而之所以做如此大的牺牲就是要抢出时间来配药。万一王爷回来了，药还没配好，又或者瘟疫越过了无人区，照王爷那霹雳性子，自己担的责任可就太大了。

"听萨大夫说是水土不服，又吃了不合适的药，内外毒加逼，所以格外重。"客栈老板小心翼翼地说道。

"就是再重，见个人说个话总行吧，我这边等着他卖药呢，他自己倒吃上药了，真是他娘的倒霉。"巴图不耐烦道。他几次派人到客栈去催，都被老齐头用"当家人病着，不敢做主"这句话给打发了回来。

"不知道啊，驼队的人都说听医嘱要避风，屋里只留了一个他们自己的伙计照看。别说我们了，就连他们自己驼队的人也是不让进的。"

"嗯？"巴图心里突然有些起疑，他当初不是没想过纵兵行抢，只是乌克朵到底也是伯尔颜王爷治下，他也担心把事情闹得太大，一旦王爷回来听到些风声……现在驼队负责人病而不出，莫非有什么猫腻在里面？

"没有什么变化啊。"客栈老板是受了巴图的指令专门看着这些生意人的，他听了巴图的担心直摇头，"不会的，您老甭担心了，要是这些汉人有什么鬼心思，肯定会大吵大闹，现在他们一个个都只等着那姓古的病痊愈，好来拿主意。"

"可是，总这么等着也不是办法，要等到什么时候？这样吧，再等两天，要是还不见好，那就从王府请一位府医去给他诊治一下。"

客栈老板答应一声，见巴图无话，自己知趣地退了下去。

客栈老板走了没多久，城里一家药铺的掌柜又来求见，见了面说出的第一句话就差点让巴图从椅子上蹦起来。

"禀大管家，您前些日子派人到铺里询价的那几味药材，其中一味昨个被人全数收走了，小人担心府上急着用药耽误了事，偷偷留下了十斤，这不就赶着给老爷送来了。"

这人是赶着来拍王府大管家马屁的，可没想到话说完了，往上偷眼一瞧，立时就吓了一跳——从来没见过有人变脸变得这么快，方才巴图还是好整以暇，嘴角挂着一丝笑意，看上去红光满面，可一转眼间脸色变得煞白，眼睛睁得老大，指着药铺掌柜的那只手很明显地在微微发抖。

"你说什么？再说一遍！"巴图的声音都有些发颤了，千金方上的药材缺一不可，自己瞧准了那其余的七味药都不是紧俏药材，存量又多，这才放心没有收购，只等五加皮入库后再在本地收药。这个节骨眼上怎么会出这种事儿！

掌柜的不知自己是否说错了什么，大着胆子又说一遍。巴图噌地站起身一把揪住他的衣领："是什么人买走了药材，快说！"

"这小的可不知道，一手交钱一手交货的事儿。小的在店里只是三掌柜，有大掌柜在前面，就是有心想打听……"那人吓得牙齿直打战，惊恐地望着巴图。

"去你的吧。"巴图恶声恶气地把他往地上一推，大声吼道，"来人！"

等叫来下人四处打听再逐一回禀之后，巴图往椅子上一坐，如坠冰窖，半天没有言语。

"去把大营的驻军统领大人请来。"过了好半天，巴图才有力气说句话。

巴图做这件事情其实并非一个人发财。他要借用军队的力量来押送和看守燕门驼队，后期收药材的时候也可能还要借助军威，所以他把本地驻军统领也扯了进来，讲好将来银子到手，一人一半。现在出了这么大的事儿，他必须跟统领商量了。

等不多时，一个方头虎目顶盔掼甲的瀚海军官大步进了巴图的宅院。

"军队正在操练，这么急找我有什么事？"

统领名叫铎山，打仗很是勇猛，不过有个毛病就是贪色。原先驻扎在前线时还好些，调驻巴彦勒格之后，没几年的时间，小妾已经娶了七个，在娼馆妓院里还包着十几个妓女。这还不算，每年借着清剿马匪的机会，还要强行侮辱牧民的妻女。这些事要不是靠巴图遮掩，早晚得在王爷面前露馅，所以一来二去，他和巴图就成了穿一条裤子的朋友。

他在女人身上的开销太大，光靠吃军队的空额空饷难以弥补亏空。这一次巴图提议在救命的药材上弄钱，他连犹豫都没有，就一口答应下来。

"你还记得那张千金方吗？"巴图脸色阴沉。

铎山不作声地点了点头。

"其中有一味药材被人全数收购走了！"

铎山闻言微微一惊："不会吧，你不是说那些都不是紧俏的药材，随买随有吗？"

"我当初的确是这样说的，谁料想会出了这种事！"巴图坐到椅子上，将扶手重重一拍。

"这消息准吗？"铎山在地上来回踱了两步，回头问道。

"有个药店的掌柜来报信，我派家人到各大药铺去打听了，果然如此。"

"是什么人收的？"

"人家是现钱交易，交了钱把货装在大车上就运走了，根本没留姓名。"

铎山皱起了眉头，原地转了几圈，猛然立住，回身道："千金方的事儿你没泄露出去吧？"

"你是说有人知道了消息后囤积居奇？不会不会，谁也没长天大的胆子，就算知道了这个信儿，怎么敢和王府对着干？"巴图不以为然。

"不见得吧，财帛动人心呐。就像咱们俩这一次，不也是拎着脑袋干这笔买卖吗？说白了，还不是和王爷对着干！"

"这……"巴图原本没想到有人恶意收购，还当是凑巧有人要用药，这时候被铎山一说，心里不由得也打起了鼓，"那你说怎么办？"

"如果真是有人存心和我们对着干，他这些药材运得远了没有用，还要搭上脚钱，所以一定是在近处藏着。城外不妨用士兵大肆搜索，可是城里就不行了，一旦惊动了王府不是玩儿的。"

"这个我来想办法，你只管城外就好。凡是能藏这几大车药材的地方，连和尚庙姑子庵在内，都要搜到！"巴图说道。

"这还用你说，事不宜迟，我这就去调兵！"铎山边说边往外走。

这边铎山离开后，巴图也紧急调集了自己的家丁，拿着一串王府的腰牌，要这群人打着王爷的旗号去挨家挨户搜检，特别是药铺这种适合鱼目混珠的地方，更是一分一寸不能放过。

7

古平原可真没想到，会有人向巴图卖好讨乖通风报信，更没想到自己的计策很快就被巴图发觉了。他把药材收上来之后存放在延年堂的库房里，还当万事大吉，打算今夜就回客栈。

古平原正在和大掌柜告辞，忽然有个药铺伙计神色慌张地跑了进来。

"大掌柜，我方才到前街的那家同行去串货，不知怎的来了一批人，如狼似虎般就开始搜店。听那意思，家家药铺都在搜检之列，我不知怎么回事，赶紧跑回来报信。"

几个人都大吃一惊，古平原向大掌柜使了个眼色，大掌柜连忙问道："你知不知道搜店的是什么人？"

"他们拿的是王府的牌子，奇怪的是没穿官服，都是一身下人打扮。"

"知道了，你先下去吧！"大掌柜六神无主，但毕竟还记得把伙计叫了出去，然后慌里慌张地说，"真是怕什么来什么，这必是巴图发觉茅尾草被人收走了，要是从我这儿搜出药材，一家老小就全完了。"

古平原心里也发慌，但他毕竟还能强自镇静。见大掌柜已是失了方寸，干脆只和乔松年商量。

几日相处下来，古平原慢慢知道，原来乔松年身上尚有秀才功名。只是乡试一而再再而三地不中，祁县老家重商轻文，他家里又贫，一心只想读书，弄得家里连隔夜粮都没有，要四处去借，时间长了妻子四邻都没有好脸色。后来亲戚托人替他到悬济堂找了份伙计差事，他却自觉与整日钱眼里打交道的生意人难以相处，他既如此，也就没有几个人愿意搭理他。

古平原却发觉此人谈吐间志气不小，遇事也颇沉稳，于是倾心结交，短短数日里两人已然有了些交情。当下二人匆匆商议几句，其实也没个结果，但是都觉得把药材再放在药铺仓库里，无疑是坐以待毙。

"大掌柜放心，要是真有个万一，我绝不说出您就是了！"匆忙间雇了两辆大车，把药材装车之后，古平原斩钉截铁地说道。

大掌柜心里暗暗称赞古平原是条汉子，这么危急的时候还不忘有此交代。

古平原和乔松年一前一后赶着两辆牛车，往延年堂西边的大街上走，因为他们方才听小伙计说了，搜药铺的人是打东边来的，往西走或许能避开。可是越走越多老百姓议论，都在说王府的人进各家各户搜检的事情。

"古老板，这么走下去不是办法。看样子巴图的人兵分几路，就在这城里来回搜检。这样下去当街撞到就麻烦了，还是得找地方把药材藏起来才行。"乔松年着急道。

"既要藏得住，又要对方肯让我们藏，这真是难煞人。"情势间不容发，古平原一时也无法可想。

突然听得前方一阵急促的脚步声，古平原忙抬头向巷口望去，就见一队士兵排列整齐，大踏步走了过去。

"唉，要是军队也来插上一脚，那就更不好办了。"

"古老板不用怕。"乔松年不是第一次来巴彦勒格，对此倒是略知一二，"现在是未时，这是城里的守军出城操练，返回大营。跟咱们的事儿不沾边。"

他说不沾边，古平原听了却是眼前一亮："你说什么，城里有大营？"

"有啊，驻军大营就在附近，离此不远。"

古平原一下子就想到了自己当年初到沈水大营时的情形。那时初来乍到，老犯人欺负新犯人，什么苦活累活都派给自己干，马无夜草不肥，一夜要添三遍草料。关外数九寒天，就为半夜起来添草料，自己几次差点冻死。

"有了！"古平原一拍掌，倒把乔松年吓了一跳。

"咱们就把这两大车的药藏在军营。"古平原双目放出光来。

"啊?！"乔松年一咧嘴，"那能行吗，军队和巴图是一伙的，咱们这不是送羊入虎口吗？"

古平原嘴角牵出一丝诡秘的笑容，"我打算来个瞒天过海，用这两车茅尾草冒充军马的草料，送到军营的马号去。只要能拖上一两天，咱们再想办法把它弄出来。"

乔松年说得没错，再往前走过一条街，在城根底下就是驻军的大营，远远就看见刀枪剑戟幡、虎豹鹰狼旗，辕门、刁斗更是高高矗立。古平原自称是送草料的生意人，大摇大摆往里闯，守门的士兵见他们拉的都是草，用枪往里扎了几下，看草车里没有别的东西，稍微盘问两句就放他们进去了。

那边厢，老齐头与刘黑塔在客栈里等得是望眼欲穿，眼巴巴地盼着古平原回来，可一等不回来，二等还是不见人影。他们可不知道古平原是到外面收药去了，还担心他出了什么事，急得心里发慌，面上又不能露出来，还要整天演戏让别人以为古平原还在房中养病。这一下可把二人害苦了，特别是刘黑塔这个直肠子人，几天下来，度日如年，嘴边起了一圈大泡。

就在刘黑塔实在忍无可忍要发脾气的时候，客栈老板笑呵呵地引着一个本地大夫来了。

"刘老板，这古老板这么多天了，还不见好。我从王府请了一位圣手神医，请他给古老板看看病吧。"

刘黑塔这几天憋得难受，没开口先瞪了客栈老板一眼，把他看得一愣，心说这大个子可真奇怪，我找大夫给他这边的人瞧病，他怎么反倒像我要给谁下毒似的。

"不行！"刘黑塔瓮声瓮气地说，"古大哥要避风，谁也不能进去！"

"这……这是大夫！"

"大夫也不行！"刘黑塔把住楼梯就是不让客栈老板带人上二楼。

客栈老板看他这个样子，心里突然冒出一个念头，"难道古平原跑了？"

"不行，我说什么都要进房里看看。你们住在我这儿，万一有个什么三长两短，我的店还开不开了！"客栈老板抓住这个理由就要往上闯。

刘黑塔哪能让他闯过去，双手抓住他的肩膀，把他轻轻往后一推，其实也没用多大的劲儿，就见客栈老板"噔噔噔"倒退十几步，一屁股坐在地上，尾巴尖都撞歪了。

"好哇，你敢打人！"

"打你是轻的！谁要是敢搅了古大哥养病，老子就不客气了！"刘黑塔没好气道。

早有人飞报老齐头，老齐头赶了过来，不住解劝着。可是客栈老板心里起了疑，气急败坏撂下一句话往外就走，"你们等着，我找官差来！"

"你看看，有话慢慢说嘛。现在弄成这个样子，这可怎么办？"老齐头气得胸口鼓鼓的，实在没辙了，双眼望天不住默祷，"古老板啊古老板，你到底去哪儿了，你要是再不回来天可就要塌了！"

8

常玉儿策马来到牛肚谷西北四十里外的乌兰牧场，隔着老远就听到一阵阵欢呼雀跃的声音。她知道必是那达慕结盟大会正在举行，王爷必定也在此，一颗心总算放下大半。

因为漠南和漠北的王爷还有朝廷的使节都在此处聚会，乌兰牧场附近的关防极严，等闲人不得进入会场十里之内的范围。常玉儿刚走到禁区边上，就被手握长枪的士卒拦了下来。

"我的的确确是有急事，你们就放我进去吧。"常玉儿说得口焦舌燥，怎奈士卒都有军令在身，谁也不敢放她过去。

常玉儿不敢下马说出实情，谁知道瀚海军中是什么规矩，要是把自己带下去几番盘问，那非误了大事不可。

眼看士兵不肯放自己进去，常玉儿实在没办法，把心一横，伸手掀了皮帽，满头的长发散落肩上。阻路的士兵没想到这瘦弱骑士竟是个女人，而且看那模样还是个娇俏的汉人姑娘，不觉都傻了眼。就是这么一愣神的工夫，常玉儿一抖缰绳，双腿一夹，灰斑马向前一纵便冲过了号卡。

瀚海兵都是好箭法，立时就弯弓搭箭，按说常玉儿是躲不开的，可是瀚海兵犹豫了再三，也没松弦。没别的，就因为常玉儿是个女子，瀚海人一辈子也不会对着女人的后背放箭。

也就是这么一犹豫的工夫，常玉儿已经冲了号卡，跑出十几丈听见身后有急促的马蹄声，回头一看，果然是哨官带着人追了上来，一边追一边吹起铜号角，通知前方有人闯营。

灰斑马劳顿多日，早已是强弩之末，勉强奔跑了一阵，与身后的追兵越来越近。常玉儿心下发急，再一看前面，巡营的骑兵得到信号也已经赶了过来，等到两边人马前后包夹，自己就得束手被擒。

常玉儿不怕被抓住，但她怕这样一耽搁时间，要想见到王爷就不知是哪年哪月了。想到这儿，常玉儿一拨马头，慌不择路往斜刺里就冲。前方是一大片用一人多高的白布围起来的空场，白布扯开足有几百米，用木桩固定，看上去是个临时搭建的演武场。

白布围墙外面，每隔五步就有一个重甲武士手执长矛警戒放哨，他们一看常玉儿策马冲了过来，后面还跟着一队巡哨的骑兵，这些武士可不手软，将长矛一顺，往马头就扎来。

常玉儿大惊，往上一提缰绳。灰斑马福至心灵，居然用力纵身一跃，避过长矛，从围墙上面跳了过去。

一跃过去，眼界顿时开阔，常玉儿看得明明白白，这里是一处校场，如今正在举行射箭比赛。二百多米的距离，弓手与箭靶分列两侧，看样子参加比赛的足有十几人。

这倒不足为奇，让常玉儿眼前一亮的是，就在弓手与箭靶中间的侧翼有一列看台，上面绫罗伞盖，下面虎皮大椅，桌上奇珍异果、珍馐美酒，两旁有俊仆侍酒，身后有力士警戒，居中坐着几个身着蟒袍、气势威武的贵人。

常玉儿猜想这可能就是王爷了，即使不是也必定是大官。常玉儿一路上心疼马力，这时候可顾不得了，用尽吃奶的力气狠狠甩了一鞭子，灰斑马一声长嘶，直冲着看台的方向而去。

说时迟那时快，就这么一眨眼的工夫，校场里其实也发生了不少事儿。看台上的人都发现有人闯了进来，个个都是一愣。

常玉儿猜得不错，漠南和漠北的几个王爷再加上朝廷派来调解战乱的大臣正在端坐观赛。漠南有三位王爷，漠北只有一位伯尔颜王爷，彼此的战事刚刚和息，没想到结盟那达慕上闹了这么一出儿。几人都是钩心斗角惯了的，不由得都对对方起了疑心。最怕的就是宴无好宴，万一来一出鸿门宴，那可不妙至极。

伯尔颜王爷想着有备无患是至理名言，不言声已经把身边一套黄金胎的弓箭悄悄拎了起来，只等情形不对猝起发难。

台上的几个人在彼此猜疑，而台下的弓手此时正弯弓搭箭准备下一轮比试。比试以鼓声为令，为了公平起见，击鼓的这个人不在场内，而是在白布围栏以外。一共三次击鼓，从第一声起到第三声终，这期间弓手们必须射出一箭，迟则无效。

鼓手不知情，依旧在场外按照固有的节奏敲鼓。可弓手们都看见常玉儿纵马跑进校场，还没等他们反应过来，鼓声已经响了起来。

"咚！咚！！咚！！！"

常玉儿横穿校场，这时候弓手发箭极有可能误中她。要在往时，几名弓手可能就会停手不射，但今时不同往日。这些弓手一半是漠北人，一半是漠南人，早几日还打得你死我活，彼此间都有好友兄弟丧命在对方手里，一见面两眼都是红的，恨不得抽出弓给对方一箭，又怎么能甘心情愿地输给对方？再说，此事还牵扯到各自王爷的面子，那就更不敢任意妄为了。

随着最后一声鼓响，十几个弓箭手同时发箭，箭似流星闪电一般射向箭靶，其中一支直奔常玉儿而去！

二百米的距离，用的都是五石以上的硬弓，弓箭手不仅准头好，双臂一挽都有千钧之力，这要是射中了，非穿个透心凉不可！校场里人人都看见了，可谁都没办法，只能眼睁睁地看着这一幕。

常玉儿也用眼角余光看见了，想躲已然晚了，连眼睛都来不及闭，心里顿时一凉。

在电光石火的一刹那，就听嘡一声巨响，火花四溅，灰斑马受惊，前蹄高扬，常玉儿本就分心，冷不防又来了这么一下，在马上坐不住，咕咚一声栽落马下。

一时间，场内众人面面相觑，不知道发生了什么事。

只有伯尔颜王爷心知肚明。他方才拎弓箭在手，是为自卫准备。可是看漠南的几位王爷也是个个诧异，不像假装，而且闯进来那人十分鲁莽，竟敢在弓箭手发箭时横穿校场，无异于自杀，更加不像是有什么阴谋在里面。故此他在最后一刻发箭，射落弓箭手的那支箭，救了常玉儿的性命。

等到人们弄清了是怎么回事，不禁欢声雷动。大家早就知道伯尔颜王爷是神射手，想不到一手弓箭绝艺竟如此出神入化，不是两膀千斤力又怎么能拉开强弓后发先至，这准头更是无与伦比，所以大家无不高声喝彩欢呼。

瀚海人最敬勇士,漠南的几位王爷见了伯尔颜王爷的威武,不由得心折,同时举杯相敬。到了此时,伯尔颜王爷心中也是得意,毫不推辞,举杯就饮。

连饮了三杯,想起了还在场中的那人,他见常玉儿还没爬起来,自己起身走了过来。

此时弓箭比赛自然已经停了下来,伯尔颜王爷来到常玉儿近前就是一怔。他方才全部心力都在观察同席之人,没注意自己竟救了个美貌女子。

王爷心里疑惑,见常玉儿虽然昏了过去,可是气息微弱地翻来覆去念叨着几个词,仔细辨了辨才听出来,常玉儿竟一直在说:"乌克朵……瘟疫……药……"

王爷听清之后倒吸一口凉气,和议成了,瘟疫就变成了王爷心中的第一等大事。现在听一个莫名其妙闯到校场里的女子嘴里念叨着这么几个词儿,王爷心里没来由地一阵发慌。

"来人,今晚连夜起程,轻车简从返回巴彦勒格。弄一辆马车,不管这女人醒不醒,都与本王一起走!"

客栈老板气急败坏地跑到巴图府上报信,他可不敢说别的,只说驼队中人不许王府的大夫进古平原的房间。就这一句话就够巴图想半天的了。

巴图这边查了三天,把巴彦勒格以及附近的卫城和牧场大大小小的瀚海包都查了个遍,就是查不到茅尾草的去向,心里直冒火。此时又听说驼队负责人可能跑了,他更是火冒三丈,决定今夜就把燕门驼队的事情解决,以免夜长梦多再起风波。

"这件事你不便出面。"巴图道,"借我一队兵,我现在就带着大夫再去客栈。不让看也得看,要是人真跑了,就借着这个由头,说他们意图行骗,亮出官家的身份把那批药材没收。"

"要是没跑呢?"铎山跟了一句。

"没跑更好,今晚就得卖药,不卖我就抢!"

铎山满意地点点头:"你早这么想就好了,也不至于拖了这么久还弄丢一味药材。你先把五加皮事情解决了,这边我再多调人马,笸子似的筛上三遍,这茅尾草就是藏到地底下,我也一定把它翻出来!"

二人商议停当,巴图带了人来到客栈。这一次气势可不小,不止步兵,还带来了马队,马蹄声响,刀枪互撞,人声马嘶,离着老远就能听见。

老齐头虽说是走西口的经验丰富,但从来不和官府硬碰硬,面对这种情况也是六神无主,急得团团乱转。

刘黑塔却不管那些，他守着楼口打定了主意，今天无论是谁，敢上楼去闯古平原的房间，都要先问问他手中的九节链子鞭。

巴图在客栈门口下了马，带着底下人风风火火一进来，就看见活似凶神恶煞一般盯着自己的刘黑塔。他先不理会这莽汉子，开口问老齐头："你们驼队的当家人呢？那个姓古的，叫他出来见我！"

老齐头赔着笑脸："巴图老爷，这古老板一来就染了重病。大夫说了，不能见风，一遇风就反复，故此才躺了这么久养病。就快好了，您再宽限几日吧。"

"老爷没那工夫。"巴图没好气道，"你说大夫让避风，我现如今就带来一个好大夫，让他给古老板看看吧。"说完冲身后的府医摆了摆手。

府医看了一辈子病都没见过这样的阵势，眼瞅着刘黑塔直勾勾地望着自己，咽了口唾沫，硬是没敢动。

"怎么着？"巴图勃然大怒，冲着身后的军队一挥手，"给我把他摁住！"

士卒群起往上一冲，就要去逮刘黑塔。刘黑塔气不顺都好些天了，这下可算是逮到出气筒，双步一跨，居高临下站稳脚跟，链子鞭抡开呜呜作响，那真是密不透风。有几个士兵试着用枪去戳，被链子鞭一挂，嗖的一声就不知去向了。

这又不是打仗，谁肯玩命？士卒们并不想为了这点事儿去犯险，故此一步步都在往后退。

巴图一看更急了，从怀里拿出一张银票，大喊道："谁把他按住，我赏银百两！"

重赏之下必有勇夫，还真有不怕死的要往前冲。老齐头在一旁把巴图的心事窥得明明白白，他分明就是想让刘黑塔打死士兵，这就等于是犯了重罪，连借口都不必找，直接就能把货物没收，将驼队赶回燕门。

老齐头虽然看得明白，可是没有用，他阻止不了刘黑塔，更加拿巴图没辙，眼睁睁看着士兵往上一闯，不由得把眼睛一闭，心里说："完喽，这一下算是全完了，什么渡枯水河，闯黑水沼，全白费，这笔买卖是彻底砸锅了！"

就在这千钧一发之际，忽然从楼上传来一声："慢着，古老板说请巴图老爷上来。"

要说这时候，谁的话刘黑塔都听不进去了，他眼睛都已经红了，唯独这一声他听了之后，鞭子也不抡了，气也不鼓了，人半转身回头看，已经是目瞪口呆。老齐头也是惊讶得差点没一屁股坐在地上。

说话的不是别人，正是跟着古平原出去的乔松年。只见他站在楼梯上方，从古平原的房间里半探出身来了这么一句。

159

巴图可不管这些,他也不知道其中的内情,一见古平原发令让刘黑塔让了开来,自己便急匆匆带着大夫上了楼。

一进屋,就见古平原仰面卧在床上,半闭着眼,看上去确是委顿不堪。巴图一使眼色,那大夫上前也不问话,先就给古平原把上了脉,不多时放开手,走到巴图身边低声道:"这个人前些日子确实是中了毒生了一场大病,倒不是装的,现在身体里的余毒还没有清呢。"

"嗯。"印证了这一条巴图把心放下,这才和缓脸色,"古老板,这笔生意拖了这么长时间,虽然你病还没好,也讲不得了,你到底卖还是不卖?"

"这……"古平原躺在床上,费力地半撑起身,脸上现出为难的神色。

"我可告诉你,你要是不卖,我还有别的法子,到时候你可别后悔!"巴图语带威胁。

古平原不答言,过了好半晌才叹了口气,做出痛心疾首的样子:"算了,我们也拖不起了,卖就卖了吧!"

"这才对嘛。识时务者为俊杰,来按手印立字据,我们这就成交。正好我带了人来,现在就调车搬货。"巴图一听古平原肯卖了,顿时露出满意的笑容,从袖口里拿出一张五十两的银票放在桌上。

这时候老齐头和刘黑塔都上了楼,就在房门口看着。一见古平原要与巴图五十两银子成交,刘黑塔张口就要喊,老齐头手快一步,捂住了他的嘴。

古平原收下银票,手微微抖着在字据上签字画押。巴图拿过字据看了看,拱拱手道:"这一趟辛苦古老板了,再会再会。"

古平原像是没听到一般,盯着手里的银票发呆。巴图得意地一笑,走到门外刘黑塔身边时,用清晰可闻的声音不屑地说了句:"一群窝囊废!"说罢上马扬鞭而去,留下随从将一包包药材运走。

刘黑塔气得浑身发抖,要不是老齐头按着他,他立时就要和巴图拼命。等巴图的从人搬空了货物,顺着来时的街道返了回去,看看客栈中人也都散了去,老齐头走到古平原身边。刚要问话,还没等他张口,古平原一掀被,从床上跳到地上,此时神采奕奕,全然不是方才那副病恹恹的窝囊样!

老齐头今晚上先是被刘黑塔吓,后又被古平原惊,一颗心七上八下,"古老板,这到底是怎么一回事,你能不能跟我老头子说明白?"

那边刘黑塔也扯住乔松年:"你们是怎么进来的?"

古平原一笑,"齐老爷子、刘兄弟,让你们担惊受怕了,真是过意不去。"

巴图带兵亟亟而来，当时古平原便知道要糟，这一来岂不穿帮了。没想到刘黑塔这边一抢鞭子，连大墙外守卫的兵卒都过来看热闹。他和乔松年趁机钻狗洞入内，又搬了把梯子，从二楼的窗户进到了房里。

古平原这一解说，刘黑塔和老齐头这才明白。刘黑塔可得意了，一捅老齐头："嘿，听见没有，我还立了功了。"

老齐头可笑不出来，他心里一直在转着买卖上的事儿，张口问道："古老板，你这一回把药材五十两卖给了巴图，咱们不还是竹篮打水一场空吗？"

他这一问，刘黑塔也静下来盯着古平原看。

古平原摇了摇头，把那五十两的银票拿出来往桌上一拍："想拿这张银票当货款，他是白日做梦！别看现在巴图得意而去，等一会儿我要让他哭都找不着坟头！"

老齐头一转念恍然道，"敢情古老板已经有了妙计。"

"妙计不敢说，还要仰仗老爷子多帮忙，成败全在今天。要是一切顺利，我担保巴图的发财梦做不过今晚。"

老齐头知道厉害，凛然受命。此时客栈外把守的士兵岗哨都撤了，驼队中人进出都已无妨。古平原将孙二领房叫来，要他先带着几个得力的伙计赶到乌克朵城边的码头上，将斡难河上的渡船雇三条，就在码头上候命。

孙二领房带人刚刚离开，古平原又道："刘兄弟，你先带几个人在这附近转一转，看看还有没有巴图的人在沿街搜检。我就在这儿等你，你快去快回。"

刘黑塔带着几个人，骑上骆驼沿着大街小巷转了几圈，眼见街上太平无事，回来报道："哪儿都没见那群龟孙子的影儿！"

古平原已经把驼队中十几个领头的伙计都叫到房里，听了这话立时道："各位兄弟，咱们现在要办一件大事，这事办好喽，就能拉上一大车银子风风光光地回汾都；要是办不好，就只能灰头土脸地回去。我把话说在头里，要是只拿这张五十两的银票，我是没有脸回去，只能一头扎到斡难河里淹死。"

刘黑塔振臂一呼："古大哥，这话何用你说，五十两银子，把人都欺负死了。老子和那巴图没完，就是要跳河也抱着他一起跳。"

屋里的这十几个伙计这才知道，原来这一趟买卖被人骗了，顿时大哗。这一趟，人人都知道是美差，所以临出来的时候，都许了不少的愿，有人甚至已经借了债买房买地，这一落空，不说面子，就是逼债都能逼死人，无不惊骇。好在古平原在这一路上已经将驼队的心收服了，伙计们也都知道这位古老板有勇有谋，因此短暂一阵慌乱之后，又很快安静下来，只拿眼睛看着古平原，听他如何说法。

古平原等驼队的伙计静下来了，脸色刷的一下沉了下来。他挺起身子，一开口是谁都没听过的郑重口气："各位兄弟，你们听得没错，这一回跟我们做买卖的不是人，反倒是一匹贪狼。我们的药材是怎么运到瀚海的？这大家心里都有数，是拿命换的！现在他想拿五十两就把我们打发了，纯粹是做梦！别说五十两，讲好的六千两银子，他哪怕少一两，我都绝不答应！"

"没错，我们绝不答应！"

"古老板，你就说吧，怎么办？咱们兄弟都听你的！"

驼队的伙计们被古平原这几句话撩拨得群情激奋，一个个眼珠子通红，巴图要是就在眼前，能被当场活撕了。

古平原顺势又加上一把火："更何况这不只是银子的事情，这一趟要是栽了，别人不会说我们如何如何，而是会说燕门商人窝囊死了。要是不把这场子找回来，今后燕门商人还能在瀚海立足吗？"

毕竟姜是老的辣，老齐头听了不由得一阵眉头紧蹙，他不明白古平原这是要干什么，这样接二连三地撩火，难不成要鼓动驼队抄家伙去和巴图拼命，那可太不智了。他是驼队领房，对驼队的安危负有重大责任，觉得不能不出来说话了。就在他刚想开口之际，古平原仿佛料事如神，对着他先开了口："齐老爷子，您放心，巴图手里有军队，我们犯不上蛮干。"

说着，他递过来一样东西，老齐头接过一看却是半个铜钱，一时莫名其妙，拿眼睛瞪着古平原。

"齐老爷子，我早先在城里的军营马房里存了一批草料。你拿着这半枚铜钱，到马房去找马倌，他就会把货交给你。我要你做的事情就是立刻带上驼队，将我存在军营里的这批货运到渡口，与孙二领房会合，之后半点也不要耽误，将所有货物都装上船。我这边也与刘兄弟立刻赶往渡口，咱们在那儿会合。"

老齐头这时候彻底糊涂了："这……这是哪儿来的货啊？是什么货？"

"是能要巴图命的货。"古平原轻轻一笑，拍了拍老齐头的肩膀，"现在一刻值千金，没有时间细说。事成之后，我陪您聊上三天三夜也不妨。"

老齐头弄不清楚怎么回事，干脆也就不问了。而驼队的伙计也一个一个按照老齐头的指示将骆驼牵出，准备出发。

这就看出古平原一路上的手段了，要不是他勇于担当收服了驼队的人心，此刻众人心乱如麻，又怎会乖乖地听他差遣。

第五章

闯　关

1

古平原与刘黑塔牵了两匹骆驼，这边驼队一出发，他们就抖开缰绳向渡口方向骑去。

刘黑塔是个直肠子，有话从不肯憋在肚子里，一边赶路，一边问道："古大哥，你要老齐头去取的，到底是什么货？"

古平原面色凝重，显见是在想心事。刘黑塔问了三声，他才答了一句："是千金方上的另一味药材，我把附近的这味药都买光了。"

"那我就奇怪了。"刘黑塔纳闷道，"咱们来瀚海卖的就是药，现在买卖折在了手里，几乎是血本无归，你怎么还去买药？再说你把那药都买光了，为的又是什么？"

古平原满腹心事也被他逗得一笑："刘兄弟，话都被你说完了，你怎么还来问我啊。"

"什么？"

"你自己说的，这味药都被我们买光了，那不就结了。"

"怎么就结了？"

古平原知道不把话说透了，刘黑塔终究是不能明白，于是边催马边侧头道："奇货可居，刘兄弟你总该听过。"

"不错，是听过。当初我依你的主意到汾都府卖喜货回来，老爹就说过这四个字。"

"茅尾草虽不值钱，但现在全在我手里。任何人想要买，要么从我这里进货，要么对不起，明年草原春绿，新枝抽芽时自己去采。至于说到我手里这批茅尾草，也不要高价，我是五百两银子进的货，除去本钱，哪个拿六千两银子来，我就卖给他。"

"啊！"听到这儿，刘黑塔才算是辨出了点味道，"古大哥你的意思是，这批货要卖给……"

"对喽，就是要卖给巴图！"

"他会来买吗？"

"嘿嘿，他还真是非买不可。"也难怪古平原得意，巴图猝然发难，对驼队来说原本是一局死棋，古平原偏偏下出了一记活招。

"你要知道，药材不分贵贱，只要是方子上的药，少了一味都不成。巴图以为稳操胜券，他可没想到咱们暗中下手断了他的后路，这一招就叫釜底抽薪。"

"巴图夺了咱的五加皮，咱们就买断他需要的茅尾草。"刘黑塔边听边乐，听到这里嘴角已经咧到腮帮子上了，"厉害，古大哥你可真够绝的！"

说话间，渡口已经到了。这里是斡难河上第一大渡，修有木码头三十米，连着一排的拴桩，有两条够得上号的渡船，每条可载五十余人，不分早晚停在码头上。

"古老板。"孙二领房见他来了，赶上来说，"您要我雇三条大船，可这码头上只有两条大船，我已经派伙计去找了，看看有没有渔船……"

古平原满意地点点头，摇手道："不必，有这两条船足够了。我们也算是运气好，只怕再过一个月河水便要上冻了，那时我这一计也就没了用武之地。"

孙二领房莫名其妙地点点头，古平原也不和他细说，只向着驼队该来的方向扬首眺望。

过了小半个时辰，老齐头也带着驼队赶到了。也难为他如此短时间便能将古平原交代的事情办得如此圆满，只是也拼了老命，须发皆乱，在寒气逼人的清晨催着骆驼跑，鼻洼鬓角全是热汗。

古平原赶前两步，接过老齐头手里的缰绳，说道："齐老爷子，这场戏用不着这么多人上场。等会儿我们把这些药材装上船，留十几个胆子大的伙计与我一同登船。您老便带着其余人星夜赶往漠南去，咱们约一个大市镇，等事情办完了在那里会合。"

"这是什么话？"老齐头胡子一翘一翘，"古老板，不瞒你说，我拿着那半枚铜钱一取货，看见这些药材，你要做什么，我就猜了个八九不离十。现在大家是同船合命，没道理让你古老板一而再再而三地玩命，我却只在一旁看着。这一次说什么我也要领着人上船，就请古老板吩咐吧。"

古平原看老齐头已经下了决心，刘黑塔更是一副谁敢拦我上船我就和谁拼命的样子，只得临时改变计划，由古、齐二人分带五个伙计各上一条船。随后让孙二领房将其余的伙计远远带开，先取官道后走小路，直奔漠南，免得被人抓了人质，那就麻烦了。

孙二领房还有一个更重要的任务，就是务必找到常玉儿，将此地的情势告诉她，以免回来误蹈罗网。

万事俱备，古平原吩咐大船驶离岸边一箭地之后停下。刘黑塔拿起铜锣敲得震天响，渡口本是热闹之地，早起做生意的人不少，还有些附近的住户也都被锣声吸引，纷纷赶到渡口看热闹。

2

巴图带着药材心满意足地回到自己府上，派人去知会铎山统领，告诉他五加皮已然到手，从明天开始要全力以赴搜寻茅尾草的下落。他忙了几日，好不容易算是解决了燕门驼队的事情，打算好好歇上一夜，便搂着新买来的姨太太颠鸾倒凤折腾了半宿，刚沉沉睡去，就听家人在房门外小声来报："禀老爷，铎山统领大人来了，急着要见您。"

"嗯？！"巴图一下子把眼睁开，这么急大半夜找过来，不问可知必是出了什么事。

"请他等着，我马上就来。"

家人刚要回头，就听铎山的脚步声响了起来。还没等巴图起身，铎山用力一推门，大踏步走进房中。

"啊！"三姨太只穿一件红绸肚兜，光着两条雪白的腿，正站在地上准备伺候巴图穿衣。没想到铎山竟然问都不问就闯了进来，她吓得往床上一钻，用被遮住身子。

"你，你这是干什么？"巴图心中也很是恼怒。

铎山冲着巴图冷笑一声："亏你还有心思搂着女人睡觉，我问你，你昨天晚上和谁做的交易？"

"燕门驼队啊，怎么了？"

"是不是那个姓古的人？"

"是啊！就是他躺在病床上亲手和我做的交易。"

"病床？呸！你让人耍了还不知道呢。"

"这到底是怎么回事？你越说我越糊涂了。"巴图一头雾水，他顾不得生气，呆呆地看着铎山。

铎山回身出去，紧接着揪着一个人重重掼在地上，喝道："说！"

巴图一看认得，这不是城里数一数二的大药铺延年堂的大掌柜嘛，就见他脸上青一块紫一块，显见是受了一番拷打。

巴图可不傻，一想这人的身份，心下一转就想到了，"难不成是和茅尾草有关？"

"还算你有几分明白！"铎山皮笑肉不笑地看着大掌柜，"天下没有不透风的墙，我接了密报，就带着人去了延年堂。可是仓库早空了，只在地上发现些零七碎八的茅尾草。"

巴图早听呆了，大掌柜也是巴彦勒格场面上的人，二人虽无深交，却也常见。平素不见他有此胆识，怎么敢和王府架这梁子？

"你说，你把茅尾草弄到哪儿去了？"巴图逼近了大掌柜恶狠狠地问道。

大掌柜现在肠子都悔青了，没来由管这一档子事儿，结果把自己兜进去了。听见巴图问，忙不迭地苦着脸答道："巴图老爷，我冤哪，这茅尾草不是我买的。"

"那是谁？"

大掌柜方才在药铺里已经挨了铎山的鞭子，吃痛不过将古平原招了出来。此时也没有必要再瞒着了，就把古平原怎么找到自己剖说利害，怎么说动了自己答应藏药，又把药都用牛车运走了这些事一五一十全都讲了出来。

巴图自认算无遗策，结果却让个年轻小伙子给玩弄在股掌中。他气急败坏地抓住大掌柜的衣襟把他扯起来："这些我都不管，我只问你，药材呢？"

"你问他做什么？"铎山插话道，"到客栈问那姓古的，不就什么都知道了嘛！"

"对！"一语惊醒梦中人，巴图暗骂自己愚蠢。

这时天色已亮，客栈早值的伙计刚出来要熄灯笼，冷不防一队快马飞奔到前，把他吓得后退几步坐在石阶上。

巴图与铎山也不理会，下了马，推开大门径自而入。客栈老板还在睡觉，睡梦中被铎山一把抓了起来。

"驼队呢？燕门驼队的人呢？"

老板吓得直哆嗦，还以为来了强盗，等看清是巴图一伙儿，这才战战兢兢地道："您不是说买卖做成了，他们愿意走就走，不必再管了吗？"

"走了？"

"是，走了能两个时辰了。这结账结到后半夜，我刚刚才睡下。"

巴图与铎山面面相觑，心里不约而同想到一个字："追！"

但是派多少人追？往哪条路上追？二人还没商议停当，就听门外有人跑进来报信："老爷，您快去河边看看吧，出大事了！"

没用半个时辰，巴图等人带着一队兵卒气急败坏地赶到渡口。一抬眼就看到古平原抱着胳膊，站在船头，正静静地看着他。

"姓古的，你不要命了吧？你须知这里是伯尔颜王爷的地界，你一个小小的燕门商人敢和王府作对吗？"巴图一见古平原摆出的阵势，就知道绝没有善了，只好先声夺人，希望在气势上压倒对方。

古平原不慌不忙，抱了抱拳："巴图老爷，您既然来了，想必是有人把我方才说的话转给了您。此刻我倒是要当着河边这老老少少的面，问上一句，我说得可对？"

"你说的都是放屁！"巴图恶狠狠地号了一句。方才古平原把巴图将六千两银子的货款压到五十两，意图私吞货款，这才使得自己买进茅尾草，逼巴图谈判一事，原原本本地当着码头边的百姓面讲出，并求"诸位瀚海的乡亲父老主持公道"。

古平原猜得不错，巴图干这些事，王爷确实是不知。巴图也是仗着王爷远在前线督战，才敢如此胆大妄为。他以为只要在王爷回来之前配好了药就万事大吉。没想到古平原出此奇计，不仅当众揭穿了他，而且逼得他不得不出来对质。但古平原说的话巴图一个字也不敢认，河边人多口杂，一旦认了，王爷回来之后听到点风声，自己就得立地化为齑粉。

"少废话，姓古的，你就说你想做什么？"巴图死盯着古平原，眼神要是一把刀，古平原现在身上大概早已被刺出了透明窟窿。

古平原听问，先不紧不慢地反问一句："做什么？"接着淡淡一笑，蹲下身，从一个事先豁开一道口的货包里拽出一把茅尾草，拿在手里慢慢地捻了捻，接着冲巴图一扬，"巴图老爷，先前你我做了一笔买卖。买卖嘛，有赚就有赔，既然成交了，那就不必再提。不过，有一样货，我还想卖给你。"

"什么货？"明知古平原说的是什么，巴图还是不由自主地问道。

"就是这两大船茅尾草。这可是好药材，凉血平热，滋阴益肺。"

他慢悠悠地说着，巴图恨得牙痒痒，心知不能不买，暗道等我把你们诓上岸，再慢慢摆布你。"好，我买了，你把药材运上岸来。"

古平原始终是一副不着急的样子："巴图老爷，真不愧是王府的大管家，买东西都不问问价吗？"

巴图强忍着气："多少钱？"

"概不零卖。"古平原举起一根手指，看定了巴图，"这两船货一共纹银一万两！"

"嗬！"别说码头边的老百姓，驼队的伙计也吓了一跳，连老齐头都张大嘴，谁也没想到古平原会狮子大开口。

巴图更是大怒，急吼道："穷疯了的王八羔子，两船茅尾草顶多值三四百两银子。"

"话是不错。可是我倒要请教大管家，整整一驼队上好的岢岚五加皮，成本也要三千两，你今儿早上为什么只给五十两？"古平原这句回答真是针锋相对，巴图立时哑了。

"问得好！"刘黑塔在旁一声大锣，心里痛快极了。

听到这里，巴图便知道自己原先的如意算盘已然落空，心下一阵懊丧，不甘地吼道："我要是不买呢？你们难不成还在河里待上一辈子！"

"不买？"古平原冷笑一声，"实话跟你说，这两船货除了你巴图老爷，别人就是想买，我还不卖给他。要是你善财难舍，哼，刘兄弟！"

他们二人是早就商量好的，刘黑塔一听古平原发话，放下大锣，回身拿起半人高的两捆子药材，二话不说砰的一声丢到了水里。

草药原本就是晒干的草，一落到水里，包裹散开，水流再这么一卷，眨巴眼的工夫就都沉了底。

古平原平静地往水中一指，不紧不慢道："看见没有，我这船上的伙计不消半刻钟就可以把所有的药材丢到水里喂王八，大不了之后我们也往水里一跳便是。你要知道，敢闯黑水沼的人，不会把性命看得有多重。只是不知等王爷回来，巴图老爷怎么交代此事？"

巴图看着湍急的河水里不时翻上来的水泡，脸色煞白，冷汗早已经浸透了后背的衣衫。他原本想的是，燕门商人到了瀚海地界，自己想怎么摆布就怎么摆布，这才勾结驻军统领演了一出请君入瓮，只道一万两银子稳稳当当到手了，却不合惹上了一帮不要命的汉子。一下子形势逆转，巴图方寸已乱，那副趾高气扬的模样早已消失无踪，他抖着嘴唇半响方才咬牙道："那，那万一你们拿到银子却不交货……"

老齐头不等他说完便大声吼回去："不认识字也摸摸招牌，燕门商人什么时候做过接银子不付货的事？"

那边船上刘黑塔同时也叫："我呸！老子没你那么不要脸！"

天光已然大亮，河岸边围观的百姓越来越多。巴图的脸色煞白，他心里暗暗起了杀机，打算命人强行登船。就在此时，有人忽然紧紧地拽住了他的手腕。巴图心里有鬼，这一下几乎没吓得叫出声来，急回头看去，却是铎山统领。

巴图见铎山攥住自己手腕的那只手紧似虎钳，龇牙咧嘴地问道："你这是做什么？"

"做什么？"铎山冷笑一声，甩开他的手，"我倒问你，你要做什么？"

"我打算派兵强攻，这些人留不得，不然王爷回来知道了可不得了！"

"你也知道不得了？"铎山一声低吼，"你抬眼看看，现在河岸边的百姓有多少？至少有二三百人，你只要来硬的，就等于是明明白白承认输了理。等不到天黑，别说乌克朵，就是整个巴彦勒格都会知道王府的大管家私吞了药款，到了那个时候，你想瞒也瞒不下来。"

巴图愣了一下，急得团团乱转："照你这么说，咱们手上的兵是一点儿用都没有，这不是要了命吗？"

铎山一把扳住他的肩头，恶狠狠地说："你给老子闭嘴！听着，这件事情你和我都担着血海一般的干系，万一犯了事，你我是一条绳上的蚂蚱，谁都别想好。"

"这还用你说……"

"知道就好。就如你说的，这伙燕门商队的人一个活口也不能留，但是不能在这儿下手。现在他们要什么，咱们不妨就给什么，一定要设法让老百姓以为这只是生意上的纠纷，余下的事儿咱们不妨慢慢解决。"铎山打仗是把好手，此刻使出了战场上常用的欲擒故纵之计。

"这……"巴图舍不得那一万两银子，不禁犹豫着。

铎山见巴图犹豫，凑近了身子，用低沉得可怕的声音问道："你还记得去年偷了王妃屋里一支金钗的满桂儿是怎么死的吗？"

巴图当然记得，满桂儿是王府的太监副头领，原本极得王爷信任。也不知怎么，去年春天突然痰迷心窍，从王妃的屋里盗了一支镶满珠玉的金钗，将珠宝与金钗拆开卖给了外地的珠宝商人，满以为做得神不知鬼不觉，却被人揭发了出来。王爷得知之后大怒，将满桂儿捆起来，就在当院架起柴火，用蒸笼活活把他蒸死，尸体丢出去喂了狗。当时王府上下仆从都被叫来观看，巴图一辈子也忘不了满桂儿困在蒸笼里那绝望的号叫声。

"听说满桂儿卖的那支钗不过一千两银子。现如今你拿了王爷一万两，哼哼……"铎山在巴图耳边冷笑两声。

"别，别说了，都听你的。"巴图只是强撑着才没有瘫下来。

铎山点点头："你去和他们说吧，记住一定要说软话。把他们哄下船，让老百姓以为这件事和息了，咱们就有了缓手的余地。"

巴图毕竟见过大场面，很快定下神。心下一盘算，便有了主意，假意冲着古平原笑道："好，好，好！不就是一万两嘛。就请你们把药材运上岸，我现在就如数付清货款便是。"

一直站在古平原身边的刘黑塔没想到巴图这么快就下了软蛋，一张大嘴已然咧起，其余的伙计也是喜出望外，只有老齐头赶紧冲古平原使了个眼色。

古平原明白老齐头的意思，他扬声道："巴图老爷，虽然有着许多人在一旁做见证，可是万一等我们上了岸，你翻脸不认人，那该怎么办？"

巴图含含糊糊地说："古老板，算你厉害，那你说，要如何交易？"

古平原要巴图用小舢板将一万两银子的货款送到船上，之后古平原带着众人将货物卸到对岸，驼队众人即刻乘船飘然而去。

"就是这个法子，巴图老爷觉得如何？"

巴图都要气疯了，他万没想到古平原如此机智。正想喝骂，铎山从后按住他的肩膀，巴图回过头去，见铎山冲着自己点了点头，意思是要自己答应下来。

巴图疑惑地一皱眉，铎山的神情却是不容置疑。巴图只得转回头，对河中央的古平原喊道："古老板，就这么说定了，我巴图光明磊落，你说怎么交易，我都听你的就是！"

刘黑塔与老齐头听见这一说不禁喜动颜色，古平原却知道巴图诡计多端不能大意。好在只要按照自己的计策走，船在水里，料他们也搞不出什么花样。大不了将船靠在对岸，骑上骆驼逃，隔着一条大河，想追也不是那么容易。

等着巴图叫人送来一张崭新的万两龙头银票，老齐头验看无误，冲着古平原点了点头。

古平原这才拱拱手，站在船头笑道："这一趟辛苦巴图老爷了，再会再会！"

这正是方才巴图在客栈里向古平原说的话，此番拿来用，这个现世报可是真快。巴图气得直咬牙，眼睁睁看着古平原的船沿着斡难河顺流而下，回身问铎山："就让他们这么走了？不错，事情是解决了，可一万两银子也没了。费了几个月的劲儿，结果竹篮打水一场空。"

铎山脸上现出阴狠的表情："你没听之前那姓古的说再会吗？你放心，用不了一天的时间，我准能让你再见到他。"

"是吗？"巴图不太敢相信铎山的话。

"那当然，这些燕门商人自以为得计，可惜他们不了解这里的地理水情。斡难河只有在乌克朵一带河水还算是湍急，自然船速较快。可是到了三十里之外水流平稳，就是下水拉纤，那船也走得慢悠悠的。"铎山是行军打仗的行伍出身，又奉命驻守此地，自然对附近的地形了如指掌。

"他们还以为能顺流而下急速跑出几百里，待见到船行不快，自然就会在附近的码头弃船登岸。"

"那就好办了，带上人马，把他们都抓住，杀了喂鱼，把银票抢回来。"巴图瞪着眼睛。

铎山摇了摇头："说到打仗，你可真是外行！胡杨码头地势开阔，一个不留神跑出去几个，那就是心腹大患。再说码头那地方人多眼杂，怎么能做这种灭口的事儿？最重要的一点，我至少要抓一个活口。"

"抓活口？为什么？"巴图不明白铎山的用意。

"我听从黑水沼一路押驼队过来的军官说，这支驼队可不止这些人。说明他们怕被一锅端，已经兵分两路而行。要是我们不抓个活口，就无法得知其余那一路人的动向。斩草必须除根！"铎山将手向下虚劈。

"对对对！你想得真周到！"巴图恍然大悟，连连点头。

3

乌克朵东门外有一处十里亭，亭内建有康熙年间勒制石碑。据碑文记载，康熙二十七年，漠南瀚海准噶尔部首领噶尔丹率五万大军奔袭巴彦勒格，土谢图汗为掩护部族老幼，率两千死士在十里亭迎战。结果两千兵卒无一撤退，全数牺牲在此，土谢图汗为免被俘受辱，也挥刀自刎。

此刻石碑前正有两人在追思忆古，其中一个中年人是瀚海牧民的打扮，身穿皮袍，头戴皮帽，粗壮的五短身材，微微有些罗圈腿，手指关节处都是厚茧，一看便是多年骑射留下的痕迹。

另一老者却是中原人氏的穿着，棉袍长衫，手里一支竹节拄杖，面容清癯，双目有神。老者手抚石碑，感叹道："从康熙三十五年立碑到今日，一百五十多年了，当初在这里血染沙场的将士尸骨早已化为尘土。所谓成为王，败为寇，其实就算噶尔丹没有败，到今天还不是黄土一抔。"

中年瀚海人听了，先是半晌不语，后又沉重地说道："这话说得深了，我品着滋味，怕不是在教训我。"

"哪里，哪里。老朽不过是怀古追思，一时心有所感而已。"老者微微一笑。

中年瀚海人苦笑道："但我却听出了弦外之音。此地此景，这番话叫我无言以对，为一己之私而造万千杀劫，确是不该。噶尔丹虽是我们部族的仇人，但前车之鉴应该记取。"

老者抚须颔首："嗯，方从修罗场上归来，就能有此心得，也算不易了。"

中年瀚海人又道："其实我们瀚海人生长在草原，心胸最是宽广，不会当面一套背地一套，今后漠北漠南还是亲如一家的兄弟，这一点您大可以放心。"

老者刚要答言，从旁边却传来一声怪里怪气的插话："瀚海人当然不会背后捅刀子，不过要杀人，除了刀子还有的是办法。下点毒药啦，弄条绳子把人勒死啦，这不都是瀚海人的拿手好戏吗？"

老者闻听便是一皱眉，中年汉子更是勃然色变，向旁看去却是一队正在亭边歇脚的驼队。

这一队驼队正是孙二领房带领的，他们听从古平原的安排，从乌克朵东门出来，马不停蹄跑了十多里，稍歇一歇还要继续赶往漠南。本来他们与亭中的二人是井水不犯河水，但此刻驼队伙计人人憋着一股子气，听了亭中人说什么"瀚海人心胸宽广，不会背后下手"的话，心中俱不忿。有个伙计平时就爱阴阳怪气地嘲讽人，这时候忍不住多了嘴。

中年瀚海人走近两步，沉下脸问道："看你们的样子是到草原上做生意的客商，怎么如此不守规矩，在明亮的日头下说主人的坏话。"

那说话的伙计慢腾腾地站起来，一哂道："你说谁是主人呐？"

"大草原上，自然瀚海人是主人，你们是客人。"

"那我倒要请问了，天底下有主人偷客人钱财的道理吗？"那伙计侃侃而谈，全然不顾孙二领房抛过来的眼色。

其他伙计也纷纷鼓噪起来，你一言我一语："对啊，哪有这个道理！""瀚海人怎么转了性了，青天白日的，要做贼吗？"

中年汉子听了几句，脸色已然涨红，大声道："胡说，瀚海人是从来不做贼的。"

"那可不一定，连王府的大管家都做了强盗，硬是勾结军队来强买我们的货物，别的瀚海人还好得了吗？"

中年汉子倒是一愣："王府的大管家？你是说巴图？"

"不错，就是这王八蛋，你认识他，也不是什么好东西！"伙计们又纷纷叫了起来。

如果是古平原或是老齐头在，他们就会发觉面前这二人不是普通人，别的不说，单从衣着上看，那汉子的獭背皮袍与老者手上的翠玉扳指都不是寻常人家所有。但这群伙计哪里识货，只管聚在一起说得热闹，连骂人的脏话都吐了出来。

老者在一旁听了多时，见中年汉子恼得额头青筋直绽，便踱过来搭言道："且慢，既然你们如此不满，何不把话说个明白。实不相瞒，我们刚刚从外地过来，这城里发生的事情倒不是很清楚。"

"和你说？癞蛤蟆打哈欠，口气倒是不小！说了，你管得了吗？"伙计没好气地道。

孙二领房这时候是一百二十个不愿意节外生枝，趁着话缝站起身来，牵过骆驼："都少说两句，该赶路了！"

没想到那中年汉子一步迈过来，竟然抓住了孙二领房的手腕，面色不怒自威："话没说明白，谁也不许走！"

伙计们大哗，本来就是怒火上头，这一下如同火上浇油一般，一众伙计握紧拳头便围了过来。

就在这时，就听身后"哗啷啷"一阵刀剑出鞘的声音，驼队众人大惊。回头看去，就见一队牧民打扮的瀚海人手执刀剑，正围拢过来。

"坏了，叫你们快走，被巴图撵上了吧！"孙二领房心一沉。

奇怪的是，这一队人马只是用刀逼住了驼队，并不动手抓人。一个领头的急匆匆跑过来，对着中年汉子跪倒磕头。孙二领房及伙计们都是常年走西口，瀚海话都略通一二，一听之下都惊得呆若木鸡。那个伶牙俐齿的伙计愣了半晌，舌头打结地问道："您……您是王爷……"

此人正是伯尔颜王爷，他带着常玉儿以及请来的客人——朝廷派来调解争端的理藩院尚书崇恩大人，做便服打扮，轻车简从赶回巴彦勒格。

一路上王爷很着急，不知道巴彦勒格是否出了什么事情。他担心瘟疫已经蔓延到了王城，又不明白巴图奉令去买药，难道说还没将药配好？更主要的是常玉儿一路昏迷，迷迷糊糊间嘴里还是嘟囔着那几个词"乌克朵、瘟疫、药……"，王爷中间到马车上看过她几次，被她说得心烦意乱。

好在离巴彦勒格越来越近，一路上并没有看到逃难的灾民，王爷这才放下心来。又觉自己恐怕是杯弓蛇影，草木皆兵，不禁有些好笑。眼瞅着快到城边了，说："咱们一路也没怎么好好歇歇，这一进了城，样子狼狈，可别让人认出来，再传出什么王爷打了败仗跑回来的话。这样吧，大家在十里亭歇歇，整顿一下再进城。"就这样，一队人在十里亭暂时停住脚步，不想却遇见了孙二领房的驼队。

此刻身份被揭破，伯尔颜王爷自然拿出应有的威仪："我且问你，方才的话究竟是什么意思？"

孙二领房刚要答话，忽然从后面跑来一名瀚海仆妇，又惊又喜道："王爷，那汉人姑娘好像是醒了！"

"汉人姑娘？"常玉儿去牛肚谷送信一事原本也是瞒着孙二领房，但现在自然是什么都知道了。一听眼前的人是伯尔颜王爷，再一听"汉人姑娘"，孙二领房不觉就脱口而出："可是前去报信的常姑娘？"

"嗯？"王爷与崇恩大人对视一眼，都觉得事情非比寻常，王爷忙问道："你说什么，哪个常姑娘？"

"驼队里有位姑娘前几日骑马去找王爷报信，她姓常，是我们货东的女儿。"

"你随我来，是不是她一看便知。"

载着常玉儿的马车就停在几丈开外，车上共有两个仆妇照应着。孙二领房跟过来一瞧，这可不是常玉儿嘛。他身上就肩负着寻找常玉儿的任务，此刻乍然遇上，又惊又喜，连忙喊了两声："常姑娘，常姑娘！"

常玉儿养了几日，头上的伤已经快好了，就算没有孙二领房这几声喊，她也已然悠悠转醒，又听到身边有人在叫自己，一个惊悸醒了过来。转眼看去，身边几个人就只认得孙二领房，这就好比是见到了亲人，眼泪一下子夺眶而出。强撑着由仆妇扶着坐起身，问道："孙领房，我……我这是在哪儿？"

孙二领房并不知道她从乌克朵出去的经过，但见她的目光从王爷脸上扫过却不认得，也觉纳闷，赶紧说："常姑娘，你这不是把王爷请回来了吗？"

"王爷，王爷在哪儿？"常玉儿即使是受伤昏迷，心中也挂着此事，一听孙二领房的话，立时神情紧张。

"这位不就是伯尔颜王爷嘛！"孙二领房向王爷看去。

常玉儿顺着他的目光一看，顿时记起，不错，那天看台上确有此人。只是他当时穿着华服盛装，眼下却做普通牧民的打扮，不过眼里的威仪却是丝毫不变。

常玉儿挣扎起身，就在车里跪倒下拜："王爷，请给草民做主！"

伯尔颜王爷站在一旁，静静地听着孙二领房和常玉儿的对话，心里知道这里面肯定有事儿。又见常玉儿跪拜，清朝的仪制，王爷礼绝百僚，不要说小小一个民女，就是中堂来拜,也不过点点头抬抬手罢了。他示意两边的仆妇将常玉儿搀起来:"姑娘起来吧,你的伤还没全好,好在我们已经回了巴彦勒格,有什么话进了城再说也不妨。"

"不!"常玉儿一刻也等不得,听说已经回了巴彦勒格,忙问孙二领房:"我大哥呢,买卖怎么样了?"

"唉!"孙二领房叹了口气,"古老板要破釜沉舟,担心咱们被人家一勺烩了,就让我领着大半的伙计逃走避难。这不是,出了城就遇到王爷和你了。"

"什么破釜沉舟?"王爷与常玉儿异口同声地问。

崇恩大人在一旁听了多时,知道这么七嘴八舌地说下去,事情必定缠杂不清,他插口道:"我看还是让这姑娘先说,你为什么要千里迢迢赶赴战场来找王爷?"

这番话,常玉儿一路上早已在心里反反复复说了不下百遍,这时她终于能一吐为快,当下便原原本本把事情经过诉说一遍。

王爷听了之后鼻子都要气歪了。他在外头出兵放马,万没想到后院起火,竟有奸邪小人做出如此魍魉勾当。当着汉人行商与朝廷大员,只觉得脸上无光,刹那间火撞心头,大声怒道:"好个狗奴才,看我不拿油锅炸了他!"

"慢来,慢来!"崇恩大人老成持重,接着又问孙二领房,"你方才说破釜沉舟,那又是怎么一回事啊?"

等孙二领房把古平原的计策一五一十说出来,第一个急的就是常玉儿。大哥和古平原此刻都在险地,说不准会出什么事儿。巴图手里有兵,万一真是悍然不顾,就凭驼队那几个人,非被碾成齑粉不可,她赶紧把目光投向王爷。

王爷心里那份急,丝毫不亚于常玉儿。担心客商安危倒在其次,他最担心的是被古平原当作讨价筹码运上船的那些药材,这些可都是瀚海人的救命药。古平原要是一时意气用事,把这些药给沉了河,瀚海的万千生灵只怕就要遍野涂炭。

他转向崇恩大人:"老师,没想到出这么大的事儿,也是我驭下不严所致。这样吧,我让人先护送您到我府上,我这就赶往码头。"

崇恩大人听了无话,两路人变作一行,急匆匆往乌克朵码头赶去。

4

古平原带着驼队一路顺流而下,果然就像铎山统领所料那样,不出三十里地,水流平缓下来。老齐头看了一会儿,又张目前望,揣摩着水势,不多时对古平原说:"我看不能再乘船了,这么着比骑骆驼还要慢得多。"

古平原也正想说这话,他往两岸看了看,一指北岸:"这里离乌克朵并不远,不可大意。"等上了岸他吩咐伙计们即刻上路,吃喝都在驼背上,越早离开漠北地界越好。

其实何须他说,伙计们都知道身在险地,巴不得早早远离乌克朵。找了处码头从岸边下船,此时日已渐渐升高。老齐头看看日影,"往偏东北方走,过了滩涂就是官道,上官道后走上五十里有小路,那是通往漠南的近路。"

论起识途,对老齐头的话从来没有任何争议,驼队立时奔着老齐头指点的方向前进。

刘黑塔意气风发,高坐着大声说:"古大哥,这一次我是真真正正服了你了。要说你走黑水沼,不瞒你说,那一晚我都想好了,你要是不走,那我也要走。以胆搏胆,我不输给你。可这一次在乌克朵,能从巴图这条恶狼嘴里抢来一万两,我实在是甘拜下风。"

"这也是运气好。"

"不全然是运气好。"老齐头也赶了过来,"你能想到明修栈道暗度陈仓,从背后捅巴图一刀,这可完全是你的本事。现在钱货两清,还多落了四千两银子。就算这些日子担惊受怕,也足贴得过了。"老齐头走了一辈子西口,打算着冒险走一趟黑水沼,回去便卖骆驼从此歇下,想到日后在酒馆里喝老酒,几杯下去讲讲这最后一笔生意,过程是如何的惊心动魄,结果又是如何的出人意料,管教旁边人听得张口结舌,那场面想起来就心里痛快。

"这一趟,古老板也发了大财。常家给你多少那是出来时就定规了的,可是这多出的四千两银子完全都是你的功劳,谁也拿不走一分。"

古平原心里早就打定主意,这钱绝不能独吞,常家和驼队的众位伙计都要有份。

几个人谈谈说说,天刚下午就到了老齐头指的那条牧民放马踩出来的路,与官道相比算是条野鸡路子。

老齐头当先,其余人随后,众人拐上小路后大约小半个时辰,一队快马跟踪而至,打头的正是铎山统领与巴图。

"你弄清楚了,他们确实是走了这条路?"铎山问一直跟在驼队后面的探子。

"回统领大人,千真万确,您看这地上的驼印。"

果然,一条岔路,官道上没有骆驼的脚印,而小路上的驼印却是一目了然。

"走官路,防着被人瞧见或许还要多费些手脚,走这条路嘛……"铎山看了一眼巴图，"他们是找死呢，往前走有一处地方，正好给他们当坟场！"

古平原他们丝毫不知后面有人追踪，一口气跑出来几十里地毫无异状，还以为要么是巴图认输了，要么是自家顺河而走成功甩脱了巴图，故此伙计们也都渐渐放松下来。

往前走着走着，地势忽然起伏不平，忽高忽低，再往前竟有不少的小山丘，与方才一马平川的草场截然不同。

"这儿叫馒头岭，再往前是老狼沟，过了夹道不远就又可以拐上官道了。"老齐头指着那一座座的小丘说道。

老狼沟地处一处颇高的横亘大山，不知在什么年月仿佛被盘古一斧劈裂开一道山缝，可供来往的行人通过，所谓的近道，指的就是此处。

驼队一边在山缝里走，一边在骆驼上分发了干粮食水补充体力。老齐头还叹道："这一次为了避祸回来得匆忙，不然赚来的银子应该买些货物带回去燕门，脱手又是一笔，可惜了。"

古平原刚想说此事到了漠南再办也不迟，就听两边山坡上如同夜猫子似的几声怪笑："呵呵，古老板，咱们这可是再会了！"

伯尔颜王爷到了码头，不多时便弄清了事情经过，再一问巴图与驻军统领带着亲兵不久前从南边城门离开，沿着河也往古平原等人逃走的下游去了。

"坏了。"王爷不禁脱口而出，巴图在他面前一向恭恭敬敬，此番才露出狐狸尾巴。至于铎山统领，那更是一向在战场上杀人不眨眼的恶汉，他二人勾结在一起，不问可知那是去杀人灭口了。

常玉儿先喜后惊，这才知道大哥和古平原的大难非但没过去，而且命在旦夕。她急切地望着王爷，等他拿主意。

"到府里把我的海东青放出来。"王爷沉思片刻，有了主意。

众人心中纳闷，可也不敢去问。不多时就听到半空中一声尖鸣，抬头一望，隐约看见云端有只鸟，离得远了看不清样子，迎风而翔却是毫无涩滞，飞到码头上空时，忽然如箭一般笔直落下。众人刚一惊，就见这鸟已经轻轻落在了王爷肩上。

"您是要用海东青去追巴图。"常玉儿冰雪聪明，已然猜到了王爷的心思。

"不错，就让一眼千里的海东青在前面引路吧。"

常玉儿恨不得能一块儿去，但还是只能眼睁睁地看着王爷带着王府护卫，如怒风卷云一般挟风而去。

古平原与老齐头等人正在交谈，冷不防山坡上传来一声怪叫，古平原顿时一惊。抬头就见两边的半山坡上不知何时已然站了几排刀剑出鞘的士兵，当中冲自己冷笑的，正是巴图！

古平原立时觉得心上一缩，怕什么来什么，看这架势不用问，这是来灭口的。驼队这时候有些乱了，老齐头还算能掌得住，连喝几声稳住阵势。

古平原定了定神，向上一拱手："巴图老爷，莫非是货不对吗？不然怎么银货两清了还要大老远撵上来？"

"哈哈哈！"巴图皮笑肉不笑，"我说姓古的，你是揣着明白装糊涂啊。我问你，拿了我的一万两就想这么一走了之？天下没这么便宜的事儿！"他突然变了脸，恶狠狠地说。

"古大哥，怎么办？"刘黑塔一见巴图就两眼冒火，"这王八蛋不怀好意，我冲上去对付他！"

"千万别轻举妄动，他们居高临下，咱们会吃大亏。"老齐头连忙制止。

这话声音大了些，上面的人也听到了，铎山统领大声道："还算你们有个明白人，看！"

他把手一挥，就见弓弩手一字排开，单膝点地，从背后摘下一张钢铁大弩，摇动机簧，安上弩箭，向着山谷中的驼队瞄准。

就听铎山大声吼道："下面的人听着，你们受漠南瀚海所派，到我漠北做奸细，意图蛊惑人心，动摇我漠北军心。王爷有令，凡敌方细作，抓到后立斩不赦！"

他一双眼睛凶光毕露，将腰刀抽出，向天一举："不过念你们运送药材有功，本统领可以从轻发落，只要你们说出其余同犯的下落，就当是立功，概不追究！"

老齐头凑近了，低声对古平原道："古老板，这些瀚海兵好狠毒，先给咱们安上个掉脑袋的罪名，然后再逼咱们说出孙二领房他们的下落。"

"不能说，不说最多咱们这十几个人一块死，说了整个驼队都保不住性命。"古平原也低声道。

"对，我也是这意思，不能说！你们都听见没有！"老齐头回身对着驼队喊道。

"哼，不说？"铎山冷笑一声，"我只数到三，到时候可别怪我辣手！"

巴图在一旁小声问："真的要放箭把他们都射死了，那一半的驼队可就抓不回来了。"

"你放心。"铎山是老行伍，"慢说他们还有骆驼遮蔽，就是没有遮掩，乱箭齐发也不会把人都射死，必定留两个喘气的。"

说着，他高举腰刀："都听我令，一！"

古平原、刘黑塔以及驼队众人面面相觑，都知道性命危在旦夕。老齐头一声喊："快下骆驼，找地方躲着！"

两边都是弯弓搭箭的兵，众人匆忙间只好钻到骆驼肚子下面。与此同时，铎山那硬冷无情的声音几乎没有任何迟疑，数到"三"后，他手中的刀往下一劈，喝道："放箭！"

就听山谷中顿时响起"嗖嗖嗖嗖"的声音，弩箭一连串地射了下来。

骆驼中了弩箭，惨嘶着倒了下来。转眼间已有四五个伙计中箭，其中一个贯胸而过，眼见是不活了。

刘黑塔见势不妙，趁着这一波箭雨过去，瀚海兵向弩上安箭矢的工夫，一步跨到一匹侥幸没有中箭的骆驼旁，翻身上去，双腿一夹就要冲上山坡拼命。

铎山在上面看得分明，阴笑一声，拿过一张弩，瞄准刘黑塔就是一箭射出。

刘黑塔没防备，古平原却是看见了。眼看着弩箭如流星闪电般奔刘黑塔而去，说时迟那时快，古平原向前一纵身，抱住刘黑塔的腿，生生将他从驼背上扯了下来。饶是如此，还是慢了一步，原本弩箭射向胸腹，刘黑塔身子一侧，一箭钉在肩头。

刘黑塔也真是强悍，硬是一咬牙没吭声，把弩箭拔出来一折两半。

巴图看着山谷中人仰马翻，血流遍地，极是开心。只觉得方才码头上的气出了不少，又扬声喊道："我再问一句！另外一半驼队的下落，你们说是不说，要是等到再次放箭，你们想说也晚了！"

"且慢，容我们商量商量！"古平原大声喊道。

"就给你们一袋烟的工夫。"铎山知道这些人插翅难逃，倒也不着急。

古平原将几个头领叫到一起，急急道："棋差一着满盘输，咱们这一次是真输在这儿了。事到如今，我去使个缓兵之计，自己留下做押，让巴图放你们走。万一他要是同意了，你们就赶紧走，走得越快越好，千万别管我。要是他不同意，那我在前面吸引他们的注意，你们瞅个机会往后跑。好在进山谷还不远，要是能跑出山口，立刻就要四散开来，钻山洞、进草丛，怎么都行，能跑出一个算一个。"

"不行！"刘黑塔声音大得自己都吓了一跳，"古大哥你是一个文弱书生，不如我去。等你们都跑走了，我就抡起鞭子打死一个够本，打死两个还能赚一个！"

"你们都别争了！"老齐头的声音像是从坛里发出来，闷得让人心里堵得慌，"还是我去，我已经老了，黄土埋了半截的人了，你们还年轻呢。"

"齐老爷子，这可使不得！"几人同时说道。

老齐头一摆手,脸上露出既凄凉又骄傲的神情:"我是领房,驼道上的规矩,遇到危险,领房要最后一个撤走!我老齐头当了一辈子领房,从没让人戳过脊梁骨,今天也不会!"

古平原还要再争,怎奈老齐头心意已决,说是即使古平原或刘黑塔上去,他也绝不离开,宁可死两个,也不独活。话说到这份儿上,众人实在无法再争了,而且也实在没时间再磨了,几个人只得答应下来。

"我们有人上去,不要放箭!"刘黑塔把手拢在嘴边,大声喊道。

老齐头边走边道:"你们要是听我喊听天由命这四个字,那就不要犹豫,立刻撒腿往后跑,受伤的人也不要管了,活是幸死是命,听到没有!"

众人含着泪答应下来,目送着老齐头艰难地一步步往山坡上走。古平原不忍再看,悄悄把头低了下来,泪水一下子滴落地面。

老齐头走到离巴图和铎山十步远的地方停了下来,脸上似笑非笑,也不言声,就这么看着二人。

铎山一皱眉,问巴图:"怎么是个糟老头子?"

巴图还没回答,老齐头开口了。

"我是驼队的领房,驼队出行路线都是我安排的。"

巴图看着铎山点了点头:"确实如此,这个老头子是领房没错!"

"所以你们要问那半支驼队的去向,他们都不知道,只有问我。"

铎山不耐烦道:"想要留住你这条老命,就快点说!"

老齐头不慌不忙蹲下身,打着火镰点上旱烟,吧嗒吧嗒连着抽了好几口。铎山连声催促,他这才一咧嘴:"说也行啊,不过我有一个条件。"

"条件?你说吧。"

"把底下的人都放走,他们走得没影了,我就说。"老齐头的语气平静如水。

"哈哈哈,这老头莫不是疯了?"铎山哈哈大笑,"告诉你,你说出来我饶你一命,至于其他人,嘿嘿……"他狞笑着,"明年的今日就是他们的忌辰!"

"既然这样。"老齐头一袋烟抽完,在地上磕了磕烟袋锅,站起身来忽然大吼了一声,"那就听天由命吧!"

巴图与铎山一愣神,就见底下驼队的那些人撒腿就往来路上奔,再看老齐头,满不在乎地抱臂而站。

铎山一咬牙,把手里的弩抬起来对着老齐头当胸就是一箭,正中老齐头心口。

老齐头倒在山坡上,几个人回头都看到了。刘黑塔怒骂道:"这群王八羔子,等将来落在老子手里把他们个个扒皮抽筋。"众人尽管悲痛，但为了老爷子不白白牺牲，只能向山谷外疯了似的跑去。

锋山的兵在追在后面放箭，转眼间又射倒几个人，众人跑了一阵，已是累得上气不接下气，古平原见前方就是开阔地，给大家伙鼓劲："前面马上就到了，大家准备四散开。"

话音未落，就听从前面传来一阵急促的蹄声，声音又密又急，来者不在少数。

这马蹄声听在古平原耳边不亚于平地打了一声惊雷。"坏了！"古平原心中顿时一凉，"想不到巴图竟然在后面也埋了伏兵，这杀人的心思真是狠毒到了极点。"

然而弓弩手在后不停放箭，众人想掉头那是势比登天，更何况转眼之间前方的马队就来到近前。

只见领头一员将弁，催马上前在众人面前停住。刘黑塔正怒火中烧，把链子鞭拽出来，上前就打，那员将弁唬了一跳，急忙拨马闪开。

"你这人，怎么见面就打？"

"爷爷打的就是你。"刘黑塔二话不说，又要抡鞭。

"慢着。"古平原往后一看，见弓弩手们都已停手不射，而且个个面带惊怔，知道其中必有古怪。定定神仔细看去，这些人都背着洋枪，盔甲也与巴图带来的兵不太一样。正不知如何是好，那员将弁又问道："你们可是燕门驼队，有没有姓古的商人？"

"我就是，敢问你们是？"古平原疑疑惑惑地答道。

"王爷，他们就是燕门驼队。"这员将弁没答话，反而扭头向后喊了一声。

"王爷！"古平原身子一震，"哪位王爷？"

那员将笑道："自然是我们漠北草原的主人——伯尔颜王爷！"

二人正说话间，后面的王爷已然下了将令，手执洋枪的骑兵队向铎山手下包抄过去……

5

古平原在王爷府前再次打量了一下自己的装束，整整衣冠。旁边刘黑塔却只是看着王府大门，啧啧称赞："厉害，比咱常家老院的大门还要高出五尺。这王府不必进，光看大门就叫人羡煞。"

古平原道："朝廷的仪制，做多大的官，宅院都有一定之规。像伯尔颜王爷是世袭罔替的亲王，王府大门许用五扇开间，门前可用擎天石狮。你常家大院要是也按这么来一套，第二天就得被兵拆了不说，还要按律治罪，因为那叫逾制僭越。"

孙二领房一拍刘黑塔的肩膀："听傻了吧，古老板到底是读过大书的，比咱们知道得多。"

这一下劲儿不大，刘黑塔却差点儿没蹦起来："我说你轻着点。"

"哎哟。"孙二领房这才看见他里面裹绷带的肩膀，"对不住了，我这一高兴啊，忘了你身上带着伤呢。"

"你忘了，老子可忘不了，我日他巴图十八辈祖宗！"刘黑塔咬牙切齿。

古平原脸一沉："刘兄弟，这是王府前面，你不要口没遮拦。再说人死如灯灭，什么恩怨都了了，你就少说两句吧。"他依然在心伤老齐头和几个伙计的死，心绪始终无法平静。

想起昨日在山谷中发生的惊心动魄却又大起大落的一幕，三人至今心有余悸。

王爷亲身驾到，自然是一呼百应。而且铎山的手下只知道是来剿逆，并无叛逆之心，待听到是被铎山骗了，立时就放下手中的兵刃投降。

铎山见大势已去，带着几个心腹想要拼死一搏投往漠南，结果还是被火器精良的王府护卫截了下来。至于巴图，一见王爷现身，吓得心胆俱裂，瘫在地上，抓他倒是没费半点工夫。

王爷命令把人带回乌克朵码头当场问案，其实一切都是明摆着的，有人证有物证，巴图和铎山哪能抵赖。

王爷盛怒之下，将二人处死，处置却又有差别。因铎山曾立有战功，从宽赏了他一个全尸，用弓弦绞死在码头上。这也还罢了，对巴图就没那么便宜了，王爷恼他假借王府名义残杀良民，将他绑在船头，用重弩乱箭射死，真个是万箭穿心。并且放开船绳，让船载着巴图的尸首顺流而下，以为宵小所戒。而这二人的家眷全部都发给披甲人为奴，家产籍没充公。

王爷处置了巴图，转回头却对古平原等人好生安慰。他已经从常玉儿口中得知了事情的来龙去脉，对于古平原甘冒奇险为漠北瀚海运送药材一事大为激赏。此时大漠南北战事已然平息，唯一让王爷放心不下的就是这场瘟疫。现在药材有了，自然心里一块大石落地。一喜之下，竟然纡尊降贵邀请古平原等人到王府赴宴。

清制重农轻商，"士农工商"，商人排名最后，仅比娼伶贱籍高上一等，从未听过王爷请商人吃饭。古平原惶恐不安，再三辞谢不成，方才带着孙二领房和刘黑塔来到王府。

本来他不想带着刘黑塔，想让他在客栈好好养伤。可刘黑塔说得好："古大哥，去王府吃饭，别说咱们太谷的买卖家，就是汾都府的知府也不见得有这份体面，你成全我，回去我就有得吹了。要是你不让我去，一股火上来，我这伤，好不了！"

古平原拿他没办法，只好听他的，不过临行时嘱咐他不要在王府乱说话，刘黑塔把胸脯拍得山响，满口答应。

古平原等人一进王府后厅就闻到满屋的肉香，就见大屋左侧的石板地上特意打出一个深坑，坑里架满柴火熊熊燃烧，上面一个铁架，用拇指粗的铁钎子穿起一只羊羔和两条牛腿，正在翻转烧烤。羊肚子和牛腿上塞满、涂满了各种让人食指大动的香料酱料。两名仆人手执牛耳尖刀，将烤好的肉一片片地割下来装盘。右侧却是一个圆桌，桌中也是掏空一个大洞，上面放着炭火盆，盆上悬空支着汤锅，锅里有各种调料以及山蘑野芹等山珍，已然煮沸。

王爷身着蟒袍居中而坐，左手边有一老者相陪，正在叙话。王爷见古平原等人进来，起身笑道："好个不怕死的生意人，来来来，你是本王请来的客人，就请上座吧。"

古平原要让，王爷偏偏就要他坐上座，古平原急得出了一身汗。还是那位老者解围道："王爷，我看就不要勉强了，这样，他反而心里不安，哪能安坐用饭。"

"也罢。"

落座之后，王爷向古平原道："古老板，本王来介绍，这位便是理藩院尚书崇恩大人。"

古平原瞿然而惊，立时站起身拱手躬身："失礼了，原来是崇大人。早听说崇大人是道光五年那一科的探花，学识渊博，乃是三朝元老、文坛泰斗，今日得见前辈风采，是晚辈的荣幸。"

崇恩捻须而笑："那都是三十多年前的事了，不必客气，快请坐吧。"

"先不说这些。"王爷用解腕刀挑起巴掌大的一块肉，"我们瀚海人的规矩，大口吃肉，大碗喝酒，就是瞧得起做主人的。来，谁来吃了这一块。"

刘黑塔是个大胃汉，听他们方才让来让去，眼睛瞅着烤好的牛羊肉，早就馋涎欲滴，一见王爷赏肉，瓮声瓮气地道："我来吃！"

"好！"王爷索性连解腕刀都递到他的手上。刘黑塔也真不客气，一块吃完再来一块，顷刻间三五块足有两斤重的肉下了肚，又咕嘟嘟灌了一皮囊的马奶酒。随后抹一抹嘴，站起身来。

大家当他是吃饱了，没想到刘黑塔松了松裤带，坐下又来了一句："真不错，看来今儿晚上有得吃了。"

众皆骇然，王爷却高兴得满脸放光，连声吩咐道："再加一只羊、两条牛腿。"

古平原家里虽是破落下来的大户，却留下不少大户人家的规矩，惜食养身就是一条，因此对这样的饕餮盛宴颇有难以下咽之感。别人都在看刘黑塔，他却与崇恩大人攀谈起来。

崇恩此番来瀚海身负调和斡旋的重任，古平原解了瘟疫之灾等于是无形中帮了他的大忙，故此对这年轻人起了亲近之感，于是问道："古老弟，听你的口音不是燕门味道，而且谈吐不凡，却如何做了晋商驼队的掌柜？"

刘黑塔在一旁听了高声道："这位老大人，您可不要小瞧了咱古大哥，他可是一肚子的学问。就是可惜时运不济，不然也弄个状元或者摘个这个……这个什么花来玩玩。"他只知道状元，却不晓得探花是什么，还当是牡丹、月季之类。

古平原连忙道："刘兄弟别乱说，我只不过是读过几本书，崇大人实在是抬举在下了。"

刘黑塔有了几分酒意，把事先答应的话早忘到了脑后。听古平原驳他，不服气道："要不是糊涂官判糊涂案子，古大哥你一个文弱书生也不必到关外受那几年苦，恐怕早就金榜题名了。"

古平原恨不得用条牛腿把刘黑塔的嘴堵上，可是崇大人已经听到了，颇感兴趣地问道："难不成老弟还受过什么冤狱？"

这下连王爷也注意到了，双目注视古平原。古平原知道不说肯定是不行了，但也不能全说，只好站起身行了个礼，向王爷道过欺瞒之罪。然后半真半假，将自己当年在京会试闯祸被发配关外一事说了出来，自然没提私逃出关这一节，只说是刑满释放。

"古某自关外出来便得了一场大病，幸得常家相助保住了一条命。因此投桃报李，自愿来跑这一趟商队。"

这一段往事曲折至极，即便刘黑塔之前也不甚了解，席上众人更是听得目眩神迷。崇恩大人听得不住拈须点头，看向古平原的眼里满是赞赏之意。众人都在想着古平原的经历，席面上无人说话自然就冷了下来。孙二领房见状举起一杯酒，向着古平原道："古老板，说来说去，咱们竟忘了敬王爷一杯。要不是王爷及时赶到，我们此刻怕是都成了巴图的箭下鬼。"

"不错，自然要敬王爷，不过王爷的救命之恩又岂是杯酒能报。"

王爷一杯饮下，放下杯子却道："巴图如此对你，可说是狼心狗肺至极。若是换了旁人，搞不好就将那五加皮的药材全都毁去，而你却能保全了这批药材，也保全了整个瀚海地区的百姓，称得上是大仁大义。"

　　古平原沉默半晌，却从怀中取出一物，放在桌上，"王爷这句大仁大义，古某不敢领受。"

　　"这不是火折子吗？"

　　"是，我将全驼队的火折子都带上了船，两艘船上带了不下十个。"

　　王爷本在注视桌上的火折子，此时霍然抬眼瞪向古平原："你……"

　　"不错，当初在码头，巴图若真是苦苦相逼，不肯退让，我便要点火了。那药材不过就是两堆干草，着起火来，神仙也救不得。"古平原缓缓道。

　　王爷倒抽了一口凉气，再看看刘黑塔和孙二领房的脸色，已然信了十成，崇恩也在一旁听得怔住了。

　　王爷的脸色慢慢阴沉下来："你可知道你若放火，一把火烧掉的不仅是两船药，还有瀚海万千生灵的性命。"

　　古平原站起身来，面不改色地对着王爷道："此事即使重新来过，古某也还是会如此办理。想我驼队出生入死走过黑水沼，到头来却被人置于死地，公道何在！当时的古某没有什么仁心，只有一片狠心。那时的我，狠得下心让巴图的亲友，甚至全草原的瀚海人与我陪葬。"

　　两旁伺候的从人哪里想过还有人敢这样和王爷讲话，俱吓得瑟瑟发抖，怕的是王爷动怒杀人。

　　王爷的脸先是涨得通红，银酒杯被他在掌中捏得变了形，一双眼冒火似的直逼古平原。古平原并不避让，就这么一声不吭地回视着王爷。

　　就这么对峙良久，忽然啪的一声，王爷把手中的酒杯重重放在桌上，猛地爆发出一阵大笑，随着笑声还有一连串的"好！好！好！"。

　　"说得痛快，你不像个中原人！老实说，易地而处，本王只怕比你做得还要绝！"王爷大声赞许道。

　　满屋子的人这才长出一口气，崇恩笑道："王爷，这年轻人虽然傲气，你却不能不佩服他的胆量。"

　　王爷点头称是："本王不怪他，倒也不全因为他胆子大，而是他能诚实不欺，心中如何想，口上便如何说。"说罢又问道："有一个人你们不想见一见吗？"

　　古平原一怔，自己此次来王府除了赴宴，还要接常玉儿。王爷昨日带兵去追巴图，临走时吩咐人将她带到王府休养，不知现在如何了。

"常姑娘，你请出来吧。"王爷向后喊了一声。这屋子本是里外两进，王爷话音刚落，就有一名仆妇扶着常玉儿从后面走了出来。

这一出来，几个人都不禁看傻了眼。就见常玉儿身着一件红色绸缎长袍，外穿九凤提花的大襟翻毛短坎肩，头饰华贵而庄重，以金银饰为主并镶有各种宝石，头戴白色的貂皮冠，流苏溢彩，活脱脱是位端庄秀丽的瀚海格格。

常玉儿见众人注目自己，觉得不好意思，低着头呢喃道："这府上也没有汉人的衣服……"

"哈哈哈。"王爷见常玉儿羞红了脸，大笑着，"这都是我那早出嫁的大格格留在府里的物件，想不到和常姑娘如此相配，就送与你了。"

"不，这太贵重了！"常玉儿怎么敢收，连忙摇头。

王爷说话自是一言九鼎，他一指常玉儿，对古平原说："你们这位常姑娘可真是了不起，别看是汉人，可这胆子连瀚海人都要瞠乎其后。现在我大营里的兵都在讲说当世花木兰勇闯那达慕的故事呢。"

古平原等人直到此时才知道常玉儿所冒的风险，听到走无常锁链之难，闯两军兵禁之险，还有最后险些被一箭射杀的情形，几个人都是越听越是心惊，背上的冷汗都冒了出来。

刘黑塔见常玉儿短短时日脸便瘦了一圈，身子骨更见伶仃，显见这一趟走得艰难。他狠狠一擂大腿："唉，早知道这么不容易，打死也不让我妹子去，非我去不可。"

古平原更是站起身来到常玉儿身边，嘴唇嗫嚅一下，竟忽地双手举杯当胸："常姑娘，你为了驼队，为了这次的买卖，竟甘冒如此奇险，古某敬你一杯。"

说着一饮而尽，末了竟向常玉儿一揖。

常玉儿的脸一下子变得苍白，侧身避开，轻声道："不敢当古大哥这个礼数。"她心中想的是，我这么做其实并不仅仅是为了你说的这些。

6

第二天清晨，王爷派来的军士到了客栈，将牛肉干、干粮、马奶酒、帐篷等驼队远行的必备之物送来许多。最让古平原喜出望外的是一张盖着王爷大印的通行文书，别看只是轻飘飘一张纸，却免了驼队许多的麻烦。

如此驼队紧赶慢赶，总算在正月十日前进到了汾都府的境内，看样子这碗元宵肯定能在家里吃上，伙计们都是有说有笑。

没承想眼瞅着快到汾都城边了，就听路旁树林里一声高喊："站住！"

驼队一惊，个个心道杀虎口都过来了，难不成回到汾都，还遇上拦路抢劫的马匪？

古平原颇知道轻重，驼队在口外带的羊毛、兽皮等货物还罢了，自己身上进货剩下的九千多两银票可损失不得，立时扬声道："大家戒备！"

驼队遇袭时如何处置都有一定之规，孙二领房一挥手，刘黑塔带着十几个青壮伙计从侧翼冲到前头。刘黑塔早就把腰缠的九节钢鞭拽了出来，一双大眼眨也不眨，向着不远处发出声音的树林里注目。

然则不大工夫，刘黑塔却大叫了出来："李嫂！怎么是你？"

从树林里走出来的正是常家的帮佣李嫂。就见李嫂满面惶急之色，见了驼队，这才如释重负，她拧着一双小脚，急匆匆奔着驼队而来。

刘黑塔先下马抢了过去，张口就问："李嫂，你这不会是来迎我们的吧？"

古平原听他问得不得法，插言道："难不成常家出了什么事？"

李嫂说："可不是，出大事了！我都在这儿等你们三天了。"

一句话让众人急得不行，偏李嫂只是嘴快，说话全无章法，说了半天，大家才算是明白了经过。

事情就坏在陈赖子身上。他去关外调查古平原的身份，因为王大掌柜许了他好处，所以办得格外用心。再加上又是有的放矢，专去流犯大营打听，结果没用多少时日，居然被他查出了在常四老爹出关的那一天，山海关外跑了一个流犯。再细一打听，便彻底弄清了古平原的来历。

陈赖子了解底细之后如获至宝，知道这是整垮常家的绝好机会，因此不敢耽搁，就在五日之前回到了太谷，将此事密报给王大掌柜。

王大掌柜听了这个消息之后，当下备了份水礼，一架二人抬到了知县衙门。不多时便有两个差役赶到常家，如狼似虎般捆走了常四老爹。

"现在王天贵已经派人，在汾都府的几条要道特别是悬济堂的门口日夜看守，只等古少爷回来，便要动手抓人，一同送到太谷县衙去过堂。这是窝藏逃人、携犯潜逃的罪名，不死也要抄家！"

这些事情一半是陈赖子自己透过的口风，一半是李嫂托人打听，一番话说下来，古平原心中登时就是一沉。

真是怕什么来什么，常四老爹先前最怕的就是被卷到逃人案中，没想到闯过山海关，却在燕门犯了案。古平原想一想道："我明白了，太谷县只能管所辖之地，王天贵又怕我跑了，所以急不可耐地到汾都府来抓人。"

常玉儿早就从后面赶了过来，听了之后此刻脸色已是煞白。想到爹爹已经被抓到牢里几日，那是个暗无天日的地方，一双儿女又不在近前，只怕已是吃了不少苦头，想着眼泪不由得"吧嗒吧嗒"地掉了下来。

刘黑塔黑着脸转回身，一扳鞍桥就要上马，古平原连忙抓住他的手腕，急问道："刘兄弟，你这是要干吗去？"

刘黑塔把眼一瞪："杀了陈赖子和王天贵，把老爹从大牢里救出来！"

"那你是准备劫牢反狱，其实就是造反。接下来又怎样？"

"接下来？"刘黑塔被他问得一愣，"我没想过，反正先救人再说。"

"接下来天地虽大，却再没有你和老爹的容身之地。兄弟，听我说，救人不是这个救法。"古平原冷静地说道。

"那依你要怎么救？"

"总之，先回汾都再说。"

常玉儿走了过来，抬眼看着古平原，她从来没有这样直视过他，她怔怔地道："古大哥，你难道打算去投案？"

"常四老爹根本不知道我是流犯，我是私藏在常家车队偷偷入关，此后又说了谎，骗得了老爹的信任，这才有了这一趟的买卖。这些都是事实，只要到了县衙门，我就能说清楚，也就能把老爹出脱了。"古平原不敢看她的目光，视线越过她的肩头，面无表情地用平静的语气说道。

众人面面相觑，愣了片刻这才知道古平原的用意，刘黑塔大叫："不行，古大哥，你这样说，许是能救出老爹，可你……"

"就是当场砍脑袋我也认了。总之我不能连累老爹，这件事在我入关之时便已经下定了决心。"古平原说着从身上把那九千多两银票拿出来，往刘黑塔手里一塞，"刘兄弟，这钱该怎么分，你和孙二领房还有武掌柜商量，给伙计们多分点。至于我的那一份，麻烦你汇到我的家乡去给我娘，我今生能尽的孝，恐怕也就这么多了。"说着他鼻子一酸，险些坠下泪来。

孙二领房在旁听不下去，凑过来道："古老板，你……你当真是流犯，私逃入关？"

古平原默默点头。

"我明白了。""逃人法"不是冷僻的法律，一般百姓都听过。孙二领房踌躇了一下，说道："要我说，你干脆一走了之。衙差抓不到人，等于没有明证，也就不能指认常四老爹窝藏逃人，岂不是比你自投罗网强得多。"

"对，这位领房说得对。"李嫂一拍巴掌，也对着古平原开口道，"我去牢里看过常老爷，他要我转告你，快走，千万别被官府抓到。"

边上的常玉儿和刘黑塔也都频频点头，看样子大家都觉得这不失为一个好主意。

古平原略一思索，依旧摇头道："不行，你们说的是太平世界的官衙，清官治下的牢狱，才有这样的法度。这太谷县我也有所耳闻，那县令与王天贵一个鼻孔出气，必是黑狱无疑。即便抓不到我，奈何入关这一趟，车队伙计人人都见过我，到悬济堂接买卖时更是满城轰动，这些都是旁证。既有旁证便可动大刑，那何止是皮肉之苦，简直就是人间炼狱。老爹年纪大了，岂能熬刑？"

一番话又说得众人白了脸。古平原见他们都默不作声，依旧将银票塞给刘黑塔。

刘黑塔一边摇头，一边双手推着银票，说什么也不肯接，连连道："一定有别的办法！姓王的老王八蛋不就是要宅子嘛，给他！"

古平原硬是把银票塞到他的手里："没那么简单，此事既然已经见官，那就只有我亲身到场才能出脱老爹，别的法子只怕都不管用。"

古平原话音刚落，就听旁边树林里传出一个流里流气的声音。

"说对了，就是要你去才行！"随着这声喊，从树林里又钻出好几个人，一看穿着打扮就知道不是什么正经人。

"陈赖子！"刘黑塔一看见为首的那个人，立时大吼一声，伸手就拽九节鞭。

古平原一把按住他，当初刘黑塔被王天贵抓了，陈赖子曾经到常家报过信。但当时看的只是个背影，今日才算是见到真容。一见那副二流子相，他不由自主地皱了一下眉头。

陈赖子可见过古平原，汾都城里古平原一诺千金之时，他就站在人群里。他看了看站在一旁如花似玉的常玉儿，又瞧瞧气度不凡的古平原，心里突然起了自惭形秽之感。他原本存着份癞蛤蟆想吃天鹅肉的心思，此刻不由得又嫉又恼。

"姓古的，可找着你了，别费事了，跟我们去县衙门吧。"

"做你的春秋大头梦，有老子在，谁敢！"刘黑塔手被古平原按着，嘴可不闲着，一声高过一声。

"我要是你就不这么喊，别忘了，常四那老小子可还在大狱里。"

"你把我爹怎么了？"常玉儿踏前一步。

"没什么，没什么。"陈赖子对着常玉儿一脸的涎笑，"只是把他安排到了太行山恶虎沟二当家的牢房里。也不知老人家年纪大了，半夜顶着夜壶让二当家方便扛不扛得住，嘿嘿嘿。"

常玉儿听了身子一晃险些晕过去，刘黑塔气得肺都要炸了。古平原实在拦不住他，只得喝令几个伙计抱住他。随后强压着心头怒火对陈赖子道："我跟你去投案！"

"古大哥！""古老板！"众人齐发一声喊。

古平原冲着身后摆摆手，再不回头，大踏步来到陈赖子面前。

"一人做事一人当！你捆了我去吧。"

"废话！自然要捆，不然你当我还要请你坐大轿不成？"陈赖子越看古平原越觉得不顺眼，"还不服气？哼哼，老子有招治你！"陈赖子一肚子坏水，眼珠一转叫人把马牵过来，先是把古平原捆了个罗锅式，接着把眼睛蒙上，最后倒着往马背上一捆，让他的脸冲着马屁股。

"进大牢之前先闻闻马粪味吧，牢里的味道比这还鲜呢。"陈赖子这才稍稍出了一口气。大家见古平原当众受了这样的侮辱，胸臆之中都塞满了怒气。

"你……你要把人带到哪里去？"常玉儿情急问道。

"哪儿去？嘿嘿，告诉你们，沈水大营的海捕文书已然到了县里，写得明明白白，抓到了古平原只要验明正身，不必押解回关外，直接就在县衙门前的十字街……"说着，他把手对着古平原的后颈一劈，眼睛一瞪，"咔嚓！干净痛快。"

谁都没想到会是这么个情势，竟然刻不容缓就要杀头，一时俱倒吸一口凉气，张口结舌，彼此面面相觑。

陈赖子见此情景，又道："不过常四那老小子，收容流犯、助其逃亡，家产嘛，是没收了，至于人，十有八九也是流放。你们再想见爹，就到关外去看吧。我那儿还有二百两银子的赏钱要领呢，少陪了，哈哈哈哈！"说完他狂笑着带领几个手下打马直奔太谷县而去。

7

从汾都到太谷路程不近，陈赖子十分可恶，专拣坑洼不平的道路纵马飞驰，古平原被颠得七荤八素，再加上脸对着马屁股，臭气熏人欲呕，到后来实在撑不住胸腹间的那阵烦恶，一张口哇的一声吐了出来，这一吐就一发不可收拾，翻江倒海般几乎窒息闭气。也不知道走了多久，陈赖子终于勒住了马缰绳。古平原就听众人纷纷下马，有人走到近前割断了捆着自己的绳子，接着扑通一声他就直直摔了下去。

古平原一路水米没打牙，此刻脚都是软的，却极是硬气地咬着后槽牙站起身来。他脸上始终遮着眼罩，手也背绑着，跌跌撞撞，一路被推着走过了几道门，随后脚下一绊，感觉着好像是进了一间屋子，房门也随即被紧紧关上。

古平原站在地当中，虽是被缚蒙眼却昂首而立，谁知等了半天并无动静，这让他不免疑惑起来。此时已是数九寒冬，古平原身处之所却温暖如春，细听还有劈木烧着时不时噼啪的响声。

正疑惑间，一股胭脂香扑面而来，古平原吃了一惊，不由自主地向后退了半步。

只听一声轻笑，来人一抬手将古平原的眼罩轻轻摘了下来。他戴着眼罩已有许久，乍一睁眼，就觉得眼前灯烛明亮，晃得白茫茫不能视物，好半天才看清自己面前的情形。

这是一间大屋子，栽绒毯上雕花案几，几上朱砂盆种着美人菊，布置得极是富丽堂皇。房内并无旁人，只有一个色态俱佳的美丽女子正在古平原身前不到二尺之地含笑而立，两人几乎是贴身站着。再细看去古平原更是惊奇，这女子穿着极是大胆，一件极薄的金丝夹袄，袖子挽起两折，露出如藕般的小臂，腕上戴一只翠镯。

古平原登时一愣，又急忙退了一步，几乎就将后脊贴在门上，如果不是双手还倒背捆着，他就要拉门而出了。

那女子见古平原如此慌张，却扑哧一声笑了出来，用一根纤纤玉指点着道："怎么？我比那黑水沼里的水鬼还骇人么，竟把你这大英雄吓成这个样子。"说话的声音软软柔柔，媚意十足。

古平原不过是猝不及防，听她提到黑水沼，顿时冷静了三分，再次上下打量了一眼那女子。女子也不避他的目光，反倒是深吸了一口气，将眼神迎了上来。

两个人一时都不开口，房间里的气氛便有些暧昧诡异，到底是古平原心头存着无数疑问，先打破僵局问道："姑娘，请问这儿是什么地方？莫非不是太谷县的县衙吗？"

"这话说起来就有点意思了。"女子这才一笑，走两步来到古平原身前。

"我叫如意。"女子忽然说。

"……"

"我说我小字叫如意。"女子见古平原怔怔地望着自己，就又说了一遍。

"是，是。"古平原答应两声，心下却愈发困惑。哪有女人初次见面就把自己的小字说与人听？

不等他想定主意，如意已经袅袅娜娜走向屋中央摆着的一张大理石圆桌。

"古大爷请过来坐，容我细说不迟。"

古平原犹豫了一下，走过来隔着桌子坐在如意的对面。这桌面足有一丈合围，如意见古平原一副拒人于千里之外的样子，倒是一点也不生气。

"古大爷一路辛苦想是早就肚饿了，我这儿略备薄酒小菜，还请不要嫌弃。"说罢，如意把双手轻轻一拍，门随即被推开。古平原扭头看去，就见两个丫鬟打扮的女孩子大概是早已等在门外，此刻听到召唤，一盘接一盘地把准备好的美酒佳肴送了上来。

如意说得一点不错，古平原一路上水米没打牙，此刻肚子空空如也。面对眼前琳琅满目的美食佳肴，他咬着牙挺了又挺，只觉得眼前发花，忍不住就咽了一口唾沫。

如意一直静静看着，眼中带着一丝揶揄之色，忽然开口问道："古大爷，这么多饭菜竟一口不动，难道是不合意？莫非你想吃了我不成？"

古平原吓了一大跳，"这是从何说起……"

"你是不敢吃，对吗？"如意抢着道，"其实你有什么可怕的，搞不好这就是你最后一顿饭，莫非饱死鬼不当，想当饿死鬼不成？"边说边给古平原松了绑。

一语惊醒梦中人，古平原一琢磨是这个理儿，死到临头吃顿好的这也没什么不对。心里绷着的这根弦一松，如风卷残云一般，不多时，好几盘菜都见了底儿，一大碗的"油泼辣子刀削面"也入了肚，就觉得额头见汗，通身舒畅无比。

他这才想起对面的如意，急忙一抬头看去，就见她用手掩着嘴，显见正在偷笑。

"古大爷，可是用好了吗？"

"是。"

"那我问你，你现在还想不想死了？"

"哦……"这突如其来的一问还真把古平原给问住了。说也奇怪，他此时身暖意舒，心中不由得就想起了活着的诸般好处，的确是不像方才那样坚心求死了。但是古平原一想到自己不得不随陈赖子来此的原因，一想到常四老爹此刻还在牢中受罪，他便又缓缓点了点头。

"还想死？"如意惊讶地大张美目，低下头想了想，抬头道，"怕是你以为被那陈赖子抓了定然无幸吧。要是我说，你不但不必死，反倒因祸得福，从此可以快活地过上一辈子呢？"

古平原疑惑地看着她，"我这可是越来越糊涂了，如意姑娘要是有什么话，好不好讲在当面？"

"我不瞒你，我是这太谷县第一家大妓院花月楼的头牌姑娘，这些年为我一掷千金的富豪不知有多少，你来看……"如意笑得更深，她边说边拿出一个巴掌大的鎏金匣子，"别看这盒子小，里面是我几年的积蓄，我这花魁可不是枉担个虚名。"

匣子开处，流光溢彩耀眼非常，立时夺了一屋的灯火。那里面满满的都是榛仁儿般大小的金刚钻，少说有三十来颗。如意从密密麻麻的钻石里抓起一把，放在脸前看了看，闻一闻，手一松又让其落回盒中。

"我赚的虽是不干净的钱，可是并没有胡乱花用，攒够了银两就换上一颗宝钻，只盼着有一天遇到穷途末路的英雄，赠金与他，既救了他，也救了我。古大爷，你只需要了我，也就等于要了这一盒子的珍宝，从此吃穿不尽享用不完……"如意忽然停了口，她发现古平原在缓缓摇着头。

"你可仔细想清楚，要是拒绝了我，出了这个门，便是酷刑毒打钢刀砍头。"如意边说边慢慢走过来，走到古平原身边，拉住他的手，轻轻放在自己胸前，"我也不敢想做你的妻子，但能为妾便心满意足。"

古平原抬头望去，就见如意一双眼里春意荡漾，触手之处更是一片柔软滑腻，他触了电似的把手抽回来，猛地站起身，口中急急说道："如意姑娘，我来领罪是为了救人性命，你的好心，古某来世再报。"

说着，古平原拔腿就要往门外走。"慢着！"如意叫住了他，走到他身边，在耳畔轻轻说道，"古大爷，我不耽误你救人，可你难道临死前就不想再尝尝女人的滋味？"

说罢，她不待古平原再说话，将夹袄缓缓脱下，里面只穿着一件系着细金链绣着燕双飞的红绸肚兜，薄薄地贴在身上。她好似突然怕起冷来，将古平原抱得紧紧的，红晕满脸娇媚异常。

温香软玉抱满怀，古平原心中霎时天人交战，就如同开了锅一般，一个声音不断在说："不可以，你与这女子素昧平生，怎么能做苟且之事？"另一声音却说："那又如何，我是死到临头的人，她并非良家女子，又是主动委身于我，我为什么不能在死前享受片刻温柔？"

他木木地不动，如意却一直在动，她轻轻地搂着古平原，扭动着自己的身体，让他感受着她的体温。古平原忽然觉得小腹处有一股热力升腾上来,几乎是一瞬间便让自己难以抑制,双臂不由自主地也抱紧了如意。他悚然一惊,趁着还有一丝清明,想要猛力推开这女人,可是如意却缠得甚紧。古平原一下子没能推开她,她反而导着他的手顺着肚兜的边缘滑了进去,这一下古平原心头的欲望如洪水破闸一样涌了出来,再也把持不住自己,他将如意抱起来,往门边的一条春凳上一放。如意仰着身子,咬着下唇,星眸半睐,风骚十足地看着古平原……

就在这如火如荼的当口,一直紧闭的房门却被人哐当一脚踹开,一个人风风火火闯了进来,从后面一把就把古平原的脖子掐住了。这人力气很大,一只手就把古平原拽了起来,然后向后就扯。古平原还不明白怎么回事儿,就已经被他扯到了当院。

院子里有一口莲花大缸,足有四尺高,双人合臂的缸口,原是放在院中蓄水防火之用。这人不由分说,把古平原向上一抬,头下脚上扑通一声丢进了这口大水缸里。

这是数九寒天唾地立冰的时节,满满一缸水已经结了厚厚的一层冰碴。古平原方才还身处温暖如春的屋中,人又是情动似火,热腾腾的一个身子猛然间进了这冰窟水窖,顿时如同千把钢刀一起戳进骨头缝里一样,只觉得浑身剧痛难当,生平从未受过这样的痛苦,不由得张口啊的一声大叫,他却忘了自己身在水中,一口水猛呛进嗓子眼,冰水又顺着鼻腔流到肺子里,就如几把利锯在来回切割,疼得几乎昏倒。他双手扶着滑溜溜的缸壁一阵急抓,却是滑不溜手,一口气眼看就要倒不过来。

这样死真是不明不白,古平原也真不甘心,所以求生之念不绝。所幸那个把他丢到缸里的人并没有按着他不放,这口缸又够大,古平原用力几下折腾居然让他翻过身来,四尺高没不了顶,他举手扒着缸沿,颤巍巍站起身,头刚一出水面,大口呼吸时那种锥心刺骨的疼让他身不由己又是一声厉呼。

等叫过这一声,古平原双目模糊,就觉得五脏六腑连同浑身筋骨像被石碾子碾过一样,剧烈地哆嗦着手脚,再张口想叫,方才吃下的东西已经喷涌而出,这一次吐得比方才在马背上还厉害,真是把胃肠都倒了过来。古平原实在没有力气了,就半跪在水里趴在缸沿上呕吐不止,一半吐在外面,一半吐在缸里身上,头上还被冰碴划破了淌出鲜血顺着脸颊流下,那狼狈不堪的样子真比躺在粪堆旁的叫花子还不如。

古平原好不容易喘息着定住神,刚想勉力从缸里爬出来,一举目看见大院中站着几个人。院墙的四角都有挑灯,借着灯光看去,其中一个歪戴着一顶翻沿皮帽子,中等身形，一张方脸嘴角下牵，叉着手就站在大缸旁边。方才就是这人把古平原丢到水缸里，此刻正面无表情地看着他，就如同看一条随时可以扼死的狗。

这人古平原从未见过，更谈不上认识，但院中另外一男一女他可认得，不仅认得，而且分别未久。

正是刘黑塔和常玉儿！

就见刘黑塔脸上带着鄙夷之色看着自己，双拳紧握，显见在遏制心中的怒气。常玉儿的目光更是复杂，有一丝怜悯，一丝失望，更多却是痛苦之色。

古平原不知道他二人怎么会到了这里，也不知道为什么他们看到自己如此处境却一言不发，他刚想开口，就听从屋子里有人哈哈一笑，走了出来。

敢情那屋中并非没有旁人，而是一直藏身隔间之中，只等到此时才走了出来。出来的是个内穿长衫外披獭皮袍的瘦老头子，鹰钩鼻薄嘴唇，满脸的烟容却目光如电，一看就是个厉害人物。他走出屋后先用一双鹞眼死盯着看了一眼古平原，随即转向刘、常兄妹二人。

"见也见到了，是不是还不如不见？"

常玉儿只将目光放在古平原身上，对瘦老头子的话恍若未闻。刘黑塔则对着他呸一声狠狠吐了口痰，对此人显而易见非常不屑。

瘦老头子毫不在意，捻了捻颔下的山羊胡，继续说道："这是你们亲眼所见，可不是我王天贵编出来的。人嘛，死到临头才知道究竟是英雄还是孬种。这流犯既然转了心意，不问可知从女人身上爬起来提上裤子第一件事就是带着女人和珠宝逃之夭夭。"

"你住口！"刘黑塔一声闷哼。

"嘿嘿，事实俱在，就是捉奸也捉得了。他自己要往女人身上趴，牛不喝水强按哪能低头？指望这个流犯去救你爹，做梦去吧。"

常玉儿实在听不下去了，一转脸流下两行泪，对刘黑塔轻声说："大哥，我们走吧。"

刘黑塔应了一声，心有不甘地再看看古平原，目光移开时也是痛心疾首，想说话又不知如何开口，最后长叹口气，转头要随妹子离开。

"慢着！"王天贵不紧不慢道，"想保常四平安，明天早点把地契房契还有盐场的官私两契都拿来，我才能在知县大人面前给他说上几句好话。他和这流犯不同，毕竟是你们的爹爹，可不要舍不得呀。"

"王天贵，你这贪得无厌的老贼，难怪断子绝孙！"刘黑塔气疯了，三两步赶到王天贵面前，伸出一只手要去扼他的喉咙，却没想到手腕竟被人一下死死攥住。刘黑塔一惊，刚想运力相抗，就觉得一股大力涌来，自己恍如小时候打秋千一样忽地飞上了天，又重重落了下来，身体砸在青砖上。

刘黑塔皮糙肉厚，站起来晃了晃身子觉得没受伤，又揉揉眼睛仔细看过去，这才发觉方才把古平原从房里揪出来的那歪戴帽子的方脸汉子正站在王天贵身前，嘴角噙了一丝冷笑，双手抱臂，视若无物地望着自己这边。

刘黑塔打小就好武艺，更爱出头抱打不平，打记事起，单打独斗从没吃过这么大的亏。他怒吼一声，又要扑上去，这一次他是直奔着歪帽过去的，迎面就是一记势大力沉的劈掌。歪帽却是不躲不闪，看他掌到了，猛然一拳捣出去，居然是后发先至，一拳砸在刘黑塔心口上，就这么简简单单的一记拳头，把那么大个子的刘黑塔打得接连倒退了好几大步。他就觉得嗓子眼一腥，张口哇的一声喷出一口血箭，打在地上还冒着热气，眨眼间已经凝成了红色的冰。

刘黑塔挨了这一记重击只觉得心悸气短，五内烦躁，试着提了提气，呼吸间钻心的疼，就知道必是受了内伤。他可是个从不服输的脾气，硬是咬着后槽牙，把一口血咽了回去，盯着歪帽后面的王天贵狠狠说道："好你个老家伙，养的好狗！"

刘黑塔再扑上前，又被一脚踹倒，等爬起来已经摇摇晃晃站不稳了。可他依旧是不服输，还想再上，就听身后一声凄绝的叫声："大哥！"

刘黑塔被吓了一跳，慢慢回过头，就见妹子常玉儿一脸的惶急绝望，嘴唇不住颤抖着说道："大哥，你要是不要命，我也不要命了，就一头撞死在这儿！"说着眼睛向院门口的石雕踏跺看去。

刘黑塔看了看常玉儿，又回过头不甘心地看了看王天贵和歪帽，猛地跺了跺脚，冲天大吼了一声，像是要吐尽心头郁郁之气，随后向外就走。常玉儿深深地看了一眼依旧木立在水缸中的古平原，转过身随刘黑塔走了出去。

王天贵等这两人出去了，向歪帽使了个眼色，然后返身回到屋中。歪帽挽了挽袖子，过来把古平原从水缸中揪出来，拽搡着把他弄回了屋里。

8

古平原一直没说话，他知道自己中了王天贵的圈套，心中又愧又忿。自己现在满面披血，浑身湿淋淋地呕吐狼藉，紧咬着牙关也难耐刺骨的冰寒，四肢止不住地颤抖着，这副狼狈样真是打出娘胎就没有过，偏又落入到一路上已经相交莫逆的常家兄妹眼中。古平原是个自尊心极强的年轻人,觉得此时说什么都无济于事,于是索性闭紧双唇什么都不说。

屋里依旧炉火正盛,除了炉子地上还生着两个大火盆。王天贵进屋就脱了皮袍,穿一件墨色长衫,坐在屋子正中的八仙椅上,用看笼中困兽的眼神望向古平原。

如意走过来,将一杯烫好的汾酒递给王天贵,然后悄没声地站在他身后。王天贵却不容她如此,伸手一拽让她坐在自己膝上。

"醇酒妇人!人生在世,争权夺利,最后也无非是为了这两样,古老弟,你是孔子门生,圣人不也说过食色,性也,是不是这个理儿啊?"

古平原咬着牙不说话,又听王天贵说道:"所以如意对你动之以利,晓之以色,你都置之不理,我在一旁心里真是急得难受啊。古老弟,我是为你着急啊,人要是到了不爱钱不爱女人的地步,那可就真该死了!"

他慢条斯理地说着,到了最后一句,语气忽然变得恶狠狠的,古平原情不自禁一抬头,就见他正紧紧盯着自己。

"好在你在最后关头把自己给救了,要真是一脚踏出门去,眼下这时刻早就身首异处了。"王天贵看了一眼如意,"现下嘛,暂时就不必死了!"

古平原知道他说的是什么,虽说是如意勾引在前,可自己在这件事上的确是德行有亏,心中一阵惭愧,原本心中那股刚劲儿也随之弱了不少,终于开口问道:"你不就是想要常家大院吗,何必多此一举?"

"问得好,原本我只想要常家大院,那的确是不必费此手脚。不过现下嘛……我还想多要一样!"王天贵伸出一根手指。

"什么?"

"你!"

"我?"古平原霍然抬头。

王天贵点点头。"你帮常四能有多大出息,到泰裕丰来帮我做事,不但性命无忧,而且富贵可期,搞不好花月楼下一任花魁就是你的胯下瘦马。"

古平原没有接话,反而问道:"常四老爹呢?在哪里?"

"当然关在县衙的大牢里,他吃的苦不比你少。你若想救他,就得答应我的条件。"王天贵不紧不慢地说道。

古平原想了一下道:"我要是答应你,你要立时把常四老爹放出来,还要……"

"哈哈哈……"王天贵仰天大笑,眼里放出寒光,直逼古平原,"后生子,你以为你还有讲条件的余地?我只给你一个条件,那就是——不让常四这老小子在狱里顶尿壶！你答不答应？"

古平原顿时哑口无言，愣了半晌方才沉重地点一点头。

"好，识时务者为俊杰。明告诉你，在太谷县，县太爷换了一茬又一茬，可县衙门永远是为我王天贵开的。你要是心口不一，第一个倒霉的就是常四，接下来他儿子女儿连你古平原在内一个都跑不了。"王天贵顿了一下，缓了缓口气道，"你走吧，明天一早来泰裕丰找我。"

如意看古平原像个木头人一样一步步走得没了影，这才回到王天贵怀里，娇嗔着掐了一把，"恭喜老爷又收了一条好用的狗，只不过却拿我当笑里刀，这次赔我什么？"

"你说呢？"王天贵也在她娇嫩处捏了一把。

"那匣子里的钻石给我十……"

王天贵把脸一沉，如意见机得早，改口道："四颗。"

王天贵想了想："索性给你打一根金簪子，嵌一颗钻好了。"

如意心里不舒服，一根金簪岂能顶三颗钻？不过她久在青楼，虽然跟了王天贵，不过青楼以不得罪客人为第一的规矩却从不忘记，细水长流的手腕也并未生疏，当下勉强一笑谢过。

"我且问你，方才临到末了，要不是汤里混了春药，那古平原到底能不能上你这条贼船？"王天贵半是戏谑半是认真地问道。

如意一愣。今天这场戏是王天贵早就安排好的，为的就是折辱降服古平原，说到要如意勾引古平原时，王天贵怕古平原不上钩，特意让在饮食里下了顶顶厉害的春药。如意对此本还不以为然，觉得一个男人身处那样的境地，不要说自己主动去挑逗，就是什么都不做，只怕他也要主动趴上身来求欢。没想到古平原行事出人意表，要不是春药起效，自己恐怕白费了一番心机做作。

她心里明镜似的，嘴上却说："男人哪有不吃腥？方才你只是听见没有看见，他嘴上拒绝，那双眼睛可不停地往我身上瞟，说走只怕也是欲擒故纵。"

"那我就放心了。"王天贵往后一仰身，嘘了口气，"人，就怕没弱点。真要是不贪财不好色，这样的人我也不敢用，只有索性毁了。"

说完，他有意无意看了看一旁的歪帽——这人只要不接命令，便无声无息地站在一旁，仿佛木雕泥塑，沉静得令人生畏。王天贵又道："现在我手下已经有个武举人，再加上古平原这个文举人，一文一武，何愁大事不成？"

第二日清晨，古平原迷迷糊糊间觉得鼻端发痒，打了个喷嚏，人一下子醒了过来，只见天光已然放亮，街上行人三三两两走过，不时对自己指指点点。古平原头疼欲裂，双手撑在额头，用手指按着太阳穴，好半天才慢慢回想起昨夜走到此处时，终于体力不支倒下，只是他本就浑身湿透，在这寒冬腊月的天气里如此昏睡一夜居然没被冻死也是奇了。

古平原缓了缓，挣扎着爬了起来，踉跄走到河边掬了一捧冰冷刺骨的河水洗了把脸，心中快速回想着前一天发生的事，狠狠地自言自语起来，"我古平原从天上掉到地上也不是头一回了，流放毁不了我，黑水沼吞不了我，巴图杀不了我，寒冬也冻不死我，你王天贵再厉害，我豁出命去也要跟你斗一斗！"

第六章

阴　谋

1

　　鼓楼大街商户云集,正是太谷县城内最热闹的所在。古平原一路打听,等来到泰裕丰门前,心头登时为之一震。只见其临街铺面宽五间,下面铺着条石方阶,拾级而上,上面是枣梨木的厚排门,檐下砖雕彩画,上挂彩金的店名横匾——泰裕丰,边上悬着一个亮铜牌,上书篆刻总号二字,窗明瓦亮,阳光一晃,光彩耀目。

　　真是气派!不愧是太谷第一票号。就冲这份门面,通燕门也找不出几家。

　　古平原先前总觉得王天贵不过是个谋人家产的贪婪商人,昨晚一见面,古平原已知其人深有城府,再看他做起来的这份大买卖,方觉自己实在是大意了。王天贵确实有过人之处,否则燕门票商甲天下,太谷又三占其一,王天贵如果只凭与官府的关系,绝不可能在商界屹立不倒,这个人做生意一定别人比不了的头脑。

　　古平原把心定了定,慢慢走上台阶。门口有两个伙计正在招呼客人,见古平原过来,其中一个伙计忙问:"瞧您面生,敢问可是初来本号,您是存银子,还是兑银票,或者银钱兑换?知会一声,我告诉您去哪个柜上办。"

　　古平原本想直截了当地说自己来见王天贵,话到嘴边忽然起了一个念头,于是不忙答话,转回身走到不远处一家馎饦摊边上。那摊主见来了主顾,满面堆笑,刚要招呼,古平原把手一伸,"这位大叔,实在是不好意思,能不能借我一枚铜钱?"

　　"一枚铜钱?"

　　"正是。"

　　"年纪轻轻就学人家出来讨钱!"

摊主原本不想搭理他，可偏就是事有凑巧，刚收的一把铜钱往口袋里放，就从指缝间漏了一个出去，一轱辘滚到古平原脚边，打了个转停了下来。

"罢了，罢了，这一文送你了！"古平原还没说话，倒是那摊主先老大不耐烦，他的饽饽摊生意很好，大概是也没把这一文钱放在眼里，连连挥手只盼古平原走开。

古平原恭恭敬敬地一揖，不疾不徐从地上把那枚铜钱拾起，从容地对摊主说："这枚铜钱是我借的，我叫古平原，改日本息一并偿还。"说罢，转身走了。

摊主倒是愣了半晌，在后面冲古平原嚷了一句："送利息的时候别忘了拿口大箱子抬过来！"说完这句自己觉得可乐，于是咯咯地笑出声来。

古平原再次走进泰裕丰的大门，这时候来票号做生意的人已经不少了。大柜上有三位管账先生正在支应，两边各有两处柜房，做的是大笔的生意，但也限于一万两银子以内，若是过了这个数，通常大掌柜就要出面了。

古平原走到柜台上，说了一声："立个折子！"

先生答应着取过一本空白折子，提起笔来问了声："存多少？"

叮的一声，清脆悦耳，先生不由得抬眼看了看，就见眼前这个年轻人把一个铜钱抛在柜台上，双目如星望着自己。

"我问你存多少？我好往折子上写，然后你到大秤那边交银子，想存个整数就告诉伙计取夹剪。"先生没好气道。

"这不是放在柜上了吗，你自己看吧。"古平原扬了扬下巴。

"就存一枚铜钱？"先生气笑了，"我说你进过票号吗？一个大子就来立折子，别是没睡醒吧？"他故意把声音抬高了，让两旁的伙计和顾客都听见，大家都哄笑起来，齐齐注目古平原。

古平原脸上一点羞臊的样子都没有，等他们都笑完了，这才沉静自若地道："存半年，利息就按柜上的利息走，别无说法！"

先生怔了怔，随即笑得捂住了肚子，"哈哈，可笑，这一枚铜钱也提什么说法，你还以为你是来存十万银子的大主顾不成？"

古平原盯着他不言语，等他笑够了，才道："一枚铜钱也是生意，立折子吧。"

"哼，这种生意我们不做。"那先生一脸的瞧不起，伸出枯瘦的手指一弹，铜钱被他从柜台上弹出去，落在地上又是一声脆响。

"拿回去给小屁孩买糖豆吧，不够的话我还可以饶上你一文。"

管账先生话音未落，古平原忽然把手从黑漆大柜台上伸过去，啪地给了他一记嘴巴，力气不大，可也登时起了五道红印。

谁也没想到这个看上去斯斯文文的人居然会出手打人。大堂里顿时轰地一乱，那管账先生腾地站起来。

"打我！反了你了，来人呐，这有贼啊，打劫票号的贼人上门了，报官，快去报官！"

"慢着！"就在古平原刚想说话时，身后忽然有人先开了口。票号众人忽然都停了下来，本来坐着的也站了起来，不过人人脸上神态不同，有的是低眉顺眼，有的则明显带了几分瞧不起的神色，却又故意掩饰着。

"四姨太早！"

"四姨太！您先请这边避一避，我们拿个贼，别伤了您。"

众人七嘴八舌之后，那四姨太发话了，"少胡说，人家好端端的读书人，平白被你们说成了贼，小心口孽。是吧，古大爷！"

古平原听见这个声音心头早就一震，又听她叫自己，于是慢慢扭过头，就觉得脖颈骨嘎嘎直响。

来人当然就是如意。她今天的穿着已不像昨夜那样放荡不羁，裁剪得极为合身的一件蓝色冬袄，风髻露鬓体态风骚，淡扫蛾眉眼里含春，笑意盈盈地看着古平原。

古平原一见她，立刻就想起昨晚那一幕，顿时觉着脸上发烫，心下竟有些愧疚。他调匀呼吸转过身，学着票号中人的称呼先叫了声"四姨太"，随后一指柜上，"我来赴王大掌柜的约，原想先和柜上做个往来，谁知却被拒之门外。"

如意脸上的笑容慢慢收敛，她实在是捉摸不透这个人，昨晚上自己色诱于他，他不仅不动心，连一盒子钻石都弃若敝屣，当时还不觉得怎样，后来细思，越想越觉得这样的人别说从前没见过没听过，就算是做梦也想不到世上会有这样不爱钱不贪色的男人。

再次见了面，看他对自己居然不羞不恼，莫非年纪轻轻真有这么深的城府？见两旁人多，一时也思量不透，轻轻摇头道："生意上的事情我不懂，不过票号打开门做生意，岂有将主顾推出去的道理？"

那挨了打的管账先生姓曲，在总号做了也有十几年了，现在众目睽睽之下被打了一记耳光，这个面子就丢不起。可他跟着王天贵这么多年，见风使舵的本事早就学到手了，见四姨太与这男子相识，自己便慢慢收篷，干笑两声："嘿嘿，是，四姨太说得对。"说完了，转回身瞪伙计，"聚过来干什么，都给我干活去！"

"曲管账！"这一回是古平原说话了，"你先说明白，这一文钱的折子到底立是不立？"

"立，当然立！"不就是个折子嘛，曲管账打定了不在小事上吃亏的主意，脸上堆起笑意，连连点头，伸手就想去捞地下那枚铜钱，"我亲自给您立折便是，请问您先生贵姓，大号怎么称呼？"

"慢！"曲管账放了松炮，古平原却不依不饶了，抢先一步伸出脚去把那铜钱牢牢踏定，"话不说不明，理不辩不清，票号做的是银钱买卖，一丝一毫讲究的是清清楚楚，这么糊里糊涂地办事怎么行？方才一口咬定不做这笔生意，现在又说做了，请问一句，为什么？"

"这……"曲管账被问得张口结舌，心说你这小子不知好歹，我是看四姨太有偏帮你的意思，这才息事宁人，不然现在你早就被揍个满脸开花，扭送官府了，居然还问我为什么？他求援地看了看如意。

如意却只是饶有兴致地在一旁看着。票号的生意她虽然不懂，但曲管账不做这笔生意的理由却是显而易见，一枚铜钱还不够折子的工本费，换了哪家票号只怕都不肯立这样的折子，倒是古平原为什么一定要把一枚铜钱存在票号呢？

不只是如意有这样的疑问，在场众人个个心中疑惑。古平原见大家都注目自己，知道先声夺人的目的已经达到了，于是朗声说："你这位先生答不出，那我来替你说，你不肯做这笔生意是嫌它太小，赚不到钱，对不对？"

曲管账本就是这样想的，见问不由自主地微微点了点头。古平原牵牵嘴角算是笑过，接着问道："太谷县有多少人口？"

"十二万八千多！"曲管账张口就答道。

"燕门一省又有多少人？"

"这，总在一千万上下吧。"

"那全国又有多少人？"

"你……你问这做什么？"曲管账答不出来，有些恼怒。

"我来告诉你，那是两亿七千万！"古平原既然敢问便知道答案，他在沈水大营帮办军务，全国现在有一大半的省份都在打仗，拉夫抓差征兵役自然要统计人口。

曲管账也不傻，眼珠一转就明白古平原想说什么了，当下极为不屑地一笑，"哦，我还以为你在弄什么玄虚呢。你无非就是想说，这两亿七千万人每人往票号里存上一文钱，就是二十七万两白银，算是一笔了不得的大生意，对不对？我告诉你，二十七万两银子对别家票号来说是天大的生意，可咱们泰裕丰还真就没瞧在眼里！"

这话够狂！但泰裕丰的大管账说的是底气十足，而且也没人觉得他说得不对。太谷县早就传说王天贵坐拥数百万之资，是燕门几大财主之一，人家说二十几万两不在眼里，这话还真没法驳！

大家都以为古平原这回肯定没词了，没想到古平原重重摇了摇头，把脚移开，将那一枚铜钱拾起放在柜台上，说："话说到这个份上，你还不明白，那我也就不必对牛弹琴了。"说完，他拍拍手上的浮灰，抬脚就往内堂去。

"站住！你，你什么意思？今天你不说清楚，休想出这个门口。"先是挨了一巴掌，然后又被奚落一顿，曲管账气得脸煞白，早就把不得罪如意的念头抛到九霄云外去了。

古平原笑了笑，"谁说我要出门口，我这不是往里面去吗？"

大伙儿哄堂大笑，曲管账脸上青一块白一块，眨巴眼睛好半天才挤出一句："你去内堂做什么，那岂是你一个穷小子能进的地方？"

"他不是穷小子！"如意走过来，看了一眼古平原，开口道，"领驼队闯过黑水沼、斗瀚海王府、夺回货款的商人就是他，他就是古平原！"

"哗！"整个大堂为之震动。人的名，树的影，古平原自己都不知道，他在瀚海的一番所作所为早就传回了燕门，在户户皆商的当地家喻户晓，甚至有不少夸大其词的部分都被老百姓信以为真。有的说他身高丈二，走黑水沼别人没顶他却只没腰，有的说他力大如牛一个人就打败了一队瀚海兵，还有的说古平原必定是个经商一辈子的老掌柜，否则不能智计百出败中求胜，总之说什么的都有。此刻一听说那个胆大包天的外省商人就是眼前这个一脸书卷气的年轻人，大家不敢置信之余反倒更加好奇，都纷纷挤过来想要看个究竟。

曲管账和一干伙计也傻眼了。普通伙计不明白这古平原在瀚海发了财，却为何无缘无故跑到泰裕丰来搅闹。曲管账却是少有几个知道此事底细的票号中人，知道这是王大掌柜看重的人，连忙陪着如意，亲手一打帘把古平原让进了内堂。

"老爷说，看你来了就在外面给你扬扬名，让大家都知道知道。我这可是做到了，你不谢谢我吗？"如意听着外面的吵闹声，回眸嫣然一笑。

古平原避开她的目光，沉静地说："王大掌柜的用意，我懂！"

2

泰裕丰票号前后三进，最后面的一进大院名义上是票号的库房，其实是王天贵的私宅。他在北城门外有处大宅，却极少回去，先后娶了几房姨太太，新近得宠的那个便住在此处外宅伺候他，从前的那个自然便被撵到老宅里去"享福"了。

如意平素便住在泰裕丰的后院，来到院子中间，就见歪帽正在门外把守，屋里却传来王天贵与通房大丫头的嬉笑声。

"老家伙，又在不正经！"如意低低地骂了一句，引着古平原走过来，忽然眼一瞪，向歪帽骂道："姓高的，你瞎眼了吗？还不打帘子让古大少进屋。"

她突然发作，连古平原都吓了一跳，歪帽的厉害他昨晚是亲见的，连刘黑塔都经受不住他一拳一脚，又听说他是武举出身，怎么能忍受一个出身青楼的女子如此谩骂？没想到歪帽就真的忍了下来，眉毛都没皱一下，对骂声充耳不闻，命令却如数照办，弯起腰掀开厚厚的棉门帘，躬身请如意和古平原进去。

一脚踏进屋，古平原已经闻到一股浓浓的鸦片烟的香气，熏人欲醉。屋中烧着个大火盆，上好的燕门炭发着白亮的光，窗缝上密密地糊着二指宽的牛皮纸，真是一室皆春。

王天贵躺在炕上，小腿裹着一条毛毯，正在悠闲自在地躺烟盘。身边一个俏灵灵的大丫头端茶递烟枪，殷勤地伺候着，只是见了如意进来，脸上这才有些畏缩，原本笑得花枝乱颤，也慢慢地收敛了。

"咳。"王天贵轻咳一声，眼睛并没有看刚刚进屋的古平原，而是呼唤道，"老歪，你也进来！"

古平原这才知道原来歪帽在票号里人称老歪，老歪依言走进来，不言不语静静地靠屋角一站。说也奇怪，他这一进来，温暖的屋中霎时就像是刮进一股扑面的寒风，古平原就觉得呼吸一滞，眼中那炭火的火苗都矮了许多。古平原的脸色变化都落在王天贵眼里，他满意地笑了笑，叫老歪进来，就是要给古平原施加压力，让如意在场也是这个用意，他要时刻提醒古平原昨夜发生的一幕。

"昨晚上你走了之后，常四又顶了半宿的尿壶。"王天贵慢悠悠的语气却直刺古平原的心里，"要是你今天不来，那他可就更倒霉了。"

"王大掌柜，你不是答应过……"古平原眉毛一立。

王天贵截道："对啊，你今天来了，那常四今晚上就可以舒坦些了，只怕能睡个好觉也说不定。"

"昨晚我说的话，你可好好想过？"王天贵接着对古平原道，顺手冲如意招招手。如意本就在榻前，笑盈盈地将手伸到王天贵背后，帮着他稍稍坐直了身子。

"想过了，王大掌柜看中了我这个私逃入关的流犯，想要我替您大把大把赚银子。"

"说得痛快！就是这个理儿。说白了，你现在好比是一条丧家犬，不过好在凶猛

205

善咬,连王府都被你咬败了,这就难得!所以老爷我赏识你,给你一条生路走,让你来我泰裕丰当一条看家护院的家犬。只要你依旧能把在瀚海的本事用出来,那么有我王天贵这把大伞遮在头上,什么风什么雨都吹打不到你。你意下如何?"

这几句话像鞭子一样抽在古平原的心上,比昨晚在冰水中泡着还要难受,他自幼束发读书,事事以孔孟之徒自励,就算是决定弃文从商的那一刻,心中也有一番大志向,谁料今日却被一个唯利是图的小人当面辱骂,还要收他做门下走狗,还要问他意下如何?受辱如此真是羞于做人。

古平原脸色煞白,抖着嘴唇半天说不出话。就连王天贵都觉得自己是不是逼得太狠了,暗自担心把这根弦绷得太紧,扯断了反倒一拍两散,刚想说两句话转圜一下,就见古平原毅然一抬头,脸色已然恢复过来,盯着王天贵的双眼道:"我想明白了,愿意做王大掌柜手下的一条看家狗。"

"哦?哈哈……"王天贵开心大笑。如意心里叹了一声,微微地一垂头。老歪依旧是面无表情,一直紧攥的双拳却松了下来,拳头攥得太紧,掌上半天才泛出血色。

王天贵笑得急了,大声咳嗽了两声,涌出一口痰,那通房丫头赶紧要过去端痰桶,古平原却抢先一步,将痰桶端在手里,恭恭敬敬往王天贵面前一送。

屋里鸦雀无声,谁也没想到古平原会来这一手,连老歪都倏然抬眼看过来。如意嘴巴微微张开,惊异地望着古平原。王天贵也足足愣了好几秒,眼光在古平原脸上转来转去,目露狐疑之色。古平原却无比平静,就像是在饭馆吃饭掉了双筷子,然后俯身捡起一样自然。

王天贵终于收回目光,往痰桶里吐了口痰,忽然问了一句:"你倒是说说,生意是什么?"

古平原一瞬间心里转了好几个念头,想着如何应对这句话,但最后还是决定实话实说,把自己对生意的理解说了出来。

"在我看来,做生意就是做人,说到底,人生也不过就是一场生意。一时输赢无所谓,只要到最后算总账之时,通扯起来是赚了,这笔生意就做得!"

王天贵听了半晌没说话,他琢磨着古平原的这句话,忽然间产生了一种心里没底的感觉。要说昨晚,他已有了九成把握可以掌握古平原,等到今天古平原亲口说愿做门下走狗,王天贵已是十足放了心,没想到古平原接下来这一个动作一句话,反让王天贵觉得看不透了。

就在这时,门口有个报事的伙计说道:"大掌柜,有个女子要见您。"

如意代王天贵应道:"什么人哪?大掌柜这儿正忙着呢。"

"她说是常家的人,送房契来了。"

古平原一听就知道是常玉儿来了,心里立时就是一揪。王天贵不动声色地看了看他,"叫她进来吧。"

常玉儿捧着家里的房契地契,听伙计传了话,木然地挪动着脚步往票号内堂走。她昨晚上一夜没睡,心里就如油烹一样。在她心目中最重要的三个人,转瞬之间皆遭大变。爹爹被下狱折磨,哥哥被打得重伤呕血,还有一个自己情丝深系的古平原,分别不过大半天的工夫,再见面时居然被人从一个半裸女子身上揪起……常玉儿从昨夜想到今日,心如悬旌摇摆不定,偏偏刘黑塔那么壮的身子,连气带伤一夜之间发起高热,躺在床上昏迷间喃喃痛骂王天贵。常玉儿惦记着爹爹,又不能不管大哥,好在有李嫂帮着照料,自己虽然想起王天贵就心头发怵,也不得不打起精神,找出房契地契来为老父换取一线生机。

看见古平原也在屋中,她也是一愣,随即垂下眼皮,将带来的东西交与王天贵手上。王天贵随手翻了翻,见常家老宅的房契地契和盐场的执照这些东西都一样不少,满意地点点头,忽然提了一句:"那常四的盐场还欠着债务,这笔债还是常家的,懂吗?"

常玉儿此刻只求爹爹无事,什么苛刻条件都是一口答应,当下按了手押。她见王天贵绝口不提释放常四老爹的事情,忍不住问道:"我爹爹什么时候能回家?"

古平原见她还存着幻想,心中不由得一叹,常四老爹是王天贵手里的一张底牌,他岂会轻易放弃。所以不等王天贵说话,古平原抢先道:"常姑娘,这件事等我慢慢告诉你吧。"

常玉儿像没听见一样,连看都没看古平原,冲着王天贵把方才那句话又问了一遍。

王天贵拧着眉尖,故作为难说:"这个嘛,国家有法度,可不是我王天贵能说了算的。"

"你不是说……"

"我是说你要是想保常四一条命,那就要用房契和地契来打点,我能帮你办的就是这件事。至于结果嘛,上看天命,下看人运,我不敢打包票,至于说到放人,我没那么大能耐。怎么样?你要是想办那就把东西留下,不办就拿回去。"说完,把那几本东西往地上一甩,板着脸往烟榻上一卧,如意赶紧烧了个松黄的大烟泡轻轻送过去,王天贵接过烟枪连吸了几口,吞云吐雾中连脸色也变得模模糊糊。

别看常玉儿闯过大漠,办过别家女孩儿想都不敢想的大事,可事关爹爹的生死,她心里真是七上八下拿不定主意，又怕上了王天贵的当，又怕丢了唯一的一根救命稻草。她孤零零站在地中央，那副我见犹怜的样子让王天贵不知不觉间就眯起了眼睛。

如意最知道王天贵的秉性，一看他的眼神就知道他在打常玉儿的主意，她微微一皱眉。这两个人的神态都落在古平原眼里，他忽然两步走过来，弯腰捡起了地上的房契，接着冲常玉儿道："你也不想想，王大掌柜是什么身份？能为你常家去办事，就算你家祖坟冒了青烟，别不识好歹，就凭你也配和王大掌柜讲条件吗？"说罢他往门外一指，嘴里冷冷吐出两个字。

"出去！"

常玉儿眼睛张得大大地瞪着古平原，就像从来没见过他一样。古平原看也不看她，脸上平静如常。常玉儿紧咬着下唇直至出了血印，眼神中流露出的是凉透心的失望。两个人就这样，一个看着对方，一个却昂首不顾，时间不长却仿佛过了很久。常玉儿终于一扭身紧走几步出了屋，转身的一瞬间流下泪来。

就这一会儿工夫，王天贵心里也拿好了主意，古平原异乎寻常的忍与变让他心里觉得越来越不放心，原打算今日就让古平原到泰裕丰票号来做事，此时却觉得有些不妥。

王天贵大声道："叫曲管账来！"

"我在，大掌柜找我？"曲管账挑起帘子进屋，冲着王天贵哈了哈腰。

"老曲，你带古平原去万源当，就说是我的话，让他在那儿当个四柜。"

说完，他转回脸对古平原冷冷道："别的伙计干得不好顶多是卷铺盖回家，你要是没本事做事，那就等着砍脑袋吧，我这个人没什么耐性，你可不要自误。"

古平原听了没言语，躬了躬身，随着曲管账退了出去。

"你也出去吧，我今天就在这里，不用你跟着伺候了。"接着王天贵又把歪帽打发走，他要静一静好好想想古平原这个人。

如意见王天贵若有所思，推了推他的身子，问道："好端端一个人又被你变成了一条狗，你还有什么不满意的？"

"你不懂，他眼里还有一团火，跟老歪不一样。"

"什么火不火的，连痰桶都给你捧过来了，要我说，他连半分火气都没了。"

王天贵摇摇头，"明火烧得旺些反倒好办，倒上一盆水浇灭就是了，怕的是死灰里藏着火，说不定什么时候就烧起来，那叫暗火，等发觉了已然是燎原之势。"说完了他倒是哑然失笑，"你一个女人，不应该懂得这些，过来……"说着去捞如意的膀子。

如意瞥了一眼那通房丫头，轻盈地一闪身，回道："我是不懂，那你来告诉我，方才这姓古的在做什么？"说着她把古平原在前面柜上闹事的经过一五一十说了出来。

"他知道我要用他，所以想来个先声夺人。"王天贵翻了翻眼皮，慢慢说，"不管他怎么闹，反正有个致命的弱点，就是太重情义，所以我只要把常四抓在手心里，他就绝对跑不了。"

"那……万一有一天他变了，不再关心常老头的生死，你还有什么办法拘住他？"

"呵呵！"王天贵笑了，点指着如意道，"要真是这样，那你赶他走，他也不会走，到了那时候，这条狗就算养熟了！"

3

常玉儿深一脚浅一脚，也不知是怎么回的家，两旁人家都在喜笑颜开地糊灯笼、画灯画，准备着马上要过的元宵灯节。常玉儿走过热闹非常的街市，一颗心却像是坠入了无底冰窖，又黑又冷。她做梦也想不到古平原一夜之间不仅成了贪生忘义之徒、贪财好色之辈，更心甘情愿向王天贵这样的卑鄙小人卖身投靠，想到他方才站在王天贵一边对自己厉声呵斥的神情，常玉儿心如刀绞。那个机智勇敢救了自己和爹爹性命的古大哥，那个义无反顾踏上黑水沼的古大哥，那个不畏权势坚守信念的古大哥怎么就一夕之间变成了这个样子，难道说他原本就是如此的伪君子，平素种种仗义言行都是装出来的？

"不，不可能！"常玉儿脱口而出，声音大得连自己都吓了一跳，路上行人也被她的声音吸引纷纷侧目而视。见大家都在看自己，常玉儿倒是清醒了许多，想起重病在家的刘黑塔，心里便又是一沉，加快脚步赶往家里。谁知她刚到常家大院的门口，迎面碰上从门里急匆匆出来的李嫂。

"李嫂，怎么了？"常玉儿见她一脸惶急之色，心一下揪了起来。

"黑塔不见了！"李嫂简直哭得出来。

"怎么会不见？他不是一直发热昏睡着吗？"常玉儿头一晕，差点儿栽倒在地，情急之下抓住李嫂的手。父亲蹲了大狱，哥哥就是家里的主心骨，他可不能再有什么事。

"本来是躺在床上，可方才那泰裕丰票号来人，说是这大院已归王家所有，让我们赶紧搬出去。我应付了一阵好不容易把他们都打发走，等回头一看，黑塔他就不知去向了。"李嫂一跺脚。

常玉儿不等李嫂说完就匆匆进了门，从门厅开始，几间卧房、老爹算账用的书房、厨房、马房，连自己的闺房都找了个遍，就是不见刘黑塔的人影。常玉儿腿一软坐在闺床之上，心里慌得如同打鼓，抬眼望着李嫂，迷茫地问："我大哥到底去哪儿了？"

曲管账受命带古平原去万源当，一路阴着脸，什么话也不说，顺着鼓楼大街走到底，转过了文昌阁，前行不远在一家当铺门前停住脚步，向招牌上一指，"这万源当也是王大掌柜的一处买卖，虽然与泰裕丰不能比，但生意场上无小事，你若是有半点行差踏错……"他阴恻恻地一笑，压低了声音说，"别以为方才那记打就算过去了，我会替王大掌柜看着你的！"

古平原瞟了他一眼，正色道："曲管账，你我从今往后都是为王大掌柜做事，你要找我麻烦尽管来，明的暗的也随你，但要是坏了王大掌柜的事，那还得你自家担待。"

曲管账被他这两句不卑不亢的话噎得一愣，眨了眨眼这才嘿嘿冷笑："古平原，都说你胆大心细，原来口舌也不差，好，咱们骑驴看唱本，走着瞧！"

说完，他一甩袖子，大大咧咧往当铺里走去。古平原这才抬头细看这家万源当当铺，就见它双扇开门，左右两边各留了一个过道，往里望去是一扇巨大的石屏风，遮在高轩柜台之前，挡住了门口路人往里窥视的目光。

"祝朝奉呢？"曲管账走入当铺中，左右环顾不见要找的人，站在地中发了话。

"是曲管账啊。"只见一个穿着长衫、唇上留着短须的青脸汉子从柜台处望了望，立时迎了出来。"方才城南廖财主派人来，说是有两件祖传的东西想当个活当[1]，其中有件东西不好搬弄，大掌柜先去看看货色。"他顿了顿又赔笑道，"您平素忙得很，今儿怎么有工夫赏脸到我们这儿来？"

"唔，我说，你方才说的大掌柜是谁？"曲管账听完把脸一沉。

"嗯？您是说……"那青脸汉子听他一开口就语气不善，犹豫着不知怎么应对。

"别看招牌字号不同，可财东大掌柜只有一个，就是王大掌柜，祝朝奉怎么能称大掌柜？这不是以小僭大吗！"曲管账呵斥道。

---

[1] 典当行的一种典当方式，能拿到的当金较少，而花费的手续费较多，并且可以赎回。

这不过是强词夺理。买卖讲究的是开一门是一家，虽说同源，但门户不同，掌舵之人称之为大掌柜是约定俗成的叫法，从没有人在这上面挑过什么理儿，偏今天曲管账要在鸡蛋里挑骨头。当铺里伙计不少，也颇有人知道祝朝奉与王大掌柜之间恩怨纠葛，还当曲管账是奉了命来寻不是，立时都把头抬起紧张地望着。

　　青脸汉子姓丁，是万源当的二朝奉，也就是俗称的二柜，他对自家店里的内幕更是门儿清，也以为曲管账是特意来找碴的，额上立时就见了汗。大朝奉不在，他不敢直言相抗，只得诺诺连声："是、是，您老指教得对。"

　　出乎他的意料，曲管账发了一顿脾气，语气忽又缓和了下来，向外点手唤进站在街上的古平原。"王大掌柜交代下来，这个人从今往后在当铺里当个四柜。"

　　四柜？当铺中人的眼光一下子又都从曲管账移到古平原身上，不停地上下打量着他。古平原四平八稳往地中央一站，对各种或疑问或尖刻甚至带些仇视的目光坦然而受，他双手一拱做了个罗圈揖，脸上带着微笑开口道："在下古平原，蒙王大掌柜赏识到此任职，今后与诸位一同共事，礼数不周又或者规矩不到，还望诸位海涵。"

　　众人一阵沉默，丁二朝奉张了张口，又把话咽了回去，见曲管账转身要走，想想自己毕竟做不了主，鼓足勇气道："曲管账，要不……您等大朝奉回来亲自和他说一声？"

　　曲管账把眼一瞪，他发无名火就是要在古平原面前立立威，挽回一下颜面，丁二朝奉这下子正撞在虎口里。曲管账往他身前逼了逼，眯着眼狠声道："你知不知道泰裕丰有多少事情在等我回去办，区区一个四柜，我亲自带来已经是给足你们面子了，还敢让我等？难道还让我在这里过灯节不成！"

　　丁二朝奉听着这咄咄逼人的问话，一句也不敢驳回，别看他也是个二朝奉，在这当铺里一人之下，可是遇到泰裕丰的大管账那就只有俯首听命的份儿。他低着头唯唯诺诺，再一抬头曲管账早已扬长而去。

　　"大掌柜，我回来了。"回到泰裕丰的曲管账在房外毕恭毕敬地说了一声。

　　"进来吧。"坐在桌前正翻阅账册的王天贵看了他一眼，"没出什么意外吧？"

　　"那姓古的小子倒是很听话，只是祝晟不在店里，不知道他回来会有什么反应。"

　　"哼，我管他什么反应，财神股里我做东，安排一个四柜进去，晾他也不敢说什么！"

　　"那祝老头可偏得很，能容下这么个来历不明的四柜？"曲管账旁敲侧击地打听,他心中对于王天贵的安排也是疑窦重重。

王天贵抬起三角眼看了看他,用烟签指着他的鼻子骂道:"老曲,玩心眼你还差得很,不就是想问为什么让古平原去万源当吗,直接问就是了,装猫装狗的干什么!"

"是。"曲管账想不到自己的心思才冒个头就被人家窥破了,顿时唬了一跳,连忙低头认错,"真是什么都瞒不过大掌柜的法眼。只是您昨儿还说,这古平原要用来撑我泰裕丰的门面,今儿个又把他派到万源当去,岂不是白白便宜了祝老头?"

"哼,你懂什么。古平原这个人心思太深,我还要好好揣摩揣摩,比如说一把刀,刀刃再快,哪怕举世无双,可如果连刀把上都带刃,那就不得不弃之不用。"

"我懂了,大掌柜把他放在万源当这个麻烦地儿,就是想看看他能不能为大掌柜实心做事。不过典当这一行是坐着吃饭,他就是再有本事恐怕也无从施展。"

"就是因为典当上显不出本事,我才派他去,要是这样他都能把生意翻出花来,那就足以证明此人可用。我猜以他的聪明,用不了几天就会明白我与祝晟之间的恩怨,到那个时候就看他怎么做了。要是他不识好歹,我用流犯这个火药捻子,也一样可以把祝晟炸得粉身碎骨。"王天贵说这话时语气凶狠无比。

曲管账曾听人说过,关外大营里有军官私纵流犯,命其到殷实人家去投宿,前脚进去后脚追兵便到,套上个协犯私逃的罪名,不弄得倾家荡产不算完,银两自然都进了军官的口袋,这一手称之为放鸢。想不到古平原这个私逃入关的流犯落在王天贵手里,竟然奇货可居,变成了一枚威力巨大的地雷,先是炸了常家,现在又要来对付向来与王天贵不睦的祝晟,那下一个是谁?想到这儿,曲管账不由得打了一个冷战。

"眼下你去做两件事。"王天贵见曲管账听呆了,板起脸吩咐道。曲管账这才一凛,打起精神来仔细听命。

"你先去趟县衙,这一次全凭陈知县一手担待,你去替我好生道谢,就说最近寒气大不便出门,我改日再专程摆酒。给他送个整数,至于手下的师爷和三班六房怎么分,那都是他的事。这件事今天就要办好,不能迟误。"

"我懂,老爷总说,这世上有两种钱不能欠,一种是吃花酒的钱,一种是官府的贿银。"

王天贵很满意曲管账时时记得自己说过的话,"没错,官和妓看似风马牛不相及,其实却是一种人,都是坐堂收钱。只不过一个是堂子,一个是大堂,但都是帮你办事,让你痛快,要是钱给得慢了,下一次就没那么痛快了。"

"第二件事,你从县衙回来就去常家大院,我要尽早搬进去。那宅院不比这里,屋多房广，家人仆妇和家具摆设都要增添，这件事统由你来安排，花销都算在公账上。"

这是肥差中的肥差，曲管账心中暗喜，不过也有疑惑，"大掌柜，这事儿用不用和县衙打个招呼，常四毕竟拘押在牢里……"

"老曲，你越活越回去了！"王天贵毫不客气地呵斥道，"我玩的这一手别人没看明白，怎么你也懵懂？常四根本就不是因为协助流犯私逃而入狱，所以他家那处宅院与官府也没有半点关系。"

"可是，那，那常四是因为什么被抓？"此言一出曲管账真的糊涂了。

"什么也不为，抓他没理由，也没在官册备案，说白了，他以为自己是因为收留了流犯而被下狱，其实官府压根就不知道有古平原这么个人！"

曲管账张大了嘴，目瞪口呆地看着王天贵。不错，王大掌柜的确可以买通知县用莫须有的罪名将一个人抓到大牢里，可是……

"那万一常家人知道了内情去牢里要人怎么办？"

"他们敢吗？"王天贵啪地合上账册，脸上露出一丝阴鸷的笑容。

曲管账转了转眼珠，"哦"的一声，脸上露出钦佩的神色，"敢情您这是只拉弓不放箭。不过这箭始终都对着常四，常家人要是知趣就罢了，不知趣的话，常四只有死得更快！"

"对，这就叫收发由心！"

4

大朝奉不在，古平原被丁二朝奉安排在当铺角落里闲站着。他也不愠不恼，虽无事可做，眼睛可没闲着，始终随着买卖走，琢磨着这典当生意里的门道。

"官凭文书私凭契"，古平原眼光独到，不大工夫就发现这小小当票上的花样可真是不少。巴掌大小的一张纸，甭管当多少东西，纸面上一定写满字，当一件长衫也能写满，当七八件杂货也能写下，为的是防人再往上面填字。这就看出来写票先生的功夫了，一会儿是核桃大字，一会儿是蝇头小楷，何况里面还夹着褒贬。

古平原正自思量着，就见有个獐头鼠目的汉子在门口探头探脑，几次想进来，却又缩了脚，别人没注意到，只有古平原一眼看见了。

古平原正在琢磨这人的来意，一个伙计跑进来叫道："二朝奉，大朝奉回来了。"

"哦，快去迎。"丁二朝奉知道大朝奉这么晚回来必有所获，迎出门一看果不其然。四个伙计小心翼翼地抬着一大扇白玉所制的屏风，巴掌厚的一扇屏风居然被巧匠镂为九层，花鸟鱼虫极尽妍态，尤其出奇的是玉上本不着墨，这扇屏风上却不知用了什么珍奇的墨汁，写了一首《赤壁赋》在上面，走笔龙蛇，笔式雄奇，落款竟然是明朝开国功臣刘伯温的手笔。

这可真是宝贝，况且又是大朝奉亲自出马收当回来的，谁不要逢迎几句？古平原见众人众星捧月般迎着一个身躯肥硕、头戴朝奉巾，身披蓝布大氅的老者进来，便已看出此人必是祝朝奉。祝朝奉是个大胖子，脸上的肉一走一颤，两只眼睛看不出是大是小，都被肥肉挤成了一条缝，只是眼风一扫，却是非常精明。

祝朝奉用粗肥的手指一指那屏风，发话道："把它搬到天字库去放好喽，我和廖老爷已经谈好，这东西当的是两便，你们按此登记入册。"

所谓两便，便是既可活当又可死当[1]，由当铺与客人事先谈好两种价格，付钱是先按活当付，自入当之日起，便可按照死当的例来发卖，一旦卖出要将死当与活当之间的差额补给客人，如果客人在当铺将当物卖出之前就来赎回，则按活当的利钱算。

留在柜上的几个伙计见状都出来帮忙抬那屏风，只有古平原和一个正在接待顾客的伙计没动。古平原没动是因为看见方才那个獐头鼠目的汉子不知什么时候进了当铺，薅住一个伙计非要立时办赎当不可。

赎当不像当当[2]，一定要眼力好的朝奉经手，普通物件的取赎只要一般伙计就能办。那伙计本也想上前去献殷勤，却被这汉子挡了去路，只得一脸没好气地验了当票，见银票两清，返身快步走到库房里，按着当票上的号码取来了那汉子当的一个包裹，当场打开一抖，是一件翻毛的貂袄。

按理说这皮袄打眼一过，是当初那件东西也就行了，根本就不必验看。因为按照当铺的规矩，当票上必定写的是"光板没毛，虫蚀鼠咬，破面烂袄一件"，之所以这么写，与方才那"烂笔、杂木"的原因一样，都是怕万一保存不妥，客人找麻烦。其实当铺保存东西最细致，轻易不会出差错，这里面也有个信誉在里头。可今天这客人不同，隔着柜台指点，让伙计将皮袄翻来覆去仔细查看，那伙计恨得牙直痒痒，可"上当是孙子，赎当是大爷"，货没出柜台，客人要验看必须给人家看。好不容易等这人无话，伙计将皮袄包好，交了出去，赶忙跑出柜台，来到大朝奉面前，刚想献殷勤，就听身后有人急喊了一声："且慢！"

---

[1] 又称绝当，是指当户在当铺里的东西超过赎取期限后，既不赎当也不续当的行为。

[2] dàng dàng，旧社会用实物作抵押向当铺借钱。

喊这一声的正是古平原，他的动作也快，见那汉子要溜，早抢先一步堵住门口，抬起手臂拦住那人，脸上却挂着笑容："这位老兄慢走！"

"什么事？"汉子脸上闪过一丝惊慌的神色。

"方才我们伙计不察，忘了向阁下要当票，这当物既已赎回，还望老兄将当票交还铺上。"古平原紧盯着对方的眼睛。

"什么当票？开什么玩笑，天底下赎当都是票银两清，我不给当票，伙计岂能给我当物。你这人真是无理取闹，还不让开！"

这话说得实在在理，当铺中人对古平原这个"从天而降"的四柜都无好感，此刻更是以为他在无事生非，脸上俱都露出厌恶的神情。唯有那伙计听见了，往柜里伸了伸头，脸色立时刷地一下子变白了。

祝朝奉也不知这在自家当铺里指手画脚的年轻人是什么来路，眉头一皱，刚要问话，丁二朝奉生怕古平原惹麻烦连累到自己，紧走两步对那客人连连摆手道："误会，快走吧。"

"走不得！"古平原将身子一挡，正正面容道，"既如此我换个说法，方才柜上失了东西，现在我们要报盗案，店里许进不许出，人人都要搜身。"他有意看了看那汉子的怀里，笑笑道："若是搜出赃来，甚至连作案的家伙也一并搜出，那可不是人赃并获吗？"

这下子轮到那汉子白了脸，咽了口唾沫，求饶地看着古平原却不知如何开口。

丁二朝奉还要说话，就听身后祝朝奉咳嗽一声。祝晟看古董有眼力，看人也很毒，把整个场面拢在眼皮里就知道肯定有事，不妨静观其变。

古平原将话说得十分不容情后却又缓和了语气："不过是丢是盗眼下还不分明，若是老兄拾到了我们遗失的东西，还望交还铺上，也免得惊动官府的差爷。"

那汉子睁大眼睛呆了半晌，才明白古平原话里的意思是在给自己台阶下，连连道："是、是，我方才在地上捡了张当票。"说着他从怀里掏出一张纸来，却一不小心带了一根尺把长的竹竿掉在地上，顿时又吓得浑身发抖。

古平原从他手中拿过当票，又弯下腰捡起竹竿，稍一过眼再交还给那汉子，道："老兄自己的东西也请保管好，若是遗失在店里被人捡了去，岂不成了不义之财。"

汉子脸上闪过一片羞愧之色，嘴唇嚅动了几下什么话也没说，只是重重点了点头，躬身俯首而去。

古平原这才走过来，将当票递给方才办理赎当的那个伙计。那伙计看都不敢看大朝奉的脸色，手上微微发抖将当票紧紧攥住。

祝晟早看明白了，冲着古平原拱了拱手，"这位先生，承蒙仗义援手，还未请教高姓大名？"

古平原一躬到地："大朝奉不必客气，这是我分内之事。"

"分内之事？这话怎么说？"祝晟皱了皱眉。

"在下古平原，今日刚到柜上担任四柜，今后还望大朝奉关照。"

"什么？我怎么不知，这是谁的安排？"祝晟一听顿时瞪大了眼睛看向丁二朝奉。丁二朝奉知道祝晟与王天贵不和，原本想慢慢说此事，现在一看不说不行了，只得简短地把早上曲管账来说的话转述了一遍。

祝晟拢着手，脸上一片漠然的表情听完了，抬眼上下打量了古平原几眼，忽然问道："你叫古平原？"

"是。"

"最近有个闯黑水沼的外乡人很出风头，听说也姓古……"

"不瞒大朝奉，那正是在下，古某从瀚海返回燕门便被王大掌柜延聘至此做事。"

"哼！"祝晟听说古平原就是那在街头巷尾热议的人物，脸上肥肉颤动两下，堆出一个皮笑肉不笑，"他倒真得风气之先，可是怎么把你这大人物才给安排了一个四柜，这不是太屈才了吗？按理说应该让你来当大朝奉才对嘛！"

一听祝晟这话，当铺里所有的伙计都把头低了三分。古平原听曲管账说这万源当是王天贵的买卖，那么祝晟虽说是大朝奉，但论其身份，其实也是王天贵请来的伙计，怎么听这话风却是对王天贵深有不满，而且丝毫不避讳地当众宣之于口。

古平原一时也怔住了，正不知如何回话，祝晟已经转头他顾，对那误了事的伙计冷冷道："当票是什么？"

"是……"伙计不敢说话，祝晟也不催他，时间慢慢过去，在一股无形的压力下，伙计战兢兢开了口。

"当货是源，当票是舟，源头活水能摆渡，全靠一叶孤舟行，倘若大意覆轻舟，活水掀浪定无情！"

"不错，这首诗你是什么时候会背的？"

"我在当铺学徒三年，进铺第一日就会背了。"

"为什么进铺的第一日就让你背这首诗？"

"……"

"当票至重！当货至重！这是支撑当铺的两根柱子，缺了哪一根都不成！一张当票收不回，来日人家赎当却取不出货，是造假作伪自毁信誉还是任人漫天要价勒索无度？你眼看就要满师出徒，居然还是如此玩忽大意，二朝奉！"祝晟忽然发了怒，喊了一声。

"是！"丁二朝奉赶紧答应一声。

"罚他一个月不许吃晚饭，别人吃饭时，让他将当铺所有的票子一一核对另造备册，此外罚他两个月的工钱。"祝晟言出如风，他说一句丁二朝奉答应一声，那伙计的身子就往下矮一分。

祝晟宣布了对伙计的处分，然后问了一声："这样处置，你服不服？"伙计哭丧着脸刚要应声。古平原踏前一步道："大朝奉，这样做太苛了些吧？"

"哦？"祝晟眼睛一亮，做出洗耳恭听的样子，"四朝奉一到便有高论，老夫倒要听听。"

古平原听他阴阳怪气，无论如何听不入耳，无奈人家是大朝奉，只得忍了口气，拱拱手道："高论不敢，方才那人分明是有意行窃，我看得分明，他趁店里忙乱，分散了伙计的注意，趁机用一根粘了胶的竹竿伸到柜内盗走了当票。"

"不管是不是有意，收回当票是赎当伙计的职责，他没看管好当票就是该罚。"

"我没说他不该罚。不过……"古平原犹豫了一下，还是说了出来，"方才大朝奉进店，伙计们纷纷离位不能各司其职，几位朝奉明明就在一旁却不能立刻纠正这种违反铺规的行为，这才让那人有机可乘。奖罚分明才能令行禁止，我想今日在场众人都应该担上一分责任，而不仅仅是处罚这个伙计了事。"

这话无异于是当众指责祝晟不能以身作则遵守店规，严于待人却轻于律己，一竿子还把所有的朝奉和伙计都扫了进去。丁二朝奉已经听呆了，伙计们更是瞠目结舌地看着古平原，想不到这人胆子这么大，刚来第一天就敢和大朝奉针锋相对。

祝晟也是大大地一愣，脸色随即涨得通红，硬往下压了压火，勉强一笑道："看来王大掌柜派你来是要整肃当铺喽，我祝晟自然是首当其冲，对不对？"

古平原也不想把事情搞得这么僵，"大朝奉，我说这话完全是从买卖着想，一个伙计失误漏眼不过是偶然，但倘若人人轻忽铺规，那像今天这种事只怕要层出不穷。古某没有半点私心……"

"好了，好了。"祝晟根本就不想往下听，怒气冲冲，"二朝奉，记下，也罚我两个月的俸金。"丁二朝奉不敢接口，缩了缩脖就当点了头。

"后生子，满店的人你都说过了，那你自己的过错是不是也该说说？"祝晟忽又冷静下来，沉着脸望着古平原。

"我吗？"古平原不解地问。

"哼,方才店里明明进了贼,就算你不想把事情闹大,但你上面还有三位朝奉都在店里,你却问都不问就将贼人放走,这自作主张妄自尊大的过错应该怎么罚呢?"

古平原当场被问得说不出话来,的确是自己虑事不周被人抓了短处,思之再三只好说:"是我大意了,请大朝奉按照店规重重处罚就是。"

"你和那伙计,今天我只想罚一个。罚什么方才也说了,总之不是罚你就是罚他。"祝晟这么说就是当众宣布他不拿古平原当四柜看,只拿他当个普通的伙计。

"古某愿意领罚。"古平原半点都没迟疑,既然替人出了头就要扛到底,半吊子的事情做出来只会让人瞧不起。

"那就罚你吧。"祝晟淡淡说,随后再也没看古平原,抬腿进了后堂。

伙计们也都各自觉得没趣,人人瞪了古平原几眼,只有那个原本应该挨罚的伙计趁人不注意,冲着古平原感激地点了点头。古平原心里也不是滋味,想不到甫一进门就和大朝奉结了梁子,这往后可怎么处?

5

当铺冬日作息是倒寅酉,上板闭店后,住在本城的伙计就都纷纷回家吃饭,学徒则必须住在铺里。古平原无处栖身,与丁二朝奉一说,便也与几个学徒住在了一起。他匆匆扒了几口饭,见众人都不理会自己,也不好开口,就往指给自己的那张铺上一躺,想着自家的心事。思来想去,眼前头一件必须做的事就是无论如何也要保住常四老爹的命。人家是好人,为了自己受这么大的牵连,连家都丢了,人也入了大狱,自己绝不能不管不顾,非得想个法子救他出来不可。

"对,眼下先保常四老爹要紧,若是在牢狱里被打坏了身子,救出来也成废人。"古平原喃喃自语,突然一挺腰,从铺上蹦了下来,接着匆匆穿上外衣三步两步走出门去,把另外几个伙计吓了一跳,怔怔地望着他。

"疯子!"有人在背后低声嘟囔了一句。

说也巧,古平原走出万源当不远,在文昌阁前面还真碰到了个疯子。

"当家的、当家的!"他走着走着就听到前面有人悲泣,又有人拍手起哄,等走近了一看,大路中央有一个披头散发的乞丐,正要抓一坨冒着热气的马粪,看样子是疯疾发作,以秽为食。一个提着篮子的妇人正在拼命阻止他,却没有疯子力大,被推来搡去,几次跌倒,后来实在没有办法只得卧在地上拖住疯子的一只脚。

"乔疯子,你好福气,有这么漂亮的老婆还不回热炕头陪她睡觉去。"

人群中大多数都是看热闹,但也有几个痞子借着与那疯子说话,其实是在调戏那妇人。

"是啊,乔疯子,你几天没陪老婆睡觉了?可别在外面找了野汉子你都不知道。"

那乔疯子听了不服气地大声道:"我刚才刚和她睡完觉,一觉睡到大天亮。"

人群中顿时哄笑声四起,那妇人本就心中悲苦,又见自己的丈夫坠入圈套,自己清白良家却大庭广众之下受这样羞辱,不禁又羞又气地抽噎起来。几个恶少却又有话说:"乔疯子,你看她哭了,这自然是不承认你的话,就凭你一个疯子,也能娶到这么好看的媳妇儿,莫非你在吹牛不成?"

"我吹牛!"乔疯子恼羞成怒,一把拉起那妇人,竟是要当街撕她的衣服。妇人惊叫一声,扭着身子躲避,却不及自己的丈夫力大,挣扎间一件枣色小袄的扣子已被纷纷扯落,露出里面的绣花紧衣,几个恶少见了都拍手大笑叫好。

古平原心中大怒,他自从被流放关外,整日最为担心的就是自己的母亲和一双弟妹会被人欺,眼下见了这情形,这帮痞子如此可恶,连个疯子都不放过,他不由得起了同仇敌忾之情,浑然忘了自己的处境,大喝一声赶了过去,抓住那疯子的双手想要救人。

须知人的力气恰恰是疯了之后最大,因为不识礼教,不避恐惧,一身蛮力便可全然激发出来。古平原是个读书人,本就不善用力,所以虽然使足了力气,却也制那疯子不住。幸好这时候从后面跑来一个男子,拦腰把那疯子抱住,口中还不住地叫:"大哥,大哥你快住手!"

两个人合力终于制伏了那疯子,却也累得通身是汗,两旁人见是这疯子的至亲男戚赶来,知道没什么热闹可看了,也就渐渐散去。

古平原大喘口气,这才有工夫抬眼看看,与那后来男子双目一碰,俱是一愣。

"乔兄!"

"古老板!"

这男子正是乔松年,前些日子从瀚海返回燕门,一入省境乔松年便提出要回家探望兄嫂。古平原因他立了大功,赠他一百两银子,让他回乔家堡读书应试,怎么却又跑到这里来了?二人刚要叙话,就听那妇人低声哭着叫:"松年,松年,你答我句话好不好?"

她叫的正是那疯子,疯子被降服后却异常地老实,一动不动痴痴呆呆坐在地上。

"这……"听到那妇人对疯子口称"松年",古平原不由得疑惑地望了望一旁的乔松年。

乔松年面露尴尬之色，压低声音说："古老板，此处不是说话之所，请到我大哥家一叙。"

古平原身上还有要事，便婉拒了。乔松年便说自己哥嫂住在小南河另一头十七里外的油芦沟村，自己也暂住在那里，希望古平原空闲时能来坐坐，以便自己表示谢意。

古平原与乔松年别过，看着他与那妇人一左一右搀着疯子慢慢走了，这才一路打听来到了常家大院，他望着夜幕中的常家大门，心中不免五味杂陈。他发了一会儿呆，啪、啪拍了两下门环，不一会儿有人小心地在里问："谁啊？"

"是我，李嫂。"古平原听出声音，"我是古平原。"

就听里面门闩卸下，大门打开一扇，李嫂一步跨了出来，脸上又惊又喜，"古少爷，怎么是你？哎哟，昨天看你被那陈赖子绑走了，吓得我魂都没了，偏偏等和玉儿小姐见了面，她又什么都不肯说。看这样子，你是被放出来了，那常老爷呢？他放没放出来？"

"这……"古平原面对一连串的问话，不知如何回答，只好先岔开一句问道，"家里可都好吗？"

"怎么会好哟，房契都归了王天贵，逼着我们三天腾房搬出去，更别说黑塔少爷了，伤得那么重，又走得不知去向……"

"什么，刘兄弟他怎么了？"古平原急急地问。

"他……哎呀，你看我真是急糊涂了，怎么站在大街上说话，古少爷，快里面请。"

古平原刚要挪步，又觉不妥，此时自己与常家离得越远越好，免得更加授人口实。就在他把步子收回来的一霎，听门后有人说："李嫂，不必了。"

说话之人自然是常玉儿，她的心情实比古平原还要复杂百倍，一天之内爹爹下狱，大哥失踪，家宅被夺，爱慕之人又变成了仇人的帮凶，这种种打击不是一个女孩子能承受得了的。此刻面对古平原，常玉儿更是矛盾，她不希望古平原硬扛着被砍头，可原本重情重义的古大哥用这样的方式活下去，难道就是自己希望看到的？更何况他居然还和那种女人……这让常玉儿想起来就恶心。

所以她虽然哭肿了眼睛，话却是柔中带刚。"古少爷。"她用了和李嫂一样的称呼，"家里只有两个女人，入夜上门实在不便相待，有什么话就请当街讲吧。"

古平原见了常玉儿，心里也不好受。自己把人家害得够惨不说，而且昨晚那副狼狈样子全都落在玉儿姑娘的眼里，这也让他十分尴尬。

　　他打定主意不再让常家受自己的牵累，自然不能对常家的事太过关心，何况街上也有人来人往，于是尽量把语气放得淡淡的："常姑娘，这一趟去瀚海赚的银子中有我的一份，我这趟上门就是来要银子的。"

　　"古少爷，这个时候你……"李嫂没想到古平原居然落井下石，发急道。

　　"李嫂！"常玉儿本来微微低头没看古平原，此时遽然抬头瞪着古平原，眼神如刀子般锐利。古平原也不回避，就这么回望着她。常玉儿心中一阵气苦，点点头说："好，你等着！"

　　常玉儿转身进屋，不多时便出来，手里拿着一个小布包，打开是两张一千两、一张五百两的龙头大票。"古少爷，我向你交代清楚。驼队的脚钱是用这一回带回来的货付的，我和大哥实在无暇他顾，就托孙二领房将货卖掉，本钱就是一千两，加上赚头足抵脚钱。剩下的银子中去掉药材的本钱和悬济堂该得的利润，我常家入干股应得七百五十两，其中有你一半是三百七十五两，还有五千两是你在瀚海河上一嗓子喊出来的，自然都归你。你说这次死难的伙计要厚恤，我也按你的话办了，这笔银子依然是常家和你各出一半，总共是四百两。

　　"这样算下来，归你的银子还剩五千一百七十五两，我和大哥怕有闪失，各带了一半，我这里有两千五百两，现在就交给你。我大哥今天出门去了，其余的银票都在他身上，等他回来后自然会还你银子，到时候无论过去几天，按票号的利息一并算给你！"

　　李嫂听常玉儿三言两语把话说得这般绝情，她不明就里深感不安，刚想要出言解劝，可看看常玉儿的脸，自己先就吓了一跳。就见常玉儿把手摊开托着布包里的银票，脸扭向一旁，面若寒霜，眼里却蕴满了泪水。她把常玉儿从小带大，却从没见过常玉儿这般伤心决绝，惊讶之下话也说不出口了。

　　古平原听了这话也是一愕，随即苦笑一下，"不能这样算，我喊出的价里有一半也是替常家喊的，再说我答应给的厚恤，也不能让常家拿钱。"

　　常玉儿恍若未闻，手依旧一动不动平端着。

　　"再说你们眼看就要搬出这常家大院，还要找栖身之所，常家也还有外债未清……"

　　"古少爷。"常玉儿的声音又冷又硬，仿佛比北风还凉上三分，"常家的事儿是我们自家的事情，不劳旁人动问，这份好歹我还懂。"

古平原一听就明白，这是冲着自己今天早上一句不知好歹说的，眼见街上已经有人注意到常玉儿手中托着的巨额银票在指指点点，若是再给常家招来是非则与自己如今的想法背道而驰。古平原无可奈何地将布包接了过去，折两折在贴身处放好。

"常姑娘。"他见常玉儿转身要进去，张口一呼，"我现在要去牢里看看老爹，你要不要一同前去？"

常玉儿咬着下唇没言语。她是真想去，昨天到了县衙大牢，在王天贵安排之下她只见到了古平原出丑的一幕，自己的爹爹却没能见到。今日与李嫂再去探监，狱卒却推三阻四说什么案子没过堂为防串供不能探望，自己想到爹爹在牢里受苦就忧心如焚，如能见上一面自然再好不过，可是方才把话说得这么绝，现在怎么好意思再转过身去。

李嫂一见常玉儿不拒绝却也不说话，便知道姑娘家脸皮薄，方才把话说绝了现在不好转圜，连忙开了口："古少爷，那再好不过，只是真的能见吗？"

"这个我来想办法。"古平原心里也没底，万一狱卒硬是不让见，那也没法子。

"好，好。古少爷你稍等片刻。"李嫂颠着小脚跑进去，不一会儿出来交给常玉儿一个柳编提篮，"仓促间也没什么东西，几样现成的面食点心，我还把老爷跑买卖常用的水囊灌了一囊酒，这天太冷，喝点酒暖暖身子也好。"说罢，一推常玉儿，"快跟着古少爷去吧，见了老爷别哭，多安慰着。"

6

古平原与常玉儿一前一后默不作声地走着，两个人心里都觉得有说不出的别扭。走了两条街，古平原先了开口："方才听李嫂说，刘兄弟不知去向，这是怎么回事？"

回答他的依然是一阵沉默，古平原只得知趣地闭上了嘴。他路上敲开一家炉房的门，用加一成的贴水兑开银票[1]换了十个京丝银锭，放在一个木盒里码得整整齐齐。

等走到县牢门口，守门的狱卒一横水火棍，斜愣着眼问道："干什么的，大狱重地，不得擅近，离远点。"

"差爷。"古平原语气很温和，"我们是犯人的家属，想入狱探探监。"

"都什么时候了，你们懂不懂规矩，哪有晚上探监的道理。牢门早已下钥，要探监明天早点来。"狱卒这一大声嚷嚷，从大牢里走出一个人来，这人敞怀罩羊皮长

---

[1] 中国旧时银钱业用语。贴水是指远期汇率低于即期汇率。

袄，头戴六棱瓜皮帽，上团下尖一张脸，嘴抿成一条缝，开口问道："什么事啊，大晚上吵吵嚷嚷。"

那狱卒立马堆起笑脸，"大人，有两个人不懂规矩，非要大晚上探监，我这正撵着呢。"

"嗯？"那人翻起鱼泡眼，借着门前的灯笼火光拢目看了看，认出了古平原身后的常玉儿，"是你啊，不是告诉你了吗，常四案子未审不能探监，怎么又来了，回去吧！"说罢连连挥手，一副法不容情的样子。

"听见没有，这是我们典史李大人，他老人家发了话，你还不回去？"一旁狱卒喝威道。

古平原听说出来的这人是管牢狱的典史，立时精神一振，若能结交下此人，无异于给常四老爹在黑狱中点了一盏明灯。

"李大人。"古平原踏前一步，冲着李典史一抱拳，"请借一步说话。"

"你有什么事？"李典史这种事见得多了，知道他要请托行贿，于是随古平原往边上走了两步。

既然没有严词相拒，又跟了来，那就好办了。古平原根本就不多说，话再好听没有银子好看，他只把那木盒捧在手里打开，对着光处一亮，十个新铸好的京丝银锭闪着釉面青光，看得那李典史不由自主就咽了口唾沫。

古平原这一招真好使，银票虽好却没有银子夺人二目。作奸犯科蹲大狱的人十有八九是穷人，来探监的穷人家往狱卒手里塞钱，有一吊制钱就算不错了，哪见过一给就是十个银锭，李典史也不免被镇住了，目光钉在白花花的银子上一时无法收回。

古平原来的路上就已经想好了，其实这件事花上一两个银锭也能办成，但他要的就是一下子压倒对方，不仅让这个典史大人无法拒绝，而且还要让他对自己留下深刻的印象，如此一来今后与他交往的路也就打开了。他不失时机地跟上一句："李大人，草民家中长辈不幸遭了牢狱之厄，今后免不了常来麻烦您，这常来常往的，还真得求您多照应。"说完把盒盖盖上，往李牢头怀里一递。

"常来常往？"李典史见了银子眼睛就亮，听了这四个字更是心中大乐，牢狱虽然暗无天日，但钱就是指路明灯，他二话不说，转身亲自带着他们走进了大牢。

古平原坐过牢，常玉儿却是第一次到这种地方来，在两侧火把亮光中一步步走进阴森的过道，左右两边腥臭味扑鼻、痛苦呻吟声不绝于耳，她忍不住阵阵心悸。几个人脚步不停，眼瞅着就来到最里面的一间大牢房，不用问常四老爹必是关在这里面。

"这是关死囚重犯的牢房，按例不许探望，你们快着点，万一知县大人来巡牢，我也不好交代。"说完，李典史往里面叫了一声："常四，有人来看你。"

他这么一叫，常四老爹在里面顿时听见了，他扑到牢门前往外看，轻叫一声："玉儿……"

"爹！"常玉儿一声痛叫，也扑了过去，隔着木栅握着爹爹的两只手，细细端详着。一看见常四老爹被折磨得憔悴不堪的样子，常玉儿泣不成声。

"爹没事……没事，这不是好好的嘛。玉儿，你一个女儿家怎么进来这种地方，黑塔也真是……古、古老弟？"常四老爹话刚说到一半，抬眼看见了站在后面也是热泪盈眶的古平原，顿时惊呆了。他原以为古平原必定也被抓了进来，却怎么好整以暇地站在外面？

古平原往前走了两步，扑通一声跪了下来，难过得不知说什么才好。

"老爹，是我连累你了，我真该死！"

"唉，这叫什么话！其实是我连累了你，这摆明是要夺我的家产，不怕贼偷就怕贼惦记，他这么处心积虑，就是没有你这么一档子事，我也难逃一劫。"常四老爹摇了摇头。

这真是替人着想到了十二分的安慰话，古平原觉得常四老爹这个人真是忠厚到极点，越是这样他心里越不安。

常四老爹与常玉儿把这些日子的经过彼此说了说。常家大院易主是瞒不了的，但刘黑塔不知去向的事情玉儿没敢提。老爹问起干儿子，常玉儿只说担心大哥脾气暴躁进来惹祸，又把在瀚海的事情简短截说讲述一遍。常四老爹听得一会儿喜一会儿忧，等得知古平原成了王天贵柜上的人，常四老爹皱了皱眉，他毕竟有把年纪的人了，想事情并不那么简单。

"爹，王天贵也不知打的什么主意，拿了我们房契却不放人，看样子一时半会儿也难把你救出去。"

常四老爹拍了拍女儿的手，"我老了，死在哪儿都是个死，最担心的是连累你们，那大宅就给王天贵了，至于我随他处置好了。"

说完又压低了嗓门对着古平原道："古老弟，事情我都知道了。玉儿是个女流之辈，黑塔又莽撞爱惹事，还请你帮我照顾好他们。"

"这何须老爹说，您放心就是。"

"要是有机会……"常四老爹看了看左右，压低声音，"你就逃吧，别管我这把老骨头。"

"老爹，若是我贪生怕死，在黑水沼外就逃了，瀚海人逼得紧时也逃得，就是昨夜我又何尝不能逃？这话您老就别说了。"

"唉……"常四老爹叹了口气，抬起头道，"既是这样，我也不多说了，这里也不是讲话方便之所。我知道你屈身王天贵手下必有不得已的苦衷，听方才玉儿的语气里对你似乎不谅，那么黑塔想必更是如此，你不要往心里去。"

"是。"古平原听老爹这时候还在为别人殷殷打算，心头一酸也落下泪来。他向常四老爹道了保重，辞出前又看了一眼牢里穷形恶相的一群囚徒，眉头重重地一皱，忽然想起一事，对李典史问道："李大人，与常四老爹同牢的那些囚犯，姓名住所可有造册？"

"自然有，你问这个做什么？"

"能否借我抄录一下？"

"哦，可以。"衙门文书原本不能随意誊录，但古平原出手大方，囚犯名单也不是什么机密要件，典史拿人手短，想了想便答应下来。

7

如此一晃过去了三天，古平原一有空就往当铺外跑，也没人问他做什么，在祝晟的无视下，所有的伙计都极有默契地对古平原漠然置之。

第四天头上，古平原正在站柜，抬眼发现曲管账又来到了万源当。

祝晟早看见了他，淡淡地点了点头，"曲管账大驾光临有什么事吗？还是说王大掌柜又要往这儿荐个猫三狗四的。"

曲管账瞟了一眼柜台里的古平原，看出祝晟不待见他，仿佛对他的处境很满意，没和祝晟做口舌之争，径直道："今天是王大掌柜搬家的吉日，他说知道万源当后库里有几套不错的家具摆设，让送过去。"

这么盛气凌人地颐指气使，祝晟脸色顿时变了。"对不住，库里的东西都在册上，怎么能随便往外搬？"

"这整个买卖都是王大掌柜的，怎么不行？"曲管账也沉了脸。

"这是当，不是卖！都是有主儿的物件，人家来赎怎么办？"

"那我不管，不是还有死当吗？"

"库里死当的家具没什么能入王大掌柜法眼，你请回吧！"祝晟一甩袖子，下了逐客令。

"你！"曲管账知道祝晟倔，可没想到一个迎头钉子碰得这么重，顿时恼羞成怒。

眼看两个人僵住了，古平原插言道："大朝奉，我这几日备造另册，天字库里不是有一堂鸡翅木错金镶百宝的桌椅连大柜，还有那张红木嵌螺钿理石罗汉床当期已满并无取赎，已然成了死当，价值都在千金以上。"古平原知道说这话必定得罪祝晟，但他早就想好了，王天贵与祝晟明摆着水火不容，自己一定要适时表个态，哪怕给一边当枪使，总好过杵在地上当烧火棍。

"听见没有，就他说的这两样，一会儿送到王大掌柜的新宅来。"曲管账抓住机会斩钉截铁地留下一句话，不待祝晟回话，便头也不回地走了。

祝晟猛回头死死盯着古平原，半天才冷笑道："好好好，真不愧是王大掌柜荐来的人。"他拱了拱手，"那一会儿就麻烦四朝奉亲自跑一趟，把这东西送过去吧！"当铺众人无不对古平原怒目而视。古平原神色自若，恍如不见，反倒是摆开四柜的身份，叫着几个伙计从库里抬东西。

等装车之后，古平原带着个伙计押车去送，这伙计恰是前几日被他当众解围的那个学徒，名叫金虎。古平原叫他另有深意，半路上开了口。

"这王大掌柜和祝朝奉之间好像有什么恩怨？"

"这……嗨，其实告诉你也无妨，反正全当铺，不，全太谷没有不知道这件事的。"古平原那天帮金虎的忙实在是帮大了，不然日后已赎过的当票再来赎当，一查册子是金虎经手，他的麻烦就不得了。金虎也不是知恩不图报的人，这几日一直在偷偷帮古平原整理当票册子，眼下当铺里也就是他还能和古平原说上几句话。

"说起来，祝大朝奉的爹要算是死在王大掌柜手里。"金虎把声音压低了，将这件发生在几十年前的事情的始末缘由一五一十说了出来。

原来当年祝晟的父亲开了一家小票号，便是这泰裕丰的前身，手下有个得力的徒弟便是王天贵。王天贵对于票号买卖确有天分，祝父对王天贵信任有加，将票号的重要业务都交与他去做，反将自己的儿子送到天津学典当，言外之意便是想将票号的经营传给王天贵，让自己的儿子只当财东，不参与经营。谁知道王天贵此人颇有心机，见票号生意越做越大都是自己整日忙里忙外的结果，到头来为他人作嫁衣，心中便起了不平之意。又见祝父执掌票号身子旺健，自己不知何日才能出头，于是暗中将票号里的钱抽出来去放高利贷，又勾结了一批地痞流氓和官府胥吏，故意打着票号的名义逼死人命，又要打官司。就这样逼得祝父上了他一个恶当，将股本转到了王天贵名下，结果……

"我明白了，结果这本就是一场骗局，祝父情急之下不察徒弟的狼子野心，所托非人，泰裕丰就这么归了王天贵。"古平原一听就知道结局。

"可不是嘛，这事儿我也是听当铺里师兄说的，事情都过去那么多年了，以讹传讹谁也说不清了。反正就是祝朝奉的爹一气之下归了西，王大掌柜点收俗称财神股的股本清册时，却发现里面只有九成半的财神股，少了半成。原来当初祝朝奉去天津学徒的时候就带走了半成的财神股归其名下。"

"半成？那有什么用？"古平原不解地问道。

"用处可大了，古朝奉你是外乡人，不知道燕门票号买卖的规矩。"

原来燕门的生意买卖，无论大小，到了年底都要开三天的财东大会，将各位财东从四面八方请来，一则分红，二来对着一年的盈亏损益提提意见，到时候哪怕只有一百两银子的股，也必被本店尊为上宾，说出话来，大掌柜必须毕恭毕敬地站听。三天三夜之间流水席不断，待到曲终人散，各家店铺才能继续新一年的生意，如此循环往复，年复一年。

"财东大会先分红拿银子，然后讲是非。别家买卖都是客客气气，哪怕是有话要说，也必定是先请个罪，然后语气和缓不伤和气。唯有泰裕丰不一样。"

"怎么个不一样法？"金虎一句话勾起了古平原的兴趣，他偏过头问。

"那可热闹了。泰裕丰的财东只有两个：一个是拿九成五的王天贵，另一个就是拿半成的祝朝奉。祝朝奉恨透了王大掌柜，却又拿他无可奈何，所以每年年底的财东大会就成了他出气的最好机会。那三天他吃饱喝足了就指着鼻子骂王大掌柜，王大掌柜还不能还嘴，被骂得狗血淋头也只能站着听。三天骂过，祝朝奉每次都是在分红的银票上吐口唾沫，然后一把丢到王大掌柜脸上，扬长而去，从来不要分红。"

"虽然是个倔老头，倒真是有骨气呢。"古平原不自觉地赞了一声。

"那是真的。"金虎连连点头，左右看看，见四下无人，又道，"你别看祝朝奉一身本事，其实家无余财，一家人住的是破瓦房，就差没吃糠咽菜了。"

"那怎么会呢？"这古平原可万万想不到。

"唉，还不是让王大掌柜害的，他那么羞辱王大掌柜，人家能轻饶他？祝朝奉自己开了家当铺，就是这万源当，没几年三弄两弄就归了泰裕丰，再和人合伙做点买卖，每一次都被王天贵搅了，到头来双手空空不说，还欠了人一大笔银子。王大掌柜几次让人给他带话，要是肯把那半成的财神股交出来，不但银子照算，而且当铺也还给他，可是祝朝奉每次也都是一口回绝，绝不考虑。王天贵大概是怕逼得太紧反倒不妙，所以仍是让他在此当大朝奉，祝朝奉却也同意了。后来我听丁二朝奉说，他是怕自己一走,原本当铺的老人儿吃亏,所以才勉强留了下来。"

"原来是这样。"古平原与祝晟同病相怜,都吃过王天贵的大亏,不由得叹息一声,"我这几日看那祝朝奉虽然脾气偏些,人倒是不错。"

金虎深有同感地点了点头,忽然往前一指:"到了,前面那不就是常家大院。"

"现今是王家大院了。"古平原面无表情地纠正道,驱车上前准备卸货。

古平原说得不错,常家大门上钉着的"常寓"木牌已被拆下,取而代之的是大门两边高高悬挂的"王"字大红灯笼。古平原到门前,王天贵正背着手看着这气派轩敞的大门,嘴角流露出一丝得意的微笑。

"门上的漆旧了,明天找漆匠来刷上三遍漆,记住,要刷上好的清江漆。"

"是。"一旁的曲管账躬身答应。

曲管账见古平原押车过来,目光闪了一下,故意说了句:"王大掌柜想要的东西最后总能得到,谁拦着也没用。"

古平原明知道他是说给自己听,可并没接茬。王天贵微微一笑,一瞥见到本县陈知县的轿子抬了来。他也有七品功名捐在身上,故而不慌不忙,等陈知县下轿后,众人围上去参拜已毕,他才踱着步走上去,作势一拜,口称:"见过知县大人。"

陈知县四十出头的年纪,白净面皮倒有几分书生样子,只是双颊凹了进去,面上无光带了几分病容,其实是吸食大烟的缘故。他此番特意便服来贺王天贵的乔迁之喜,见状连忙拦道:"你我一般的品阶,兄弟怎好生受王翁,还是不要多礼。"说着低声一语,"前日受惠甚多,多谢王翁。"

王天贵矜持地一笑,"大人光临蓬荜生辉,只是鄙宅尚乱,我也要过几日才搬了来,鼓楼大街上满一楼是乔迁宴的正地方,还望大人赏光去坐坐。"

"那是自然。"说着陈知县走两步,来到大院门前,抬头看了看,不住点头称赞,"王翁商界大才,得此佳宅,想必更上层楼指日可待。"他略一沉吟,捻须徐徐道:"画戟朱楼映晚霞,高梧寒柳度飞鸦。花繁柳暗九门深……"

作诗的功夫全在一转一结,陈知县虽是两榜出身,但燕门不比江浙多名士,平素无人唱和,更兼他自从牧民太谷,又染了烟瘾,诗词一道放下已久,此刻心血来潮口占一绝,却卡在结句上。这第三句已说到庭院深深,隐有不祥之意,结尾翻案翻得不好,岂不变成来给主人家送晦气。陈知县一急,额上见了汗,回过头看了看,奈何自己的两个师爷一个也没跟来,眼前都是钱眼里翻筋斗的商人,大眼瞪小眼,彼此都愣住了。

正在主客都尴尬万分时,忽然旁边有人高声吟道:"始见新月青山洼。"

"好！"陈知县被解了围，忍不住击掌称绝，回头看了看，接句的正是古平原。

"接得好，真正是难得的佳句。你叫什么名字？"

"草民古平原。"古平原回答的时候心里怦怦直跳，双眼紧盯着陈知县。他方才到了常家大院，忽然觉得事有蹊跷，常四老爹因罪入狱，家产查封，充公官卖，这些都是正办，怎么会糊里糊涂就私下过手到了王天贵手中，莫非……他起了疑心，大着胆子答了自己的真名，就见陈知县面不改色地点了点头，笑着对王天贵说："此人想必也是王翁的伙计，有这样的捷才，难怪泰裕丰的生意越做越大。"

"还不是都靠大人平日照应。"王天贵干笑两声，脸色十分不自然。

王天贵请知县上轿赴宴，轿子前脚刚一抬走，古平原走到王天贵身后，声音中带着一丝悲愤，"原来陈知县还不知道我的名字。"

王天贵知道古平原已然明白了，却不转身，只一哂道："那又怎样，你敢去击鼓鸣冤吗？"

"不敢，那岂不是等于把自己和常家都往火坑里推？"

"你是聪明人，跟聪明人打交道最省心了，你好自为之罢。"说完，王天贵带上曲管账和几个大伙计，也同往满一楼而去。

古平原立在当场，重又想了想自己的处境，发觉事情没有惊动官府反倒简单了，俗话说得好，一字入公门，九牛拉不回。老爹入的虽然是官府大牢但与王天贵设的私狱无异，现在事情全在王天贵手里，只是此人心狠手辣且又狡诈多变，如何才能将他敷衍好，让他放了常四老爹，倒真是一件头疼之事。

他正想到这儿，不经意间往大院门口一看，正看见常玉儿挟着一个包裹在李嫂的陪伴下走了出来。

几日不见，常玉儿身形更见瘦削，尖尖的小脸我见犹怜。她自从那日回到家，每想起爹爹在死牢里被人踢打就哭一场，哭过了还要去四处打听刘黑塔的下落。这几天仿佛是在噩梦里一样，她根本顾不上搬家，更何况此时家中一贫如洗，也无力再去租住大院放置这些东西。

三天时间一到，王天贵的手下如狼似虎地闯进来，将自家的东西胡乱丢弃。常四老爹的房间十多年如一日，保持着常玉儿的娘当年在世时的样子，现如今也被用作王天贵的卧房，里面的东西都被七零八落地丢在院落中。

常玉儿只捡了娘亲手绣的一条手帕紧紧握在手里，寻了些应用之物，李嫂劝了半天，准备带玉儿去自己家暂住一时。家里逢此大变，连个能诉说的亲人都没有，要不是李嫂陪着，常玉儿真的有寻死的心。此刻出门看见古平原，她怔了一下，低头想了想，向古平原低声招呼："古、古大哥……"

古平原听他把称呼又改了回来，心里大是奇怪。"常姑娘，有话请讲。"

常玉儿欲言又止，好半天才鼓起勇气道："这几日，陆续有人到我家来道谢。这其中一半是我家的债主，常家出事他们本以为讨债艰难，却有人找上门去，将债都还了。还有半数是与爹爹同牢的那些囚犯的家人，说是有人用爹爹的名义买米买面，还资助了他们生活用度。他们都托人带话入监，要那些人好生敬重爹爹。这些事都是古大哥做的吧？"

古平原略略点了点头，他这几日一有闲暇办的就是这两件事。

"我算了算他们提到的钱数，原来那日你要了银票去，大半都用在了我爹身上。"

"常老爹因救我而入狱，我花多少钱都是应该的，你不必介怀。"古平原语气温和地说。

常玉儿猛抬头道："古大哥，你一点都没变，是我错怪你了。"

古平原心中一震，"不，我是贪生怕死，这才留在王天贵手下做事以求保命。"若是常玉儿知道自己一心想救常四老爹，甚至找王天贵报仇，那么就难免被牵连进来，古平原一直为此担心，故而不惜自污来保全常玉儿。

常玉儿缓缓摇头："我虽是女流之辈，也知道大丈夫可杀不可辱，你这样做，必有自己的道理……"

古平原不愿让她再说下去，打断了常玉儿的话，"你说辱，你知道什么是辱？我来告诉你，同住一间客栈深宵会文的文友，半月之间仙凡异途，我受刑得罪出顺天府大牢押解出关，蓬头垢面穿囚衣戴大枷，人家状元夺魁出大清门骑马夸官，趾高气扬穿红袍戴乌纱。在京师大道上狭路相逢，嫌我一个囚犯挡了路坏了彩头，让差人拿鞭子狠狠地抽！我倒在地上，挨着鞭子，抬眼看着昔日文友今日状元的马蹄就从我身边踏过，那才是辱！"

古平原说到情切处，不由得真动了情肠，眼里迸出泪花，只望着天不让泪水流下，缓缓说道："十年寒窗苦，换来一朝辱，真的是终生难忘。所以王天贵加诸我身的辱，我已是不在乎了。区区一名流犯，只求能留得一命苟延残喘便是大幸。至于为老爹做的事，就当是我最后的报答好了，今后你常家走你的阳关路，我古平原走我的独木桥，彼此再无瓜葛。"

古平原说的陈年往事，常玉儿自是一无所知，骤然闻听不由得痴了，替他设身处地想想，真是百般心疼，后来又听他说到绝情绝义的话，情不自禁地摇着头："不，你是个敢作敢当的大丈夫，绝不会屈身于王天贵这样的小人手下。"

"常姑娘！我要怎么说你才明白？"古平原深吸了一口气，平静地说，"为了活下去，我宁可当王天贵手下的一条狗！"

常玉儿身子一震，古平原的话让她惊呆了，她看着古平原，透过那双悲凉与无奈的眸子，往昔的刚毅与执着依然清晰可见。常玉儿呆呆望着古平原，身子像定住一般，好半响才慢慢后退几步。李嫂见状要来扶她，常玉儿没有理会，转身大院门前，啪啪拍了两下门环。

门上见是此间方才出去的旧主人，于是叫来了管家。王天贵的管家亦是鼻孔朝天，刚出来就道："这里的东西要拿就快些拿走，迟了便去叫花子窝里找吧。"

常玉儿面无表情地福了一福，"我不是来拿东西，方才听说这大院里缺少仆役婢女，我愿意自典自身，供王大老爷府上差遣。"

谁都想不到常玉儿会说出这么一句话来，古平原大惊失色，还以为她这几日心痛过甚失了魂，疾走两步想要阻止。管家已是先开了口，他疑惑道："你不是老常头的女儿吗？"

"我父兄皆不在此，又是未聘之身，自然可以自典自身。"常玉儿的脸色如恒。

"我不是这个意思。"管家觉得前任主人的女儿转眼之间便要来应征奴婢，事出常理不敢答应。然而常玉儿样子聪慧可人，又是本乡本土之人，要拒绝一时却又寻不出理由，正在为难，就听得一声："那好，你就来给我做丫鬟好了。"

众人闻听又是一惊，往门里望去，出来答话的却是王天贵的小妾如意。

王天贵搬到这处大院，老宅并没有动，还是只带着如意这一房姨太太。如意相中了常玉儿的闺房，正让手下几个丫鬟在布置，自己出来四处走走，顺便看这大院的风水布局，不知不觉走到大门前，望出去正看见常玉儿与古平原交谈。如意是风月场上的高手，一眼望过去就发觉常玉儿对古平原深情脉脉。

别看古平原在王天贵面前递了降表，如意对他却是始终好感不减，觉得这个男人与自己之前遇到的那些男子大有不同。她出身堂子，一双玉臂千人枕，半点朱唇万人尝，可谓是阅人无数，却对这虽然碰了自己却只是浅尝辄止的陌生男子意外动心，又素知王天贵的阴狠秉性，所以这份暧昧心思并不敢露出分毫。

此时发觉常玉儿对古平原有情，如意心里不免起了一丝妒意，做主收了常玉儿，为的却是将她与古平原隔开。这理由连如意自己都觉得可笑，却想也不想就这么做了。

"古大爷，一向可好？"如意走出来，不理旁人，笑靥如花地向着古平原打了声招呼。

古平原听了这称呼便又想起那一晚的事情，脸上很不自然。

如意抿着嘴笑，故意插到古平原和常玉儿中间，用不大不小却让两个人都能听到的声音说："你装什么蒜，要不是那老歪早进来一步，如今你我还不知怎样呢。你说是不是，你可也是个见证呢？"她前半截话对着古平原，后半截却是对常玉儿说的。

常玉儿羞得脸上绯红，欲啐却又止住，咬着下唇问："你方才说的话算不算数？"

"当然算，你叫常玉儿，这名字挺好，也不必改了，今后在我身边做个贴身丫鬟，就叫玉儿好了。"如意盯着她道。

常玉儿想到她与古平原之间的那一幕就觉得恶心，现在自己又要去贴身服侍她，不由得犹豫了一下。

"怎么，你不愿意？是啊，你原先是这府上的大小姐，现在却要给我铺被扫床端茶倒水，怕是委屈你了吧。"如意好像看透了她心中所想，脸上古怪地笑了一笑。

"不，我既然进了府上，要我做什么我就做什么。"常玉儿想定了。而她心中想的是"古大哥，如果你要做王天贵手下的一条狗，那么我也陪着你，哪怕是上刀山下油锅，都要和你在一起"。

"那好，你与管家谈好了身价，便进来寻我。"如意说完，深深地瞥了古平原一眼，说了声，"古大爷，改日再见。"这才迈步款款走进去。

古平原在如意面前，脸上心上一时都不自在，原想阻止常玉儿，话也没能说出口。等如意进去，李嫂把常玉儿拽到一旁，他这才跟过来问道："常姑娘，这里以前虽然是你家，现在却成了虎狼窝，你怎么能到王家为奴为婢呢？"

常玉儿一反这几日的柔弱，扬起头一眨不眨地看着古平原，语意决绝得如同雪山坚石，"古大哥，你硬要说自己是那样的人，我也没办法。只是这里是我的家，我相信天道好还，迟早有一天会有一个人来将王天贵逐出去，还我家一个公道。"

这话恰恰说中了古平原的心思，他隐忍待机为的其实也是这么一天，只是却没有想到常玉儿一个女儿家也有不让须眉的志气。

"要是你能看见那个惩奸除恶的人，麻烦你告诉他，我就在这大院中等着，无论多久也没关系，到了那一天，我要亲眼看着王天贵恶有恶报。你说对吗？"

古平原望着常玉儿的眼睛，深深点了点头，他也不再隐藏自己的心意，嘴角微微带了一丝安慰的笑容，"善恶到头终有报，我想那一天也不会太远。"

有了古平原这句话，对常玉儿来说就足够了，她嫣然一笑，转身走进大院。

第七章

当　铺

1

这天下午说来也巧，当铺里的三个朝奉，一个赴同业公会的宴、一个请假回籍省亲，剩下一个丁二朝奉有个疟疾底子，忽然发作起来，只得回家卧养。偌大的当铺，就只剩下古平原与众伙计。

三位朝奉不在，便是四柜当家，他也知道凭自己的眼力，若真是碰巧来个当古玩珍宝的主儿，非闹笑话不可，索性走出柜台道："今天既然三位朝奉都不在，那我这四柜就僭越了。各位连日来辛苦，兄弟做主给大家放个假，今天早早上板歇铺，回家去吧。"

伙计们没想到他会这般处置，愣了一下都有些不敢置信。古平原看他们不动，又道："既是我说的，大朝奉回来自会寻我说话，便有责怪也是我一人之事，你们放心歇着吧。"

谁不愿意早些回家，哪怕无事可做，坐在炕头上抱抱娃子和婆娘说几句话也是好的。众伙计无不面露喜色，便张罗着三个一群、五个一伙地走了，剩下几个住在店里的学徒，古平原指挥他们上板。忽然听得街对面另一家名叫祥云当的当铺里传来"哎哟"两声，接着就见一个人从里面直直摔了出来，躺在街心抚着腰，哭爹喊娘半天爬不起来。

伙计们一看认得是祥云当的二朝奉，随后从当铺里怒气冲冲走出一个须髯如戟的大汉，看上去还不解气，走到街心，冲着那二朝奉的屁股又是一脚。

那汉子打了人，回头冲着祥云当唾了一口，一抬头看见万源当的招牌，走前几步厉声问:"这里可也是当铺?"

几个伙计互相看了一眼,心里都是一翻个,有个胆大的战战兢兢开口答道:"是当铺没错,不过我们已经上板了。"

"大太阳头上,上什么板?待我当了东西再说!"说罢,那大汉抬脚就往里闯,几个伙计也不敢拦,心中暗暗叫苦,想不到这祸水跑到自家来了,几个朝奉都不在,这莽汉发起急来,还不把店拆了?

金虎毕竟年纪大些,迎上来赔着笑脸道:"这位老客,实在对不住,我们几位朝奉碰巧都不在,要不,您去别家看看?"

那汉子四面望望,正见古平原,他一见这个人气度不凡,穿着打扮都与伙计不同,便指着问道:"他是什么人?"

金虎被问得一窒,古平原心想是福不是祸,是祸躲不过,便客气地拱拱手道:"在下古平原,是当铺的四朝奉。未请教总爷高姓台甫?"

他这一说,把那大汉听得一愣,自己打量打量身上,没戴顶戴也没穿补服,这人怎么一眼就认出自己是个武官?

古平原就像看到他心里一样,不待问就说道:"您穿着鹿皮马靴呢,手上还有拉弓用的铁扳指。"

原来如此,那人不由得佩服古平原好眼力,答道:"我姓邓,叫邓铁翼,你看得不错,我是个把总。"

把总是七品,虽说武官顶子不值钱,但古平原丝毫不敢怠慢,叫了一声"大人"。

"想来是手头偶有不便,要当些东西,请到柜上来谈。"

邓把总见他彬彬有礼,脸上的怒气便收了几分,古平原这才注意到,他手上拿了个长形布包,放在柜台上打开一看是个铁皮长匣。邓铁翼小心地将长匣的扣子扳开,翻开盖面,里面是一把用绒布包住的腰刀。

邓铁翼轻轻拿起这柄刀抚了抚,粗豪的脸上忽然有些怅然,怔怔地出了一会儿神,这才仿佛有些不大情愿地往古平原手上一递。

"拿去看,小心着点。"

古平原心想,不管你这是战国古刃,还是前朝宝刀,我都辨不出朝代,更看不出真假,但人家递过来了,只得伸手接过。

这刀制作得着实精美,熟铁皮制成的刀鞘上用铜钉排出虎豹纹,一颗颗擦得铮亮,宛如黄金,刀把的护手上还嵌着一块墨玉。古平原轻轻一按板簧,将刀抽出一半,虽是数九寒天,依然觉得一股寒气逼来,两道血槽上隐有鸣音,刀锋闪闪锋利至极。

"好刀！"古平原由衷地赞了一声。他将刀翻了个，发现刀身刻得有字，最大的一行字写着"殄灭丑类，尽忠王事"，随后又有一个数字"四十七"。

古平原立时就明白了，眼前必定是个老湘军，而这刀则定是眼下在两江统兵大战逆匪的曾大帅所赠，当是化用曹操铜雀台比箭夺袍的故事，借以激励湘军士气。

古平原猜到此刀来历，语气更加婉转，"此刀并非古物，但确是一把好刀。请问当多少？"

"五……一千两！"邓铁翼本想说五百两，但转念一想当铺必定还价，索性要了一千两。

伙计们听说一千两，都吃了一惊，不由得围上前看。当铺的伙计久浸此道，没眼力也练出三分，拿眼一扫均露出鄙夷不屑的神情，其中一个暗自伸了伸手，比出一个巴掌，在指根处划了一划，其他人都不言声悄悄点了点头。

随后大家都注目古平原，看他怎么说。出乎意料的是，古平原倒没有太吃惊，拿着这刀颠来倒去地看着。邓铁翼始终用目注视，终于不耐烦道："怎么样？到底能当多少？"

"就一千两。"古平原居然一口应了。几个伙计都吓了一大跳，金虎怕古平原吃亏，壮胆子说了句："四朝奉，这刀不值这个价！"

邓铁翼没想到古平原居然允了自己的狮子大张口，也不知这朝奉是癫是痴，大喜过望之下，倒没计较金虎的话，只是瞪了他一眼，随即伸出手来，"那好，拿银票来。"

"且慢，我说的是死当的价，活当只当五百两。"

"嗯？五百两？"

"死当活当，价不一样，我劝你当个死当。"

"不行，这刀不能死当。再说我只当一天，明日正晌必定来赎。"邓铁翼斩钉截铁地说。

"你可想好了。"

"不用想，就是活当。"

"好吧。那便五百两，我给你写当票拿银子。"

古平原转回身写当票，金虎猫腰进了柜，低声急急地说："四朝奉，这可使不得，您又不是不知道铺规，三朝奉也只能当一百两的东西，过了这个数就要报给二朝奉和大朝奉，您是四柜，就敢当五百两，这大朝奉知道了非大发雷霆不可。而且那刀真是不值,顶多也就是……"他往外看了看,"五两!"

"值不值那是我的眼力,只是你说按铺规三朝奉只能当一百两,那四朝奉呢?"

"这……"金虎哑口无言。一般当铺里三个朝奉就到头了,没有四柜这一说,祝晟也没想过要设四朝奉,所以铺规上压根就没有这一条,想不到被古平原钻了个空子。

"虽然铺规没写,但我劝您还是……这明摆着……"金虎搓着手不知怎么措辞,还不敢大声让外面的客人听见。

"我知道了。"古平原此时已经写好了当票,取过丁二朝奉交给他的钥匙,开了柜上银箱,拿出五百两银票,一并递给邓铁翼。

"当票最少写三个月,我给你写了半年,尽可提前取赎,不过即便如你所说,只当一天,也要付一个月的利钱,这是规矩。"

"省得省得。"邓铁翼接过银票点点数,心下大喜,看了看古平原,"你这朝奉有点意思,爽快!识货!刀可给我放好喽,明日正午之前我就来赎。"

等他快步走了,几个伙计你瞅瞅我,我瞅瞅你,互相摇了摇头。金虎担心地说:"四朝奉,你可闯大祸了。"

"不要紧。"古平原望着那人的背影微微一笑。

第二天一早,祝晟手里拿着他最爱的琥珀鼻烟壶,大腹便便从南城那边的小巷走过来。昨日在同业公会,他因为收当了廖财主家那件珍稀的古玉屏风,颇受了一番奉承,多喝了几杯,今日早起还在头痛,嗅了些岭南产的薄荷鼻烟方才舒服些。

他远远就看见祥云当的胡大朝奉站在门前,还当他在望闲儿,却不料正是在等自己。

"哟,祝朝奉,早啊。"胡朝奉见了祝晟眼前一亮,遥遥一抱拳。

"早,您早!"祝晟还过礼,便要进自家的店。

"别忙走啊,兄弟我还没恭喜您呢,您可真是收了一件好东西啊。"胡朝奉把好东西三个字咬得死死的,阴阳怪气地笑道。

"昨儿咱们都在堂会时,有人到我这祥云当来当当,一把刀要五百两!我那二朝奉左看右看连五两都不值,就推了出去。没想到贵当不愧是业界翘楚,真能辨宝识货,五百两要多少给多少,原价收了。我虽然没看见那把刀,想必一定是价值连城,莫不是关二爷的青龙偃月刀被您得了去?不然典当行的规矩,怎么会当主喊多少就给多少呢?故此我才来恭喜祝朝奉,得了一件宝贝,改日同业公会再办堂会,兄弟我一定给您好好宣扬宣扬，绝不昧了您的名声去。"

"这……"祝晟倒吸一口凉气。五百两银子是小事，可名声丢不得。人家二朝奉也不是白给的，那五两和五百两比起来，一是物，一是宝，轻易不会看错。难不成是丁二朝奉看走了眼？不会呀，他就是再走眼，也不会人家要多少就给多少，典当行的朝奉哪有这么给价的道理？

他也顾不上细问，急急往自家当铺里走去，快步入店后，遇到伙计问好也只是略点点头，四下一看并不见丁二朝奉的踪影，便问道："二朝奉在后面吗？"

金虎答道："二朝奉犯了疟疾，昨日就回家休养了，原说好一些今天便来的，眼下还没到，恐怕是病得越发重了。"

祝晟更是心疑，"我且问你，昨日是不是有人来当刀？"

金虎一缩脖，心想怕什么来什么，为难地看了看站在柜后的古平原。

古平原岂会让伙计作难，早就走了出来，边走边说："大朝奉，昨日是我在柜上，东西是我收的。"

"拿来我看。"祝晟听说是古平原当的，心头就是一凉，但没看见东西还不好说话。等把腰刀拿到手上，才一过眼，祝晟的脸就青一块，白一块，气得嘴唇直哆嗦。

"来人要多少？"

"一千两。"

"你给了多少？"

古平原老老实实说："活当五百两。不过我跟他说，若是死当便可给一千两，人家不当。"

"放屁！"祝晟好悬没把腰刀摔在地上，幸好他多年养成的对当物的重视，手抖了抖到底还是稳住了。

"这刀是新近打造，拿到集市上去卖，最多不过五两银子。按当铺规矩，给他一两五钱算多了，你居然不还价，就给了一千两，最后还当了活当五百两。我祝晟干了一辈子典当，还没遇过这样的事情。你不还价也罢了，若真是收了好东西倒也不会亏本，可偏偏是这么一个打眼的破烂。你没有眼力就算了，还敢妄自做主收东西。"祝晟在古平原面前来回疾走两步，如狂风暴雨地数落着，又抬手向着众伙计一划拉，"你们也是废物，就看着他这么败家，也不拦着？"

"他们拦了，是我没听。"古平原语气极为平静，与祝晟的怒吼恰成对比。

"你没听？那你就是存心来我柜上糟蹋银子了，你知不知道三朝奉也只能喊一百两的当票，你初来乍到，不过是个四柜，就敢给一千两，就敢写五百两的当票，你、你……"祝晟本就体胖,从家里一路走来还没歇歇,就给气得半死,扯了扯棉袍上的领口,大口大口喘着气。金虎机灵,得便给祝晟搬了一把椅子,又倒了茶水,顺便把那刀接了过去。

"大朝奉,请听我一言。"古平原依旧心平气和,"方才您说我打了眼,恕古某不敢苟同。"

"哈,五两的东西当了五百两这还不叫打眼?"

"若是卖,则古某无话可说,确是让柜上损失了银子。但这是当,我并没有做错。事实上,若真是卖,我也不会做这笔生意。"

"死当等同于买卖,你不是给人家一千两吗?"

"不错,但我之前就看出此人绝不会死当,给死当的价不过是试试他,事实也恰如我所想。若他真肯死当,我还另有说法。大朝奉,其实这笔生意的妙处就在于他不肯要死当的一千两,却拿了活当的五百两走了。"

祝晟被他一言提醒,倒真是愣了一愣。是啊,这的确有悖常理,按理说换谁把五两的东西当了两百倍的天价,都该欢天喜地拿了银票走人,怎么却宁可要五百两也不要一千两呢?

古平原徐徐道:"他一开始脱口而出就是想当五百两,后来怕当不到这个数,便留了讨价还价的余地。我给他五百两恰如所欲,所以他肯当,而不要那多余无用的五百两。"

"多余?银子还会无用?"祝晟讥笑道。

"那是因为他一定会回来赎,多要五百两不是多付利钱嘛。我留心观察过,他对这刀爱愈性命,肯当刀必有不得已的苦衷,但这与我们当铺无关。他只要回来赎,那么哪怕当出去五万两也没关系,到时候照收利钱就是了。"古平原极笃定地说。

"你怎么就知道他一定会回来赎?"

古平原笑了笑:"他若不打算赎,会放着一千两不要,只拿走一半吗?"

祝晟闻言张了张口,却再也无话。古平原说得不错,只拿五百两正是打算回来取赎的最好证明。

祝晟又问了问当时经过,想了一想终于说道:"古平原,你擅自做了这么大一笔银子的买卖,我且不怪你,因为铺规中确是没有写清。但是你仅凭察言观色就给了天价,须知这典当行的买卖不是这样做的。典当以当物为准,以当票为凭,当物的价值决定当票上的数额。这一次你收当的其实不是这把腰刀,而是这位主顾赎回腰刀的决心。你虽然有把握此人一定来赎当,但我不能以此为凭,更何况朝奉和伙计们若是引为前例,我这当铺就没办法经营了。"

这说的也是实情,古平原无言地点了点头。

"所以不能不罚。"祝晟想定了道,"罚也分两种,你既然言之凿凿,说那个把总今日正午一定会回来取赎,那么我们就拭目以待。他若是来赎了,你总算没有给当铺造成损失,我只记你一过,年底发赏时再算。若是没来赎,那就没办法了,五百两的损失不是小数,按理说应该把你逐出当铺。"说到这儿,祝晟犹豫了一下,他虽然还拿不准王天贵派古平原到当铺干什么,但是不安好心是一定的,自己逐了古平原,王天贵那边肯定还有花样,自己难免不胜其扰,更何况这古平原天资聪颖,如果逐出他,王天贵再派一个讨人厌的家伙来,却也是头疼。想着他改了口。

"罚你关到大库里去闭门思过。"

古平原想不到罚得如此之轻,却也愣了一下,"大朝奉所言是正办,但是古某自信领不到这个罚。"

这一上午,当铺看上去照常做买卖,其实所有人都是眼观八方耳听六路,门口稍有动静就抬头瞅瞅,走进一个顾客就举目瞧瞧,都在等那把总现身,谁知到了日上三竿不见人影,过了日正当午踪迹渺然。伙计们你看看我,我看看你,都知道事情糟了。古平原这些天手脚勤快,言语谦和,并不摆四朝奉的架子,加上昨天又做主放了大家半天假,人缘已是有了,所以颇有几个人暗暗替他捏了一把冷汗。古平原一开始若无其事,等到了晌午,他也开始心里犯嘀咕,不由得面露诧异之色。

奇怪的是,过了午祝晟也不说话,照样做他的生意。直等到太阳落山,店铺上板,众伙计齐聚厅堂内,等着给大朝奉鞠个躬各自回家,他这才不慌不忙地走出来,看着大家道:"人心岂可恃,当物方为重,这个道理你们今天都看明白了吧?"

"明白了。"大家异口同声道。

"明白了就好。"祝晟转头道,"古平原!"

古平原早知道有这么一叫,他心里一直不服气,觉着自己不可能估错那人的心思,可是事实俱在不容他反驳。

"大朝奉,既是当物并未按期取赎,古某认罚就是。"他说认罚,口气却不那么恭顺,带着一股拧劲儿。

"也不容你不认。"祝晟看了他一眼,冷冷道,"年轻人,有点本事就自作聪明,须知聪明反被聪明误。做生意还是要脚踏实地,总想着一步登天,早晚摔个粉身碎骨。"

古平原心头一震,他本来口服心不服,但祝晟这么一说,他觉得确是说出了自己做生意的毛病，就如同在热锅上倒了一盆凉水，嗤啦一响水雾蒸腾，散去后反倒更见清晰。

"谢大朝奉教诲！"古平原恭恭敬敬兜头一揖。

祝晟却没理会他，吩咐金虎道："把古平原关到大库去，每日饭食减半，没我的话谁也不许放他出来。"

2

万源当有放当物的质库三处，按大小分为"小、中、大"，按种类分为"天字库、地字库、人字库"。越小的库，放的东西越贵重，大库中放的则是一般家什杂物，古平原就被关在大库"人字库"中。将杂物架稍稍搬动，让出个能容一人倒卧的所在，就算蹲"大牢"了。

每日伙计前来取放当物，自然要不断进出，却慑于大朝奉声威，不敢与古平原接谈。唯有金虎不时借着劳作之便来看看古平原，说上两句话，间或拿半个馒头给他。但有一件事金虎无法可想，大库中严禁火烛，此时虽然已有二月春风，但春寒料峭，库中依然苦寒，又不能生火，白天还好，到了晚间古平原冻得嘴唇发青，搓着手瑟瑟发抖。

后来他发觉库上一角有个裂隙，能容月光透过，而库中恰好有不少质当的藏书可供消磨时间，读书读得入神之际，肚饿也忘了，身寒也忘了，恍惚中觉得身回老家私塾，还在受老师的殷殷教诲，还能看到那知书达理明眸皓齿的意中人。到了放学之际，推门出去，便可见到母亲那慈祥的笑脸，听到弟妹那欢快的笑声，又能闻到家中厨房那诱人的香气，等他笑出声来，才发觉不过是黄粱一梦，脸颊上却有两道泪水等着拭去。

日子一天天过去，一转眼古平原被关了半个月了。金虎旁敲侧击打听何时能放古平原出来，祝晟一瞪眼，"等有人拿五百两银票来赎刀，就放他出来。"吓得金虎吐吐舌头，再也不敢说什么。

其实祝晟当初没想关他这么多天，事情坏在对面祥云当那个胡朝奉身上，他逢人便说万源当的这件"笑话"，跟主顾说、跟同行说，还跑到茶馆酒楼去说。要多少便当多少，真是开天辟地没听过的新鲜事。没几日太谷县就都知道号称从不打眼的万源当出了个疯子朝奉坏了金字招牌。祝晟自然也有耳闻，心疼自己辛辛苦苦创下的牌子，却又无从解释，又听说王天贵知道这事儿后乐得咯咯直笑，竟是连夸古平原会办事。祝晟更恼了，把一肚子气都撒在古平原身上，怀疑整件事都是他与王天贵策划好的，自然更不肯放他了，打算把他关到自己讨饶，然后顺水推舟开除出号。

祝晟都想好了，往后王天贵再派人来，也都这样照此办理，反正当铺是我在管，你派一个，我就寻个错关一个。只是这一来可苦了古平原，在大库里没日没夜，昏天黑地，偏偏他从来没起过什么讨饶的心思，就这么一天天僵持下去，也不知到哪天才是个头。

转过天来，轮到金虎门前打扫，他心不在焉，一扫把险些碰在行人脚上，那人把脚一缩，金虎刚想赔个不是，人家已开口道："万源当，万源来利，利通万源，真是个好名字。"

金虎抬头一瞧，便呆住了，他几曾见过眼前如画中人一般的翩翩公子？哪怕偶尔到城里戏台为小生小旦喝个彩，那精心妆容下的姣好面容也万不如眼前人这等风姿绰约。就见他穿着一身锦缎白袍，袖口衣襟绣着玄色回纹，乌发如丝，温润如玉，站在眼前就像最好的画师穷尽了一生精心描画出的一幅工笔人物。

见金虎怔怔不说话，一旁便有人呵斥道："喂，你家开的是当铺还是鹅铺，怎么大白天放只傻鹅出来看门。"

金虎这才回过神来，见出言不逊的是个小书童，想必身边这公子就是他的主人。

"四喜，不许张口就骂人。"来人当然便是随京商到了燕门的苏紫轩，她瞟了金虎一眼，问道："你这家当铺，财东是谁？"

财东是王天贵，但当铺里的伙计都不愿意提他，于是金虎答道："是我们大朝奉。"

苏紫轩点点头，举步进了当铺。四喜自然跟着，走过金虎身边时剜了他一眼，轻声道："若是收了这间铺子，第一个就开了你这傻鹅。"

收铺子？金虎吓了一跳，眨了半天眼才回过味来，赶紧一转身也跟了进来。

当铺里，苏紫轩与祝晟已在交谈，就听祝晟话虽客气声音却很冷硬，"这位公子，不知你是从哪里听到的消息，但我万源当是城里第一家大当铺，生意好得很，并没有卖铺子的打算，你还是请回吧。"

"哟，怎么聋子也能当大朝奉。"说话的还是四喜，她那张嘴也不知是从哪儿练的，如小鸡啄米半点不饶。

"小小年纪竟这样无理。"一句话让当铺中人都怒了。

"不是吗？一把腰刀五百两，满城都传遍了，还想否认不成。这样子做生意用不了一年半载就赔光了，我家公子现在来买你们的铺子是大发慈悲救苦救难，不然等到你们关门歇业那天,白送给我们也不要!"四喜的嘴真是刁,又是哪壶不开提哪壶,等于是闯到和尚庙里骂秃驴,气得丁二朝奉以下的众人脸上阵青阵白。

"去,把四朝奉放出来,他惹的祸让他来挨骂,其他人该干什么就干什么,不要误了买卖。"祝晟话里听不出半点喜怒,只有熟悉他的人才能发觉老朝奉的脸皮绷得比弹棉花的弓子还要紧。

古平原被关了十来天,又被莫名其妙放出来,等到了前面才弄清原来是有人借着万源当吃瘪的时机来收铺子,难怪祝晟气得要让自己来应对。

他见了苏紫轩也是一愣,生平没见过如此俊美的人物,身上更是带着掩不住的贵气。苏紫轩也上下打量了古平原两眼,只觉得眼前这人的儒雅气质怎么看都与当铺格格不入。

古平原先开了口:"听伙计说,公子是因为当腰刀的事儿觉得万源当经营不善,才起了收这家当铺的念头?"

"确实如此,越大的买卖,拌一下摔得就越狠。当铺靠眼力吃饭,一把腰刀当五百两,这样的眼力还想吃当当这碗饭吗?"苏紫轩看着古平原道。街头巷尾都传开了,是万源当的四柜干了这笔让全城嗤笑的买卖,祝晟喊出来的四柜当然就是这个叫古平原的人了,但怎么看他也不像是毛毛躁躁莽撞人。

被苏紫轩一番奚落,古平原也没恼,他刚想说话,就听外面传来一声,"你们俩走得倒快,我紧赶慢赶差点儿没撑上。"

人随话到,与古平原脸对脸打了个照面,这人一点准备没有,忽然看见正瞠目望着自己的古平原,吓得往后一仰身,指着古平原的脸,"你、你……"

他一只脚刚踏进当铺,古平原就认了出来,这人正是在关外被自己救了的京商大少爷李钦。就见他那身打扮可特别,长衫马褂配了一双锃亮的皮靴,上衣近胸口处特意开了一个口袋放着金链怀表,光头不戴帽却戴了一副墨晶眼镜,不土不洋的派头怎么看怎么别扭,偏他自鸣得意,手里面还拎了一根文明杖。

当初古平原带驼队出汾都府十里,便在路上遇到了张广发与李钦,只是两路人马交错疾驰,他又有要务在身,实在不能脱身去追,只得作罢。后来回到燕门,他也没想到这两个人时隔这么久还没有走,而且就在太谷。古平原这时已经恢复了七八分冷静,兼之这些日子的遭遇也愈加磨炼了他的心性,所以他已不像在关外那时见了张广发就一把扭住,而是一动不动地望着李钦,声音中略带了一丝悲愤:"是我,古平原!好久不见了,钦少爷。"

苏紫轩没想到这两人竟是旧识，更是一眼看出古、李二人不只是认识那么简单，否则李钦的脸也不会扭曲得那么厉害。

李钦却大惊失色，他那时在官道上也看见了古平原，当时只是一晃而过，事后还以为是长得像看迷了眼，因为在他心里那个流犯万无此理会到了燕门。当初在山海关外，一杯药酒迷倒了古平原，李钦事先并不知情，他也并不把这个流犯的死活放在心里，只是觉得自己堂堂一个大少爷，答应贱民流犯的事情却没做到，觉得丢了面子，过后不久也就撂开了手。

李钦垂涎苏紫轩的美色，硬要跟着来燕门，却不料苏紫轩主仆虽然不是拒人于千里之外，但对他却始终不假辞色，面上总是淡淡的。不过几日前苏紫轩却主动找到他，说燕门乃是商民之地，过宝山而不入太可惜了，提议两人合伙开家当铺，一来赚钱，二来也让李万堂看着自己的儿子并非纨绔。苏紫轩洞察人心，一句话就打动了李钦，于是这几日很起劲儿地跟着这主仆二人满城转悠，想要找一家合适的铺子收来己用。

李钦当然不知道苏紫轩的真正目的。

苏紫轩与前任户部尚书陈孚恩，一内一外，分别掌管大清第一权臣肃顺的内财和外财，虽然内外有别，但苏紫轩早就听自己的阿玛说过，陈孚恩多年来替肃党不断开掘财源，其中有一处就在燕门，事涉明末李闯王掠夺京师而来的巨额宝藏。

自从冒险到刑部大狱见了陈孚恩，苏紫轩才明白，这处宝藏不仅涉及李闯王，而且还与反清复明的叛逆有关。正因为太过棘手而且时隔太久，陈孚恩虽然以官府势力搜罗了不少资料，却始终没能找到这处天大的财源。

"不过我敢肯定，这宝藏就在燕门。天下人皆知燕门巨富，说不定与这宝藏有很深的关系。"陈孚恩的这句话一直在苏紫轩耳边，她心心念念要做的事儿必须有庞大的财力支撑，这也正是她要随京商来此的缘故。

只不过她在燕门两个月，四处打探都不顺利，后来想到最能聚拢古董财物的所在就是当铺，开一家当铺或许就能从中找到宝藏的线索，但她不愿出面，于是寥寥几句话便撩拨李钦出来打头阵。

张广发自打来到燕门就按照李万堂的安排在暗中筹划调度，忙得不可开交，根本顾不上来管李钦。听说李钦要开当铺，张广发也没当回事儿，对李家来说这是小买卖，若是能拴住李钦不惹事反倒是好。

李钦倒是得意了，虽然在离京前李万堂严令他不许露出京商的身份，但这次是他生平头一回自己出来做生意，就算没有京商大少爷的身份，但当财东当掌柜的滋味毕竟过瘾，几日来东跑西颠也不觉得累。

只是没想到今日到了万源当，兜头看见了流犯古平原。李钦猝不及防，心里头一个想法就是这流犯是专跑来报仇的，连忙往左右看了看，虽然不见有旁人，但毕竟不放心，指着古平原张口恫吓道："古平原，你要做什么？这是中原文明之地，隔条街就是县衙门，你可不要胡来！"

古平原原本没有胡来的心，被他一言提醒，心想这李钦小小年纪却性情狡诈，我救了他一命，他不但不报答，反倒一翻脸将诺言用药酒替了，害得我险些命丧山海关。他此刻畏惧，不过是因为事情突如其来，一时举止张皇，我何不将计就计吓他一吓。

古平原心念电转，转眼间就有了主意，逼近了李钦，低声冷笑道："你说得不错，我这一趟入关，是和十几个马贼兄弟一起来的，专为寻那张广发。只要找到他，哼，先斩断他的手脚再问话！"

李钦惊得一跳，忙不迭地左右四顾。其实古平原说的都是没影儿的事儿。

"那你可是找错地方了，张大叔去了汾都。"李钦灵机一动，假装说漏嘴后悔不迭。

"原来他在省城。"古平原面无表情地点点头道，"我自去找他算账，你若想保命，就离他远些。"说罢急匆匆往外边走，一眨眼就不见了人影。

李钦没想到这么轻易就过关，大喜过望，一颗心原本悬在嗓子眼，此时长出一口气。见苏紫轩主仆一直在侧，他故作镇静笑嘻嘻地走过去，跷起大拇指道："怎么样，让他上了我一个大当。"

四喜旁观者清，知道其实是李钦已经上了古平原一个恶当，撇了撇嘴，瞅瞅苏紫轩，见她微微摇了摇头，便把嘴闭上了。

"我得去找张大叔，告诉他这事儿去，少陪了。"李钦琢磨着古平原这会儿已经走出一条街去了，也急急要走。

苏紫轩跟着他出了当铺，突然问："那古平原是什么人，怎会与张掌柜有仇？"与李钦结梁子不稀奇，但张广发自来燕门便闭门不出，如何会与人结怨？

"他是个流犯，在关外就找张大叔的麻烦，想不到跟到这儿了。对了，我还没问你们，他怎么会在这家当铺呢？"

四喜开口便道："他怎么会是流犯，分明是万源当铺的朝奉嘛。"

"他是万源当铺的朝奉？"李钦也愣住了。

"四喜！"苏紫轩把脸一沉。四喜一吐舌，这才发觉自己又犯了嘴快的毛病。

"你快去找张掌柜吧,其实也不必加意提防,我看那古平原性子沉稳,不像是勾结马贼逞凶的人。"

等李钦匆匆走了,四喜问苏紫轩:"这家当铺咱们还收吗?"

"收不了。城里人都是以讹传讹,方才那大朝奉就是个厉害角色,还有那个古平原,我能看出他胸中大有丘壑,用五百两收那把腰刀,绝不是什么疯子之举,这个人怎么会是个流犯呢?又与京商有仇怨,这倒真是有意思。"苏紫轩回头望望万源当,口中喃喃自语。

3

李钦穿街走巷,脚步如风,急急忙忙赶到鼓楼大街上一处名叫大平号的票号,进门就往后院去。这间票号门脸不算太大,但里面却是深邃静谧,足有四重院落之多,李钦一直来到最后一间院子里,也不说话直接推开正房的门,一挑帘就进了来。

张广发坐在太师椅上,穿着一件玄色夹袄,一手放在膝上,另一手拿着支老竹节杆象牙嘴儿的短烟袋吸着旱烟。面前两个人看上去都是他手下的生意人,正在密谈,其中一人正说道:"这笔银子太难凑了,已经想办法把十几处买卖的头寸都调了来,货也贱着价卖了,还是不够,是不是派人到京里,让李老爷再想想办法?"

张广发吐出一口烟,摇摇头,"老爷就交代咱们这一件事儿,还要让他操心?这笔头寸一定要凑足,老爷那边说不定什么时候就有信儿来,可别误了大事。"

正说到这儿,李钦冷不丁闯进来。张广发见李钦颜色慌张,气喘吁吁,便摆了摆手,对那二人吩咐道:"你们先出去做事吧,从头到尾再筛几遍,一定要把银子凑出来。"

"方才我遇到古平原了!"李钦见房里没人了,也没有心情卖关子,一张口就直奔主题。

"谁?"张广发耳中听得清楚,却是不敢相信,睁大眼睛问了一句。

"怎么样!张大叔你也不敢信吧,一见面也吓了我一跳。就是那个在关外要找你麻烦,后来被你药倒了的流犯。"

"这不可能,他是流犯,不可能出关哪。"张广发又问,"你看准了?"

"哎呀,我的张大叔,何止看准了,我还与他交谈了几句。这小子可够狠的,说是勾结了马贼,带着强弓硬弩来寻你报仇,这不,我撒腿就跑来报信了。"

张广发满脸都是难以置信的神色,将当时情形详细问了问,沉吟片刻,忽地哑然失笑，"我说钦少爷，你这么个伶俐人儿，怎么也上了这么一个大当啊。那古平原分明是从关外逃进来的，能保住条性命就不错了，还说什么勾结马贼？他要有那本事，当初在山海关就下手了，还会巴巴地上门献什么偷运盐巴的计策？"

李钦被一言提醒，猛然醒悟过来，脸腾地就红了，叫了声："对啊！"

李钦被古平原摆了一道还在其次，当着苏紫轩的面被人当猴耍却是难忍，正咬牙切齿时，张广发叹了口气："这人也算心思深沉，我敢打赌，他激得你心浮气躁，料定了你会立时来找我，必然紧随其后，眼下这大平号是落到他的眼里了。"

"他怎么会到了这儿呢？"李钦不解地问。

"自然是追踪你我二人而来，如此坚韧不拔，倒是不可不防啊。"其实张广发只说对了一半，古平原冒死入关确是为了找张广发，但是至今滞留燕门却非本意，只是张广发本事再大，也猜不到古平原入关之后的一连串遭遇。

"你说他现如今在万源当铺当了朝奉？"张广发沉吟着说。

"是，我听人是这么说的，应该假不了。"

"不成，眼下正是紧要关头，老爷交代的事情不容有失，这个古平原我说什么也不能让他留在这儿，免得节外生枝。"

"那大叔你想怎么办？"

"哼！"张广发冷冷一笑，"这怪不得我心狠意毒，自然是报官，把他押送回沈水大营去！"

李钦倒是犹豫了一下，"流犯私逃出关，被抓回去，只怕性命难保……"

"那是他的命，谁让他不安分守己留在关外？"张广发的脸硬得像块石头。

张广发猜得一点也不错，古平原紧随着李钦，一眼不错地盯着他。直到来到大平号见李钦登门直入，古平原知道那个陷害自己沦落关外成为流犯的京商大掌柜张广发必定就在这处票号里。他心潮起伏，不自觉地用手紧紧按着胸口，只觉得呼吸间一阵发痛。

是，自己是找到这个人了，可是眼下这处境能上门去理论吗？当初在关外，自己手里拿着一张好牌，那张广发仍是宁可背信弃义，也不愿说出当年的真相。现如今自己被王天贵捏在手里，倘若贸贸然去找张广发，人家把自己攥出来是轻的，万一被押到官府去，那才真叫死得不值，更何况这里面还连着常四老爹的一条命。想了又想，古平原知道眼下还奈何不得张广发，只能从长计议，他长出一口气，狠狠地看了一眼大平号的金字招牌，忽然心中一动，转头进了旁边一家南北货栈。

古平原在货栈里转了一圈，假装买些访亲问友的干货，表面上问货色，其实东拉西扯问的都是对面大平号的买卖。货栈伙计整日迎来送往，练就的嘴皮子功夫，闷葫芦也能让他逗得开了嘴，更何况古平原是有心问话，结果牵连不断，问出一堆事情。他在货栈待了半个时辰，手上拎了半条陈火腿、两盒蜜饯，要问的话也全都打听明白了，最后又问了一句："你说这大平号是什么时候开始歇业的？"

伙计仰着脸呆想了一阵，说了个日子，古平原心中一算，暗自点了点头。他到柜上把账结了，拎着东西一路回到万源当，把火腿和蜜饯交给金虎，说："晚上给大伙加个菜，蜜饯每人分点吃了吧。"

金虎一直担着心，"四朝奉，您说都不说就走了，大朝奉可是生气了。"

古平原淡淡说："大朝奉可在后面？我去禀告一声，依旧回大库去。"

"您，您还要回去啊？"金虎于心不忍。

古平原笑笑，拍了拍金虎的肩，"没说放我出来，自然是还回去。"

"几位朝奉们和柜上十年以上的大伙计都在后院议事呢。"

"议事，议什么事？"古平原还真不记得当铺里曾经召开过这样的会议。

金虎摇了摇头，"方才你一走，来了个人，送了一封火漆封口的信。大朝奉看了之后就把他们都叫到后堂去了，还说不让外人到后面去。"

"哦。我去看看。"古平原虽然被关，但四朝奉的身份没变，此时去后堂也不算擅闯，金虎却只能留在前面。

4

"我再问一遍，谁去？"古平原刚刚来到后堂小院，就听从正房里传出祝晟的问话。正房门窗紧闭，但祝晟的声音不小，所以清晰可闻，只是却带着些许不耐烦。

他问了半天，房中一片寂静，居然没有人搭这个茬。要不是古平原确知屋中此刻至少有七八个人在，还以为祝晟在自言自语呢。古平原起了好奇心，也不进门就站在院中听着。

"难道要我一个人去不成！"祝晟许久等不到回答，声音中带了怒气。

"大朝奉，您别生气，大家伙儿不是被去年那事儿给吓怕了嘛。"丁二朝奉喃喃地说。

"我知道，可那是事出有因，又不是冲着咱们万源当来的。"祝晟的声音也有些无奈。

"大朝奉，容我说句话。"开口的是三朝奉，最是寡言少语的一个人，在这场合居然敢做仗马之鸣，古平原就知道事情绝不寻常。

就听三朝奉说道："那些主儿可都是亡命之徒，您说不是冲着咱们万源当来的，这我信。可是万一他们一翻脸，伸手五只令，蜷手就要命，去年小七子死得那么惨，一同去的几个伙计回来之后都辞了柜，还不是害怕今年又要去吗？"

"是啊。"丁二朝奉在旁帮腔，"咱们是开当铺的，这笔买卖是把脑袋别在裤腰带上去做，大朝奉，这值得吗？"

"唉！"祝晟闷声不语听了半天，忽然叹了口气，"其实我从去年回来，也不打算再做这笔买卖了，可是没想到今年接二连三地出事。那把腰刀的事情一出，当铺的生意眼看着差了许多。如果眼下这笔获利必丰的买卖再不做，那么万金账到了年底就真的没办法看了。你们都知道，往年我之所以能到泰裕丰去骂个痛快，嘿嘿，全靠了这万金账上挑不出毛病。可要是这么弄下去，恐怕今年要反过来让那王天贵登万源当的门来骂我了，这我是绝不能忍的！哪怕是提脑袋去做，我也要去！"

祝晟顿了一顿，紧接着又说："只是我一个人不行，至少还要再去一个赶车的。我把话说在头里，今年跟我一起去的，年底红利加半！"

半数的红利的确诱人，可屋中依旧是一片沉默，气氛尴尬得让人窒息。就在众人连大气都不敢喘的当口，门被人推开了！

"古某不才，愿随大朝奉走一趟。"

说话的自然是古平原，他一出现，众人的目光都惊愕地落在他的身上。祝晟也是大出意外，怔了怔才道："你愿意去？"

"对！"古平原气定神闲地往屋中一站，正对着众人质疑的目光。

"你在外面怕是听了一会儿了。"祝晟嘴角忽然有一丝讥笑，"你知道我要到哪里去做这笔买卖？"

古平原摇了摇头，他只是听出凶险，却并不知内情，只因听到收当腰刀的事儿连累了当铺，这才毅然出头。

"呵呵！"祝晟笑了出来，"你们听听，他什么都不知道，就巴巴地来抢这半数的红利，岂不是可笑！"

古平原静静听着祝晟的奚落，等他话音一落，立时接上："真要是提着脑袋去做的生意，要半数红利也是应该，难道说大朝奉反悔了？"

祝晟眼中闪过怒意，"我自然不会反悔。你既然抢着要去，那就让你去！二朝奉，事前的准备，都由你交代给他。"

"古老弟,你算是给咱们解了个围,我先谢过了!"丁二朝奉举了举杯。他按着祝晟的话向古平原交代这笔买卖,却不是在当铺,而是挑了家二荤铺,要了里面唯一的单间雅座,点了兔脯、鸭掌、油炸花生米、香椿豆芽这么几样下酒的小菜,算是做个小东。

"不敢当!"古平原也一饮而尽,他虽然对这笔买卖不知底细却也不忙着问,丁二朝奉既然选了这么个地方,又一反常态请自己喝酒,那必然是有番话说。

"唉!"丁二朝奉未语先叹,踌躇了好一阵才问出一句,"古老弟,你知不知道什么叫点天灯?"

古平原心中一跳,故作镇静道:"知道!"

点天灯这个词听上去不怎样,真知道或者见过的却听了就寒毛直竖。那是一种极其酷烈的私刑,把人当根蜡烛点,将人用铁链倒吊起来,从脚到头浇上油,然后一把火点起,熊熊火焰冲天而起,直到烧为焦炭。点天灯还有烧寸香这一说,那就更惨了,从脚跟处一点点烧起,疼昏了就用凉水泼醒,直到把人活活疼死。

"那我就不费心解释了。"丁二朝奉微微闭上眼,"为什么我说这趟买卖是玩命儿的买卖,就因为去年这个时候,咱们当铺里有个伙计被对方点了天灯。"

古平原脸色不由得变色,"莫非是买卖上起了纠纷?"

"跟买卖没什么关系,说起来也是老主顾了,生意一向做得和气,说句老实话,是咱们不敢得罪人家。"

"说来说去,对方到底是什么人哪?"古平原终于忍不住要问了。

去此六十里,太行山的余脉称之为恶虎沟,最是山势险要的一处所在,却也是通往东部的要地,是往来客商欲行其速,不得不走的一个地方。老早起就盘踞着一股恶匪,打头的大寨主诨名紫面虎,姓吕,单名叫个征字,据说这山寨在他手里已经传了三代了。

是这样的主顾,古平原稍一寻思就明白了,"您说的这笔买卖是贼赃?"

丁二朝奉点了点头,"你是聪明人,我一说你就懂。这伙土匪里哪有什么识货的人,可手头好东西一年积攒下来着实可观,来得又容易,虽然谈不上给钱就当,可是那利润在万金账上是头一份。"他稍稍压低了声音,"几乎占到咱们当铺一年利润的两成。"

古平原不解地问:"土匪既然要脱手,为什么不找买家却找当铺呢?"

"你想啊,土匪手里的东西太杂了,皮货、金银、玉器瓷器、古玩字画,甚至还有名贵的药材。这些东西真要卖起来,得找多少买主?又有几个敢去?只有找当铺一股脑全收了才行。再说死当其实和卖差不多。"

"哦。"古平原这才明白,"既然如此,这是拴在一条绳上的蚂蚱,彼此有利可图,正该好好维持关系。怎么会闹到点天灯的份儿呢?"古平原其实对"收贼赃"这件事情并不赞同,但他知道当铺眼下就靠这笔生意翻身,所以也不好说什么。

"唉。"丁二朝奉夹了筷子兔脯在口中慢慢嚼着,脸色无比的凝重。"咱们当铺有个小伙子叫李小七,打十二岁起在当铺做学徒,去年正好干满十年。这小伙子是个人才,眼力厉害,假以时日不在大朝奉之下,可惜呀,就是这眼力害了他。去和恶虎沟交易时,他挑出了几件以次充好的东西,本来跟土匪做生意,这都是睁一眼闭一眼的事儿,小七子太气盛,偏不肯收那几样东西,三言两语跟土匪吵了起来,说了几句犯忌讳的话,结果……"说到这儿,丁二朝奉神色沮然,不住地摇着头,"还好他们要留住这条销赃的线,不然哪,恐怕祝大朝奉和那两个伙计也回不来,早让人一锅烩了。"

古平原听了这么一桩大惨事,眼前摆着的一桌东西虽然热气飘香,可也是吃不下了,陪着丁二朝奉叹了一会儿气。

"古老弟,其实这买卖本身倒没什么可说的。祝大朝奉一再嘱咐让我向你说仔细,就是因为你不知道这里面的深浅,眼下你知道了,若是不愿意去,也没人用刀逼着你。若是愿意去,我倒有句话要交代。"

"我自然要去的,说过的话怎好不算数,您有话请说。"

丁二朝奉见他神色诚恳毫不做作,心下也佩服他胆子大重言诺,于是道:"土匪干的是刀口上舔血的买卖,忌讳多,山寨的布置更是机密,所以你到了山上管住手脚,行差踏错一步都有杀身之祸,可千万记好了。除了手脚更要管住嘴,土匪干的都是缺德事,自己也知道迟早遭报应,所以忌讳很多,小七子就是犯了他们的大忌才遭了不幸。"

古平原知道这是要紧的话,一字不漏地听着,不时点点头,把这些话都记在了心里。

5

古平原别过丁二朝奉,眼看天色还早,索性到鼓楼大街转转,那里人多眼杂路子广,万一能打听出来刘黑塔的下落呢?他心里存着这个念头,便哪儿热闹往哪儿去。

鼓楼分出三岔口，好吃好玩的都在这条三岔地。整条大街上人来人往接踵摩肩，真是比过年还热闹。古平原在大库里关了好久，冷不丁看见这么繁华的街面，心里也敞亮高兴，转了几家铺子，在庆福斋买了几个千层酥的烧饼用油纸包好，打算带回去晚上吃。就这么走走瞧瞧，不知不觉转到了北面堵头的贸易集市，这里原先是骡马市，后来因为地方宽敞，索性改成杂货互市，不拘什么东西都可在此交易。当然这和寻常百姓的零买零卖不同，这里面都是大宗买卖，各路驼队商队也都在此聚合，路边的几个茶馆是多家同业公会"讲事"的地方。

古平原拿眼看看，就见此处的人物与方才那条买卖街上又不一样，多是精明外露的生意人和一脸风尘的车夫，再有就是几个孔武有力的镖客抱着刀倚在墙边，眼半眯着等着雇主。

古平原心想，会不会真被常玉儿无意中说中了，刘黑塔一身的武艺，莫不是走镖去了？他这么想着，往镖客面前凑了凑，刚想打听打听，忽然就听得不远处喊了一声，"古平原！"

他回头看过去，立时就阴了脸。原来是李钦，依旧是那副"洋为中用"的打扮，急步走来看样子是专为寻自己而来。

"是你啊，怎么寻到这儿来了？"

李钦长长吸了口气，仿佛有些不甘心，但还是开口道："姓古的，你说话客气点，我是来救你的。"

"救我？"古平原脸上掠过一丝讥诮的笑容，"怎么个救法？是不是还想灌我一壶药酒，上次是蒙汗药，这次是什么，鹤顶红还是五步倒？"

"你别狗咬吕洞宾不识好人心。我问你，你方才在当铺是胡说八道吧，什么马匪，什么断手断脚，统统说的是假话对不对？"

古平原傲然而立，嘴角始终带着一丝冷笑，既不回答也不否认。

李钦自认为是个风流倜傥的公子，只是每一次见了古平原都有一种自愧不如的感觉，他知道论钱论势，古平原跟自己都没得比，但偏偏这个人身上就有一种说不出的气势能够凌驾于自己之上。李钦极其讨厌这种感觉，真是恨不得立刻就做一件事出来让古平原对自己感激涕零，也许正是因为如此，他才来通风报信。

"你蒙蒙我还行，张大叔一眼就看穿你了，这正要写文书到官府去，要告你个流犯逃亡私自入关的罪名，你自己心里有数，我可听说这流犯被抓回去要打一百杀威棒，十有八九都死在这上面，难道说你不怕死吗？"

从来没有人能从这一百杀威棒下逃生。那棒子是枣木所制，铜箍铁头，鸭蛋般粗细。一棍子下去皮开肉绽，两棍子下去血流满地，三棍子下去声息皆无，等到一百棍打完，人都成肉酱了。古平原在关外亲眼见过这种大刑，其实就是刑毙，取的是杀鸡给猴看的意思。

此刻听说张广发要往衙门投书告自己，古平原咬了咬牙，心想这个人构陷于前，谋害在后，不把自己置于死地而不甘心，到底和我有什么仇呢，我怎么就日思夜想也想不明白呢？

"你别发愣了，赶紧跑吧，你能从关外跑到燕门，想必就能跑到更远的地方。比方说什么高窟、玉源、青海，找那千里没有人烟的地方，打打猎、放放牧也能过一辈子，最起码能尽个天年。"李钦在旁边看他脸色阴晴不定，不耐烦道，"我是看在你当初在关外救了我一次，不然我才懒得管。你要是没盘缠，喏，我这儿有二十两银子，你拿去用，就当我还你的情了，从此之后你我两清了。"说着他把手一伸，果然手上托了四个银锞子。

古平原绷着脸，眼里放着如寒星一样的冷光，看看李钦的脸，又看看那二十两银子，忽然一掌把银子打落，指着李钦的鼻子道："你和张广发一唱一和，软硬兼施，真拿古某当三岁小孩任你们玩弄在股掌之中？哼，尽天年？说得倒好听，不过就是想把我流放在荒无人烟的地方待一辈子。"他气势凌人地往前逼了一步，李钦不由得退了一步，古平原稍稍向前探身，直视着他的双眼，"钦少爷，你真以为丧尽天良就能心安理得过一辈子，就算老天爷容你们，我姓古的也不容！"

"你！"李钦不由得恼羞成怒，戳指指着古平原，气急败坏道，"姓古的，你真是不见棺材不落泪呀，好，反正我的话是说到了，你不怕死就在这等着，有你好受的。"

他们在这里吵闹，从当铺里出来的客人和街上行人三三两两过来围看。古平原见人越来越多，忽然福至心灵有了主意，于是抬腿便走，边走边说："张广发派你来当马前卒，我却不屑和你说，我现在就去找他算账！"

李钦见古平原果然往大平号那面走，不由得慌了手脚，他这次来找古平原倒真是好心，觉得张广发这么处置未免太狠，想放古平原一条生路，没想到古平原不领情，还要去找张广发，那不就戳穿西洋镜了嘛，到时候自己猪八戒照镜子——里外不是人。他越想越着急，想上前扯住古平原，古平原使劲一甩袖子，李钦年纪小，劲儿也没古平原大，往前一个踉跄，站立不稳摔了个狗啃泥。

古平原不管不顾，径直而去。李钦在众人的哄堂大笑下忍着疼站起身，就觉得口中剧痛，用手一摸，竟是磕断了一颗牙，满口是血。李钦平素风流自喜，少了一颗牙自然是不美，这下子气得他暴跳如雷，方才一点怜悯之意早就抛到九霄云外去了，恨恨道："好你个姓古的，连我都敢打，行，我就看你怎么被张大叔扭送官府治罪，到时候我瞧着你怎么哭爹喊娘！"

说完，他也拔腿往大平号撵。等他来到大平号，古平原正被两个人拦在外面，门房口口声声说大平号已经歇业，眼下不许外人进入。李钦从后赶来，喝道："放他进去！"

门房也不知道这少年是什么来路，只知道连大掌柜都对他客客气气，见他捂着嘴，指缝里渗着血，怒气冲冲地发话，也不知道出了什么大事，就不敢拦着了。古平原这才看见李钦受了伤，却也管不得那许多，昂然直入，进了大门就喊："张广发！出来见我！"

"你甭喊，我带你去！"李钦一脸怒容头前带路，古平原紧随其后。张广发此刻已经写好了向官府告发的文书，将古平原身犯何罪、律判哪条，从什么地方逃出来都写得一清二楚。古平原虽然不是悬赏缉拿的要犯，但是逮到流犯按例是有赏钱的，张广发自己不打算出面，写了一封告书，打算找个想发笔小财的伙计递到县衙。正在封缄时，就听内院吵吵嚷嚷，他诧异地放下手中的信封，迈步走出来一看，立时一惊。

"钦少爷，您怎么了，怎么口角流血啊？"

一语问毕，他一眼看见了古平原，怒道："原来是你，你可真是胆大包天，我没去找你，你倒找上门来，是不是你把钦少爷打了，你吃了熊心豹子胆了！来人呐，把他给我拿下！"

闻讯赶来的几个伙计暴喝一声，围过来就要抓人。

"慢！"古平原一点都不畏惧，他走一路早就把要说什么话想好了，他虽然没有十分的把握，但面对张广发却有十二分的胆量。

"张大掌柜，好久不见了！"古平原看张广发的眼神真比刀子还利，自己这一生命运多舛，与家人离散，从举子变流犯，乃至受了王天贵的奇耻大辱，归根到底是拜此人所赐。

张广发仰天打个哈哈，"好说，好说。姓古的，我倒真是佩服你，把自己的一条命看得这么不值钱。按说你在关外再待几年也就如期释放，安心静气寻个营生不也是好的？你居然跑进关自寻死路，这就叫蚍蜉撼树自不量力，这可怪不得我！"

"哈哈哈！"古平原笑得不仅痛快甚至有些猖狂。他要是叫骂甚至动手，张广发还真就不在乎，大不了当场捆翻了送到县衙完事儿。可眼下古平原这一笑，看着是那么的有恃无恐，张广发饶是老谋深算，也心里一阵发虚。

古平原笑罢，冲着张广发拱了拱手，"张大掌柜，你的话，我现如今是不敢信了，不过方才有一句话倒是听得入耳，你说蚍蜉撼树，我懂你的意思，我古平原在你张大掌柜眼里自然是蚍蜉了，不过你说的那棵树是什么，我倒要请教。"

"那还用说！"李钦憋半天了，好不容易插上一句，"你听说过京城李家吗？咱们李家是京商首领，我是李家的大少爷，他是京商的大掌柜，就凭你一个流犯也敢不依不饶，你凭什么？你这不是螳臂当车，蚍蜉撼树又是什么？"

"京城李家，京商首领，李家大少爷，京商大掌柜！好威风，好神气，好厉害！"古平原一个字一个字把李钦方才的话重复了一遍，仿佛嚼碎了咬烂了又从嘴里吐出来一般，听得在场众人毛孔发凉。

"你别装神弄鬼，你以为这样我就不把你这个流犯送到县衙了吗？"张广发隐隐约约觉得有些不对，却又不得要领，只好把脸一沉，打算来横的。

"到了堂上，是不是还有大刑伺候？可是古某没什么可招的，这案情简单极了，我就是私逃入关的流犯，一不打家劫舍，二不起兵造反，到时候这供状可怎么写呢？"古平原倒背着手在庭院里走了几步，走到一株石榴树下，猛一回头，急速说道，"我看不如这么说，我与京商大掌柜张广发素有仇隙，发觉其人自从去年中秋之后，便来到太谷县并了一家票号，此后处心积虑打算以晋商票号为对手，占据晋商的要害之业……"

"住口！你，你怎么会……"张广发听得脸都绿了，扫了几个伙计一眼，"你们都出去！"

等到院子里就剩下三个人，张广发这才问："哼！你不过是个流犯，又是空口无凭，谁会信你的话？"

"张大掌柜恐怕还不知道吧，我古平原如今在这太谷县也算是有三分名气，大家都说我是一把弯刀当五百两的疯子朝奉，倘若再知道我是个流犯，那不晓得有多少人会涌到县衙大堂去看稀罕。我若是当众这么一说，再万一有人证实了你张广发京商大掌柜的身份，那么众口铄金积毁销骨，不管京商想在晋商的地盘做什么，保管让你寸步难行，你信不信？"

张广发阴着脸不言语，李钦不干了，扬着胳膊喊道："呸！古平原，你以为凭这个就能要挟我们京商？"

"能不能，你看看张大掌柜的脸色。"古平原抬了抬下巴，他在外面那家南货铺多问了两句话，没想到这么快就派上了用场，其中虽然大半是猜的，但是半真半假，却是猜中了七八分，还真把张广发唬住了。

"古平原，这十几年来，敢坏李家事的人从来没有好下场。"张广发眼里闪着阴鸷的光，语气如同一把利剑。

"送到关外去，一百大棍打死，难道就是好下场了？"古平原立时反问一句。

"你想怎么样？"张广发是个生意人，谈判已经成为他的本能，此刻自然是要听听对方的价码。

"很简单，我闭嘴，你放手，彼此井水不犯河水。"古平原也无心恋战，有王天贵这么个大敌摆在眼前，他此刻真的顾不上和张广发之间的恩怨。有道是"家有三件事，先从紧处来"，四面树敌，最为不智，眼下和张广发互有把柄，恰成制衡之势，毕竟自己人单势孤，想要掀翻京商大掌柜谈何容易，再说投鼠忌器，还要顾及常四老爹。

张广发知道不能答应得太快，假意低头思索了一阵，这才冷笑两声，"便宜你这流犯了。"

"告辞！"

"不送！"

等古平原走了，李钦愤愤不平道："张大叔，你平时的威风哪儿去了？就这么放他走了，我李家的脸都被你丢光了。"

"钦少爷，你还没明白吗？不管这姓古的是瞎蒙的还是坐实了，反正他戳的恰恰是眼下我们最弱的软肋。我们京商在燕门筹备票号的事情要真是被他捅了出去，晋商难保不同仇敌忾，而我们又立足未稳，那就大糟特糟了，老爷一番布置恐怕立时化为流水，所以只能先放过古平原了。不能为了这么一个小卒，坏了整盘大局。"

"那我这颗牙就算白掉了？你看看。"李钦咧着嘴龇了龇牙。

张广发也心疼这位自小带大的少爷，安慰道："少爷，他不是也在晋商手下做事吗？我查过了，我们第一个要对付的王天贵就是他的东家。只要老爷那边布置好了，一声令下，小小一个古平原，我顺手就把他碾成齑粉。"

6

祝晟带着古平原一走就是五天，音讯全无。第五天夜里，丁二朝奉刚睡下，大门忽然被急促地拍响，丁二朝奉脸上变色，三步并作两步开了门，就见一个住在店里的学徒上气不接下气道："二朝奉，您快回店里吧，出大事儿了！"

丁二朝奉赶回店里，就看到昏睡的祝晟以及惊魂未定的古平原，连忙上前问起原委。

"我们急着逃命，路上马车翻了，大朝奉本就在山里受了惊、着了寒，这又受了外伤，内外夹攻，刚才郎中来瞧过，让他一定卧床静养，否则容易落下病根。"

"唉，到底还是出事儿了，"听完古平原的话，丁二朝奉长叹一口气，担忧地看着古平原，"这次又是为了什么，不会是你惹出来的祸吧？"

古平原摇摇头，"这次真是一言难尽。本来到了土匪山寨后第一天就把生意谈得好好的，钱也付了，货也验了，第二天我们就要下山。谁知第二天居然有西征军找上门来，为首的是个自称宇王的西征军首领，带着黄一丁等一众头目，说是来劝恶虎沟群匪加入西征军打清军。"

丁二朝奉倒吸一口凉气，跟土匪打交道就够危险了，居然还扯上了叛逆，"那后来呢？"

"这宇王的口才真是了得，到底是说动了大寨主。本来事情到此也没什么，可谁也没想到，寨子里的三当家居然早就暗通官军打算反水，听到山寨要投往西征军，他猝起发难，一刀砍死了大寨主，还要擒下宇王去献给官军领赏。二当家不服，领着人与三当家火并，这下可就糟了。"

古平原回想起当时山寨里四处起火，杀得血肉横飞的情形依旧是心有余悸，可要说此行虽凶险至极，却也有大收获——在那里他竟意外遇见了失踪多日的刘黑塔。原来当初刘黑塔受伤后执意上山投靠恶虎沟，本想跟随群匪打进县城，杀了王天贵救出常四老爹，没想到山寨内讧火并，他钦佩宇王的胆色气度，当场毅然投奔了西征军。见到古平原后，刘黑塔虽然还在生他的气，但气归气，命还是要救的，一片混战中要不是他抡开九节鞭护着，恐怕古平原早就被土匪乱刀砍死了。

等逃出恶虎沟，古平原仗着当初上山时就观察过山势，赶紧扶着祝晟逃向后山，沿着一条极窄的山路，贴着崖壁踮着脚尖一寸寸往前挪，稍微一弯腰就会落入万丈深渊。这一路上屡次险死还生，特别是祝晟，一身肥肉颤巍巍，走平地尚且看不到脚尖，何况是走这么险的山路，要不是古平原每每在关键时刻拉他一把，他早就摔死了。就这样，二人死里逃生下到山下，天色已然大亮，他们慌不择路好不容易寻了一处市镇，雇上一辆大车回了太谷。

"娘的，要不是为了王天贵那老小子，祝朝奉也不至于冒这样的险！"丁二朝奉平素明哲保身，轻易不说一句重话，这次也发了急。

急归急，祝晟的病一时半会儿好不了，所以当铺里重新分了工。其实就是余下的三个朝奉依次各升一级，丁二朝奉就暂时代掌大朝奉之位，古平原则升了三柜。

三柜的责任不比那个可有可无的四柜，古平原一直在柜上从早站到晚。转眼间快到了三月三"上巳日"，传说这一天是轩辕黄帝的生日，古平原正在柜上忙着，祝晟忽然派人来，把他叫到了自己家中。

"古平原，你明天去城外东郊的黄帝祠拜祭一下。"

古平原没想到祝晟开口竟是这个题目，不由得一怔。

"这是你的吧？"祝晟倚在床上，从枕边拿起一个白纸本子递了过来。

古平原接过翻了翻，原来却是自己在大库被关的时候，从各种典籍中抄录的关于奇珍异宝的记载以及各种古玩字画的前人记述，自己遍寻不得，原来却在祝晟手上。

"现在的伙计，能像你这么用心的已经少之又少了。"祝晟看上去很是虚弱，"今年初五拜财神时你还没来柜上，按规矩，上巳日要补拜轩辕黄帝，这才能说明你是当铺的人了。"

"大朝奉，我……"古平原只觉得喉头有些哽咽。

"别说了，你去吧，好好做事。"祝晟摆了摆手。

"是。"古平原答应一声，转身走到门口，祝晟却又叫住了他。

"经过这次的事，我相信你并不是王天贵的人，你若是和他一样，在恶虎沟就不会拼着性命护我逃下山。"

古平原走出祝晟的卧房，他深吸了一口气，借着四下打量平伏着心绪，这才发现祝晟的家果然如丁二朝奉所说，尽管不是家徒四壁，可也仅为小康之家，所用器物皆为残旧之物，几间房屋经年没有修缮，到处是漏风的裂纹，仅用牛皮纸糊墙勉强维持。若是不说，谁也不会想到这里是个当铺大朝奉的家，还会以为是什么破落户的住所。

古平原正在四下看着，忽然鼻端闻到一股奇异的香气，味道就来自一间门窗紧闭的厢房，里面还不时传来咳嗽声。

"这不是大烟的气味吗，难道府上有人好这个？"古平原问家中唯一的老仆。

"是啊。"老仆摇头苦笑，"说来也是祝家家门不幸。三代单传，可是祝老爷的这一子一孙都嗜食福寿膏，瘾头大得很，整日不出家门，爷儿俩在房里对着躺烟盘，从中午睡起便吞云吐雾，没白天没黑夜，疯了似的糟蹋钱。要不是仗着老爷还能赚几两银子，这个家早毁了。"

"哦。"古平原也叹了口气，大烟这东西真是害人，寻常人家有一人上瘾就足以破家，更何况是两个人一起吸食，闻这香气如此浓郁，大概是上等的洋土，一年下来所费必定惊人。这也就难怪祝朝奉家里如此寒酸了，想必一年辛苦所得都送给了两杆烟枪。

人家的家事古平原自然不好插嘴，回到当铺将祝晟的话说给丁二朝奉听，第二天便告了假，安步当车出了太谷县东门，往轩辕黄帝的祠堂走去。

这一天不仅是上巳日，还是开春踏青的日子，青年男女唯有在这一天才可以不避嫌疑，纷纷来到郊外踏青，所以一路上游人如织。路上不仅有行人，还有各种做小买卖的，卖香烛的、卖糖人的、摆茶摊的、支酒缸的，间或还有理发剃头、打把式卖艺的，让人目不暇接。

除了游人和做生意的买卖人，此外还有在路边设棚的香会。香会分为文武两种：文的设施粥棚、提灯棚、补衣棚等，以神前做好事来求得神佑；武的更是花样百出，有舞钢叉的开路会，有勾连化妆穿彩衣彩裤的长拳会，还有专拼力气的中幡会。

县里的许主簿具备公服正在里面主祭肃穆大典。轩辕黄帝是华夏先主，与孔子一样一向受万民敬仰。当初元世祖鲜衣烈马闯进曲阜孔庙，张弓搭箭射了老夫子像一箭，惹得天下读书人切齿痛恨，此后几十年始终无法收服士人民心，终于无百年国运。殷鉴不远，所以朝廷对于祭孔、祭黄帝这样的大典都不敢轻忽，康熙帝祭孔甚至执了三跪九叩的臣礼。

一时来观礼的人们鸦雀无声，直等到司仪喊了"信至礼成，馨香祷祝"，人群这才活络起来。古平原随着人流拈了香，磕了几个头，算是成了礼。

忽然就见人群一乱，从外面走进一伙人，手里捧着碗粗人高的高香，从后面让进一个富贵少年，其余人明显是以他马首是瞻。

"李钦！"古平原看见他倒不意外，这样热闹的场合他若不来才是有鬼。问题是围着他的那帮人古平原个个都认识，正是街对面祥云当铺的一帮伙计，为首的就是那个胡朝奉，此刻正满面堆欢地跟在李钦后面。

就见李钦在众星捧月中，跪倒叩拜黄帝金身，总共上了四十五支高香，从一到九依次排开，取的是芝麻开花节节高的好彩头，场面之大令众人无不侧目。

李钦为什么在祥云当众人的簇拥下去祭拜黄帝？这个疑惑没有让古平原猜多久，第二日祥云当铺门前便敲锣打鼓，鞭炮放了十万响，胡朝奉一脸的嗫嚅，备了一张全贴发遍同行，在同业公会的会馆摆了大宴，开了堂会。祝晟卧病在床自然不能赴宴，丁二朝奉和三朝奉都不是乐于交际之人，古平原便当仁不让出席了这次堂会。

胡朝奉一杯酒敬了在座所有的大朝奉，然后引出一人，介绍说这便是祥云当铺的新东家。别人不认得，古平原可是心头雪亮，这个新东家正是李钦，难怪胡朝奉昨日在黄帝祠对他如此巴结。

李钦少年得志，嘴角带着掩不住的笑意，挨桌敬酒。只是到了古平原面前，他扫了古平原一眼，故意问身边的胡朝奉："这人是谁？"

"这就是我们对面万源当铺的四朝奉。"胡朝奉毕恭毕敬地说。

"哦，听过，原来你就是那疯子朝奉，一把腰刀当了五百两，还被关了一个月的大库。你的大名，李某早有耳闻，想必各位也是清楚的。"

众人听他当面揭古平原的疮疤，有那嫉妒万源当铺生意好的人便故意笑出声来。古平原早知道他必有这番说辞，并不着恼，笑笑不语，自顾自饮了那杯酒。李钦见他不接茬，讪讪地觉得没趣，瞪了古平原一眼，冷笑道："古朝奉，今后你我便是邻居了，只可惜同行是冤家，要是有什么得罪处，可别怪李某没把话说在前面。"

"银钱如流水，能开源节流，引水入池，那是个人的本事，谈不到什么得罪不得罪。"古平原仍是微微一笑，他虽然不动气，但仍是不明白，祥云当经营不善，眼看就要倒闭，李钦怎么会忽然入主当了东家呢？

7

李钦为什么接手祥云当铺，这里面的事情只有苏紫轩门儿清。

李钦自从被古平原一番痛骂，又跌跤断了一颗牙，便整日想找回这个场子。但是张广发严令他不得去招惹古平原，他只好另想办法。他知道古平原做了万源当铺的四朝奉，正好苏紫轩也要与他合伙开一间当铺，李钦托人一打听，得知了万源当街对面的祥云当铺的近况，知道这家当铺的财东只要五万两银子便愿意把当铺盘出。

五万两银子不是小数目，苏紫轩听后却微微一笑，答应给他出这五万两，另外再借他五万两来做日常经营。李钦大喜过望，赌咒发誓一定把这笔钱翻番地赚回来。

祥云当铺大放鞭炮，喜乐喧天，苏紫轩带着四喜也看见了。四喜不解地问："小姐，你自己不出面，却把钱给那个纨绔做生意，不怕拿钱打水漂吗？"

"龙生龙、凤生凤、老鼠的儿子会打洞。他是李万堂的儿子，经商上面必定也有过人之能，你听他总挂在嘴边的那带军马出山海关的事儿，说明这小子聪明还是有的。"

"为了一句聪明，就给他十万两？"四喜嘟起嘴，她是极不喜欢李钦这个人。

"他开当铺哪里是为了做什么生意,分明是要对付那个古平原。我借钱给他,就是想借他的手,看看古平原的斤两。咱们要做大事,只靠你我不行,一定要找帮手,传闻若是真的,那古平原就不是个一般的生意人,只不过我还要亲眼证实一下。"鞭炮炸响腾起的沿街烟雾遮住了苏紫轩的脸,不过她的眼睛始终在望向万源当铺。

"什么?真是这么写的?"丁二朝奉急急问道。

"要是不信,您出门看一眼不就清楚了。"金虎哭丧着脸说道。

丁二朝奉几步走出门,抬眼朝街对面看去,果然见到祥云当门前立了一块木牌,上面写着八个大字:诚意收当,万源加一。

"这是什么意思?"不断有走过的老百姓对着木牌指指点点。胡朝奉则中气十足地解释着:"各位老客,不管对面万源当给多少银子,只要你多走几步道,过来祥云当,那么都可以加上一成。他给十两,我给十一两,他给一吊钱,我给一千一。保证童叟无欺!"

"混账东西!"丁二朝奉气得一跺脚回身进了当铺。

"这不分明是冲着我们万源当来的嘛,我说怎么一早晨只有来问价的,却没人真当当,原来都被祥云当给劫了去。"

"这样下去可不行,咱们的生意还做不做了?要我说应该找他们理论去。"

伙计们议论纷纷。丁二朝奉正在心烦,大喝一声:"别说了!人家既然敢明目张胆地来挑战,难道还怕你去理论?再说都是敞开门做生意,老百姓愿意去给价高的地儿,你有什么辙儿,总不成绑住人家的腿。"

三朝奉沉吟道:"祥云当换了新东家果然不一样,看样子这以本伤人的主意就是那个姓李的新东家出的。不过以本伤人并不能持久,咱们不妨静观其变,生意照做,等他耗不起了,自然也就收了这一套。"

"你的意思是,他挂挑战书,咱们悬免战牌?"丁二朝奉一皱眉。

"我觉得还应该去禀报大朝奉一声,这毕竟不是小事。"三朝奉又道。

"不行。你们听着,这个消息要对大朝奉暂时保密,他老人家身体不好正在养病,若是着急上火,只怕病情会反复。"丁二朝奉说完,看了古平原一眼,"四朝奉,你怎么看这件事?"

古平原一直沉默不语,他并不知道李钦开当铺的本钱是苏紫轩所出,还以为背后是财势雄厚的京城李家在支持,那么以本伤人只怕不是一天两天便能拖过去的。此时丁二朝奉问自己,他凝神细思,问道:"这买卖是王大掌柜的,他能否替当铺添本？"

"王大掌柜巴不得这当铺赔本才好，他倒不是不在乎损失，而是一心想着让大朝奉没面子，又怎么会给当铺添本。不过……"丁二朝奉看了古平原一眼，认真地说，"古老弟，你是王大掌柜的亲信，你去说说，或者能要来一笔钱也说不定。"

古平原一听这话，顿时哭笑不得。金虎在一旁愤懑地说："他们早不来这手，晚不来这手，偏偏赶上穷酸丁来当当的日子找麻烦，这一定是事先想好的，今天本来可以大收一笔，看样子全都落了空。"

"穷酸丁当当？"古平原问。

"对啊，县里的童生明日都要到学官应每年一度的例考，按照朝廷规定，童生应考须得秀才中的廪生写信担保推荐才行，不然就没有考试资格。你想，平白无故谁肯给你做事，所以童生上廪生家求赐，都要带礼物。那些穷酸丁们通常都拖到最后一天，借不到钱就只好来当当了。"

古平原恍然，这笔钱他当年也花过，当了母亲一件陪嫁的绸衣，才换来一封作保的信，想不到此事居然还是当铺眼里的商机。

"嗨，他们今日出利，明日得名，有了名自然就有利，咱们县太爷不就是个现成的例子嘛。"丁二朝奉不以为意地说。

"唉，名利，名利……"古平原念叨几句，忽然眼前一亮，"我倒有个法子，也许可以灭灭对门的威风。"

伙计们一听都来了劲儿，围拢过来，纷纷盯着古平原。

"有法子你就用啊，还等什么！"丁二朝奉一拍巴掌。

古平原越想越妙，嘴角露出笑容："我这个法子虽然不是治标之法，但可解今日燃眉之急，至少不至于颗粒无收。"

"四朝奉，你就说吧，要咱们干什么？"伙计们个个摩拳擦掌。

"也用不着这许多人，金虎！"

"哎！"金虎一听古平原派到自己，顿觉面上有光，痛快地答应了一声。

"你去南纸店买一副写对子用的红纸来。"

"红纸？"金虎摸了摸头，疑惑地问。

"去、去。"古平原连连摆手，金虎不敢怠慢，领命而去。

等他买回来，古平原已经磨好了墨，拿着大号狼毫，挥笔写了一副对子，吹干墨迹告诉金虎："贴出去！"

金虎和另一个伙计搬梯子，拿糨糊，不一会儿便把这副对子贴到了大门口。丁丁二朝奉走出门观瞧，他虽然不比祝晟对字画精于鉴赏，但也久浸此道，一看古平原好一手颜字，笔力雄强圆厚，气势庄严恢宏。再看内容，上下联写的分别是，"当钗求名，苏季子六国封相；典衣赴选，裴晋公三代贤卿"，横批"品物衡人"。

丁二朝奉久在典当，知道这说的是苏秦与裴度两位古人的事情，他们年轻时俱家贫，都在当铺当过东西，后来一为宰相、一封国公。只是古平原写了这么一副对子就能扭转乾坤？

不多时，又有人进了当铺，这人穿着长衫，腰里一条金花雀带，手中还夹着一个书盒，一看就是读书人。他一进来就直奔柜台，拿出一件嵌绿松石的银首饰要当。丁二朝奉用戥子称了分量，喊了个"五两"。那人二话不说，拿过首饰就走。

"哎，你、你怎么不当了？"丁二朝奉忍不住叫了一声。

"你给这五两，对门就给六两，我凭什么到你这儿当啊，一两银子能换三十多斤精肉呢。"那人头也不回。

丁二朝奉自是哑口无言，看了看古平原，就见他一眨不眨地盯着那人的背影，不由得讥讽道："这煮熟的鸭子已经飞了，你就别看了。"

古平原微微一笑，抬抬下巴示意丁二朝奉往外看，说了句："不见得吧。"

丁二朝奉一愣，往外看去，就见那读书人走到门外，抬头看了看两边的对子，忽然变得委决不下，向祥云当走了两步又犹犹豫豫地停住脚，往回来了几步，然后又停住脚，举棋不定地摇摇头，终于一跺脚回到了万源当。

"当了！"随着这一声，丁二朝奉精神一振，伙计们也都纷纷抬起头面露喜色，只有古平原不动声色地点了点头。

胡朝奉人在柜台里，眼睛一直盯着对面那家当铺。他发现一早上来当当的人都是进了万源当又进祥云当，可是后来慢慢地，有一些人拿着东西进了万源当，就空着手出来，显见是在那儿当了。而且这些人还大多是今天特别要拉的主顾——应试的童生。

"老胡，怎么回事？你不是说万无一失，今天能让万源当一笔生意都做不成吗！我现在数着，他们可都做了十几笔买卖了。"李钦也看着呢，终于忍不住发了话。

"奇怪了，居然有人放着银子不要，非要贱当？我干了几十年典当，还真没见过这种事儿。东家，您别急，容我出去看看。"

胡朝奉急急忙忙走出来，扯住一个刚从万源当出来的顾客，"慢走，我倒要请教一下，您方才是不是到这家当铺去当了东西？"

那人伸手拨开胡朝奉，在衣袖上掸了掸，满脸不高兴道："是又怎样？"

"当了什么，当了多少银子？"

"也没什么，几件薄衣物而已，不过当了三两五钱。"

"那您到我哪儿去当啊，我可以给您四两啊，几步之遥，为何宁可少当银子也不易地而当呢。"

"这……这我跟你说得着嘛。"那人回头看了看万源当铺的门脸，忽然有些着恼，一甩袖子走了。

胡朝奉也望着万源当铺，抚了抚脑门，纳闷地说："怪了，难不成是施了什么法术？"

"咱们今日的生意虽然被祥云当抢去不少，可到底是没让他们一枝独秀。"歇铺的时候丁二朝奉很是欣慰。

金虎凑过来说："古朝奉，你现在该说了吧，到底这对联有什么用处？为何引了那么多的顾客连银子都不要，偏要到我们这儿来当当。"

古平原见众人都眼巴巴地看着自己，笑了笑道："其实也没什么奥妙，我只不过举了两个童生们都能看得懂的典故。对门用利诱，那我就用名动，这些读书人都好面子，我就给他这个面子，这两个典故往门上一贴，如此名人在高中榜首之前都曾当当，面子自然是有了，而且这般好彩头，那些将要应试的童生怎肯不要？"

"哦！"金虎佩服地点了点头，"古朝奉，你可真有学问！换了我就算想到了这么做，也想不出这副对子。"

"你那糨糊脑子，别把当票弄丢就不错了。"旁边有伙计打趣道，众人顿时哄堂大笑。

丁二朝奉笑了一阵，见古平原蹙眉不语，便借着众伙计上板收拾的时候来到他身边问："你今天立了大功，怎么看上去却愁眉不展？"

"二朝奉，你想过没有，我这对子也只有对那些读书人有用，过了今天，怕是街对面那边还要稳占上风，咱们只怕是笑得太早了。"

"这我想过了，我觉得大家说得也有理，以本伤人不见得能持久，咱们不妨以静制动，先看看风色再说。"

古平原脸上仍旧没有笑意，"但愿是我想多了，我觉得祥云当那个新东家，不会只有这么一招！"

8

古平原的预感果然成了真,当铺来当当的人不见增多已是让众人头疼,到了月中盘点账册时,丁二朝奉更是大惊失色,连忙把三朝奉和古平原找到后院厅中议事。

"你们看看,这不得了。"他把账册往桌上一放。

"先别急,莫非是账上出了毛病?"古平原瞥了一眼账册,心想麻烦果然来了。

"咱们当铺生利靠的是两样,一是活当取赎的利钱,二是死当卖物的价钱。现在活当已是江河日下,我原本想把到期不来取赎的死当东西盘点一下,然后争取卖个好价钱,好填补填补近日的损失,没想到一看账册,这十几日来,取赎当物的人可真不少,好多都是快到期来赎。一般来说,十件活当能取走一半已经算多了,眼下却是九成之数,以前可没有过这样的事儿啊。"

"这样我们的利钱也得了不少啊!"古平原提醒道。

"虽然有利钱,可是活当给的当钱少,变成死当之后最是有利可图,那比利钱可高多了。"丁二朝奉解释。

"没错,活当变死当是当铺的第一生财之道。要照这么个搞法,咱们库里的东西只出不进,那岂不成了坐吃山空。"三朝奉不停搓着手心,神态极是焦急。

"那些当票我还有点印象,不少都是家贫无奈才当的,虽然是活当,可是不像有能力取赎的样子。"古平原翻了翻账册,"我看还是按照底册上的记录,去这些人家问问吧,看看是怎么回事。"他心中已经猜到了几分,这件事八成又与对面祥云当有关。

等派出去打听的伙计一回来,丁二朝奉气得把他那把一直拿来喝茶的石壶都摔了。

"欺人太甚!"丁二朝奉重重一拍桌子,"这个姓李的东家居然敢冒当铺之大不韪,背地里偷着收我们的当票。实在是太可恶了!"

三朝奉是个老实人,此番也动了真气,提议道:"他能收咱们的,咱们就能收他的,大不了拼个鱼死网破。四朝奉,你说呢?"

古平原现在在众人眼里已经成了智囊,他低头沉思片刻,缓缓摇了摇头,"他既然敢做初一,就一定防着咱们做十五。我觉得他们肯定在自家的当票上做了什么手脚。"

"古朝奉,你说对了。"最后一个回来的金虎跑进当铺,上气不接下气,咕嘟咕嘟灌了一肚子茶水,这才把一张当票往桌上一放,"这是我一户亲戚在他家当的活当,请几位朝奉看看,我还真没见过这样的当票。"

古平原拿起当票一看,上面大致与普通当票相同,也是用的东昌纸,上面有祥云当的戳记押花,照样写满了当字,唯有左下角印了一行小字,规定必须由当当人前来取赎,背面还用红印泥按了主顾的指印。

"果然如此。"古平原把这张当票扬了扬,"咱们要是如法炮制,那就得麻烦那位主顾去跑一趟当铺,麻烦不说,人家也未见得肯来,就是来了,这么兴师动众的,只怕会落人口实,到时候人证俱在,输理的就变成我们了。"

"对面那个李东家是什么来头?心思可够毒的。"丁二朝奉左思右想,一拍大腿,"这样,我们也改当票,改成和他一模一样的,这样至少今后的当物不会再被轻易取赎。然后我准备也在门口立块牌子,就写祥云加一,咱们和他拼到底了。"

"硬拼不是办法。"古平原觉得不妥,"咱们先别忙着改自己的铺规,这样等于被他牵着鼻子走。再说无论是改当票还是立牌子,都不是小事,真要这么做,必须得到大朝奉的许可才行。"

丁二朝奉方才一时情急,古平原一语点醒他,一想到要惊动在家养病的祝晟,他不禁一阵气馁。

古平原接着往下说:"他门口立的那块牌子是明火执仗,收咱们的当票是釜底抽薪,这样明的暗的一起来,其实还都是在拼本钱。我们眼下不知道他有多少本钱,贸贸然拼上去,万一被他耗光了铺里的钱,那可不是玩儿的。"

丁二朝奉与三朝奉对视一眼,脊背上同时冒出一身冷汗。古平原说得对,要是铺里没了现钱,那就只能关门歇业。

"那个李东家一肚子的鬼主意,搞不好就是要引我们这么做。"古平原只顾想着生意上的事,不留神说走了嘴。

别人没注意,金虎却听到了,追问一句:"古朝奉,听你的话,好像认识那个李东家?"

"啊?没有没有,我只是看他的面相不像是个老实人。"古平原连忙弥缝,好在大家都在发愁,也没人关心。

"这不行,那也不行,难不成要坐以待毙?"丁二朝奉真是发了愁。

万源当铺的众人都不知道,收当票这一招,是李钦从洋行里学来的。李钦就喜欢听外国的事情,听人家说过银行之间彼此收买汇票的商战故事,这一回自己干起了典当,便依样画葫芦,这一招果然毒,因为花样简单,纯粹是靠本钱来压制对手,反倒难以破解。古平原在地上踱来踱去,一时也苦无善策。

就在大家都愁眉不展之际,忽然来了一个泰裕丰的小伙计,口口声声说王大掌柜要找古平原。古平原心里纳闷,不知道王天贵此时找自己何事,难道说他知道了当铺的困境,那也应该去找祝晟而不是自己。他一头雾水地跟着小伙计来到票号门口,正碰上王天贵由老歪陪着从里面出来。

"你来啦。"王天贵看了他一眼,"陈知县刚派人来请我过府一趟。原本有事情要你去办,眼下没时间和你交代了。老曲知道这事儿的首尾,你去问他好了。"

"是。"古平原躬身答应,"请王大掌柜放心,我一定用心效力。"

"嗯。"王天贵点了点头,坐上"二人抬"自去了。古平原迈步进了泰裕丰,曲管账正在前厅打算盘,他走过去道:"曲管账,王大掌柜说有事吩咐我去做。"

"哦,对,是有件事。"曲管账早看见他进来,此刻忽然堆出一脸笑容,"县里的许主簿有件事要请老爷去商议,老爷把这件事指给你去办。许主簿怎么说也是个朝廷命官,他有什么事,你可一定应对好了,不能出错,听懂了吗?"

"明白了。"古平原答应一声,见曲管账再无话,便辞了出去。等他走了,曲管账脸上换上得意扬扬的笑容,"古平原,这次的事儿你是猪八戒照镜子——里外不是人!"

古平原来到衙署求见许主簿,签押房内除了几张泛黄的字画,便是用旧的桌椅,书册倒是不少,墙角那边堆起高高一摞,也没个架子摆放。古平原前些日子在黄帝祠已经见过许主簿一面,见此人一身儒雅又爱书,便知道不是个黑心肠的官儿,他跪倒一拜,口称"大人"。

"起来,起来。我就知道请不动你家王大掌柜,好歹派个人来,也算给了我面子。"许主簿有些牢骚,但不失礼数,唤手下差人泡了碗茶,让古平原坐下,"你叫什么名字?不知在泰裕丰所司何职?"

"在下古平原,在王大老爷的买卖万源当铺里当个四朝奉。"

"朝奉?"许主簿哑然失笑,随即又苦笑着摇了摇头,"唉,王大掌柜不愧是生意人,这算盘打得可真精,你看我这屋里有什么能当的吗?居然派了个朝奉来。行了,你回去吧,让你白跑一趟,实在抱歉了。"说着便要端茶送客。

古平原进屋伊始便在观察许主簿,发现他面有忧色,在座中一揖,"大人,小民虽然是个生意人,但也懂得为人处世的道理。大人若是有什么烦忧,反正我已经来了,不妨向我说说。昔日鸡鸣狗盗之辈能救孟尝君于危难,卖酒屠猪之人能助玄德公成霸业,大人怎知我就不能助您一臂之力呢?"

"嗯？"许主簿原本没注意这个钱眼里翻跟头的生意人，还以为是王天贵用来搪塞自己的寻常伙计。此刻听他谈吐不凡，顿时吃了一惊，便知道小瞧了此人。

"是我失言了。原来先生是阛阓奇才，我竟差点失之交臂。"许主簿很高兴。

"不敢当，能为大人分忧，小民自当效力。"古平原拱了拱手。

"唉！"许主簿叹了口气，"其实啊，这件事和我倒没什么太大的关系，只是忝为此官，虽然官微言轻，眼下有件事却实在是看不下去。"

古平原仔细听去，原来县外有个油芦沟村，去年遭了一场"寡妇瘟"，村中死了不少青壮年，余下老弱妇孺无力耕田，今年年初借了一笔钱，打算种枣树为生，偏偏又遭了一场农灾，结果实在过活不下去了。眼下债主逼债，村里人没法子，打算卖儿卖女来抵债。

"我去油芦沟看过，实在惨得很，几乎家家难以举炊。现在要卖人还债，父母卖儿女，丈夫卖妻子，甚至还有公婆卖儿媳，眼看这个村就完了。还有一桩，这女人被卖，大多流落下三处那种地方，名节必毁，我执掌本县教谕，名教之事是我分内的事情，眼看这么多女人难保清白，我实在是于心不忍。"

古平原肃然起敬："大人宅心仁厚，实在是这一方百姓的福气。"

许主簿连连摇手："我官卑职小，庇护不了这一方百姓，但能尽一份心力罢了。我请王大掌柜来，就是想和他商量一下，能不能借出一笔银子先暂时帮助油芦沟村把债还上。本乡本土怎么都好说，听说那油芦村欠的是几个外地商人的钱，所以被催逼甚急。"

古平原心思灵动，许主簿这一番话说完，他就明白了王天贵为什么不派票号伙计，却派了自己这个当铺朝奉。王天贵这老狐狸在县衙里有熟人，一定早就知道了许主簿的用意，所以希望许主簿自己知趣收篷，双方不伤和气，只是自己这个打头阵的，想必就得罪了人。

至于曲管账口口声声让自己一定应对好，那是希望自己不知轻重把事情揽下来，把千斤重担放在身上，回头吃力不讨好还得罪了王天贵。

看来是个进退两难的局面，古平原想了想，"大人，您看这样好不好，我去一趟油芦沟村，看看能不能想办法帮村民渡过这一劫。反正大人只是希望百姓不要妻离子散，只要能达到这个目的，倒也不一定需要王大掌柜出钱。"

"对，对，我就是这个意思。"许主簿连连点头。

"那么事不宜迟，我现在就去。"

第八章

佛　门

1

油芦沟村在小南河对岸十七里外的一处山洼，古平原雇了一头走骡，不到一个时辰便进了村子。他从村头二里地一路瞧来，果然时近春忙地里却少人耕作，连耕牛都不见一头。

古平原找了两个在村口磨盘上玩泥人的小孩，问明了保长的家，沿着村里的土路往前走，不一会儿就来到一处房前。他刚要举手叩门，就听里面有人怒气冲冲地说："我就是把自己卖了，也不会卖我嫂子！"说着一人大力推门而出，险些撞到古平原。

"乔松年？"

"古老板！"

两个人一对眼都呀声叫了出来。古平原就问："乔兄，你为何在这村里？"

"怎么，你不是来找我的吗？"乔松年也是一愣。

古平原听了这话才回想起来，当初在文昌阁前，自己从一个疯子手上救下个妇人，结果乔松年赶来说那是他的哥嫂，还让自己有空去县外的油芦沟村找他。结果这一向事情忙，把这件事忘在了脑后。

"喔，我记得了，这里便是你哥嫂的住地。"古平原抱歉地笑了笑。

"其实是我嫂子的娘家。"乔松年步下两级台阶，"听起来古老板不是专程来找我，那么到这村子所为何事呢？"

"乔兄，上次匆忙间我也没时间细说，我现在县里万源当铺当个朝奉，你就别再老板长、老板短了，我比你年轻，你我兄弟相称吧。"

"这……好吧，我就托个大，叫你一声古贤弟。"

"乔兄，我到这儿其实是受了县里许主簿的嘱托。"古平原把事情一说，乔松年挑了挑眉毛，"想不到这许主簿倒是个好官儿，我方才在保长家就是因为这事儿发了脾气。唉……"

"怎么了？"古平原问。

"别站在街上说了，走几步就是我嫂子家，咱们去那儿吧。"

古平原随乔松年走了几步，忽然想起来："对了，我上次怎么听你嫂子管自己的丈夫松年、松年的叫，那不是你的名字吗？"

乔松年笑一笑："这话说起来就有些长了。"

原来乔家两兄弟，长兄叫乔松年，弟弟叫乔鹤年，取的是松鹤延年的意思，他们父母早亡，哥哥一向在祁县乔家堡做事。因为弟弟读书有天分，所以哥哥一直拿钱供他读书。嫂子乔温氏极是贤惠，是十里八乡远近闻名的美女，自从嫁了乔家长兄，便专心家务，照顾丈夫子女，实在是妇人中的楷模。

"可惜呀，老天爷大概是嫉妒我大哥妻贤子孝，居然让他得了离魂症。"乔松年脸上一阵黯然。

那是三年前，乔家堡老主人去世，一直贴身服侍的哥哥乔松年大概是因为悲伤过度，忽然发了疯，谁也不认，谁也不理，打人毁物，口中还念念有词，结果被乔家堡捆起来送回了家。乔温氏大哭一场，只得悉心照顾，可是乔松年的疯症不时发作，不留神就跑到外面乞讨度日，可把乔温氏给苦坏了，一边要带孩子一边还要不时寻找疯丈夫。没办法只得回到娘家油芦沟村来住，有父母帮衬着，方才好些。

"我去悬济堂当伙计，其实也是想顺便认识些名医，看看能不能找到治我哥哥的好药。我又听说这离魂症若是常常被人叫名字，时间长了三魂六魄就会被喊回来，虽然是巫医的不经之谈，但何妨死马当活马医，所以到了悬济堂报名字，我就索性用了我哥哥的名字，反正那儿也没人认得我。"

"所以你是乔鹤年，不是乔松年。"古平原这才恍然大悟。

乔鹤年点了点头，忽然一指："到了，这就是我嫂子家。"

那是一处三面土墙的小院，一间正房左右开间，院子里有间空空的鸡舍。乔鹤年把古平原让进小院，乔温氏见来了客人，连忙端茶倒水。那天天色已晚，又情势危急，古平原没有看清乔温氏的长相，此时看去就见乔温氏虽然穿着朴素，可是不掩秀色，柳叶眉、丹凤眼、双瞳剪水、体态姣好，确实是个美貌的妇人。那乔松年蹲在一旁，见到陌生人来家中有些紧张，站在门边双手连连搓动，显得很不自在，不时用眼看向自己的妻子。

"没事的，是大弟的客人。"乔温氏软语安慰，拉着丈夫的手把他领到了另一间屋子里。

"我看你哥哥比上次见面时好了许多。"

乔鹤年欣慰地一笑，"我在药铺也算没白待，总算求名医配了个好方子。自从年初用药以来，我大哥已经不再犯疯症了，只是待人接物还很木讷，好多从前的事也想不起来。"

"俗话说，病来如山倒，病去如抽丝，这才不过两个多月就有此疗效，继续用药想必痊愈是指日可待。"

"借古先生吉言了。"乔温氏安置了丈夫，回到屋中正听到这句话，对着古平原福了一福，"对了，大弟，你去保长家借钱，他怎么说？"

"他……唉，他说过几日村中要开人市儿，到时有人贩子来此，各户村民都要卖儿鬻女，保长劝咱们家也……"

"也怎么样？"乔温氏咬住下唇。

"他说大哥的一双儿女，可以留下个男孩传宗接代，女孩就……"

"不行！"乔温氏断然说道。

"我也说不行，他又说……"乔鹤年抬眼看看嫂子，这话就在嘴边却吞吞吐吐。

"是不是要卖我？"乔温氏脸色一黯。

"皇天在上，嫂子，我可绝无此意。我当时就说宁可把自己卖了，也绝不会打这个主意，古贤弟那时在门外，想是也听见了。"

"对，乔兄是这样说的。"古平原连忙作证道。

乔温氏失魂落魄地走了几步，腿一软坐在炕上。这时从隔壁传来玩耍的声音，是乔松年和他的两个孩子在玩，若不是他的声音不同，听上去还以为是三个不懂事的小孩子在做着游戏。乔温氏听着听着，脸上现出苦涩的笑容。

她忽然站起身，冲着乔鹤年双膝一跪，把乔鹤年吓得蹦了起来，"嫂子，你快起来，我怎么受得起。"

"大弟，卖我就卖我吧，不然我的孩子迟早会饿死，你大哥的病也无钱买药。我只求你替我照顾好他们，我也就心安了。"

"嫂子，你怎么能这么说呢？事情还没到那个地步。再说无论如何也不能把你卖给别人，那这个家不就散了吗？"

乔温氏跪在地上，只是哭泣。乔鹤年又不敢伸手去扶，只得看向古平原，向他求助。

"乔大嫂，你先起来。"古平原思索着说，"实不相瞒，我就是县里派来办这件差的人，你们的苦处县里的老爷已经知道了，这不是正在想辙儿嘛。世上路千条万条，一路不通还可以走另一路，总归是能想出办法的。"

乔温氏这样的妇人没见过什么大世面，听说县里肯派人来解决此事，立时便觉得有了希望，擦擦眼泪站起身，用希冀的眼神望着古平原。

"我听许主簿说了事情的大概经过，只是他也语焉不详，能不能请你再给我详细说说。"

乔大嫂点点头，拿把小凳子坐了，把事情原原本本地讲说了一遍。

去年秋收时，一场瘟疫来得又凶猛又古怪，大家都得病，可就是青壮男子死得多，请来的大夫说这叫寡妇瘟，家家有哭声，户户添坟头，黄纸白纸飘得满村都是，乍一看如同鬼界。

"幸好这瘟疫，到了冬天时就停了，可是咱们这村子也已经元气大伤，我的父母也不幸病故。"乔温氏哀哀地说，眼角滴下泪来。

"死者已矣，活人的日子可也要过下去。但是村里没了耕牛和劳力，这来年春耕可怎么办呢？"乔鹤年接过话说。

转机来自一个胶东商人，他有一批枣树苗，愿意先贷给村民种，将来枣实亦由他负责买去。也不知老天爷怎么想的，就是不肯放过穷苦人。树苗种下没几天，一场鸡蛋大的冰雹如雨点打下，把刚长芽的枣树全毁了。眼下村里家家欠债，户户欠粮，简直是被逼到了绝境。

一头是商人催着还债，一头是官府逼着完粮，又是人财俱无，难怪要卖儿鬻女了。

"既是又遭了一场大灾，何不再向朝廷申请赈灾？灾情重的地方按例是可以请藩台报户部，矜免该纳的钱粮。"

"保长去问过，县里说一年之内不能二次赈济，也算我们倒霉。"乔鹤年摇了摇头。

古平原哑然失笑道："哪有此事！要照这么说，春旱秋涝是常有的事儿，要是只能择一赈济，老百姓早反了十遍八遍，这恐怕是哪个恶吏不愿多事，随便拿话搪塞你们。"

"有这事儿？"乔鹤年挺直腰板，急急问道。

"你是老老实实的读书人，一心只在四书五经上，哪里知道三班六房的花样？他们既贪且懒，什么时候把老百姓的死活放在心上？"古平原站起身，"我这就回去禀报主簿大人，只怕他还被蒙在鼓里呢。"

2

许主簿听了古平原略带兴奋的回禀，出人意料地没动声色，站起来在屋中踱了几步，依旧是默然不语。

"大人。"古平原以为他没听清自己的话，"只要向朝廷申请赈济，两边的事儿就都能解决了。"

"这我岂能不知，我早就向陈知县提过此事了。可他始终不肯向朝廷报赈济，大概是怕境内灾害之事过频，年底吏部考察，妨了他的卓异[1]吧。"许主簿不屑地说。

"那怎么行，人命至重！总不能为了升官就眼看着部民妻离子散吧。"

"这道理我自然懂，奈何向省里上书报赈，需要知县的大印，我双手空空，尽管着急也是无济于事。"许主簿摊了摊手。

"知县大人在不在衙中？我去求见他。"

"你想替油芦沟的村民陈情？算了，陈知县如今正有一件挠头事，心烦意乱得很，你去触他的霉头，只怕要挨板子！"

古平原想起方才王天贵匆匆出门，说是知县有请，莫非就是此事？

许主簿点点头："应该是吧，这件事应对得不好，他恐怕就要摘顶子了。"

古平原心想，这样的官尽早去了才好，换个好官来，只怕油芦沟还有救。想着他动了好奇之心，问道："什么大事居然闹到要摘知县的顶子这么严重？"

"你总听过僧格林沁王爷吧？"

古平原当然听说过，大江南北只要是对朝廷事务稍有熟悉的人，没听过这位王爷的只怕很少。大清王爷中，文要数恭亲王拔尖，武则是僧格林沁当仁不让。他又是皇亲，又是国之柱石，圣眷优隆，名动天下。

"那你就该知道，这位王爷要找谁的麻烦，谁就真的有了大麻烦。"

三天前，僧王的军需官来到太谷，说僧王追击西征军主力，直奔西都，路过太谷盘点军需，发现军中缺少民夫，要太谷县五日之内招募五百名民夫随军，征役的

---

[1] 卓异是朝廷对清朝官员考核的一个结论，同时也是对官员的一种高度认可。

差事素来难当，此时更是难如登天。

"你知不知道为什么？"许主簿问了一句。

"想来是春耕在即，各家各户都离不开劳力。"古平原略一思索答道。

"不错，这是原因之一，但还不是最要紧的。"

要紧的是，当了僧王军队的民夫，就如同上了断头台。僧格林沁秉性凶暴，残忍好杀，对待汉人更是心狠手辣。一遇到战局胶着吃紧之时，他往往就命令把民夫拉出来打头阵挡箭矢，攻城时也用刀逼着民夫抢登云梯，以便保存自己部队的实力。这样做的结果就是，僧王的军队里时常缺少民夫，也无人敢去。

本来僧格林沁也不在乎，没人应征就强迫拉伕，可是各地因为拉伕造成多起民变，所以今年春天朝廷下了一道严旨，为了休养民力，严禁军中再有拉伕之事，征役需给以往三倍的报酬。旨意措辞严厉，僧格林沁在幕僚的劝说下也不敢造次，于是便改强拉为强派，要各地官府想办法，这一次就派到了太谷县。

"陈知县这次真是宠了媳妇得罪娘，左右为难，要是得罪了僧王，一道参折递上去，他的乌纱帽就保不住了，可要是在县里强行摊派，百姓都知道去了就是一个死，万一官逼民反，他不只掉乌纱，恐怕还要掉脑袋。"许主簿也觉得好笑，"陈知县一向长袖善舞，想不到这次却进退维谷，他实在想不出好法子，找王天贵只怕是想花钱买伕，方才我听说此刻那王大掌柜还没走，想必也是觉得这麻烦棘手。"

"原来如此！"古平原听着听着，眼睛已经亮了起来。

"嗯，你要去哪儿？"许主簿只顾说话，猛然发现古平原站起来就往外走。

"我去找知县大人！"古平原大步流星出了签押房，直奔衙署后宅。

"草民古平原，见过知县大人。"

"嗯？"陈知县正与王天贵密谈买伕。两人一算这笔买命钱竟要给到每家五百两银子，这样的一笔巨款，要王天贵拿出来帮陈县令保顶子，他实在肉痛。两人正在彼此试探，不意此时有人闯入水阁，顿时都一愣。

"古平原！"王天贵还以为古平原铤而走险要向陈知县控诉自己擅自拘禁常四老爹、霸占常家家产一事，这他倒不怕，因为陈知县拿了他的银子，断不会为古平原做主。可是眼下他却不想节外生枝，断喝一声："你大胆，没得知县大人传唤，怎敢擅闯衙署重地，还不给我滚出去！"

古平原跪在地上连眉棱骨都没动一下，就像没听见一样，这时陈知县已经认出了他。

"你不是王翁的伙计嘛，我见过你一面，你的诗作得很好。起来吧，你找本官何事啊？"

"我是特意来为大人分忧，大人此刻想必正在为派伕一事烦恼。"

陈知县探身盯着古平原问道："你说为我分忧，难不成是有了好法子？"

"我自有办法给您找来五百名民夫，可是大人也要答应我两个条件。"

陈知县点点头，"你但说不妨。"

"第一，这些民夫自然是要给报酬。除军营里发的饷外，每人还要给五十两银子，再加上他们的家里要免去三年应缴的钱粮。"

"这没问题。"陈知县一口答应。五十两银子与方才王天贵说的五百两相比简直是小巫见大巫，这笔银子陈知县自己就拿得出，更何况还有泰裕丰在旁支持。至于钱粮更是小事，太谷县这么多农户，随便分摊些也匀得过，这事儿户房书办翻翻手里征粮用的鱼鳞册便能做得天衣无缝，根本不用大老爷操心。

"还有第二呢？"

"这第二嘛，我自去找人，至于怎么找，请大人不必过问，我一定按时交差就是。"

"这……"陈知县犯了疑，这件事出入太大，他怎能凭一个小伙计的话就把自己的前程甚至性命都交了出去。他思索良久，看了看王天贵，"王翁，你说呢？"

王天贵一直在一旁听着，心下早就大奇。古平原在太谷无亲无故，他有什么本事能一下子找来那么多人卖命？此刻知县问他，那就是让他为古平原作保，王天贵心里没底，将古平原叫到一边，沉声说："这可不是开玩笑的事儿，你该不会是想玩什么花样吧？"

"王大掌柜。"古平原神情自若，只是也把声音压低了，"我的底细你最清楚，性命都捏在你手里，若是开玩笑，不怕自己掉脑袋？"

陈知县在旁不耐烦地咳嗽一声，王天贵无奈，转身道："这伙计平素机智，此事交给他办想来无妨。"

"好，既然如此，这件事我就全权委托给你去办。"陈知县对着古平原说道，"后日你必须交差，不然我可要大刑伺候。"说到最后，陈知县把眼一瞪拿出官威。

"请大人放心，我一定实心效命，绝误不了事。"

3

时间飞快，转眼到了第三天，古平原居然踪迹皆无。

"王翁，这是怎么回事儿？"陈知县瞪眼问道，王天贵也是哑口无言。陈知县急得要发火签命三班衙役一起出动去找人，就在这时衙门外跑进一名差役，"大人，外面来了一群女人，将县衙前的一条街都站满了。"

陈知县与王天贵来到县衙外，果然是一群村民打扮的妇女，看样子足足有几百人，领头的正是古平原。

"古平原！你弄什么玄虚。我让你找民夫，不是给皇宫选秀女，你弄了一堆女人来做什么！"陈知县可真急了，时间不等人，眼看时近黄昏，这最后一天就要过去了。

"大人，军需官来要民夫，可曾提要男要女？"

"胡闹！"敢跟僧王开这玩笑，不怕砍脑袋？

"大人您放心，您办差，他也是办差。人是已经凑够了数，他不要，这差事就办不下来，他到了僧王那儿一样没法交差。还有一样，用女人当民夫，连最棘手的一件事也解决了。"

"什么事？"

"保命！小民去过瀚海，知道瀚海人特别是军中勇士从不欺负女人，若是犯了这个忌讳，一辈子都被人瞧不起。那僧格林沁王爷虽然有用民夫打头阵的习惯，可是我敢保证，这五百个女人他一定老老实实放在后军营中，连箭矢之伤都不会受，否则他丢不起这个面子。"

古平原知道陈知县倒不特别重视这些人的性命，但说这话只是打个铺垫，接下去才是陈知县爱听的。

"大人，请你想一想，派民夫到僧王军中而能毫发不损，试问谁能做到？这是万民生德的政绩，将来吏部考察，这能员二字就稳稳当当坐实了，还怕上头不赏识您吗？"

"对呀！"陈知县大喜，不自觉地连连颔首。古平原见过了他这一关，心头也是一松。

王天贵在一旁可是越听越惊，想不到自己还真小瞧了这姓古的，他年纪轻轻，对于官吏的心思怎么揣摩得如此精到。看样子陈知县很是欣赏他，自己今后绝不能给古平原太多上台面的机会，否则将来尾大不掉甚为可忧。他又转念一想，不管怎样古平原流犯的身份改不了，只要祭出这记翻天印，他就逃不出自己的手掌心。

许主簿闻讯也出了县衙，此时就在一旁瞠目结舌地看着。他向人问过古平原的底细，心想此人人称疯子朝奉，果然名不虚传，这么惊世骇俗的主意普天之下只怕没有第二个人能想得出来。他不但想到而且办到了，且是一举两得，不仅帮县太爷保住了乌纱帽，还顺手救了油芦沟村一村人的性命。

"古平原。"陈知县此刻越想越妙，已是春风满面，"你帮了县里这么大一个忙，我不能让你白当差，你想要什么？"

古平原也不客气，连忙跪下，"大人，小民有一事相求。"

"说吧。"

王天贵忽然一惊，莫非古平原要求陈知县放了常四，那可绝对不行！不料听下去满不是那么回事。

"小民在万源当铺做事。现在太谷县城内有人扰乱当铺间的经营，背地里收取别家的当票，长此以往，当铺间必定恶意竞争，受苦的还是百姓，请大人贴出布告，明令禁止此事，如有违犯者严惩不贷。"

"这是小事一桩，我答应你了。"此事惠而不费，陈知县一摆手，"还有什么？"

"这、小民倒没有想。哦，对了，如果大老爷要当当，还请照顾万源当的生意。"古平原灵机一动。

"胡说，县大老爷怎么会去当当，真是越说越不成话。"王天贵呵斥道。

陈知县心情好，并不在意古平原的话，反倒呵呵大笑道："王翁，生意人嘛，赔本尚且要赚吃喝，何况有利可图，自然是要把生意经挂在嘴边了。你放心，我要是有闲置的东西，自然光顾万源当。"

陈知县让同来的差役清点人数，登记造册。乔鹤年带着哥哥嫂子一起过来，对古平原一揖："古贤弟，想不到知县大人真被你说动了，我替全村人谢谢你。"

"我早知道，不把这五百人摆在眼前，光是空口说白话，他是绝不肯答应的。我也要谢谢你，要不是这几天你陪着我挨家去说服村民，我不可能几天之内就办妥此事。"老百姓特别是女人一听军队都避之唯恐不及，幸亏乔鹤年帮着他先说服了保长，然后一户户地剖析利害，这才说动了全村人。

"大弟，我去了之后，你帮我照顾好你大哥和两个孩子，别让他们冻着饿着，要是病了就快请大夫，千万可别耽搁了。"乔温氏谆谆嘱咐着。

"你放心吧，大嫂，这儿都交给我。你到了军中，与大家在一起，一切小心在意,我们在家等你回来。到那时候,银子也有了,钱粮也免了,日子又能红红火火地过起来。"

"嗯。"乔温氏点点头,俏丽的脸上现出憧憬之色。

"古平原,你在油芦沟村还有熟人?"人随话到,王天贵走了过来。他离着老远就看到了乔温氏,眼前顿时一亮。王天贵选色与众不同,别人都爱婉约处子,他偏喜欢美妇人。看见乔温氏容颜秀美,体态丰盈,王天贵咽了一口唾沫,阴鸷的眼睛盯着她,就像秃鹰瞅见了猎物。

"他是随我一同去瀚海的药店伙计,这是他的哥嫂。"古平原答道,随后向几人说:"这是我的东家,城里泰裕丰票号的王大掌柜。"

泰裕丰的大掌柜,在庄户人眼里那是了不得的大财主,乔温氏连忙低头侧过身。

"哦,原来是共过患难的朋友。怎么,你也要去当民夫?"王天贵故意和乔温氏说话。

"是。"乔温氏羞红着脸,低声答道。

"嗨,古平原,你怎么不早说!既是朋友的亲戚,何必让她去吃那风餐露宿之苦。随军不是玩儿的,兵凶战危嘛,刀剑不长眼,谁敢保证就一定没危险。"王天贵假意埋怨古平原。

"这样吧。你们两口子都到我的宅子里,眼下那大宅还是缺人手,你们一个到马号喂喂马,一个做些针线活。工钱从优,而且连那五十两银子和该免的钱粮也都不少你们的。"

乔家三个人彼此看看。乔松年仍是一副不谙世事的样子,乔鹤年是外乡人,压根就不了解泰裕丰的底细,只觉得这大掌柜心地好得出奇,这下嫂子也不用受苦,连大哥都有了去处。他拿眼看乔温氏,想看看她意下如何。

乔温氏是妇道人家,虽然隐隐约约听说泰裕丰的王大掌柜气势熏天,但眼前这个人看上去却和气得很,她也没主意,求援似的看了看古平原。

"古先生,您说呢?"

"对了,古平原是我的伙计,又是你们的朋友,不妨听听他怎么说。"王天贵看了一眼古平原。

古平原可不认为王天贵有什么好心肠,不过他说的也不是一点没有道理,随军再怎么说也没有待在太谷县城里安全。何况夫妇二人同时进入王宅,彼此有个照应。最重要的是,若说不同意,当场就得和王天贵破脸,又焉知他不是用这一招来试探自己。

这样想着，古平原有些不情愿地说："也好，乔大嫂免了奔波劳碌之苦，有空也可回家看看孩子。"

一提到孩子，乔温氏更是千肯万愿，拉着丈夫对王天贵拜倒称谢。王天贵笑眯眯地说："不必，不必，虽是主仆之名，你们也不要太拘束。"说话时眼睛直盯着乔温氏。

古平原忽然想起一事，"对了，大掌柜。村中保长说，这五百个人毕竟是女人，没见过什么世面，若是各家各户另派男丁去与官府签契，一来人数太多未免繁杂，二来经过一场瘟疫，有些家根本就没剩下男丁。所以想仿照典妻的例，让万源当铺开一张当票，把这五百个人典给当铺，一切事由皆有我们出头与官府交涉。我也没有时间再去找祝朝奉商议此事，您看如何？"

"可以，就这么办吧！"王天贵一口答应。

油芦沟村五百个女人随军出征，这事儿像风一样不出三天就传遍了太谷县的大街小巷，等大家都知道这是万源当铺那疯子朝奉经手的事，更是议论得沸沸扬扬。

4

咣一声大响，柜台里的众伙计都是一惊，丁二朝奉的心都缩了起来，急忙转出柜台一看，心里叫了一声苦，就见祝晟最喜欢的铺里装饰——价值不菲的八块天青琉璃窗中的一块已经粉碎了。

还没等他回过神儿，又是接连两声脆响，琉璃窗又碎两块，急得丁二朝奉朝外面街上跺脚大骂："你们这些穷酸，吃饱了撑的没事干，这几日不理你们倒罢了，居然还打上门来，真以为我们不敢报官吗？"

"要告你就去告，像你们这不仁不义的黑店，任谁砸了都是除暴安良！"街上人数不少，一语既出，一片应和暴喏。

"上板、上板！"丁二朝奉气急败坏地回身连连挥手，几个学徒冒着被石块砸的危险慌慌张张上了门板，日头还没上三竿，万源当就被迫歇业了。

"唉，这买卖没法干了！"丁二朝奉往椅上一坐，气急败坏道。

三朝奉紧皱眉头，"不然，咱们真去报官！"

"那两个领头的是积年讼棍，其余人都是秀才儒生，上了大堂，他们站着，咱们跪着，这官司可怎么打？"

"那好歹这一次四朝奉是为知县大人解围才惹来这一身臊，他怎么也得偏向着咱们吧，你说呢，四朝奉？"三朝奉回身问道。

同样阴着脸的古平原被点到名字，微微地摇了摇头，"我已经去找过许主簿了，他说这帮人放出话去，若是官府来管此事，他们就要乡试罢考。罢考不是件小事，县里也担不起这个责任，只怕不肯为我们出头。"

当铺里顿时一片沉默，人人都不说话，但看向古平原的眼神都很古怪，似乎有所责备却又不便明言。

事情还得从前几日说起，古平原成功做了一笔大典妻的买卖，虽然没得实利，但是求得了一张县衙布告，总算解了对面祥云当恶意收购自家当票的危机。他回来这么一说，自丁二朝奉以下无不高兴，特别是在金虎和几个年轻伙计眼里，古平原立时便如无边寺山门里那座丈八金身的护法韦驮般高大了。

但是众人乐了才两天，打第三天头上起，两个讼棍便带着一群县学里的秀才吵上门来，口口声声说古平原引妇女入军营，败坏了本地贞女的名节，也坏了县里儒生的名声，出去要被人耻笑。古平原向他们苦口婆心地解释，怎奈这帮人油泼不进，针扎不进，一口咬定"饿死事小，失节事大"，所以要鸣锣聚众，拉古平原去游街，让万源当从此关张。

"啪、啪！"众人正在愁眉不展，忽然从当铺外传来叩门的声音，众人听了心里顿时一抖，不知又有什么祸事上门。

"开门，是我！"一个略带苍老的声音在门外响起。

"大朝奉？"丁二朝奉与古平原对视一眼，二人赶忙走过去撤下门闩，打开大门。

果然是祝晟站在门外，他这一场病来势汹汹，再加上家中被那两个不肖子孙弄得乌烟瘴气，也不是静养之所，所以时至今日脸色还是不好看。

"大朝奉，您还病着呢，怎么就来了？"丁二朝奉连忙搀扶。

"用不着，我还不至于弱不禁风。"祝晟手里拿着根拄杖借力，有些吃力地挺了挺腰，"我要是再不来，难道等当铺关张摘匾那天才来吗？"

古平原一听这话，就知道祝晟一定是知道了最近的事情，不禁抱歉地走前一步，刚要说话，祝晟已经摆了摆手，用拄杖一指外面的祥云当，"哼，我祝晟还没老糊涂，加一收当，暗收当票，还有这次鼓动儒生闹事，全都是对面那个新东家干的，他们冲的不是你，而是咱们万源当！想让咱们关张滚蛋，他们好一枝独秀，做梦去吧！"

祝晟边说边往外走，走到外面，冷冷扫了对面的人群一眼，对着街对面的祥云当恶声道:"想拆我的招牌,毁我的当铺,你们还不够斤两。我祝晟在典当行这么多年从没怕过谁,不服气的话尽管放马过来,祝某人在此候教!"

说完他走进当铺,在大柜的位置稳稳一站,宣布道:"从今儿起,我便在此与伙计们一同站柜,我就不信几十年竖起来的金字招牌会被一个乳臭未干的娃娃给砸了!"

他这么气势十足地站在当铺中,伙计们立时觉得有了主心骨,原本人心惶惶此时也定住了心神,开始有条不紊地做事。

对面祥云当后堂小院中,有两人正在石桌椅上对坐品茗,祝朝奉的怒吼隐约飘过户牖传入院中。苏紫轩呷了一小口君山银针,放下茶杯轻笑道:"老虎发了威,你这聚众闹事的把戏是不是也该收了?"

祝朝奉猜得没错,买通两个讼棍,邀来一帮秀才闹事的正是李钦,不过他不是为了对付万源当,而是为了羞辱古平原。古平原把他一招收当票的好计给破了,李钦恼怒之下便想了这么一招。不过这毕竟不是做生意,虽然歪打正着几乎绝了万源当的生意来路,但要是就这么赢了古平原,连李钦也觉得没什么意思。

"我给那两个讼棍的银子也不过就是闹到明日而已,没了他们从中撺掇,那群秀才再闹几日自然也就偃旗息鼓了。我只不过是为了出口恶气,哼!那姓古的居然勾结官府来压我。"李钦一提此事便气不打一处来。

"这件事不用他阻止,你也干不长。以本伤人虽然是利器,可惜你少了磨刀石,凭借区区五万两就想打垮对面那家几十年信誉的老当铺,你未免想得太简单了。"苏紫轩出的银子,这话自然说得顺理成章。

"这我岂能不知!"李钦最想在苏紫轩面前逞威风、显能耐,眼睛发亮认起真来,"以本伤人是为了打开局面,至于要打垮这万源当,我有个更好的主意。不过……"

"怎么?"苏紫轩轻轻吹着杯中的茶叶,不紧不慢地问道。

"要做我计划的这笔生意,就得和城中的绿营管带打交道。我就是不愿像我爹那样靠结交官府做生意。"李钦神色中带了一丝倔强。

"哦!"苏紫轩看了看他,忽然扑哧一笑。李钦知道苏紫轩女儿本色,这一瞧顿时瞧呆了,只觉得生平所阅女子的笑容竟没有一个能比得上此时女扮男装的这位苏贤弟,喃喃问道:"你笑什么?"

"我笑你看上去洋派,其实食古不化。"苏紫轩笑容一现即敛,用扇子点着李钦说，"我倒要问问你，什么是生意？"

"生意……"李钦忽然被苏紫轩问到这句话，一下子愣住了。

苏紫轩自问自答道："生意就是生出个主意来赚人家的钱。既然是凭主意赚钱，死脑筋怎么能做大生意？要知道商场上形势瞬息万变，对手又是千伶百巧，七十二变尚且应付不过来，你倒好，左一条绳子，右一个箍子，人家还没来对付你，你自己就先把自己困死了。"

"那照你的意思，我也应该学我爹那样做生意？"换了别人，哪怕是李万堂的教训，李钦也早就听不下去了，但苏紫轩在他心里分量格外不同。

"我是要你学会变通！任何事情，哪怕是好事，如果成了路上的绊脚石，那就应该毫不犹豫地搬开。"苏紫轩只打算说到这儿，李钦若是还不能明白，她是再不会多说一个字的。

李钦的目光第一次没有随着苏紫轩而动，他出神地想了半天，若有所悟地点了点头。

5

古平原帮了许主簿一个大忙，许主簿投桃报李也送了古平原一份大礼。

"乔兄，你看这是什么？"古平原笑呵呵地把一张纸递给乔鹤年。乔鹤年接过来一看顿时愣住了，"我不明白，这许主簿为何要行文乔家堡，将我的秀才名籍调入本县？"

"你当了本县的生员，他才有权推荐你去应拔贡试。"古平原嘴角带笑，这便是他向许主簿要的大礼，不是为自己，而是为乔鹤年这个读书守礼的穷秀才。

拔贡！那是天下秀才梦寐以求的殊荣。俗话说，有不通的翰林，却绝无不通的拔，在识家眼里，拔贡的金贵之处就在于它实在是太难得了。会试三年一举，也就是说三年就会出一个状元。可是为了怀才不遇的秀才准备的拔贡试每十二年才一次，按例逢酉之年举行一次，去年本是辛酉，可是咸丰帝驾崩，随即京里政变夺权，于是停考，顺延至今年。

拔贡试是专为真才实学之人准备的常例恩科，每县推荐一名参加省试，每省再选出两名来参加京试，京试得了优等拔贡之名，立时便可以做官，或是小京官，或者外放当知县。换句话说，一个穷秀才若是才学好，运道也佳，转眼之间就能成为一县的父母官，坐衙的大老爷，跻身官途一步登天。

也正是因为如此，推荐参加拔贡试的名额那是满县秀才挤破头也要去抢的，请托、送礼是司空见惯之事，甚至还有人闯到县衙拿刀顶着自己的脖子来威胁学官。

"一县只有一个名额，怎么会给了我呢？"乔鹤年如坠梦中，不断喃喃自语，待到明白过来后热泪夺眶而出，向着古平原深深一揖，"古贤弟，你如此帮我，我真不知道如何报答万一。"

古平原已不能再走这条读书应试的路，但能帮一个好人，将来就能多一个好官，心里也是很欣慰，"拔贡也是正途出身，虽然不比两榜，可也不是风尘俗吏，照样有机会金马玉堂，成为朝廷大员。乔兄，你可要把握这个机会。你兄嫂那边我自会照应，你只管安心赴考。"他手中拿着几张银票，"都是小数目，有一二两的，还有五两、十两的，总共是二十五两银子。我手头不宽裕，这是在柜上预支的月俸。你拿着路上做盘缠。"

"我，我不能要，真的不能要！"乔鹤年心里火烫，感激得不知说什么才好，连连摆着手。古平原把银票往他手上一塞。

"我等着听乔兄的捷报。"

6

大典妻的风波渐渐平息下来，然而后果却仍在，城里来万源当的主顾日渐稀少。幸好祝晟亲自坐镇，附近乡镇以及各村来城里当当的老主顾依旧信得过他，生意勉强可以支撑下去。

这一天祝晟从同业公会回来，脸色阴晴不定。丁二朝奉走过来问道："大朝奉，您怎么了，是不是官府又有摊派？"

"不是。"祝晟摇摇头，"你把大伙计们都叫来。"

十几个人不一会儿便聚齐，彼此你看看我，我看看你，不知出了什么事。

"我来问你们，这几日有没有人挖你们走？"祝晟一开口，立时有几个人脸色变了变，却没开口。

祝晟看在眼里，语气平和地说："不要紧，我不是要罚谁，只是想问问清楚。"

"大朝奉。"三朝奉迟疑一下说，"对面祥云当托人找我谈过，要我过去。"

"想必是当个二朝奉了。"祝晟追问道。

"这倒没说，只是说酬劳方面好商量。我没这个打算，一口回绝了，也就没细问。"

"唔。"祝晟沉吟着，又抬眼看看了旁人，有两个在当铺十年以上一向干得出色的大伙计也犹犹豫豫地说了，不过都说的是祥云当挖他们去当三朝奉，酬劳自然也是水涨船高。

"大朝奉，你待我们一向不薄，我敢保证伙计们没人有这心思。您尽可以放心。"人事方面一向是丁二朝奉来管，他暗骂自己糊涂，竟然如此不察，赶紧对着祝晟做保证。众伙计也异口同声说绝无此意。

"我自然是信得及你们。不过我方才听来的信儿，已经有好几家当铺被祥云当挖了好手过去。奇怪的是他们只挖能做三朝奉的人，若说是开分号，应该最重大朝奉一职，像这样招兵买马，不知所为何事？"祝晟疑惑地皱着眉头。

丁二朝奉想了半天也还是弄不明白，三朝奉和众伙计更是丈二和尚摸不着头脑。别说他们，就是古平原听了，也不知李钦葫芦里卖的什么药。但有一点他是清楚的。

"非常之举必定有惊人之谋！"古平原一句话，让万源当铺众人松弛了好几天的心一下子又紧绷起来。

祝晟加意提防，可是等了几日也不见对面祥云当有什么动静，那几个新挖来的伙计也不见出现。倒是李钦不时搬把竹椅放在当铺门外，一边享受着春日暖阳，一边用一把小风炉煮起从京城带来的黑酒[1]，不时还向祝晟和几个朝奉客气地招招手，请他们过去品一品。那随风飘来的古怪味道和李钦优哉游哉的神情让万源当众人面面相觑。

祝晟回来后，古平原又降至四柜的身份，不比原先那么忙。他冷眼旁观，发觉李钦虽然面上悠闲，可是眼里却有一丝掩不住的兴奋之色，料定不管这位钦少爷在图谋什么，几日之内必见分晓。

古平原果然猜对了，隔天一大清早，一个家住城外的伙计跌跌撞撞跑了进来，把正在卸板的金虎撞了一个屁蹲儿。这个伙计也来不及说抱歉，爬起来四处张望，"大朝奉来了吗，大朝奉呢？"

"我说你是不是睡糊涂了？大朝奉哪有卸板就到的道理，至少还有一刻钟才会来呢。"金虎揉揉屁股，龇牙咧嘴地站起来。

"那……那其他几位朝奉呢？"

"都没来呢，只有住在店里的四朝奉在。"

---

[1] 晚清时期咖啡被称为黑酒。

古平原已经听见了，走出来时把脸微微一沉，"大清早的，怎么就慌慌张张？做生意也要学学当官的，气度从容才有主顾信任你，跳脚虾一样蹦来蹦去，哪有人敢和你做买卖。"

"听见没有，人家四朝奉张口就是一篇道理，你学着点。"金虎乐呵呵地张开嘴笑着。

"哎呀，我哪有心情学道理，坏事了，坏事了！"那伙计直拍大腿。

"不要急，坐下来慢慢说。"古平原也看出他脸色不对，指了指椅子，说道，"金虎，给他倒杯水来。"

他这么镇静，那伙计不知不觉也受了影响，这才缓了口气，有条有理地说出话来："四朝奉，我方才进城，从东门入城，可是发现城门楼子那里居然开了一家当铺，我亲眼看见有两个本来要进城当当的老农询了价，直接就把东西撂给了他们。"

"在城门楼子开当铺，你别是看错了吧，难道说守城的官兵不管吗？"金虎抢着问道。

"没人管，那些官兵简直就像没看到一样。"

古平原眉毛一挑，问："打的什么招牌？"

伙计咽了一口唾沫，说出了一个在古平原意料之中的答案："祥云当！"

"金虎，你再找两个伙计，分别去南、西、北这三处城门看看。"古平原知道李钦的招数使出来了，眼下把事情弄清楚最重要，于是对着金虎等人下了命令。

不多时，祝晟和丁二朝奉、三朝奉都到了，一听说这件事都是大吃一惊。祝晟经验老到，心念电转已经猜到了李钦的目的，就在这时金虎和两个伙计几乎同时赶了回来。

"大朝奉，这下可不妙了，祥云当在那三处城门也都设了当摊，被他们挖来的几个大伙计充当三柜，正在那儿收各种杂货物件，金银器和皮货一类不容易打眼的东西也收。我们亲眼看到有许多主顾都被他们拉了去。"

祝晟木着脸听完，心里已是凉了半截，就觉着腿脚有些支撑不住，扶着桌面坐下，喃喃自语道："想不到常年打雁，今天却叫雀儿啄了眼。这个李东家好毒的心思，这是要把太谷县的当铺一网打尽啊！"

丁二朝奉也愣了半晌，此时回过神来安慰道："全太谷谁不知道大朝奉眼力第一？真有好东西还得来您这儿当。"

祝晟面皮紧绷，半点都笑不出来："你说的是那种三年不开张，开张吃三年的好东西？那样的买卖是要靠运气撞的，岂能指望它来做生意。如今长流水的进项都被祥云当半路截下,这一次恐怕真的糟了!"

古平原打从刚才就一言不发,始终在蹙眉沉思,这时候也把李钦的生意经瞧透了。他走了几步,从当铺大门望出去,看向对街李钦坐在摇椅上那悠闲的身影,第一次对这钦少爷做生意的本事感到了一丝钦佩。李钦这一次的做法完全是从主顾身上打主意,纯是利人利己之举,是堂堂正正的商战,而非背后的阴谋诡计。

"这个李东家把老百姓的想法可谓是琢磨透了。他们日子艰辛,劳力就是钱儿,最是惜时如金。如今这四道城门一起开起当铺,他们尽可以少走不少冤枉路,就能把手头的东西当了换钱,然后回去地里干农活,人家怎么会不愿意呢?"

众伙计原本还没觉得事态有这么严重,一听古平原这一番分析,心里都是咯噔一声,一种大祸临头的感觉涌了上来,你瞧瞧我,我瞅瞅你,个个作声不得。

祝晟喝了几盏凉茶,左思右想不能束手待毙,又见当铺里的伙计都眼巴巴地看着自己,于是强自稳住了心神。他看看反正当铺也是没生意上门,索性带着丁二朝奉和几个大伙计挨个城门去走一圈,要亲眼看看李钦这个城门当。古平原不言声也随着去了。

众人就见在南、西、北三个城门的门楼子外面不到一箭地的所在,用黄色布幔围起一个空场,布幔上写得有字,上书"祥云当业,主顾为先,童叟不欺,苍天可鉴"这十六个大字。布幔上留得两处开口,一为进,一为出。里面放着一个大条桌,充当柜台之用,被祥云当挖来的大伙计正在站柜,身后写票先生和帮忙收当的小伙计一应俱全。

布幔一头排着十几个乡下人,手里面都拿着当物,其中也有常来万源当的主顾。随着喊票的长音"写……"字出口,一张当票随着或者铜钱或者散碎银子递出,一笔交易便完成了。在这临时当铺的后面用大杂木围起来的临时货场里只一个上午就堆满了零七碎八的各种杂物,有几个小伙计正在逐一登记造册装箱,准备运到城里的本店去存放。

祝晟等人看得脸色发青。丁二朝奉疑惑道:"这祥云当想干什么?莫不是想一口气吞了全太谷的典当生意,他有这么大的胃口吗?"

古平原接口道:"我看他此举还是冲着我们万源当来的,别家当铺不过是搂草打兔子,跟着受了池鱼之殃。"

"这话怎么说?"祝晟没回头却问道。

古平原对李钦的用意心知肚明,却又不能在众人面前说破二人恩怨,于是说道："您想，现在别家当铺还可以凭借城里的主顾暂时对付一阵，只有我们眼下在城里没有客源，全靠城外各乡各镇的买卖，结果祥云当偏偏就来堵这条路，这不明明是冲着我们来的吗？"

"没错，我也瞧出来了，自从那个李东家入主祥云当，一招一式都是对着我们万源当，可这又是为什么呢，难道真是因为我当初与胡朝奉的几句口舌之争？"祝晟觉得事出常理，令他捉摸不透，困惑地摇了摇头。

祝晟正说着，丁二朝奉一指前面，"您瞧，城里几大当铺的大朝奉都来了。"

大家抬眼一瞧，可不是嘛，就见鼓楼大街上数得着的几家当铺的大朝奉联袂而来，个个脸色都不好看。祝晟赶紧迎了上去，彼此拱了拱手。

其中一个杜朝奉是急性子，抢着说："祝朝奉，您是典当业的前辈，您说说，有祥云当这么干的吗？这不是掐脖子要人命嘛。"

天成当的徐朝奉也说："他之前喊什么万源加一，就已经抢了不少生意。后来居然还暗地里收贵当的当票，这更是不可忍，眼下又来这么一出，分明是不把我们这些当铺的大朝奉看在眼里。当铺是坐着吃饭的生意，他这么恶狠狠地扑上来抢食，可是坏了咱们的规矩啊。"

"就是、就是。"其余几个大朝奉也是纷纷摇头怒斥。

古平原在一旁听着，也不禁暗暗摇头，但他却是在感叹这些朝奉们的抱残守缺，因循守旧。规矩是人定的，并没有谁说一定不能在城门设当铺，李钦想到了，那是人家的本事。生意之道本就千变万化，眼下你不变，人家却变了，若是依旧守着老规矩，只有死路一条，就算是把李钦的祖宗十八代都骂遍了，也是无济于事。到了倒闭卸牌子那一天，人家笑着看你哭，你就是骂得再大声又有什么用！

"看，那不是祥云当的新东家吗？"有人一指。

说曹操，曹操到！古平原也看见了，果然是李钦在胡朝奉的陪同下，大摇大摆地出来巡视各处的当铺买卖。李钦今日的打扮却不像一贯那样张扬，除了那块怀表还露出半截表链挂在外面，其余的衣裳则纯是富家少爷的样式。他是听了胡朝奉的劝，胡朝奉对他说，眼下城门各处的主顾都是没见过什么世面的乡下人，最多是土财主而已，若是看了李钦那副不土不洋的打扮，只怕不敢到祥云当来当当。李钦对自己城门当这一计寄予厚望，所以听了胡朝奉的话，收敛了许多。

他已经巡了两处城门当，发觉生意兴隆远超过自己的想象，心中大喜过望，此时面露得意，来到南门外。就见这里也是一派繁忙景象。大伙计和写票先生见他过来，立时起身相迎。李钦故作谦和，双手抬了抬，故作雍容地说："生意这么好，大家都辛苦了。胡朝奉！"他转身吩咐道。

"是，东家。"胡朝奉连忙躬身。

"凡在城门当的伙计，热茶要供上，一日三餐都要比本店的好，初一、十五到满一楼去订盒子菜，这里本就日晒风吹，在吃喝上不能亏待了大家。"他抬头看了看天，"还有，把席棚匠找来，油毡早点铺上，风吹雨打毁了当物不是小事，就是咱们自己的伙计也要当心身体。"

他这几句话一说，人人心里暖烘烘的，却不知李钦只是把京商中由李万堂定的店规照搬照抄了来，但是收买人心的效果却是丝毫不差。李钦满意地看了看众伙计感激的眼神，眼风一扫，忽然就看到了万源当众人。他眼睛一亮，走几步来到古平原面前，拱了拱手："古朝奉，好久不见了！"

古平原最怕他直接找上自己，可是怕什么来什么，只得也拱手还礼，却是一言不发。李钦却不肯放过，一指边上的城门当，"古朝奉真是好兴致，放着自家的买卖不做，来光顾李某的当铺。不知要当些什么，只管说，当钱和当息都一定从优。"

再笨的人也看出李钦是专找古平原的麻烦，祝晟本就是眯缝眼，这时连瞳孔都压成一条缝，紧紧盯着古平原。古平原原本不想理李钦，但是事出无奈，只得开口回击道："李东家此番做得好买卖！这太谷县就像个口袋，如今袋口被你扎紧了，是不是想让全县的当铺都喝西北风？"

李钦脑子也很灵，拿眼一瞧那日在同业公会上见过的当铺大朝奉几乎都聚在此，就知道古平原是想火上浇油，让自己成为众矢之的。他却不上这个当，借着古平原的话反而大声说："我对别家当铺的生意没兴趣，只是一山不容二虎，一条街上有一个祥云当就够了，万源当嘛，我实在看着不顺眼，若是它能关张歇业，这城门当我不设也罢。"

此言一出，祝晟就觉得四面八方的目光都聚在自己脸上，他铁青着脸排众而出，冲天拱了拱手，冷笑一声对着李钦问道："原来尊驾的目的只是要我万源当关张歇业，却不知祝某哪里得罪了阁下，就算是勒脖子上吊，何妨让人做个明白鬼！"

李钦在祝晟的逼视下却一点也不紧张，反而笑嘻嘻地说："我不认得你，更谈不上什么得罪，不过谁让你请了个好伙计呢？你说呢，古朝奉！"

众人这才恍然大悟，原来李钦绕来绕去，针对的只是古平原一人！

古平原把心一横，走上前用不高却清晰的声音道："李东家，你难道忘了那日我说的话？"他是在提醒李钦，不要忘了京商的把柄还捏在自己手上。

李钦早就胸有成竹，等着他说这句话呢。"我没忘，不过一码归一码。当初你说得好,'你闭嘴,我放手',那事儿就算结了。可是眼下我出的招,你还想用那个办法来对付,那我可真是瞧不起你了!怎么,你就这么点能耐?"

古平原身子一震,李钦轻飘飘一句话让他顿时感到奇耻大辱,虽说对面的是京城李家的大少爷,可是古平原从来没在他面前示过弱,更不要说被这个纨绔子弟瞧不起。

李钦见古平原一时无言以对,他心中从来就没感到过这样得意,咧嘴一笑,面向众人说:"这样吧,都是一个锅里搅饭吃的同行,我也不为已甚,就退一步好了。我也不要万源当关门歇业,只要这个古朝奉带上六礼,来我当铺里当众跪地求我高抬贵手,那我就立时收了这四处的城门当!"

众家朝奉顿时交头接耳议论纷纷。古平原心里一股火拱上来,踏前一步,望着李钦那张得意的脸,声音不大却斩钉截铁地说:"你别做梦,古某无论如何不会向你低头!"

"只怕到时由不得你!"李钦内心的狂傲都写在脸上,同样望着古平原说,"我也不怕你嘴硬,总之就是这么两个选择,要么让万源当歇业,要么委屈委屈自己,赶紧给我叩个头了事。你也不必急,反正我这城门当是搂钱的买卖,我还真不想这么快就收摊。你想清楚了再来找我不迟,我等着你。"

说罢,他又转回头对着在城门当排队的百姓大声说:"从今天起,若是有什么贵重之物要拿到城里当的,只要到我祥云当本店来当,那么出城之时,凭着当票就可以到城门当领取入城门的人头税。这笔钱,我替大家省了!"

"李东家真是手面大方,积善成德!"节俭惯了的乡下人能省则省,一听这家当铺还给拿人头税,虽然每个人才两枚铜钱,可是那也是钱啊,顿时喝彩叫好声不断。李钦就在这一片叫好声中,扫视了一眼众家当铺朝奉铁青的脸色,摆出一副唯我独尊的样子走了。

7

祝晟气冲冲回到万源当,把古平原叫到后院房中,劈头便问:"那个李东家什么来头?你和他是在什么地方结的怨?他为什么一定要对付你?"

这连珠炮似的追问,把古平原问得是张口结舌,一句也答不出。其实也不是答不出,古平原硬要编个瞎话也能糊弄过去,可是他知道撒谎是一环扣一环,仓促之间说不定哪儿就让祝晟听出马脚,反而更是麻烦,倒不如三缄其口。

祝晟本就憋了一肚子火,见他紧闭着嘴不说话,心中越发来气。指着古平原说:"眼下事情清清楚楚,要么是你冲人家跪倒磕头,要么是当铺让人家逼得倒闭关张。我倒问问你,打的是什么主意?"

"我……"古平原没想到李钦当众向自己发难,提的又是这样的条件,心中也是乱如麻。李钦这一手实在是漂亮,打蛇打到了七寸上,如今人家断了自家当铺的客源,就如同田里没了水,那青苗不日必定干枯。

"大朝奉,此刻我也没什么好主意。请您容我想一想,毕竟他这城门当才只开了一天,我们的买卖又是家大业大,一时半刻还是无忧的。"

"唉!古平原哪古平原,我倒是可以让你缓上几日,只怕别家当铺的朝奉却等不得啊。"

祝晟说得没错,第二天起,同业公会里众家当铺的大朝奉就像走马灯一样前来拜访,旁敲侧击问的无非是一件事:古平原何时去祥云当求李东家高抬贵手?祝晟一开始还淡定自若,后来人家词锋越来越利,祝晟也是穷于应付,与好几家的朝奉险些破了脸,闹得不欢而散。古平原则不管前堂如何乌烟瘴气,自己闭门不出,就在后面伙计的卧房里整日冥思苦想直至深夜。

李钦呢,依旧是没事儿就在街上喝黑酒,等到城门当的大箱子运到,他便站起身指挥伙计将货物入库,还不时高声催促胡朝奉快些另找仓库,最好是能将对面的万源当盘下来。这话自然是说给祝晟听的,可他尽自气得七窍生烟,也是拿李钦无可奈何。

一边是车水马龙如火如荼,一边则是门可罗雀冷冷清清,万源当自丁二朝奉以下都觉得仿佛是做了一场醒不过来的噩梦,想想一个月前两家铺子的情形,真是恍如隔世不堪回首。

苏紫轩知道李钦设了城门当,于是便在鼓楼大街上转了一圈,果见各家当铺门前客人不比往日,又来到祥云当所在的大街,远远看见从东门来的一辆大车满载当物,正在祥云当前卸货。

"小姐,想不到这个李钦还真有两下子。"四喜虽然满心不愿,但也不得不承认李钦这一次确实是干得漂亮。

"李钦不愧是大商人的儿子,确实没让我失望。"苏紫轩也难得赞了一句,"如果说前面以本伤人是明火执仗,那么眼下的城门当就是釜底抽薪。我想让他做的正是把古平原逼入绝境。眼下就看这个疯子朝奉如何应对了，要是这样他都能转危为安，那才真是个了不起的人物呢！"

"要是换了小姐你，又该怎么办呢？"四喜又多嘴了。

苏紫轩笑了一笑："我压根儿就不会被人逼到这样的地步。"

"那……那你替那个姓古的想想，他该如何做呢？"

"你哪儿来的那么多话？"苏紫轩微嗔道，不过还是想了想说，"解铃还须系铃人，眼下只有从绿营管带处下手了。李钦能在城门设当，是贿赂了官兵的结果，这时候只有比谁的钱多。不过这也很难，行贿受贿也要讲个规矩，那个管带也不能拿了银子马上就翻脸不认人，所以无论如何缓不应急。更何况，如果我看的没错，古平原不会用这个办法。"

"为什么？要拿银子自然是万源当来拿，又不是姓古的来出这笔银子。"四喜不解地问。

苏紫轩远远望着万源当，似乎目光穿透了重重屋宇看见了里面的古平原，"他外表谦冲恭和，实则是个心高气傲的人，会不会给官府行贿我不敢说，可是这法子李钦既然用了，他就绝不会拾人牙慧。我倒真想瞧瞧，他能不能想出个绝招来反将李钦一军！"

一转眼十天过去，太谷县的当铺因为城门当一事家家都受到了极为严重的冲击，门前人马稀少，客人断绝，生意一落千丈。当铺朝奉们实在等不了了，约好了一起来到万源当。这些原本鼻孔朝天的大朝奉一见了祝晟的面，竟齐刷刷给他一躬到地。祝晟一看气就不打一处来，沉着脸问道："你们这是什么意思？要求也应该去对面求那李东家才是，怎么，莫非要逼我万源当歇业不成！"

天成当徐朝奉哭丧脸说："祝朝奉，要是求对面有用，咱们不早就求了嘛。偏偏那李东家油盐不进，好话说了一箩筐，半点用都没有。想想也是，这么一条生财的路子，硬要人家断了，也确实难为煞人。"

"你们就不好凑在一起想想办法对付他？平日里看上去个个老谋深算，怎么一遇到事就成了软脚蟹！"祝晟不耐烦地奚落道。

杜朝奉依旧是急性子，张口就道："祝朝奉，您要是这么说，我可不答应了。这祥云当分明是为了对付你们才弄的这一出儿，我们城里其余的这些家当铺明明是跟着受了牵连。"

"那又怎样。"祝晟心里也烦，索性不讲理了，"你要我包赔你的损失吗？"

"不敢！"杜朝奉瞪大了眼，怒冲冲道，"就是方才祝朝奉说的那句话我听不过耳，什么叫软脚蟹？你祝朝奉平素号称通省眼力第一，是赫赫有名的老前辈，如今还不是一样束手无策。这样，大伙儿听好了，如果眼下祝朝奉就有一计，能破了这城门当，我老杜心甘情愿送束脩，拜祝大朝奉为师，从头学典当！"

"对，我们也愿意！"一同来的十几个朝奉也跟着说道，他们实在是被逼得没法了，要照这样赔下去，年底财东一盘账，他们都得被辞退出柜。当铺朝奉号称夜壶锡，一出了当铺，其余行当都没法干了，那不是等着饿死吗？

祝晟被杜朝奉噎得一怔，他这几日也没闲着，成天与丁二朝奉他们在一起商议如何能解了这个危局。可惜的是想来想去苦无善策，祝晟甚至想到派得力的伙计下乡去收当，可这是治标之法，不是治本之策。而且就是这个下下策，也有许多无法解决的问题，先不说一时半会儿找不到那么多能独当一面的伙计，就说这把当物运回城的车马就是一笔不小的支出，加上翻山越岭、道路崎岖，万一当物有了闪失，包赔起来更是难以承受。

眼下被杜朝奉这么一将，祝晟就觉得太阳穴突突直跳，啪地一拍桌子。"买卖都是各家做各家的，平日你们赚了钱，怎么不说分我万源当一分一毫，现在亏了钱，倒找上门来。"

徐朝奉是老好人，见场面僵了，忙打圆场说："我们其实也不想让祝朝奉为难，只是那个李东家提的两个条件，其实还是冲着贵铺新来的古朝奉。他毕竟是您的伙计，只要您发句话，让他到对面去服个软，这事儿不就结了嘛。"

祝晟也不是没想过这个主意，只是他看出古平原与那李东家之间必有什么难解的恩怨，古平原也绝不是个能俯首认输的人，知道开口一定碰钉子，所以迟迟不提。

"不过就是个四柜，脸面有那么重吗！舍不得下这张脸，就眼睁睁看着我们一起关门上板不成。"杜朝奉见祝晟沉默不语，实在是忍无可忍，"既然这样，祝朝奉，可别怪我们不讲情面了！"

祝晟听这话头语气不善，把脸一沉问道："你想做什么？"

杜朝奉在祝晟的逼视下也有些心悸，回头看看那十几个朝奉，又壮起胆子，手臂向后一扬，"方才在同业公会里，大家一同商议，已经有了决定。"

祝晟向椅背上一靠，冷着脸道："是吗，那我倒要听听。"

"我们知道万源当家大业大，就靠后库里那些东西，也能吃上一阵，不过你能耗得起，咱们却赔不起。要是祝朝奉一意孤行，不肯顾及同行的生死，那我们也就只有得罪了。一句话，我们要帮着祥云当把你这当铺打塌！"

都说"三个臭皮匠顶个诸葛亮",这话确实没错,同业公会里一番商议,虽然没有想出破解城门当的好办法,可是却想出了一条对付万源当的毒计。照朝奉们的想法,那李东家既然要对付的只是万源当,那么只要祝晟的这家当铺快些关张,城门当自然也就不会再办下去。

"所以我们决定了,再给你五天时间。过了这个期限,我们十几家当铺就要联合起来收你们的当票!"

杜朝奉一句话,祝晟的脸色顿时变了,这一招的确是打在七寸上,又狠又准!要是这么多家当铺一起来收自己的当票,那只怕用不了一个月,万源当就要清库了,到时候既无当也无赎,不关张还等什么?丁二朝奉赶紧走过来说:"各位,这收当票的勾当,知县大老爷已有明令禁止,你们可不能做知法犯法的事儿啊。"

"那又怎样!你没听过法不惩众吗?只怕知县也不会为了你一家当铺而关了我们这十几家当铺吧。"杜朝奉胸有成竹地说。

"你……"丁二朝奉气得说不出话。

"五天,多一天也不等,你记住了!"说罢杜朝奉带头,领着其余朝奉一同离去。

"大朝奉,您别着急,您的病还没养好,可千万别再……"丁二朝奉这时候只恨自己口笨舌拙,不能给大朝奉宽心解忧。

"人要是没用,别说病,就是死了又有什么关系,你说呢,祝大朝奉?"真是一波未平,一波又起,随着一声阴阳怪气的诘问,王天贵由曲管账陪着,从外面走了进来,看这样子,方才的一幕已经落入他的眼中。

当铺里所有的伙计虽然都向着祝朝奉,可是王天贵是财东,大家也只得躬身打招呼道:"东家!"

曲管账拂了拂椅子请他坐下来,王天贵不理旁人,慢条斯理地对面前的祝晟说:"方才我有事要出城去,结果到了城门口一看,居然有人设了城门当,办得热闹非凡,银子车载斗量,我当时就是心中一喜,怎么说来着?"他故意偏过头去问曲管账。

曲管账与他一唱一和道:"大掌柜说了,这么高明的主意,本县除了祝大朝奉就没第二个人能想出来。"

"是啊,我是这么说的。"王天贵皮笑肉不笑道,"可谁曾想到了眼前一瞧,这设当的居然是什么祥云当,听说出主意的东家还是个乳臭未干的毛头小子。这我就不懂了,祝朝奉这几十年的米饭莫非是吃到狗肚子里去了?"

自打他一进门，祝晟就阴着脸望向一旁的窗户。王天贵尽自说得阴损毒辣，祝晟却是一脸漠然，像没听到一样。反倒是当铺里的其他人听得暗暗直咬牙。

就在一片难堪的寂静中，有人忍无可忍地说话了。

"东家！这生意嘛，有赚就有赔，有赔就有赚。就像打仗一样，谁敢说有常胜不败的将军！说起太谷赚钱的当铺，咱们万源当一直是坐头把交椅，眼下虽然走了背字，可是只要有大朝奉在，就一定能挺过这一关。"

王天贵一向不太注意这个姓丁的，此刻见他突然挺腰子，不由得也是一怔，上下打量了他几眼，眼里射出阴冷的光。

丁二朝奉也算是当铺生意上的首脑，铺子里除了祝晟就数他了，他一发话，其余伙计胆子也大了起来，虽然没言声，可脸上也都露出愤愤不平的神色。

王天贵眼风一扫，众人的脸色都落在他的眼中。他心中有数，自己与祝晟之间的恩怨虽然是尽人皆知，可是这毕竟是自家的买卖，若是满当铺的伙计都和东家吵起来，那就叫"窝里反"，传出去好说不好听，自己在太谷商界的威信也会大打折扣。于是他不动声色地笑笑，语气中却带着威压："原来如此，这么说年底的万金账一定看得过喽，好，那我就拭目以待。不过要是有人说了大话，到了明年初五拜财神，可别等我王天贵发话，自己知趣一点！"

说罢，他把伙计刚送上来的热茶重重一放，起身又盯了丁二朝奉一眼，这才甩袖子离去。

这边王天贵刚刚一走，金虎就拔脚跑到后面，把这一场节外生枝的风波告诉了古平原。古平原听后浓眉紧缩，一口口地喝着浓得发苦的酽茶。他已经接连几天睡不到一个时辰了。每日里绞尽脑汁地想办法，想得脑仁儿发疼，却仍是一筹莫展。听说别家当铺和王天贵又先后来闹了这么一出儿，古平原更是如同火上浇油，心里越发烦躁。

"金虎，你先出去。"祝朝奉平素从不涉足伙计休憩的房间，今天却出人意料地来了。他进了屋，坐在古平原对面，看着他布满血丝的眼睛，忽然开口问："不能再拖了，你打算怎么办？"

"……"回答他的依然是一阵无言的沉默。

"对面祥云当给你两条路，我如今也给你两个选择。"祝晟一字一句地说，语调虽然不高却是决心已下。

"我不能强迫你去祥云当给那李东家伏低认输，但是这件事也绝不能以万源当倒闭为结局，所以你不肯去服软也罢，但是必须出铺。"

"出铺？"古平原愕然抬头。

"对，出铺！那李东家是冲你来的，你出铺他就没有理由再对付万源当，退一步说，至少我们也不会成为所有当铺的矛头所向，也就有时间慢慢想出对策。"

古平原一时心乱如麻，出铺虽然简单，可是这样一败涂地地离开，王天贵那边一定不肯放过自己。眼下常四老爹和自己能保住性命，为的只是王天贵觉得自己有用处。一旦有用变了没用，古平原敢肯定，依王天贵的阴狠性子，只怕不会让自己多活一天，更何况常四老爹在狱里，更是人为刀俎我为鱼肉。

"不行，我绝不能出铺！"古平原手一按桌子，站起身望着祝晟。

"只怕你不出也得出，除非你愿意到对面去低头求人。"祝晟一早就瞧出古平原虽然不是一条路走到黑的性子，但是对面那个李东家却是他万万不能对其低头的一个人。

古平原一想到要给李钦服软认错，甚至开口求饶，只觉得心中愤懑难当，如同有一只无形的大手在一下下紧紧攥着他的心。他感到屋子里实在闷气，于是走出来，慢慢来到前面柜台。

"四朝奉。"伙计们本都无事可做，三三两两无精打采，一看古平原出来了，都直起身把殷切的目光望向他。

古平原缓缓向左右看了看，感到那些投向自己的目光竟是难以承受的沉重。祝晟说得对，自己要是还留在万源当，李钦断不会放手，等着这些伙计的就只有回家喝西北风，像祝晟受家室之累，还有嗜食大烟的子孙，那就更是不知如何收场了。可自己要是离开当铺，常四老爹的性命又保不住，况且谁也说不好那李钦会不会就此罢手放万源当一马。

古平原不知不觉走到门口，看向对面的祥云当。对面依旧是生意红火，而且今天的买卖格外地好，几乎一字不断线地把大包小裹往当铺里搬运着，与这边冷冷清清的门面迥然不同。

李钦就在当铺伸出的长长房檐下，把玩着一件刚刚收来的镂雕春水玉，抬眼见了街对面的古平原，与他对视一眼，随后傲睨自若地一笑，伸出一只手如同唤狗般冲他招了招手，又竖起一根食指，指了指自己面前的地上。

"这小子欺人太甚了！"万源当的伙计都看见了这一幕，心里都是愤愤不平。金虎一向与古平原交好，更是气得发抖，挽了挽袖子就要冲出去，忽然一只手按在了他的肩头，金虎回头一瞧，只见祝晟无声无息地站在身后，眼睛却瞧向门边的古平原。

古平原一动不动,仿佛没瞧见李钦的神态手势。他知道自己又一次陷入了两难的境地中,进着身死,退则心死。难道自己真是命犯天煞孤星,不管谁接近自己都要不得好报?

古平原心中几番天人交战,这时候两边当铺的所有人几乎都在或明或暗地注视着他。古平原思前想后,攥着拳挺立了好半天,指甲不知不觉中已然陷进了皮肉深处,最后他用力一跺脚,咬了咬牙,为了常四老爹和身后的这些伙计,他决心承受这一生中最大的羞辱了。

他的脚微微一动,一步就待迈了出去。金虎在他身后看得清楚,眼泪一下子就涌了出来,一回头不忍再看。丁二朝奉和其余伙计也不约而同地把目光移开,脸色都是难看之极。只有祝晟始终面无表情地看着古平原,但论及眼中的伤痛,却是谁也不如他之甚。

李钦看古平原一抬脚,心中便是一阵狂喜,他处心积虑就是要古平原在自己面前低头,他始终不忿的就是一个流犯竟然不把自己这样的大少爷放在眼里,甚至眼神中的傲岸还凌驾于自己之上。

"你这穷小子也配有这样的眼神?"李钦每次看到古平原,都想这样狠狠说上一句。特别是一想起苏紫轩说到古平原时那种郑而重之的样子,李钦就更是气不打一处来,所以必要赌一口气,说什么也要让古平原在商场上服了自己,磕头作揖,心甘情愿地说上一句"我不如你"!

眼看自己的美梦成真,古平原只要一走过来,那就是自己此生最为扬眉吐气的时刻,李钦想到这儿,身子向后一躺,满心欢喜等着看一出好戏。

"古大哥!"偏偏这个时候,古平原一步将踏未踏之时,一个温柔可人的声音在旁响起。

古平原本来已经下了决心要舍己为人,忽然听到这么一声,侧头一看,来的正是常玉儿。

"常姑娘……"古平原心中苦笑,自己上一次受辱就被常玉儿看在眼里,此次无巧不巧她又来了,老天爷可真会捉弄人。

常玉儿还不知道发生了什么事,只觉得这街两旁的人都是神色有异,生意也不做,眼光都投向自己和古平原,只觉得老大不自在,略福了福,对古平原说:"古大哥,我想来你这家当铺当些东西。"

"哦，当什么呢？"古平原心思在别处，随口问道。

常玉儿把手一伸，又红又白的掌心中托着两粒小小的金珠，圆滚滚煞是可爱。

"这是我娘的遗物，原说留着给我打双耳环，可是今年是她老人家过世十年忌，我想到无边寺里请和尚给我娘念一棚经，只好先把这金珠子当了。"常玉儿说的确是实话，但还有一句话她没说。她在王宅里也听说了古平原所在的万源当生意不好，几乎没有客人上门，她一颗心向着古平原，虽然知道自己力量单薄，但也想尽一份力来帮帮他。

古平原看出常玉儿其实舍不得这对金珠，他想了想说："这样吧，如果不急，等我过几日凑一笔钱，你就不必当这珠子了。"

常玉儿摇摇头："今天是四月初四，文殊菩萨的生日，就要赶在这一天做法事才最灵验。你看今天到处都是上当铺当东西的百姓，都是要到无边寺去敬香火。"

"喔，原来是这样。"古平原恍然地点点头，他也早看出对面当铺的生意今日好得出奇，原来还有这么一层缘故在里面。

常玉儿见了古平原，心里就说不出的笃定安谧，虽然在众目睽睽之下却舍不得就走，见古平原怔怔的，有些心不在焉，只好自己又找了句话说，"古大哥你是外省人，只怕还不知道，我们燕门是五台佛土，僧民之地，连顺治爷都是在这儿出的家。何况本省经商做买卖的人家多如牛毛，不管是外出行商，还是坐店经营，自然要求上天保佑平安发财，所以家家户户都敬菩萨。"

"唔、唔。"古平原听了这一席话，就觉得头脑中仿佛有什么东西被轻轻一触，抓不住也摸不着，可就像一根救命稻草一定要捞到手里，心里一急，后背刷地一麻，出了一身冷汗。他呆呆地看向常玉儿，只盼她再多说几句。

他虽然没有开口，可是常玉儿也看出他对自己说的话感兴趣，于是接着道："城外无边寺是千年古刹，通省数得着的灵应护佑之地，除了五台山就是这里。所以但凡有开光祭祝、祈雨祈晴、斋天普佛、放焰口、水陆法会这样的盛大佛事，全省各地的信众都会纷纷聚来，饭可以不吃，衣可以不穿，但是心不能不诚，佛不能不供，甚至还有人当了房子消灾祈福呢。今天是文殊菩萨的生日，热闹倒还差些，四天后的四月初八是浴佛节，如来佛祖的佛诞之日，等到了那一天你再看，只怕到当铺当东西买香烛供果的人要挤破头呢。"

常玉儿话音未落，古平原急转身拔脚就往当铺里走，倒让她吃了一惊。街对面李钦本来稳坐钓鱼台，见古平原与一个女子说了几句话便又回去了，不免大为扫兴，皱了皱眉头。

古平原如同旋风一般冲进店里，伸手抢过大库的钥匙，脚步不停往里便奔。这四朝奉一会儿温文尔雅像个读书人，一会儿又火烧火燎像个疯子，把当铺里的伙计都弄了个目瞪口呆。

祝晟带着丁二朝奉也跟进来看，就见古平原开了大库的门，把上面的当货一样样往下抛，弄得横七竖八满地都是。丁二朝奉一急想过去拦他，祝晟伸胳膊一挡，"慢着！看看他要做什么。"

古平原翻来翻去，忽然眼前一亮，抖开一个布包，从里面拿出五本书册，盘膝在地翻开一本贪婪地看了起来。丁二朝奉眼力好，看出他拿的是一册康熙朝石刻版的《南史》，却不知道这人已经火烧眉毛了却巴巴地赶过来读书所为何故。

古平原细细地瞧了其中几页书，又仰着脸想了半刻，合上书长吁一口气，原本如死灰的脸上已经泛起了活色。

"你可是有了什么主意？"祝晟瞧出了七八分，踱过来问道。

古平原站起身点点头，"大朝奉，我能不能求您一件事？"

"说吧！"

"您把当铺交给我几天，也就是说让我全权去谈生意，无论怎样您都不要插手。"古平原直视着祝晟。

丁二朝奉吓了一跳，这是买卖家的大忌，等于说古平原要夺祝晟的权，而且这样语焉不详，谁能放心？他偷眼看了看祝晟，祝晟却没发怒，脸色一如平常，只是低眉沉吟。

"交给你倒是可以，但你总要说说想做什么生意吧？"祝晟的要求一点都不过分，这么大一间铺子交了出去，没句托底的实话还成？

出乎意料的是，古平原一阵犹豫，然后才为难地开了口，"臣不密则失其身，君不密则失其国，眼下形势危急，我只有这一个办法能挽回局势，万一露了出去那就大事休矣。所以还请大朝奉体谅！"

"你是说你有办法挽回局势，让万源当的买卖重新做起来？"祝晟一字一顿地问道。

"我没有十足的把握，但是……"古平原迟疑一下，"实不相瞒，我要是去给那李东家行礼求情，只不过是丢了面子。而我眼下要做的事情，押上的却是我的一条命，做不成，我这条命也就保不住了。"

祝晟和丁二朝奉一听这话也不禁动容，虽然不明内情，但两人从古平原的表情上都能看出他说的是实话。

"还有一条，这件事若是成了，万源当不仅能重新把买卖做起来，而且我敢保证，这买卖一定超过城门当，今年万金账上的收益，抵得上过去十年的进项！"

这句话说得可太大了！别说跟进来的一帮伙计个个听得瞠目结舌，就是丁二朝奉也一脸的不敢置信，他刚要说话，祝晟忽然踏前一步，从腰间解下一方小印，那是象征着大朝奉权威的印信。他拉过古平原的手把印放在他掌心。

"古平原！你说到就一定要做到。"

古平原紧紧握着那枚印，郑重地点了点头，说了一声，"大朝奉，您就瞧好吧，这一次我要把当铺的买卖做到全省去！"说完转身便走。

"四朝奉，带上我吧。也好有个使唤人儿啊！"金虎好事，听得早已是热血沸腾，巴不得跟在古平原身边亲眼瞧瞧他是怎么力挽狂澜。

古平原看了看祝晟，祝晟一摆手，"不必问我，从这一刻起，当铺一切都听你的。"

古平原于是冲金虎笑了笑，把他乐得一蹦三尺高，随着古平原兴冲冲走了出去。

"大朝奉，您也是吃了一辈子典当饭了，这当铺生意向来不出一府一县，哪怕名声再好，谁见过带着东西远道而来当当的主顾？更别说什么跑遍全省来当当了，还说什么一年抵十年。这古平原说的话，我怎么听着跟儿戏似的。"丁二朝奉如堕云雾中，一个劲儿地摇脑袋。

祝晟笼着手，半天没言语，末了才说了一句："儿戏也好，正戏也罢，如今也只能死马当活马医了。既然全太谷正正经经做生意的朝奉全都束手无策，那就看他这个疯子朝奉能不能想出什么出人意料的招数了。"

常玉儿一直都没有走，向当铺里时不时探望，好不容易等到古平原出来。古平原抱歉地说："常姑娘，你要当当，自己去铺中找朝奉吧，我有急事一定要出去，不能陪你了。"

常玉儿看了看他，忽然无缘无故地抿嘴一笑。

"常姑娘，你笑什么？"古平原纳闷道。

"这才不过短短一刻，看你的样子简直判若两人，方才那样儿真是让人担心，如今却又神采飞扬。"

古平原方才翻检当物，忙乱得一头一脸都是汗，常玉儿看着心里怜惜，鼓足勇气拿出自己的绣花手帕递给他，"这天儿虽然回春，可是风还凉，出了汗可别站在地当中，当心受了风寒。"

古平原自从离开家乡，也曾受过许多人的帮助，但这般温柔的嘘寒问暖却是难得一遇，握着那还带着女儿家身上暖意的手帕心中一热，刚要说两句感激的话，却见金虎在一旁忍着笑，不由得有些尴尬。

常玉儿也觉得怪不好意思的，"我去当东西了，古大哥，你保重。"

等常玉儿进了当铺，古平原跨过街来到李钦面前。李钦半躺在椅上没动，胡朝奉代他问道："过来叩头了？去把你们当铺的人都叫出来，当众叩头这才有诚意嘛！"

古平原脸上既没有愤怒的表情，也不像方才那样沮丧，而是带着一种成竹在胸的笃定："李东家，你的顺风旗扯到如今也算是到头了。我把话放在这儿，不管你的城门当把路堵得有多死，我古平原一定闯出去给你看，到时候只怕下跪叩头的人是你！"

"什么?！"李钦没想到古平原走过来是要说这番话，把他气笑了，回视胡朝奉道："你说可不可笑，这小子是没长眼睛还是没长心，难道你就看不明白眼下的形势，这万源当的活路就捏在我的手里，你别是急疯迷了吧？"

"他不就是有名的疯子朝奉嘛！"胡朝奉捧着东家打趣道。

他们二人哈哈大笑，古平原的眼里瞬间闪过一片无情，一字一句地说："你以为自己掐着别人的活路？告诉你，我很快就让你走投无路！"

古平原的声音就好像一把寒冰铸就的利刃，李钦和胡朝奉都听得心头一凛，不自觉地敛去了笑容。

8

"那女子我认得，不是常家的女儿嘛，太谷县有名的俊闺女。怎么，她是四朝奉的相好？"金虎忍了半天，终于问出了口。

古平原快步走在前头，回头瞪了他一眼，"什么相好的，说得这样难听！待会儿到了佛寺中，可不许说打嘴的话，否则佛祖怪罪起来了，当心烂嘴烂舌！"他要对付金虎，那是轻而易举，只一句话就把话题拉开了。

果然，金虎大张眼睛："咱们去佛寺干吗，总不成四朝奉你说的好法子就是求神拜佛吧？"

古平原不答反问："你说，一个人要是被逼到绝境，无法可想，那该怎么办呢？"

"嗯……"金虎皱眉想了一会儿，"要么拼了，要么就等死呗。"

古平原微微一笑："对，一般人都会这样想，但其实还有第三条路可以走。"

"那是什么？"

"找个能帮你的人，把他也逼到绝境里，一荣俱荣一损俱损，一起破釜沉舟想办法！"

古平原一路来到无边寺，寺内正在大做佛事，文殊菩萨的生日兼之这位菩萨的道场又正在燕门省境之内，此时正是满寺香火正盛之时，就见大殿内外青烟袅袅，直冲霄汉。诵经念佛之声、钟鼓木鱼之音还有信徒喃喃祷告的声音不绝于耳。

"四朝奉，你说那个能帮你的人是谁啊？"金虎抻着脖子看来看去，满院子的信徒信众，却看不出谁是古平原口中的贵人。

古平原叫住一个小沙弥，问道："本寺的大方丈弘净法师在哪里做佛事？"

小沙弥摇摇头："方丈是不做佛事的，只在后院禅房参禅。"

"果然是个不理俗事的老和尚。"古平原一笑。

"你不必跟来了，就在前殿等我！"向金虎吩咐完，古平原自己往后院走去。

金虎左右闲着无事，便也随着人流上了一炷香。他的父母都在邻县，身子骨一向不太好，他默祷祈求佛祖保佑，自己一旦满师成为正式的伙计，第一个月的工钱都拿到寺院里来供奉，只望父母能够身子平安。

等他围着大殿转了三圈，古平原还不见出来。他是少年人心性，不免有些心焦，刚想着也到后院去看看，抬眼往那边一看，就见古平原正往前殿走来。

"四朝奉，你可……"金虎叫了半声，忽然觉得不对，古平原的样子怎么如同凶神恶煞一样？就见他眉毛挑得高高的，圆睁双目，咬牙切齿，对金虎不理不睬，推开前面密密麻麻的人群，就进了大殿。

金虎丈二金刚摸不着头脑，站在地中央才发了一下愣，忽然就听殿里传来一阵惊恐的叫声，人群喊着往外拥。方才是唯恐挤不进大殿上不了香，现如今却好似殿里有吃人的猛兽、现形的夜叉，避之唯恐不及。虽然是人挤人，人推人，幸好大殿的门宽大，却也没人受伤，眨眼间殿里的人都避了出来，站在外面的广场上呆若木鸡地瞅着里面。

金虎吓了一跳，趋前近身一看，只见惹了乱子的果然是方才进去的古平原。他气势汹汹地一进大殿，相了相殿中陈设，几步走到供桌侧面，二话不说就推倒了一口用来佛前供奉的大莲花缸，那里面满满的都是灯油，大缸破碎，油顿时泼了一地。几个知客僧见势不妙，连忙要过来阻拦，古平原不等他们近前，抬脚又蹬倒一口大缸，登时满殿里地上桌上全是油。古平原趁众人一乱之际，抢了供桌上的一根儿臂粗的高香，作势就要点火，这才把一干僧众都吓了出来。

"四朝奉，你要干什么？就算事情不顺，也犯不着这样啊，咱们有话好说，有话好说！"金虎吓得带了哭腔，心想你一路上不许我到寺里胡说八道，怎么此刻自己倒放起火来了。

"不关你事，也不关其他人的事，叫弘净老和尚出来见我！"古平原一反常态，脸上半点斯文的样子也找不出，反倒像个打家劫舍的强盗一般，连声怒吼道。

弘净方丈早就得报，他人虽然老，可是依然健步如飞，带着两个小沙弥来到大殿之外，一看这情形也是惊得一怔。

"古檀越，你这又是何苦？"他双掌合十，"老衲方才说得明白，人生譬如朝露，如梦如电，你又何苦执着。"

"是，你大和尚四大皆空，所以我求你的事，你一个不肯，百个不肯，明明是对彼此都有好处，你却说什么也不答应！那好，既然你说出家人四大皆空，修行在心，那要这大殿佛像有什么用？我索性替你一把火焚了，岂不干净！"

"这……"弘净倒吸一口冷气，俗话说"事不关心，关心者乱"，他虽然道德高深，深明佛理，可是眼看古平原手中的香扑扑往下落灰，万一带了一点火星，那这从唐朝便流传下来的千年古刹再加上这一尊全省上下除了云冈石窟之外便数它最为古老的木佛造像就要付之一炬！这无边寺历经朝代更迭、战祸频繁都能保存完好，难道要毁在自己手里？

一想到这儿，这有道高僧也不免有惊心动魄之感，打了一个冷战，"古檀越，无边寺与你无冤无仇，你可不能造此恶业！"

"这我不管！"古平原冷笑一声，"佛家有云，救人一命如造七级浮屠，你老和尚见死不救，就是心中没有如来，既然这样，古某陪你到十殿阎罗那里走上一遭！"

古平原的口才本就不差，此时把生死豁出去了，词锋更是利如刀剑。弘净此刻哪里有心情与他辩禅，又见他手中高香随着话语一抬一放，生怕这二愣子手一松，他倒是不管地狱还是轮回自去了，无边寺可就立时陷入一片火海。无边寺虽然取的是佛法无边之意，但是寺如其名，斗角飞檐彼此相连，做的是个"钩心斗角"的样式，远远望去连成一大片，不愧是"无边"之名。要真是泼油引火着起来，瞬间就是烈焰飞腾，难以施救。

"且慢！"弘净不敢多耽搁，看了看周围一片慌乱的信众和僧徒，立时抬手示意，"好吧。古檀越，你且将手中香火放下，一切都好商量。"

"真的一切好商量？"古平原眨了眨眼睛，跟上一句。

"出家人不打诳语！"

"好，我信得过老和尚。反正这大殿在这儿跑不了，你若说了不算，我便再来烧过！"此时情形与当初在瀚海斡难河上不同，那时面对的是杀人不眨眼的统领和狼心狗肺的巴图，眼下这老和尚倒是个信得及不会说假话的人。古平原把燃着的高香往殿外一抛，吓得众人纷纷闪避。

古平原走出大殿，来到众人面前，对着弘净深深一揖："古某也是无奈出此下策，还望老方丈恕罪则个。"

弘净心想不恕又如何，反正也答应他了，不如做得大方些，"施主大智大勇，做的又是光大佛门之事，老衲佩服之至。"

两个人这几句对话，把周围的人都听傻了。古平原明明是要烧寺毁佛，怎么到了弘净嘴里却变成了光大佛门？

古平原听了只一笑，走到弘净身边压低声音道："老方丈，我知道您心中是千肯万肯的，只是顾着寺里僧众冥顽不通而已，如今我这场戏不也趁了您的心思？不然只怕还要与那些愚头愚脑之辈大费口舌。"

弘净瞟了古平原一眼，忍不住哈哈大笑起来，向着后院伸了伸手："古檀越真是个妙人，老衲也就不必再多说什么了，方才那杯橄榄茶如今请檀越再回去品品滋味，尝尝是否橄榄虽苦回味甜？"

古平原随之大笑，也把手一伸："请！"

"四朝奉，您方才可把我吓死了，您怎么、怎么真的就像……"金虎一路没敢说话，等到回了城这才咽了一口唾沫，偷眼瞧了瞧古平原的脸色。

"像个疯子？"古平原没生气，反倒长出一口气，嘴角绽开笑意，"我问你，都说神鬼怕恶人，那恶人又怕什么？"

"我不知道。"金虎经过方才一吓，依旧是心摇目眩，也不敢再卖嘴，老老实实答道。

"恶人怕疯子！我倒不是说方才那老方丈是恶人，他是个通情达理的师父。只是我如今被恶人逼入绝境，要是依旧老老实实束手束脚，岂不被人欺负死了。只有把自己变成一个疯子，想出来、用出来的招数才让那些恶人接不住，受不了！"

"不说这些了。"古平原见金虎听得呆了，拍了拍他的肩膀，"饿了吧。前面那家馆子看上去还不错，吃点东西再回去。"

少顷金虎吃饱喝足了，有个疑问他却不得不问，否则憋在心里非出病来不可。

"四朝奉，我真是想不明白，您到无边寺里逛了一圈，放了把没烧着的火，就能把城门当的事儿破了？我怎么觉得这件事透着玄乎呢。"

古平原一直在出神地想事情，金虎这一问，他猛然惊醒，"这个现在可不能对你说，好在几天之后，不用说你也明白了。"

"啊！还要几天啊？"金虎性子急，急得抓耳挠腮，可是他也知道，古平原连大朝奉都不告诉，自己一个小伙计何德何能去参与机密。他忽然灵机一动，起身离座，作势就要一跪，"四朝奉，我认你当个师父吧！别人不告诉，这徒弟总该说了吧。"他觉得跟着古平原做事很过瘾，古平原又救过他，所以这拜师倒是真心诚意，毫不掺假。

大庭广众之下古平原哪能让他真跪，一把拉住他，假意斥道："别胡闹，我不收徒弟的。"

"那记名弟子也行啊。您先把我的名字记上，以后想收徒了，我就是您老人家的开山大弟子。"金虎真能顺杆爬，古平原听了也拿他没辙。

"好吧，反正事情也做成了，就告诉你。不过法不传六耳，你可要小心，别图一时嘴快，到头来误人误己。"古平原被他缠不过，从怀中拿出一本书，放在桌上。

这本便是他方才在当铺里翻找的《南史》，翻到其中一篇"甄法崇传"，指着里面的文字，"你来看。"

金虎看了半晌，摸了摸脑袋，"这长生库是什么东西啊？"

"就是最早的当铺，建于南北朝时期的佛寺，又称佛寺质库。"古平原缓缓道，"当年南朝梁武帝佞佛，曾经三次把自己当到同泰寺中，作为抵押，而让满朝文武耗资数亿钱来赎，这件事便被记入时人记载中。我早上听那位常姑娘说起僧民信众当当供佛，便觉得仿佛似曾相识，果然是当初关在大库时，在书上看过此事。"

金虎吐了吐舌头，"皇帝把自己当了？我的妈呀，这样的昏君可真是闻所未闻。"

"其实梁武帝早年倒是个好皇帝，只是后来沉湎于礼佛，无心国政，结果被侯景饿死在台城。他一生供养僧人无数，最后却落得饥馑而死，也算是上苍给他开的一场大玩笑。"古平原感慨地说，"不过从中你也能看出，当时佛寺收当是如何盛行，日后日渐演变，时至今日终于成了如今商人执业的当铺，而作为当铺鼻祖的佛寺却再也与当当无缘了。"

"那四朝奉你的意思是……"

"没错，我要在无边寺重开长生库！"古平原毅然决然地说。

金虎骇然:"这、这未免异想天开了吧?再说重开长生库,我们能得什么好处?"

"你说异想天开,我方才却已经与那位老方丈将此事谈成了。若说好处,那真是太多了,佛寺有好处,信众有好处,当然最为得利的还是我们万源当,这一点到时候你就知道了。"古平原极有把握地说,随即又拧起眉头,"目前我最怕的是哄不起来场面,若是一开始打不开局面,事情要做下去就很难。老方丈虽然眼下支持我做这件事,可是一旦寺里僧人反对,他也要顾忌悠悠众口。所以一定要先声夺人,一开始就让老百姓趋之若鹜地到寺里去当东西,一下子就把场面撑开。这和打仗是一个道理,只要冲锋突破打开局面,接下来的仗就好打了。"

"四朝奉,我有个主意。"金虎脱口而出,"您知道票号开业时的同业堆花吗?"

古平原摇摇头。

"这是票号公会的一种规矩。就是同行票号给新开业的票号捧场,把雪白的银子送去当作临时存款,码放在新票号的柜台上,这样老百姓一看这家票号有那么多人来存钱,一定有实力信誉好,于是生意一下子就做开了。我在想咱们是不是也能效仿一下,请几家当铺的朝奉来当东西……"

"慢着。"金虎一边说,古平原一边想,眼珠不停转动已然有了主意。

"金虎,你这主意出得好哇,不过要稍微改动一下,不能找当铺朝奉。一来他们如今视我为眼中钉,二来毕竟同行是冤家,这件事不能让他们预先与闻。"

"那咱们找谁啊?"

古平原用指头轻轻敲打着桌面,过了好一会儿,一拍桌子,"找当官的!老百姓还是最听大官的话,若是有个当官的鸣锣开道去捧场,那场面立时便不一样了。"

第九章

杀 戮

1

佛诞日,又称浴佛节。这一天全省各地信众都从四面八方来到太谷的无边寺,因为都传说释迦牟尼佛显圣,最灵验的莫过于寺中那尊千年如来造像。

这一天,太谷县城里的百姓更是倾巢而出,无边寺虽然地方广大可是也难容这么多香客,好在寺外就是一片佛田,在此搭棚斋会,知客僧来往穿梭,请善男信女念佛经、吃素斋。寺中则专做各种佛事法会,法螺磬鼓一时齐奏,西南角楼上的大钟不时敲响,钟声悠远,香客们便知道又有大施主来做功德,都同时歇下手中的事,低头默念一声"阿弥陀佛"。

像这样盛大的佛事,太谷县的商家自然是近水楼台先得月,财东掌柜都会来敬上一炷香,然后往功德簿上写一笔银子,买卖大的多写,买卖小的少写,总之佛眼看去众生平等,都是求善报因果。

王天贵自然是众星捧月般上的头香。他是有名的功德檀越、布施居士,寺里还专门为他立了一座赑屃[1]功德碑,今日一笔银子写下去,便是纹银一千两,并带百亩佛田。众僧人合十称善,香客们也都连连夸赞。王天贵表面微笑,连声道谢,但骨子里带出来的当仁不让却是任谁都看得出来。

随后几大商家才纷纷过来上香布施。李钦也来了无边寺,他看着众人捧王天贵便心中不服气,拿过功德簿就待也写个一千两,胡朝奉看出他的意思,连声劝道:

---

[1] bì xì,又名霸下,是中国古代传说中的神兽,传说是龙的九子之一。

"东家,您可别跟王大掌柜过不去,咱们可惹不起他。"

胡朝奉的话李钦并不放在心上,不过经此一言提醒,他总算是想起张广发严禁他打草惊蛇的命令,只得忍了一口气,随随便便写了个一百两银子,然后走到一旁的斋会场地,去看各路打把式卖艺的热闹。

祝晟也来了,他自觉流年不利,今年来得比谁都早,也无心与人攀谈,上了三炷高香之后,转头就要走,却见太谷县的各大当铺朝奉也都相约而来。他不愿见这些人,于是悄悄避到廊下。

这些往日颐指气使的大朝奉今年可是灰头土脸,借着今天来拜浴佛节,打算浴浴佛光,去去霉气。他们凑在一起说话,其中一个朝奉道:"说是五天期限,明天就是最后一天,万源当和那疯子朝奉还没有动静,咱们当真要下此辣手?"

杜朝奉冲口问道:"你要打退堂鼓?我和祝晟也没私仇,不收他的当票也行,可你们说说,这城门当眼看设了半个月,咱们的生意是一落千丈!这损失若是拖到年底,咱们中间还能剩下哪家当铺继续开张经营?"

这一问,大家都默不作声。徐朝奉是老好人,与祝晟的交情一向不差,想了想说:"不然再给他们宽宽期限……"

"宽什么?"杜朝奉一口就截了回去,"不过就是低头赔罪求个饶,要是想好了,当场就能办到,要是不愿意,再等上一年半载也没用!"

最开始说话的那个朝奉迟迟疑疑道:"我可听说几天前那个古平原跑到无边寺里要烧大殿,后来还和弘净老和尚密谈了半天,是不是有什么对付城门当的办法?"

"他是个能把一把腰刀当出五百两的疯子,能想出什么好办法?这分明是事情逼到头上便发了疯,跑到寺里来搅闹。要不是老和尚佛法无边,眼下他早坠了阿鼻地狱了。"杜朝奉出了一口大气,"唉,说句佛前打嘴的话,他要真是把自己烧死了,倒简单了!"

众人你瞧瞧我,我瞧瞧你,心中虽然深以为然,不过耳听佛号高悬,眼见宝相庄严,谁都不好出言接口,场面一时冷了下来。

"接浴佛水了!"忽然有人喊起来,人群立时轰动起来,一起拥到寺门前。很多人几百里跋涉来此,就是为了接这碗沐浴了佛像金身的浴佛水,求回去或者供起来,或者与亲朋共分,据说能消灾治病,增长功德。

弘净方丈指挥十几个小沙弥抬着木桶,桶中之水药香扑鼻,一字排开放在寺门前,只待方丈做过一年一度的讲经说法,便要散与众人。弘净慈眉善目,精参佛理,一派长者风范,是远近皆闻的大和尚,此时拿着五轮锡杖站在寺门九级台阶上,还没说话只是举目向人群瞧了一眼，原本闹哄哄的人群便立时鸦雀无声，大家都齐齐注目于这位老法师。

弘净将锡杖在地上顿了一顿，缓缓开口道："明心照亮天堂路，锡杖振开地狱门。"他的声音不大，但四面八方的人都清晰入耳，只觉得精神为之一振。

弘净讲了一段《无量寿经》中的佛法，要旨精深，众人听得如痴如醉。

他停一停又道："可见佛不厌财，只需取之有道，用之有度，多财之人施舍众生，亦是功德无量之事。今日借浴佛大典，老衲正好宣布一件功德之事。"

几万僧众一片寂静，静静听弘净往下说。

"自即日起，无边寺请来太谷城中万源当铺，重开前朝佛典长生库，以寺后空闲僧舍为质库。凡有一时拮据的信众居士，皆可到无边寺以物当钱，以彰我佛慈悲！"

话说得清楚明白，可人人都面面相觑，一时作声不得。佛寺变当铺，一个是清净佛门，一个是铜臭质库，这两样怎么能混为一谈？

眼看人群要乱，这时从旁边大踏步走过来一个年轻人，站在弘净身边，扬声道："各位，我是万源当的古朝奉，这佛寺当铺自古有之，并非标新立异之举，不信大家可以看。"说着一摆手，金虎带着几个小学徒早就已经等在人群中，这时把手一扬，就见半空中纸片纷飞，这是古平原这几日请刻字店制版，将《南史》上有关长生库的几页印了许多，就待此时传扬出去。

人群跳着脚争抢来看，不识字的请识字的来念，识文断字的便大声读出来，场面一时纷纷扰扰。

"怎么样？大家都看明白了吧，这事儿非但不是玷污佛门，反倒是增添佛财的一大功德。再说此乃佛门之地，我们万源当在此设当，自然不敢贪财压价，保证公道无欺。"古平原等人群稍静，重又大声说。

"阿弥陀佛。佛家有救人一命胜造七级浮屠之语，万源当与本寺已有成议，众施主所当之物所获之利，皆有部分用来救助穷苦百姓，免其受冻饿之苦、贫病之灾。我佛金身之下行此功德，无异于年年法事，日日供奉，必有佛光佑护，消灾免难。"

古平原与弘净老方丈舌绽莲花，已经颇有人听得心动，只是不知这佛前当当如何做法，一时无人肯当出头鸟。

奇怪的是古平原也不着急，任由大家议论。看看日头已到了巳时，他往小南河那边不断张望，忽然面露喜色，喃喃自语了一声："开门的主顾到了！"

话音刚落，就听鸣锣七下，随着"军民人等齐闪开"的呼喝，只见四乘蓝呢大轿在一班皂隶的前呼后拥下依次抬了过来。空场之中立时闪出一条道路。

在寺前下轿的四个人个个身穿官服，头戴顶戴，早有人认了出来，来的正是本县的知县、县丞、主簿和典史。这也就是说，一县之中位道最尊的四个人都到齐了。慌得百姓齐齐跪倒，口称"青天大老爷"。弘净方丈与本县耆老以及身有捐官品衔的几个人急忙过来迎接。

古平原是平头老百姓，自然也应该跪迎，但是他始终站着，而且走到最前面，不卑不亢地含笑与这几位大老爷打过招呼，神态显得十分熟络。几位官老爷不仅没责他失礼，言语间反倒很是亲切，这让在场众人都是心头一愣，不由得重新打量起这个年轻人。

这件事古平原事先安排得机密，连弘净方丈也被弄得莫名其妙，别人就更是惊讶不已。这四个人俗称四大宪，是朝廷命官，平素除了典史奉母礼佛之外，并不见其他人来寺院之中，特别是主簿大人作为一县儒家教谕，更是不会到寺庙烧香拜佛，怎么今日却约好了一起来到无边寺？

陈知县自然是众人目光焦点，他下轿之后面带笑容，先让老百姓起身，然后与古平原打过招呼，又见过方丈和几位绅士长者。"王翁，你的伙计很能干啊，做生意头脑灵活，只怕这一次王翁要发大财了。"陈知县与王天贵一向交情莫逆，见他在一旁，随口开了一句玩笑。

"这都是陈大人牧民有方，治下太平，鄙人这才有盈利的机会。"王天贵虽然老奸巨猾，也被古平原这一连串的惊人举动弄得有些不知所措，只得泛泛应道。

"古朝奉！"陈知县点手唤过在一旁的古平原，"看样子你已经将长生库的事情宣之于众了吧。"

"是，我已经将此事详细解说给大家听，不过生意还没开张，正等大人来教诲。"

"教诲就免了，总之这也是帮助朝廷抚民的善举，本县自然支持。衙中公务繁忙，我也不便久留，答应你的事儿眼下就做了吧。"

"是。"古平原叫过金虎，从他手中拿来当票簿子，笑容满面地看着陈知县。

陈知县面向百姓，"本县一向清贫自守，也没什么东西好当，今日为了贺此佛典重开，将拙荆的一支银簪拿来当了。"说着从怀中取出银簪，递给古平原。古平原一丝不苟，拿过戥子称过分量，又喊了个价，这价自然是足尺加三地公道，陈知县点头允了。古平原开出当票，当着老百姓的面儿，双手捧着这张轻飘飘的当票，却像捧着千斤重物，捧过头顶向寺中大殿方向郑重行了一礼，然后才转回身将当票交给陈知县，这无边寺长生库的第一笔生意就算做成了。

"四喜！"苏紫轩也站在远处，她前几日听说古平原大闹无边寺，就知道其中必有内情，所以赶在这一天也来看个究竟，直到看到这里，她嘴角掠过一丝淡菊似的微笑，"我们走吧。"

"小姐，不看了？"四喜正看得发呆，可舍不得走。

"不必看了，李钦他……输了！"

这边县丞、主簿、典史一一过来，每人当了一件东西，都是贺长生库开张大吉。谁肯在这场合显富，当的东西都不起眼，不过是做一做样子给下面的老百姓看，唯有轮到许主簿时，当了一套万历初刻印的《花草粹编》，然后倒有一番话说。

"各位老师父、众位乡亲父老，想必也知道我许某人忝为一县主簿，执掌儒家教谕，一向是与佛门无缘。那么今日怎么又来了呢？因为无论是佛是道还是儒，归根结底都是为了教化人心，扶危救难。眼下万源当的古朝奉倡议重开长生库，难得弘净法师和一干僧众开通明理，重现了这盛世佛典，想来今后必有无数人从中获益，所以本官特来观礼，希望长生库以救助百姓为己任，聚佛财，散佛财，聚散之间让百姓共享太平。"

"说得好！真是太好了！"许主簿一番语重心长的话，良善百姓听了俱都感佩，虔诚僧众也无不动容。

当东西还能顺便成为佛前供奉，这本来就是人人方便的一举两得之事，再加上无边寺的号召力和四位父母官的现身说法，底下的百姓不知不觉中已然陷入了一片狂热气氛中。有值钱东西放在身上的立时便拿出举起来要当当，没带东西拔脚就往家跑，回去取东西再回来当。

才一眨眼工夫，古平原眼前就伸了一片林立的胳膊，争先恐后唯恐当不上东西，得不到佛佑。幸好他早有准备，指挥伙计们抬桌子，搬箱子，又用皮绳拦了几道通路维持秩序，同时派人去请店里的几位朝奉。

"我就在这儿。"祝晟在一旁看了多时了。他初时也是瞧得讶异不已，后来慢慢明白了古平原的生意经，心中一时感慨万千，在旁深深凝视着这个年轻人。

"收当的事情交给我吧，派人把三朝奉找来帮我，让丁二朝奉留守本店。至于你，想必还有很多事要做，去忙吧。"祝晟声音喑哑，语气里有些许失落也有一丝安慰。

"是。"古平原确实有很多事要做，首先要把几间库房的用地确定，然后最好能将长生库与僧舍分开，以免扰了佛门清修，同时佛财与当铺的收益比例也要细细规划，另立账册。这些都等着他去做，于是他向祝晟鞠了一躬，转身便要离开。

"等一等！"祝晟忽然又叫住了他，缓慢地移动身躯走过来，将一只手按在古平原的肩头，清了清嗓子说，"把当铺的生意做到全省去。这件事，只怕全省当铺的朝奉连想都没想过，而你居然做到了，果然是后生可畏！"

得了祝晟一语之褒，古平原心中当然欣喜，他平伏了心潮，一抬头看见夹在人群中正在对自己直眉瞪眼的李钦和他身旁面无人色的胡朝奉。

"李东家，这县城内外的生意都归了你也不要紧，我还有省内各府各县的生意可以做。至于磕头求饶的事儿嘛，等你把这些生意都抢了去，咱们再谈也不迟。"古平原依旧是那副淡定从容的表情。

"好哇，古平原，你等着，我非想个招儿再把你治了不可。"李钦望着古平原潇洒离去的背影，气得火冒三丈。他只顾生气，胡朝奉却识得厉害，看着身边如潮涌一般挤着到长生库当当的人群，脸上的汗珠一滴滴落了下来。

2

古平原一直忙到后半晌，总算是把事情大致安排得妥帖了。他忙到现在还水米没打牙，五脏庙不免造起反来，等走到前面一看，正好丁二朝奉亲自带人送了饭菜过来，看见古平原，连声招呼他过去吃。

"古老弟。"丁二朝奉这份儿高兴就别提了，"真有你的，丁某今日算是开了眼了，你可真是万源当的福星啊！"

"只怕当初我刚来的时候，大家都以为我是灾星吧。"古平原开了一句玩笑。

"这就是日久见人心嘛，现在柜上的伙计可都把你奉若神明了。"丁二朝奉忽然想到祝晟，怕他听到后心中不悦，连忙收声，偷眼看了大朝奉一眼。

祝晟神色自若，始终微笑听着。古平原也怕他多心，于是说道："大朝奉，我还有两件事想请您定夺。"

"眼下当铺的印信还在你手里，所有的事儿依旧是你全权做主。"祝晟摆摆手。

古平原被一语提醒，连忙从怀中把印信拿了出来，"古某那日大胆，只是为了保住机密同时便宜行事，如今事情已了，正好二朝奉也在，做个见证，印信我可是完璧归赵了。"说着往祝晟身前一递。

祝晟是名正言顺的大朝奉，没有不接的道理，拿过印信，沉吟了一下说："二朝奉，你记着，一来古平原这次立了大功，原本受了两次店规惩戒，如今处分全都消了，罚的月俸要如数发给他，二来，这次他实在是厥功至伟，到了年底分红利，按大朝奉的例给他分红。"

古平原还要推辞，祝晟不由分说地道："这是你应得的，不必客气。方才你说有两件要我定夺，是什么事？"

"第一就是如今是在佛寺里做生意，我想把咱们柜上的规矩改一改，佛祖面前怎么好对顾客冷言冷语。更何况从今往后到此当当的主顾，不知有多少是从省内各地远道而来，总不能为了一点小钱，就让人家白跑一趟，冷了主顾的心，要知道口碑如铁，轻忽不得。"

"那你想怎么改呢？"

"我想这样，自朝奉以下都要笑脸待客，价钱方面也要尽量让主顾满意，不可一味压价。最重要的一点就是写当票的时候不应该只是为了避免日后的纠纷就把好东西硬写成孬东西，还是要写得实在些。我相信主顾大都是善心人，更何况是在这宽大为怀的佛门净地里，咱们信任他，他也不会轻易找咱们的麻烦。"

"唔！"祝晟考虑半天，别的都好说，只有写当票这件事是当铺多少年的沿袭，他一时下不了决心，后来一想古平原说的不是没有道理，到佛门长生库当当的人图的都是一举两得，当东西的同时祈求佛祖保佑，不会没来由地自招罪愆，于是点点头，"好，就这么办了。"

"谢大朝奉。还有一条就是，如今咱们的生意是一下子做大了，肯定要添人，但是最近这些天，伙计们一个顶俩地干活必定劳累，请大朝奉多发些辛苦钱，同时饭菜备得好些，这样伙计们干起活儿来也有精神。"

"好，你想得很周到。"祝晟夸赞道。

"我也是那日在城门，看了万源当李东家对待伙计的举措，才想的这一条。"古平原平静地说。

别人听了还不怎样，祝晟可是心头一震，刚要说话，就见一个小沙弥快步走了过来。

"阿弥陀佛！古施主，王大掌柜在后堂禅房请你过去叙话。"

"王大掌柜……"古平原看了一眼祝晟，皱了皱眉头。

"你去吧，只怕他也要细细问问此事的经过。"祝晟猜到了王天贵的用意。

等古平原走了，祝晟这才无限感慨地对丁二朝奉说："这个古平原能死中求活自然是高明之极，但是能从对头身上学本事，这才是最为难能可贵之处。长江后浪推前浪，他将来一定大有可为。不过……"

丁二朝奉对古平原已经是佩服得五体投地，问道："不过什么？"

"小鱼要想翻江倒海，得先长成大鱼才行，就看他有没有这个造化了。"

古平原来到后院禅房，这里是专门接待贵客的院落，古木参天蔽日，屋舍古朴素净。古平原推门而入，王天贵正坐在一把扶手椅上，手中拿着一串佛珠，闭目诵经，听见古平原进来，他不动声色地诵完了一卷经，这才慢慢把眼睛开。

"你知道我诵的是什么经？"

古平原对于佛经并不熟悉，摇了摇头。

"是《楞严经》，佛经中最能破魔障、清心明智的一部经书。可是我诵了这么久，却还是没想明白你玩的是什么花样，怎么能让四大宪都听你的摆布，为你撑场面，你总共花了多少银子才办成的这件事？"

古平原也不和他兜圈子，直来直去答道："除了典史大人是因为我去探监而有些银钱馈赠之外，其余三位大人与我之间没有分文往来。"

"笑话，自古以来，想让当官的为你出力，还不花银子，那不是白日做梦嘛，你当我是三岁小孩，用这种话来糊弄我。"王天贵半点不信。

古平原忽然揶揄地一笑，"想必王大掌柜这一辈子没少在当官的身上花钱吧？"

"钱能铺路，不然你以为我怎么会走得这么顺？"王天贵今天在无边寺前看着古平原长袖善舞，心中突起警觉。古平原无声无息便结交了县里的四大官吏，他发觉小瞧了这个年轻人，于是决定弄清楚此事，以免三十年老娘倒绷孩儿。

"我没有王大掌柜那么多的钱。陈知县今日能拨冗前来，是因为受惠于僧王征伕一事，许主簿则是为了感谢我解了油芦沟村的危局，至于那位余县丞，呵呵，县丞管一县兵马，李钦设城门当只与绿营管带打交道，却忽视了本地县丞，请他来打击李钦就不是什么难事了。"四大宪都欠着他的人情，又觉得此人脑筋清楚，今后说不定还有用他之处，故此才纷纷赏了这个面子。

"在王大掌柜心中，商人与官吏之间的往来，想必就是拿钱换权吧？"古平原淡淡道。

"不然还有什么？"王天贵挑起眉毛。

"做事借势！"

"嗯？"

"当官的也有自己的烦心事，不做出政绩来，吏部考核一样过不了关。我拿出本事来帮他做事，而且做的都是有益于老百姓的事儿，这样他能升官，百姓得实惠，彼此皆大欢喜，我也心安理得。一旦我需要用上官府之时，他知道今后还有用我之处,自然也要投桃报李,可是我也不凭借官府力量去欺人,而是像今天这样借势而上。说白了,只是要借那一阵东风。好风凭借力,送我入青云。"古平原声音不大,却自信之至。

古平原离开禅房后,王天贵依旧望着桌上的《楞严经》出神,想着古平原的这个做事借势,过了好久才从唇缝里吐出两个字:"人才!"

3

打从这一天起,古平原一手办起来的佛门当当长生库就成了太谷县最赚钱的买卖!浴佛节当日来到无边寺的各地民众回到家乡把这件事一说,引来无数信徒纷纷前来当当。古平原事前想到了这买卖会红火,但是也没想到会红火到这种程度,每天直到长庚星升起老高,依旧是人流不断。

这些佛门信徒拿出一步一拜的架势,把大包小裹的东西从全省各处往无边寺运来,而且朝奉给多少价便要多少钱,从不争多论少。人家说了,佛门收当,不好讲价,这里面有一个供奉的意思,讲了价,心就不诚了。

当铺生意做到这种程度,要赚钱真是易如反掌。古平原一看这样,反倒是连番嘱咐几位朝奉,千万不可自坏名声,一定要把价钱给得合理,让人家觉得万源当的长生库是全省最公道的当铺,这样买卖才能长久做下去。

万源当名气大如天,伙计们待客的态度又好,给价又公道,银子每日如流水一般进账,这倒真是生意做不完了,可是太谷县里的其余当铺就倒了大霉。他们做梦也没想到万源当不仅能咸鱼翻身,而且还鲤鱼跳龙门,一下子成了呼风唤雨的神龙!他们缩在各自当铺里唉声叹气了个把月,后来眼见生意做不下去了,实在没办法,只得公推杜朝奉打头,备了厚礼来见祝晟。

"祝朝奉!"杜朝奉一头就磕下去,"我当初说了,要是你能破了城门当,我老杜就拜您为师,我说到做到,只求您手下留情,给我们指条活路。"

"哎!"祝晟闪身一避,"这成什么话?你是大朝奉,我也是大朝奉,谈何拜师?当初不过玩笑话,你何必认真。"

"可眼下的形势不是开玩笑的,省内别处的当铺总还留得住那不愿舍近求远的主顾,可是太谷县本土之地当当的人都跑到长生库去了,您让我们可如何做生意啊?"

"我还是那句话,买卖都是各家做各家的,平日你们赚了钱,不会分我万源当一分一毫,现在亏了本,总不该怪我们万源当生意做得太好了吧。"

众伙计听着祝晟奚落这些当初落井下石的大朝奉，个个心里解气。就听祝晟又说："再说，破了城门当的另有其人，你们拜我为师，我岂能受得起。"

杜朝奉愣了一愣，他当然知道长生库是那个疯子朝奉想出来的妙计，当下狠了狠心，也不起身，把身子一侧又对着古平原拜了下去，"既然如此，我拜古朝奉为师！"说着，眼里已经涌出泪来。

古平原吓了一跳，连忙也跪倒相搀，"各位都是老前辈，古某初入典当，不过是运气好而已，怎敢受这大礼。至于说到拜师，那更是折煞我了。"

杜朝奉惨然一笑，回头望望各家神色沮丧的朝奉们，开口道："古朝奉，您不必过谦了，杜某人实在是服了你了，我也能替大家说句话，咱们都服了你，只盼你能高高手，给我们一条生路。"

"这……"古平原把杜朝奉扶起来，看他一月之内仿佛老了十几岁，脸色黯淡无光，脑后的小辫都打了卷，又看看身后那些朝奉们祈求期盼的眼神，心里好生不忍，于是将祝晟请到一边。

"大朝奉，这霸盘生意恐怕做不得。"

"怎么，你心软了？你就不想想，当初他们是怎么逼咱们的，若不是你及时想出对策，只怕眼下万源当已经垮了。"祝晟一提此事就气不打一处来。

"我知道大朝奉想报一箭之仇，不过得饶人处且饶人，我说这话并不仅仅是可怜他们。您想想，都说咱们是佛心当铺，可是一下子逼垮了这么多家同行，敲了这么多人的饭碗，你可知道他们背后都有一大家子呢，真要是饿死病死几个，还不得有人指着脊梁骨说咱们假仁假义？口碑这东西，竖起来难，变起来快。到了那时，我们之前辛辛苦苦做的努力，只怕就要付之东流。"

古平原做了结语："为人为己，还是放他们一马的好。"

"好吧。"祝晟到底被他说动了，抬眼看看对面，"怎么做，就由你做主吧。不过，那家祥云当你也要救？"

"不！"古平原可没那么滥好心，"那个李东家，就让他自生自灭吧。"

"各位大朝奉。"古平原往店中一站，做了一个罗圈揖，朗声道，"既然大家今日赏脸来了，万源当一定给你们个满意的交代。我和祝大朝奉商量过了，从今往后，这长生库的生意，由我们与全城当铺一起做，逢双日我们收当，单日则由诸位轮流收当，你们看这样可好？"

这话说出来，在场的大朝奉都是又惊又喜，简直以为自己听错了。他们都是铜钱眼里翻筋斗的生意人，算盘最精不过，粗粗一算便发觉，虽然每个月只能做上一两天的"长生库"生意,可这是全省的生意,比起原先只做太谷县一县的生意反倒还要多赚了不少。

4

各方皆大欢喜,唯一灰头土脸的人成了祥云当里的李钦。他原本还认为虽然古平原想出了佛门当的招数,可是自己凭借城门当,至少也能与他分庭抗礼。没想到自己此前不过是釜底抽薪,如今古平原却连锅都端跑了,连口汤都没给他剩下。

"东家,四个城门当那么多的伙计无事可做还整日开饷,已经是一笔了不得的支出。最麻烦的是,之前那些当了东西的人居然有很多回来赎当,然后转手又把东西当到了长生库里,这下子我们损失惨重,实在是支持不下去了。"胡朝奉愁眉苦脸道。

"什么!难道万源当也在收我们的当票?"李钦竖起眉毛逼问道。

"不是这样,人家那些主顾是心甘情愿赎当,跟万源当没一点关系,谁让人家的佛门当比咱们的城门当高出一截呢。"胡朝奉只顾长吁短叹,没留神李钦的脸色已经越来越难看。

"东家,城里的当铺可都到万源当去服了软,也都在长生库里分了一杯羹,要不然咱也去求求那古朝奉……"

啪的一声,李钦面色铁青,把从洋行买回来的黑酒壶摔得粉碎!

太谷县当铺的诸位朝奉后来才回过味来,古平原说双日由万源当收当也不是随口一说,佛教的节庆大都在双日,可以说万源当把这些典当的好日子都占了去。此时这些朝奉已然服了古平原的心思,见到他时都是恭恭敬敬地打招呼,古平原没有一点倨傲的样子,见了谁都是和和气气,很快就在同业公会里博了个好人缘。

这天他正在无边寺的后门指挥伙计收当,忽然来了一个貌不惊人的细高个,绕过收当的朝奉和伙计,直奔古平原而来。

"请问是古朝奉吗?"这人说话的声音也与长相类似,又细又尖。

"正是,敢问您是?"古平原抱了抱拳。

"借一步说话。"那人神态诡秘,将古平原叫到僻静处,"古朝奉,我有九大箱金银珠宝想来当,但是送到这儿不方便,而且白天也不方便,想等晚上到城里本店去当。您派人把箱子挑到店里,这边只有我一个人,至于当铺方面,除了收当的朝奉之外，留一两个伙计也就够了，人多了不方便。"

他连说三个不方便，古平原不由得上下打量他几眼，就见这人衣着虽然整齐，但是眼里却露出些许奸诈之色，不像什么良善之辈。古平原心中有了提防，一指后面的僧舍，"那里就是长生库的库房，不分昼夜有当铺伙计和寺里僧人看守。你有什么宝贝，尽可到这儿来当，一定安全。"

这人古里古怪地一笑，"不是怕不安全，而是这里人多眼杂，再说我要当的是君子之财，放在佛寺里总有点……嘿嘿。"

"君子之财？"古平原心念一转，便已了然，这君子自然指的是"梁上君子"。原来是当贼赃！对此古平原很是厌恶。事涉贼赃，有人笑就有人哭，谁能保证这里面没有穷苦人的救命钱。

"对不住，不当！"古平原一口回绝。

"我这里面可有价值连城的宝物！"那人一下子急了。

"不当！"古平原想了想毕竟上门是主顾，自己也不能太冷口冷面，于是解释了一句，"若是被官府追查起来，我们吃罪不起。"

"你放心好了，上面没记号，都是好货。"

古平原根本就不考虑，摇了摇头拔腿离去。

那人看着古平原的背影，鼻子里哼地冷笑一声，低声道："算你运气好！"

当天的买卖又到很晚，做完最后一笔生意时月影已经映了树梢。古平原回到店里洗漱已毕，天边已然晨星寥落，沾枕头就睡着了。等他隐隐约约听见有人在大喊大叫时，一睁眼天已经大亮了。

他一轱辘身爬起来，往外就走，迎面正撞上金虎。

"外面什么事？谁在喊？"古平原急急问道。

"是祥云当早起来上铺的伙计，见大门虚掩着，进去一看，发现铺子里出大事儿了。"

"我去看看。"古平原三步并作两步来到街上，这时候祥云当的大门已经大敞开，耀眼的阳光照进去，瞧得是清清楚楚。就见李钦和胡朝奉以及两个伙计被剥得赤条条地如同捆光猪一般捆翻在柜台前的水磨青砖上，嘴里面还堵着几块脏抹布，正在呜呜直叫。

门外面站着一个手足无措的伙计，正在扯住一人叫着："快、快点去县衙报捕快，铺子里遭贼了。"

这条街上本就热闹，这一嚷嚷开，一传十，十传百，眼见平素衣着光鲜、目中无人的当铺财东、朝奉眼下身无寸缕地被捆在自家铺子里，这个热闹谁不要看？祥云当前面顿时挤满了人，不多时已是人山人海。就有那好事的人问伙计："这怎么回事儿啊，当铺是有名的防贼严，天黑上铁门闩，除非失火不开门，怎么就被贼进了去？再说铺子里值夜看库的伙计也不该只有这两个啊？"

那伙计手脚抖得不行，声音都发了颤："我怎么知道啊。昨天李东家和胡朝奉接了一个细高个的主顾，然后就命我们从城外抬进了九口大箱子，之后留了两个伙计把我们都撵了出来，我看得清清楚楚，关门时铺子里就那细高个一人。"

古平原听得清清楚楚，别人不知道怎么回事，他可是一下子就明白了个八九不离十。想必是白天那伙梁上君子，诱骗自己不成，可是贼不走空，就把主意打到了祥云当身上。至于李钦，这些日子生意赔得惨，对那九口大箱子里的金银珠宝自然是垂涎，贪念一动，也不管什么贼赃不贼赃，便陷入了人家设好的圈套中。那九口大箱子里面必定个个装的都是一个手拿钢刀的强盗，李钦能保住一条命，也算是万幸了。

他见那伙计乱了章法，只顾与人解说昨日之事。又见李钦把眼珠子都要瞪得努出来，蹬手蹬脚在地上死命挣扎，那副狼狈相尽数落入众人眼中。古平原初看时也觉得称愿解气，可是后来听身边人嘻嘻哈哈，他虽然恨极了李钦，却不想让他丢了生意人的脸，于是上前拍了拍那伙计的肩膀。

"你该先把柜上人的绳索解开，就这么敞天晾着，难道说是唱大戏不成。"

一语惊醒梦中人，那伙计急忙又跑回来解绳子，只是手抖心颤，绳结又紧，忙乎半天也没解开，反倒是引来外面人一阵阵的哄笑。古平原见没人肯帮忙，摇了摇头，亲自走过去解开李钦手脚上的绳扣。

李钦挣扎着就要站起身，可是捆得久了手脚发麻，刚直起身膝盖一软，咕咚一声又栽倒在地，恰如同对着古平原跪下一般。古平原犹豫了一下，伸手想扶一把，李钦用力把他的手一推，咬着牙站起身。

他躺着还好，这一起身更是惹来哗然大笑。李钦脸色阵青阵白，浑身颤抖着，恨不得有个地缝钻进去。古平原心中暗叹一声，脱下身上长衫要递给他遮羞，这时忽听身后传来一声闷哼："不必了！"

古平原回头一看，是张广发得信赶了来。他冷冷地瞥了一眼古平原，走过来伸手一拨，将古平原拿着衣服的手拨开，又将自己披着的大氅裹住李钦，看着这位从小带大的钦少爷，又是生气又是心疼，轻声说："钦少爷，咱们回去吧。"

他扶着像霜打了茄子一样的李钦往外走，扫一眼门外围观的人群，神色不怒自威，人群不自觉地就闪开一条道路。

古平原看着李钦一败涂地的背影，耳边听着胡朝奉"这下全完了"的号哭声，心里也说不上是个什么滋味。李钦的失败固然是因为他贪心，但也是因为自己把他逼到这个份儿上。现如今真的应了自己当初说的话，让李钦走投无路了，他是自己的仇人，但抛开个人恩怨，他也是一个生意人，古平原如今已经把做生意融入了自己的血脉之中，看着祥云当如此下场，不免有些悲天悯人。身边万源当的伙计见对头倒铺，个个笑逐颜开，只有他接连几日愀然不乐，想起当初李钦在典当行风头一时无两的样子，还隐隐有些戒盈戒满的恐惧。

5

古平原对于危险的到来一向有一种超出常人的预感，这一次他也是对的。就在这几天之中，万源当又发生了一件大事，正所谓乐极生悲，顿时陷入一片凄风惨雨之中。

"二朝奉，这是上次写满的账册，您对一下吧。"伙计拿过一本黄皮簿子递给丁二朝奉。

丁二朝奉见暂时没有人来，回手拿过那本账册，翻开来看时，只见上面第一行就写着"某某村某某善人于某年某月某日，敬献佛前供奉铜灯一对，长明烛一百支"。

丁二朝奉一愣，再翻几页还是如此，记的都是各地施主布施的银钱物件，而且簿子上的墨迹虽然新，但是记的都是几十年前的旧账，看来是老册新抄。他一转念就明白了，当铺借僧舍作为临时账房，一间屋子劈开两半，左边的桌子放的是佛寺册簿，右边的桌子才是当铺的账册，想必是那个新来的学徒弄错了。丁二朝奉哑然失笑，正要唤伙计过来斥他毛手毛脚，让把册子重新拿过，忽然一行文字吸引了他的目光："乙未年六月初六，太谷县泰裕丰掌柜王天贵敬献大莲花缸一口，佛前不灭明灯一盏。"

丁二朝奉自从那日为祝晟出头，冲口得罪了王天贵，几次见他都对自己目光阴寒，知道这位大掌柜睚眦必报，早晚有一天会找自己算账，心里一直忐忑不安。所以他对王天贵的名字很是在意，而且他发现"乙未六月初六"这个日子好像也不陌生，"那是二十五年前……"他努力想着，拍了几下额头，终于恍然间想起来了。

"那不是祝大朝奉的老父忌日吗！"

他想到了这一点，忽然之间脑子里闪过一个念头，遽然起身，拿着这本册子翻了几番，就见上面记的都是乙未年的布施记录，却再无王天贵的名字。他脚步匆匆来到账房，不去自家的桌案，却来到放无边寺册簿的桌前，伸手捡了几件，找出乙未年后的簿子，翻查起来。

"丁施主。"这房中的抄写和尚已经与他相熟，笑着问道，"你这可拿错了，当铺册子在那边呢。"

"我知道，我要查些东西，你们自去忙，不必管我。"

和尚不知道他要查什么，反正也不关己事，于是便只管伏案抄写。也不知过了多久，就听嗤的一声，抬头看时丁二朝奉从册簿上扯下一页纸来。几个和尚同时大惊，"丁施主，这是底册，撕不得。"

丁二朝奉恍若未闻，接连又从几本泛黄的簿子上撕下几页纸，然后转身向外就走，任那些和尚如何叫喊，并不回头。

"大朝奉，您看懂了没有？"丁二朝奉指了指桌上的那几页纸，"这不是全部的抄录，我只拿了其中的四页，但已经是明明白白了。王天贵这老小子就是个杀人不眨眼的王八蛋！"

他方才离了无边寺，直奔本店来找祝晟，将其请入后院房中，把自己在寺院里的发现一五一十说了出来。

祝晟眯缝着眼睛，一张一张看着那几页写着"某年某月某日，王天贵敬献灯油灯盏"的纸，特别是那张乙未年的记录，让他盯视了许久。

"这一张是毫无可疑的吧。"丁二朝奉说，"令尊就是那一年被王天贵坑害丢了买卖，这才一病不起，当天他就往无边寺的佛祖宝座前送了一盏不灭莲花灯供奉，这不是做贼心虚怕遭恶报又是什么？"

"还有这张。"他又拣出一张，"全县都知道，卖羊肉的高老五欠了他票号里的债，苦苦哀求延期一月，他非要收人家赖以为生的羊肉床子抵债，高老五一家三口这才喝了耗子药。第二天他又往寺里送了三盏灯！"

"去年枯河发水，死了那么多乞丐，有传闻说王天贵为了报复乞丐捉了他养的信鸽让他损失了一笔大生意而下的毒手，我还不信，无冤无仇弄死那么多乞丐做什么？可是您看看，就在那几天，他在无边寺写了一笔二百两银子的缘簿，还送了三口莲花缸，点了二十几盏灯。这都是再清楚不过的自画供状啊！"丁二朝奉用手指连连敲着桌面，也不知是气是怕还是激动，身子有些微微发抖。

祝晟皱着眉头沉吟不语，开口问道："你打算告他？"

"我一定要告！"丁二朝奉原本是想和大朝奉商量此事，祝晟这一问，他忽然间做了决定，"一是为大朝奉你出口气，二来高老五是我表弟，他的儿子是独苗啊，死得这么惨……"

"可他是仰药自尽的。"祝晟截住他的话，"我父亲也是病亡，至于那些乞丐，时过境迁留下的都是些没根没梢的传言。"

丁二朝奉本来一腔热血，见祝晟神态冷淡，不由得愣了一愣，"您、您不赞成我告？"

"没有证据，就凭这样几页轻飘飘的纸，想告垮王天贵这条老狐狸那是痴心妄想。"

"有！我有证据！"丁二朝奉一听这话，拿起了最后一页从无边寺册簿上撕下的纸。

"这也是去年的缘簿上扯下来的，上面记着王天贵在大寒之日往无边寺送了几百盏莲花灯，而且还无缘无故请僧人念了三天三夜的往生咒，说是怜惜孤魂野鬼寒冬腊月无家可归，看起来好心，可要是把这事儿和方才那几件事儿连在一起看……大朝奉，您还记不记得，去年秋收到入冬之间，咱们县哪儿一下子死了好几百人？"

祝晟想了想，猛然记了起来，脱口而出道："油芦沟村的那场瘟疫！"

"正是！"

"可那瘟疫是天灾，与王天贵有什么关系？"

"您别忘了，县里向省里请赈，买药做成药粥施给村民，结果全不见效，依然死了那么多人。当时年底正赶上藩库封账盘查，代藩库垫这笔银子并经手买药施粥的就是泰裕丰！"

"你是说他吞了一笔银子，然后……"祝晟话没说完，已是激灵灵打了一个冷战。

丁二朝奉点点头，"您现在知道他的心比锅底还黑了吧！这种昧心钱他也敢赚，真是罔顾天理人情。我就不为别的，只为这一件事也要告倒他！"丁二朝奉还有一句话藏在心里，他发觉王天贵的凶狠毒辣超出常情之后，原本心里的担忧如今变成了莫大的恐惧，自己得罪了这大恶人，将来的下场只怕不会好过表亲高老五和那些乞丐。要光是自己也还罢了，眼下孩子即将出世，一落地就要面对如此凶险，丁二朝奉一念及此心像油烹一般。他铁了心要告倒王天贵，说是为了祝晟、为了表亲、为了那些乞丐和村民，其实最大的原因还是要保全自己的孩子。

"我还是那句话，这些都是臆测，做不得准。王天贵与陈知县是拜把兄弟，堂上不会准你这种没有实据的状子。"

"我也不敢到县里去告。"丁二朝奉声音有些发闷，"不过大清朝总该还有清官吧，我直接告到省里臬司衙门去，省里不行就告到京里御史衙门。这事儿明摆着如此可疑，只要派人下来追查，一定能查出蛛丝马迹，就怕没人去捅这层窗户纸。"

祝晟连连摇头，"难，难哪。"

丁二朝奉道："说句实话，我也怕这王天贵，但是与虎为邻，你不去打虎，老虎早晚有一天要来吃你，所以我这一次是下了决心。"

祝晟不禁撩起眼皮看了他一眼，二人相处已有十几年，没想到丁二朝奉平日不吭不哈还有这份见识。

"大朝奉，我已经想好了怎么去做这件事，并不要你出头。因为人人都知道你与王天贵有私怨，你若出头无私也有私，只怕于事无益。"

"那你来找我，又所为何事？"

"您也知道我内人即将诞育，我是怕这场官司打起来旷日持久，如果我要是作为人证被提到省里或是京中，羁縻待审，那么我的家小还请大朝奉照顾。"

丁二朝奉说完，也不待祝晟再次劝阻，收起那几张纸就走。他一推开房门，就看到三朝奉站在院当中。

"你……"

"我来找大朝奉回事。"三朝奉神色如常，不像是听见了机密的样子。丁二朝奉狐疑地看了他几眼，这才举步走到外间，见金虎正在往大库里搬东西，心中便是一动。

"金虎，你跟我来！"

金虎跟着丁二朝奉出去，直到快关板才回来。他一向嘻嘻哈哈，今天看上去却颇有些魂不守舍，于是便有人打趣说他必定是这些日子得柜上的赏钱多了，到花月楼狎妓去了。

金虎也不分辩，躺到自己的铺上和衣而卧，却是翻来覆去难以入眠，睁大了眼睛直勾勾地望着天花板，想着方才听到的话。

丁二朝奉本想直接到臬司衙门去击鼓递状，被祝晟提醒后，也越想越觉得此事应该慎重，于是改了主意，想先将状纸贴到臬司衙门门外，最好能将这骇人听闻之事张而广之，引得一片哗然，民声鼎沸，若能再引得一两个巡察御史过问，那就再好不过，此时丁二朝奉再出面递上状纸，自然没有不准不查之理。

这件事要留在省城几日观察动静，倘若省里的衙门也与王天贵沆瀣一气，那就要另做打算，所以要派一个不容易惹人注意的人去，以免打虎不成遭反噬，于是丁二朝奉想到了金虎。金虎入铺是他做的保，一向对其照应有加，又素知其人热心肠，早对王天贵不满，故此考虑再三，决定拉金虎一起行事。

这事儿实在太大，金虎乍听之下也是咋舌不已，喃喃道："就凭咱们两个，就想对付王大掌柜，能行吗？"

"难道眼睁睁看着他这样为非作歹！"丁二朝奉知道光是晓之以理不足以打动人心，金虎家贫，要他出力还要动之以利，"只要王天贵一倒，咱们帮着大朝奉收回当铺，你到时就是有功之人，我保你拿上两厘身股。"

金虎怦然心动，伙计只有当上朝奉又或者干上十年无大错，才能拿一厘身股，两厘就需要二十年。万源当如今是红得发紫的买卖，两厘身股的银子只怕自己老家村子里的那些财主听了都要眼馋流口水，拿回去孝敬爹娘再娶上一房俊媳妇，想着他不由得咽了一口唾沫。

"买卖如今做得红火，谁能保证王天贵不另打主意。万一他辣手逐走了大朝奉，清理旧人，你这三年的学徒苦可就白吃了，又拿什么钱去奉养爹娘？"丁二朝奉不断晓以利害，观察着金虎的神色。

金虎的脸色一变再变，终于慢慢点点头，"二朝奉，你说得不错，这事儿我要学学古朝奉走黑水沼，拼他一把！"

他虽然答应了下来，但是心里难免七上八下，眼下他最佩服的人是古平原，原想和他商量一下，但丁二朝奉严令他要保守秘密，特别提到古平原。

"你既然说到古朝奉，这个人看不出有什么坏心，也确实有本事，可他毕竟是王天贵荐到柜上的，你要特别加意提防，万万不可在他面前漏出一个字。"

金虎躺在床上，一会儿担心事机不密被王天贵知道报复，一会儿又被那两厘身股诱惑得心潮起伏。平素躺下就能酣然入睡的小伙子，这一夜被心火煎熬得翻来覆去难以入眠。

直到四更天他还大睁着眼睛，知道一夜宿头错过，干脆翻身爬起，走到屋外去散心。他看前厅好像有灯火闪动，过去一瞧，原来是古平原正在伏案读书。

"起得这么早？"古平原听见脚步声，回头见是金虎，笑道。

"我睡不着。四朝奉，您怎么还没睡？"

"分了两个店后，账册稍显杂乱，我把重叠的支出账算算，后来走了乏，干脆看看书。"

"四朝奉，您以前是读书人吧？"古平原的过去在当铺无人知道，但是看他说话办事的气质，金虎自然而然有此一问。

古平原并不否认："读书可以养气，人人都应该做个读书人。更何况书读得多了，办法自然也多，就像这次的长生库，你们都说是我福至心灵，但若不是在书中看到前朝记载，又哪里能把佛寺与当铺联想在一起。"

古平原停了一停，又道："金虎，你也应该多读些书。"

金虎腼腆一笑："我又不考学，识字不过为了认当票而已，读书又有什么用？"

古平原道："你那日不是要拜我为师吗？我虽然不敢忝为人师，但是有空倒是可以教教你书本上的道理，将来做生意独当一面时也会与众不同。"

"好啊！"金虎脱口而出，古平原要教他读书做生意，丁二朝奉又给自己画了一条康庄大路，他不禁眼中充满了憧憬，"四朝奉，不瞒您说，我爹娘都是老实巴交的庄户人，我这辈子最大的想头就是在县城里买栋房子，把他们接过来住，让我爹也能总到澡堂子里泡泡。"金虎边说边不好意思地笑了笑。

"你用心做事，一定行的。"古平原最喜欢有孝心的年轻人，温和地点头鼓励着。

金虎和古平原一直聊到鸡鸣，把自己对人生的向往一股脑都说了出来。古平原大多数时候只是微笑着倾听，偶尔插上几句。看着金虎，他仿佛看见了当初背着行囊走上漫漫山路，赴京去赶考的自己。只是他却没有想到，这次与金虎的长谈却也是他与这个年轻人的最后一次交谈。

"二朝奉，我爹来信儿说家中有急事，我想请几日假。"几个时辰后，当铺刚刚卸板开门，金虎便对着走进当铺的丁二朝奉说道。

古平原正打算去长生库，闻言不禁一怔，他昨夜与金虎彻夜长谈，怎么没听他说起此事？

丁二朝奉毫不意外地点头："去吧，不必着急，把事情办稳妥了再回来。"

"是！"金虎答应一声，拿起打好的行囊，走过古平原身边时，避开他探问的眼光，径直出了当铺大门。

金虎搭了一辆行驿的马车，没入夜就已经来到了汾都府。这里是省城，各种大小衙门无数，因为省境之内有西征军出没，所以有来往军卒巡视穿梭。金虎原打算先把丁二朝奉写好的几张告示贴到巡抚和知府衙门等处，然后再找地方投宿。现在看风头不对，只好先入住一家便宜的客栈，等待天黑下来之后再找机会。

夜幕低垂时，金虎来到巡抚衙门外。他很是机灵，发觉这城里的守卫士卒都是外紧内松，打了更后便懈怠起来，时不时聚到门房处喝热茶聊天，大门两侧的雪白围墙此时便失了看守。

金虎心中暗喜，找个僻静地方刷了糨糊，拿出布告来三步并作两步就要往衙门高墙上贴，就在这时，身后冷不丁有人轻轻拍了拍他的肩膀。

"谁？"金虎一哆嗦，扭头看去。

一只毫无感情的眼睛正在冷冷地盯着他，而另一只则藏在歪戴的帽子里，金虎的心立时如同坠入了无底的冰湖，一直在往下沉去……

6

这一夜，李钦从噩梦中猛然惊醒，汗水打湿了被子和枕巾。俗话说，人怕丢脸，树怕剥皮，他受了这样一场奇耻大辱，生意也就此倒铺，自从含恨而归，就把自己关在房里整日闭门不出。起初夜夜无眠，后来又整日大睡，但是无眠时眼前晃动着无数嘲笑自己的人影，睡着时却又跑到了梦中，其中还夹着一个苏紫轩，脸上却都是一个表情——讥讽！

"败军之将！"

"真是把京商的脸丢到大街上了。"

"还以为你有多大能耐，不过是银样镴枪头，废物！"

不多时，这些原本面目模糊的人影忽然又变化成了几张清晰的脸，那是他爹李万堂。

"你是我的儿子？哼，老鼠生的儿子还会打洞呢，真是狗肉当不得酒席！"

李钦气急败坏地刚要反驳，李万堂早已不管不顾地转过身去，他伸手想扳过李万堂的肩，可是那肩膀硬如铁石怎么也动弹不得。正在他筋疲力尽想要放弃之时，李万堂的头忽然转了半圈，一张脸冲向背后瞪着他，却变成了古平原的面孔。

"钦少爷，你输了！"

"啊！"李钦大叫一声坐起身子，耳边正听得俗名断魂的四更梆响。

"李少爷！"门外忽然传来一声唤。李钦惊魂未定："谁？"

"小的是张掌柜的长随，掌柜吩咐我等在少爷门外，听你醒了便请过去议事。"

"告诉他，我不去。"李钦也不是呵斥，他早就没了这份精神，语气中懒懒的。

"张掌柜说，请少爷到西跨院去，是西跨院。"那长随把后面几个字咬得紧紧的。

"西跨院？"西跨院是这大平号最深的院落，自从张广发来到大平号，先是将这跨院封起来，随后再打开时却又命人拿着钢刀守在门前。除张广发亲自安排的几个伙计外，还有些人进去就没再出来，只是从每日送进去的食盒能看出，院中人数非少。

李钦对这神秘的西跨院早就好奇万分，但是张广发万事好商量，唯有说到这件事，就如铁面包公一般，把口封得死死的，别说让李钦进去看看，就连里面有什么，至今一个字也不肯吐露。

今天他忽然叫人把李钦请到西跨院，李钦虽然心境灰恶，但毕竟是少年人心境，这份诱惑却也难挡，犹豫了半天还是穿衣起身，也不洗漱就这样推开房门。

李钦住的本就是内院，沿着抄手游廊走过二门，他心神恍惚，路上险些被"泰山石敢当"绊了一跤。西跨院前依旧是不分昼夜有两个伙计提着钢刀看守，李钦看他们骨节粗大，一脸横肉，很疑是张广发特意请来的护院。他试着往前走了两步，那二人挡在门前纹丝不动。

"李少爷来了，放他进去吧。"那长随递上一个牌子，李钦这才知道原来进西跨院就像进皇宫一样，要递腰牌。他不禁好奇心更盛，忽然又有些害怕，他一下子想到，难道说、难道说自己的爹爹李万堂一直藏身于此，在暗中布置对付晋商的计略。他大败之余最怕见的人就是李万堂，一念及此几乎要拔脚而逃。

"哗啦……"刀环声响，那二人往左右一分，让开通路。李钦迟疑半晌，还是迈步进了西跨院。他一步迈进去，身后大门随即又紧紧关上。

一路上都有挂在墙上的灯笼照亮，唯有这个院落里无火无烛，偏这夜乌云遮月，漆黑一片。李钦目难视物，也不知黑暗中究竟有些什么，唯有紧张地背靠着门，瞪着眼睛四处看。

忽然一人悄无声息地碰了碰他，李钦几乎失声叫出来。

"钦少爷，是我。"是张广发的声音，李钦这才松下一口气。

"来，这边坐。"原来檐下有几把竹椅，张广发拉着李钦的手，让他摸索着坐下，自己也坐着相陪。

"你、你找我干什么？"

张广发没答李钦的问话，声音仿佛从很远的地方飘来。

"被人剥掉裤子的事儿，我也有过一回。"

"嗯？"本来一直低着头的李钦转过头去看向张广发，他的侧影在黑暗中隐约可见，像极了一只作势欲扑的豹子。

"十几年前，我还没脱奴籍，还是府上的一个仆人。有次到街上去给夫人的小厨房买食材，要选的是上好的芝麻酱。"

这李钦知道，母亲夏天胃气弱，最爱吃芝麻酱面。

"这种酱虽然满大街都是，却不好买，因为夫人只爱吃产自东北沃野的黑芝麻制的酱料，可市面上卖得多的，大部分是用热河一带的芝麻滥竽充数的。"李夫人是出了名的嘴刁，好不好不必尝，闻一闻就知道。那一次张广发就一时大意买错了。

"我受了夫人的责骂后气不过，于是端着面碗来到那家芝麻铺，一定要掌柜的给个说法，他却哪里肯认账，反说我无理取闹。我也是年轻气盛，堵着大门口骂，结果把人家惹恼了。我势单力孤，终归是逞强逞错了地方，人家几个伙计一拥而上，扒了我的裤子，还用面汤浇了我一身，整个市集上的人都围过来看，里面还有不少大姑娘小媳妇，我的脸啊，那一次可算是丢到家了。"

要放在从前，李钦早就笑出声了，可现在却笑不出来，怔怔地问了句："后来呢？"

"后来有人劝我借李府的势力去报复，说什么打狗也要看主人，只要我在老爷夫人面前说那芝麻铺掌柜对李家如何不敬，老爷弹弹小指头，就能叫他喝上一大壶。不过我没这么办！"

打从那天起，张广发把自己每个月的月钱都攒下来做一件事——卖芝麻酱。他每日利用闲暇时机到那家芝麻铺前摆摊做买卖，卖的是真正不掺假的上好东北芝麻酱，价格又公道，比那铺子里卖的还便宜几分。他虽然本钱薄，可是刮风下雨不误摆摊，口碑立了起来之后主顾渐多，他也不涨价，就像把货真价实这四个字刻在额头上一样。货量虽少，可是人们宁肯等上一两日，也要来他这儿买芝麻酱。到了这个地步，芝麻铺的掌柜告饶了，托人来说情，宁可将铺上的利润分些给张广发，请他挪挪地方，不要毁了自家的生意。

"你答应了？"

"没有。"张广发的声音冷硬无情，"我一直做了三年，眼睁睁看着那家掌柜当了衣物还债，抹着眼泪关门倒铺，这才收了摊不干。等到我回到府上，老爷早等在门前，原来他已看了我三年，此时一把火烧了我的卖身奴契，说从今天开始，走进这个门的，是京商掌柜张广发。"说到这儿，张广发的声音里出现了一丝颤抖。

李钦也不禁为之动容，想了半晌说："张大叔，你是要告诉我，做生意只要有股子韧劲儿，迟早能打败对手。"

"对！我还要对你说，银钱既然是凉的，你的心就不能是热的！老爷之所以看中了我，让我做京商大掌柜，不是因为我赢了芝麻铺，而是因为我始终没有心软，把这个对手彻底打垮了。做生意就要冷血无情，不仅不能同情对手，而且不要可怜自己，受一次打击便一蹶不振，那是成不了大生意人的。"

李钦听到这儿，这才明白张广发叫自己来的用意，他长长吸了一口气，又吐出来。

"张大叔，你的话我听懂了。"

他顿了顿，又艰难地挤出三个字："……对不起。"说着泪水已经夺眶而出。

张广发伸出一只手，像小时候带李钦玩儿那样，抚了抚他的头顶，虽然没有说话，却尽在不言中。

李钦擦去眼泪，把目光转向院子中，这时天光已经蒙蒙亮，他猛然瞧见一物，骇然起身，目瞪口呆地盯着它看，过了好半晌才慢慢扭回头看向张广发，用手指着院中的东西，异常震惊地问："这、这是……"

张广发的身体依旧隐在黑暗中，声音里带着秋风扫落叶般的寒意，"这是法宝！专门用来对付晋商票号。有了它，那些票号的下场不会好过我方才说的那家芝麻铺。"

李钦再转过头，仔仔细细盯了那东西几眼，眼中渐渐流露出一股报复的快意。

"古平原，这次我让你也输得脱裤子！"

7

如意从王天贵房里出来回到自己房里，一路上不时回头望望，面露疑惑之色。她在青楼练就的本事，自信不会辨错人，虽然只在门缝处匆匆一瞥，但那个装在麻袋里露了半张脸的，分明就是上次随古平原来大院送家具的当铺伙计。

"玉儿，你去老爷旁边的那间屋里，把我的那只荷包找了来。记着，老爷正和人谈事儿，别弄出响动。"

常玉儿默默无声地点头起身，对于如意的吩咐，她一向都是很少答应，但做得很好。

常玉儿自己也不愿惊动王天贵，所以把脚步放轻。荷包就在显眼的地方，常玉儿拿了就想走，忽然耳边听到了一声极细微的言语。

"朝奉？"常玉儿听出是王天贵的声音，说的又是朝奉二字，立时便引来她的关切。她是这房子的旧主人,办法自然多的是,将窗子打开一扇,这样隔壁的声音便清晰可闻了。

就听王天贵问道:"除了丁朝奉呢,还有什么人指使的你?"

"没、没有了。"一个微弱的声音费力地喘息着,"真的没有别人了。我都说了,王大掌柜你就饶我一命吧。"

"唔。"王天贵应了一声,接着常玉儿就听一声闷哼,然后是一人咕咚倒地。

屋里好半天没人说话,常玉儿正等得焦急,王天贵已开了口,他先是语气阴沉地自言自语:"哼,为油芦沟村那群病死鬼出头,他这是自己找死。"接着又道:"做得利落些,要是发现还有别人牵扯其中,也一并干掉。这事儿要快,就在今天办。"

"是!"这一声干巴巴的答应让常玉儿的心猛地缩了起来,那如同老树扭曲的根一般古怪的喉音,让她一下子听出屋中另外一个人正是王天贵的护院——歪帽。

"古大哥!"常玉儿雇了一顶小轿抬到无边寺,匆匆给了脚钱,在后门设当处找到了古平原。这时候天色已经黑了下来,古平原见她这么晚还来找自己,知道一定是出事了,心里也是一紧。

"常姑娘,怎么了,难道是老爹……"

常玉儿摇摇头,"我方才在老宅子里听到几句话,事涉你们当铺的朝奉。"说着常玉儿把听来的话一讲,听到丁二朝奉、油芦沟村这些话,古平原的脸色顿时大变。

"我知道了,常姑娘,你先回去吧。"古平原来不及多说拔腿就走。

常玉儿心神不宁地回到王宅,穿堂入室走回到自己的卧房。她低着头进了屋,冷不丁看见有人坐在自己床上,吓得退了一步,这才发觉如意正似笑非笑地看着自己。

"回来了?"如意的眼神仿佛看见了落入陷阱的猎物。

古平原回到城中当铺一问,有人说方才来了个人报信,说是丁二朝奉那被送回乡下娘家养胎的媳妇难产,让他赶紧回去照应,丁二朝奉一听便慌里慌张往北门去了。

古平原也急急忙忙随后追去,他毕竟年轻脚程快,走到城外十里的一处松林山冈,隐隐约约借着月光看到前面有一人,看上去很像丁二朝奉。

"二朝奉!"古平原松了一口气,张口一呼。

丁二朝奉听见古平原的呼唤,匆忙赶路的身形一滞,回过身望向来路。

古平原放缓脚步，正待走过去，忽然他的眼睛恐怖地睁大了。只见一个黑影从松林里无声无息地闪了出来，直奔着丁二朝奉而去。

古平原想喊，喉头却仿佛窒息了，手倒是抬了起来，一根手指微微颤抖着指向丁二朝奉的身后。

丁二朝奉一愣，才一回头之际，就觉得脖颈侧面一凉。他还没明白是怎么一回事儿，伸手捂住脖子，讶然地望了望突然出现的歪帽，这才发觉鲜血如箭般激射出来，从指缝间汩汩流下。

歪帽的身形早已鬼魅般避到另一侧，身上连一滴血都没沾上。他冷漠地看着丁二朝奉摇晃着的身体和眼神中透出的恐惧，伸手轻轻一推，丁二朝奉仰面朝天摔倒在地，身子扭曲几下便不动了，脖子上喷出的血随着心的停跳而减弱了许多，在黑夜中像一条墨蛇一般弯曲着流向古平原脚下。

古平原看着歪帽干净利落地杀人，不仅来不及阻止，而且连叫的力气也像是从身体里被抽走了，人像被雷殛了一般，只能目眦欲裂地定定看着。

歪帽就仿佛没看见他这个人一样，转身回到松林里，却是转瞬即出，肩上扛了一个大麻袋，走到丁二朝奉的尸身旁。麻袋里的人嘴被堵着，一看见丁二朝奉的死状立时"呜呜"直叫，拼命摆动着身体，企图挣脱歪帽的控制。

金虎！

古平原惊怖到了极点，这才如同火山爆发一般，猛然大吼一声："别杀他！"

歪帽瞄了一眼古平原，眼神中带了些嘲笑的意味，然后一刀扎在了金虎的心口。

又是一刀毙命！金虎临死时眼睛一直在望着古平原，古平原也呆呆地望着他，慢慢地看着那双昨晚还充满了希冀的眼睛逐渐变得死板无光。

歪帽并不把刀拔出来，而是将刀柄放在丁二朝奉的手里，又让金虎的一只手揪住丁二朝奉的衣襟，然后站起身，仔细打量了一下现场。

"这二人是互刺而死，那我呢，你打算让我怎么个死法？"古平原忽然开口道，声音中充满了悲愤。

歪帽一声不吭，奔着县城的方向从古平原身旁走过，竟是对其视若无睹。

古平原霍然回身，用尽全身力气叫道："你为什么不杀我?!"

这一次歪帽终于有了反应，他缓缓转回身，走了几步来到古平原面前。

"我只杀人，不杀狗！"

古平原忽然笑了，声音中带着难言的讥诮，"你是说我和你一样，都是王大掌柜养的一条狗？"

歪帽既不恼怒也不否认，却像理所当然一样看了看古平原，又垂下眼皮。古平原忽然觉得胸中涌上一股极大的怒火，"我告诉你，人就是人，把人当狗的，才是真正的狗！"

回应他的是比夜还寂静的沉默。古平原不甘心地继续说："你不把自己当成狗，别人也不会这样看你。"他犹豫了一下，毅然道："如果你愿意的话，我们可以一起对付王天贵！"

歪帽的目光这才撩起眼皮扫了一眼古平原，嘴角忽然露出一个古怪的笑容。

"你错了，我就是一条狗！"说着把低垂的手向胸前一举，一道寒光闪过。古平原这才发觉歪帽不知什么时候已然拔刀在手……

天光还未全然放亮，王天贵就已经在卧房中绕了七八圈了，眼光却是不离地上昏倒的一个人。他捻着狗油胡沉思不语，不时还抬眼看了看一旁面无表情的歪帽。

"没想到出手一向没有活口的老歪这一次居然手下留情，留了这姓古的一条命。"王天贵琢磨着，神色犹疑不定。

"你为什么不杀他？"他忽然开口问。

"你只让我杀两个，这第三个我带回来让你决定。"歪帽回答得很快。

王天贵情知这不是老歪的心里话，但是也知道要是他不想说，没人能逼出一句话来。过了许久，王天贵依旧是沉吟未决，他是真舍不得古平原的商才。这个人在万源当铺已经证明了自己是个生意场上的利器，遍观泰裕丰总号分号以及下面的这些买卖，就没有一个人赶得上他，这个人用好了，对自己来说无异于如虎添翼，要说声杀，还真是难以舍弃，更何况眼前就有一件亟亟需要古平原出马去办的事儿。

"老爷。"窗外有个亲信家人叫道，"知县大人派人来告知，说是咱们买卖上出了人命案子，要是老爷有空，请到北门外去看看，也好一同商议如何处置。"

王天贵一听就明白，必是丁二朝奉和金虎的尸体被人发现了，这是意料中的事儿，反正老歪做事手脚一向干净利落，绝不会留下什么破绽。

"备轿，我这就去。"说着低声向老歪吩咐了一句，"把他锁到后院马号里，等我回来再做计较。"

王天贵匆匆出了前门而去，后房里常玉儿却正在忐忑不安中。她昨天傍晚去向古平原通风报信，回来后如意就一直旁敲侧击地打听自己的去向。常玉儿想到自己到王天贵卧房隔壁去听壁角是出自这位如意姨太太的差使，心里不免七上八下，总觉得她是有意为之。

她刚站起身想再去外面打听消息，房门却吱呀一声被如意推开了。常玉儿猝不及防吓了一跳，如意却没在意她的脸色，只是紧盯着她的双眼，目光中流露出异样的光彩。

"玉儿，你说实话，昨晚去哪儿了？"她的笑容里有一丝邪恶的味道。

常玉儿不知怎的心里忽然慌得厉害，强自镇静着答道："我不是说过了嘛，去买胭脂了。"

"是吗？可我记得有人给你买了京西胭脂铺的胭脂，你可是到现在也没用过，为什么又巴巴地去买新的？"

"这你管不着！"旁人提起古平原都没事，唯独如意一提，常玉儿就觉得心里一阵腻味，仿佛又看到了那晚的情形，不由自主地提高了声音，将头偏向一旁。

如意却是不恼，反倒贴近了常玉儿的身前，轻声说道："我管不着却猜得到，你是为了留着给那姓古的上坟用吧？"

"你说什么？"常玉儿万不料她会说出这样一句话，回过头又惊又怒瞪视着如意。

"我可不是吓唬你，你要是还想见那姓古的一面，就老老实实告诉我昨晚的事儿。"如意敛了笑容，板起脸说道。

常玉儿定睛往如意脸上看去，却看不出丝毫虚言恫吓的意思，再加上昨日听到王天贵和老歪的一番对话，更是觉得事情不妙，犹豫片刻便把事情经过一五一十讲了出来。

"唔、唔……"如意边听边点头，王天贵和老歪这两个人她都太了解了，再加上方才在宅子里转了一圈，所见所闻汇在一处，整件事的前因后果立时如在眼前。

"你说实话，我也告诉你实情。那个万源当铺的丁二朝奉不知为何和老爷过不去，眼下与一个伙计双双死在了北门外。这且不去说他，这古平原可能是看见了老歪杀人，如今被捆在了马号里，只怕过一会儿老爷回来就要处置了。"

"啊！"常玉儿失声而呼，只觉得手脚发凉，这么说是自己把古大哥害了！她定定神，急匆匆就要往外走。

"做什么去？"如意一把拦住。

"去报官救人！"

"你傻啊！"如意斥道，"你爹是怎么被抓到大牢里的你忘了？不报官死他一个，报了官要死一双，搞不好把我也连累了。"

"那、那……总之我不能眼睁睁看着古大哥就这样不明不白地死了。"常玉儿真

331

是六神无主，咬着下唇惶急地说。

"现在只有我能救他！"如意慢悠悠道，"不是我，他昨夜已经死过一次了。"

"那……"常玉儿知道此时应该软语求人，可面对如意就是张不开这个嘴。

"你不必求我。"如意在堂子里阅人无数，人情世故比常玉儿老练何止百倍，一看就知道她抹不下脸来求自己，倒也正中下怀，"只要算你欠我一个人情，将来有一天我要你还时，你不能拒绝。"

"好！"常玉儿想也不想一口答应。

"空口说白话可没有用，要发誓。"

常玉儿点点头，刚要开口，如意又道："要用你爹爹的性命来发誓，我才信你。"

常玉儿一下子变了脸色，子女至孝怎么可以用父母来起誓。如意窥了一眼她的脸色，笑笑道："只要你打定主意不反悔，便不会应誓，怕什么呢？"

常玉儿转念一想倒也真是如此，自己为了救古平原可以上刀山下火海，将来无论如意说什么，自己照做就是，绝不会有碍爹爹。于是狠了狠心，面向家中佛龛的方向跪下，一字一顿说道："我常玉儿对天立誓，如果如意姨太太能救古大哥一命，我愿意还她这个人情，倘若有违此誓，让我爹爹，让我爹爹……"她性子善，从没发过毒誓，说的又是自己爹爹，就更不知要如何开口了。

"乱刃穿心，不得善终，死后没个囫囵尸首，无法转世超生，永堕地狱受苦。"如意轻轻弯下腰，凑在常玉儿耳边声音不大却字字清晰地说。

常玉儿倒吸一口冷气，侧过脸呆呆望着如意，想不到这女人面似娇杏竟然有这么歹毒的心思，然而箭在弦上不得不发，只得忍着心里的悲苦，闭上双眼任泪水涔涔而下，将如意的话轻声复述了一遍。

如意早已直起身，好整以暇地听完了常玉儿的起誓，转身往外走去。"你随我来吧。"

常玉儿擦擦眼角的泪，随着如意往后房马号走。两个弱女子要去武艺高强的老歪手里救人，常玉儿心里直打鼓。这里本是她家，地理位置最熟悉不过，边走边想主意，小声对如意说："等一会儿，你引开那个老歪，我带古大哥去后花园，让他从假山上越过围墙逃出去。"她想了一下又摇头，"不行，墙外是后街，眼下已有早起的摊贩，看他越墙而出还不当贼抓了？莫不如趁王老爷不在，我领着他大大方方从大门出去，料也没人阻拦。"

她嘴上自顾说着，如意的脚步却是不停，也不去理她。等来到马号外面，常玉儿还当如意必有一番说辞，想不到她张口便问倚在柱上的老歪："古平原是不是还关在里面?"

常玉儿心里登时一翻个,再看老歪却是面色如恒,只略微点了点头。

"把人放了!"如意就这么简简单单地吩咐道。常玉儿瞪大眼睛看着,简直不敢相信老歪居然真的就俯首听命,转身进了马号,拔出刀割断古平原身上的绳子,然后将他推了出来。

"你还是逃吧,别再留在燕门了,老爷放不过你,你也斗不过他。这么多年我看得多了,得罪他的人没个好下场。"如意淡淡道。

古平原经此大变,神情委顿但还是强打精神。面对如意,他也是大感意外,更没想到老歪对于如意的话竟然如此言听计从,不惜为了她而违背王天贵的命令。他看看老歪又望望如意,最后目光落在常玉儿身上。

"古大哥,她说得对,好汉不吃眼前亏,你先顾着自己吧。不然……"常玉儿没说下去,但古平原心里明白,眼下已经破了脸,要是不走,别说报仇救人,自己先枉自送了一条性命。

"王大掌柜去哪儿了?"古平原遽然抬头问道。

"北门外,被知县大老爷请去勘尸了。"如意瞧着古平原脸色发青,又补了一句,"真是好笑,本来应该是三具尸首,眼下变了两具,居然还有人不知后怕!"

"是吗,好,我要走了。"

常玉儿不知怎么说才能把女儿家的心事流露万一,只说了一句"古大哥,一路当心",便将手中原本想给爹爹买药的一块银角子递了过去。

古平原犹豫了一下,接了过来,点了点头,向如意和老歪道了声谢,径自往后门走去。

等他转过房角不见了踪影,如意对常玉儿道:"走吧,跟我出趟门儿。"

"去哪儿?"常玉儿愕然问。

"去把这出戏的后半场唱完。家里跑了个人,你我要想不落嫌疑,最好的办法就是和老爷在一起。走,咱们也去北门看看热闹。"

8

北门外的山冈旁此时还真是热闹!

丁二朝奉的父母与怀孕将产的妻子都已闻讯赶了来,见到亲人死得如此惨都不由得瘫倒在地放声大哭,随之赶来的乡亲自然要劝,可是一想到这家的顶梁柱倒了,一家老小从此衣食无着，更可怜那个还未出世的娃娃连亲爹的面都没见上，眼泪不由得也随着啪嗒啪嗒地掉下来。

"丁大嫂，收收泪吧，好歹为肚里的娃儿想想，这么哭法，动了胎气可不得了。"有那相熟的邻居妇人见丁二朝奉的妻子哭得昏天黑地浑身抽搐，眼看要背过气去，连忙过来抚着后背劝说。

肚里这块肉是丈夫留下的唯一骨血，丁大嫂不能不顾，可是睁开泪眼看看眼前丈夫的尸身，想想茫茫前路，不由得又失声痛哭起来。

陈知县其实早就该到，他先派衙役弄清楚了死者的身份，等知道这两个都是王天贵手下买卖的伙计，心中顿时一宽。他知道王天贵诡计多端，这件事既然能和他扯上关系，不愁他不出力解决。

所以陈知县也不着急，派人去请王天贵，等到回信后，就在北门之外停住轿子，远远看到王天贵来了，这才吩咐起轿，到了松林山冈时，与王天贵正好是一前一后下了轿。

陈知县瞅了一眼血流满地的山坡与激动的人群，暗自皱了下眉，转过脸对王天贵道："王翁，给你道恼了。"

王天贵心里冷笑一声，知道他这是把麻烦往自己身上套，假意做出痛心的样子。

"唉，这两个都是店里的好手，不知为何一夕毙命于此，真是可惜可叹！"他口中啧啧连声，"我又在想，县里治安一向好，却无端出此大案，上头可别因为这件事一笔抹杀了大人的劳绩。"

王天贵真是老狐狸，一句话就碰到了陈知县的心坎上，他脸上立时就带了几分忧色，"凶杀案是不能瞒的，三日之内须得具文上禀，上面那些刑名师爷个个都是磨勘老吏，最会在卷宗中鸡蛋里挑骨头。要是能把擒获的凶手一并报上去，那还好办，否则……"

王天贵听他这样说，知道是有心速速结案，这倒也对了自家的心思，思量着刚要开口，就听前面的哭声骤然间大了一倍，原来是金虎的家人也赶到了。

两家人连同亲故邻里，声势已然不小，此时一同大呼"青天大老爷"，陈知县这才踱着方步走了过去。

他想快刀斩乱麻，上来就问仵作死因，仵作据实回答，说是初勘之下刀伤毙命无疑，从两具尸首的位置看，应该是金虎砍伤丁二朝奉之后又被夺刀刺中，双双殒命荒野。

"嗯！"陈知县对这个推论很是满意，他转过头看看王天贵，"王翁，这两个是你的伙计,你看呢?"

"这丁二朝奉在当铺里是负责管人事的,伙计们有错都是他来责罚,这个金虎定是不服管教,又凶蛮成性,才会酿此悲剧!"

"不可能!这绝不可能。"金虎的老父亲就在一旁,此时老泪纵横,跪爬几步,"我家虎儿生性善良,每次回家都说丁二朝奉如何照顾他,将来要好好报答人家,怎么会行凶杀人呢?请大老爷做主,抓到真凶,为我儿报仇雪冤哪!"说罢连连叩头不起,额上青紫渗出血来。

"胡说。"陈知县一心要当场结案,岂容他如此说辞,当下拿出官威,"这说的乃是反话,越是如此越说明他处心积虑。你只为自己儿子辩冤,难道丁朝奉被杀就不冤!"

他原本以为自己这样说,至少丁家人会感激涕零,谁知不然,丁大嫂艰难地冲上碰了个头,跪着说道:"大人,方才我问过店里的伙计,说是昨天傍晚时分有人假传讯息,骗我丈夫归家,这人店里伙计见过,并不是金虎,那么他是谁?必定与此案脱不开关系。还有,金虎请假归家说是家中有急事,他的家人也说是假的,那么这几天他在何处,在做什么,难道几日无踪就为了一夕伤人?要他真是凶手,那么凶器从何而来,是他自己买的,还是偷的抢的?总该有个说法。最可疑的是昨日我丈夫出店返家之后,店中的古朝奉曾经急匆匆赶来找他,然后又追往北门。古朝奉现在何处,他与此案又有何关联?这些是不是都应该问个清楚明白?"

"这个……"连番诘问把陈县令问得张口结舌,连周边的差役仵作都听呆了,想不到一个身怀六甲的乡下妇人居然理路清晰,言语如刀,句句直指此案疑点,听上去竟是难以反驳。

"丁大嫂说得对!这案子必有冤情!"围观的老百姓可不管陈知县打什么主意,听得有理便大声鼓噪。陈知县顿时身上出了一身汗,他知道刑律上处置不当最易激起民变,眼下虽然还不至于此,可是这女子既然找出如许多的疑点,硬要结案只怕是不易。

此时如意和常玉儿也赶到了北门外,别看如意泼辣,也不大敢见血腥。常玉儿更是心悸,便在人群外不远不近处站着。听到这里,如意悄声说:"就这样糊涂结案其实最好,否则可不妙了。"

常玉儿疑惑地看了她一眼,如意又道:"要是按那女人的说法,就一定要找到古平原来过堂求证。到时候发下海捕文书去,他岂能出得了省境?再说……老爷必定不会容他到堂上去做供。"

不会容古平原到堂上又如何？常玉儿顺着如意的话往下一想，不禁毛骨悚然。可转念又是不忍，"这两家人也太可怜了。"

"嘻，谁让他们蠢得去得罪不该得罪的人，猪去搏虎，自寻死路，怨不得旁人。"如意倒是不在乎，满不在乎地一笑道。

二人正说着话，山冈上又起了变化，原来王天贵见势不妙凑过来对着陈知县耳语两句，陈知县连连点头，大声道："杀人现场事实俱在，本也无须再断，若是要强求追问，则必须面面俱到。人证要提，尸身也要验。"

"验尸！"众人一阵哗然，这样明显的死法还要验尸？

"那是自然，既然苦主存疑，那就该按照仵作行规断案，除了明伤还要验暗伤，要验毒。仵作，是否中毒该如何去验？"陈知县偏头去问。

仵作一怔，等看到陈知县的眼神这才明白过来，赶紧大声说道："自然是要剖尸，五脏六腑都要拿出来验看明白。"

话音未落，两家的父母又各自大放悲声。乡下人绝少涉讼，更没想过为家人讨个公道还要开膛破腹，让亲人死后还不得安宁，真是绝不甘心。然则不验又如何？看知县的态度，不让验尸自然就要当场断案不容反驳了。

"这……丁大嫂，我们听你的！"金虎的家人都很老实，商量了半天也没主意，既不想让儿子身后背个凶手的恶名，可又实在是不愿儿子死无全尸，最后一跺脚，干脆把这个难题推给了丁家。

在场众人都看出来了，眼下能拿主意的就是这位连起身都需要有人搀扶的丁大嫂。只见她面上含悲，心下显见是万分为难，不验，自己丈夫冤沉海底，验，又怎么能下得了这个狠心。

常玉儿看着丁大嫂，心中也是难过至极，实在看不下去，转身便待要走，忽听身后丁大嫂凄厉地高喊了一声："验！"说完这一声，身子摇摇欲坠险些昏倒，幸好左右人多将她扶住。

陈知县和王天贵没想到她会是这么个决定，都同时倒吸了一口凉气，知道事情难办了。王天贵更在心里想："嘿，可惜了那古平原，真是个做生意的好手，事到如今不得不除去了，否则后患无穷！"

不料丁大嫂话音未落，从人群外传来一个沉闷的喊声："不必验了！"

众人齐刷刷掉头去看。常玉儿一见出声的这个人，立时惊得脸色煞白。如意也是面色大变，一跺脚骂道："疯子，真是疯子！这不是自己找死吗！"

来的不是别人，却正是此时应该在逃亡路上的古平原！

他排众而入,有认得他的便在叫:"古朝奉!"古平原恍若未闻,径直走向地上的两具尸身。走过丁大嫂身旁时,她也顾不得男女大防,伸手拉住古平原衣袖,颤声道:"古朝奉,我丈夫是怎么死的,你看见了吗,你说话呀!"

古平原不理不睬,用力挣开丁大嫂的手,走到丁二朝奉和金虎中间,双膝一弯跪了下来。他紧咬牙关,定定地瞧着金虎大睁着的双眼,想着不久之前他还和自己说起要努力赚钱为家人在城里买一幢宅子,让一辈子被人叫惯泥腿子的老父也能时常去澡堂子泡泡。如今这些话犹在耳边,金虎的父亲却再也无法听到儿子的心愿了,一念及此古平原鼻子一酸,险些坠泪但又强自忍住。他深吸口气,把手掌放在二人的眼上,缓缓抹下,心中默默道:"金虎,丁朝奉,头上有天!"

在场众人都在瞧着这一幕,古平原的动作实在是太镇静太肃穆了,以至于大家都面面相觑,一时竟是无人敢打扰。等到他回过身再次面对大家,陈知县才想到开口问:"古平原,据说你昨日傍晚追丁二朝奉出了北门,难不成看到了凶案的发生?"

自打古平原一出现,王天贵一颗心就沉了底。古平原对于此事牵涉多深他不知道,可是看见了老歪杀人却是无疑,现在倘若一开口指认出来,众人都知道老歪是自己的贴身护院,想要置身事外那是绝不可能的事儿。王天贵眼里冒出凶光,无声无息地冲着古平原伸出了四根手指,那是要他别忘了还关在牢里的常四老爹。

古平原根本就没看王天贵,他面对陈知县沉声道:"草民因为一处账目不清,赶来寻找丁二朝奉,确是看到了凶案现场,故此一时心慌,不小心跌落山冈,昏迷了一整夜,方才转醒。"说着他把自己头上被老歪打昏时的伤痕指给仵作看。

仵作验看明白,回禀道:"古平原头上确有一处新伤,足以令其昏迷不醒。"

"好,那就证明你说的是实话!你来说说看,凶手是谁?"

所有人都盯在古平原的一张嘴上,只听他先不言语,抬眼看了看天,长出一口气后才缓缓吐出两个字:"金虎!"

真是石破天惊的一答!金虎的家人嗷然一声,悲极长号。丁大嫂眼睛瞪得大大的,不住地摇着头,口中也不知在喃喃自语些什么。

陈知县松了口气,人证有了,血案现场又是如此分明,不管家眷再怎么说,此案都可以干净利落地结掉,任谁也挑不出毛病。他欣赏地看了看古平原,吩咐道:"来呀,把这里收拾停当后,带古平原回堂画押。"说罢与王天贵告辞,打道回府。

这边金虎的家人已经扑上来抓住古平原,怒喝斥骂。金虎的父亲一巴掌打在他的脸上,抖着手骂道:"你睁眼说瞎话,你这丧良心的奸商,为什么诬赖我的儿子,我的乖儿啊……"说着哭叫着还要打,众人有拦着劝的,也有借机打太平拳出气的。古平原身上也不知挨了多少拳脚,却只是咬牙不语木立当场,身子被打得摇摇晃晃却不躲不闪。

如意起先也听得愣住了,嘴角又慢慢浮起一丝笑意,拽了一把常玉儿,道:"走吧,没什么好看的了。"

"古大哥他……"常玉儿见他被人围殴,自然是焦急。

"不过是泄愤而已,哪里就会打死人了?再说有这么多差役在旁边呢。这个古平原,果然是个疯子,却疯得好,疯得有趣。"如意咯咯地笑出声来,不容分说便把常玉儿拉走了。

差役们知道若不让苦主们出出气,自己的差事也不好做,所以等了一阵,看古平原被打得已是面目红肿口角淌血,眼看就要站立不稳,这才过来喝止,将众人与古平原远远隔开。

王天贵看了多时,这时一颗心早已放下,踱着步走到古平原面前,上一眼下一眼打量了半天,终于问道:"怎么会是金虎,不该是老歪吗?"

古平原毫不回避他审视的目光,语气斩钉截铁:"是金虎,我亲眼看见的,就是到了刑部大堂上也是这句话。"

"你……又是怎么跑到这儿来的?"

"磨断了绳子逃出来的。"

"那为何不逃得远远的?"

古平原静静地看着王天贵,忽然揶揄地一笑,反问道:"我又没做对不起王大掌柜的事儿,为何要逃得远远的?"

"好,古平原,你又一次让我刮目相看了。回去瞧瞧大夫,明日午后,我在无边寺的斋房等你,有一件天大的事要交予你。"

古平原身上的伤都是皮外伤,跟随衙役到县衙大堂找刑名师爷作供画押之后,顺路找了个跌打大夫开了剂内服外敷的药散。当铺里出了这么大的变故,古平原知道自己必须尽快赶回去和祝大朝奉商量对策,忍着疼痛马不停蹄回到万源当铺。

一脚踏进当铺大门,古平原就知道噩耗已经传回,伙计们几乎个个都在流泪,整个铺子里一片呜咽。古平原无声地叹了口气,张口问道:"大朝奉呢?"

并没人理他,反倒是十几道冷冷的目光看了过来,把古平原瞪得一愣。他迟疑地挪动着脚步,问离自己最近的一个伙计:"怎么了?"

"呸！"一口唾沫吐在地上，那伙计不屑地扭过头去。

古平原再问几个人，人人都是先唾他一口，紧接着不理不睬。古平原不甘心，连问数声。黑着脸的三朝奉从柜上走了出来，目中也满是怒火，他走到古平原身前质问道："古平原，我问你，金虎杀丁二朝奉，这事儿是你亲眼见到的？"

古平原这才明白原来自己做证一事儿也传了回来，看样子是有人飞报了当铺。他在山冈上可以当众做假证，可是面对这些与死者朝夕相处的伙计们，这一句"是我亲见"竟是无论如何也说不出口。

他张了几次嘴也没说出话来，三朝奉冷冷一笑，忽然一把扭住他的衣襟，把他推出当铺大门，手上点指骂道："古平原，你真行！我们这些整日辨宝识伪的人都被你哄了去，还以为你是个好样的，没想到竟是条养不熟的白眼狼。"

"我要见大朝奉。"古平原觉得丁二朝奉与金虎若是密谋对付王天贵，那这件事很有可能是当铺中人泄露出去的，此时唯一能共腹心的便是祝晟了，余者都不可信，包括这个看上去怒火中烧的三朝奉，谁知道他是不是在演苦肉戏？自己的一番苦心只能取得祝晟的谅解，祝大朝奉与王天贵素来不睦又有杀父之仇，只有他才是自己能够相信也必然能够同仇敌忾的盟友。

"大朝奉接到凶信，被你气吐了血，方才已着人扶回家去了。"三朝奉不愿再看古平原。

古平原掉头就走，一路来到祝晟的家中，敲了半天门。只见那老仆开了条门缝，见是古平原便摇了摇手："老爷卧病不起，大夫说是心火勾连旧疾，非要时日将养不可。老爷自己也是心情烦恶，刚刚说了一个客人也不见！"

"我有要事、急事！"古平原攀着门边叫道。

然而无论他如何求肯，祝家的大门关上就不再打开了。古平原知道祝晟这一气只怕是非同小可，自己见不到面便无从解说，真是难为煞人。

见不到祝晟，古平原满心懊恼回到当铺，却见当铺已经上了板，想必是三朝奉自知难撑大局，索性暂时歇业。古平原试着喊了几声门，始终无人应答。店里必定有人，既然不搭话，那就是不再把自己当作当铺的人了。

想起这几个月来由敌视到接纳再到受众人衷心爱戴，如今又反目成仇，古平原不由得心中一阵酸楚，但随即倔强地昂起了头。

"王天贵，深仇血账且都攒着，将来咱们一笔笔算清楚！"

第十章

收　购

1

　　王天贵没有回家，与杀人案相比，他手头有一件更大的事儿必须立马来办。来到总号后堂，将曲管账找了来摒人密谈，第一句话就让曲管账瞪大了双眼。

　　"老曲，想必你也常听我说要成为晋商票号里拔份子的头号买卖，如今机会来了。"

　　曲管账知道要论实力，三大票号里泰裕丰实实只能排到末尾，第一应该是平遥的日升昌，第二则是祁县的蔚字五联号，各家生意做得都是各有千秋，要说能一举超越前面两个，那除非是有了什么大好的机会。

　　"机会就在眼前！"王天贵的神情里也有一丝掩不住的兴奋，双目闪烁鼻翼翕动，"秦西最大的商号康记要卖产业，这笔买卖秦西全省没有一个商号能接得下，京商眼下自顾不暇，而南边的徽商离着太远，不明虚实肯定是不敢接，唯一敢接又能接得下的是咱们晋商。"

　　"这笔大买卖牵扯到上百万两的银子，通省扒拉扒拉也就只有几家有这么大的胃口，三大票号自然是当仁不让。康家是秦西第一大商人，如今要贱卖产业，咱们泰裕丰要是能吞了这口肥羊，哼，那就摇身一变成了名副其实的通省第一了，日升昌与蔚字五联号捆起来也没有我的腰粗。"

　　曲管账也听得双眼放光，"这样一笔大买卖，非王大掌柜出头去办不可。"

　　"我不能去！事情不巧得很，再过十几天就是抚台大人的六十整寿，我要到汾都府的巡抚衙门贺寿，还有一份重礼也要亲手奉上，这是燕门官场的顶梁柱，可万万轻忽不得。"

"那……"曲管账觉得当仁不让，于是毛遂自荐，"我去！"

"你也不行！"王天贵摇头，见曲管账有不服之意，便道，"这笔买卖是个烫手的山芋，我已经得报，日升昌的雷大掌柜和蔚字五联号的侯大掌柜都亲自出马，正在筹措银两准备赶往西都，你问问自己的斤两，可能与其抗衡？"

曲管账心里打个突，不由自主地就摇了摇头，忽然想起一事又问道："那祁县乔家堡呢？"

"乔致庸倒是没动静，他乔家这几年生意越做越杂，想也是无心来抢这笔买卖。"

"大掌柜，这可不能大意，别看乔致庸年纪轻轻，却是翻手为云覆手为雨的厉害人物，这两年把乔家眼看要垮掉的生意做得是蒸蒸日上，他表面没动作，难保背后不生什么计谋。"

王天贵沉思着点点头，"你提醒得对，乔致庸做生意好出奇计，不可不防。既然这样我更要派他去了。"

"谁？"

"古平原！"

曲管账一怔，不由得抚了抚自己的左脸，当初被古平原打了一巴掌那种火辣辣的感觉仿佛又回来了。心里更是嫉恨交加，暗道难不成王大掌柜对他的信任还在我之上？

"老曲，你别乱猜。"王天贵摆摆手，"姓古的确实有本事，把当铺的生意做到全省去，这是开天辟地没有过的事儿。不过本事还在其次，我让他去办这件事，另有妙用。"

"大掌柜的主意必定是好的。"曲管账立时哈了哈腰，他做事有个坚定不移的宗旨，那就是无论对错，绝不和王天贵对着干。

"这次且先不说乔家，光是日升昌和蔚字五联号的财力咱们就难以比拼，要是竞价，那拼到后来泰裕丰必输无疑。所以我要这个能把当铺生意翻出花来的古平原去西都，不是为了买康家的产业。"

"那是为什么？"曲管账有点儿糊涂了。

"收当！"

"收当？"曲管账更是摸不着头脑，疑疑惑惑地重复了一遍。

"对，收当！别人怎么去做这笔买卖我不管，我要古平原把康家的产业整个收当过来，而且要康家当得起、赎不起，这样子只用很少的钱就能弄到康家整个家底。

他不是想贱卖吗？我要让他贱当！这件事非古平原去做不可，明白了吧？"

曲管账全明白了，可是也暗中倒吸了一口凉气。康家可不是好糊弄的，人家的子弟打小玩的就是算盘，不会写字先会算账，岂能被人占这样的便宜。古平原根本就是去送死，死得越惨越好，正趁了自己的心意。

他嘴角露出一丝得意的笑容，正想得高兴，这间本不容许旁人闯入的房间忽然被人推开了门，如意穿着一件轻纱罩衣出现在二人面前。

"曲管账，我有事要和老爷说。"

"哦，是、是，四姨太请坐。"曲管账一见如意的穿戴打扮，连头都不敢再抬，连忙起身让座。

"你先下去吧。赶快凑银子，这一次就算是收当也必是一笔了不得的大数目，三天之内一定要备好，我找你来就是这件事。"王天贵挥了挥手。

曲管账满口答应，躬身退出屋去。

"你怎么不在家里，却到这里来找我？"王天贵这才仔细看了一眼如意，招手把她揽在怀里，手伸到薄罗轻纱中捏弄着。如意半睬着眼由着他肆意轻薄了一阵，这才轻轻挣开，理了理妆，媚笑道："老爷当初答应我的事儿，该办了吧。"

"什么事儿？"王天贵不免有些皱眉头。如意的媚功着实了得，当初在花月楼让王天贵许下不少承诺。

"老爷真是贵人多忘事，两年前刚在西都设分号时，不是答应要带我去华清池沐浴吗？"

"你听到了？可惜这次我不去，是派那个古平原去。"

"他？"这个回答大出如意的意料，脑子里却突然转了另一个念头，这下子更是非去不可了。

"这我不管，答应我两年了，好不容易有个机会，要么把当初许我的那间汾都府的分号给了我，今日就到衙门户书那里把铺契更了名字。"如意嗔道。

王天贵哑然失笑，那是票号里除了总号的第一大买卖，如意开口就说要拿了去，岂不是痴人说梦。他斜倚在火炕上，伸长了双腿逗着如意道："又或者呢？"

"要么……"如意飞快地瞥了一眼王天贵的脸色，"让我去西都。"

"嗯？"王天贵忽起疑心，宁可大铺子不要，也要去西都，莫不是如意和那古平原之间有点什么？

"这孤男寡女……"王天贵一面打量如意，一面慢条斯理地说。

"怎么会是孤男寡女？我自然带着丫鬟，你呢，必定也要派个亲信的手下跟随古平原。"如意抢着说完，用涂了红的手指点了点王天贵的鼻尖，娇嗔道，"燕门陈醋甲天下，你怕是吃多了吧。"

"这倒还可以。"王天贵稍稍释然。

"到底怎么样啊？"如意推了推他的腿，腻声催问道。

"你是想要铺子，还是想去西都？"王天贵故意问道。

"铺子！"如意想也不想立时答道。明明想的是那样，答的却是这样，她对男人的心思真是揣摩到家，果然看见王天贵脸上泛起一丝笑容。

"得了得了，那铺子是泰裕丰的钱源，你也真敢要。"王天贵说话时想起总号里正好有一个人可以用来监视古平原，心情也放松了不少，"也罢，就让你去一趟西都吧。"

如意心满意足，前脚刚出门口，后面就听王天贵吩咐着："把王孔叫来！"

如意一听这个名字，心下顿时一紧。难道说要派这个人一同去？这可难办了！

2

"钦少爷，我现下实实在在是脱不开身，可是又不能眼睁睁看着晋商坐大，不管是哪一家收了秦西康家的偌大产业，势力都要翻上一倍，到时候再要压制真是难如登天，所以这个事儿绝不能让燕门商人办成。"在大平号的后院里，张广发也在对李钦说着同样的话，只不过他的目的却与王天贵截然相反。

"派我去搅局？"李钦一猜就猜到了。

"对，就是搅局，搅得越乱越好，总而言之一句话，不能让任何一个晋商称心如意。"

"那，我就去试试吧。"李钦无可无不可地说。

"不是试，是一定要成！"张广发叮嘱道。

"放心，有我在，一定能成。"李钦还没说话，一个声音响起，苏紫轩带着四喜走了进来。今天她穿了一件紫色长衫，腰里扎着一根带穗儿的绸带，乌黑油亮的辫子拖在脑后，样子精神极了。

张广发对苏紫轩一向留有几分警惕，这时却主动起身冲她拱了拱手："苏公子，明天满一楼，我给你们饯行！"

辞出大平号，苏紫轩用那把不离手的折扇轻轻拍了拍四喜的脑袋，"有话要说？"

四喜犹豫了一下："小姐，以咱们的身份，大老远跑到秦西帮个生意人做事……"

"咱们什么身份？"苏紫轩听了这句话，声音一下子又变得有些冷，四喜连忙低下头不敢出声了。

"不过你说得也对，要不是另有所图，我是不会帮他的。"见四喜眨眨眼瞧着自己，苏紫轩一笑，等回到客栈，她拿出最近常常翻阅的一本《杌近志》。书是佚名所著，书页早已泛黄，四喜认得是自己奉了小姐之命从旧书市上买回来的本朝文人笔记中的一本。苏紫轩闭门读书，她有一目十行之能，几个月里看过的书足有上千册，终于从中发现了闯王宝藏的一点线索。

苏紫轩指着书中的一段话，让四喜来看，四喜不知不觉念出声来："闯贼恣掠夺，聚朱氏精华运藏一处，如董卓之郿坞。闯贼死，所有遁归亢氏。某岁，有人于亢氏所居左右设典肆，人流不息甚是侵扰。一日，有以金罗汉一尊典银万半，翌日又如之。月余，资本将完，大惧，叩其故，则答曰：吾家有金罗汉五百尊，此月间方典至三十尊，尚有四百七十尊未携至也。主人侦访之，知为亢氏，与之商，取赎后匆匆收肆去。"

四喜咋舌道："乖乖，五百尊金罗汉？！"

苏紫轩点点头："每尊典值万半，也就是五千两，既是入了典当，必然折价，金银器都是有分量在那里的，折价也不会太狠，算他六千两的实价，五百尊那就是……"

"三百万两！不就是李闯带走的那笔赤金的价值吗？"四喜惊呼出声。

"小声点。"苏紫轩瞪了她一眼，四喜吐吐舌头。

"那我又不明白了，小姐你不去找姓亢的，却去西都做什么？"私下里四喜总是不改原来的称呼。

"要真能找到就好了。这两天我四下打听过，燕门亢氏自打嘉庆年间就人丁不旺，后来渐渐族人四散，老宅也被一把天火烧成了瓦砾，现如今已然寻不到一个有钱的亢氏人。"

四喜失望地说："那不是没处找了？"

苏紫轩摇头："金罗汉一定还在！我也查到了，亢氏式微的同时，燕门几大富户几乎同时崛起，其中就有乔家堡的始祖乔贵发和日升昌的创始人雷履泰，就连蔚字五联号的毛氏一族也差不多是那时候开始起家的。"

"小姐的意思是？"

"这几家里一定有人接收了亢氏的财富,只是不晓得是哪一个。眼下他们都要到西都去大把花钱,这是个难逢的良机,我只要冷眼旁观,一定不难弄明白。"苏紫轩说着,唰地把扇子一合。

3

古平原是清晨出发的,他骑着一匹菊花骢,扭回头看了看渐渐远去的城门,在心里暗暗发了一个誓,自己在太谷栽了一个大跟头,前途虽然艰险,但一定有扭转局势的机会在等着自己,等再来时必定要让王天贵尝尝天道好还的滋味!

王天贵派下来的这桩差事,是古平原没有想到的。他经商也不是一天两天了,那日在无边寺的斋房,王天贵把对曲管账说的那番话又讲一遍,他就知道既要在日升昌、蔚字五联号这样的大买卖面前虎口夺食,又要希图去占康家的便宜,真是难如登天。

王天贵当然也知道这一点,所以话跟得很紧:"生意场上此消彼长不进则退,你要是办不好这件事,让雷家或者毛家得了手,就是和我王某人过不去,到时候可别怪我心狠,不过你要是漂漂亮亮地把事儿办下来,我不仅赏你银子,还让你到泰裕丰来当个掌柜,甚至……"他拖了长声,"把常四放出来也不是不可以。"

古平原面上做出一副热衷的样子,心中却不断冷笑。救常四老爹以至于救自己,只有一条路可走,就是把王天贵彻底打垮,让他永远也翻不了身。

"古大爷。"马车里传来一声女人的呼唤,打断了古平原的思绪,他向身侧的一辆马车看去,如意正掀开车厢帘儿,满面含笑问道,"这一趟,要多久才能到得了西都?"

要说此行还有什么让古平原烦心的,那就是如意也跟了来,而且还把常玉儿作为唯一的贴身丫鬟带在身边。他与车厢里的常玉儿匆匆对视一眼,无可奈何地答了一句:"这是千里之遥,虽然是轻车简从,大概也要走上七八天,若是赶路也许五天便能到。"

"为什么要赶路?多煞风景,慢着些走才有意思!"如意的话是对着跨辕的那个伙计说的,想不到她话音刚落,那伙计竟然一鞭子甩在马臀上,不仅不慢反倒加快了速度。

"你!"如意没想到他竟敢不听自己的,还反过来作对,脸色登时变了。

"王大掌柜临行时吩咐,平遥与祁县都比我们离西都近,所以要快马加鞭,四姨太若不信，请下车回城去问。"那伙计头也没回，声音更是生硬。

如意气得脸都白了，想一想毕竟不敢坏了王天贵的正经事，只得气呼呼一甩帘子，坐回车中去了。

古平原好奇地看了看这伙计，启程前王天贵将这个名叫王孔的伙计介绍给古平原。古平原见他身量不高，模样黑瘦，劲气内敛，是个利落的小伙子，初看上去很有好感，但既是指派他与自己一同前往西都，必定是王天贵的亲信，所以不敢深交，而这王孔也对自己爱搭不理。今日一看，他竟连王天贵的宠妾如意都不放在眼里，不知是个什么来路。

一路无事，古平原一行在第五天深夜来到了自古以来便是通州大邑的西都城脚下。西都城墙的高大雄伟不亚于京城和南都，城楼上刁斗森严，灯光晃动下，看去宛如一座横亘高山。

车马在城门外停住，古平原正抬头仰面打量这座著名的古城，忽听夜色中马蹄声响，敢情是后面又来了几匹健马，还有一辆双拉马车。这车装饰得异常华美，车厢镂刻浮雕，车窗上嵌七彩琉璃，就连马缰绳的护手都是用豹皮所制而非寻常的牛皮，拉车的枣红马也是神骏，四蹄踏雪，昂首长嘶。

"公子，到地儿了。"车厢门开处，先是跳下一个俏书童，然后又回首招呼着，将肩膀靠在车门旁，供里面的人借力而下。

古平原一愣，别看天黑，可那辆马车的四角上有气死风灯，他一眼就认出来了，从马车里出来的正是那位美如冠玉的苏公子，他们怎么也到了西都？

苏紫轩也看见了古平原，略略点头致意，看了看路旁那简陋的客栈，微微皱了皱眉。

"这里怎么能住？"李钦跳下马，看着客栈厌恶地说，"想不到西都名气大，比起京师真不是差了一丁半点，要不绕到南门去看看？"他讨好地问苏紫轩。

"何必费那工夫，你们去住这间客栈吧。"苏紫轩摇摇手。

李钦碰了一鼻子灰，不甘心地问："那你住在哪儿？"

苏紫轩笑笑不语，这时四喜已经指挥着几个下人，拿出一件硕大的牛皮帐篷搭了起来。

好一顶金顶大帐，比瀚海王公所用之物也差不到哪儿去。如意本就心情不畅，再看苏紫轩的气势，更是悻悻然。

这时李钦已经看见古平原了，他们出发时，已经派出人手把几大票号的动向都打听清楚了，所以见古平原在此毫不意外。只不过见他旁边还有个美娇娘，李钦倒是一愣，他很快回过神来，大踏步走到近前，扬了扬下巴。

"你是来收康家的产业吧？"他毫不客气，张口就问。

古平原可不像他那样张扬，眼下也没心思与他纠缠，避开那咄咄逼人的目光，并没言语。

"这不是李东家嘛，大老远也能遇到，真是缘分。"如意倒开了口，她认得李钦，祥云当新东家专找古平原的麻烦，这是街知巷闻的事情。她好奇之下特意去祥云当转了一圈，后来又从花月楼旧日姐妹的口中知道这是个年少多金的风流公子。如意最会对付这样的人，媚眼如丝，笑意嫣然地柔声一问，李钦的气焰顿时就消了一半。

他还弄不清这女人与古平原的关系，但好色本性不改，微笑着一双眼在如意身上盯住了。直到苏紫轩走过来轻咳一声，他才有些讪讪然地收回目光。

"我也问一声，古掌柜可是替泰裕丰来收买康家的产业？"苏紫轩看都没看如意，只瞅着古平原问道。

苏紫轩虽然与李钦在一起，但是敌是友还未分明，古平原也犯不着得罪他。"不错。"他简简单单答道，"苏公子又来此何事？"

"帮你。"苏紫轩也简简单单回了句。可就这一句话，在场的几个人无不瞪大了双眼。

"帮他?！"李钦脸上的表情像活见了鬼，一口就喊出来。

苏紫轩不动声色，说："这里不是说话之所，听说城里同盛祥饭庄是百年老字号，明天中午，我在那儿摆酒，请古掌柜好好谈谈，不知能否劳动大驾。"

人家礼数周到，古平原自然要给面子，而且也真想知道这苏公子葫芦里卖的是什么药，于是很痛快地点头答应了。

西都这一个夏天出奇地热，古平原一路劳顿，先是困倦而眠，但很快就被夜里的暑气逼醒了，这一醒就再也难以入眠，翻来覆去想的都是这一趟的买卖。

苏紫轩与李钦来了，那京商是必定要插上一脚，原本要对付日升昌和蔚字五联号就已经大大不易，现在再加上势力庞大的京商，古平原心头难免像压了一块大石头一样。

让他烦恼的还不止这一样——就算是自己真有本事把这桩买卖做成了，王天贵的势力必定要膨胀数倍，助纣为虐且不说，自己大仇岂非更加难报？

天气炎热，古平原越想越是心烦，一骨碌身爬起来，这才发现与自己同屋的王孔不知什么时候不见了踪影。

"嗯？"古平原皱皱眉头，这个王孔到底是什么人？一路上古平原冷眼旁观，见这个王孔沉默寡言，却勤恳任劳，每一笔支出无不记在册上，以备报销之用，可是连一个小钱都舍不得多花。不买如意的账，又深得王天贵的信任，实在让人捉摸不透。古平原正想着，窗外梆梆打起更，已然是四更天了，王孔还没有回来。古平原披上衣服，悄悄走出客栈门口。

明月高挂，清辉弄影，不远处传来噼啪的声音，是苏紫轩的牛皮大帐外两支硕大的火把发出的声响。看这样子，这豪奢的苏公子是与李家搭伙做买卖，难道说他也是京商的人？不过连李家的公子都要看他的眼色，京商里李家是头一号，谁又能大过李家？古平原困惑地摇了摇头。

"古掌柜。"他想得入了神，身边忽然有人说话，正是刚回来的王孔。

"是你啊，方才去哪儿了？"

"我到城门附近打听打听城里的消息。"这倒真是个实心任事的人，古平原暗中点点头。

消息有好有坏。好消息是虽然日升昌和蔚字五联号的财东已经早一天到了西都，但康家并没有和他们接洽，看样子是准备等三大票号到齐才来个货卖识家。

坏消息是，眼下西都城里陈兵十五万，都是僧格林沁的部下。这些兵大爷每日在城中横冲直撞，衙门的人根本就不敢管，以至于市面坏极了。之所以兵不出城去剿捻，是因为不久前出了一场绝大的变故。

西都城西有一片荒地，传说是秦皇阿房官的遗址，被采办此次军需粮草的商人用来当作仓库所在。谁知上个月一个闷热的午夜，忽然起了冲天大火，火势如流云飞瀑，据说当时西都全城都被映红了。所有的军粮和马草都被这场火烧了个精光，一同遭殃的还有放在一个大场里的马车、被服、火药、伤药等辎重物品，光拉车用的骡马就烧死了一千多头。

"是意外，还是……"古平原对当地的事情也知晓不少，知道僧格林沁是来剿捻，那么粮草被烧，莫不是西征军动的手。

"不知道，没逮到人。不过这下子，秦西负责为大军采办粮草的几十个大小商人可倒了大霉了。粮草加上辎重，总共价值不下百万两银子，所以逼得秦西首富康家不得不卖产业来赔偿全部的损失。"王孔说到这里拉回正题。

"不是说几十个商人吗，怎么是康家包赔呢？"

王孔沉默了一下，脸上忽然有了敬重的神色，缓缓说道："康家大爷真是个角色!这一次的粮草采买,他本来能凭借和官府的关系独自拿下来,可是他没有,而是分给了几十家商人一同来做。现在出了事,他又一肩扛下,准备独自承担责任。"

"这是……真的?"古平原动容地问。

"千真万确。"别看王孔平日里沉默寡言,但事涉商情,他却叙述甚详,"眼下僧格林沁逼得很紧,康家已经把所有的房契铺契都准备好了,只等有能力买下这笔偌大产业的几大商家一到,康家就要准备一手交钱一手交货。"

"原来是这样。急于出手,这倒是个压价的好机会。"古平原喃喃自语。

王孔没想到他会这样说,不由得愣了一下,仔细打量着古平原的脸。

古平原察觉到他的目光,笑容中带着些残酷的意味,"怎么,我说得不对?咱们泰裕丰不是一向这样做生意嘛。"

4

第二天入了城,古平原把如意和常玉儿送到泰裕丰西都分号住下,事情安排已毕,便携王孔一同来到西都名楼同盛祥赴宴。

这几个人其实都没什么胃口,心里各自打着主意。李钦的脸色阴晴不定,古平原也是直犯嘀咕,王孔更是一头雾水,只有苏紫轩谈笑风生,让四喜当提调,不断招呼伙计上着好酒好菜。

酒是本地特产的西凤酒,产于秦西凤翔,故此得名。凤翔就是唐玄宗避安史之乱,暂以此为都的西京所在。同盛祥财大气粗,把当地产高粱的柳林镇上最好的酒窖都包了下来,号称要喝最醇的西凤酒,非到同盛祥不可。苏紫轩倒也不怕花钱,用一百两银子买下来一坛乾隆三十二年的陈酿,来表示自己敬客之诚。果然,泥封一启,真个是闻香十里,连楼下来往的行人都直抽鼻子。

"这是本店收存最久的一坛酒了。"跑堂的伙计无不是能耍嘴皮子来的,越是大饭庄越要顾能说会道的伙计来拉住顾客。此时见苏紫轩是豪客,伙计打叠精神伺候着,一边给众人斟酒,一边嘴上不停夸着西凤酒的好处。

"西凤酒陈酿有陈酿的醇,新酿有新酿的香,滋味不同各有妙处。几位老客,您要是喝了老酒还想尝尝新酒,也要到我同盛祥来,实不相瞒,如今西都城中,也只有我们家才有新酿的西凤酒。"

"这我可不信了。"四喜抢着道,"老酒还罢了,新酒人人能酿,凭什么只有你家有?"

伙计早就料到有此一问，不慌不忙道："人人能酿那是往年，今年可不同了，通省的产粮大户，收成都被商人收购用作军粮，可惜一把大火烧成了灰。没了高粱怎么做酒？"

"那你家又有？"四喜追问道。

"嘿嘿，实不相瞒，我杨四自幼随父亲吃黄土喝黄土，走村串巷做货郎，这方圆千里的沟沟坎坎没有我不熟的，哪条沟里藏了几户人家我都知道，种了哪怕一垄高粱我都晓得。就为这，掌柜的派我出去收高粱，我随便转了一小圈，靠着我这三寸不烂之舌，就拉了几大车回来。别人家没有我杨四这样的人才，能收到高粱才怪。"

杨四在那里自吹自擂，把席面弄得活泛了些。苏紫轩是主人身份，含笑不断劝酒。古平原没喝过这西凤酒，虽然入口甘甜，却不知后劲如何，喝了三杯后不肯再饮。苏紫轩却也不勉强，笑吟吟地又招呼他们吃菜。

王孔有些忍不住了，旁敲侧击地说道："古掌柜，时候可不早了，此刻日升昌等商号必定都在大做准备，咱们是不是也……"

古平原听了没答话，只是把眼睛瞟向对面的苏紫轩。

苏紫轩知道这话是说给自己听的，"古掌柜，就像你这伙计说的，日升昌等大票号都在做准备，时间紧迫，我们彼此不必绕圈子，可以打开天窗说亮话。这一次晋商在西都商界风云际会，为的无非就是康家的产业。你知道康家在全省的铺子加起来值多少钱吗？"

"二百多万两银子。"

"是二百二十七万四千八百两。"苏紫轩跟上一句。王孔露出惊异的表情，他自认为这是个独得之秘，自己几日几夜废寝忘食才从康家近年来汇兑银票的细目中算出来的，没想到苏紫轩却也知道了。

古平原却早就想到苏紫轩敢问这一句，必定是有备而来，"苏公子高明，这个数字应该是准的。"

"那你带了多少银子来？"

问到这个，古平原就笑而不语了，没想到苏紫轩浅酌了一口细白瓷杯里的酒，不紧不慢地张口道："是八十万两吧？"

语惊四座，王孔的脸色这才真的变了，手一抖洒了几滴酒在桌上，他瞠目结舌地望着苏紫轩，真是不知此人是人是妖。泰裕丰做生意胆子一向大，只要是有厚利可图，放款就很松，柜上的存银当然也就没有以资本雄厚著称的日升昌和稳扎稳打的蔚字五联号多，所以一时筹措现银不是那么容易。曲管账连夜查账，从总号和汾都分号共凑了七十万两银票,请了太谷最有名的镖局,连夜快马送到了西都分号,加上这边的十万两,才有了这八十万。这本是不宣之秘,更是泰裕丰的底牌,怎么这个苏公子会知道得一清二楚,这真是太不可思议了。

古平原一瞬间也有些吃惊,但很快恢复本色,用满不在乎的口气说道:"苏公子真是有心人哪,想必留心泰裕丰的生意很久了吧。"

他说对了,李万堂命令张广发在太谷设立大平号不是随意之举,而是经过一番细致的研究,准备以晋商三号一堡中最为薄弱的泰裕丰为起点,逐一蚕食吞并。所以张广发这大半年来对泰裕丰的账目往来、日常经营乃至用人制度研究得非常透彻,而且存档立目,务求做到知己知彼一招制胜。正是因为有了这些资料,苏紫轩才能推断出泰裕丰在数日之内所能筹措出的款项。

古平原知道眼下人家在暗处,自己在明处,一句句说下去吃亏的终究是己方,不如来个快刀斩乱麻。

"苏公子有话不妨直说,古某愿闻其详。"古平原摆出一副洗耳恭听的架势。

苏紫轩微微一笑,"康家的产业就是再折价贱卖,也不会以八十万两成交,要是被你用这么点银子买了去,那他就不是个大商人,而是个大傻瓜。"她顿了一顿,向四喜看了一眼,四喜拿出一个锦线密缝的绸布包放在桌上,苏紫轩往古平原身边一推。

"这是何物?"

"你不妨拆开看看。"

古平原向跑堂的借过一把小刀挑开针线。苏紫轩接着说:"据我所知,日升昌和蔚字五联号准备的银票都超过你手中银两的一倍,你没有机会的,除非……"

她唇中吐出两个字:"合作!"与此同时,出现在古平原眼前的东西也让他瞧呆了。

厚厚的一摞银票,都是同等数额,每张两万两,看样子足有四五十张。

"你我两家合作,别看我拿的银子多,可是成功之后对半分,这个条件古掌柜意下如何?"

这一笔巨资加上泰裕丰的八十万两,就可以正面与日升昌和蔚字五联号抗衡,赢面一下子大了许多,古平原也不禁怦然心动。他一边思索一边把银票往前一推,"事情可以慢慢谈,钱财不易露白,请苏公子先收好。"

"不!你要是答应了,现在就把这些银票拿走。"

"现在?"古平原愕然。

"对，只要你说一声愿意与我们合作就行。"

"古某人一句话居然能值这么多钱？"古平原笑了，有些不敢置信地摇了摇头。

苏紫轩凝视着他，"我信得过你。"

古平原心头一震，也回望着苏紫轩，只觉得她目中并无欺瞒作伪之色，反倒是一片诚挚。

啪，李钦一掌击在桌上，这次他可再忍不住了，一蹦多高，狠狠瞪着古平原。"可我信不过！这钱是我大平号的钱，我不同意和这姓古的合作。信得过他？笑话，他不过是个穷光蛋，凭什么把一百万两交到他的手上。"

"再说。"李钦把目光转投苏紫轩，"张大叔让咱们干什么来了，你这么做不是南辕北辙嘛！"说着，伸手就要去拿那一摞银票。

苏紫轩寒着脸，折扇啪地一敲，正打在李钦手背上。苏紫轩疾声道："古掌柜，这里是我做主，他说了不算。"

李钦一时拿不准是不是就这样和苏紫轩翻脸，只憋得满脸通红，最后恨恨地一跺脚，"噔噔噔"快步走下楼去。

就在这短短一段时间，已然够古平原想很多事情了，那种对于危险与生俱来的警惕又一次浮上心头。他先是想到了李钦的话，"南辕北辙"，这么说张广发让李钦来西都不是与自己合作，而是掣肘或者破坏，而苏紫轩这么精明的人却反其道而行之，自然是看到了更大的好处。他又想起当初自己闯入大平号，一番言语威胁住了张广发，说明那番话正说中了京商的目的，他们是来与晋商为敌。两样事情并在一起，古平原的脑子里如同电光石火一般，隐约猜到了苏紫轩的用意，不由得暗暗心惊。

苏紫轩没有理会离去的李钦，而是将目光牢牢望向古平原。"一百万两银票，古掌柜应该不会怀疑我的诚意吧？"

"心诚则灵。"古平原字斟句酌地说，"可是我这座庙只怕太小，装不下这尊神像。告辞了！"说完把装着银票的袋子往苏紫轩面前一丢，霍然起身再不犹豫，大步流星往外走去。

"等等。"苏紫轩一直很从容，这时才皱了皱眉头，"古掌柜，我知道你自身还有许多麻烦，若是多了我这个朋友，无论什么事，我都能帮你。"

古平原并非没有动心，苏紫轩看上去确实是个很厉害的盟友，自己一路坎坷，势单力孤是个很大原因，如果有苏紫轩的帮助，那局面就立时不同。但是一想到苏紫轩与京商之间暧昧不明的关系，他下意识地摇了摇头。

"既然这样,我不勉强,生意场上不是有句话,买卖不成仁义在。将来你若是后悔了,也可以回来找我。"

苏紫轩站在二楼看着古平原走远,问四喜:"你说,他是个疯子还是个傻子?"

"我看他像个聪明人。"四喜一笑,"大概是猜到了小姐想做什么吧。"

"不,他既是疯子也是傻子,很快我就会让他后悔拒绝我。既然敬酒不吃,那就让他吃杯罚酒!"苏紫轩这一次想好了一箭三雕之计,其中之一就是收服古平原为己所用。

四喜看着苏紫轩那张在烈阳下仿佛罩了一层寒霜的脸,心里不由得一悸,知道这位小姐一计不成,第二计只怕就没有这么和风细雨了。

果然,苏紫轩指了指桌上,"那半坛西凤酒古平原不喝,你就找个人替他喝下去。"说着,压低声音,细细地吩咐了一番。

四喜听完脸上顿时没了血色,喃喃地说:"小姐,这……这不是白白要人一条命吗?那也太可怜了。"

"这世上没有可怜人,只有被人可怜的人!"

"这位苏公子是什么来头?"王孔跟在古平原身后一步远,酒楼上一直没有出声的他,忽然开了口,"我说句实话,咱们这一次要办的交易实在是千难万难,能和此人联手,即使是对分一半的利,我想王大掌柜也说不出什么,应该会满意。"

古平原没有回答他的话,倒是回了句:"看样子你在王大掌柜面前很能说上话。"

王孔犹豫了一下,终于说:"实不相瞒,我是他的远房侄儿。"

"哦……那倒一向失敬了。"古平原早有预感,不动声色地点了点头。

"我是在泰裕丰学做生意,不是来当侄少爷的。你还当我是个伙计就好。"

"既然这样,我可以告诉你,那位苏公子的银票不是好拿的,我们还是另做打算。"苏紫轩看上去大方,其实是想把水搅浑,让泰裕丰涨了实力,就可以跟另外两家拼个你死我活,到头来只怕还是京商坐收渔利。

"眼下我要去三晋会馆拜会一下另外两大票号的东家,你去康家的商号里知会一声,就说泰裕丰的人已经到了。"古平原吩咐道。

王孔不明内情,还想多问两句,就听对面大街上人仰马嘶,还夹杂着不少哭喊之声。前面遥遥来了一队人马,一字排开长长一串,看上去拉开了足有一里长的距离。骑马的全是官兵,走路的却是有持刀押解的兵卒也有被绳索捆绑的妇孺。这些人没有穿罪衣,也没有戴镣铐,只是被用一根长长的绳子把双手绑了起来,前后相连，一步步艰难地挪动着。

这么多犯人，足有好几百，而且其中还有不少女犯，更是引来百姓夹道围观，不多时就把一条宽阔的道路堵得前拥后挤。

转眼间队伍已经来到面前，古平原仔细一瞧，这些人虽然表情悲苦，可是大都面目和善，不像是作奸犯科之辈，身上的衣着也并非寻常的贫苦人家，有几个女人身上还戴着金银首饰，就越发识不透这些人是什么路数了。

时已近午，路上蒸腾出重重热浪席卷而来。坐在阴凉处吃瓜摇扇尚且满头是汗，更何况这些犯人口焦嘴裂、步履蹒跚，更是被炙烤得两眼发花。其中一个三十岁上下的少妇，早就走得直打晃儿，等走到了古平原近前，身子一栽，咕咚倒在了地上，看样子是中暑昏了过去，犯人们都是捆着连在一起，她一倒下其他人也走不了，整个队伍都停了下来。

人群登时一乱，就见有个六七岁的小男孩费力地从人缝中挤出来，飞跑到那女子的身边，边哭边唤："娘、娘，你怎么了，你起来呀。"稚嫩的童音夹在人群的纷杂中，听了格外揪心。

那小孩儿叫了两声，转身扑到古平原身后的一处豆腐坊前，对着掌柜连连作揖，"求求阿爷，给口水喝，给口水喝吧。"

那掌柜迟疑一下，还是回身用粗瓷碗端过一碗水递给那小孩儿。孩子小心翼翼走过来，刚要蹲下身喂给母亲，旁边冷不丁抽过一鞭子，正打在小孩的胳膊上，顿时绽开一道血线，碗自然也拿不住，掉在地上摔成八瓣。

"活腻歪了是不是，谁让你给他水喝！"那用鞭子抽人的士兵一步跨过来，用鞭鞘指着豆腐坊的掌柜开骂。

"是、是，小老儿知错了，给军爷赔罪！"掌柜的脸色惨变，扑通跪下咚咚磕起响头。

小孩见打碎了碗，也顾不得身上痛，急得双目迸泪。他年纪虽小，也看出掌柜和其他人绝不敢再给他一碗水，往地上看看，石板路的缝隙里居然还有些水，他趴在地上用嘴去吸，吸了小半口水，跪爬到娘亲身边，嘴对嘴哺了进去。也不知是这一点点水的功劳，还是孩子呼唤母亲的声音，这少妇还真的悠悠转醒，抬眼看了看，发觉孩子在身边，连喘了几口气，勉力说："孩儿啊，我不是叫你不要来嘛！回家去，快回家去。"

孩子很懂事，不敢违背母命，万般舍不得地站起身，三步一回头往人群外走去。

"醒了还躺着，是不是找打！"那挥鞭子的士兵过来喝骂。少妇用力想要起身，却是疲惫无力难以支撑。那小孩子回头见了，咬了咬嘴唇，终于又跑过来，把手架在母亲的腋下用力向上抬着。

"小屁孩，滚开！"那士兵过来一推孩子，把他推得倒退几步倒在地上，然后一弯腰拉住少妇的胳膊，把她从地上拽了起来。

"啊！"那少妇忽然一声尖叫，也不知从什么地方来的力气，居然把那又高又壮的士卒狠狠推了开来。众人冷不防都吓了一跳，不明白发生了什么事。就见那士兵退开两步，脸上忽然浮出一丝淫邪得意的笑容，想是方才拽少妇时，手脚定然没有老实，那少妇猝然受辱，才有了这样的举动。

"老天爷，我们这是作了什么孽！"少妇忽然嘶声大呼，奋力往前一冲，额角碰到豆腐店前卖货用的木架子上。她是瞅准了那处棱角撞上去的，只一下便血流满面昏厥不醒。

人群又是一阵乱，几个士兵本来笑嘻嘻看着，见事情闹大了，忙过来维持秩序。那个始作俑者的士兵拔出腰刀把绳子砍断，将少妇弃在路旁，一挥手就像没这回事似的，"走，继续走！"

等这一支队伍走远了，才有人赶过去拉起那趴在母亲身上哭得浑身抽搐的孩子，"孩子，赶紧回家报信去吧，快请大夫指不定还有救，迟了可就来不及了。"

孩子撒腿如飞跑了，众人一阵叹息，慢慢也散了。

这还了得，这是官兵还是土匪！古平原一脸怒容，身旁的王孔也气得不轻，攥拳说道："就算是罪孥，也不至于受这样的凌辱。"

"什么罪孥？她们都是本地商人的亲属。地上这个不知死活的女人是康家大爷的二儿媳呢，从前多光鲜体面的一个人儿，谁能想到现如今得了这么个下场。"豆腐坊掌柜不住摇头叹息。

"啊！"古平原惊讶得嘴半张开。王孔连连眨眼，不敢置信地问："您说什么？她是秦西首富康家的儿媳，那些人都是商人的家眷？我，我没听错吧？"

掌柜小心翼翼往两边望望，"两位是外地客商，可能不知道内情，难怪会惊奇。这些商人得罪了僧王，也就难免有此劫难。"

"我们知道一些，不就是失火烧了军粮嘛，怎么把家眷折磨成这个样子？"

"僧王逼着这些商人通赔损失，光还钱还不行，必须把货物补上。那可是百万之数，谁有这份能耐？还不上，僧王就派人把商人的家眷都拘了起来，每日游街示众，直到清欠为止。"

这每日押解犯人游街的活儿派给了绿营官兵，绿营的军纪最坏，得了这么一桩差事，视为发财的好路子，每日向那些商人勒索钱财，否则就虐待囚犯。即使这样，每日游街之时，依旧会有官兵借着押解的便利调戏妇女，可怜这些女人在家中也有丫鬟仆妇伺候，处处锦衣玉食，可是沦落至此，就只能忍气吞声受人欺，不然就只有像方才那少妇一般，一死全了名节。

5

古平原知道眼下还管不了这桩事，与王孔分开后依旧来到不远处的三晋会馆。他将身上带着的名刺[1]，交给门上，说自己是泰裕丰的人，刚到西都，特意来拜会两位掌柜。

不一会儿大门敞开，管事的先一步跑出来，说日升昌的雷大掌柜亲自出迎。古平原一听立时动容，这个面儿给得不小，他还没想好怎么应对。大门左右一分，一个人款款迈步出来，笑吟吟说了句："古掌柜，久闻你的大名，今日可算是见到了。"

站在眼前的是个穿裙戴钗的女人！

是个女人不奇怪。古平原早就听人说过，平遥日升昌的雷大掌柜是位了不起的女中丈夫，为了帮体弱多病的弟弟守住这份家业，在祖宗牌位前立誓终身不嫁，雷履泰这才临死前把大掌柜的位置传给了她。但是谁也没想到，这位雷大娘可不仅仅是守业，她办事极有魄力，为了打通到开封的汇兑路线，敢单刀赴会，登船与黄河水匪谈判，又曾经兴利除弊，冒着日升昌一分为二的危险，开除了守旧的二掌柜，也是她的亲叔叔雷履安，终于将事权统一，也让日升昌稳稳坐住了燕门票号之首的宝座。

如今是见到真人了，古平原不由得摇头笑了笑。雷大娘假意瞪了他一眼，"小兄弟，你笑什么，是不是觉得我一个女人家不配来迎你？"

古平原本以为雷大娘既然有泼天胆子，又有霹雳手段，即使不是钟离春那样的无盐丑女，也必是穆桂英一般英姿飒爽，谁知都猜错了。雷大娘看起来就如同一个亲切的邻家大姐，最特别的是那双眼睛，如长虹秋水一般，让人一见了就忍不住想和她说几句心里话。这一声"小兄弟"叫得可真好，古平原就觉得浑身热乎乎的。

可是眼前这个女人毕竟是日升昌的大掌柜，是跺跺脚能让燕门商界地皮乱颤的人。古平原不敢怠慢，肃肃面容躬身一礼："古某不敢，日升昌是燕门商界领袖，久

---

[1] 又称"名帖"，拜访时通姓名用的名片，是古代官员交际不可缺少的工具。

闻大掌柜的风采,今日一见,睹之心折。"

雷大娘微微一笑:"闯黑水沼斗王府,把当铺的生意做到全省,你古掌柜的名号我也是如雷贯耳了。"

雷大娘毕竟身份在那儿摆着,她这么说,古平原不免有些惶恐,抬眼看看,见雷大娘面色自若,不像是在说反话,这才放下心。

其实两人这初次见面,都觉得对方很对脾气。但古平原不敢越礼造次,雷大娘呢,则忌惮王天贵的手段,对古平原也连带有几分警惕。

两个人互相一让,并行而入,古平原问了一句:"侯大掌柜在不在会馆中?"

"在。其实他也好奇,想看看你,不过我既然抢先一步出来了,他就只能待在前厅赏字画了。"雷大娘说着有些好笑。

两人又说了两句话,穿过"关云长单刀赴会"的牌楼,就来到两侧写着"经壁辉光媲美富,羹墙瞻仰对英灵"的正厅。正厅里有一个须发皆白的老者,拄着一根拐杖站在墙边,果如雷大娘所说,半侧着身对着悬挂的字画,正在眯着眼赏鉴,听到脚步声也不回头。雷大娘轻轻咳嗽了一声,那人不闻不问,依旧是意态悠闲。

古平原已知此人是谁了,抢上一步,拱手为礼:"后辈古平原,给侯大掌柜见礼!"

"唔,唔……"那老者这才偏了偏身,"你就是古平原……"

"是。"

"后生可畏,后生可畏。我是老了,将来的买卖都看你们年轻人的了。"侯大掌柜连连点头。

古平原这才看清,敢情这燕门商界的耆老侯五味已然年近耄耋,脸上皱纹堆得像个核桃,眼皮耷拉着,喘气也是一会儿轻一会儿重,显得有点上气不接下气的样子。

人家这么大岁数了,又是这个身份,居然如此推崇自己,古平原心下感激,当下扶着侯五味在正厅的太师椅坐下。侯五味还要让古平原坐首座,古平原哪里敢,最后一番推让坐了次席,雷大娘打横相陪。

侯五味对古平原赞不绝口,雷大娘在一旁却只是视有若无。古平原眼角余光一扫,正看见她一只手在腰间冲着自己摆了一摆,眼睛也同时眨了眨,分明是在提醒自己什么。

古平原正想着,侯五味开了口,他讲的是几十年前和雷履泰一同创办日升昌的往事。别看他人老了,记性却好,大到在全国各地开设分号,小到一餐一饭如何克脸，直说了整整一个时辰还不罢休。

古平原一开始还认认真真听着，后来听来听去，发现侯五味真是老糊涂了，有些事讲了一遍又一遍，竟是如老和尚念经一般。这要讲到什么时候！

古平原这一次来会馆，有两件事要做，一是看看这两个对手，二是经过苏紫轩在同盛祥的提议，他也由此触机，有一番建议要对两位大掌柜提。如今看侯五味的样子，只怕往事讲完了，他也神疲力乏要休息了，那自己这一趟岂不是白来？

他有些烦躁地瞥了一眼雷大娘，却发现自从侯五味开口时起，雷大娘就凝神细听，眼睛盯在侯五味脸上，机警得像一只嗅到了猎人气味的狐狸。

古平原心下一愣，联想起方才她的手势，知道这里面必有缘故，这样心意一转，顿时平心静气继续听了下去。

侯五味又讲了小半个时辰，端过茶水品了一口，"一辈有一辈的辛苦，如今又轮到你们这拨年轻人了。"

"这燕门票号从康熙年间办起，历经蹉跎，到了道光年间本来已然式微。要不是毛老前辈与雷家先人联手，怎能风云再起？我们不过是沾了老前辈的光了。"

古平原说的是心里话，侯五味听了很是高兴，不断拊掌称善，雷大娘却只是含笑不语，并不插话。

侯五味夸赞了一番古平原，忽然换了一副面孔，容颜有些惨淡。

"古掌柜，实不相瞒，我毛老头这一辈子没求过人，今天有事情求求老弟，能不能赏我个薄面？"

这话说的！古平原真没想到侯五味以蔚字五联号大掌柜、燕门票号年辈最高者老的身份，能卑躬屈膝说出这样的话来。他立时惶恐不安地站起身，合掌抱拳，说道："侯大掌柜，蒙您看得起，您说吧，只要是我能办到的，我一定……"

话刚说到这儿，就听啪的一脆响，雷大娘不小心把桌上的茶壶拂到了地上，壶身碎裂，茶水流了一地。会馆主事赶紧过来让下人擦拭更换，忙了一大气儿这才安稳下来。古平原方才一时冲动，本要轻诺，现在想起来未免草率，而且他也发觉了，雷大娘不知何故三番两次都在提醒自己多加留神。

所以重新落座之后，古平原心生警惕，把话接了下去的时候就留了几分余地，"只要是我古某人能办到的，我一定尽力让老前辈满意。"

"眼下有件事，古掌柜应该能办到。我老了，打算最后出出风头，借着这次收购康家的产业，风风光光把这一生的事业做个了结。办成了这件事，我也就可以回家去安享晚年了，过几年一闭眼，必定也是含笑而逝，将来燕门的生意也就都是你们年轻人的事儿了。不知道古掌柜肯不肯成全我这个糟老头子？"侯五味看向古平原的眼神满是求恳之色。

"这……"古平原可真是没想到，没想到侯五味谈买卖，不谈银钱谈人情，这分明是要自己退出这次的生意。这个要求可是太大了，也太过分了。古平原这才明白方才雷大娘的几番举动的意思，敢情是早就猜到了侯五味会有这样的计谋，而自己不知不觉已落彀中，幸亏方才雷大娘搅局，不然话说死了，又面对这样的老前辈，还真是没法转圜。

一念及此，他灵机一动，抱歉地看了一眼雷大娘，对着侯五味说："侯大掌柜有命，古某本当听从，只是三大票号齐聚于此，我不敢擅专，咱们是不是也应该听听雷大掌柜的意思。"

"她那边没问题的，不看僧面看佛面，就是不提我与她父亲几十年的交情，日升昌的桌椅上还都洒着我侯五味的汗水，念着这份功劳，雷大闺女也不会与我争，是不是啊？"

再看雷大娘一瞬间脸色也有些发红，没好气地说："是啊，这么多年了，您老人家办事什么时候让小辈儿们吃过亏？"

侯五味不理她话里带刺，反倒打蛇棍上，立马跟了一句："哎呀，还是你这闺女懂事，不枉小时候我还给过你糖吃。"说完又转过头对古平原道："这么说我将来死了能不能闭上眼，就听古掌柜现下一句话了，我先重重谢了。"

侯五味快八十的人了，颤巍巍站起身，居然作势就要给古平原磕头。这阵势，换了谁都扛不下来。古平原想都没工夫想，吓得赶紧去扶，说什么也不能让他把这个头磕下去。

"老前辈，老前辈，万事好商量……"古平原半扶半抱总算是拦住了侯五味，把他搀到椅子上坐好，自己也紧张出一身汗来。

雷大娘扑哧一笑，"侯大掌柜，您也真做得出来，这把老骨头说跪就跪，也不怕散了架。"

侯五味气喘吁吁，"谁让我是大掌柜呢，忝为职守只得勉力而为了。古掌柜，你还没说话呢，给不给老朽这个薄面哪？"

古平原可真为难了，这岂是轻易能够答应的事情，别的都不提，上面连着常四老爷的一条命呢。这时候侯五味、雷大娘的眼睛都盯在他身上，古平原座中低头想了一会儿，再抬头神情肃然，站起身冲着侯五味道："侯大掌柜，我不能这么办。我是以泰裕丰掌柜的身份来办事，不能私做人情给柜上造成损失。"

"哦……"侯五味脸色阴晴不定，看了一眼古平原，并没说话。

"不过我倒有个建议，自知人微言轻，本不敢说出来。"

"没关系，小兄弟，你说吧。你既然代表泰裕丰，那你的话，没人敢轻视。"古平原一口拒绝侯五味，雷大娘先就舒了一口气，此时鼓励道。

"俗话说，一争两丑，一让两有，能不能三家联手做这笔买卖？我算过了，每家只要出六十多万两银子，应该能做成这笔交易。"古平原胸有成竹地说。

雷大娘还没答话，一直没出声的侯五味忽然挺起腰来哈哈一笑，眼神陡然变得锐利，带着一股慑人的气势，直逼古平原。

"年轻人，好算盘。你以为我不知道，以泰裕丰的实力无法与我或者雷家抗衡，你就想出这么个法子来，要三分天下有其一。哼，做梦！你当我毛老头这几十年的莜面白吃了不成？"

"老前辈……"古平原还待再说，侯五味已然怒冲冲离座，一句话也不听，起步转到后堂去了。

"你不必再说了。"雷大娘摇摇头，"说也无用。侯五味是不会和我们雷家联手的，至于泰裕丰嘛，他本来就不甚重视，不过是要用你来做个引子，也好拘住我。侯五味这个人一辈子不和人合作，因为……"

"因为什么？"古平原一时好奇问了一声，看到雷大娘脸上露出为难的表情，他倒有些后悔问得孟浪。

雷大娘笑了笑，"说给你听也没什么，他当年与家父合作创立日升昌，最后却因为窥视大掌柜的位置，被我父亲施计撵出了票号，引为一生恨事，从此立誓再不和人合作。"

"啊！"古平原这才知道，原来所谓几十年的交情是这样。

"不过话说回来，侯五味这个人也有他人不能及的长处。你看他方才不顾一切的样子，你道是为了自己的家产吗？不是的。蔚字五联号是介休常家的产业，侯五味不过是拿身股的掌柜而已，并非财东。"

这话又是大大出乎古平原的意料。只听雷大娘接着说："方才他那样子，我看了着实感动。这么大岁数了，只为尽到大掌柜的职责，竟不惜脸面要给小辈下跪，虽然是用了心机，可换成你我，自问能做到吗？"

古平原情不自禁地摇了摇头，他本来有些鄙薄侯五味的为人，此时都已释然，反倒是生出了一丝敬意。

"恕我冒昧再问一句，要是我方才答应了侯大掌柜，你又如何自处呢？"

"你不会。"雷大娘轻描淡写地说，"我只担心你被道行高深的老头子骗了句话去，至于认起真来，你绝不会拿买卖当儿戏的。你是个正经儿八百的生意人，方才看你第一眼，我就知道了。"

"所以你拿我当个挡箭牌，以免与侯大掌柜正面起冲突。"古平原恍然大悟。

雷大娘莞尔一笑，拍了拍他的肩膀，"小兄弟，莫生气，算我欠你一个人情。要不这样好了，这次的交易，我们日升昌的赢面最大，我给你在里面夹些干股，算我还你这个情好了。"

这真是通省第一大票号的掌柜才说得出的话，出手真是豪阔。康家的产业若是被日升昌购了去，日进斗金不成问题，古平原哪怕是只占一厘，一年下来也是个万贯家财的财主了。

换成别人自然喜不自胜，古平原却微微沉了脸，"雷大掌柜，虽说生意归生意，人情归人情，可是有朋友才有做不完的生意。我这一次来，虽然没谈成三家合作的事儿，可是交了个朋友，心里实在高兴。万没想到你会这么说，莫非拿我当个趋利小人？我来办的是柜上的公事，若是私下拿对方的股，岂不是谋事不忠？好意心领了，告辞。"

说完他就要走，还没等挪步，雷大娘已疾声道："对不住，是我错了。"说着蹲身福了一福，竟是给古平原赔了个礼。

"这不敢当。"古平原连忙侧身避过，一时不知怎么开口。

雷大娘却也不再提这件事，反倒又说："你们那位王大掌柜，我实在是不愿招惹，不然就这一次，你我两家联手也是好的。"

古平原心里一动，倒是认真考虑了一下雷大娘的话。泰裕丰若是与日升昌联手，蔚字五联号自然落了下风。但还有苏紫轩这个人与他的一百万两银子，怕就怕虽说侯五味不愿与人合作，可一旦知道自己没有了胜算，面对这么巨大的利益，被逼得当场与苏紫轩联手也不是不可能，那样反倒是日升昌和自己这边处在了劣势。

古平原想着摇了摇头，拱手道："改日竞买康家的产业，无论结果如何，都不会影响我们的交情，这一点请雷大掌柜放心。"

"想不到王天贵居然如此识人，我一向倒是小看他了。"雷大娘激赏地点了点头，说的虽然是王天贵，夸的自然另有其人。

6

古平原辞出会馆，见天色尚早，他想先回分号去一趟，问问康家的事儿有没有新的消息，刚要举步，就见一辆马车疾驰而过，向城北而去。跨辕的是李钦，这倒不稀奇，可车里坐的两个人顿时让古平原瞪大了眼睛。

如意和常玉儿！

她们俩怎么会坐上了李钦的马车？古平原担心常玉儿，心里顿时七上八下，正在望着马车的背影发怔的时候，就觉得后面有人喊了一声。

"请问是太谷县泰裕丰票号的古掌柜吗？"

他连忙回身，见是个青衣俊仆，正对自己作揖行礼。

"正是古某。"

"我家主人有请，还望古掌柜大驾光临。"

"你家主人是？"古平原迟疑地问，城里既然有仇家、有敌手，那就不能不防。

"主人借住在陕甘屯田道施道台家，您去了便知。"

既然是在道台家，那料想不妨事，何况能借住在四品官员家中，必定也不会是普通人，指名道姓请自己必有缘故。古平原点了点头，俊仆见他答应了，扬手唤过早已等在路旁的一辆轿子。

居然是顶四人抬的绿呢大轿，不用问这是把道台家的轿子借了来。古平原这辈子第一次坐大轿，倒也觉得新鲜，左右看看不知不觉就到了城南一处大园子。有那俊仆叩门，大轿直接抬到二堂月亮门前，古平原下了轿，仆人伸手肃客，将他引入花园中。

秦西地处黄土高原，花园之胜当然比不了淮扬苏杭，但是看得出主人家也是一番苦心经营，铁干铜枝的老树遍布满园，都是碧叶虬结，霜皮突兀，怒根出土。院中无明池却有暗泉，但闻泉水滴答声，听久了心静自凉，又能发人怀古幽思。

"好去处！"古平原不觉赞叹出声。

"三百年的老园子，没别的好，就是一丝火气不带，最是消暑。"阴影中有人边答话边走了出来。

一打眼间，古平原还以为出来一位散仙。就见这个人年纪比古平原大着几岁，身穿蓝绸衣裤，足登散底鞋，辫子盘两圈甩在脑后，手中一把折扇，双目炯炯有神，脸上挂着一丝漫不经意的微笑。

见是这样的俊雅人物，古平原不敢怠慢，抱了抱拳道，"在下古平原，敢问兄台高姓大名？找我前来有何事见教？"

"坐、坐，天太热，哪能一到就谈正经，先喝一杯大红袍解解暑再说。"

那蓝衣人一句不答，指了指树荫下的石桌石椅，请古平原坐下。

"这是正宗闽北大红袍，不是我说嘴，自从逆匪作乱，断了长江茶路，本年的雨前大红袍就连京里皇上和皇太后都无福享用，可就偏偏是我这里有。"

这人还真爱说话，古平原几次想插嘴都插不进去，只好既来之则安之，听他一个劲儿地往下说。

"你算是有口福，正宗的大红袍树一年只产八两茶叶，自打乾隆爷那会儿被雷殛死了半边，就只剩下了四两。如今都在我手里，轻易是不给人尝的。"

他这么一通夸，古平原还真起了好奇心，端过沏好的茶水，用舌尖一点，又呷了小半口，慢慢地品，最后舔起一片茶叶在齿间细细嚼着。

"如何？"蓝衣人带着笑问。

古平原深深吸了一口气，他家乡徽州最是产茶的地方，他的老师又是嗜茶之人，古平原从小为老师沏茶泡茶，听老师讲茶理，对茶叶知之甚深。稍微一品就品出来，这杯茶里的茶叶，比老师当年省吃俭用换来的那两钱号称极品大红袍还要好，难不成真是祖树所产的贡品？

那对面这个又是什么人？

古平原注目于蓝衣人，他却宛如浑然不觉，只是向紫砂壶中注水，将一小块白炭轻轻拨亮，动作就像新郎在拨开新娘子凤冠上的流苏，饶有兴味又一丝不苟。

许久他才满意地抬起头，第一句话就说："你想不想发财？"

"想！"古平原毫不犹豫地回答。

"发大财？"

"越大越好。"

"眼下就有个机会。我知道你带了些银子来康家想买下他们的产业，却还不够，对不对？"

古平原不答，只静静地看着对方。

"没关系。不够之数我可以请道台大人为你担保，先欠着，这样你就可用几十万的银子转手换来几百万的产业。"

"那不是要还吗？"

"不用还！我已经和道台大人商量好了，这件事里所得的银子，三一三十一，我们给分了。康家卖了产业后，还要通赔军营的损失，之后就是个穷光蛋了，怕他做什么？为官千里只为财，大不了道台的官儿不要做了，这些钱他几辈子也享用不尽。"

好大的胆子，这么牵涉几百万两银子的巨骗，难为这人能轻描淡写娓娓道来，听上去这蓝衣人是空手套白狼，但细思之下，也要靠他能攀上道台大人的关系，还要能说动一个四品大员拿前程做代价来行此骗术。

眼下这西都城里，看样子真是有好些人将康家几世积攒起的财富当成唐僧肉，恨不得一口吞下肚去。

蓝衣人见他沉吟不语，又开了口："说白了，这与康家去谈生意引他们入扣的人也不能是个随随便便的小商小户，至少要够分量才行。燕门的三大票号自然是上佳人选，我听说泰裕丰的王大掌柜做起生意素来灵活机变，泰裕丰论起实力又排在其他两家票号后面，我想你应该没有理由会拒绝吧？"

"我是没有理由拒绝。"古平原点了点头，蓝衣人眼里瞬间闪过一片失望的神色。

"但是只要我在西都一天，你这个骗术就别想得逞，我会去警告康家要他们提防这个屯田道。还有，另外两家票号，你也不用打主意了，我向你保证，他们知道了，一定把你揪到官府去。"

雷大娘不必说，就是侯五味，古平原也有这个把握，因为他也是个真正的生意人。

说完，古平原不愿再待下去，扭头就走，就要出花园的那一刻，忽然身后传来开心爽朗的笑声，他诧异地转过身去，就见那蓝衣人轻轻鼓着掌。

"我就说吧，总算是没有枉费我的大红袍。"

"可惜害我输了东道。"自屋中走出两个人，前面拄拐的可不正是侯五味。

"这要怪老爷子你看人不准。我就没见过不怕死的人会是小人。他敢走黑水沼，又怎么会是个黑心贪财之辈？"雷大娘从后面走了上来，笑着说，"这茶真是馋人，乔致庸你也真是，方才煮茶故意拖延时间，就是在勾我的瘾儿，对不对？"

乔致庸！

古平原脑子轰的一声，愣愣地看着这个蓝衣人。人称"一堡顶三号"的乔家堡的主人，在包头一手扭转乾坤，重振乔家声威的经商奇才，在号称通省皆商的燕门被公认为"第一商"，无人不知无人不晓的"亮财主"，就是面前这个笑得有些不知收敛的年轻人？

"不信吧，他这个样子，比我还不像个掌柜的。"雷大娘看上去与乔致庸交情甚好，随随便便一坐，调侃道。

侯五味却坐在稍远的地方，只拿过一杯茶嗅那香气，却一脸的不苟言笑。

"几位大掌柜，我可是糊涂了，这到底是怎么回事？"其实古平原已经隐约猜到了，只是事情太过出人意料，他心里激荡不已。

"我来告诉你吧。我撺掇他们联手买下康家的产业，免得晋商自相残杀被外人看了笑话，既输了面子又输了里子。他们被我说动了，可是侯大掌柜不愿意只与雷家联手，我呢，又有不能参与这件事的理由。"乔致庸为了经营南方茶路，在闽赣诸省大肆收买茶山，已经把能调动的所有资金都投了进去。这是眼下乔家最大的秘密，除几个亲信的掌柜外没人知道。

"眼下三大票号都说日升昌居首，要是我们两家联手，有那不知道的必定要说是我侯五味仗了雷家的势力，我不落这个口舌。"侯五味皱着眉，一脸不高兴的样子，"再说，我老了，你们就当迁就我行不行？"

"行，行，我这不是紧着给您凑角儿嘛。"乔致庸一脸的没脾气，转过头和古平原说，"所以我就出主意再找泰裕丰一起做，可是他们二位又都信不过王天贵王大掌柜，这事儿眼看就要僵了。"

雷大娘接着说："后来听说代表泰裕丰来西都的是你，你的本事胆量我们都听过了，可是为人却不甚了解，乔东家说不妨试试你，这不就……"

侯五味接上一句："利字当头不动心，已然是百里挑一。最难得的是，年轻人都好面子，我拿面子拘你，你还是能跳出来，这就不是凡品，不容易、不容易！"说着频频点头。

"三位大掌柜的……"古平原眼眶潮湿，喉头哽咽，想了想还真是无以言谢，于是恭恭敬敬一躬到地。再抬头时却说了一句让面前三人都愕然不已的话。

"三位的好意我心领了，但是请恕古某不能接受！"

这是谁都想不到的一句话，乔致庸、雷大娘惊讶地互相看了一眼，都以为自己听错了，只有侯五味呷了一口茶，并不动声色。

"古掌柜，三家竞买，泰裕丰实力最弱，眼下联手均分利润，其实是对你们最有利，反倒另外两家吃了亏。你可要想清楚啊。"乔致庸劝道。

"小兄弟，方才在会馆，你不也提议三家联手吗？"

古平原抱歉地一笑，他方才是在试探，试探日升昌和蔚字五联号有没有单独联手的可能。现在看起来侯五味真是块老姜，他一定要把别人扯进来，就是仿三国的

365

故智[1]，要形成"魏蜀吴"三足鼎立的局面。如今泰裕丰不肯加入，侯五味宁可放手一搏，也不会与日升昌对分利润，否则必成两虎相争的局面，到时候雷大娘锋芒正盛，侯五味毕竟已经老了。

望着古平原离去的背影，一向智珠在握的乔致庸也不禁愣了半晌。雷大娘把杯中茶一饮而尽，向桌上重重一顿，百思不解地摇了摇头，"怪不得都在传他是个疯子……"

7

"四姨太回来了吗？"古平原一进泰裕丰分号就迫不及待地问着。

"还没有。"王孔早就回来了，迎上来答道，他手里拿着一份邀帖，"康家看来是迫不及待了，知道我们到了，立时就定了竞买的日子。"

"哦，是哪天？"

"就是明天，在康家的一处绸缎庄内。"王孔犹豫了一下，开口道，"古掌柜，这竞买是硬碰硬的生意，谁的钱多，谁就能力拔头筹。咱们手里的银子别说比不上雷家、毛家，就连今天那个什么苏公子都压咱们一头，明天就到了见真章的时候，咱们可不能坐以待毙啊。"

"那你说应该怎么办呢？"古平原反问一句。

王孔正是想破头也想不出这一笔生意应该怎么做，当下被问得哑口无言，怔怔地看着古平原。

"眼下康家缺钱，想用铺子来换钱，但如果不卖铺子，也能得到钱来解眼前的燃眉之急，那康家可就要好好想一想了。"

"不卖铺子也能得到钱，这不是异想天开吗？"

古平原准备玩的这一手，是在路上冥思苦想，终于想出来的一套办法。他自知道银钱不够，那么就得用别的办法来打动康家。他知道康家几世经商，此次迫不得已卖掉产业，心中一定是难以割舍，这是人之常情。自己可以晓之以理动之以情，让康家大爷明白此事还没有到推车撞壁的时候，大可以把祖传的铺子留下来，至于需用的银钱暂且由泰裕丰垫付，等到情势好转再还钱……

"不行！"古平原的话才说了一半，王孔把手往桌上一拍，他此来就是监视古平

---

[1] 意为以前用过的计谋。出自《史记·韩世家》。

原如何去用那八十万两银子，一听之下立时摇头道，"这不等于是白给康家当差吗？利润何在？而且风险有多大你想过没有，康家已然陷入绝境，你现在借钱给他们，吃倒账的风险太大了。"

"康家没有到绝境！"古平原从随身小箱中把曲管账收集的康家产业细册拿出来，放在桌上，"你在票号也不是一天两天了，你看看，康家的生意做得都很好，几乎没有赔钱的买卖。要不是这一次火烧辎重被迫赔罚，康家的生意根本就是难以撼动，如果能缓过这一口气，康家一定能重整旗鼓。"

"可是他缓不过来。"王孔也不得不承认古平原说的是事实，可是他却另有看法，"别忘了，筹得的银子要赔给军队，他拿什么来经营？无源之水无本之木，除了等死难道还有活路！"

"有！"古平原轻轻一拍桌子站起身来。

"活路在哪儿？"王孔仰头望着古平原。

古平原伸出大拇指，向自己脸上指了一指，"就在我这儿。"

"你看……"说着他翻开那本细册，开始滔滔不绝地讲起来，说的都是如何用最少的资金来经营这上面的一笔笔生意，然后把看似不相关的生意之间彼此勾连，像滚雪球一样渐渐做大，"康家的生意守成有余开创不足，好多赚钱的路子白白放过了，还有些明明能省的钱也花了出去。最不应该的是，好些自家的生意之间可以彼此合作互利，却让旁人把这笔利给赚走了。我打算和康家大爷好好谋划一下，将这些银子的来路都一一理顺。以康家底子之厚，不出三年就能起死回生。"说着，古平原拿出一本簿册，"我方才说的只是大概，这几日赶路时，我白天筹划，晚上就写下来，你看看吧。"

王孔听得目瞪口呆，等把册子拿在手里仔细观瞧。可不是嘛，上面把如何为康家谋划生路写得有理有据，看起来就像是一个在康家当过十几年掌柜的老先生为自家生意写的条陈一样清晰详尽。

"这古平原真是天生做生意的好手。"王孔细细翻着，心里不由得涌上一股妒意，他把册子合上，故作轻蔑地摇了摇头，开口道，"这不过是纸上谈兵罢了。看上去倒是不错，可你有没有想过万一二字，万一要是有什么闪失，这可是八十万两银子，我不能让你拿着当儿戏。就算这一次的生意做不成，毕竟八十万还在手里，要是像你这么去冒险……"

他再次摇了摇头，"不行！王大掌柜吩咐过，除了收当，其他绝不可行。"

"王兄……"

"不必说了,我的责任就是看着你按大掌柜的要求去办,其他的恕我无能为力!"王孔抱了抱拳,抬脚出了房间。

古平原慢慢收回那本册子,皱紧眉头坐了下来。看样子王孔受了王天贵的严令,所以态度如此坚决,这件事本就不易,如今第一关就闯不过去,往后可真是难办。时间又这么紧,万一康家明天就做决定将买卖盘给日升昌或是蔚字五联号,到时候木已成舟,神仙无解。

他正想得脑仁儿发疼,分号管事着人送来一封信,说是让古平原亲启。古平原拆开一展,就见用娟秀的行楷写了两行字,是常玉儿所书,说是自己正在城北华清池,盼古平原速来一回,有要事相商。

古平原见过常玉儿的笔迹,一看就认出确是她的亲笔,先前看见她随着如意驰过闹市,马车上还有一个李钦,古平原本就在担心,眼下又接到这封信,一颗心立时就提了起来。问明白送信的人驾着马车在外面等,他也顾不得一天奔波之苦,立即就上了路。

8

华清池在西都东北方的骊山脚下,赶到那里要一个时辰,古平原坐在车厢中,脑子里像走马灯似的想着苏紫轩、雷大娘、侯五味、王孔、李钦、如意、常玉儿这些人。古平原就觉得他们好像都在冲自己笑,又像是对着自己哭,几张脸变来变去,闪来闪去,倏尔隐没不见,突然又一起聚拢在自己面前,一起厉声叫着:"古平原,这次你没办法了吧!"

古平原一激灵,原来自己是不小心眯着了一觉,外面有人在敲着车门唤:"古掌柜,到地方了。"

古平原下了车,发觉天色已然昏暗下来,骊山山势不高,却足以遮住晚霞,整个山麓都在黑暗笼罩之下。

古平原按照驾车人的指点,循一条山径向上走去。华清池是西都胜景,常有文人骚客来此凭吊重温唐明皇与杨贵妃的故事,可是最近西征军犯境,市面不太平,也就少有人有这雅兴了。古平原一路上来都没遇到一个人,唯有鸣蝉声躁,流水叮咚。

远远看见一处山门,路旁也有大石勒字,上书四个字"春寒赐浴",那么再往前就是闻名已久的华清池了。古平原拢目望去,只觉得视线远方一片氤氲,想必是温泉水冒出的热气。

山门旁有一点微光，古平原走近了才看清，是常玉儿提着一盏灯笼，身儿伶仃地靠在柱上，目光呆滞，眼瞧着古平原走了过来却浑然不觉，看上去竟是一副魂不守舍的样子。

"常姑娘、常姑娘！"古平原心里一惊，连声呼唤道。

"啊！"常玉儿身子一颤，猛然回过神来，抬头见了古平原，又低下头去，好半天才挤出一句，"古大哥，你……你接到我的信儿了？"

"是啊，我立刻就赶来了。你说有要事，到底是怎么了？"

常玉儿紧抿着嘴唇，身子竟有些微微发抖，抬起眼望着古平原，眼中满是孤立无援的痛苦神色。

"到底怎么啦？"古平原越发着急。

常玉儿扬起头闭了闭眼，一连串的眼泪滚落面颊，她摇了摇头，忽然转过身，向后就走。古平原不明所以，连忙跟了过去，口中不停追问，常玉儿却始终一言不发，把他急得心如油烹一般。

常玉儿引古平原来到一处最大的汤池所在。围着汤池，修筑着一间如宫殿般的房舍，雕龙画壁异常精美，她推开了外面的房门。

古平原糊涂了，试探地问："常姑娘，你这是……"

常玉儿扭过头去，将脸隐在夜色之中，用手指着推开的房门，指尖微微颤抖，显是心情激动。

"要我进去？"

"……"

古平原见这样僵持下去不是了局，索性先按她说的办，于是抬脚进了这间房。谁知他前脚进去，后面常玉儿把门一关，随即就听到抽泣之声和她快步跑走的脚步声。

古平原回过身刚要打开门看，就听身后有人轻笑。

"一个傻丫头而已，也值得古大少去追？"

如意？！古平原的手僵住了，他慢慢回过身来，在四壁烛光的照耀下，就见房屋中央的汤池上雾气蒸腾，时聚时散，温泉池水中站着一个身披轻纱的女人，这轻纱纺得极薄，并不能遮住她身上任何一处肌肤，如同身无寸缕，却比浑身赤裸更加具有致命的诱惑力。

古平原一瞥之下立时将目光移开，语气中带了一丝怒意。

"四姨太，这是你安排的？还是王大掌柜安排的？"

如意抿嘴一笑，轻轻往前走了几步。古平原听到哗哗的水声，心里不由得跳了几下。

"你害怕了？以为又是像上次那样给你来个仙人跳？放心，这种事可一不可二，再说王天贵也没必要再摆布你一次了。"

那就是如意自己所为了。古平原想起常玉儿曾经说过，如意很爱打听自己的事儿，看样子这女人是不守妇道，一心想要红杏出墙。

古平原不想和她多纠缠，背转身就要走。却不料如意的动作也很快，已来到古平原的身后，紧紧贴着古平原，在他耳边吐气如兰地说："古平原，我知道你是不甘人下的大丈夫，我帮你从王天贵那儿弄一大笔钱，然后咱们就走，走到天涯海角，过唐皇与杨妃一样的日子。"

她灵机一动，又跟了一句话："王天贵把你害得那么惨，你就不想用一下他的女人，难道你就那么怕他！"如意将身子贴得更紧，将腿伸到前面盘着古平原的腿，足弓绷起，涂了蔻丹的修长脚趾轻轻踩着古平原的脚面，用最温柔的语气唤着古平原。

"春宵一刻值千金，你知不知道为了这一刻，我用心有多苦？谋划了又有多久？我做的这一切都是为了你。"骚媚入骨的声音加上柔软诱人的身子，如意自信这一次就是不靠春药也不愁古平原不乖乖就范，"古大少，我是最好的，不信你试一试啊，我比常玉儿那个丫头好上一百倍呢，试了你就知道了。"

然而事实与她想的恰恰相反，她这一提常玉儿，古平原就如同被兜头泼了一盆凉水，这一路上结识的那么多的好人，此时仿佛都在看着他，目光中没有埋怨、没有责备，却带着一丝失望，就像根冰针一下子扎进古平原的心里。

古平原僵立着，如意感到怀中的这个男人忽然冷了下来，这令她有些不知所措，在她的记忆中，没有一个男人会在这个时候不回应她。

古平原忽然向后猛地一挥臂，将如意甩开几步远，她身子趔趄险些跌入池水中。他随即拉开房门，一步跨了出去。

"等一等！"如意尖厉的声音在一瞬间令她自己都有些害怕，她喘息着，脸上挤出一个笑容，努力平缓着自己的语气，"古平原，你不敢看我？我问你，我哪一点比不上那个姓常的小骚货？有本事你回头看过了再走！"

古平原本不想理她，可转念一想，如意缠上了自己，倒不如让她死心好，免得日后多生事端。古平原想让如意断了念想，但他料错了，俗言道，女人心，海底针，其实他此刻一走了之倒还好了，一念之差则日后酿出一场大祸。

古平原缓缓回过头来，如意将肩头一扭，轻纱滑下，秀美颀长的身形，浑圆曼妙的曲线，无遮无挡地展现在古平原面前。她轻吸一口气挺起胸，媚眼如丝般看着古平原，目中满是挑战的神色。

古平原此时已然恢复了常态，他哂然一笑，带着些欣赏，又带了些抱歉，"你很好，可惜不是我想要的女人。"他摊了摊手，走出门去，又把门轻轻关上。

如意听着他的脚步走远，站在当场呆若木鸡，她第一次花这么大力气去诱惑一个男人，却也是第一次输得这么惨。这个男人要是闭眼而逃或是只敢匆匆扫上一眼也就罢了，可他却认认真真看了，看后却又如此不屑一顾。如意的脸慢慢涨得通红，身上却冷得很想打战，她忽然声嘶力竭地喊了一声："古平原，我一定要你后悔！"

古平原已经走远了，他穿过一片小树林，踏上了一片瓦砾残迹，月影行云洒下光华，借着月光依稀能辨认出一块明碑上的字迹。原来这里就是唐时花费万金营建的飞霜殿，也就是那温泉绕梁、飞雪落瓦即化为霜的九楹大殿，此时却是碎石断柱，不复往昔光景。

古平原方出温柔乡，又见凄凉地，心中突生感慨。

"都说做生意是为了钱，就算真的赚到了帝王一样的金山银海，然后呢……也修这样的大房子，娶天下最好看的美女，日日笙歌，夜夜纵情，这就是生意人最好的结局？"古平原并不这样认为，然而做生意到底所为何事，他却也并没有想得太清楚。何况此时他的心思并不在此，只见拢目前望，果然在殿后平如明镜的九龙湖畔，看到了自己正在找寻的身影。

常玉儿倚在一棵高大的雪松上，正在掩面哭泣，瘦削的肩头一耸一耸，显见极是伤心。

"常姑娘。"古平原怕吓到她，走到十步之遥便开口叫道。

夜深人静，常玉儿果然吓了一跳，急匆匆回过头，见是古平原却又讶异地睁大眼睛。

"你，你不是……"

古平原摇了摇头，眼中含着无奈的笑意。

"古大哥。"常玉儿这一喜非同小可，竟顾不得女儿家的矜持，不自觉地伸手过来握住了古平原的手。

古平原只觉得她的手一片冰冷，必是方才受了很大煎熬，不由得心底涌上一股爱怜。古平原虽然不知道当初常玉儿舍身相救一事,但是他并非草木,常玉儿对自己有情,他隐约也感觉到了,但是一念及当初曾经海誓山盟的那个女子,他不由自主松开了常玉儿的手。

常玉儿正喜出望外,并没察觉到这些,只是不知道方才在汤池发生了什么事,开口想问却又问不出口,怔怔地看着古平原。

还是古平原先问道:"下午我在城里看见你们和李钦共乘一辆马车,他与你们如何走到一路?"这件事他一直放在心头。

"我们要雇车来华清池,可是城里的车夫怕西征军出没,都不敢来。这位李东家从旁经过,立即买下了一辆车,载着我们来的。他出手可真大方,把后面一片精舍都包了下来,说是可供我们歇息,可把那正愁没生意的看门人喜坏了。"

这倒真是李钦的作风,"那他此刻人呢?"

"女人家沐浴,他自然不好留在这里,说是要去访骊山后面烽火戏诸侯的烽火台旧址,看门人带着他去,大概还没有回来。"

"嗯。"古平原点了点头,"方才的事是如意逼着你做的吧。"常玉儿既然喜欢自己,断没有理由拱手相让,一定是如意用什么不堪的手段胁迫于她,大概又受了不少委屈。

听古平原这一说,常玉儿的眼圈又红了,不由得想起了几个时辰前的事儿。

"玉儿,来帮我擦背。"泡在杨贵妃沐浴过的"海棠汤"里的如意懒懒地趴在池边,像一只午后欲眠的猫。

常玉儿不情愿地来到她身后,举手碰到那柔软雪白的身体,让她有些异样的感觉,一想到那是和王天贵夜夜交欢的女人,这想法让她恨不得立时逃出池子去,可是又忍不住想多看看这女人,看看她到底好在什么地方,为什么有那么多男人都喜欢她。

如意好像能看穿常玉儿的心思,忽然翻过身来。一使劲儿把常玉儿拽到了自己怀中。两个女人浸在热腾腾的温泉中。

"你,你要干吗!"常玉儿又羞又气,低声说。

"我看你呀,大概是发了情了,干脆我让你占个便宜,让你把我当成那个古大少好了。你想不想这样抱住他?这样……嗯,还有这样……"如意一边说,她的手一边轻轻地动,在常玉儿身上摩挲着。

常玉儿只觉得身上又酥又麻,脸红心跳差点没晕过去,心里却不自觉地就想到了她与古平原肌肤相亲的那一夜，这下更是无地自容，用力推了两下，嗔骂道："呸，谁像你那么不要脸，快放开我！"

如意一点都没恼，倒真的依言放了手，咬着下唇斜睨一眼，"要不，换过来？我把你当成他好了。"

"你别胡说！"常玉儿真的恼了。

如意窥了一下她的脸色，口中说："那有什么，当初我又不是没被他抱过，你亲眼看到的，可不是我信口胡说……"她说着，冷不防伸出手去，在常玉儿身上摸了一把。

常玉儿吓得魂都飞了出来，三步并作两步逃开，一手用浴巾遮住身体，又恼羞成怒地从地上捡起一个舀水的瓢，冲着如意就砸了过去。

如意一闪，没有被她砸到，反倒是嘻嘻笑了起来："哟，你还是个处子嘛，这么紧张兮兮的，我还以为你和那古平原早已经成了好事呢。"

常玉儿再不理她，急匆匆地抹了抹身，穿上衣服就要出去。如意若有所思地看着她，忽然道："你去把那古平原找来，带到这处汤池来。"

"什么！"常玉儿简直不能相信自己的耳朵，回身看去时，如意的脸上已然不见了笑容。

"我说的话你应该听得很清楚。"如意瞪着她，眼神依旧如猫，却如同看见了觊觎已久的那条香鱼。

"我不会这样做的，你、你在做梦！"常玉儿没想到如意竟要在这里勾引古平原，而且不仅不避讳自己，还要自己去把古平原引来，心里一阵恶心，也冷笑着回瞪她。

"不！你会的。"如意一副吃定了常玉儿的表情，她坐回池中，侧头看向常玉儿，"你记性不差的话，应该记得不到十天前发的那个毒誓吧？"

常玉儿唰地白了脸，那个用爹爹的性命发的毒誓这些天如同毒蛇般啃噬着她的心，又怎么会忘呢？

"没忘就好，不想应誓的话，就还我这个人情吧。"如意的话如同三九天飘落的雪花，让常玉儿一下子寒到了骨子里。

"原来是这样……"古平原长长吐了口气，喃喃道，"真是处心积虑！"他又对常玉儿说："常姑娘，想不到你为了救我，还发了那样的誓，真是太委屈你了。"

常玉儿真是一肚子的委屈，好不容易等来一句宽慰的话，忍不住眼泪落下，滴滴落在九龙湖里，月光下泛起一圈圈涟漪。

来西都后事情并不顺手，古平原也想对人一吐为快，便将这些天发生的事儿一五一十都对常玉儿说了出来。

等他把王天贵在无边寺设莲花缸，害死一个人就点一盏灯，丁二朝奉与金虎为了揭发他这才横遭惨死这些事统统一说，常玉儿吓得目瞪口呆。

"怎么会有这样的事？"她不能想象竟有人黑心吞没了治疗瘟疫的药钱，让一村人死得差点绝了户。

"这些事，我还比丁二朝奉早知道呢！"当初乔鹤年说官府以一灾不能两赈作为借口不肯放赈，熟知律例的古平原就起了疑心，结果也是从寺庙的灯油簿上发现了蹊跷，他也查出来了油芦沟村的惨事与王天贵私吞赈款有关，但是一直没有找到机会去揭发出来。

"打蛇要打七寸，不然必被反噬。像丁二朝奉就是个例子。这件事真的足以扳倒王天贵，但缺了一个人就不能成事。我这回来西都，就是来找这个人。"

"谁？"常玉儿急切地问。

"反正不在燕门，燕门一省的官儿我都信不过。"古平原摇摇头，"这个人必须位高权重，秉持公理，要能到燕门用霹雳手段处置此案，让王天贵没法子勾结当地官府贪赃卖放。要知道那王天贵自己身上就有着七品官衔呢。"

"哦！我明白了，古大哥，你现在就像是在下棋一样，一步步地布一个局，最后一举铲除王天贵这恶狼。"常玉儿眼中现出喜悦的光。

这一夜，古平原和常玉儿就在骊山脚下的九龙湖畔谈了一晚，谈大漠的事儿，谈齐领房、孙二领房等人，常玉儿说起自己的母亲，古平原也怀念着远在家乡的亲人，时而欢笑时而叹息，两个人都觉得好久没有这样心情舒畅了。

从月影婆娑到启明星没，晨曦微露时湖面泛起一层薄雾，不时有鱼儿泛起水花吃那落在湖面上的碎花，远处山影变得如梦如幻，两个人不知什么时候停住了话语，都呆呆地看着这人间美景，浑然忘却了世间的烦恼事。

"常姑娘，今天是竞买大会的日子，我得快点赶回城去，不然来不及了。"

"你去吧，古大哥，不必担心我，我能照顾好自己。"常玉儿经过一夜深谈，心情开朗了许多，腼腆地笑了笑，"我送你到山门吧。"

二人往外走，经过那一片精舍，从石头小径绕过去，走在竹篱外，忽听吱呀一声门开了，从里面走出一个穿着茧绸裤褂的年轻男子，一扬脸正与闻声望去的古、常二人对上目光。

"李钦！"

古平原皱了皱眉头，正要说话忽然瞪大了眼睛，旁边的常玉儿也捂住嘴发出半声惊呼。

从李钦身后走出来的正是如意，就见她脸上晕红，头钗不整，元宝领外露出的雪白颈子上还留着一块吻痕。

一时间四个人都怔住了。最先活泛过来的反倒是李钦，他眨了眨眼，忽然冲着古平原咧嘴一笑，拱手道："古掌柜，早啊！"

古平原饶是机智，一时也是手足无措，只得微微点了点头。再看如意，她先是有些惊惶，眼神中带着失悔，想要说什么却又闭上嘴，再看向古平原时又换上一副若无其事甚至带着些嘲弄的表情。

"我们先走吧。"古平原对常玉儿低声说。等来到山门后，他叮嘱常玉儿要多加小心，便匆匆赶回城去。

这边李钦可是大乐，他那天在城外看见古平原和如意在一起，当时就被如意的美色打动，后来在城里被苏紫轩气走，正遇如意携常玉儿准备去华清池，他便自告奋勇，安的就不是什么好心思，打算把如意弄上手，顺便气气古平原。等昨夜他回到精舍，发觉如意正在一个人借酒消愁，人已是大醉酩酊，他虽然没什么酒量，但此时与如意对饮，自然占了便宜，酒过三巡，扶着已是星眸半睐的如意进了芙蓉帐，蜡烛一吹成了好事。

早上一起，他还以为如意必要寻死觅活，打叠了一肚皮的词儿准备劝，没想到如意既没哭也没闹，只是眼望罗帐怔怔地想了半天心事。现在见了古平原，古平原也没半分怒意，李钦倒是丈二金刚摸不着头脑，反过来问如意。

"你不是古平原的女人吗？"

如意苦涩地一笑，"谁说我是他的女人，他也配！"

"那你是……"

如意看了他一眼，"我是泰裕丰王大掌柜的妾室。"

李钦脸上登时就变了色，他倒不是害怕王天贵，而是想到张广发甚至李万堂要是知道这件事，自己可就大糟特糟了。

"你若害怕便走好了，就当我们没见过。"如意淡淡一笑。

李钦的少爷脾气反被这句话激了出来，脖子一梗，"谁说我怕，那王天贵我见过，一个糟老头子，也配得上你？"

如意倒是很出意外，这才定定地看了他几眼，忽地展颜一笑，"他又不在这儿，提他做什么？今朝有酒今朝醉，那边是御龙汤，皇帝用的池子，我陪你去泡泡？"

9

古平原马不停蹄来到王孔所说的那家康记绸缎庄。王孔正在外面急得团团乱转，见他来了方才大舒一口气，赶上来问。"古掌柜，你昨晚……先不提了，"他压低声音凑到古平原耳边，"我联合了三家大商号，以我们泰裕丰为首，或者可以与雷家、毛家一搏。"

古平原激赏地看了一眼王孔。能在一夜之间办成这件事，真是把难得的好手！

但古平原依旧是想用自己那一招，先帮康家垫付，用运营生意赚来的钱来还钱和利息。这一计虽然王孔不赞成，可一旦说服了康家大爷，也许王孔的态度会有改观。

古平原知道自己来晚了，急匆匆走进绸缎庄。这家庄子也是一条街上的大门脸，四扇排板门，一丈多长的黑漆柜台，柜台后一个个方格里整齐有序地摆放着各式各样的布匹，有宁绸，有湖里纺，有步云纱，有锦缎，甚至还有一个用西洋玻璃做的橱窗，里面展示着各地的绣工，蜀绣、苏绣、湘绣、粤绣各有几幅，都是令人啧啧称奇的精工。

虽然是这么艰难的时候，店里伙计们待人接物却依旧是忙而不乱，看得出康家平日里一定很重视铺规。古平原暗暗点头，对自己的主张更多了几分把握。

一名伙计引着古平原穿过前柜，沿着院落中的石板路走到第二重院。这个院子很大，露天搭着席棚，将毒日遮了个密实，院中几张八仙桌上面摆着茶水和瓜果，十几把竹椅子上已经大半坐上了人。

古平原连忙捡了个空座，抬眼望望，就见十来个人中也有几个曾在燕门见过的商人，只是他们的实力不济，看样子是在西都恰逢其会，索性来开开眼界。他看见雷大娘冲自己一笑，忙微笑回礼。侯五味坐在最前面一张椅子上，他也看见了自己，却只是瞟了一眼。乔致庸没在场有些出乎古平原的意料，原以为他说什么也要来看看热闹。但是最令古平原想不到的是，苏紫轩居然也没来！

这是何故？

古平原还没来得及去细想，就听咳嗽一声，一个面容清癯、穿着浆洗得极为挺括的蓝布大褂的中年男子走到席前设好的一个条案前，边上的仆从提着一个包裹。

这就是康家大爷康素园？看上去倒像是个怀才不遇有些潦倒的教书先生。康素园眉间带着些忧色，冲席间众人拱手示意，也没客气几句，便让仆人将包裹放在案几上打开来。

大家其实都猜到内中何物了，果然是一册册的房契、地契、铺契还有账本和买卖契约，康素园神色黯然，"诸位，我康家自从雍正初年经商以来，筚路蓝缕终成一方事业，我康素园执掌家门二十七年，想不到败在今日……唉，命也运也，不必多说了。"他指了指那些册简，"这些就是康家所有的产业，也包括了我们一百多年来在西都建了三处大园子，干干脆脆，谁出的银票多谁就把这些东西带走吧。不过想必大家也知道，康家要赔偿军队的损失，而且昨天僧王又派人来说，军队这些天延误军机所耗费的粮草军饷也要一分不少地赔上，所以算了算，怎么也不能少于这个数去。"

他比了一个六的手势，在座中人都是生意人，自然不会傻到以为这是六十万两，前面当然还有一个"一"。大家心里都有数，这固然是一笔巨款，但康家的产业已然是贱卖了。

雷大娘与康家素有交往，此时站起身朗声道："康大爷，你要想清楚，这一次怎么说也是几十家商人共同的责任，你一个人去扛，把祖宗留下来的基业都折价丢了，不是太傻了吗！"

康素园早就想清楚了。能给军队供应物资，这几十个商号都是各自行当里有一号的。他们经营多年，人欠欠人，都有数不清的买卖关系在身上，真要是一朝都倒了铺，彼此牵累起来，至少又有几百家商铺要倒霉，那么就是秦西商界的一场史无前例的大地震。覆巢之下，无有完卵，康家大爷正是预见到了这可怕的一幕，才狠下心打算独立承担这一次的损失。

"俗话说，人无千日好，花无百日红，我康家盛极而衰，能为商界同人挺下这一难，也算求仁得仁。雷掌柜，好意心领了，你不必多说了。"

雷大娘无言，康素园倒是笑了笑，"我曾祖父康海当年读书不成转学手工，手工亦不成，穷困潦倒几乎卖掉妻儿来奉养老母，后来拿着一两银子闯京师，当抄邸报的小吏，每月赚三两银子，一干就是二十年。一旦否极泰来，十年内高举升发，竟成一省首富，福延子孙三世，已是异数。看起来上天要收回这笔财富了，非人力能抗，夫复何言！"

他忽然变得豁达起来，眼神中又充满了光彩，"不能经商，康家子弟自然还有别的路可以走，也不见得就输给别人。这也许是康某今生做的最后一桩买卖，各位，请出价吧！"他把手一伸，早有仆人将写价用的纸笔送到各桌。

古平原从方才起就一眨不眨地盯着康素园，听他说完这一番话，心中甚是折服。这才是生意人，拿得起放得下，且有济世的胸怀。他昨晚还在想做生意赚大钱是为了什么？现如今看到了康素园，脱手千金，救人一命！他这用的何止是千金，救的又何止是一命。

大丈夫当如是，生意人当如是！

古平原胸中热血涌动，见大家都在深思准备出价，他站起身来，想把康素园请到一旁，将自己的打算与他共同商量一下。虽然自己的银子距离康素园需要的数目还差了一半，但只要买卖谈下来，得到康家的认可，自然可以招人入伙，将来视获利多少分红就是了。只要康素园把康家生意的运营权交给自己，古平原相信，凭借雷大娘和侯五味的精明，他们绝不会眼睁睁瞅着发财的机会而不伸手。

他起身刚走了两步，忽然后面有康家伙计叫："古掌柜，外面有人找你。"

"找我？"古平原怕是常玉儿有什么事，立即随着康家伙计又出了大门。

"人哪？"

"奇怪，方才还在这儿，您等等，我给您找找去。"伙计刚一转身，就听从街巷的远处忽然传来一阵人喊马嘶的声音，马蹄声疾如爆豆，马队转眼间就到了绸缎庄前面。

客人一哄而散，门外待客的几个伙计都吓傻了。自从僧王的马队进了城，一听到蹄声，没有人不害怕。就见一员瀚海武将飞身下马，大步走来，这人身材魁梧，锅底黑的脸膛，一张长长的驴脸，目露凶光，一看就是杀人不眨眼的主儿。

"里面在做什么？"

"在、在……"伙计结结巴巴。武将一个大耳光把他打翻在地，手一挥，"进去，搜！"

一众官兵立即如狼似虎闯了进去，见人就打，见东西就翻，把好端端的一间铺子弄得一塌糊涂，遍地狼藉。

第十一章

营 救

1

　　古平原站在铺外,也随众人退开几步。见官兵逞凶,他当然义愤填膺,又担心里面众人的安危。正不知这一场祸事从何而来,就见方才那员武将从铺子里押出十几个人,都是在里面参与竞买的掌柜们,打头的就是康素园。男人们都被一条绳子绑着手推了出来,唯一没有被绑的是雷大娘,任她自己走了出来。

　　看样子事出突然,这些掌柜的也迷惑不已,此时才缓过神儿来。康素园大声道:"军爷,我们法犯何处,律犯哪条?为什么要抓我们?"

　　那武将狞笑一声,用马鞭指着他,"我问你,这绸缎庄里聚了这么多人,在做什么?"

　　"奉僧格林沁王爷之命,请来各位大掌柜,出售我康家的产业,换回银子赔给军队。"康素园情知事有蹊跷,干脆搬了尊神出来,希望吓退这伙子官兵。

　　谁知无用,那员武将回手指了指自己,"你知道我是谁?我就是王爷帐下的亲兵营官——铁哈齐,派我来抓你的正是王爷。"

　　康素园大吃一惊,在场的人也无不惊骇。

　　"这,这是为什么?"

　　"为什么?你说换了银子赔给军队,赔给哪一支军队?"

　　"当然是王爷的军队啊。"

　　"哼哼,可是有人举发,说你是要把银子用来接济捻匪!"

　　"不、不,绝无此事,绝无此事!"康素园知道要是坐实了这条罪名,十个康家也完了，这是杀头抄家的罪名啊。

"我信不过你！来人，搜他。"铁哈齐一声令，马上有人过来，开始翻检各家掌柜身上，连垂垂老矣的侯五味都不放过。有个绿营兵一脸涎笑凑近雷大娘，雷大娘早就看出他不怀好意，等他一伸手，闪身一躲，下面紧跟一脚，正踹在那小子的命根子上，疼得他哎哟一声捂着裤裆满地打滚。

铁哈齐大怒，刀拔了一半，见寒着脸看向自己的是个女人，愣了一下。这时有人报说在一个掌柜的怀里发现了一封信，信是密密缝在衣襟上，不是这样搜还真难找到。

铁哈齐叫过一个笔帖式，让他当众把信中内容念一念，才念到一半，康素园喉头咯地一响，两眼一翻当场昏厥过去。

信里夸赞康家帮助西征军放火烧军资有功，约定将来打下西都要封康素园为王，而且要他再立一功，约齐了反清志士，筹集银两，资助西征军。落款是宇王张日宇。

话不说，就是寥寥几笔，但这是谋逆！法有明律，谋逆不分首从一律处死，更何况是落在僧格林沁这魔头手上。雷大娘与侯五味对视一眼，见彼此都是脸色煞白，不见一丝血色。

古平原在人群中也是听得头皮发炸。他敢肯定康素园绝不会做这样的事，二人虽然是初交，但古平原从他眼睛里就看出这是个实实在在的生意人，不会因为有所贪图就把自家的买卖置于如此险境。至于雷大娘和侯五味更是不可能糊涂冒险。

"军爷，我们都是正经买卖人哪！当初洋兵犯境攻进京城，四大恒关门歇业，户部无银可调，军饷告急，危急关头是我们燕门票号一力承担了下来，为朝廷收各地协饷，度支分派。说白了，是干了户部应该干的事儿。这事儿连先帝爷都知道，还下旨命巡抚大人嘉奖我们，我们一心为了朝廷，怎么可能是叛逆！"侯五味颤巍巍趋前两步争辩道。

雷大娘更是不屑道："哼，要银子要命直接说就是了，何必用这种下作的手段！"

"是谁，是谁？"康素园这时悠悠转醒，手足发颤四下看着，忽然直奔一个人而去，信就是从这个人怀里搜出来的。康素园手被绑着，用头去撞这个人，口中怒骂："我与你何冤何仇，你要陷我一家人于死地，你究竟是谁？"

是啊，这个怀揣逆匪信件的掌柜究竟是谁？雷大娘和众家掌柜你瞧瞧我，我瞧瞧你，彼此眼里都有疑问。要说这些人加起来，不说各行各业都占全了，但是陕晋两省上得了台面的生意人，他们不认识的还真不多。眼前这个人一脸烟容，像个瘦皮猴般，竟是谁都没见过。

康素园拼了命地一撞，把那人一头撞倒在地，众人瞪眼看着他，就见他两只脚蹬了一蹬，身子一抽搐，就此不动了。康素园惊得一怔，爬过去再看时，此人嘴角流出一丝鲜血，眼睛睁得大大的，居然连句话都没留下就死了。

康素园可真吓呆了，大睁着双眼，自家的冤枉一定要着落在这个人身上才能真相大白，此刻他死了，那自己岂不是冤沉海底，这个滔天大罪怎么能担得下来！

"唉！"康素园站起身一跳脚，"老天爷，我康素园一生经商，没赚过一文昧心钱，夏舍凉药冬舍衣，西都城里谁没受过我的好处？为何要我受这样的报应，好公道的天！"说完，对着前面的柱子就冲过去，要效仿昨天自家的二儿媳，干脆一死百了！

铁哈齐早就在注意了，见他要寻死，一脚把康素园踹翻在地，大手一挥，"都是逆党，统统带回营里！"

带回大营岂有这些人的好？只怕一夜审下来，一半就要去见阎王。古平原急得额头立时渗出冷汗。

"慢！"边上忽然有人说话。

"嗯？"铁哈齐怪眼一翻，心里立时就动了杀机，但是看清楚之后，他不敢了，反倒后退半步施了一礼。

"卑职见过大人。"

一顶绿呢大轿停在十步之外，一个头戴蓝宝石顶子，身穿九蟒五爪官袍，胸前嵌着孔雀补子的大官迈着方步走入人群。有人认出来，这是本省的学政廖大人。学政都是翰林院的京官出身，主掌一省的文教，最是清贵。铁哈齐虽然凶，但不过是个四品武将，且不说武官顶子本就比文官差了一大截，朝廷体制所限，品阶有差见了更是不能不拜。

"我正好路过此处，事情都看见了。僧王勤劳王事，操劳军务，不易让他老人家再多分神，这种刑名案子还是交由本地臬司衙门去办吧。"廖学政言语很是温和，话中面子也是给得十足。

"这……"铁哈齐有点犹豫，他不甘心。

"按大清律，能处置嫌犯的只有各地的司法衙门，上到三法司，下到州府县衙。军营里难道还要设大堂吗？用哪部律法来审呢？"廖学政加重了语气。

铁哈齐可不笨，一省之中，只有巡抚和学政有专折奏事的权利，也就是说如果廖学政一翻脸，今夜回去写个奏折，几天之后就能上达天听。要是自己一意孤行给僧王惹了麻烦，只怕也要吃不了兜着走。

"卑职听命,来人,把他们押到臬司衙门去。"

铁哈齐听命。廖学政倒也不愿得罪他,温言抚慰了几句,随后升轿而去。

衙门办案总要提人证、寻物证、过堂审讯,按律治罪,这就有时日好拖,也就能想办法,古平原松了一口气。人群慢慢散去,各家的伙计慌里慌张回去报告这个凶讯。古平原站在当地,忽然想起,要不是有人来找,眼下自己也在囚徒之列,而且自己是流犯,万一再露了馅,那可真是有死无生。

他正想着,忽然一把带鞘刀啪地往肩头一拍,"相好的,你犯事了,识相的跟我去衙门一趟吧。"

古平原是有心事的人,心里登时一翻个,只觉得口中又苦又涩,"难不成是私逃入关的事儿发作了?"这是他第一个念头,还没容多想,后面那人又说话了。

"想活命,拿五百两银子来。"

肯收钱就好办。可是当街讨要贿赂未免不合情理,古平原这时稍稍定神,觉得这声音好像在哪儿听过,他一回头。

"你……"

"嘿嘿,古朝奉,好久不见了!"后面那人是个武官打扮,身材高大,豹眼环睛,满面虬髯,咧着嘴正在笑。

"哎呀,邓把总,不,千总大人。"胸前补子换成彪,自然是从七品升到了六品。古平原赶紧深施一礼。

"好险哪!"邓铁翼压了压声音,冲着古平原挤挤眼。

古平原一愣才悟道:"原来是邓大人……"

"对喽。我从早晨起就奉命在此监视,就等瓮中捉鳖。见你进去吓了我一跳,这军情不敢耽误,可是那铁驴头一来,你不也糟糕了?只好算准时间使个计,把你叫了出来。"

"多谢大人关照。"

"什么关照不关照!我也不是不识好歹的人,上次一把腰刀当了五百两,你才是真关照呢。"邓铁翼拉住古平原的手,"古兄弟,来来来,我请喝酒,今儿一醉方休。"

古平原本无心思喝酒,但邓铁翼是军营里的人,自己正要问他话,于是便随着他来到同盛祥。

跑堂的眼睛都毒,杨四一下子就认出昨儿来过的古平原,何况边上还有个得罪不起的军官,他立马笑容满面过来,将二人接上楼上雅座。酒过三巡,古平原掩杯不饮。

"邓大人！"他说了三个字就被邓铁翼拦住了。

"叫大哥！"

"我一介草民……"

"僧王倒不是草民，我和他攀得上嘛。古兄弟，你上次帮我那个忙帮得实在大了，我嘴上不说，心里可不能半吊子。你这样的人值得交，这样，我也不耐烦换什么帖子，我已然叫了你兄弟，你再叫我一声大哥，咱们俩就是异姓手足了，你看如何？"

古平原在关外五年，深知这些兵大爷的脾气，看不顺眼，白花花的银子捧上来照样一巴掌打在地上，要是对了脾气，那也能立时把心掏出来。当下也爽快地答道："既然如此，我就恭敬不如从命，大哥！"

"好嘞。"邓铁翼大是高兴，一杯酒又落了肚。

"兄弟，上次我失约了，没累着你吧？"说着他捻了颗又香又脆的炒花生米在嘴里有滋有味地嚼着。

古平原当然不能提自己被关了好长时间的大库，只是摇了摇头。

"唉，我也不想啊。只是军令如山，要开拔，说声走，不走就变了逃兵，没法子，只能随队来了西都。"

"那时候大哥为什么一定要当刀？我看那是大哥真正心爱之物。"

邓铁翼一拍大腿，"兄弟你说得不差，我这辈子有两样东西瞧得比眼珠子还重，一是老娘，二就是这把刀。但是事到头上，就只能舍了这刀来顾老娘了，毕竟人是活的，物是死的。"

古平原静静往下听他说。原来这邓铁翼是湖西人，家中穷得叮当响，一条大汉三十好几还没娶媳妇，想着一条穷命索性拿去投军，要是命大死不了，攒一笔钱拿回家娶媳妇，就这么着参加了曾氏弟兄组建的湘军，在水师营当舵手。有一年在长江上打仗，逆匪在江里沉了十几条船来阻挡官军。眼看船队无法前行，只能被困在江上成了活靶子，邓铁翼仗着水性好，举着一杆旗跳到水里，人潜在水下，旗举在水上，为船队在激流中带了一条路出来。曾大帅当时就在后面的旗船上，用千里镜看得清清楚楚，等仗打完了，把邓铁翼叫到船上，亲授七品把总之职，更为难得的是递了一把腰刀给他，这把腰刀是曾大帅命高手匠人打造，一共只有几十把，湘军十几万之众，只有立大功者才能得到。这下邓铁翼乐坏了，对此刀爱愈性命，别人想摸一下他都不肯。

僧格林沁打西征军，从各地调兵来陕，其中就有邓铁翼。他走到太谷恰好遇到一个老乡要回湖西，这是不容易的巧遇，他打算托这个人带一笔钱回家去给老娘，想了想五百两足够在家乡起一间三房两进的宅院，让老娘风光一下。

"嗨，可是手头没银子，身边的人都是各地调来的，也没熟到能开口借这么多银两。"邓铁翼的银子为防有失，都放在军需官那里寄存，手头只有几十两散碎银子留着喝酒。

"我们前后队，我是前队，原本军需官第二日就能到，我就琢磨先把刀当了，然后第二天取赎，没想到第二天一早命令开拔，我硬是到了西都才遇上这军需官。"邓铁翼摊了摊手，"好在当票日期半年，我也没着急。"

古平原这才明白，原来事情是这样，自己没看走眼。不过大库蹲得也不冤，不蹲大库就看不到那本《南史》，也就想不到佛门当的经营，看来真是冥冥之中有定数。

"若说定数，康家看来是走背字，想卖产业赔银子都招这么一场横祸。"古平原把话慢慢引到康家上。

"无非是得罪人了，有人告发他。"邓铁翼一哂。

"是谁？"解铃还须系铃人，古平原感于雷大娘、侯五味的知遇之恩，更佩服康素园的大义凛然，想看看有没有法子帮康家解这一难。

"不知道，听说是匿名投简。"

"这分明是陷害！"古平原咬着牙。

"你说是陷害，可僧王算是逮到了出气筒了！他这些天都快气炸了，别的不说，营里的督粮官连着砍了四个了。往日里那是抢都抢不到的肥缺呀，如今中军点将，没一个肯去的。"

正说着，楼下又是一阵乱，两个人从二楼伸出头去看，见又是昨天那些商人家眷在官兵押解下正在游街示众。"唉，康家这回犯事儿，正赶上碰在僧王的火头上，甭管是不是冤枉的，都凶多吉少。"邓铁翼乡下汉子出身，本性忠厚，见此惨状往嘴里倒了一杯酒，不住地摇头。

2

邓铁翼回营缴令，古平原一个人在大街上转悠，他在冥思苦想，想着下一步该干什么。

不管是收买还是收当，康家的产业估计很快就要被查封，罪名若是定了那就逃不过抄家，康素园已经无法做主，自然也就谈不到买卖。

自己此行的任务看样子是无法完成了，可康素园、雷大娘、侯五味这些正经的生意人，就眼睁睁看着他们含冤被屈，一个个被砍脑袋？叛逆是十恶不赦之罪，连督抚都没有权力赦免，自己一个流犯之身，本身都是受制于人，有什么本事去解决这样的大麻烦！若说能把这案子翻过来的，眼下就只有一个节制三省的僧格林沁，可是他也是第一个要问这案子的人，这不是一条死胡同吗？

古平原正想得心情烦躁，"古掌柜，我可找到你了。"一辆马车在身旁停下，乔致庸一步跨下车。

"来，上车。"说着，一把将古平原拽上车去，马车接着疾驰而去。

"乔东家，我们这是去哪儿？"

"去臬司衙门，西都的官儿我认得不少，先去探探风声再说。"

古平原愣了一下，忽然头一低，没让乔致庸看见自己眼中迸出泪光。

乔致庸奇怪："古掌柜，你这是怎么了？"

"你就真的一点也不怀疑这件事是我做了手脚？毕竟我昨天拒绝了与雷家、毛家联手，今日又恰好在出事前离开了绸缎庄。"

乔致庸哈哈一笑，"那我呢？我不也不在场，你就不怕是我假造密函，想把三大票号一网打尽，然后唯我独尊。"

两个人说完话，互相看了看，忽然异口同声说了一句："我知道你绝不是这样的人！"

本省的臬台大人很是通情达理，知道这一案疑点重重，死的那个人又验明了是中毒发作，审与判只怕都不是自己一个按察使能做得了主的，索性大开方便之门，只要犯人在狱中不出事就行。

如今乔致庸来访，臬司知道"为政者不得罪巨室"的道理，很客气地敷衍了一番，等知道乔致庸并非求情只是要探监，更是满口答应。

古、乔二人被差役引入大牢，古平原迎头看见一个人从里面不紧不慢走出来。

"古掌柜，你运气可真好，原本是坐监的，却能反过来探监。"那人见了古平原，眼中波光一闪，不等他回话，又对乔致庸说："乔东家，久仰了。"

"苏公子，你来这儿是……"古平原上下打量着她。

"同行嘛，来帮着出出主意。"苏紫轩并不多寒暄，一笑而别。

"嘿,我没见过这么漂亮的人物。他是谁?"乔致庸看着苏紫轩的背影。

"姓苏,我也不知道来历。"

"同行?我看他不像个生意人,这绝不是一般人。"乔致庸见过不知多少大人物,当下一口断定。

古平原很疑心这次的事情是京商在背后捣鬼,目的是剑指晋商,可又不信这丰神俊朗的苏公子会有这么歹毒的心思,如果是李钦得了张广发授意,或许还有可能。

其实使这一计的正是苏紫轩,她要四喜找了一个有鸦片瘾的乞丐,带他好吃好喝一顿,又到烟馆过足了瘾,那乞丐感激涕零让做什么都肯,于是怀里塞了一封假信,骗他去了绸缎庄,事前就算准时间,下了缓发的毒药。这一招死无对证虽然简单,却有效得很,别看这些掌柜一个个心有九窍,眼睫毛都是空的,可是面对一个死人,再好的心思、再灵的口舌也没有半点用。

她这计一箭双雕,帮着张广发将收买康家产业的事儿彻底搅黄了,而且还能借此大难来看各家的反应。四喜跟在身边,"小姐,你瞧出什么来了?"

"那姓雷的女人和姓毛的老头好像真不知道,否则不至于这样危急的情况却丝毫不动声色。至于乔致庸,如果亢家的财富落在他手里,倒难了,此刻他置身事外,大可以置之不理。"

"那怎么办?"四喜追问道。

苏紫轩拐入一条小巷,看看前后无人,这才开口:"张广发的事情算是办成了,如今还有另外一件大事。"

"哦,是什么事?"四喜迷惑地望着苏紫轩。

"西征军!我不能让僧格林沁灭了西征军,不然他班师回南去打逆匪,与曾李会师,金陵岂不是指日可下。逆匪一亡,那对狗男女的江山可就稳固了。"

四喜恍然点了点头。

"想不到僧格林沁这样糊涂,他抓了陕商和晋商,就等于自己断了自己的粮饷。这些军队被困在城里,西征军就可以在西北坐大,至少能牵制住瀚海铁骑。"王天贵与张广发所担心的此消彼长,也正是苏紫轩所日夜考虑的,只不过她心中的"彼与此",却是清廷与叛军。

苏紫轩在心里默默谋划着,一个身影猝不及防闯入脑海,她有些烦躁地摇了摇头。古平原,这个人居然没有被抓起来,是运气太好?还是他又要有什么出人意料的动作?苏紫轩自问算无遗策,唯有想到古平原时,心中却总是带了些忐忑。

"乔东家，我瞧你有些心神不宁。"古平原一脚迈出大狱，侧头担心地看了看身旁的乔致庸。

乔致庸平素一向是波澜不惊，笑嘻嘻满不在乎，如今一张脸却白得吓人，别说笑容连血色都不见。

"古掌柜，我是有些不舒服，先回去休息，顺便再想想救人的主意，告辞了。"乔致庸竟是匆匆而别。

古平原皱皱眉，方才在狱中，雷大娘转述那苏公子前去探监，却指名道姓要找与亢氏有旧谊的人，说是能施以援手，问寻不得，失望而去。乔致庸当时听后身子微微一晃，自己就站在他身旁，也感觉到了。这苏紫轩行事真是令人百思不解，为什么这个时候他偏偏会出现在那里？他到底是什么人？究竟要做什么呢？

"啊……"古平原正在出神，忽然一声尖厉的惨叫从不远处的街市传来，紧接着接二连三同样凄惨绝望的哭号声此起彼伏，大太阳下把人惊出了一身冷汗。

大街上已经有不少人往声音的来处奔去，古平原也快步赶了过去。等到了近前一看，依旧还是那些商人的家眷，她们已经绕着古城墙走了一圈，个个困顿不堪，也不知为了什么，却如入了魔一样，披头散发地大声哀号，声音凄厉无比，听得人直想捂住耳朵。

"这是怎么了？"古平原揪住旁边一个沽酒的汉子，急切地问。

"有人把康家大爷被抓了的事儿告诉她们了，生路已绝，能不哭嘛！"

"你再往前看看。"那汉子又一指前面的一家小票号，"那家掌柜的也是刚得知消息，乘人不备就上了吊，正往外抬尸首呢。"

"这又是为何？"古平原又惊又怔。

"他的钱都放给了这些商人，如今吃了倒账，除了一死也没别的路走了。你瞅着吧，再过几天，这满大街都得是出殡的队伍。"

古平原激灵灵打了一个冷战，康家大爷担心的事儿终于发生了。他痛苦地望着眼前的人间悲剧，心中暗下决心，不管这藏在幕后的主使者是谁，现在他都要插手，绝不让那人称心如意！拿定主意后，转身大步离开。

3

"你再说一遍！"

一顶宛如大殿般的金罗大帐里，正中央的位置是一把虎皮大椅，这张虎皮是椅子的主人亲手剥下来的,老虎也是他亲手打死的。老虎虽然凶恶,但是遇到这个人也是死路一条。此刻这个打虎的人穿着一件牛皮马甲正坐在椅子上,两只胳膊筋肉寸起,一双大手骨节凸现,身子前倾,一双锐眼死死盯着眼前的一个人,那模样像极了草原上能抓起一头羊的大金雕。

坐在一旁的廖学政也感到了一股无形的压力,他不安地挪动了一下身子,看了一眼跪在地上的那个人。

今天入夜之后,这个叫古平原的人来拜,然后侃侃而谈,细陈利害。别的不提,单只他说的如今西都城里被搅得乌烟瘴气,绿营兵公然在街上侮辱妇女,这就是有伤教化的事情。何况西北文气本就弱,自己还打算用心培养个鼎甲出来,如今又听说儒生们要聚众请愿,万一被这个不讲理的王爷当成逆匪来剿,那可就前功尽弃了。于是自己被这年轻人说动,连夜带他来见王爷,谁知这人一开口就把僧王惹恼了,这该如何收场。

廖学政尚且如此,被逼问的古平原自然更是感觉帐中的气氛几近窒息。他原本低着头,忽然把头一扬,对着王爷不卑不亢地道:"王爷明鉴,您就是杀了全城的生意人,把他们的铺子都抄没,银子都充公,可是到哪里去找粮草,没有粮草您拿什么去剿匪?不能出兵剿匪,王爷您一世英名化为流水,而且朝廷必有严谴,到时候您的面子又往哪儿放。"

僧格林沁听得脸色阴沉,这些都是这段日子以来他心火旺盛的因由,如今被一个汉人当面说出来,更是让他觉得愤怒。

"请王爷暂且将这疑点重重的谋逆案搁下,并且放了那些商人家眷。草民答应王爷,十日之内一定把大军粮草运到,让王爷能顺利出兵剿捻。"古平原直视着僧格林沁,语气诚挚,言辞恳切,"王爷得胜归来之时,还望释放康家掌柜和晋商众位掌柜。到时候市面太平,老百姓安居乐业,西征军就休想掀起风浪。"

古平原说得口干舌燥,僧格林沁却勃然大怒,在他看来这就是指责,一个小小的草民居然敢这样和自己说话,是可忍孰不可忍,这还了得。但他也不是一味鲁莽,古平原毕竟有一句话说到他心里了,那就是粮草!

"你要从哪里弄粮草?"

"粮草自然是有,但百姓畏惧官军,将家中的余粮都藏了起来,小人是商人,可以发动人去收买百姓家中余粮,只要给上价,总能买得到!"

"唔,答应你了!"僧格林沁一语既出,别说廖学政,连古平原都不敢置信,这凶神恶煞一般的僧王爷怎会如此好说话?

僧格林沁离座走到古平原面前，对着他冷笑两声，忽然大喝一声："来人，将他拖出去，重打四十军棍！"

这一突然变脸，快如闪电一般，古平原还没明白怎么回事儿，就被两个亲兵拖了出去，帐里只留下廖学政在目瞪口呆。

这四十军棍把古平原揍得皮开肉绽，鲜血直流，但是古平原硬是一声都没吭，牙关紧咬硬挺着。打完了他站不起身，又被那两个亲兵揪着带回大帐中。

"知道为什么打你吗？"僧格林沁在他面前来回踱着步，帐顶吊灯上的火烛被他宽阔的身形带起的风刮得摇摆不定。僧格林沁的影子就像一个恶魔笼罩在古平原趴伏在地的身上。

古平原咬着牙摇了摇头。

"因为你是汉人，汉人不允许在本王面前这样挺腰子说话！记住了，十天之内你要是弄不来粮草，就把你碾成齑粉喂给本王的青骓！"说罢，僧格林沁回身出了大帐。

"古掌柜。"廖学政虽然对僧王不满，但也是无可奈何，"王爷可不是吓唬人哪，你既然说了这番话，倘若到时候办不到……"

"大人放心，草民一定能办到！"古平原强忍疼痛，望着僧格林沁方才出去的帐门，眼里皆是愤怒之色。

"要是能办到，康家大爷早就办了。别说买，就是抢，也要抢来，人家一家老小的命摆在那儿呢。"乔致庸一脸的不可思议，"廖学政不管民政，所以识不得这里面的轻重才会贸贸然带你去见僧王。可你是个生意人，怎么能做出这么没谱的承诺？"

古平原趴在床上，勉强笑了笑。他去找廖学政，一是看这人还算是敢为民请命，二就是看中了他不懂经济之道，换个懂行的官儿，绝不敢带着自己去僧王面前走这一遭。

乔致庸发够了脾气，一屁股坐在他面前，点手说道："辎重好办，有打仗的省就有不打仗的省，辎重总有库存可以挪用。这件事我听说兵部已经办了，两三天之内就会调运到西都。可是粮草谁都没办法，不打仗的省也要吃粮啊，如今大旱，有银子也买不到粮。你在僧王面前说十天，你是糊涂了还是不打算要命了，神仙也办不成这个事儿！"

古平原见乔致庸一脸的气急败坏，知道他是为自己担心，心里感激，于是让乔致庸附耳上来，密密地说了一番话。

等他说完了，乔致庸原本涨得通红的脸，一瞬间变成了灰白色，他凝目望向古平原许久，慢慢点了点头，"古掌柜，咱们卖命就要卖个好价钱！"

古平原这一条计策，需要找很多人来配合，其中之一就是运粮草的马队。乔致庸倒是知道，西都有名的澄江马帮因为清军剿捻处处设卡，眼下陷入即将解散的困境，乔致庸出面去谈，以燕门第一财主的招牌担保，为古平原得到了这支助力。回到客栈，乔致庸用心算了算，光是澄江马帮还不足以供应这一支大军的粮草，还得另找人。

"我已经找好了。"古平原胸有成竹，话音刚落就听大门外传来一阵阵的驼铃声。他一笑，"恐怕人已经到了。"

等走出去看时，一大帮驼队正在门外，领头那人一看见古平原便大笑着迎了过来，"古掌柜，你一向可好？"

"好，孙领房你也好？"这被召唤而来的自然是孙二领房，如今他独当一面，已然是个大驼队的领房了。

"好得很，不要说你领着我们大赚了一笔，就是这走过黑水沼的名气，就让我们的生意好得不得了。"

"这一次的生意可不见得比黑水沼好走。"

"没相干。"孙领房冲着驼队方向一挥手，"伙计们都说了，只要是跟着古掌柜，就是阎罗殿咱们也敢闯。"

乔致庸在旁看着，不觉钦佩地点了点头，他知道这一群天不收地不管的驼侠头子一向是货卖识家，古平原必定是付出了莫大的勇气和牺牲才能令他们如此折服。

古平原即时分派，令马帮的杜头领和驼队的孙领房各领队伍出城，至于干什么去，只有不多的几个人心中有数。

接下来古平原一张飞笺又请来一个人，此人一进古平原住的客房，先就腿一软，咕咚一声跌坐在地上，目瞪口呆望着眼前。

眼前是一堆小山一样的元宝，二十两一个的足纹京锭，一共一百个，层层码在桌上，闪着釉面青光，活脱脱勾人的眼睛。

"杨四，这一次是你一辈子都撞不到的大运。"古平原慢条斯理地说，"这些银子都给你，只要你陪我到那黄土高坡上走一趟。"

邓铁翼接连几天都在营中巡检，好不容易得了个空来看古平原。

古平原正要去找他，见他来了，把他请到客栈后院的一处葡萄架下，借着阴凉二人对谈，没说几句，古平原忽然问他。

"大哥的胆子大不大？"

"当兵的刀口上舔血，胆子不大还成！"

"那和我比呢，大哥和我的胆子哪个大？"

"嗨，兄弟，你是生意人，我是武将，这能比吗？"

"能比！有件事，我想和大哥一起去做，可是担心大哥胆子不够大，不敢与我同去。"

"嘿。"邓铁翼笑了，"且不说你敢的事儿就没有我不敢的，就算是上刀山下火海，咱们是兄弟，不求同年同月同日生，但求同年同月同日死，大不了就是一条命呗，兄弟你说吧，让大哥我陪你干什么？"

古平原心里暗道一声惭愧，骗这老实人实在于心不安，但舍此无他路，于是敲钉转脸加了一句："那，大哥我可说了，你要是此刻打退堂鼓还来得及。"

"你快说吧，可急死我了。我要是做那丢人事，从此邓字倒着写！"

古平原抱歉地一笑，他可一点都没瞒着，竹筒倒豆子——全抖出来了。

邓铁翼听完，一屁股就坐在椅子上了，目瞪口呆望着古平原。

"兄弟，你这是开玩笑吧？"

"这么多人的性命，怎么能开玩笑！"

"那你自己呢？你自己那条命呢？"

古平原笑得三分苦涩七分洒脱，"我当然可以不理这件事，躲回燕门去，可是这么多生意人眼看着走投无路，我若是能救而不救，这辈子难道还能心安理得去做生意吗，还能赚了人家的钱，然后拍拍胸脯说声问心无愧吗？"

"啧啧。"邓铁翼也觉得他说得在理儿上，可是一想到此时的凶险，"这可是玩命儿啊。不过兄弟，我方才说了就算，这件事我答应你了。"

古平原一向不愿勉强别人，强扭的瓜不甜，眼看晓之以理已见成效，接下来便动之以情。

"大哥，你这些年攒了多少银子？"

"我不吃空，全靠那点饷银和赏钱，大概有一千多两吧。"

"太少了。"古平原毫不客气地说，"起屋卖田倒是够了，可是想让老太太穿绫罗绸缎，吃山珍海味，一大群丫鬟仆妇伺候着，好几个儿媳孝敬着，儿孙绕膝，走到哪儿都做首席，只怕是远远不够。"

"那是自然，要想像兄弟你说的那样，除非有几万两银子在手里。"

"这一次，大哥和我搭伙做这一笔生意，事成后可以分两万两银子的红。"

"多少?!"邓铁翼一口酒险些呛在嗓子里。

"两万，只多不少。"

邓铁翼脑子里登时就浮现出古平原方才描绘出的那一幅画面，他把酒咽下去，"想不到我们邓家还有这一天。"

邓铁翼已经出了门口，探头回来又说了一句："兄弟，我承认，你胆子比我大!"

4

事情传得很快，先是大家发现商人的家眷都被放了，康家除了大爷康素园在押，也没有被继续难为。人们难免要打听真相，于是透过廖学政的口，把古平原与僧格林沁亲王之间的约定传了出去。

街头巷尾的人都在谈论这个古平原，不知道是哪儿来的神仙，敢到魔王面前去讲理，还能讲得通，于是三传两传，古平原立时就变得像韦驮金刚般高大了。但也有人担心，他没那么大本事，弄不到粮食，到时候激怒了王爷，只怕事情会更糟。有不少商人就抱着这样的想法，好不容易亲眷被放回来了一家团聚，干脆关门闭户出去逃难，所以西都的市面反倒更加冷清了。

苏紫轩当然也收到了消息，她大受震动，眉头皱得很紧，"这可不妙，没想到一番苦心到头来为古平原做了嫁衣，他要是搭上了僧王的关系，弄到了军队的生意，还不飞上天去？"

"小姐，他不见得能顺利弄到粮食吧，你不是说范蠡再世也没辙吗？"

"话是这样说，可是……"一想到古平原闯过黑水沼，办过大典妻，开设佛门当，胆大心细，奇计百出，苏紫轩也犹豫起来。

"那还不简单，咱们来个釜底抽薪，让他买不成不就行了，到时候僧格林沁非砍他脑袋不可。"李钦在一旁想了半天，忽然有了主意。他这些天一直在和如意鬼混，但生意上的事却一丝不落地听在耳朵里，几大票号特别是古平原的事情，没有一样他不知道的。

"怎样才算是釜底抽薪？"苏紫轩明知故问。

等到李钦把主意说出来，苏紫轩泛起一丝满意的笑容，双掌一合，"那就按你说的办,快去吧。"

古平原一番布置已毕,到分号来找王孔,这一次他打算开诚布公地把计划全盘脱出。可是等他来到分号,掌柜的却说:"古掌柜,您不知道吗?王孔他昨晚连夜就走了。"

"走了?"古平原大惊,"去哪儿了?"

"回太谷了。王大掌柜用信鸽传讯,让他带上银票赶紧回去,说是那边的买卖出了事了,银钱周转不灵。"

"哎呀!"古平原一顿足,心中暗叫一声,"他这一走可坏了,那可是买粮草的钱哪。"

古平原只得把乔致庸找来商议,乔致庸听完也傻眼了。乔家如今银库是空的,钱都投到茶山上了,而且这话还不能挑明了。别看古平原是个可以推心置腹的人,可是这件事要是走漏了风声,关系到乔家的安危,不到万不得已绝不能告诉外人。

所以他眨着眼不言语,看古平原一个劲地望着自己,知道他想借钱,可是自己枉称燕门首富,却是双手空空,交情到了又不能装傻,这一急脑门立时就见了汗。

"怎么,一文钱难倒了大英雄?"一人笑吟吟推门而入。

"苏公子难道是来看古某的笑话吗?"古平原淡淡地说。

苏紫轩一笑,依旧伸手拿出那个绸布包,往桌上一撂,"古掌柜这可是小人之心,我专程来雪中送炭。这一次有乔东家在,连借据都不要你写,拿去用吧。"

"什么东西?"乔致庸起了好奇心,把布包打开一看,挑了挑眉毛,"喔,是四大恒的庄票啊,每张两万,这里差不多有……呵呵,一百万两银子不要借据?朋友,你好阔的手笔!我乔致庸甘拜下风。"

"乔东家说笑了,这点银子在你眼里还不是九牛一毛。"苏紫轩把目光转向古平原,"怎么样,这一回你借还是不借?"

古平原一百二十个不想借,但是没办法,可话要说分明,"借银子,还银子,这笔生意和你无关。"

"行!"苏紫轩不露声色。

见他这样,古平原心里更没底了,"我按票号最高利息的两倍给你,整一分利!"

"不必了,就按普通利息算,四厘。不过我有个条件,你这一趟要带上我。"

古平原情知他没安什么好心,可是也只能走一步看一步了,当下勉强点了点头。

等苏紫轩走了,乔致庸过来道:"没人会无缘无故拿出一百万两来,这姓苏的眼里东西多了去了,你可要当心。"

古平原意外弄到了钱,却觉得胸口沉甸甸的,要说这件事情有什么地方他还看不明白,那也就是这个神秘莫测的苏公子了。

外面街上,四喜整个人都蒙了,一直等到回了客栈,她还是不敢相信,"小姐,李钦的那一计已然成了,张大掌柜提前发动,迫使王天贵把银子调了回去,可是你怎么又给古平原补上了这笔银子,这是为什么啊?"

苏紫轩抚了抚她鬓角的毛边,像逗一只小猫一样,"你说呢?"

"我猜不出来。"四喜苦着脸。

苏紫轩今儿不打算再出去了,于是解了束胸,换上一袭哆罗呢的白袍,腰间松松地系着一根丝绦,绾了长发,用一根细长的玉簪别住,赤着足坐在竹墩上,让四喜用温水泡了手,然后过来给自己揉肩。

她闭着眼,直到四喜揉过了一侧肩,换到另一侧,这才说:"李钦的计虽然好,但只能杀得了一个古平原,我借着他这条计,将计就计,非把他们杀个干干净净不可。"

"他们,谁啊?"

苏紫轩慵懒地一笑,刚要开口,李钦忽然打外面风风火火闯了进来。

"你这人懂不懂规矩,出去!"四喜沉下脸呵斥道。

李钦还是头一次看见苏紫轩女人打扮,被她的绝世容光惊慑得木立当场,张口结舌忘了自己进来要做什么。

四喜看不惯他的样子,过来伸手一推,李钦这才惊醒。

"我问你,你是不是借了一百万两给古平原?"

"没错。"苏紫轩知道瞒不了他,索性直言不讳。

"啪!"李钦一掌击在桌上,盛着温水的水盆被震落在地,"你好大的胆子!你……"

"李钦!"苏紫轩站起身,双瞳剪水,不怒自威,"你听好了,这一百万两是我自己的钱,我愿意借给谁就借给谁。还有一样,这大平号是我与你父亲同开的票号,张广发都是我的伙计,你不过是来看热闹,别多管闲事!"

李钦气得浑身发抖,想了想这脾气竟是无处可发,一抬脚把水盆踹出老远,自己大步流星走出门去。想了想不甘心,又回头吼了一句:"我是不是来看热闹,咱们走着瞧!"

等到了第十天头上,整个西都城都轰动了,这一天一早城西门刚一打开,外面马队加上驼队接连不断线地往城里运粮草,一担担的粮食马料装得满满登登,口袋鼓鼓着,有几辆车上袋子口没扎紧,颠簸时洒出些高粱来,引得一群小孩子在马队中穿来穿去,俯身去拾。

古平原稳稳站在钟楼下,等押车的杜头领和孙领房会齐了,他大踏步走过去。在众目睽睽之下,杜头领一抱拳,"古掌柜,事都办成了,我把青海喇嘛庙几万喇嘛这一冬的存粮都买了下来,不过,银子可没少花。"

"不要紧,只要买到了粮,就是大功一件,银子,我这儿有的是!"古平原伸手入怀,再掏出来已是捏了一大把花花绿绿的银票,引得围观众人齐声惊叹。

消息也传到了军队的大营中。"原来是把青海喇嘛庙的粮买了来,也算难得。"青海活佛一向对于朝廷不冷不热,肯把冬季储粮卖出,想必是大费了一番手脚,僧格林沁命道,"让新委的督粮官去查验入库,各军整备,三日之后大军开拔。"

"喳!"中军官领命,心想这姓邓的千总也算是个有福的,督粮官明明是个肥缺,可前面一口气杀了四个,谁都不敢干了,偏他刚讨来了这个差事,粮食就到了,该着轮到他发财。

"军爷,粮食都在这里,足够大军三个月支用,请军爷点验。"古平原恭恭敬敬对板着脸的邓铁翼说。

"这是大军命脉,你们要好好验看!验过了运到料场。"邓铁翼一挥手,身后数十个军卒齐声答应,这些都是他在湘军中的老弟兄,彼此都是过命的交情。

粮食依旧是堆放在城郊的阿房宫遗址,这一次用了重兵看守,里三层外三层围住,密不透风。巡夜不许用火把,只能用风灯。僧王有令,一旦再出意外,看守粮食的这三千军卒连同军官一起砍脑袋。

一天忙乱下来,总算是把军粮交卸了。古平原受了棍伤走路还有些一瘸一拐,正靠在一根拴马竿上歇息,发现常玉儿正在不远处担心地看着自己。

"古大哥,你做事不要太拼命了,你的伤还没有好。"常玉儿见他看到了自己,便移步走了过来。

"走一走,活活筋骨血脉,对养伤也有好处。"古平原微笑着。

"嗯。"常玉儿低下头不知该说什么。古平原忽然想起,"最近总看你一个人待着,那个如意……"

"别提她了。"常玉儿脸上一红,啐道。

古平原心里有数,如意和李钦食髓知味,想必整日里都腻在一起。

"古大哥，你是不是又要拿命去冒险？"常玉儿突兀地问了一句。

古平原一愣，他怕常玉儿担心，始终把真相瞒着她，城里的百姓看到多少，常玉儿也就看到多少，怎么会问出这句话呢？

"你的神情和当初走黑水沼之前一模一样，好像什么都豁出去了。"女儿家本就观察入微，何况是面对自己喜欢的人。一看古平原决绝的眼神，常玉儿一颗心就悬了起来。

古平原一时无言以对，在夕阳下踏着废墟中的野花草慢慢走着。常玉儿跟在他身边，一直来到阿房宫已经迷漫不清的边墙处。

这里有一处高台，是用一人高的巨石垒成，足有三丈高，当年可以循阶而上的木梯早已腐朽，只留下那巨石台千年屹立不倒。

"你看见那石头边缘了吗？"古平原忽然用手一指，落日余晖照着，常玉儿看得分明，点了点头。

"那是用绳子磨断的，两个人合力，一年的工夫也未见许能切出一个断面。这座台子看来粗糙，却不知用了多少人力，耗了多少工夫。"

"啊！"常玉儿真没想到，忍不住走了两步，用手去摸着那粗粝的石头。只听身后古平原低声吟道："五步一楼，十步一阁；廊腰缦回，檐牙高啄；各抱地势，钩心斗角……楚人一炬，可怜焦土！"

这是杜牧的《阿房宫赋》，此时读来真是长歌当哭，回肠荡气，常玉儿听得出了神。

"常姑娘，你说得对，我又要去搏命了，可不是为了钱！赚再多的钱，顶多再建起一座阿房宫，可是又有什么用？"他将手向四周指了一指，黄昏时分风乍起，长草凄迷摇摆，尽掩往日繁华。

"我是要去争一口气！康家大爷一生行善，常四老爹一生谨慎，都是正正经经的生意人，如今呢，被逮下狱，旦夕祸福！我古平原从前是读书人，如今是生意人，帮他们就是帮我自己，就是让世人都知道，生意人不能让人轻侮！"

这里其实是当年秦国的阅兵台，大秦军队从咸阳出发奔赴各地东征西讨，都要从这座台前经过，秦皇就立于高台之上，看着这些虎狼兵山呼而行。如今古平原气宇轩昂，临风一呼，竟然隐隐有一种王者的傲气。

"古大哥，我陪你去，你去哪儿我都陪着你！"常玉儿终于把她一直想说的话说了出来，那么突然，那么直接，那么不顾一切。

古平原收拢目光低下头，拗下一根长草，折了一折又一折，他不忍心却又不得不说:"我将来还要回徽州,那儿有一个我起誓要娶的女子,她也许还在等着我……"

常玉儿没有再往后听,她的泪水不只模糊了眼睛,也模糊了那条匆匆跑走的路。古平原叹了一口气,他不愿伤害别人,特别是常玉儿这个善良可爱的女孩儿,但是自己的一缕情丝多年前就留在了家乡,又怎能另寻他爱。

古平原对常玉儿内愧于心,不知再遇上如何相处,同时又担心这批粮食会出事,索性跟邓铁翼打了招呼,自己不回城也守在料场里。他睡不实,每隔一个时辰便起身走走看看,直到黎明前,精神才有些支撑不住,合上眼准备好好睡一觉。

就在这个当口,料场北面忽然如狂飙般响起喊杀声:"西征军攻来了!"

古平原激灵一下翻身而起,就听四面都有哨官、营官在疾声指挥,一面继续分兵把守,一面抽出人手去北边支援。刀枪相撞、人马急奔,料场外可就开了锅了。大概过了小半个时辰,喊杀声渐渐小了,古平原紧绷着的心也有些放下来。

"大概是西征军没想到有这么多人守粮,突袭不成便退了兵。"他正想着,几道人影在不远处闪过,于一处架子旁停了下来。

其中一人打着了火折子,迎风一晃,就要往装粮草的麻袋上点火。

"住手!"古平原大叫一声,"来人……"

他才喊了半声,一个小个子箭步蹦过来捂住了他的嘴,从腰里拔出一把匕首,对着他胸腹间就要攮进去。

啪,这小个子的手被同伴攥住了,"黄旅帅,且慢!"

"怎么?"那人一愣。

"古大哥。"阻止他的人看着古平原的脸,不敢相信地喃喃道。

古平原这时候也看清楚了,被称为黄旅帅的小个子就是在恶虎沟有过一面之缘,随宇王张日宇前去劝降的西征军头目黄一丁,至于站在他身边的,则是当场投了西征军的刘黑塔!

黄一丁想起在恶虎沟确实见过这个生意人,便松开手,"姓古的,你帮官军?"

古平原心里有一肚子话想和刘黑塔说,但是这里实在不是讲话的地方,他急急道:"你们不能烧粮!"

"这事儿你别管!"刘黑塔一推他。

"我做成这笔买卖,回去才能救你爹,不然等你领兵打回去,常四老爹早死了!"古平原知道事态紧急,不能缠杂不清,于是快刀斩乱麻一口气说了几句要紧话。

"这，这是为何？"

"没时间多说了，总之不能烧粮！"古平原左右看看，"你们快走吧，待会儿被人围住就走不了了。"

"来了就没想走。"黄一丁可不管什么常四老爹，"三百多个弟兄丢了性命才换我们几个进来，怎么能凭你一句话就走！这粮，今天是烧定了！刘黑塔，点火！"

"这、这……"刘黑塔心神大乱。看看古平原又看看黄一丁，不知如何是好。

"你敢违军令！"黄一丁一瞪眼，抢过火折子就要自己动手。

"你们西征军不是为穷人打仗嘛，你烧了这批粮，僧格林沁就会把气撒到一城百姓的头上。上次就是西征军烧的粮吧？你知道已经害死多少人？"

黄一丁犹豫了一下，"我们带着家眷转战各地，跑不过瀚海铁骑，他要是出了兵，咱们西征军可就倒霉了，对不住了！"说完要把火折子往麻袋上丢去。

"那就连我一起烧死！"古平原往架子上一扑，伸开双臂拦着。

刘黑塔上前要把他拽开，古平原急道："刘兄弟，你妹妹也在城里呀。"

"玉儿……"刘黑塔不知不觉就松了手，抓耳挠腮团团乱转，"黄旅帅，这粮好像真不能烧了。"

黄一丁急得双目圆睁，"不烧粮你叫我怎么回去见宇王？"

古平原听到有一队士兵正在由远及近跑来，知道没时间了，紧紧抓住黄一丁的衣襟，"你见了宇王就说，我一定不会让僧格林沁追上你们！"

说着把他俩使劲一推，跟上一句："往西边走，那边人少。"

5

三日之后，僧格林沁的军队如期出兵，城里百姓夹道相送，说是祝大军早日凯旋，其实都是大大地松了一口气，还有些人恨不得他们尽数死在黄土坡上才好。

古平原也牵过那匹菊花骢上了马，扬鞭出城，去与等在城外的杜头领、孙领房会合。远处的长街尽头，常玉儿红着眼圈，呆呆地看着他骑在马背上的身姿，"古大哥，祝你早日平安归来。"

苏紫轩的马车也紧随古平原之后，"他的粮食都交卸了，人还跟着大军做什么？"四喜摇着头，只觉得古平原与自家小姐做事都是神出鬼没，难以揣度。

"事情当然不会这么简单，这一百万两银子换来的肯定是场大热闹，咱们就等着瞧吧。"苏紫轩微微咬着下唇，脸上露出兴奋的神色。

苏紫轩说的一点都没错，清军按着探报，一路往西北去追，这些兵大爷憋得久了，不用将令来催，第三天就跃过了凤翔府，然后就是平凉。这一带是陕甘交界，最是荒无人烟，黄土上打着旋风，旋风里刮着黄土，一望无际，四野寥廓。

前面不时有西征军的小股部队出没，都是轻骑快马，清兵一撵上去，他们拨马便走，大部队追不上，还要防着他们是故意把路引岔，行军的速度不知不觉就慢了下来。

随军的十几员参将副将觉得这样拖着十几万之众跟在西征军屁股后面追始终不是办法，于是约好了一起来找僧王，希望能把队伍分散开，轻重骑各有分工，马队步兵各司其职，分路包抄堵截，才是正办。这就看出瀚海将领和汉人将领的区别了：前者仗着马快，希望一鼓作气撵上西征军，然后决一死战；后者则以兵法见长，主张围而不打，等到了火候，再把西征军一举歼灭。

两方在大帐里争来吵去，把僧格林沁听得心烦意乱，他还是倾向于让瀚海人立功，不愿意听汉人的建议，手一拍桌案，刚要做个决断，忽然管火头军的把总战战兢兢进大帐请见。

"王爷，这不知为何……"一屋子都是将军，面前还有僧格林沁亲王，这个小把总话都说不利索了。

"讲！"

"断粮了。"

"胡说，粮草整备齐全，大军方才开拨，这才几天，怎么会断粮！"站在僧王旁边的铁哈齐先就呵斥道。

"是，是真的。"那把总满脸淌汗，站都站不稳了，"末将命人抬了一袋粮食来，王爷一看便知。"

粮食放在帐中央，袋口打开把里面的东西哗啦一倒，众将官围过来一看立时大哗。这哪里是粮食！有树皮有沙土还有破棉花套子，就是不见半粒粮。

僧格林沁又惊又怒，连声道："唤督粮官来！"

不多一会儿，督粮官邓铁翼进了大帐，他一眼就看见那堆"粮食"，脸色变了变又恢复常态，站在当场只等王爷问话。

僧格林沁一下子就看出这个督粮官必知内情，他从座中转出来，来到邓铁翼面前，冷笑一声："你是湘军转到本王帐下吧？"

"是！"

"听说湘军吃了不少空饷，可有此事？"

天下军队没有不吃空的，邓铁翼没回答。

"所以你就吃到我这儿来了，我问你，粮食呢？"僧格林沁的声音里带着沉重的威压，邓铁翼早有准备，还是打了一个冷战。

"禀王爷，粮食在大营外。"

这个回答倒是谁也没有料到，"你说什么，在大营外？"

邓铁翼还没等再说话，守营官兵来报，"大营外有一人，带着一队粮车求见王爷。"

僧格林沁阴沉着脸看了一眼邓铁翼，"叫他进来。"

等这人一进帐，不卑不亢深施一礼，"草民古平原见过王爷。"

"又是你。你究竟捣的什么鬼？"僧格林沁眯起眼睛，射出两道寒光直逼古平原。

"王爷驾前，草民岂敢捣鬼。实在是王爷逼得太紧了，草民没办法，只得用这些东西冒充粮食，其实是怕乱了王爷的军心。"

"哈哈哈！"僧格林沁仰天大笑，笑过了把脸一抹，"好大胆子，敢戏耍本王。来人，连这个邓铁翼一同推出去斩了。"

"且慢，王爷，虽然军营里无粮，可是草民却有办法供给大军粮草，如今粮车就在门外。"

"……"僧格林沁迟疑了。

"不过只有三天的用量。"古平原把话接全了，气得僧格林沁的脸涨成猪肝色。

"对，三天，而且这批粮食得来不易，不是白给的，而是要卖给王爷。"

僧格林沁知道事情不妙，如今大军粮草只怕都要着落在这个小小商人身上，"哼，粮钱都用来抵了辎重的损失，两不相欠，何来买卖？"

"王爷错了！"古平原一句话，帐中将官一起变色。从没听说谁敢说僧王有错，偏偏这个掌柜的就敢，真是吃了熊心豹子胆。

"想必王爷也知道，这南方的荔枝运到北方来，价钱立马就翻上十倍不止。为什么呢？"

古平原好像把这里当成了自家的店铺，信步走了几步，徐徐说道："货没变，地方却变了。做生意，就是把那些本地没有的东西运来，卖个好价钱。商人辛辛苦苦，赚的就是这个差价。"

"你说这些做什么！"僧格林沁一时也听呆了，回过神来才勃然大怒。

"这里是黄土高坡，放眼望去哪有粮食，全靠我的马队驼队一村一户高价收粮，甚至跑上几十里就为了到一个只有十几户的小小村庄去搜集粮食。这粮食的价钱可就不能按照在西都城里的算法了。"

"那依着你，应该怎么算？"

古平原背对着僧格林沁，举起一根手指，"十两一石！"

"放屁！"铁哈齐瞪圆了眼珠子，"市价二两一石，你敢黑王爷的钱！"

"这批虽然是粮食，可我要卖个荔枝的价。不然，王爷就请到别处去买吧！"

僧格林沁怒道："哼，本王现在就没收这批粮食充作军粮！"

"好！"古平原霍然回身，把牙一咬，"这是王爷的大营，王爷自然说一不二。粮食收得，古某的一条命也收得。"说着他把衣服用力一撕，露出胸膛。

古平原真豁出去了，他心想，僧格林沁！你不是瞧不起生意人吗？你想来横的，我偏要和你做生意，我就让你瞧瞧什么是生意人，让你一辈子都忘不了！

"不过王爷你可记住，命只有一条，粮食却不止这一批。你杀了古某抢了粮食，就不会再有第二批粮运来，你的大军三天之后就要断粮！你拿什么去追西征军，别说打仗，就是撤回西都也难！断粮，军心必乱，西征军来攻，你就要全军覆没！"古平原闷声吼着，他一向温文尔雅，此时却一反常态，把这些天受的气全都发泄了出来，横眉立目看着僧格林沁。

中军帐内鸦雀无声，这么多杀人如麻的将军就木立在两侧，呆呆地看着一个小小的商人在僧格林沁亲王面前咆哮如雷。他们这一辈子也忘不了这一幕，有好几员将弁疑心自己是在梦中，伸手使劲在大腿上掐了一把，就连一向凶蛮的铁哈齐都合不拢嘴惊呆了。

僧格林沁带了多年的兵，深知缺粮断水谁也带不起兵，别说打仗，不出三日非哗变不可。军饷可以欠，兵粮却欠不得，还有战马，要是不上草料，蹄子就软，更是上不了战场。看起来非向眼前这个人低头不可了。他突然发现一件事，这个叫古平原的人不怕死！

"咣！"他一拳捶在桌案上，"好，这批粮本王买了。"不怕死的人有资格和他谈交易。

"那就请王爷签了这张欠条。"古平原伸手掏出一张纸，轻轻放在案上。

僧王重重出了一口气，提笔花了押。古平原又跟上一句："还有王爷的大印！"

帅印！！！僧王鼻子都气歪了，有清一朝以来，在欠条上盖帅印的只怕自己还是头一人。

"王爷，既然签了契约，每隔三天，必有粮食运到。"

"那要是运不到呢？"

"十两银子一石，这么好的价钱我拼了命也要把粮食运来，请王爷放心好了。"

僧格林沁这才听明白，古平原由头至尾没把自己当成王爷，只当是一个生意场上的对手，这副胆子他也不能不服气。心想一切等我剿了西征军回到西都，咱们再算账！

邓铁翼把古平原送出大营，依旧觉得有些头晕目眩，"兄弟，我那日还是说错了，你的胆子不只比我大，简直比天都大。你知不知道，僧王瞪眼不杀人，我还是头一次见。"

"杀了我，他的十万大军就要给我陪葬，他不是傻子。"古平原淡淡一笑，"我也不是胆大不怕死，只是尽一个生意人的本分罢了。"

"黄土漫天，千沟万壑"，古平原的驼马队就在十里外的一处沟壑里，杜头领、孙领房还有跑堂的杨四正在向沟外遥遥望着，眼里都是担心。等看到古平原带着车队回来了，大家不由自主齐声欢呼。

"哎呀，古掌柜，你去了这么久不回来，真是把人吓死了。"杜头领一把抓住他的胳膊。

"哈哈，那僧王花大价钱买了咱的粮去，每一袋都要验看清楚，不然再上一当，非哭死不可。"古平原笑呵呵地说，引来众人一片笑声。

杨四乐了，"这么说，咱们的买卖不愁没买主儿了？"

"现在就看你的了，这方圆百里散布的各村各庄，哪怕是独门独户，只种了一垄高粱，你都要带人找上门去，高价把粮收过来，转手就是几倍的利。"这杨四真是得力，就像他自己说的，是一幅活地图，连一眼巴掌大的窑洞都记在心里。古平原这三千两银子给得太值了。

苏紫轩和四喜一直在后面看着。四喜早就惊呆了："想不到……"

苏紫轩打断她，"这个人让人想不到的地方太多了。跟着大军后面卖粮食，这种做生意的手法不是高明，而是可怕，因为让人想不到，所以才可怕。"

6

古平原安排周密，将驼队和马队分为十二组，杨四负责总提调，杜头领和孙领房居中指挥，日夜不停地赶赴周边收购粮食马草，而且所到之处大肆宣扬，只要有粮草送过来，一律比市价高出三成来收。老百姓过日子恨不得一个大子掰成两半花，听说有这好事，一传十，十传百，像阵风儿般刮遍了黄土坡，没出几日就有上百里外的村民撵着驼马队来卖粮食，而且人是越来越多。古平原一开始还担心粮食的来处，此时已是全然放下了心。

这又应了此消彼长那句话，粮食都被古平原大笔买入，同样奔驰在黄土地上的西征军就弄不到粮了。但是人不吃粮，马不吃草怎么和清兵去拼？

转过天来半夜时分，忽然马队外围来报，说是有两个人指名道姓要拜访古平原。等到一见面，古平原立马就认出来，走在前面那个英气勃发的将军正是在恶虎沟见过的宇王张日宇，后面一脸怒容的大高个则是刘黑塔。

"古掌柜，能不能借个地方说两句话？"

等进了帐篷，张日宇微笑着，"听说古掌柜最近可发了财了。"

"哪里哪里。"古平原隐约猜到他们的来意，正在心里想着如何应对，口中含含糊糊答应着。

"既然是打开门来做生意，古掌柜能不能卖点粮食给我，我不打欠条，付现银。"张日宇说了个数目。

"这……"古平原可为难了，按说张日宇要的粮草不多，只供人马每日一顿就可，如今粮草来路广，也有些存货，供给他们不成问题。但这是助逆，与谋反无异，事情一旦败露，那是杀头的罪名，外面那么多人都要受牵连，古平原不能不多加考虑。

刘黑塔可容不得他考虑，见古平原沉吟不语，张口就骂开了："姓古的！你知不知道我们就快断粮了，刚生完孩子的女人都没了奶，小孩子饿死了十几个，你说你缺德不缺德！"

古平原被他骂急了，一挺腰站起身，"难道我没有帮你们的忙吗？我为什么有时午时送粮，有时黄昏送粮，就是看僧王的马队追赶你们是否追得紧，追得紧我就晚送些，他们手里没存粮，当然不敢全力深入。"

原来如此，张日宇躬身一拜，"多谢古掌柜大义相助。"

"我不敢居功，当初答应过那位黄头领，只是说到做到罢了。"古平原话只说了一半，答应黄一丁是不假，但是他如此做其实还是为了做生意。官军和西征军打不起来才妙，僧王追得越久，自己的粮食卖得越多，古平原有此妙悟，才动了这番手脚，用粮食来牵制官军的行动。僧格林沁要是知道他这么做，甭管有没有粮食，肯定把他抓过来活剥了皮。

话又说回到卖粮一事，古平原始终下不了决心。掐点送粮那件事是暗的，没有任何真凭实据，就算有人犯了疑心也拿不住把柄。但是卖粮给西征军这件事却是实的，一旦被人当场拿住，罪名想赖都赖不掉。

刘黑塔又要犯急，张日宇知道他和古平原是故人，这才带他来，没想到两个人交谊不终，连忙伸手止住刘黑塔，"咱们不能强人所难，还是另想办法吧。"

"此地有粮何必另想办法！"帐篷帘一挑，苏紫轩走了进来，对着张日宇道，"宇王，您的大名实在是久仰了。"

"不敢当，您是？"

"我叫苏紫轩，算是这驼马队的财东。您说的事儿我能做主。"苏紫轩的眼睛里闪动着光芒，乍看上去，与古平原的目光竟是十分相像，她早就打定了主意，僧王这十万人既然出了西都，就别想活着回去！如今遇到西征军首领，恰是拖住僧王的好时机到了。

"苏公子，咱们说好了的，借银子还银子，你不能干涉买卖上的事儿。"古平原急道。

"对，我是不能干涉，可是我总能说情吧。方才在帐外我也听到了，我只说一句话。古掌柜你要是不卖粮给义军，今夜还会有孩子饿死，你就真见死不救，就真的忍心听那母亲的哭声？"苏紫轩说着眼圈微微红了。

这话说得太赶劲儿了，帐中三人齐刷刷把目光投向古平原。古平原闹了个大红脸，生生被苏紫轩这两句话挤到了墙角，要是再说一声不卖，那成什么人了。

"好吧。"古平原勉勉强强道，"就卖给你，但只能半夜时分来拉粮，不能穿西征军的服色。"

"一言为定，古掌柜，你这功德大了。"张日宇再三感谢，古平原报以苦笑。

"苏公子，你如此热心帮忙，今后凡用得上西征军的地方，请尽管开口。"张日宇对苏紫轩更是感激万分。

古平原知道苏紫轩肯定是另有目的，但是眼下还猜不透。送走了张、刘二人，他见苏紫轩往自己的帐篷走去，便抬脚跟了过去。

苏紫轩刚要弯身进帐，古平原喊住了她："苏公子，我借您一步。"

苏紫轩微微一愣，想了一下点点头，随古平原走出营盘之外，四喜寸步不离跟在后面。

古平原沿着黄土沟壑的边沿默不作声地走着，直到走到一处巨大的裂谷边上，眼前无路可通，他才缓缓停下了脚步。

这里是七八条沟壑的交会处，正中间黄土拱起一条高高兀立的柱子，高有数丈，顶上生长着一株酸枣。酸枣本是小木，可是这一株酸枣却长得硕大无朋，上面的枝冠足有黄罗伞盖那么大，其下盘根错节，有些树根伸到了那土柱的外面，张牙舞爪，看样子竟然直插地底。

这是难得一见的奇景，苏紫轩不觉怔怔地看住了。

"这土柱若不是被根茎缠住，早就轰然崩塌，那酸枣树也就活不了。"古平原转过身看了一眼苏紫轩，"皮之不存毛将焉附，苏公子，你说呢？"

苏紫轩默然半晌，忽然扑哧一笑，"或许我就是想听那一声轰然倒塌的巨响呢？古掌柜，你一个小小生意人，管好自己的买卖就是了，何必瞎担心呢！"

她心思千灵百巧，一听就明白古平原是对自己向西征军卖好起了疑心。土柱就是国，酸枣就是民，古平原以此作比，当然是看出了苏紫轩有结交西征军，对付官军的意图。

"话不是这么说，天下兴亡……"

"兴亡之时是乱世！"古平原才说了一半，就被苏紫轩打断了，"像你这样的人，越是乱世越能施展才干。"

"我这样的人……我是什么样的人？你怎么知道！"古平原伫立在山坡上，西风烈烈吹扬着他的衣襟，笑容中带着些苦涩。

"我知道，你是永远也不服输的那种人！"苏紫轩说着要过四喜手中的怀剑，把手一扬，那柄短剑落到古平原脚下。

"我看得出来，你心中有仇恨，有仇人！"苏紫轩一指那柄剑，"如果四野无人，仇人就在眼前，你会毫不犹豫地拔剑将他刺死吗？"

古平原愣了一下，低头看着那柄剑，眼前出现了张广发、王天贵他们的影子，他想象着这几个人都出现在眼前，自己拔剑在手……他缓缓摇了摇头。

苏紫轩凝视着他，唇边出现一丝笑意，"古掌柜，我说对了吧。你就是这样的人，别看你做出事来惊世骇俗，但你心里有打不破的规矩。你要争的是那口气，是要看到仇人在你面前认输！"

苏紫轩这句话如同在古平原心中轰地投下一颗巨石，他像被风吹得有些站不稳，晃了晃身体，愣愣地看着苏紫轩。

苏紫轩走上两步，仿佛怕这空旷的野地上有什么人在偷听，在风声呼啸的间隙里轻轻地说："我和你一样，也有仇要报。"

古平原身子一震，惊讶地望着苏紫轩的眼睛，那眼里忽然闪出一团隐藏得极深的怒火，简直要把世间一切都烧毁殆尽。

"希望你不要成为我的仇人！"苏紫轩留下一句话，带着四喜转身就走。

7

西征军大帐内，宇王、扶王、鲁王等人围着一张大地图正在谋划方略。

"这地图不行，这还是康熙年间的图呢。上面山川走势都不一样了，昨天我帐前的兵去诱敌，结果跑到了绝地，都是这图惹的祸。"鲁王一拍桌子。

他说的这些，宇王和扶王何尝不知，二人对视一眼，眉中都有忧色。

"实在不行，只能化整为零，分散出去，然后再找个地方聚合一处。"扶王沉吟道。

"这一条我也想过了，可是分兵再聚，必定会有损失，就算能躲过各地乡绅的团练围剿，有些弟兄也就不愿再来了，能聚到一半？"宇王心里没底。

"僧妖头追得紧，我看也就只有这么一招了。"扶王说。

"报！营外有人求见宇王。"

"什么人？"宇王问。

"是个漂亮的公子哥，还带个书童。"

帐中几人诧异地互相看了看，来报的兵卒又拿出一个长长的纸卷，"这人说，是见面礼，请宇王笑纳。"

等把那纸卷展开一看，三个人不约而同地睁大了眼睛。这是一份咸丰初年西北军务总办派人绘制的地图，距今不过十余年，连稍大一点的垄坡都在上面清楚地标示着。鲁王贪婪地睁大眼睛，在图上寻找着，忽然用棒槌粗的手指用力敲着一处，"就是这里，早一日见到这图，我那二百娃子就不用死了！"

"别敲破喽，别敲破喽。"扶王赶紧把他的手架开。

宇王在这里年纪最轻，却也最是沉稳，他吩咐："快请那个人进来。"

等人一进帐，鲁王和扶王都是眼前一亮，"哟，这娃儿长得真俊。"扶王不自觉喃喃出声。

"苏公子，原来是你。"张日宇又惊又喜。

"宇王，这图还好用吗？"苏紫轩深入叛军营地，面对三个首脑却像是郊游踏春一般，落落大方地指了指桌上摊开的地图。

"好用极了，你是从哪儿弄到的？"鲁王忙不迭地问。

"在西都城里买的。看管地图的小吏说，丢了一份图要丢官罢职，我就顺便把他的乌纱也买下来了。一个九品笔帖式，五千两银子，够他回家养老了。"

一张图五千两，旁人或许会觉得贵，可是在座三人都知道行军打仗地图是无价之宝，特别是吃了旧图的亏之后，更是觉得这是无价之宝。

"不能让苏公子破费，这图我买下来。"张日宇说完就要让亲兵去拿银子。

"说了是见面礼而已，宇王这样见外，我今天来要说的话可不敢说了。"

宇王一怔，"苏公子，原来不是为这图而来？"

"朋友之间一张图算得了什么，我来是另有大礼相赠。"苏紫轩慢慢站起身，一步来到帐里设的关公神仙前，屈膝跪倒双手合掌起了个誓，"天地人神共鉴之，我苏紫轩此来，所言所行全为报清廷杀父之仇，倘若口不应心，有半点虚言，让我死在乱刃之下，不得全尸。"

身后三人彼此惊疑地看了一眼，发到这样的誓绝对假不了，何况没人逼她。既然是杀父之仇，那与清军也是不共戴天，这苏公子究竟要说什么？

只见苏紫轩来到桌旁，纤长的手指沿着一条看不见的线慢慢画着，忽然停下来，在陕、甘、瀚海三地交界的一处山隘画了个圈，然后回过头问了一个问题，如同在三人耳边打了一声炸雷。

"你们，想不想要僧格林沁的脑袋？"

"小姐，打从西征军那儿回来，咱们天天看这些清兵安营扎寨，你不烦吗？"四喜愁眉苦脸地坐在一块土墩上，望着远处山坡下的清兵大营。

"你看……"苏紫轩指了指，四喜伸长脖子瞅了一眼，嘬了嘬嘴。

"还不是那些马匪嘛，这些日子都看得腻了。"

苏紫轩花银子雇了一帮马匪，不是要他们杀人越货，而是仗着马快每天晚上到清兵那儿去骚扰，有时放上一两支响箭，有时拿一面大锣哐哐地敲着，口中不干不净骂着僧王的祖宗八辈儿。

僧格林沁的肺都要气炸了，命铁哈齐去抓马匪。但是这些马匪来去如风，对地形又熟悉，铁哈齐费了九牛二虎之力连个马匪毛儿都没捞着，整日被僧格林沁训斥得一脸晦气。

"夜里有马匪不让清兵睡好觉，白天有西征军派出小股快马牵着清军兜圈子。你看着吧，这个脾气暴躁的僧王爷就快要爆发了。火候一到，我便去找他。"苏紫轩说。

事实上，僧格林沁的愤怒早就不止一天了，他原本以为黄土高原无遮无挡，自己的马队长驱直入，不费吹灰之力就能把西征军歼灭，没想到事情如此不顺，黄土漫天遮眼，西征军行踪诡异，打了几仗竟是互有输赢。为了不让西征军跑了，每天咬着牙急行军，但常常发现是被西征军带着兜圈子，如今连马匪都欺负上门了，真是把个僧王气得一佛出世二佛升天。营里天天动军法，每天都砍人脑袋、打军棍，抽鞭子更是家常便饭，满营将士都觉得再这么追下去自己就要疯了。

"那僧格林沁和十万大军是朝廷倚重在西北的柱石，一旦全军覆灭，西征军就能把西北和直隶连成一线，不出半个月就能攻到京城。到时候朝廷非把围金陵的大军撤回一半来防备西征军，这样逆匪的围也就解了。等到再来一次北伐，西征军一定响应，非天下大乱不可。"苏紫轩一席话像是求祷又像是预言。

"天下大乱……"四喜喃喃重复着这四个字。

"呀……"山下的大营里忽然传出一声厉吼，声音撕心裂肺，像是什么人在受车裂之刑一般，连苏紫轩那么镇静的人听了都心里一颤。

这声音刚落下去，又有从大营的不同地方传出两声相似的厉吼，紧接着就像一犬吠形百犬吠声一样，大营中此起彼伏响起了一大片凄厉的叫声，听上去就像是这片营扎在黄泉入口，成千上万的恶鬼正在一起从地狱中冲出来。

"小姐……"四喜身子发软都要吓哭了。苏紫轩一开始也惊怔住了，她忽然想起一事，脸上渐渐露出喜色，喃喃说："是炸营，真是天助我也。"

"快，我的玉箫呢？"

四喜赶紧从绒布袋里抽出随身带的玉箫颤抖着递过去，苏紫轩一把抓过，急匆匆往山坡下走去。

山下大营里，僧格林沁早就惊醒了，他开始还以为是西征军夜袭，抓过盔甲穿戴好，操起长刀在手，扳鞍上了战马。可是往营门处一看，皓月当空瞧得分明，一马平川空空荡荡，连个西征军的影子都没有，再看身边这些兵个个神色痴狂，如癫似疯，口中嗬嗬作声，乱头苍蝇一样跑来跑去。

"炸营！"僧格林沁忽然想起一个兵营中故老相传的事儿。如果将士处在极度紧张惶惶不可终日的情形中久了，就会失常，白天和好人一样，但是到了夜晚，如果有一个人从梦中喊叫起来，那么无数人都会跟从，他们会像疯了一样跑叫，最后甚至会拿刀枪互砍互刺，有时候整个军队就这么完了。

僧格林沁倒吸一口凉气，他再会带兵，再凶蛮无情，到了这个时候也是束手无策。

"王爷……"铁哈齐已经砍了几个人的脑袋,可是一点用都不顶,他急匆匆跑过来。

"等日出。"僧格林沁咬牙道,"据说只要太阳出来,就没事了。"

铁哈齐也听过炸营,往身边看了看,已经有人扭打起来,拳来脚往,口撕牙咬,这要是打到天亮,得死多少人?十五万大军能活下来一半?他虽然心狠手辣,可也不敢想下去了。

就在彼此无计可施之时,一阵清亮的箫声冲破云霄,直入每个人的耳朵里,正在疯跑打斗的士兵都是一震,手脚不知不觉就停了下来。箫声悠扬婉转,连着几个回音高调,如云里鸾般越飞越高,声音入耳拨人心弦,本已失了心智的士兵眼神渐渐明白过来。

僧王听得出来,这是一曲《春江花月夜》,箫韶九成,凤凰来仪,他府中虽有千金聘来的乐手,但不抵吹奏此曲之人的万一功力。他站在营盘中间的大帐之前,眼前就是直通营门的路,有一人正吹着箫款款走了进来。

月光如水洒落大地,苏紫轩白衣胜雪,神色从容自若地缓缓走进万人军营,手中玉箫吹出天籁般的乐曲,把夹道围观的万千士兵看得如痴如醉。她一曲既毕,已经走到僧格林沁面前,躬身深施了一礼,"草民苏紫轩,见过王爷。"

僧格林沁也是听得入了迷,再看这如画上走下来的翩翩公子,一时竟不知是否是在梦中,往两边看看,将士都已恢复如常,只是个个都惊讶地看着苏紫轩这个不似红尘俗世中的人。

僧王虽然野蛮,但是方才的事儿心里有数,以王爷之尊,居然拱手一礼。

"先生真是神仙中人,莫不是下凡搭救王师。"

苏紫轩心中冷笑,口中却客气,说的居然是瀚海话,"不敢当,王爷太客气了。"

僧王又惊又喜,"先生是瀚海人?"

"家严是满人,家慈是草原上的博尔济吉特氏。"这句苏紫轩说的倒是真话,往下就都是编出来的,"我自幼随父经商,方才正从大营外过,见此危难,忍不住一逞小技,没想到居然建功,也是王爷的福庇。"

僧王更是高兴,此人言语得体,本事出众,更难得还是个瀚海人,当下将苏紫轩请到帐中,好茶好酒招待着。

"王爷,劳师远来可是为了剿捻?"几句客套话说过,苏紫轩知道今夜是大好良机,炸营一事定让僧王心神大震,此时施计真是事半功倍。

"正是，只是这捻匪狡猾，不易剿灭。"僧王平素刚愎自用，今夜难得一见地叹了口气。

"说他们狡猾真是不假，倘若分兵成小股匪众，这黄土地如此广大，只怕要被他们逃了。"

一语提醒，僧格林沁禁不住又是一阵心烦，自己把西北搅了个天翻地覆，倘若还是不能收功，这面子上可就太下不去了。

见他沉思不语，苏紫轩微笑道："王爷，你可曾听过汪师爷和年羹尧的故事？"

僧格林沁自幼知兵，清朝用兵典故他都知道，苏紫轩一提他便点头。

苏紫轩说道："王爷此时困境与年羹尧仿佛，他也是青海用兵去剿罗卜藏丹增，劳师日久却始终不能与对方主力决战，后来有个汪师爷指点了迷津。"

"灯下黑！"僧王接下去，"那罗军叛逆就藏在塔尔寺不远，借佛寺取粮过冬。"他却不懂此人提这事儿做什么。

"正是。"苏紫轩一笑起身，来到帐中悬挂的地图旁，伸手一指，"事不同而理同，罗军要取粮，捻匪要取水！王爷，再追过去是一片戈壁，过了戈壁滩，西征军的水就耗得差不多了。"

"你是说……"僧王眼里放出光来，起身几步跨到地图前。

"这里！"苏紫轩往图上一指，"过了贺兰山脉的石嘴山，西征军必定要直扑黄河，王爷先分军一半绕路到那里设伏，其余人紧紧粘住西征军，等过了石嘴山，就是王爷毕功之际。"

看着僧格林沁不住点头，苏紫轩心中暗暗冷笑，"毕功之际也就是你毙命之时！"

8

苏紫轩神不知鬼不觉把清军和西征军的指挥权都握在了手里，十日之后一场戈壁追逐战结束，双方虽然打仗死人不多，可都是累得人困马乏。但最惨的还是驼马队，没想到僧王这一追居然追出了几千里远，茫茫戈壁哪里去找粮食，连杨四都傻了眼。古平原此时只好用笨法子，以营地为中心，十几支马队驼队划着大圈找粮草，连一斤一两都不放过，饶是这样，也只能供应清军一天一顿，西征军两天一顿，连驼马队在内，人人饿得脸色发青，走路都直打晃。双方到了这个时候真正是咬牙苦拼，就算打不死对方，拖也要把对方拖垮。

古平原再一次押解粮草来到清军大营，瞭望的士兵忍不住发出一阵阵欢呼，趁军士忙着卸粮食，古平原从怀里拿出两个烤白薯，悄悄递给邓铁翼，"大哥，这是给你留的。"

邓铁翼眼睛一亮，接过来狼吞虎咽，没两口一个就下了肚。古平原也两天水米没打牙了，饿得饥肠辘辘，闻到烤白薯喷香的香气，忍不住就咽了一口唾沫。

邓铁翼一瞥眼看见了，有些不好意思，递回一个，"兄弟，你也吃一个。"

古平原推了回去，"大哥要领兵打仗，饿肚子怎么行？"

"唉，原本还好，前天铁哈齐把所有粮食都带走了，只给五品以上的将官留了粮，要不是兄弟你如期赶来，今日大营内非饿死人不可。"

听到粮食二字，古平原立马警觉地问道："铁哈齐为什么要把粮食都带走？"

"何止粮食。"邓铁翼小心翼翼往两旁看看，"他还带走了一半的兵。许是僧王有了什么剿捻的新招吧，说句实话，与其饿得前心贴后心，还不如痛痛快快打上一仗呢。"

"唔、唔，"古平原思索着，临走时问了一句，"他带走了多少粮？"

"大营里的粮食你心里有数。"邓铁翼回道。

古平原立马在脑子里一算，铁哈齐的人马带了大概三天的粮，而他已经走了两天，"难道说今夜……"

等他回到营地，刘黑塔正带人来运粮食，这一次一反常态要多多益善。古平原隐约听见西征军里有人说了句，今夜可算能吃顿饱饭了，大馍馍管够！他心里更加犯嘀咕，等粮车要走时，他跟出去一里地，把刘黑塔叫住了。

"刘兄弟……"

刘黑塔黑着脸不言语。

"我问你，西征军是不是有什么大动作？难不成要与僧王决战？"

"你怎么会……"刘黑塔半句话出口就知道不好，连忙把嘴紧紧闭上，可是已经晚了。

两边行动都不寻常，看样子必有一方是设了埋伏。古平原心系驼马队的安危，一定要问个准话出来，可是刘黑塔就是不说。

最后古平原急了，"好，你不说，我也不逼你，我今夜要到清军大营走一趟，或者今夜就留在那里。"

"不行！"刘黑塔把铜铃大眼一张。

古平原不说话,只静静地看着他。刘黑塔毕竟是个心中藏不住话的汉子,"今夜咱们要砍僧妖头的脑袋。"

"怎么砍?"

刘黑塔鼓着腮帮子不说话。古平原帐中也有一份地图,他这一个月下来已经看熟了,此时在脑中慢慢想着:过了戈壁就是石嘴山,那里地势最险,如果西征军在此地设伏,清军搞不好要全军覆没……可僧王怎会上这个当呢?他灵光一闪,想起苏紫轩最近常常出入中军帐!

"石嘴山!"古平原不自觉地就说出声来。刘黑塔吓了一跳,见他要走,连忙拦住。

"我要去一趟清军大营,那里有个人我不能不救。"古平原不想瞒他。

刘黑塔这时候可一点都不傻,"这件事绝不能走漏风声!"

"我只说与一人听!"古平原还是要走。

刘黑塔气呼呼地把九节链子鞭拽了出来,啪的一声打裂了身边一块大石,喝道:"不行!"

古平原放缓了语气,却更是意坚,"刘兄弟,你要打死我,随你。但我不能不讲义气!"说完迈步就走。

刘黑塔愣愣地望着他的背影,呆了半晌,把九节鞭往地上一摔,"这、这,唉……"

"此事绝无虚假,眼下已是子时,僧王还在命令行军,足以证明事非寻常。大哥,你找个借口慢些走,别让西征军给一勺烩了。"古平原到底还是宅心仁厚,虽然疑心苏紫轩,却没提他的名字。

邓铁翼也是老军务了,听古平原说完惊出了一身冷汗,想了想说:"我去请见僧王,把这紧急军情告知他。"

"大哥!"古平原没想到他会这样办,一把拽住,"这事儿还要慎重,不如你先随我走吧。"

"不。"邓铁翼摇了摇头,"兄弟,你来救我,做哥哥的感激不尽,但你不是当兵的,你不懂,一军之中都是同袍,守望相助理所应当,我邓铁翼绝不能做贪生怕死临阵脱逃的小人。"

等邓铁翼来到僧王帐中,把话一五一十说了出来,僧王一皱眉,看向一旁的苏紫轩。苏紫轩心中大惊,面上却还是不露声色,问了句:"这事儿你是怎么知道的?"

"是给大军供粮的古平原星夜前来告知。"

"哦。"苏紫轩心中暗恨,转过头对王爷说,"一个生意人瞎揣摩,妄图借此邀功,不足为凭。"

"王爷,等天亮后再进军也不迟,黑灯瞎火过这险地实在太冒险了。"邓铁翼跪在地上建议道。

苏紫轩瞥了他一眼,转过头对僧王说:"要是不能紧紧追上西征军,被他们四散逃开,可就前功尽弃了。"

"此言有理。"僧王最听不得前功尽弃这四个字,站起身来到邓铁翼面前,俯首看着他轻蔑地道:"你懂不懂什么叫兵贵神速?你们这些汉人一个个没有胆子,只知道观望!天黑怕什么,草原上的雄鹰能飞出云层看见太阳,草窝里的兔子就只能被闪电吓得瑟瑟发抖!"

他一脚把邓铁翼蹬翻在地,"上次让你督粮的事儿,看在粮食分上暂未与你计较,居然还是不知进退!滚下去!罚你到后营当个火头军,看看瀚海骑兵怎样冲过石嘴山,把西征军一网打尽。"

邓铁翼回到后帐,从床下摸出一瓶藏了好久总舍不得喝的老酒,咕嘟嘟灌一口气下肚。古平原在旁连声追问,他却咬着牙一言不发。

僧王那些尖刻的话像鞭子一样抽在邓铁翼的心上,自己也是出生入死的军人,如今为了一句忠言却受这样的折辱。还有,僧王念念不忘旧恨,就算眼前无事,到了班师那一天难免要算总账。想着他心里苦笑一声,"兄弟,你先回驼马队吧,我随后就到!"

"大哥……"古平原担心地看着他。

"放心吧。"邓铁翼把他推搡出帐门,"对了,别忘了我第一次请你喝酒时说的话。"

古平原骑着马,一路想着心事,就快回到驼马队时,他忽然用力一拽缰绳,拨转马头一路扬尘往大营里跑去。

他明白邓大哥的意思了,那次他刚刚救了自己,在同盛祥饮酒时说了那么多话,其实只有一句要紧话。

"兄弟,我这辈子有两样东西瞧得比眼珠子还重,一是老娘,二就是这把刀。"

如今旧话重提,分明是在托后事!

古平原打马如飞，心里只有一个念头，绝不能让邓大哥去送死！

僧格林沁的大军已经进发到了石嘴山口。借着千里镜，僧王将目光透过重重夜幕向前望去，只看了一眼，就不由得心中打了一个突。

这真是一夫当关万夫莫开的险地！两山中夹着一条扁扁的山谷，山上怪石嶙峋，犬牙交错，像一只老虎的双腭紧紧咬住那条山中通路。

"怪不得叫石嘴山！"僧王喃喃道。他突然有点后悔，方才把话说得太满了，早知是这样的地形，真应该等到天明再缓缓前进，但是他稍一犹豫，那种与生俱来的骄傲阻止了他。

绝不能让这帮汉人看笑话！一想到越过石嘴山，在黄河隘口堵住西征军，杀他个血流成河，把几万西征军的尸体都抛到河里去顺流而下，僧王忍不住热血沸腾。到那时不必等自己拜折，黄河两岸无数地方官都会上折子到京里，这份惊天骇地的大功劳足以盖过众人。

想到这儿，僧王把眼睛眯了起来，贪婪地舔了一下嘴唇。他又看了一眼漆黑夜色中如猛兽等候噬人的石嘴山，刚要下令急行军，忽然身后的中军营一阵骚乱。他恼怒地向后看了一眼，却不自觉地瞪大了眼睛。

就见几十匹快马从自己的大军中疾如闪电一般冲了出去，十万人才稍一愣神的工夫，这支马队已经冲到了石嘴山口。

"帅旗！"有人惊呼道。

僧格林沁往自己的中军看去，果然迎风飘展的一面硕大的"僧"字旗已然无影无踪，再看那马队为首一人手舞大旗，狂呼冲锋，那种一往无前的气势让素来勇猛的瀚海铁骑兵们看了也不由得大声喝彩。

僧王急举千里镜观看，又徐徐放下，"是他……"

古平原这时已经纵马来到大军侧翼，眼睁睁看着邓铁翼带人冲向石嘴山，惊得目瞪口呆。

邓铁翼真是豁出去拼命了，古平原走后，他找到十几个湘军老弟兄，原想把这消息说出来，让大家避避。等把这份窝囊气一说，竟是人人愤慨，最后公推邓铁翼打头，要在两军阵前为汉军争一口气。

邓铁翼这一冲，把正准备趁僧王不备悄悄避走的苏紫轩都惊怔了，她再是智计无双也没有办法，只得紧张地注目眼前的战况。她知道此刻石嘴山上都是西征军，就等僧格林沁的中军走到山谷，西征军便会引燃药线，他们把从官府军火库里缴来的炸药一点不剩都埋在了山谷中。

邓铁翼口中如猛兽般大呼着，旋风一样冲进了山谷。

宇王带着一队兵马正在半山腰观敌，见此情形也呆住了。

"帅字旗？莫不是僧妖头带人冲过来了。"扶王说完，自己先就摇头，"不可能，不可能。"

"是试探，让弟兄们稳住了，千万别……"宇王一语未落，就听一声惊天动地的巨响，霎时间山上烟雾四散，尘土飞扬，人人耳边都如炸了一声惊雷，只觉得耳朵已经聋了，再也听不到任何声音。

近处如此，其实远处看得才真是分明，十万大军听到遥遥一声雷鸣，然后就见石嘴山上一座凌空凸出的小山峰突然倒了，裂成几块城门般大小的石头，轰隆隆滚下山谷。

事后张日宇才知道，是掌药捻的士兵看见清军的帅字旗，兴奋得不由自主将手中点燃了火绒的竹筒往前凑了凑，一点火星蹿出正碰在药捻上，几百斤的炸药就这样被引发了。

"放箭！"事已至此，底下这些人说什么也不能让他们跑了，万一要真是僧格林沁打头阵呢。宇王一声令下，箭矢如雨般射下。

僧格林沁看得清清楚楚，脸色也不由得发白了，他愠怒地看了一眼身边也同样面色苍白的苏紫轩，"苏先生，为什么西征军会在这里设伏？！"

苏紫轩愣了一下，眼珠轻轻一转，"事机不密，也许是有人故意走漏了消息。"

"泄密？"僧王猛然想起一事，眼神中放出阴鸷的光，"我知道了！"

西征军放了一阵箭雨，见前方清军阵形不乱，也无救兵赶到，知道僧格林沁一定没有中伏，宇王叹了口气，心知一个千载难逢的机会被生生错过了。他担心被官兵围山，黄河边上的铁哈齐也是心腹大患，于是梁、扶、鲁三王各领一队，分散逃入了贺兰山脉。

等邓铁翼那一队人被救回，就在僧王马前施救。那情形太惨了，有的人脑袋被砸扁了，流出白花花的脑浆子，有的人从腰以下，下半身都被砸成了肉酱，还有的被乱箭穿身而亡。二十几个人只活下来三个，其中邓铁翼伤得最重，虽然马替他挡了上面的乱石，但是身中两箭，一箭在肩头，另一箭直直地钉在肚腹，后背露出一个黑黑的铁箭头。

随军的郎中剪掉箭头拔出箭杆，外用上好的金创药，很快便止了血。但是邓铁翼口中不断吐着鲜血，郎中冲僧王摇了摇头。

僧王见邓铁翼的眼睛始终看向自己，目光已渐涣散，他心中也很是感慨，这姓邓的确实有胆子，而且救了自己一命，既勇且忠，可惜就要死了。他转身从马褡裢里拿出一件明黄色的马甲，俯身给邓铁翼盖在伤口上，翻身上马扬鞭而去。

邓铁翼笑了，凄凉中带着些骄傲，大军之中都知道这件马甲的来历，那是先帝御赐僧王"巴图鲁"称号时的赏赐，巴图鲁在满洲话里就是"好汉"！

"大哥！"古平原扑进人群，见邓铁翼情况危急，执住郎中的手臂，"一定要救救他。"

"这次出征本就匆忙，外伤药倒是不缺，可这内伤呕血止不住，也没有能用的药啊。"没有药就只能等死！古平原急得团团乱转。苏紫轩夹在人群中，她身上带着一个药盒，里面外敷内用都是大内御制的灵丹妙药，其效无比。可她见古平原如此焦急，想到这一次功败垂成根本就是他来搅局，便一声不吭冷冷地望着他。

"唉。"郎中叹了口气，"趁人还有几分神智，笔录遗言，也可告慰家眷。"说着把自己开方子的笔墨拿出，要借给古平原。

谁知古平原忽然抢过那墨，用鼻子嗅了嗅，丢到一旁，大声问："谁有徽州胡开文的墨！"

这写遗言还要挑剔笔墨？谁也没听说过，还当是这人犯了痰气，聪明如苏紫轩也是一怔。

古平原大声问了几声，才有个红鼻子的三等师爷喃喃接言："我倒是有……"

"拿来！"古平原一步蹿上去，揪住那师爷的衣襟。

师爷看他形如疯虎，吓了一大跳，深悔自己多口多舌，"有倒是有，不过……"古平原不等他把话说完，从他背上一把扯下行囊，把里面东西稀里哗啦倒了出来。

"哎，你、你……"师爷急得话都说不利索了，眼看着古平原从中找出一个墨盒，打开竟是正宗的胡开文"梅兰竹菊"四君子墨，而且是老墨，散发着淡淡的香气。他当下不由分说，把那四块墨用布裹好，抢起来往石头上就砸。

师爷心疼得一咧嘴，这上好的墨他自己舍不得用，是拿来闲时把玩的文房清供，此刻就都毁在古平原手里了。

古平原把墨砸得粉碎，要来清水调成一碗浓浓的墨汁，扶着邓铁翼的头灌了进去。

还真灵！不多时邓铁翼脸上泛出红色，口中也不再吐血。随军郎中都瞧傻了，拿着那盛墨汁的碗翻过来调过去地看。

"咳、咳，我说兄弟，你给我喝的什么呀？难喝死了。我要喝酒，死之前我要痛快地喝酒！"邓铁翼睁开眼见是古平原，喃喃道。

古平原家住徽州，从小就听人说胡开文的墨里面有十几种药材，止血最速，见到邓铁翼醒来，眼中含着热泪，笑着道："太好了，大哥，你死不了。"

大军上下此时都知道是邓铁翼和那十几个死伤的弟兄救了大伙的命，不然方才天崩地裂，乱箭齐飞，人人都有可能保不住性命，因此心悦诚服地感激邓铁翼，齐齐伸手把他抬到一辆运辎重的车上将息。

第十二章

贩　粮

1

西征军散入贺兰山，朝廷却出乎意料传来嘉奖。原来军机处最担心西征军凭借马快，成为明末的流寇，袭扰地方甚至窜袭京师，如今被僧王逼入了山林，西征军的马就失了用场，大可以命陕甘提督带队清剿，僧王就可以班师了。

一番大张挞伐有此结果也算不易了，僧王自感仗打得不过瘾，面子上却过得去。再说西征军入了山，自己的马队也就没了用武之地，于是顺水推舟谢了恩，按照朝廷的指挥方略带着大军撤回了西都城。他说话倒也算数，在路上就命人传令，把还拘押在臬司大牢里的康素园、雷大娘、侯五味等人放了出来，那一份苏紫轩伪造的西征军书信也就不了了之了。

亲王统兵得胜归来，满城文武都要郊迎。陕甘总督魏大人将王爷请到自己府中，大开筵席庆功，席间大大小小的官员各自过来敬酒。僧王本来一直绷着脸，此时也泛出一丝笑容。

"地方上也费了不少心了，军粮军饷筹得都还可以，本王自当奏报朝廷为诸位请功。"僧格林沁说到这儿话锋一转，"功要朝廷来赏，过嘛，此刻就要行军法来罚！"

他说话的声音极大，一下子把人们都镇住了，酒是醒了十分，接着便是交头接耳，不知僧王要罚谁，说到行军法，难不成还要当场砍脑袋？

"古平原。"僧王不紧不慢地开了口，"这一次你随军办粮，没有让我的兵饿肚子，你很有本事啊。"

古平原在这样的场合里没有座位，但僧王命人特意让他进了总督府。他起初还不明其意,这时才知不妙,但还是恭恭敬敬走出人群,来到地当中跪倒说道:"草民岂敢贪天之功,这都是因为朝廷爱民如子,王爷带兵有方,故此天地祥和,百事顺成。"

"是嘛,你说得可真好,照你这么说,捻匪也没有饿肚子,也是因为他们爱民如子带兵有方,故此天地护佑啰?"

僧王的话把在场官员都惊住了,齐齐注目跪在大厅中的古平原。古平原心里一凉,真是怕什么来什么,僧王怎么会知道西征军买粮的事儿呢?古平原想了想不能承认这助逆之罪,于是硬着头皮说了声:"王爷只怕是误听人言吧?"

"哼,就知道你不认!"僧王一拍手,铁哈齐走过来,手里老鹰抓小鸡似的拎着一个人,往古平原身前一甩。

就见杨四吓得直哆嗦,苦着脸道:"古掌柜,我私藏了些粮食暗地里卖给官军,结果被抓了,我、我实在是挨不住打,就什么都说了。"

"我说西征军铤而走险抢了几次探马,然后就没动静了,原来是你在暗中给他们供粮食。"僧格林沁发觉之后之所以没阻止,正是要用驼马队来牵制住西征军的动向,让他们不能远离粮食供给,如此说来,其实各方都有一把小算盘。如今仗打完了,古平原的账也该算算了。

僧王眼里射出两道凶光牢牢盯住古平原,微微向前俯身,用一种嘲笑的口吻道:"你的生意经倒真是巧妙,可惜被本王拆穿了。助逆是重罪,律无免死一说,休怪本王心狠。至于你此番的功劳嘛……"僧王牵动嘴角笑了笑,笑容却甚是怕人,"我会让人给你烧纸的!"

"来人,推出去,就在这厅下草坪上斩了!"

"王爷,草民冤枉,草民有话要说……"古平原一面被推搡着往外走,一面回身大叫。

"有话到阴曹地府向阎罗说吧!"僧格林沁嘴角起了一丝轻蔑的笑容。

铁哈齐早看古平原不顺眼了,哈哈一笑大踏步过去,鬼头刀一举就要下手。这些官儿哪见过如此凶蛮杀人,吓得噤若寒蝉。只有廖学政怜惜古平原是个人才,又解了西都城的一难,壮了壮胆气站起身,"王爷,卑职有话要说。"

"哦!"毕竟是官居二品的学政,僧王也不能太过轻视,"廖大人有何话说?难不成是为这叛逆求情?"

"卑职岂敢。但是西都自建城以来,处斩过不知多少罪犯,都是在午时行刑,以免有伤天和。王爷得胜归来正是一帆风顺之时,还望顺应天道,延时行刑。"

僧格林沁考虑了一下，"好，让他多活一个时辰也无妨。"他却不是因为什么天道，而是知道这种待死的恐惧最是折磨人。廖学政轻吁了口气，坐回座中，心想我这也算是仁至义尽了，这一个时辰内若无奇迹发生，那古平原就认命吧。

僧王大马金刀端坐饮酒，总督、巡抚等都在一旁陪饮，这时候座中大大小小几十名官儿几近鸦雀无声。大家都在用眼偷偷看着庭中被绑的古平原，想到一个时辰之后院中就要行刑砍头血溅当场，有不少官儿哪里还吃喝得下，要不是僧王在座，铁哈齐拎刀站在厅下，他们就要悄悄溜走了。

这时在城门口，一对主仆正上了马车准备离开。四喜问："小姐，你不打算留下来把这出戏看完？"

苏紫轩默然地摇了摇头，她这次来西都，最想办的事情毁在古平原手里，眼下他又要死了，这个与众不同的男人……苏紫轩心里没有一丝高兴的感觉。

"走吧，留下来……我怕我会忍不住去救他。"

眼看时间一分一秒过去，半个时辰不到就是午时了。铁哈齐性子急躁，绕着古平原走来走去，不时仰头看太阳。他手持大刀在古平原头上比一比，又在他两耳边虚劈几下，刀刮风声呼呼作响，铁哈齐面露得意之色，"你这汉人，竟敢戏耍王爷，待会儿你可别指望我一刀就砍下你的头。"古平原闭目不答，权当没有听见。铁哈齐凑近他的耳边，恶狠狠道："我会用刀斩断你的颈骨，至少让你再活上一个时辰。"

刚说到这儿，就听门外一阵急促的马蹄声，一个人纵马居然踏上了总督衙门的台阶，把门上吓得慌忙走避。

马上人滚落在地，又踉跄着爬起来，穿过二门一眼就看见了被绑在草地上的古平原。

"兄弟，兄弟……"来的自然是邓铁翼，他得知后不顾自己伤口未愈，抢了匹战马就赶了来，见古平原安然无恙，这才稍稍放下心，抱住古平原的肩头。

古平原故作洒脱地一笑："大哥，你来了，有句话我总算有人可说。这辈子我也有几个放心不下的人，老母在堂，弟妹尚幼……"

"兄弟，你别说了。"邓铁翼心如刀绞，撇下古平原，跪爬几步来到席前。

"王爷。"他双手高举托着那件御赐马甲，"我情愿缴回这件赏赐，我知道王爷保了我四品都司之职，也请王爷撤回来，我愿用项上人头担保，古平原绝不是西征军叛逆！"

"朝廷赏赐怎么可以用来保一个逆匪？"僧王怒道，"来人，把他拉开。"

"王爷，要不是古平原报信，咱们都得死在石嘴山。"邓铁翼拼尽全身力气叫道。

两旁官员顿时交头接耳议论起来。

"这正说明他与捻匪有勾结！"僧格林沁脸上有些挂不住，重重一拍桌子。

邓铁翼还要再求情，忽然从远处半空中传来清晰可闻的钟鼓齐鸣之声，不用问，这是来自总督衙门不远处建于明洪武年间的钟鼓楼。向来击钟报晨，击鼓报暮，故有暮鼓晨钟一说，眼下天近午时，何来钟鼓之声？在座的大小官儿都大眼瞪小眼，彼此茫然不解。

魏大人赶紧差人去问，差人回报："大人，眼下西都市面炸开锅了，商人都关门闭户说是要罢市。"

"无缘无故为何罢市？"

"听说要杀古平原，有个燕门姓乔的领头，商人们都闹起来了。"差人胆怯地看了一眼须眉皆张的僧格林沁亲王。

魏大人倒吸一口凉气，向左右同僚使了个眼色，大家同时起身，躬身向僧王道："王爷，这古平原虽有逆迹，但也不乏微劳，王爷宽宏大量，就恕了他这一次吧。"

"怎么你们怕商人闹事吗？哼，别忘了，我在城里还有十万兵。"僧王眼珠一瞪。

魏大人一听更是心惊胆战，僧王是国之干城，眼下四处用兵，朝廷正要倚重，要是瀚海兵剿了城中良民，激起民变，那军机处非拿自己顶包不可。

"王爷，您别忘了，西征军刚刚被您赶走，要是知道城里乱了，万一趁机卷土重来，您的一番心血不就付之东流了嘛。"魏大人灵机一动，想了一番好说辞。

"嗯！"僧王倒是有些动心，但是他以亲王之尊一向强横惯了，想到放了古平原必被人讥笑说是被商民所挟，他把心一横，大喝道："铁哈齐，不必等午时，立时斩了他！"

"喏！"铁哈齐响亮地答应一声，双手举刀过顶，此时他也忘了方才的话了，一心想要把古平原的脑袋斩下来，最好是飞出十几丈远落到门外，好让那些汉人们看看清楚。

古平原一闭眼，知道这一次僧王发话立斩，天下除了皇上只怕没人能救自己。然而铁哈齐的刀高高举起，却迟迟没有落下，反倒是瞪大了眼珠子看着门外。

古平原闭目待死，却等不到刀落，一睁眼看到一个他做梦都想不到的景象。

就见在总督衙门外，一群围在门外的商人不约而同地闪开通路，痴怔怔看着一个女子缓步走了进来。就见她身着一件红色绸缎长袍，外穿九凤提花的大襟短坎肩，头饰华贵而庄重，以金银饰为主并镶有各种宝石，头戴白色的貂皮冠，流苏溢彩，端庄秀丽。

这身打扮别说门上不敢拦，就连铁哈齐都瞧得目瞪口呆。他出身瀚海家奴，深知这样的服饰连一般小部落的格格都不配穿戴，只有王女才有这样的服色，难不成来的是哪位瀚海王爷的格格？

这位美丽的格格不慌不忙，一步步径直地走到铁哈齐面前，望了一眼他依旧高举的鬼头刀，在古平原身前站定。

"要杀古平原，就请连我一块儿杀了吧。"

这话一出口，在座众人才真的傻了眼，就连一省总督魏大人都直眉瞪眼地看着厅下发生的事情，仿佛失去了应变的能力。古平原声音中带了一丝哽咽，"常姑娘，何必白白搭上一条性命，你快走吧。"

常玉儿咬了咬唇，眼圈早也红了，她没说话，心里却想，"古大哥，不管你对我如何，我这一生也不会再喜欢第二个人了。这套衣服我是当嫁衣穿着的，能和你共赴黄泉，我一点都不难过。"

僧王早已离座，下阶紧走了几步来到近前，皱着眉上下打量这个女人，用瀚海话问道："你是哪家的格格，怎会来到此地为这个人求情？"

"回王爷的话。"那女子盈盈下拜，回的却是汉话，"民女常玉儿，是燕门商人的女儿，并非尊贵的瀚海格格。"

"嗯？"僧王阴着脸看了她一眼，"那你身上所穿着的为何又是王府格格的服饰？"

"这是伯尔颜王爷的赏赐，民女固辞勿许，只得接纳。"

伯尔颜王爷是僧格林沁的堂兄，这一说，僧王更糊涂了，"喀尔喀王为何要赏赐你？"

"其实也不是赏赐民女，而是赞赏这古平原揭破奸人诡计，保全了草原无数生灵，所以才爱屋及乌，重赏了民女。"常玉儿说着向古平原深深看了一眼。

"你说下去。"僧王知道其中必有内情，光是这套衣服就不是寻常赏赐，等听到古平原闯出黑水沼为瀚海送药，又在斡难河上勇斗奸徒，终于保全了千金方上的药材，使得瀚海人畜平安，没有受到瘟疫的荼毒，僧王也不能不动容了。

这件事他早就有所耳闻，如果不是瘟疫被及时扑灭，他带出来的这些子弟兵，个个都有亲人在草原上，一旦三军恸哭俱缟素，必定军心大乱，别说打西征军，就是自保也成问题。如此看来，这古平原还真是立了一件大功。

他又用激赏的目光看了一眼常玉儿，有个"花木兰"勇闯军营，冒着箭雨求见王爷，这段故事早就像长了脚一样传遍了草原，想不到竟是这么个娇娇怯怯的小姑娘，如今又要来与爱人一同赴死了。僧王平生最喜欢勇士，常玉儿的所作所为实在是对他胃口。物以类聚人以群分，古平原能被这样的女子喜爱，他一定也是个了不起的男人。

僧王犹豫了，他有心放了古平原，可是方才话说得太满了，这个台阶可不好下。

古平原本就机智，一看僧王的脸色就明白了八九分，大声道："王爷，当初西征军说要买粮，如果草民不卖给他们，他们狗急跳墙一定四处袭扰粮道，那大军的粮食也供应不上，草民只得从权办理。我供给大军每日三餐，供给西征军却只有一顿饭的粮食，这都是有账可查的，求王爷明鉴。"

"请王爷法外施恩！"魏大人混老了官场的，知道此事一定要捺下来，否则后患无穷，这时借这个机会也带着满城文武为古平原求情。

僧格林沁一回头，见总督衙门外的一条大街上，商民百姓纷纷跪下，"求王爷开恩！"

"好吧！"僧格林沁毕竟不是草木，大手一挥，"算你功过相抵，不予追究了！"

这真是铁帽子王位高权重，一句话把"通敌谋逆"的罪名就给撤销了，古平原没事了。邓铁翼扑过来解开古平原身上的绳索，古平原想站起身，谁知跪得久了，双腿针扎一样疼。常玉儿这时候眼含热泪，哪里还顾得上什么男女嫌隙，在一旁搀住古平原，邓铁翼则在另一边把住他的手臂。

三人缓缓走出总督衙门，这时午时刚到，一大片阳光从天顶直射下来，古平原真是恍如隔世。他看到站在满街商民最前面的是乔致庸、雷大娘、侯五味还有带着一大帮掌柜的康素园，他们都在眼睁睁看着自己，眼神中充满了关切。

古平原心中轰地一阵酸热，泪水再也止不住夺眶而出，他颤抖着手拱了一拱。眼前众人就像过年一样，大声拍掌喝起彩来，欢笑声一下子传遍了整条大街。

李钦和如意也夹在人群中，一个看向俊雅不凡的古平原，一个看向风姿绰约的常玉儿，眼神里都露出嫉恨交加的神色。

2

"大哥，这是你的那一份，收好喽。"古平原从桌上推过去一张银票，他陪着邓铁翼在西都养伤已经月余。邓铁翼真是身子健壮，受那么重的伤不过养了一个多月，如今却可以到同盛祥来喝西凤酒。

他把银票接过来看了一眼，"两万两，这太多了吧。"他犹犹豫豫地说，想到拿着两万两银子回乡的风光，心中一阵怦怦直跳。

"笑话。这是大哥你拿命换来的。而且我要报答大哥的还不止这两万两。我用银子买通了僧王帐下的师爷，给大哥谋了一个好差事。"

邓铁翼不解地看着他。

"去燕门帮兄弟我讨债。"古平原笑着把一沓纸放在桌上。邓铁翼喝着小酒拿过看，张张都是大笔银子的欠条，写明是交由燕门藩库代垫，下面盖着僧王的帅印。

"买粮的银子是向那苏紫轩借的，利息四厘，将来回到燕门本息一并偿还之后，我还赚了……"古平原见邓铁翼竖着耳朵听着，故意逗他，夹了一筷子羊肚，慢慢嚼着。

"这，到底是多少？"

"二十二万两。"

"这么多！"邓铁翼瞪大眼睛。

这还不是古平原最得意的事情。康家的危难被古平原一力化解，虽然也是损失惨重，但毕竟铺子是保了下来。康素园感激万分，古平原趁机把自己为康家经营生意所写的方略拿出来，康素园一见简直惊为天人。

"古老弟，你肯不肯到我康家来当大掌柜，我将财神股分给你两成。"康素园真下了血本了，康家的二成财神股到手，那真的是财神显灵，古平原要是用心替他经营，把这一大爿买卖盘活，自己别说一辈子，就是三生三世也享用不尽。但是古平原没有接受，反倒是把那本小册子拱手奉上，讲明别无所求。

康素园真是想都没想过天下还有这样的生意人，能用性命来急人所急，事后又不求回报，康家欠了人家这么大的人情，不报答怎么行？于是他与古平原约定，今后凡是康家的买卖，只要走燕门一线，都与泰裕丰做个往来。这件事在康家惠而不费，但对票号的好处可大了，是不花本钱却能常年流水的进项。

古平原听得明白，知道康家此举完全出于对自己的信重，也就接受了康素园的一番好意。

"付给大哥的这一笔，是西征军的现银，我说拿就能拿出来。可是僧王欠我的大笔银钱，要到燕门藩库去讨，我一个生意人见了人家要磕头喊大人，这笔账如何讨法？"古平原说。

"我不过是个六品武官，藩司是三品文官，我也不能强去要债。"

"可是大哥你是僧王帐下的武官，别说藩司，就是总督也不敢得罪僧王。"古平原顿了顿又说，"大哥，你的巴图鲁马褂是不是随身带着呢？"

邓铁翼真是随身带着这样东西，折一折不过方寸大小，展开来黄灿灿放在桌上。

古平原俯身向前，左手按着那叠银票，右手按着御赐的黄马褂，脸上的神情忽然变得十分凝重。

"大哥，实不相瞒，我这次来秦西其实不是为了做生意。"

"那你是来做什么？"邓铁翼觉得这位老弟今天说的话都透着玄机，自己不甚明白。

"我就是来找这两样东西的。"古平原两只眼定定地看欠条和黄马褂，"如今不负我一番苦心，总算是找到了。"

眼前这个邓大哥如果信不过，天下也就没有能信得过的人了。自己这一趟回燕门，邓大哥要帮着搭台唱戏，是缺不了的主角。想到这儿古平原不再犹豫，他把裤腿一拉，露出脚腕上一个火烙的印记。

"大哥，你来看！"

邓铁翼认得，"兄弟，你是流犯？"

"是私逃入关的流犯！"古平原纠正他，看到邓铁翼怔怔地望着自己，他苦笑一声，"我讲个故事给大哥下酒。"

楼下大街上人来人往，车水马龙，没有人注意到这同盛祥饭庄里正有人在讲述一个往昔的故事。古平原从自己赴京赶考一直讲到落入王天贵的陷阱，再说到不久前金虎之死，"往后我就来了西都，其余的事情大哥也知道了。"

邓铁翼听得七窍生烟，左右看了看，托起一个酒坛子从二楼丢了下去，砸在当街哗啦粉碎把过往行人都吓了一大跳。

"老子这就去宰了这个王天贵，给兄弟你出气。"

"大哥少安毋躁，听我说下去。"古平原倒是心平气和，"他家财万贯，身上还捐着七品官衔，杀他就是戮官，这万万不可。再说国有国法，如果不能让这样的恶人明正典刑，那么接下来还会有张天贵、李天贵……岂能警示世人。"

"那……"邓铁翼疑惑地看着古平原。

"局，我已经布好了！"

有了这些欠条，邓铁翼穿上黄马褂就可以大摇大摆地去藩司衙门讨债，藩司衙门的银子也有不少存在泰裕丰，那么顺理成章就可以调阅票号的账册。当初王天贵经手油芦沟村的赈灾款项不是一笔小数目，在账上一定能查出痕迹。

"我再加上一个经验老到与王天贵有杀父之仇的大朝奉，一起帮着大哥查这笔账,只要查出来他有侵吞公款、假公肥私、害人性命之事,大哥你立时就可以知会臬司衙门办案。你是僧王军中战将,又穿着御赐黄马褂,不愁扳不倒王天贵!"

邓铁翼是个军人,要杀人就直来直去,哪里想得到还有这么多弯弯绕的套路,此时已是听呆了。"兄弟,你可真行,敢情你早就想好了这一大套是不是?"

古平原笑而不语,欠条是他必得之物,邓铁翼也是他要找之人。只是那件黄马褂真是意外之喜,原本还担心邓铁翼官卑职小,如今连巡抚见了他都要起身相迎,燕门一省的官场直可畅通无阻了。

"有件事是大麻烦,你要出头查账,就是与那王天贵撕破脸了,你是私逃的流犯,这是赖不掉的。要是他狗急跳墙告上你一状,那你岂不是自投罗网。"邓铁翼忽然想起一事,急急说道。

"我也想到了。但是没有好办法,寄希望于攻他一个迅雷不及掩耳,一晚上的时间就查出他的罪证,让他没有反手的余地。"

"不妥不妥,他到了大堂上一样可以对付你。为了这兔崽子搭上你一条命,划不来。"邓铁翼摇了摇头,"除非……"

"大哥你有什么好主意?"古平原持壶添酒,看着他问道。

"僧王为什么不杀你,不就在功过相抵这一句话上吗?如果你要是再立下什么军功的话,就算王天贵举发,我当场就能把你保下来。"

"军功?"古平原心中不禁一动道,"大哥,太谷城外有一条恶虎沟,山上有巨匪盘踞,虽说易守难攻,但是我从那里逃出来,知道山后有一条极险的路可以出其不意攻进去。"

邓铁翼问明情况一拍大腿,"我带五百人去,半宿工夫就把这恶虎沟平了,到时候功劳簿上你是头一份。"

谈到这里,事情总算谈明白了。古平原舒了一口气,向天上望望,蓝天白云间,金虎、丁二朝奉、油芦沟村枉死的村民们仿佛都在向他微笑。"请保佑我一举功成,把王天贵扳倒,到时候我一定还你们一个公道!"

3

几日之后,一个身影敲开了太谷县大朝奉祝家的大门,开门的老仆还没等问话,这个人不由分说一步跨进去,回手紧紧地关上了大门……

又过了几日,邓铁翼带着几百军卒来到太谷县境。这一次他可得意得很,一路上经过的地方官都知道这人救过僧王一命，僧王连御赐黄马褂都赏了他，高升是指日可待，伺候好了结个人缘，就算不能结交也千万不能得罪，所以地方官亲自接境送境，安排驿站好吃好喝，这一趟十余天走下来，邓铁翼的肚子又大了一圈。

眼下到了正地方了，他抬眼四下里看看，发现古平原正在城外小树林边扬手招呼。古平原既然出现了，那就说明二人事先商议的计划一切顺利。古平原已经秘密找到了祝晟大朝奉，由他先在县城里搜集王天贵的罪证，等到邓铁翼攻下山寨，为古平原取得了战功，再兵合一处去汾都藩库。

古平原暂时不能出面，他手无缚鸡之力，也不适合去打仗，就暂且留宿在无边寺，等邓铁翼的消息。邓铁翼带队从太谷城边沿着小南河走出十几里，过了一个浅滩，刚要扎营，忽然来了一个仆人打扮的人，迎着军队走上前去，手中拿着一份打了火漆的密信，说是要直呈邓大人。

邓铁翼诧异地接过信，展开一读便吃了一惊，竟然是燕门总镇柯总兵邀自己一晤，讲明事机宜密，最好是邓铁翼一个人来。

邓铁翼思索良久，虽然信上面有总兵官的印鉴，但是凡事总是小心为上，于是点了十名亲兵跟随，命余下人等就地扎营，自己跟着那人来到五里之外的一处山冈。

邓铁翼并不知道，这里就是当初金虎毙命之地。越过这片山冈，山势突高，拔起一座山峰，巨石覆之，深黝不可测，遥遥见到半山腰有一座废弃的山神庙。

"就在那上面了，你们自己上去吧。"带路之人样子很老实，看上去甚至有些畏头畏脑。

邓铁翼掏出一块银角子递给他，"你叫什么名字？"

"小人名叫乔松年。"

邓铁翼总觉得事出突然，又是在这么个荒凉之地，所以心中加意防备着，但没想到的是，上得山来一到了山神庙前，柯总兵便笑呵呵迎了过来。邓铁翼上次路经燕门见过他一面，见真是总兵大人有请，一颗心才放下十之八九。

这萧萧鸟乱飞、殿荒藤作壁的荒庙前居然摆得有筵，而且还很丰盛，有酒有肉，冒着蒸蒸热气。柯总兵请邓铁翼落座，喝酒聊天谈着西北的战事，就是迟迟不引入正题。最后是邓铁翼忍不住了，问道："总兵大人，您邀标下在这个地方会面必有缘故吧？"

柯总兵沉吟一下，放下酒杯，"我知道你要去攻打恶虎沟，不愿让你徒劳往返，所以把你请到这儿来了。"

邓铁翼大吃一惊，身子一仰连酒杯都打翻了，直直地盯着柯总兵。

"呵呵，不必如此嘛，这世上没有不透风的墙，何况你是在我燕门境内行军，要做什么岂能瞒过我这一省的总兵？"

邓铁翼稍稍镇定一下，"大人言重了，这恶虎沟的盗贼狡猾无比，标下是担心走漏了风声被他们逃了去。"

"不会，不会。"柯总兵不以为意地摇了摇头，冲山下指了一指，"你看，那是什么？"

邓铁翼顺着他手指的方向向山下一探头，此时天色已暗，就见十几支火把排成一线，正在往山上走来。

"大人，这是……"

"就是你说的恶虎沟的盗贼，本县富户王天贵一心为国，前几日帮助官府招降了他们，眼下是来此受降的。"

"大人这么说，王某实在愧不敢当，为朝廷效力是理所应当之事嘛。"说着从山神庙里走出一个干瘦老头，一出来就把豺狼般的双眼牢牢盯在邓铁翼身上，在他身后还站着一个歪戴帽子抱着双臂的汉子。

"王天贵……"邓铁翼只觉得心头一阵发凉，就知道今日之事绝非偶然，敢情自己和古平原的计划都被人家知道了。

"怪不得说宴无好宴！"邓铁翼也不顾二品红顶子的总兵在座了，一声冷笑。

"邓千总，你的脾气未免太急了。"柯总兵看了一眼王天贵，"这位王掌柜可是一心想要结纳你，俗话说多个朋友多条路，多个冤家多堵墙，你不要会错了意。"

王天贵也不多说，从身上拿出一张一万两的银票，轻轻放在邓铁翼的杯下。

"邓大人，都知道剿土匪寨子有好处，别的不说，破寨之时那金银财宝就是予取予求。如今恶虎沟群匪被招降，柯总兵说功劳自然要算上大人一份，那么好处就由我王某来报销，这笔钱就请大人拿去分给弟兄们喝酒吧。"

"放屁！"邓铁翼再也忍不住了，把酒杯一扬冲着王天贵就砸过去，"你一个小小生意人，敢当场贿赂领兵军官，你不要脑袋了？"

他这一酒杯势大力沉，这要砸上非把王天贵头上开个窟窿不可。可是老歪动了，他从后面伸手过来，一把就把酒杯抓住，用力一握，白瓷杯子竟然化成了瓷粉。

"何必如此，何必如此，邓千总你太鲁莽了！"柯总兵连声解劝。

这时恶虎沟那十几个匪徒已经上了山，邓铁翼虽然愤怒，但还是很识大体，不愿让这群匪徒看见朝廷命官之间起了争执，于是阴沉着脸站在一旁。

柯总兵摆出官威，伸手冲为首那人一指，"你就是恶虎沟三当家？"

这个又黑又胖的三当家正是当初一刀砍死大寨主的人，他与官军早就有勾结，其实已经降过了，如今又被拉来演一出戏而已。

柯总兵端着总兵的架子，说了几句场面话，又道："招降就如同古时歃盟，无酒显得心意不诚。来，我们人人干了此杯，往日是匪今后是官，从今往后要为朝廷忠心效力。"

这里他官儿最大，他先举杯，自然人人都要跟从，连邓铁翼带来的那些兵都各自饮了一杯酒。

邓铁翼心情烦闷，事情到了这个地步，明摆着人家早有防备，再接下去不知该如何去做。他心绪不宁，别人只喝一杯，他又自斟自饮再喝两杯。柯总兵笑眯眯在旁看着他。

邓铁翼想赶紧下山去找古平原，站起身刚要告辞，忽然觉得一阵眩晕，"这酒好大的劲儿……"他扶住额头，只觉得手脚酸软无力，只想躺下好好睡一觉。

"酒倒没什么，蒙汗药却是安南产的，见效最快。"王天贵悠然说了一句。

"你……"邓铁翼就知道不妙，怒目指着柯总兵。他忽然觉得头颈一紧，强自挣扎向后看去，勒住自己脖子的正是那个歪戴帽子的人。

"不识时务也来当官儿。"柯总兵摇了摇头，王天贵念了一句，"往日是官，今日是鬼。"冲着老歪一使眼色。老歪用力一扭，邓铁翼空有一身本事却无从施展，脖子登时被折断，人软瘫在地，嘴里吐着血沫，腿蹬了几下便再也不动了。

邓铁翼真是死不瞑目！

三当家带来的那些小土匪正瞧得张大了嘴，冷不防一阵眩晕，慢慢也倒了下去。"还有这些兵也是一个不能留！"柯总兵看了一眼邓铁翼带来的人，他们也喝了蒙汗酒，此时都如同待宰的鸡鸭任由三当家一刀一个地宰割，山神庙前很快便血流成河。

"土匪戮官，手段凶残，要不是三当家及时反正，只怕我和王翁也要遭了毒手。"柯总兵站起身，冲着已经还刀入鞘的三当家说，"不过你毕竟匪气未消，先在王大掌柜那里住上一阵，过些日子我给你补个军功，你再来上任，免得营里兄弟不服。"

"全靠大人栽培！"三当家感激涕零地说。

"这次的事儿全靠王大掌柜消息快，这笔账查起来不得了，连巡抚大人都躲不开干系。"

王天贵当然明白，他倒是希望连军机大臣都脱不开干系那才好，无论什么时候，头顶上这把伞都是不嫌大的。

"我这个护院会把事情处理干净，绝不会留什么痕迹。"

"官兵和匪徒互有死伤,这是常有的事儿,蒙汗药又验不出来,天王老子来查也不怕!"柯总兵一哂,"倒是你的那些账还要处理得干净些。"

"大人放心,一定干净!"

王天贵回到太谷大宅,刚要进屋歇息,一眼看见拿了个针线篓正往下房去的乔大嫂。这真是个难得一见的美人儿,他今夜看了这么多的杀戮,忽然兴奋起来。

"乔家的,你过来。"

乔大嫂有点畏缩地走了过去。这位王大老爷当初说得挺好,又是古平原作保,自己和丈夫也就放心地来到王宅做工。没想到时日一长,这王大老爷渐渐动手动脚起来,有一次还要拉着她去屋里,她怕吓到了丈夫,又念着这里给的工钱高,能给一家人特别是两个孩子多买些吃食,所以隐忍不言,只是听见王天贵的脚步声就赶快躲了开去。

"城外北盘山山神庙有一桩大新闻,十几个匪徒杀了官军,你可听说了?"

乔大嫂茫然地摇了摇头。

"那你一定也不知道,引了匪徒上山的,是你丈夫乔松年吧!"乔松年按照王天贵的吩咐,引官军上山之后便在路口等着,给恶虎沟的土匪指了方向。他懵懵懂懂还以为这是个容易干的差事,却不知道已经落入了王天贵的圈套。

乔大嫂听了果然大惊失色,"这不可能啊。他是个树叶掉下怕砸头的人,怎么会呢?"

"不信去问问你丈夫吧,然后到房里来找我。"王天贵一挑帘进了屋。

过不多时,乔大嫂惶急地进来,一下子跪倒在地上,"他说,他说是老爷……"

"住口!"王天贵早就等着她呢,"让他把土匪接到山上是受降,可是最后反变成了杀官,谁知道是不是他和土匪有什么勾结,这要到官府去用大刑才能问清楚!"

"不、不……"乔大嫂双目流泪,急得只顾摇头。丈夫素有疯疾,虽然已经好了许多,但是怎么能到大堂去做供,不要说动刑,就是拍一下惊堂木也能把他吓得犯了病,到时候说他咆哮公堂,非当场打死不可。

"不要怕。"王天贵见吓住了她,伸手轻轻把她拉起来,"这事儿只有我知道,我不说就没人知道,懂了吧?"说着把手往乔大嫂的衣襟里探去。

"不!"乔大嫂像被毒蛇咬了一样,急退了一步。

"哼,那就和你丈夫团聚去吧,不过也就只有今天这一晚了。"王天贵恶狠狠地从牙缝里挤出一句话。

乔大嫂傻呆呆地站着，想着自己的丈夫，眼泪像断了线的珍珠一样淌下来，过了许久，她慢慢抬起手，解开了自己的衣扣。

"聪明！"王天贵狞笑一声，吹灭了桌上的蜡烛，一回身把乔大嫂推倒在了床上……

4

发生在山神庙前的一幕惨剧，古平原直到第二天清晨才从来进香的香客口中得知。一听到恶虎沟、官军这几个字，他的心一下子提了起来，在寺里借了一匹好马，扬鞭直奔北盘山。

等他一路狂奔来到山神庙，这里已经聚了不少老百姓，三班衙役到齐，仵作正在验尸。陈知县当然也在场，已是焦躁得满头大汗。这种案子出在境内，严谴是免不了的。等知道死的这位千总还是僧王的爱将，陈知县更是五内俱沸，知道这一次自己恐怕要倒霉了，就是为了给僧王出气，巡抚大人也不会轻饶了自己，搞不好降级革职都有份。所以他气急败坏，看见这些老百姓看热闹，喝令衙役拿鞭子狠狠地抽！

古平原挤在最前面，接连挨了几鞭子，就像不觉得痛一样，他一眼就看见了倒在地上大睁着双眼的邓铁翼。

"大哥！"古平原想喊，嗓子却像被一块棉花团堵住了，说什么都喊不出来。他想哭，可是欲哭无泪，只能与已成死人的邓铁翼对视着。

陈知县喝令衙役把人都赶到山下，古平原浑浑噩噩随众人走到山脚。他仰头望了望半山腰的庙宇，忽然惨笑一声："神仙可真灵，王天贵，你的香没有白烧！"

说罢他翻身上马，直奔如今已是王宅的常家大院。他的马在太谷大街上像疯了一样四蹄撒开狂奔着，行人吓得纷纷躲避不迭。等他到了大院门口，正好遇上如意在影壁处向外望闲，常玉儿也在她身侧。古平原就像没看见一样，直冲进去奔向王天贵的卧房。如意见他这样，不言声转身也跟了进去，常玉儿更是急匆匆走在前面。

古平原到了王天贵的房外，刚要抬脚把门踹开，忽然常玉儿从后面一把拽住了他，惶急地微微摇着头。

"古大哥，不要……"常玉儿神色中带着几分惊恐，她知道一定是出了什么大事，不然以古平原的冷静不会一副势如疯虎的拼命架势。

"你要忍，你一定要忍，我求求你。"常玉儿小声恳求着，她知道在这儿和王天贵破脸，古平原是自找苦吃，搞不好是自寻死路，情急之下她终于哭了出来。

这泪水一滴滴落在青石砖地上，渐渐浇灭了古平原心中的怒火，也让他慢慢恢复了理智。他紧咬着下唇，死死地盯着那道门，终于狠狠地跺了一下脚，刚要转身离去，身后的房门却就在这时候打开了。

谁也没想到的是，从里面出来的是衣衫不整的乔大嫂，就见她容颜惨淡，眼神无光，一步步从王天贵的房中走了出来。

"乔大嫂！"古平原脱口叫道，他惊呆了。

"是你啊。"乔大嫂好像刚看到他，嘴角挤出一丝悲苦的笑，"古掌柜，谢谢你给我荐的好人家。"她微微摇晃着身子，失魂落魄地走了出去。如意冷笑一声，用低得不能再低的声音说："这老棺材瓢子，又作孽！"

王天贵随后咳嗽一声，穿着青绸子衣裤，拿着一根烟袋走了出来。他看见地中央呆呆站着的古平原，目光一闪慢慢走过来。古平原下死眼盯着他，一时拿不定主意是不是应该就这样扼死他，哪怕是同归于尽呢！

王天贵却出人意料地拍了拍古平原的肩膀，"这次的事儿，你办得很好。我现在要去进香，你等会儿到无边寺来找我。"说完他也抬脚走了。

"他方才说什么，说我这一次办得很好？"古平原怔怔道。

"是……"常玉儿也不明白。

古平原使劲晃了晃头，这一次他真是半点也不明白了。邓铁翼的死说明自己与他的密谋一定是被王天贵得知了，这才先下手为强，那为什么他只是借刀杀人除去了邓大哥，却对自己大加赞赏？难道说是欲擒故纵？古平原想得头都要炸了。

忽然他站起身，飞步往外走去，"你去哪儿……"常玉儿在后面担心地问。

"去找乔大嫂！"古平原甩下一句话。他纵马飞奔过街市，正被从大平号出来的苏紫轩一眼看见。

"他没死啊！"四喜惊讶道。

"命可真大，看样子好像有什么急事。我们跟过去看看。"苏紫轩盯着古平原的背影。

等古平原赶到油芦沟村的乔家外，看见乔松年正在屋外与两个孩子玩耍猜枚儿。古平原小心翼翼地走上前去，"乔大哥，嫂子她……"

乔松年头也不抬，指了指自己的土屋。

古平原心头一阵难过，他也不知道该如何安慰乔家人。乔鹤年赴京赶考，把大哥大嫂一家托付给自己照顾，谁知……古平原强捺心中愤懑，敲了敲乔家的门，没人回答。

古平原试着叫了两声,还是没有声音,他惊疑地回头看了看乔松年。

乔松年不以为意地摆摆手,"孩儿他娘在烙饼呢。"

古平原后退两步抬头看去,炉灶上的烟筒里没一丁点炊烟,他猛地撞开了门。

乔大嫂的尸身就悬在房梁上,半睁的眼睛里早已没有了一丝生气,却还带着不甘与愤恨!

古平原痛苦地闭上了眼。乔松年这时走了过来,望着妻子高高悬在房梁上的尸身,有那么一会儿他好像被吓到了,傻呆呆地站了半晌,忽然双手一拍,嘻嘻地笑了起来,边笑边唱起来一首歌:

"莫打鼓莫敲锣,听我唱个因果歌。那闯王逼死崇祯帝,文武百官一网罗。那闯将同声敲火烙,金银瞬时积满河。那冲冠一怒吴三桂,驱虎逐狼闯大祸。那贼兵难舍金银窝,马上累累没奈何……"

"乔大哥!"古平原惊恐地看着他,乔松年却再也不理会,痴痴笑着唱着,半走半跑,渐渐远去。

古平原真是悔恨交加,看那一对小孩儿还在大槐树下自顾自地玩耍,全没发觉不过一会儿,自己已是家破人亡。

"孩子可怜,四喜,等会儿你拿些银两给他们。"苏紫轩与四喜远远看着这一幕。苏紫轩说了句,忽然眼睛瞪大,用力抓住四喜的肩,"你听……"

远处传来的是乔松年的疯歌儿:"那追兵一路潮涌至,只得燕门掩埋过。那李闯一去不复返,二人架拐掘地得。那金银一窖留半数,囚徒脱狱方能合。那生意创立称雄久,全靠文法费嗟磨。相传是林青两公笔,这桩公案确无讹啊确无讹!"

四喜只觉得浑身汗毛森竖,"这,这不是……"

"真是得来全不费功夫。"苏紫轩的眼睛里闪动着光芒。

古平原拖着疲惫的脚步来到无边寺,他有一个谜一定要解开,那就是王天贵怎么能够次次都先发制人?上一次是金虎和丁二朝奉,这一次是邓铁翼,他们都是死不瞑目。古平原只希望能揭开谜底,哪怕就死,到了阴曹地府也能给他们一个交代!

一个小沙弥给他指点了方向,王天贵此时就在罗汉殿中进香。他是大香客,进香之时照例摒绝旁人,连院中都静寂无人,但留话说古平原可以进去。

推开罗汉殿沉重的大门,香烟缭绕中,王天贵正虔诚地跪拜礼佛,十八叩首毕,他缓缓站起身，回头对古平原说："去，替我把莲花缸里的灯点上。"

古平原强忍着怒火，来到那口最新供奉的莲花缸前，这里有二十二盏莲花灯，山神庙前死了二十二个人，古平原知道，其中一盏是邓大哥的。

"古平原，想不到你心机如此深沉，当初五百两当了一把破刀竟是不让那邓千总有机可乘，免得他趁机找碴来查我们的账。这一次又能及时通风报信，看样子你是学聪明了，这样很好。"

"谁说的？"古平原霍然转身问。

"你告诉了谁？"王天贵微微一笑，"还能有谁？"

"古老弟，你放心，我不会贪你的功。你一心为泰裕丰着想，王大掌柜很是欣赏你。"从供桌旁传来一声熟悉的声音，古平原如见鬼魅般瞧着这个人，身体忍不住开始发抖，浑身汗毛都炸了起来，自从出关以来，他第一次感到了深深的恐惧。

这份恐惧就来自眼前这个身材肥胖面容凝重的老者。

祝晟！

古平原心里发出一声呻吟，他全明白了，为什么丁二朝奉和金虎会毁在老歪手里，为什么邓铁翼会出师未捷惨死山神庙前，全是这个看上去正直仗义的大朝奉告的密！谁能想到一个与王天贵有杀父之仇的人不但不谋报复，反倒为虎作伥，与他暗通款曲。如果这就是王天贵的手段，那真是思之令人胆寒。

"那天你来找我商量怎么能对付那个邓千总，保住泰裕丰的买卖，我思来想去这件事还是要告诉王大掌柜，只有他才有办法。果然，他老人家一出手，所有问题就都迎刃而解了。"祝晟向着王天贵低下头去。

古平原不傻，他知道祝晟说假话是在保自己的命，更知道这时候说出一句话都可能招来杀身之祸，索性闭口不言。

"很好，听说你卖了一趟军粮，帮票号赚了不少银子，还借机拉上了康家的独门生意。你确是有本事，我用得着你这样的人。再加上这一次票号化险为夷全靠你及时送信，作为奖赏，我会把那个常四放出来。至于你，明天就到票号来，我给你一个三掌柜的位置。"

"王大掌柜，您还要用我？"古平原一下抬起头来，他本来正被悔恨噬咬着心脏，此时忽然如同溺水之人抓到了一根救命的稻草。

"当然要用，如今票号正是危难之秋，你要好好用些心思，帮我把对手打垮。我是不会亏待你的！"王天贵恩威并施，自认为已经把古平原抓在了手心里。

"您就瞧好吧！"古平原一口就答应下来，眼里放着异常兴奋的光彩。在他身后，灯火明灭，烟雾缭绕中，五百尊金身罗汉或哭或笑或狂舞，正静静地看着这殿中发生的一切。

"老爹，慢些走！"古平原搀扶着常四老爹，从黑暗的监牢中一步步走出来。常四老爹用手挡了挡太阳，眯着眼回头看了看自己坐了大半年的苦牢。

"总算有你的银子打点，我每日还能在天井中转一转，其他的人连日头都看不见哪。"

常玉儿就等在二门之外，见爹爹出来，连忙伸手接过从牢里带出来的包裹，这是等会儿要拿到家门外烧掉的。

只是家在哪儿呢？

"老爹，我倒是想了个去处！"古平原想让常四老爹住在乔家，一则养养身子，二来顺便可以暂时照顾那两个孩子。乔松年自从发病跑走便失了踪，眼看寻找无望，古平原只得托人到京里去找乔鹤年，希望他如今有个落脚之地，也好把侄子侄女接去教养。不过那屋子里刚刚死过人，还是上吊冤死，不知老爹会不会介意。

"没相干。"老爹听了这一段惨事黯然神伤，"都是被那王天贵害的，她又哪里会来害我。我就到油芦沟村住吧。玉儿，你也从李嫂家搬过来吧。"

常玉儿一愣，这才想起当初为了怕老爹担心而撒的那个谎。

"女儿如今在王天贵家做丫鬟！"眼看瞒不过去了，常玉儿只好实话实说。

"这是什么话？"常四老爹怔住了。

"常姑娘，事到如今你可以从王家出来了。"古平原知道一句两句说不清，先劝常玉儿，"那是个虎狼窝，乔大嫂的前车之鉴，你不能不防啊！"

"不！"常玉儿很坚决，"上次老歪杀金虎那事儿，要不是我在王天贵家，古大哥你就会有杀身之祸。我留在王家，或许可以帮上你的忙！"

常四老爹好容易才弄清前因后果，他沉吟了片刻，忽地一拍大腿，"不愧是我常四的女儿，爹赞同你。"

常玉儿和古平原都有些惊讶地看着常四老爹。

"我这大半年在牢里也想了许多，这恶人哪，就是好人给养出来的，要是都不怕他，谁敢当恶人？"常四老爹挺了挺身板，"所以闺女啊，你要去帮古老弟就去吧，自个当心些，别让狗给咬了。至于爹这边，你不要担心，我还有好多事要做，单是帮着这些牢里的朋友给家中送个平安递个口信，就够我走上两三个月，再说我也得静养些日子不是。"

古平原看着常四老爹笑了,这个老好人经了一番磨难,腰杆子倒是硬了许多。他把常四老爹送到油芦沟村,自己转回县城,直奔大平票号而去。他要去看一个难得一见的稀罕景儿。

5

顺着县衙门前的青石街一路往南,第一个路口向右一拐,紧挨着城里炉房的便是张广发当掌柜的大平号,所在的这条街是驿马过境的街道,平素行人并不多。如今可不一样了,就在大平号门面,老百姓聚得如同蜂窝上的黄蜂一样密密麻麻,围着大门口堵得里三层外三层。

古平原离老远瞅见就是一怔,心说别说大平号是家新开的买卖,就是日升昌的买卖也没有这样的声势,难不成是出了什么事?

等到了近前古平原才看明白,一望骇然,就见大平号门口直墩墩硬邦邦杵着一个银子铸成的大葫芦。这银葫芦昨天王天贵在店里已经跟古平原提过了,但古平原做梦也没有想到的是,竟然这么大个!

到底有多大?先说葫芦的腰,三个年轻人手拉手方才能环绕一圈,再说葫芦的高,那三个年轻人肩踩肩才能摸到葫芦柄!最后往地上一看,这葫芦把地砸出一个磨盘深的坑。

古平原在关外一待五年,见过吃人的老虎,遇过臂粗的蟒蛇,可是陡然见了这么大的银葫芦,也不由得吃了一大惊。

等他稍微定了定神,再仔细一看,便看清楚了为什么人们都聚在葫芦周围,敢情是在玩一种游戏。就见人们纷纷把铜钱往葫芦上抛,看样子是要争取能抛到葫芦的柄上。而紧挨着葫芦周围有几个箩筐,钱掉下来如果掉在箩筐里,人们就不再去捡,要是掉在地上还可以捡回来继续抛。

古平原饶是聪明,也看了个稀里糊涂。旁边有个汉子津津有味地看了多时,他过去一抱拳:"这位老兄请了。我是外乡来的,请问这银葫芦是大平号的吗?"

"怎么不是?人家大平号有钱,换了掌柜的没多长时间,就立了这么个大玩意,怕不是有几百万两,一下就把日升昌的金算盘和介休常家的银冬瓜都比下去了。"那汉子仿佛占了独得之秘般小声道,"听说这大平号的银库底下有地道,通着燕门藩司的藩库呢。"

古平原不禁哑然失笑,但他知道乡民最喜欢这种听似不经的传说,搞不好就是大平号故意放出的风声来哄市面。

"也算得上是心思独到了。"古平原喃喃自语。

"你说什么？"那汉子没听清。

"哦，没什么。再请教，这往葫芦上面丢铜钱是什么把戏？"

"把戏？"汉子不爱听了，"这可不是什么把戏。这是人家掌柜的一片慈心，只要能把铜钱抛到葫芦柄上不掉下来，就给个五十两重的元宝。掉下来的铜钱要是落在边上的箩筐里，那就归了大平号了，但是人家也不要这钱，攒足一箩筐便拿来施舍乞丐。都说开票号买卖的铜钱里翻筋斗，认钱不认人，人家大平号真是良善商人。"他滔滔不绝说到这儿，看看左右没人注意，半掩着嘴说，"比前街那棺材里伸手死要钱的泰裕丰可强多了。"

古平原听了这话，只能报以苦笑。论理儿汉子说得对，可是这大平号口碑如此好，王天贵昨个儿要自己想法子把它一举掀翻，岂非难如登天。他想着昨天王天贵在票号中怒冲冲说的那番话："这大平号开了十余年了，也没见有什么大手笔，如今忽然摆出个银葫芦，这才几十日光景，就把泰裕丰的存银吸走了大半，这样下去怎么得了！"

王孔当初之所以带着八十万两银票赶回燕门，就是因为大平号重新开业，一个银葫芦摆出来，凡是存钱在大平号的人，都可以推葫芦掷铜钱。就这一招，百姓拿着折子蜂拥到各家票号取钱，转存到大平号，一天的工夫泰裕丰总号流失了一半存银，把曲管账的胆都吓裂了。王天贵起先还装作不以为意，后来看看不是路，这才赶紧调回了那八十万两银子。

这家大平号原本做生意规规矩矩，可是换了新掌柜之后，做生意的手法路数全都变了，高息吸储，低息放账，特别是往直隶京师汇兑，又快又方便，汇水要得还少，一下子抢了别家票号不少的生意。要说平遥的日升昌、祁县的蔚字五联号这些大票号虽然也感受到了压力，但毕竟离得还远，只有太谷本县的泰裕丰被打了个措手不及，生意一下子失了大半，有不少人希图贵利，从泰裕丰取钱存到大平号，一时间损失惨重，正在焦头烂额之时。

王天贵心里有数，要不是早在咸丰十年，洋兵攻进京城，户部一片狼藉之时，燕门票号代垫银两有功，得了办理协饷这条发财路子，如今泰裕丰的银库已经要支撑不住了。

"燕门全省十八家得到户部认可的大票号，协饷家家有份，我们泰裕丰分得的协饷每月解到二十几万两，立账期是一个月，在炉房熔炼成官宝又需一个月，之后才报送藩库转运户部和江南大营。"曲管账掰着手指头算，"多亏了王大老爷和藩司大人有交情，除这两个月外，还能多拖延些日子，这样银库里总能有几十万两协饷银子供我们周转。"票号里把这种应付而不付，留在自家善加利用的有主儿银子称为放空。

"有了这笔放空，不管别人使什么手段，我们至少立于不败之地。可是大平号这样咄咄逼人，难不成他的银子是天上掉下来的？"王天贵想不通的这一点，恰恰是古平原心里有数。

大平号的后台是京城李家，这个内幕被他视为独得之秘，所以曲管账出主意孤注一掷，把号上的存银加上放空的协饷都拿去收买大平号发出的银票，然后一口气拿去挤兑逼垮大平号，古平原立刻就反对。

王天贵老谋深算，这一次站在了古平原一边，"不知对手底细，贸然把协饷都拿去用了，的确是太冒险了。不到万不得已，不能用这个办法。"

古平原主张谋定而后动，今日便是来大平号探探虚实，仔仔细细估量一番，心里不免沉甸甸的。他正要打道回府，忽然隐约听见从大平号的后院里传来一阵歌声。这歌声似有似无，断断续续，古平原却一下子就听出是乔松年的声音，但转瞬间歌声又消失无踪。古平原也没把握自己是不是听清了，他疑惑地皱皱眉头，眼光又飘向那个硕大无朋的银葫芦。

"铜钱、银葫芦，银葫芦、铜钱……"古平原嘴里一直念叨着这两句。他心里最清楚不过，自己以往在商场上赢了几次，归根到底都是有个信字打底，如今大平号的银葫芦立在那里，就等于是立了一个比天高的信字招牌。

张广发费大力气弄了这么一个银葫芦摆在门外，其实无非就是一句话，"把钱存在我大平号，一百二十个放心！"这句话他既没写也没说，但是一个硕大的银葫芦比说一千道一万都有效。

古平原不怕对手施阴耍诈，但是大平号一有实力，二有信用，拿什么去和人家拼！

这个困局不破，京商和晋商就绝对无法走到两败俱伤的局面，只能是张广发一家独大。而且古平原敢肯定他的胃口还不止于此，吞了泰裕丰后，接下来就是蔚字五联号和日升昌，甚至乔家堡恐怕也在张广发的算计之中。

古平原想得头都大了，不知不觉走回到了泰裕丰门口，刚要迈步进去，忽然一个破衣烂衫的老头被伙计推搡着一把推了出来。这老头立足不稳，踉跄几步险些栽倒，亏了古平原赶紧伸手扶住。

"进门是主顾，你们怎么能随便欺负人！"古平原生气地说。

那个看门的小伙计见是昨天刚上任的三掌柜，赶紧过来，一脸堆笑，"是曲先生让我把这老头撵出来的。"

"老人家，没摔到哪儿吧？"古平原关心地问。那伙计却捂着鼻子，嫌那老头身上一股腌臜味。

"我的钱、我的钱！"老头急了，挣扎着起身趴在地上四处捡着方才一把没拿住散落一地的铜钱。

"总共就一百个大子，也就一顿饭钱，真是乡下土货。"伙计一脸的瞧不起。

"你住口！"古平原忽然发怒了，他蹲在地上帮老人捡着钱，可是找来找去就只剩下九十九枚铜钱。

老人瘪了瘪嘴，掉下两滴老泪，"我这是跑了三十里山路来县城里存这钱，没想到转了一大圈，哪一家都不给存。这可倒好，钱没存上还弄丢了一个，唉！"

那小伙计不耐烦地从怀里掏出一个大钱，丢了过去，"赔给你，有什么大不了。"

老人要去拿，古平原却一手握住了那大钱，"老人家，大平号您去了吗？"

"去了，第一个去的就是大平号啊，那么大的银葫芦，咱也开开眼不是。"

"他们也没给你存？"

"没有。"老人一脸失望，"说是最少要十两银子才给立折子。咱这村户人家，别说十两，就是一两银子也没有哇，这一百个大子还是省吃俭用留下来的。"

"他们也没给您存，好，很好……"古平原眼珠不住地转来转去，紧锁着的眉头慢慢舒展开了，"老人家，我扶您进去立折子。"

"这是干什么！"曲管账见古平原扶着那个被撵出去的老头又走了进来，一脸的不高兴，从柜上出来指着问道。

古平原没理他，自己从柜上拿过一个空白折子，问明老人的住处姓名，按照规矩写了底单和折子，然后恭恭敬敬交给老人。"老人家，我给您写的是四厘的利，算是为刚才的事儿赔情，您往后要是还有闲钱，尽管拿到泰裕丰来，利钱我还给您从优。"

"哎，谢谢您了，掌柜的。"老头千恩万谢走了，可把一边的曲管账气坏了。

"古平原，你未免太擅专了吧！昨个儿王大掌柜说得清楚，让你专管跑街的伙计，你凭什么管到总店的外账房来了？"

票号店铺指的主要就是内外账房和银库，至于在外面拉头寸、收款子这都是跑街的范围。这乡下老头到店铺里存钱，是外账房该管之事，也就是曲管账一手负责，他见古平原才来了一天就插手自己的地盘，当然不能容忍。

"十两银子立折子，是票号祖传的规矩！多少辈儿没有动过了，你连这个规矩都敢破，来来来，我跟你去找王大掌柜评评理！"曲管账不依不饶，硬是扯着古平原的袖子到后院来找王天贵。

等他气急败坏把方才前柜上的事儿一说，王天贵沉了脸，"古平原，我让你当三掌柜，专管跑街的伙计，是看重你足智多谋，又是个读书人，想让你去和附近村镇的富户、财主、乡绅多拉拉关系，给泰裕丰多弄些存银来。如今你和这乡下土佬打交道，一百个铜钱还给立了个折子，这不是瞎费工夫嘛！"

曲管账听完，得意地看着古平原，等着看他发窘。

古平原不慌不忙，对着曲管账正色道："当初我第一次进泰裕丰，打了你一个嘴巴，你还记得吧？"

怎么不记得？曲管账一想起来就恨得牙根痒痒。

"我当初一个铜钱立折子，就是看到了票号的弊病。好高骛远，瞧不起小主顾，就像曲管账你说的，哪怕全省上下一人来存一文钱，你也瞧不进眼里，对不对？"

"那也不过才几千两而已！"曲管账还是一脸不屑。

"这么久了，你还没明白，我要的不是那一个铜钱，而是折子后面的那条路。折子有价，主顾无价！财路无价！你懂吗？"

曲管账被教训得满脸通红，抗辩道："那个浑身是味儿的土老头就是你说的主顾？嘿，他能有什么财路！"

"他能有什么财路，我接下来就让你看看清楚。"古平原不再理他，转头对王天贵说："王大掌柜，既然让我负责跑街，我就要重新立些规矩，比如一个铜钱立折子，还望王大掌柜许可。"

"嗯。"王天贵经营了一辈子票号，若明若暗地看懂了古平原心里的想法。只是他眼下也看不清这条路走下去究竟能为泰裕丰带来多大的利润，但是无论如何是条路，古平原要闯，不妨让他试一试。

"好吧，我同意了。"

折腾了半天，到头来反是曲管账闹了个没趣，他心里气急，等上灯后伙计们在一起吃饭时，他特意留下没走。平素曲管账都是与几个账房先生一起去下馆子喝小酒，今日却一反常态留下与伙计吃饭，众人都有些纳闷。

果然吃了没两口，曲管账点着名开了口："王孔，你说你这跑街怎么干的？窝囊不窝囊！三掌柜本应该你来干，如今一个没做过票号生意的小子却堂而皇之占了你的位置。我听说下午怎么着，他还来找我商量去各乡各村拉头寸的事儿，你还认认真真地给他出谋划策，给他指点路子？别忘喽，你可是生意人，别做赔本的买卖！"说着用筷子隔空点了点王孔的鼻子。

一石激起千层浪，伙计们本就为这事不平，曲管账开了口，大家自然敢言，一个个拍着桌子为王孔鸣不平。有个叫矮脚虎的小个子与王孔素来交好，他干脆站到了椅子上，"诸位，我早就听说，这个古平原是个浑身机括一按三响的机灵人儿，可是他到咱们票号来抖机灵可是打错了主意。听说他一来就改规矩，还说从明天起要咱们所有的跑街伙计都到乡下去拉头寸开折子，一个铜子不嫌少！"

他还嫌不高，索性又跨一步到了桌上，抢开胳膊唾沫横飞，"咱们可是泰裕丰的伙计，通省三大票号之一啊，去拉这种小头寸，传出去丢死人，别说日升昌和蔚字五联号，就连街口的小买卖也要笑话死咱们。再说了，王孔大哥做生意辛辛苦苦，咱们谁不服气！你们看看他的手，看看他的鞋……"

大家的目光不约而同望向王孔，他指尖竟是平的，而脚下的棉布鞋上钉着铁掌。"王大哥跑街，算盘打坏了多少个，鞋跑坏了多少双，那个姓古的凭什么一来就压他一头！"

"可不是。"另一个身上脸上长着几个白圈癣，绰号白花蛇的瘦高挑儿伙计也站起身，他平地站着就和桌上的矮脚虎差不多高，脸上的神情也差不多，都是七个不服八个不忿，"要我说，咱们不能由着这个姓古的性子来，规矩也不能凭他一句话说改就改，不然过几天他真要骑在咱们这些老伙计的脖子上拉屎了。"

"对！""说得没错！"周围的伙计们一片应和。他们平素都有自己相熟的主顾，定期去跑一跑，闲下来到茶馆喝杯茶聊聊大天，日子过得很是舒坦，听说古平原要改规矩，让他们去乡下泥腿子家拉头寸，先就是一阵打怵，接着自然是不情不愿带了怨恨。

曲管账没想到这把野火这么容易就点了起来，心中暗喜，但他还要防着王天贵知道后怪责下来，要拉个垫背的，于是故意站起身把手往下压了压，"都是自家的买卖，闹意气就不好了，既然大家推重王孔，我看这件事还是问问他的意思吧。"说着向旁看了一眼。

王孔铁青着脸坐在座中，筷子上夹的菜半天也没入口，听曲管账问，他这才勉强笑了一下，"三掌柜做事自然有他的一套道理，不过我前些日子去要账时淋了雨，受了寒气，打明天起要休养，实在帮不上什么忙。"

"对，我腰疼，我也要向柜上请假。"

"我也是，要回家去看望爹娘。"

众人七嘴八舌，可把曲管账乐坏了，他心里暗道："一个好汉三个帮，没了这些跑街伙计的帮忙，我看你古平原拿什么翻江倒海！"

6

古平原如今是三掌柜，月规银子足够他在外面租了间房，离着泰裕丰只隔半条街，是一座独院的其中一间。他一早起来挂念着生意，来票号看看伙计们都准备好了没有，要分派他们各自去跑的路线。谁知到了柜上，曲管账一脸的事有不巧，拿出一沓一沓请假条子，第一张就是王孔，往下看全是跑街伙计，内外账房一个请假的都没有。

"这些伙计太不懂事了，票号如今正是多事，他们一个个都请了假，我要告诉大掌柜去，年底讲官话时，非辞掉一两个不可！"曲管账假意怒道。

"不必了！"古平原一声冷笑，"我就不信，没了张屠户，就非得吃带毛猪不可。"说完甩头飘然而去。

古平原这一走就是大半个月，踪影不见，连个信儿都没有，别说曲管账，就连王天贵都有些摸不着头脑。起初以为古平原跑了，可是常玉儿还在自己府上，何况叫陈赖子去打探回来的结果，常四老爹也安安稳稳地住在油芦沟村。以王天贵对古平原的了解，他要跑不会不带上这两个人，更何况从前都不逃，刚刚把他提拔重用便逃也实在不合常理。

这大半个月里大平号更是气势如虹，他家的票号前人来人往，泰裕丰却是门前日渐冷稀。王天贵心里着急，面上却不动声色，直到接了藩司衙门胡师爷的一封信，终于坐不住了。

"大平号那个张大掌柜前天去省城拜会了藩台大人，送了一份厚礼。"他紧锁眉头。

曲管账知道厉害，立时心头就是一紧，"为什么呢？"

"他想要代理协饷。"

"协饷都有定额，十八家大票号按买卖大小分成，大平号要是挤进来，就会分薄了大家的利润，咱们正好乘这个机会让他广为树敌。"曲管账眼珠一转，出了个主意。

"树什么敌，他是冲着咱们来的，一开口就要分咱们那一份。"

"那藩台大人怎么说？"曲管账真急了，要是协饷的放空保不住，明天主顾来提银子，自己立马就得抓瞎。

"那是咱们喂熟了的官儿，不会被他一份礼就买了去，但是长此以往可不堪设想哪。这个大平号也不知是个什么来头，真的就吃定了咱们？"王天贵百思不得其解。

曲管账一时无言，也跟着愁眉不展。二人正在相顾，忽然听前头一阵喧哗。

"放到墙角去，一袋袋码好喽。"只见泰裕丰那宽敞的前柜大堂里，古平原面冲着两扇黑漆大门，手指着一面山墙，指挥着他雇来的短工，又指着外账房的伙计，"去把大秤拿来，称银子记账。"接着对内账账房的先生道："把银库打开，准备清点银子入库。"

"对了，多拿些空白折子，我带出的折子早就用光了，等一会儿要把记在本上的账都立上折子。"古平原挥了挥手上的白纸本子。

内外账房先生伙计再加上跑街的一干伙计已经是全都瞧得傻了眼。王孔从外挤进来，站在众伙计身前，眼睁睁看着一袋袋银子被搬进来堆在墙角，数了数竟然不下二十袋。

"这是多少银子啊？"有个小伙计喃喃地问。

这个问题在票号里难不倒人，立时就有人说："看这样子，一袋大约一千五百两，二十袋就是三万两银子。"

"是三万一千八百八十两。"古平原纠正道。他看到银子都搬了进来，与短工结算了工钱，转过身对着伙计们朗声道："各位，多日不见了。我出去跑街之前王大掌柜已经答应我了，只要是对柜上有利的举措尽不妨修改旧规，增添新制。我此前已然定了一个铜钱立折子的规矩，这些日子想了想，要再改一个铺规。"

再改一个铺规？伙计们彼此看了看，目光中都是惊疑不定。

"以往票号到了年底，只有任职十年以上的伙计和掌柜才有资格按照身股分红利，如今古某要改一改这个规矩，凡是票号里的伙计，只要实心任事，能为票号带来利润，无论是伙计还是掌柜一律有红利，而且不必等到年底。"说着他把手里的白纸本子扬了一扬，"这一次，古某分派了十三个伙计去拉头寸，一共拉来三万多两，按照放账的利息和身股的厘数，每人可得纹银十五两。"

说着他一一念着伙计们的名字，"张德生、陈子鹏……"念到最后一个是"王孔！"

"银子我已经准备好了。"他把随身带的包裹解下来放在桌子上,一溜五两一个的银饼子排着队放在桌上,"念到名字的人每人来取三个。"

谁能想到他会这么办!

古平原一出现,而且带了大笔的头寸回来,当初装病请假的那些伙计都是心头一凉,以为他必然挟功自重,非在王天贵面前狠狠告上一状不可。结果人家不但不告状,还给躲懒的人都分了银子,这是什么路子?

僵住了好半天,有一个家中欠了人钱的伙计试探着往前走了两步,见古平原一脸温和的笑意,于是咽了口唾沫,轻轻拿起三个银饼子,"三掌柜,我拿了?"

"拿去吧,下一次还望再为柜上多出些力,当然了,红利也是少不了的。"古平原点头笑道。

伙计脸一红,转身站了回去。十五两银子!够全家两个月的开销了,谁不眼红。见有人拿了,当然就有第二个人跟上去,最后连矮脚虎和白花蛇都拿了银子。只有王孔纹丝不动,脸上绷得像块石头。

"王兄,这是你应得的,拿着吧。"古平原见他不过来,拿起银子走到他身前。

王孔把目光往旁边看去,不理不应。古平原拉起他的手,把银子塞在他的手里,笑了笑拍拍王孔的肩膀。

"大掌柜,您看见了吧?"曲管气得浑身哆嗦,"这个古平原真是胆大包天,连身股分红这样的大事都不和您商量,说改就改了,他眼里还有您吗!"伙计们多分了,掌柜的自然就要少分,曲管账真是又恨又气。

王天贵那双小而微陷的眼睛里有一种说不出的意味,既像是恼怒,又像是贪婪。他一会儿看看古平原,一会儿看看那堆银子,终于发话了:"三掌柜,随我到后房来。"

王天贵坐在罗汉椅上,慢条斯理地把玩着一件万历青釉的笔洗,许久都不言声。

曲管账垂手而立等得心焦,斜眼看了一眼古平原,他却是笼手直立,漫不经意地看着室内南墙上挂着的那幅《三山行乐图》,仿佛不是等着大掌柜问话,而是在字画店里悠然赏乐。

王天贵终于开口了:"你那三万两是哪儿弄来的?南城的侯家,还是曹家屯的曹大财主?"

"都不是!折子在这儿,大掌柜请自看。"古平原把包裹里的一沓折子放在桌上。

"这么多?"王天贵放下笔洗,翻了翻,这怕不是有一百多个折子。再看看里面的人名大多不认识，存的钱数更是五花八门，多到几百两，少到一个铜钱便立了一个折子。

"这还不是全部，折子用光了，我就暂时记上，回来再补。"

"这些都是什么人？"

"乡农而已，也有几个富户，但不多。燕门真是商民之地，富庶得很，老百姓几乎家家都有存银，我只在太谷南边方圆百里转了转，给大家说了说把钱存在票号的好处，又说了不论多少哪怕只有一个铜钱也能立折子，当时就有十几个人掏出一个铜钱立了折子。"

这是把古平原的话当玩笑听，谁知古平原真的给立，而且端端正正写了一份折子。村子里也有把钱存在泰裕丰的人家，把那折子拿来一比对丝毫不差，绝无虚假，这下乡下人都惊讶了。第二天便有不少人拿着吊钱或是银角子来存，古平原依旧是不论多寡一律和颜悦色，写折子收钱一丝不苟。

有人认出古平原就是万源当的四朝奉，这下子更是信实了他，到了后来已经没有人再来立一个铜钱的折子了，最少也是一吊钱。但是古平原每到一村一地，还是认认真真说明白，一个铜钱也给立折子，童叟无欺绝不反悔。

就这样他走了大半个月，到了第五天头上已然需要雇短工帮自己背银子，到了半个月时就必须雇一辆骡车才行。

"这不过是城南一百里而已，伙计们大可以走得远些，头寸是不愁拉的。"

曲管账已经听呆了，他见王天贵眯着眼显见极是重视古平原的话，心里很不舒服，反驳道："这不过是你走狗屎运而已，你怎么知道别处也有银子等你去拿？"

古平原不以为意地笑了笑，忽然把手插到那株山茶花的大花盆里，攥起一把土来，伸到曲管账面前，"这是什么？"

"这是……这是土啊。"曲管账眨了眨眼睛。

"还是什么？"古平原一刻不放松地问。

"你，你什么意思？"曲管账的样子有些狼狈。

古平原慢慢握紧手中湿漉漉的泥土，从掌缝里挤出水来，一滴一滴落在地上。

"它还是水！只是没人看得见而已。"

7

从第二天起，拿了银子的跑街伙计都按照古平原的指示，开始前往各个乡村去拉头寸，唯一不动的就只剩下矮脚虎、白花蛇和王孔三人，他们三个吃了秤砣铁了心，还像往常一样去跑富户。古平原见也不勉强，只是把他们三人应去的地方空了出来。

出门三步远，又是一层天，伙计们干起来才知道，原来一村的乡农能抵得上几家的富户，这些地方他们也都去过，只是眼睛直盯着那些财主，从来不往小门小户去看，偶尔有人怯生生问一问在票号立折子的事，他们冷言冷语就差没一句话把人家怼到墙上。如今换成笑脸待客，这才发现"不积小流无以成江海"是至理名言。

大平号的张广发得意了一阵子，翻了翻手边的账簿，觉得周边富户的存银拉得差不多了，也就是说泰裕丰此刻银库里只怕是入不敷出。按照事先想定的计划，他准备开始收泰裕丰开出去的银票，等收到十之八九便要上门挤兑，一举逼泰裕丰关张。

张广发在京商干了半辈子，谨慎二字始终牢记心头，收泰裕丰的银票之前，他先派伙计去探看动静。原以为不过是例行公事而已，谁知小伙计飞奔来报，说是正有银车往泰裕丰里拉银子。

张广发并不相信，还当是小伙计看错了，自己亲自去看，果不其然，几辆大车赶着，车上都是一袋袋的元宝银饼，他还怕是泰裕丰的空城计，再往前赶几步，亲眼见到满载着铜钱银角子的大车到炉房换了雪白的元宝出来，这才信个十成十。他瞠目结舌站在泰裕丰门外，眼看着伙计们往下搬银子，一时竟呆住了。

"活见鬼了，这钱他们是从哪儿弄来的？"张广发原本以为胜券在握，没想到泰裕丰竟能死棋肚里出仙着，一下子把他全盘计划打乱了。

"是张大掌柜啊。"古平原一眼看见了他，慢悠悠踱过来，"怎么，生意那么好，还有闲工夫到泰裕丰来望闲？"

张广发没好气地看了他一眼，从鼻子里哼了一声。

"我没料错的话，张大掌柜下一步准备收泰裕丰的票子，眼下只怕是不敢伸手了吧？"以张广发的谨慎，一天弄不清泰裕丰的财源，就一天不敢收票子挤兑。

"我问你，这些银子是哪儿来的？"张广发一时有些乱了方寸。京商并不是无缘无故找上泰裕丰，之所以在三大票号中选了它来作为最先的对手，就是因为看准了王天贵在票商中人缘极差，一旦出事没人会帮他。所以眼下这笔银子绝不可能是从别处匀借过来的。

古平原像是早就料到有此一问，哂笑了一下，答道："你先告诉我，当年为什么要陷害于我，我便把这银子的来历告诉你！"

"你……"张广发被堵得张口结舌，一甩袖子悻悻而去。

张广发回到大平号后立时着手安排伙计们顺藤摸瓜，找寻泰裕丰的财源。可没等伙计回报，李钦便急三火四地找了来。

"张大叔，我弄明白这笔钱的来龙去脉了。"

李钦的消息很准，是昨天午后，他与如意在城南一处特意包下的小宅子里幽会时，如意在床上透露给他的。

"想不到还有这么一手，我真是小瞧了这个古平原。"其实张广发心里早就暗生警惕。一个流犯，从关外脱身不到一年的时间里便接连做了几笔震惊商界的大买卖，别的不提，单说最近他跟着僧格林沁的马队上战场，一路卖粮做生意赚大钱，张广发扪心自问，京商里也挑不出这样有胆有识的人才！

可是李钦不服气，他视古平原如眼中钉肉中刺，"张大叔，你管买卖上的事儿吧，这事儿你交给我，我一定办妥，断了泰裕丰这条财路。"

"你能行吗？"张广发有点不敢相信。

"瞧好吧！"李钦离座匆匆而去。

没过几天，古平原就接到手下跑街伙计们的回报，说是大平号的人跟上了他们，到处抢生意头寸。用的法子也很巧妙，是利用了乡下人爱占小便宜的心理，针头线脑一类的日用杂货带了一车，谁要是在大平号立折子存银，那就立马有一份礼，虽然不值几个钱但在一文钱掰两半花的老百姓看来，自然也就有所贪图。

古平原又问了几句，便知道是李钦的鬼主意。这也算是以本伤人了，别人用不起的计策，李钦用来却不心痛，自然有张广发在后支持，看来拉头寸是其次，断泰裕丰的财路才是目的。

见一众伙计都眼巴巴望着自己，等自己拿主意，古平原轻松地笑了笑。"做生意就像打仗一样，你有刀枪，对手也有，你有一招，他有一式，最后的胜负其实就在毫厘之间。别慌，大平号学咱们，我对此早有准备。"

他站起身走了几步，忽然问："票号最怕什么？"

"吃倒账！"有个伙计接话很快。古平原改革铺规，这些小伙计是最大的受益者，眼看手里白花花的银子多了起来，对古平原的敌意早已消失得无影无踪。古平原现在一句话，这些跑街伙计令行禁止，听话得很。

"要我说是拉不来头寸。"银库里缺钱自然是大麻烦，一个年纪稍长一些的伙计接口。

"都对。"古平原点点头,"但是你们想过没有,拉头寸和吃倒账之间还有一个躲不开的坎儿,那就是烂头寸。"

对财主家来说,银库里堆满了钱那是好事儿,可对票号就并非如此了。银库里的银子堆积如山,要是不能找到下家用出去,把利息赚回来,那么到了折子到期付息之时,票号就要白当差甚至赔利息。

"都怕拉不来钱,或是要不回钱,可是这钱用不出去也是毛病。"票号的盈利全在一存一放的利息差额上,"如今大平号和我们比谁拉的头寸多,可是万一这笔钱砸在手里,那还不如没有。"

古平原分析得头头是道,伙计里就有忍不住出声的了,"三掌柜,听你的话可真不像是初入票号,倒像个老掌柜。"

古平原一笑,他自打与王天贵成了冤家对头,就无时无刻不在注意票号这个行当,等到邓铁翼出了事,古平原这才认清,不掐了票号这条根,想动王天贵那是千难万难,于是他更是夜半读书学习票号的规矩和经营之道。他是三掌柜身份,愿意不耻下问自然有人肯教,古平原由此得知,有一本侯五味写的《三都往来文稿》,是他历年经营票号的大成之作。古平原重金购得一本,不多日已然能够倒背如流。

"烂头寸是人人知道的忌讳,但是市面上的商铺掌柜也不是傻子,用不着的银子绝不肯来白白付利息,我们以往拉头寸还算容易,去跑街最头疼的就是要把头寸用出去。"跑街伙计们对此都深有体会。

"可是据我所知,现在市面上是有钱的反倒容易借到钱,没钱的拼了命也借不来一文钱。"这就是方才说的担心吃倒账的缘故,别说跑街伙计,就是票号掌柜对此也是束手无策。

"以往把钱放出去就不管了,直等到日子收利息。所以只能拣大户去放账,因为他们有钱,不必担心吃倒账。可是人家有钱又为什么来向你借钱呢,这就是个解不开的死扣!"伙计们纷纷点头,古平原说了半天要害就在下面这句话上,"我觉得放账的办法也要改一改了。"

"又要改?"这次伙计们听了倒不害怕,因为知道古平原要改规矩,必然少不了伙计们的好处。

古平原微微点头,向外看了看,见自己找的人到了,便点手将他唤了进来。

这个人大家都认识,原先就在门口摆饽饽摊儿,名叫魏四。有人就问:"魏老板,这些日子都不见你,还以为撤了摊儿回家乡了,害得我好一顿想这饽饽。三掌柜是怎么把你找出来的?"

魏四一脸的笑，"三掌柜可是个活菩萨，他不找我，我也要来孝敬几盒子饽饽。"

古平原笑而不语，任由伙计好奇地去问魏四，他今天就是想让这个饽饽摊主把事情详详细细地说上一遍。

"那天，我正在摆早食摊儿，忽然一口箱子直接撂到我怀里，差点把我砸个跟头。"

那是一箱子铜钱，足有七八吊。再看面前这个年轻人，魏四觉得眼熟，后来想起来了，这是几个月前死乞白赖非要向他借一个铜钱的那个小伙子，当时他说要付利息，自己还嘲笑地说让他拿个箱子来装，如今竟然真的一个铜钱生出一箱子利息来。

还钱的当然是古平原。他直截了当地告诉魏四，这一箱子钱是有交情在里面，可不完全是钱庄的利息。但是魏四如果还想尝一尝一个钱变百个、千个的滋味，可以向他借钱，古平原已经给他划好了一条生财的道。

这条财路就是在大饭庄满一楼里设摊子。古平原觉得魏四的饽饽味道十足，回头客也多，就是在街上摆个小摊儿小打小闹没什么赚头。他帮魏四出主意，借满一楼的位置摆个摊儿，还真别说，他的饽饽在满一楼卖的价是街上的几倍，照样供不应求。

"如今这笔银子我还得起了，连本带利都还得起。"魏四看着古平原，"可是我还想再借一笔，在汾都的满一楼分号里也把我的饽饽摊儿办起来。"

古平原点了点头，先不理会旁人，拿过账簿立了文书，当场就给魏四付了银子。这又是他的创举，只要有人来借来还，不拘时辰泰裕丰里一定有人接待，当然大半夜不睡觉值更干活，钱也不会少拿。就冲这一点，内外账房的伙计也都感激古平原。

看着魏四千恩万谢走了，古平原这才缓缓回身，跑街伙计或站或坐，没一个说话的，都在怔怔地想着心事。

古平原也不吱声，泡了一杯酽茶一口一口抿着。

"三掌柜，我明白了，您这是在教我们怎么做生意。"有个老伙计终于开了口，眼神里透着一股子佩服。

古平原赞同地点了点头，知道自己不必多说了，魏四的现身说法比一大套道理有用得多。

8

李钦骑着高头大马在远近的十里八村转了二十几天,用带的东西换回来厚厚一沓折子,拉着一辆大银车,志满意得地回到了大平号。

"张大叔,这下古平原那小子玩不转了,您看看,他的主顾都被我拉来了。"李钦兴冲冲来到张广发房里,一眼看见一身湖蓝缎子的苏紫轩也在。

"这一步没拦住泰裕丰,等于是绊住了大平号的腿,接下来怎么办,我看还是往京里去个信儿,问问李老爷吧。"苏紫轩正向张广发说着话,见李钦进了屋,她站起身又说了句,"古平原已经把在秦西买粮的钱还给了我,也就是说藩库给他兑了银子,这下子泰裕丰又是二十几万两入账,事情真的难办了。"

她边说边往外走,看了一眼李钦手里握着的厚厚折子,"李少爷,真是旗开得胜啊。"她讥屑地说。

李钦一愣,"怎么了?"他问张广发。

张广发揉着下巴沉思许久,"少爷,您知道我现在最后悔的是什么吗?"

"……"

"我后悔当初在关外时,没给古平原喝上一杯毒酒!"他忽然狠狠一擂椅把手,"真是没想到,这个人居然有这样的能耐。"

"张大叔,到底怎么了?你别让我干着急好不好。"李钦瞪圆了眼。

"你是不知道啊,就在这十几天里,古平原带着一帮跑街伙计把城里的小买卖人都变成了泰裕丰的放账主顾。原本这些人在票号眼里不过是自生自灭而已,就像那句话说的,年三十逮只兔子,有它过年,没它也过年,可是古平原他……"张广发手有些抖,也不知是生气还是恐惧。

"他给这些小买卖人出主意,指点他们进货,还利用票号的便利,把最近哪一行赚钱、哪一行赔钱,如何赚的、怎么赔的都告诉了他们。如今可不得了,这些小买卖人都与泰裕丰做了相与,从古平原那里借银子,又把赚来的钱交给古平原去存,这一下泰裕丰的银库彻底盘活了。别看这些生意人的买卖不大,可是主顾多,都是小老百姓,等于是又给泰裕丰做了宣扬,这笔钱可是越滚越大了。"

李钦听得简直不敢置信,呆了半天才道:"那、那他能这么办,咱们也能。"

"晚啦,一步差,步步差!咱们要是再去学他,明摆着是落了下风,一县之内两家大票号,要是换成你,是把钱存在师父那儿,还是存在徒弟那儿?"一句话登时令李钦哑口无言。

张广发缓缓吐了口气，"做生意讲究的是个气势，前些日子咱们仗着银葫芦真是气势如虹，一下子把泰裕丰打得抬不起头。没想到古平原三两个点子一出，面上看没有咱们的银葫芦威风，可是如同抽丝剥茧，慢慢地织了一张网，等咱们回过味来，可就掉到他的这张网里了。老爷当初交代，对付三大票号里最弱的泰裕丰要借着银葫芦一举拿下，如今泰裕丰的钱有来源，有去路，再想让他关铺子可就没那么简单了。"

李钦听着张广发的话，望了望自己手里那叠折子，猛地摔在地上，折子散开，李钦一脚踩了下去。

古平原又"失踪"了，这次是整整一个月，等他再回到泰裕丰门口时，迎客的伙计险些没认出这位三掌柜。

他一身粗布短打，一顶黑褐色的旧草帽下面孔黧黑，两腕也是黑黑的，灰土沾得满身都是，身上的衣服也不知是怎么弄的，撕开了好几个口子。

"三掌柜，伙计们都等着给你报喜讯呢。您这是……怎么好像钻了深山老林了？"门口的伙计大眼瞪小眼。

"哟，三掌柜，这是怎么弄的？"等他一进了前柜大堂，便有好几个跑街伙计围了上来。曲管账看得一撇嘴，差点笑出声来，这身打扮说是山里扛木头的苦力还差不多，要说是掌柜，那可真给泰裕丰丢人。

但古平原一句话便让大堂里的先生伙计们都怔住了，"我去太行山跑了一趟，如今山里的猎户和山农也与我们泰裕丰成了相与。等一会儿我会去县里的杂货互市，猎户们托我在城里弄一块地儿，专卖山珍野货，赚来的银子都存进泰裕丰。"

"干得好！"王天贵从门外走进来，开口便道，"古平原，你去柜上支二百两银子，这是你这一趟的红利，甭管赚了多少，肯卖命给柜上赚钱，就该赏！"他心里明白，伙计们出力越多，柜上的赚头就越多，这笔赏银是杆旗，伙计们今后只有更加卖力，柜上绝吃不了亏。

古平原平白得了二百两，伙计们没一个嫉妒的，反倒是心悦诚服。太行山里走一趟，说起来容易，看古平原这样子就知道没少吃苦，搞不好是死里逃生从山里出来。然而古平原领了那二百两银子，却又全部放在众人这些日子赚的利润中，按照出力多寡给伙计们分，这个举动一下子把柜上的所有伙计都收服了。

除了王孔。

第二天一大早，古平原召集跑街伙计们，打算把这几天的活儿安排一下，话刚说到一半，原本与他不睦的矮脚虎和白花蛇慌里慌张跑了进来。

"三掌柜，王孔他……"素来能言的白花蛇吞吞吐吐。

"王孔他怎么了？"古平原这才发现，平素一言不发在角落写账的王孔今天并没在座。

"他去大平号了，说是要挑了人家的招牌。"矮脚虎性子急，脱口而出。

"什么！"古平原与一众跑街伙计都大吃一惊。

"晋省算盘江宁戥！做生意的都知道这句老话。"古平原带着一干伙计匆匆赶到大平号前，正听到王孔站在银葫芦边上说着话，他对面就是张广发和李钦。

"你到底是干什么的？"李钦一脸的瞧不起。

"我是泰裕丰的一个伙计，今天站在这里，想问问大平号，凭什么在太谷开票号？"王孔稳稳当当地说。

"就凭这个银葫芦！"李钦把大拇指一翘。

"葫芦是死的，人是活的，做生意靠的是生意人，你们票号里没有能人！"

"年轻人，说话不要太狂妄了。"张广发一直在听着，对这个突然蹦出来的愣头青，他一开始也有些捉摸不透，此时倒是听出了一些门道，"你是不是想说，我大平号里没有像你一样的能人？"

"不错。大平号这些日子一直跟我们泰裕丰过不去，事情与其拖下去，不如早早做个了断。"这是明里的话，暗里王孔也是要与古平原做个了断，对古平原做的事，他不得不服气，却又不甘心输给他。

张广发已经把他的来意全看清楚了，只沉吟不语，李钦却道："做了断，怎么个断法儿？"

"很简单，就是我方才说的那句话——晋省算盘江宁戥，燕门商人的一手算盘出神入化，大清商界没有不知道的，今天我要和你们比一比算盘，赌一赌输赢。"

"就凭你也配！"李钦啐了一口。张广发却阴沉着脸，票号中拨算盘的好手自然不少，对方明知如此，还敢在大庭广众之下当面挑战，不用问必有惊人的技业，且听一听他要赌什么再做决定。

"大平号输了，砸了这个银葫芦！我要是输了，回去亲手摘了泰裕丰的招牌！"王孔一语既出，围观的老百姓一阵喧哗，无论是银葫芦还是招牌，都是各自票号的命根子，这岂不是你死我活的一场比拼。

古平原身旁的跑街伙计更是大惊失色，白花蛇喃喃道："王大哥是不是疯了？

他哪有资格去摘票号的招牌，王大掌柜岂能容他。"矮脚虎直跺脚："我去把他拽回来！"

他刚要迈步，古平原伸臂一拦，矮脚虎偏头看去，古平原摇了摇头："拦不住的。"

张广发心头起伏不定，这赌注实在太大了，要是输给这个人，银葫芦被砸了，大平号也就垮了。可是要是赢了下来，就算这个伙计没资格摘泰裕丰的招牌，可"泰裕丰上门挑战大平号却铩羽而归"这句话传出去，泰裕丰的招牌也就等于是砸了。

张广发左思右想拿不定主意，最后还是觉得无备之仗打不得，刚要开口婉言回绝，人群外忽然传出一声："赌了！"

众人个个大惊，老百姓呼啦一闪，把那个说话的人让了进来。张广发紧走两步下了台阶，来到那人身前，低声说："没有金刚钻，甭揽瓷器活。苏公子，你可要想好了。"

说话的自然是苏紫轩，她毫不在意地道："这店有我一半的股，我是财东，这点主意还能拿。不就是比算盘嘛，九十一颗算盘珠，上拨下打，有什么难的。"

王孔在一旁听得分明，冷笑一声："你这位公子口气倒是大得很，算盘是黄帝所制，鲁班改良，你也敢瞧不起？"

"我说没什么就是没什么，等一会儿你就知道了。我们怎么比呢？"

王孔说的办法很公平，由大平号随意向街上一家店铺借一本账簿，然后燃香计时，看谁能在最短的时间内把这本账算明白，就算是赢了。

"好！"苏紫轩一口答应，账簿是同一本，两个人自然要一先一后分开来算。

"上门是客！您先请吧。"

王孔毫不客气，让大平号当街摆了一套桌椅，又从柜上另借了一架算盘。

两个算盘！这可把围观的人都看愣了。王孔稳稳点燃一根香，不慌不忙看了一眼苏紫轩，"让你开开眼界，看看一百八十二颗算盘珠是怎么拨的！"说完，他运指如飞，噼里啪啦打着算盘，旁边人眼睁睁看着他的手指在算盘上拨动，不一会儿就瞧得眼花缭乱。

这一手绝活真是技惊四座，这条买卖街上都是常年手里拿算盘的生意人，算盘打得快不算本事，可是像王孔这样，能双手打两个算盘，真是闻所未闻。

大家还在瞠目结舌，王孔已然又快又准地算到了最后一页，提笔将支出、收入、盈余三项端正地写在一张白纸上封好。然后站起身看了看那香，第三根香才燃了个头，按时间算也不过两刻钟而已。

"王大哥可真是真人不露相。"白花蛇站在跑街伙计中看得清清楚楚，他自己就是打算盘的好手，此刻由衷地佩服，"这么厚的账簿，要是我来算，没有两个时辰完不了。"

古平原也被镇住了，但是他却不意外。王孔虽然含忿而来，却不是鲁莽之辈，敢当街叫板，心里自然是有必胜的把握。就是不知道一向聪明的苏紫轩怎么会毫不在意地接下了这个挑战。

王孔倒是不骄不矜，站起身对着苏紫轩说了声："这位公子，轮到你了。"说完他把自己的那架算盘拿走，桌上只留了一架算盘。

"慢！"苏紫轩指了指王孔手中的算盘，又做了个手势，示意他把算盘放回桌上。

王孔疑惑地照做了。苏紫轩一笑坐下，点燃了一根香，却不紧不慢地扭头对王孔说："这同时打两架算盘倒真是方便快捷，我也试上一试，班门弄斧而已，见笑了。"

王孔气乐了，自己练了十几年才有这番成就，这个苏公子却上手就想比试，真是大言不惭。他心想我等会儿就看你怎么出丑。

张广发这时候心里揪着，知道此番大意了。他可不信苏紫轩有这么大的能耐，立时就能把双手打算盘的本事学来。要是接下来输给了泰裕丰，事情可怎么收场呢？

"四喜！"苏紫轩叫了一声，四喜抿嘴一笑，拿过一条丝巾蒙住了苏紫轩的眼睛，然后伸手把账簿拿了起来。

这下子又是奇峰兀出，众人方才回过神来，紧接着就被苏紫轩出人意料的举动弄得丈二金刚摸不着头脑。

"我的天哪！"矮脚虎惊叫一声。没人相信自己的眼睛，苏紫轩不但双手打算盘快如闪电，而且居然是闭着一双眼睛，只听四喜不断念着账簿上的字。

"四月廿九，购松子油一小桶，银价三两二钱……"

"五月初一，购纸张笔墨一套，铜铃一对，银价五两三钱六分……"

"六月廿七，老张家来结上半年账，交与柜上四百六十二个大钱……"

四喜压根不看苏紫轩，语速奇快地念着账簿，一页页翻过去，几无停顿，不多时已是最后一页了。

苏紫轩抬手摘了蒙眼的丝巾，同样提笔写下三个数，交与四喜。此时那香才不过燃到第二根而已。

"喏，自己看吧。"四喜扬了扬手上的纸。

王孔手有些发抖，接了过去一看便身子一震，两个人算的结果一模一样。

天刚正午，一条街上人山人海，却掉地下一根针都能听见。众人张着嘴巴看着苏紫轩，连泰裕丰的伙计在内，所有人全被镇住了。

"好！"李钦半天方回过神来，第一个张口叫好。全场立时被带动，喝彩声如山呼海啸一般。苏紫轩含笑冲四方拱了拱手，那一派翩翩风度更是让人心折不已。

张广发一颗心稳稳落肚，面上带笑走到近前对着王孔说："输了就要认，回去拆招牌吧，要不要我派两个伙计帮你？"

王孔这时候脸色煞白，抬眼望了望仿佛理所应当的苏紫轩，又看了看无比得意的李钦，最后落回到笑容可掬的张广发身上。

"张大掌柜，你说得没错，输了就要认。我方才说过，要是技不如人就亲手把泰裕丰招牌拆下来，但是……"王孔咬了咬牙，忽然回身进了一家肉铺，抢出一把剔骨刀，瞪圆了双眼，"呀"地大叫一声，抡圆了那柄刀，对着自己的左手就砍了下来。

"啊！"眼看就要血光毕现，胆小的一捂眼睛，齐齐发出一声惊呼。就在电光石火的一刹那，古平原一个箭步冲了出来，死死攥住王孔的手腕子。

"你走开，这没你的事儿。"王孔用力挣扎两下，身后早就被两个跑街伙计抱住了，古平原趁机夺下刀丢在一旁。

"张大掌柜，请了。"古平原拱了拱手。

"哦，我还当是谁，原来是泰裕丰的三掌柜，你也请了。"张广发戏谑地回了礼，"怎么，古掌柜来给自家伙计撑腰？"

"不敢，生意人靠的是一双打算盘的手，为了一场赌局，就让他终身残废未免残苛，还望张大掌柜大人大量，不要逼人太甚。"

"呵哈哈，你们听听他说的。"张广发仰天大笑，看了看周遭众人，指着王孔大声道："我何尝想要他这对狗爪子，我要的是泰裕丰的招牌！"

"招牌岂能说摘就摘，张大掌柜，再让一步吧。"古平原始终心平气和。

"没得让。这个伙计倒也会办事，不能亲手摘招牌，于是便要把手砍下来，那也成，总之不是一双手就是一个招牌，你们泰裕丰看着办。"

"我给你一双手。"王孔的主意是早就拿定了的，抗声一喊，又要冲过去拾刀。古平原回头对几个伙计喝道："拦着他！"

他思索了一会儿，冲着张广发一躬到地，"张大掌柜，还望您再成全成全。"

"古平原。"李钦早就想说话了，这时候走过来，一脸的狂傲指了指自己脚下，"我成全你。你要是能跪在地上给我磕个头，我就手也不要，招牌也不要。这场赌就当没打过。"

古平原身子一僵，冷冷地看着李钦不语。

"怎样，我就知道你……"李钦话说到一半停住了，惊讶地望着眼前。

古平原深吸了一口气，撩起长衫下摆，双膝跪地，真在大庭广众之下给李钦磕了一个头。

就是方才苏紫轩当众逞技，目眩神迷之际，李钦也不像现在这样震惊，他大张着嘴，仿佛看见日头打西边出来了，身子僵立在当场一动也动弹不得。在他身边，张广发、苏紫轩还有四喜等人无不如此，都不敢置信地看着古平原。

王孔也放弃了挣扎，目不转睛地看着古平原，眼睛里都是惊异的神色。

古平原脸上波澜不惊，就像什么事儿也没发生，站起身掸了掸膝上的土，"李少爷，我们可以走了吗？"

"……"李钦盯着他，就像不认识这个人般。

"走。"古平原吩咐一声，带着众多伙计和王孔离开了大平号。

"男儿膝下有黄金，这个古平原怎么说跪就跪呢，真是没有男子气。"四喜跟着苏紫轩往后院密室走，嘴里嘟嘟囔囔。

苏紫轩也难得动容，此时却叹道，"那个王孔也是个有本事的人，从今往后却要对古平原言听计从了。"

四喜一时辨不出滋味，见苏紫轩又要上密室二楼，她忍不住问："小姐，你还要和那个疯子对坐多久啊？"

"不会太久了。"苏紫轩侧耳听着楼上隐约传来的歌声，脸上露出一丝淡淡的笑意。

9

"愚不可及！"王天贵怒气冲冲地呵斥着王孔，"还有你古平原，你是三掌柜嘛，就放任伙计如此胡闹？"

"这下糟了，现在在街面上都再说，泰裕丰输给了大平号，咱们的三掌柜给人家的大少爷磕头赔罪，面子输完了输里子，眼瞅着刚红火起来的买卖，被你们这么一折腾，主顾又要跑到大平号去了。"曲管账在一旁不住火上浇油。

果然，王天贵更加怒不可遏，点指着古平原，"你这个三掌柜在场，不但不能阻止，反倒更加坏事，真是成事不足败事有余。罚你半年月俸，还有王孔，罚三个月的月俸。"

"是，古某领罚！"古平原不争不辩，面色如常，倒教想看场好戏的曲管账好生失望。

一直默然不语的王孔心里有数，这是王天贵故意偏罚，自己若不是仗了王家侄儿的身份，不会罚得这样轻。他刚要说话，王天贵手一挥，"都散了吧！"说着头也不回地带着曲管账走了。

王天贵带着曲管账来到后房，关紧房门说："我从藩司衙门得到消息，云南的铜路断了。"

"啊！"这个消息对票号来说太重要了，曲管账顿时竖起耳朵。

"这是藩司大人亲口告诉我的，绝无可疑。"天下铜矿素有"七成滇，三成赣"之说，燕门也有铜矿，不过其数几可忽略不计。铜钱铸造几乎全靠云南铜。闹逆匪之后，运河连年失修，河道淤积，轻一些的客船、粮船尚可通过，可是吃水重的铜船绝迹已久，眼下南铜北运靠的是走蜀道。

"逆匪最近在四川攻城拔寨，占了好几座城池，扼守住了出川的要道，运铜车都被堵在成都，一辆也过不了广元棋盘关。"王天贵慢慢悠悠说到这儿，语风忽地一变，"这是个绝好的机会。等这个消息传到燕门，必然引起铜贵银贱的风潮。从明天起，你要不惜血本去搜铜，要在大家明白过来之前，把铜货存足，到时候一脱手，那利可就大了。搞不好，能把大平号的银葫芦买下来。"

"我懂了，我懂了！"曲管账一脸的兴奋。

"此事宜密，万不可走漏风声。还有一件事，你也要做好准备。"王天贵的声音越发地低，"你要准备好收买乔家堡的产业。"

"啊！"曲管账浑身汗毛一炸，"乔致庸他……"

"他把所有的钱都投进去买南方茶山。如今南边是这么个乱法，万一出了差错，乔家就会从万丈高台上一脚踏空，那些家产特别是赚钱的买卖，我们现在开始就要留心。"王天贵的这个消息是花了大价钱从乔致庸身边人那里打听出来的，他处心积虑很久了，想做通省第一商，乔致庸是他必须跨过去的一座山。

等曲管账退了出去，王天贵坐回榻上，他有好些日子没这么舒心了，看着如意，眼里放着贪色的光，"来吧，到床上来给我好好揉一揉。"

半夜三更，古平原被一个敲门声惊醒，来者出人意料竟是酒肆掌柜。

"三掌柜，你们柜上有个人喝醉了酒，直喊你的名字，我也不知道是怎么回事。"

古平原披上衣服跟着他到了酒肆，一看正是王孔，也不知喝了多少酒已然酩酊大醉，嘴里嘟嘟囔囔说着醉话。

古平原唤他不醒，只好把王孔半扶半架带回了泰裕丰。一路上王孔酒话不断，喊着古平原的名字，大叫着"既生瑜、何生亮"，把古平原听得哭笑不得。

到了泰裕丰，自然有那一帮跑街伙计围拢过来，有给王孔按头的，有给他煮解酒汤的。伙计们一个个都围过来问，听明白王孔是借酒浇愁之后，都各自叹息。

"王大哥可是个好人。"白花蛇发了议论，"其实时日久了，咱们都看得出他和王大掌柜关系不一般。可他从来不显摆自己的身份，反倒是有活儿抢着干，有赏分着领，兄弟们谁有了难事找到他，他只要能帮绝不推辞，这一次要不是……"他为难地看了一眼古平原，"别的甭说了，就今天输得这么惨，真够他难受的了。"

"王孔没有输。"古平原坐在一帮伙计中间，听到这儿插了句嘴。

伙计们起先没在意，等品过味儿来一起瞪大了眼睛，齐齐望向古平原。

"三掌柜，您这玩笑开大了。王大哥输在当场，我们都看见了，那个什么苏公子真是神人哪，我这辈子就没见过这么玩算盘的。"

"你们都被他唬住了，他根本就不会拨双算盘。为什么眼睛蒙着丝巾，就是不想让大家盯在他的手上。他根本就没有按着账簿去拨打算盘，只是随意乱拨而已。"

"这不可能吧。"矮脚虎叫了出来，"那他最后写的数怎么和王大哥一模一样，难不成有天眼通！"

"是天心通。"古平原接道，"她是在心算，所有的数目都在她心里过了一遍，最后算出了这个结果。"

心算！

伙计们回头一想苏紫轩当时打算盘的手势，果然觉出不对，可是心算，这也未免太……

"这是个绝顶聪明的人！手在拨算盘珠，心中在默算，我虽然看得明白，可是没办法当场戳穿他。不过正因为他作弊，所以王孔没有输在算盘上。"

原来是这样，伙计们一个个听得傻了眼。白花蛇眼角一瞥，这才发现王孔不知什么时候已经醒了，正怔怔地坐在床上听着古平原说话。

转过天来，古平原正想好言安慰，让王孔休息几日，却见他已经打好了行囊，扬头问道："三掌柜，城北草堰、梅花岭和土埠是不是还没有伙计去过，这几日我去跑跑。"

古平原一愕，旋即笑着点了点头："王兄不要太过辛苦。"

"放心吧，我去了。"王孔紧了紧背带，大步走出门去。

10

"我要走了。"如意半坐起身理着亵衣。身后的李钦眷眷不舍地环着她柔软的细腰，"再待一会儿，离天黑还早呢。"

"天黑那老头子就回来了，他要是起了疑心，你我都没好果子吃。"如意点了一下李钦的额头。

李钦是真迷上了这个漂亮姐儿，只要张广发不找自己，就恨不得整日与她厮混在一起。无奈如意却不能常常出来与他相会，李钦有些不高兴地说："我是不怕，就是不知道你如何？"

"我也不怕。"如意忽然有些失神，她又想起了古平原，要是那时候他与自己在一起了，此时会是个怎样的情形呢？她晃了晃头，不让自己再想下去。"我告诉你两件事，都是我在老头子房里听来的。"要是弄垮了王天贵，至少不必再担惊受怕。

李钦听完了，一跃而起，在如意脸上重重亲了一下，"心肝宝贝，你算是立了一大功，我这就去大平号把消息告诉张大叔。"说完下床穿衣戴帽，一股风似的走了。

如意看着还在摇晃的房门，嘴角现出一丝苦笑："男人……"

"你就甭问我是从那儿知道的了，总而言之千真万确。"李钦回到大平号却意外得知张广发被李万堂找到京城去了，说是要面授机宜。票号里如今就留着一个苏紫轩。李钦藏不住话，就把从如意那儿听来的消息一五一十对苏紫轩说了一遍。

"你说，这是不是个发大财的好机会？"李钦追问沉吟不语的苏紫轩。

"乔家的事儿不妨先放着，如今对付泰裕丰尚且不能得手，要是平白再惹上乔家，谁能想到下一步是不是惹火烧身。"听到乔致庸的名字，苏紫轩的眼睛里有一抹不易察觉的波光。

李钦没想到苏紫轩会这样说，扫兴地说，"那铜呢？泰裕丰能收铜，我们也能收，可别让他一家占了便宜去，到时岂不是更不好对付了。"

"收铜是要花本钱的。张掌柜去了京城，柜上不会让你擅动这么一大笔钱。等到张掌柜回来，黄花菜都凉了，人家泰裕丰早就把铜都弄到手了。"

"那怎么办，就眼睁睁放过这么好的机会？"李钦想了想真是不甘心。

苏紫轩笑了一下，从她最近常看的《扬州画舫录》里拿出一朵当作书签的干花递给李钦。

"这是什么？"李钦看了两眼，疑惑地问。

"这叫海州香薷，它开在哪儿，那儿就有铜矿。"

"真的?！"李钦反复摆弄着这朵小花，瞧不出这玩意儿还有这么大用处。

"你猜，我是在哪儿看到这种花的？"

"难道是这附近不成。"

"过了小南河，离这儿三十里，有个油芦沟村。我上个月去那儿游玩，发现后山的山坳里长了一大片海州香薷。"这话半真半假，地方确是如苏紫轩所说，可是她之所以能到了那片山坳，是因为追赶乔松年这个疯子的缘故。

"也就是说，那里有一大片铜矿？"李钦想了想，摇摇头，"擅自开矿是重罪，张大叔不会同意的。"

"不但要开矿，还要铸钱！"苏紫轩悠然道，"胆小不得将军做。你这个李家大少爷要是有胆子，我这儿就有开矿的银子。"

私自开矿铸钱，被官府抓住了是死罪，李钦真的犹豫不决。苏紫轩跟了一句："要不，我还是去找古平原吧，这个疯子的胆子大。"

"不！"李钦猛然回头盯着苏紫轩，"你有多少银子？"

第十三章

票　号

1

　　张广发等候在户部尚书宝鋆的府门外已经两个时辰了。李万堂还不见出来，他心里开始有些七上八下。终于那两扇中门大开，宝鋆微笑着把李万堂送出门。边门进中门出，这是主人敬客的举动，果然李万堂脸上带着笑，冲着张广发走了过来。

　　"老爷，事情谈成了吧？"

　　"不容易，但还是成了。"李万堂淡淡说道，"过几日内廷就会有旨，你要急速赶回燕门去布置。"

　　方才他在宝鋆家，两个人互相试探着对方的底，一个怕要得少了吃了亏，一个怕给得多了惹来狮子大开口，彼此说笑言谈间讨价还价，终于谈成了一笔大生意。

　　"老爷，这件事光内廷下旨还不成，天津的洋行也要策动起来，一拥而上才能啃掉燕门票号这根硬骨头。"

　　"洋行那边，宝大人已经答应让总理衙门去安排了。还有一件事对我们也很有利，云南的铜路断了。"李万堂结交官府，要的就是这样的消息。

　　"简直是天助我京商，这下子三管齐下，我就不信燕门票号还能翻过身来。"张广发摩拳擦掌，满脸都是笑容。

　　李万堂瞥了他一眼，"如今这一计本来是想等灭了泰裕丰，站稳了脚跟之后再用，现在不得已提前用上了。你可不要一误再误，倘若再不能见功，我可不能容你了。"

　　"是！"张广发马上敛了笑容，惶恐地低下了头。

古平原独树一帜的放账法让太谷一县的小生意人赚了个盆满钵满，邻县的生意人听闻之后也纷纷前来借贷，泰裕丰的生意一时做得是风生水起。

"三掌柜，我觉得还有一处主顾也不可不用。"王孔自从那件事之后，虽然没有说过谢字，但辅助古平原做生意真是尽心尽力，毫不懈怠。

"哦。"古平原对王孔一向比对旁人还要客气三分，"王兄又想到了什么好路子？"

"驼队。"王孔解释说，驼队虽然都有货东，但是往往驼背上的满满当当的货物里总有一两成是驼伕带的私货，这已经是人人心照不宣的事儿。

"驼伕们走南闯北一路辛苦，沿途贩卖些私货，赚点行脚喝酒的钱儿，领房就是当面撞上也不会说什么。所以这是一笔极为稳妥的买卖。"王孔坐在桌旁侃侃而谈，古平原也坐着相陪，几个小伙计站在那里细听。

"不过驼伕本就是贫苦人儿，夹带的私货也无非就是些烟叶、碎米、拨浪鼓、补衣用的布条什么的，没什么赚头。要是他们能运药材、纸张、首饰、干鲜货之类的物品，转过手来利润就大了。别的甭说，咱们燕门的老醋卖到直隶、长芦这些地方，立马就是几成的赚头。"

"我懂了，我们放账给这些伙计，从中抽成。"古平原轻轻拍了一下桌子，击节赞赏，"王兄真不愧是把好算盘！"他一听就知道这绝对是一笔好生意，通省每天进进出出的大小驼队没有上千也有几百，这笔生意可真了不起，也难为王孔能石头里榨油想出这么一招来。

"王兄，这笔生意就由你带几个伙计去接头，将来红利自然也是你占优。"这可不是一笔小钱，拿了奖赏只怕盖房子娶媳妇都够了。

"不！"王孔一摆手，"我也跟三掌柜学学，这笔银子均分给大家。"

几个小伙计听了自然高兴，古平原却心有感慨。这泰裕丰的伙计其实有才有识之辈着实不少，王天贵也算是个会用人的掌柜了，只是利欲熏心，表面开票号，背地里却放高利贷，为了牟利无所不用其极，唯独不把人命放在眼里，这么一爿好买卖落在这么一个人手里，真是可惜了。

古平原拉头寸放账的生意正做得热火朝天，曲管账忽然叫走了一半的跑街伙计，说是另有一桩生意要用人，而且是王大掌柜的吩咐。古平原心里奇怪，自然要暗中查问。很快就得知，王天贵正在用银库里的银子到省内各地收铜钱，官价一两银子兑一千文钱，如今泰裕丰贴钱收铜，不多时银库里就堆满了铜钱，地方不够连王家大院的后宅里也都成了存铜钱的库房，以往从村庄里拉来的铜钱头寸都要送到炉房去兑成银子，这时候也都直接存进了银库。

"他要这么多铜钱做什么？"古平原知道其中一定有鬼，但是这件事整个票号只有王天贵和曲管账知道原委，古平原虽然明知事情不对劲儿，却看不透真相所在。

王天贵大肆收铜的后果在半个月后就显现出来了。小户人家没银子，平日里使的花的都是铜钱，眼见市面上铜钱日渐稀少，没了铜钱，老百姓就买不得东西，一些小本买卖渐渐经营困难起来，而铜价则渐渐涨了上来。

"大掌柜，街面上今日已经是九百文兑一两了，咱们可赚大发了。"曲管账满脸堆笑对着王天贵说。

"这不算什么，等过几日你再看看。"王天贵嗤笑一声。

"是、是。大掌柜你可真有眼光。"

说话间，王孔走了进来："大掌柜，我听跑街的弟兄说，眼下银库里的银子都变成铜钱，这事儿是真的吗？"

"嗯。"王天贵看了一眼他这个侄儿，微微应了一声。王孔的本事他很欣赏，但是几番试探，却觉得他脾气太倔，不是个能共腹心的。

"这怎么行呢？"王孔事事都为票号打算，一听就急了，"云南的运铜车一个月来省一次，我们虽然倾其所有推高了铜价，可是运铜车一到，价钱自然回落，我们要赔上一大笔钱。"

他停了停，见王天贵无动于衷，又急道："现在通省票号都在等着看咱们的笑话。他们说了，即使这时候咱们抛出铜钱兑银子，他们也不会接着，非要等月底，给泰裕丰一个教训不可。"

"是吗？"王天贵瘦削的脸上这才出现了笑容，显得得意非常。他已经派出得力的伙计沿着铜道一路打听过，知道藩司所言不虚这才敢放出手大笔收铜。"他们想看笑话？到时候我陪他们一起看，看看谁能笑到最后。"

"怎么样？"王孔从王天贵房里出来，古平原正在廊下等他。

王孔摇了摇头。

"王大掌柜一定是听到了什么信儿。"古平原一听王孔的话，就知道王天贵绝对是有十足的把握放手一搏。

他猜得不错，十天之后谜底揭开，全省的票号炉房尽皆哗然。

云南的铜车没有如期到达，而且来日遥遥无期。这个消息不胫而走，各大票号都起了恐慌，市面上的铜价也是一天高过一天。

"七百五十文一两了。"曲管账急匆匆到后堂来报信儿，喜滋滋地说道。

"嗯。"王天贵正在躺烟盘，吞云吐雾间面色难辨。

"是不是该把铜钱兑出去一些了。眼下票号每日兑换银票，还有主顾来提银子，这都是再正常不过的往来，可是银库里都快没有银子给付了。"

"不！"王天贵回答得很快，"我还有一招没使，这一招使出去，铜价会涨得更多。眼下库里缺银子不要紧，到日升昌去按照同业拆借的利去借，与铜价相比，这一点利钱不算什么！"

曲管账听得头皮一麻，借钱付利息等于是两头吃亏，这在泰裕丰可是头一回，要是把握不好局面，万一出点纰漏，这损失可就足以动摇泰裕丰的根基。但他从不与王天贵争辩已经成了习惯，当下答应一声退了出去。

曲管账走后，王天贵安排一辆马车连夜赶到了汾都府，他要来找本省的徐藩台。他身上捐着七品衔，是具了官服前来参见，等到了里面，主人家立马请更便服，以示敬客，但王天贵还是恭恭敬敬行了堂参之礼，这才换了便装与主人同坐品茗。

寒暄几句后，王天贵把一个装着银票的小袋子放在桌上，"前几日蒙藩台大人赏识，赐了我一条发财路子，今日特来道谢。"

徐藩台矜持地笑了一下，不动声色地把袋子稍稍挑开，露出半截银票，瞄了一眼便满意地放在手边，"不过是举手之劳而已，王翁也太客气了。"

"大人千金之躯，为下官抬抬手也是我的福分。"

"哈哈哈！"徐藩台听得笑了起来，"可是我听说，你那些收来的铜钱还放在银库里，你可要当心。战场乃不测之地，逆匪眼下虽然守住了蜀道，可万一他失利，消息传得比风都快，你的铜钱到时候就不值钱了。"

"多谢大人提醒。"王天贵早就想到这一点了，所以才连夜赶了来，"铜价虽然涨上去了，可是这么个大好机会，就赚这么一点银子实在让人心有不甘。实话说，我还想再多报效大人一些。"

"哦。"徐藩台品了品这话的滋味，知道王天贵此番除了送礼，必然还有事相求，"王翁有话就直说吧，你我也是老交情了，何必拐弯抹角。"

"英明不过大人。"王天贵恭维一句，看了看徐藩台的脸色，轻轻道，"那我可就说了。"

等他把来意道明，徐藩台轻吸一口冷气，他掌着钱粮，王天贵方才的请求意味着什么他再清楚不过了，"这个老头子心可够黑的。"他沉吟着用茶盖撇了撇杯里的浮叶，好半天才撩起眼皮看了一眼王天贵。

"这样做，万一朝廷怪罪下来，本官吃罪不起呀。"

王天贵一直注目于徐藩台，听他这样说，知道只要能留一个将来卸责的余地，这件事也未尝不可，而这个余地他早就帮徐藩台想好了。

"眼下江南江北大营都在催着要协饷，这笔钱粮是天下第一欠不得的债，哪个省欠了就要摘巡抚的顶子。朝廷若有旨意询问，只说收取粮食充作协饷虽然易办，可是路上却也易于折耗，为了保全军饷，只得从权办理。如今天下第一要务莫过于剿灭逆匪，有军务这顶大帽子放在上面，连户部的堂官和本省的巡抚大人也要帮着您说话，刮风下雨也淋不着大人哪。"

"唔。"徐藩台再想一想，确是如此，这几年地方政绩有失，只要祭出为了军务这个理由，几乎无不得到谅解。他又看了一眼桌上的银票，王天贵赶紧跟上一句："此事若成，我准忘不了大人的提携之恩。"

"呵呵，好说。"徐藩台打定了主意，吩咐一声："来人，到签押房去，把起草文告的师爷请来这里。"

王天贵喜动颜色，起身一揖："多谢大人成全。"

2

古平原并不知道王天贵在背后玩的这些花样，他如常带着两个伙计去了县城外的十八里铺，伙计们身上背个布袋，里面是应付的利息。古平原改立票号规矩，连主顾上门取息这一条都改了，改成若是一村一乡积攒到一定份额，就上门付息。这又不用王天贵去跑腿，见伙计们没二话，他也乐得如此。

往日里到了付息这一天，村口远远就有人等着泰裕丰的伙计，一见了就会扯开嗓子大叫，把全村人都喊来迎接。别看利钱并不多，但在庄户人家眼里这都是天上掉下来白得的钱，哪怕只是一个大子的息，都能乐得半天合不拢嘴。

今天古平原一直走到了村头第一家小院，也没见到一个村民，心里自然很是纳闷。"总该不会是都下田了吧？"他正这样想着，忽然从前面传来一阵哭喊的声音。

古平原与两个伙计对视一眼，加快了脚步，等到了近前才看见，一大群村民围着老槐树，树下有个女人正趴在地上以头抢地，嘴里哭叫着："老天爷不让人活呀，刚攒下这点家底，都要倒给官府了。我这二儿子好命苦，眼看就要下聘啦，这下子让我去那儿筹钱呀！"

一众村民围在旁边都在叹息。古平原仔细一瞧，这个女人他认识，就是村头第一家的齐大嫂。她是个寡妇人家，为人最是要强，人也泼辣，却是刀子嘴豆腐心，独自一个人拉扯两个儿子长大，从没靠过别人一把力。古平原当初为了劝她把钱存在票号，可是差点把嘴皮子磨破了。如今如期付了两回息之后，齐大嫂再见古平原已然亲热得如同一家人，每次见他来村里发息收账，她都非留一顿饭不可。今天古平原来村里，口袋里就有给齐大嫂的利息，这本来是齐大嫂日盼夜盼的日子，怎么她却哭得如此摧心断肠？

古平原走上前一问，有村民叹了口气，指了指老槐树上钉着的一张布告。古平原看过之后顿时呆住了。这张布告是省里藩司衙门发到各村各镇，写的都是白话，意思只有一条，从今天起，为了从速运送军饷，所有应缴粮食都要民折官办收取铜钱，也就是说要老百姓把粮食卖了换取铜钱来完税。最可气的是，因为征收钱谷粮税都是收取上一年的，所以这一次所交的铜钱数目都要按照上年的粮价来收。

"去年一石粮食卖两吊钱，如今铜贵银贱，一石粮食只能卖一吊钱，藩司衙门的这个告示一贴，明天可能连八百个钱都卖不到了，这不是活生生要人大半条命吗！"村民无不愁眉苦脸，有几个已经陪着齐大嫂放了哭声。

古平原皱紧了眉头，这分明是官府见铜价涨上来便趁火打劫，乡绅大户可以找人向官府疏通，或者依旧纳粮或者交银子，至于有功名在身的秀才举子按大清例是永远免征钱粮，所以眼下这场灾难与他们根本无干，倒霉的就是辛苦种田的百姓。

"我们要连夜去卖粮，不然明儿这粮价儿一定又掉下来。古掌柜，当初我们往柜上存的都是铜钱，如今宁可不要利息，请您把铜钱再还给我们。这是折子，求您一定行好，要是这笔钱再拿不到，全村有一半人要上吊啊。"年过七旬的老村长颤巍巍抖着手，手里是一沓一沓泰裕丰的折子。

古平原伸手欲接，一个伙计犹豫着提醒道："三掌柜，这怕不行吧。大掌柜能同意吗？"

老村长虽然年纪大，可是耳聪目明听见了这伙计的话，双膝一弯跪了下来："古掌柜，您行行好吧，我们全村可都指着这些钱呢。"

古平原赶紧扶住老村长，他瞥了一眼在一旁已经哭岔了声的齐大嫂，点点头将那叠折子接过，"老人家，这件事情交与我去办吧。"

他心情沉重地回到太谷县，等来到泰裕丰门前，顿时惊怔住了。就见泰裕丰前黑压压一片都是手举折子的主顾们，有跑了几十里路来的村民，也有就在城里做小买卖的生意人。曲管账正站在门口，满脸的不耐烦，一手捻着胡子，一手向外轰着。

"你们这些人，怎么听不懂话！存进来的虽然是铜钱，可是柜上有权用银子支付，这是官府允许的，历来就是这么办，你们这些平头百姓如今不许，一定要柜上付铜钱，是不是想反抗官府！"

官府定的规矩，百姓哪敢说个不字，可是这个损失实在受不得，"谁能想到这短短一个月，居然铜贵银贱到这种程度，赚的钱没了影不说，官府一定要用铜钱缴税，我们也是没办法才来票号上取钱。"

"想不到的事情多了，哼，占了便宜就闭嘴，吃了亏就大声嚷嚷，这就是你们这些穷光蛋的嘴脸。赶紧滚开，妨碍了票号做生意，我让知县老爷派差役来抓你们坐大牢！"

古平原在人群后听着曲管账这些尖酸刻薄到了家的话，气得心里直打哆嗦，眼前这些人虽然没一个有钱人，可是聚沙成塔，都是他和一干伙计好言好语好不容易才维持住的主顾，泰裕丰前一段日子之所以能支撑得住，甚至王天贵之所以能大肆收铜，都是因为有了他们的这笔存钱进项。如今曲管账过河拆桥，这一番混账话讲出来，恐怕今后他们再也不会和泰裕丰往来了。

"各位！"古平原挤进人群，先扫了一眼曲管账，然后冲着四面八方一拱手，"请你们少安毋躁，我这就进去找大掌柜，无论钱多钱少，你们都是主顾，柜上一定不让大家吃亏就是。"

"古掌柜来了，这下可好了。""古掌柜，我们实在是没法子了……"话音未落，人群中已经呼啦跪倒了一片。

"使不得，大家请快起来。"古平原急出了一身汗，连忙走下台阶去搀扶，连着好几个伙计一起，好不容易把大家都扶了起来。

"古掌柜。"众人七嘴八舌围在他身边，"不是我们不体恤柜上，实在是事情逼到头上了。我们是小本买卖，每日的酒饭钱都是用铜钱付账，从没有用银子的时候。要是花银子，那一角酒钱还不够银剪崩碴的呢。可是现如今铜钱这么贵，老百姓都舍不得花钱买酒喝，我的买卖是一天不如一天，别说我，城里这些卖杂货的货郎、卖吃喝的摊主哪个不是如此？"他说着把手往两边一划拉，众人纷纷点头。

古平原面沉似水，他毕竟入票号的时间还短，对于银钱交易尚不精通，当初只是为了王天贵大笔囤积铜钱而隐隐担忧，可没想到云南铜路断绝再加上官府一通告示居然有如许大的威力，看样子这不是一县一城的事情，全省的生意一定都大受影响。

"你不要再说了，我都懂了，想必官府对生意人也有告示，要你们用铜钱完税，是不是？"

"明白不过您古掌柜，我们实在是没有这笔钱，不然不会到票号上来搅闹。"

"别这么说，你们来要钱是应该的，有存有取这是常情，至于你们想要铜钱，我这就去和大掌柜商量。"说罢，古平原再拱拱手，匆匆往后堂而去。

他与众人交谈，曲管账可是一言未发，只是冷眼旁观。王天贵的主意，曲管账再清楚不过，绝不会因为古平原为大家陈情，而放过发财的大好机会。古平原这一去，非弄个灰头土脸不可，自己只需坐着看好戏便是。

古平原在屋外停住脚步，深吸口气让自己冷静了一下，这才抬脚进了王天贵的房间。

"大掌柜，门口的情形你都知道了吧？"

王天贵正在房内看一笔账，闻言放下账册，"知道了，一些升斗小民在闹事而已。"

"这些人都是柜上主顾，当初请他们来存银正是泰裕丰最困难的时候，多亏了他们……"

"那又怎样呢？"王天贵把眼一瞪，"你方才也说了，这些只是主顾，不是父母！退一步说，就算是父母，只要是主顾，也得按柜上的规矩办。"

古平原被他的话噎得一怔，想了想还是说道："如今要是付给银子，可就是把这些人全都坑了，他们今后就不会和柜上再有往来，那泰裕丰的财路可就断了。"他知道和王天贵不能讲道理，更不提论情，只能说利。

"你错了。"王天贵站起身，缓缓走了两步，"老百姓到处都是，没了这个还有那个，真正不能得罪的是大户，孟子有句话怎么说来着？"

"为政不难，不得罪巨室"，这确是孟子的原话，古平原饱读诗书自然知道。

"他为何不说不得罪小民？"王天贵冷冷一笑，"为商也是一样的，这里面的道理，你自去揣摩吧。"

古平原一路走出来，只觉得脚有千斤重。曲管账还在门外，一看古平原灰白的脸，立时得意地笑了一笑。

古平原看着众人殷殷盼望的目光，嘴像抹了胶一样，张了好半天才说出一句："诸位，柜上绝不会短了你们的钱，只是、只是眼下只能兑银子，还望大家……"

"奸商！""揍他！"古平原的话还没说完，就已经有人怒吼起来，接着石块杂物如雨点一般砸了过来。曲管账一见早就躲到票号里不见人影，门外就剩下古平原和几个伙计立时成为众矢之的。

古平原试着想要安抚这些人，可是人潮如怒涛，他就像一叶扁舟，被众人推搡着拳打脚踢。那几个小伙计也都挨了拳脚，个个都吓哭了，跪在地上不住求饶。

古平原起先还不断解释着,后来见人们像疯了一样什么都听不进去,只得伸手护住头脸。这时有个人冲过来抡起一棍子狠狠砸在他的后背上,古平原就觉得眼冒金星,身子一栽倒在地上。那人不依不饶,用快靴的硬掌跟儿,冲着古平原的胸腹之间,下死力猛踹了一脚。

"哇!"古平原只觉得仿佛一把烧红的刀子攮进了身体里,狂喷了一口鲜血,两眼一翻就此昏死过去。

老百姓虽然愤怒得一时失去了理智,可是看到出了人命,立刻就胆小起来,倘若被抓到官府问话,这可是脱一层皮都甩不掉的官司,于是三三两两走避不迭,不多时门前一个人影不见。那几个小伙计这才敢跑过来,抹着眼泪把古平原抬到了票号里。

那个下狠手的人丢了棒子,也跑到不远处的一个街角,有个女人正等在那儿。

"四姨太,我这两下子打得还成吧?"陈赖子笑嘻嘻地说,满以为如意能夸奖两句,谁知如意脸上一点笑容也没有,反倒是瞪了他一眼。

"太重了!"她不满地说,随后丢过一个钱袋,"里面是答应你的二十两,这事儿不许对别人说,不然我揭了你的皮。"

"是、是!"陈赖子连声答应,见如意走远了这才悻悻道:"说要狠狠打,打完又说重了,这小娘们,真难伺候!"

古平原的肋骨被陈赖子趁乱踹断了三根,背伤也不轻,王孔请来的郎中让他卧床静养,可他刚醒过来便让矮脚虎打开自己床头小箱,将里面的五百两银票取了出来。

"拿去给十八里铺的乡亲们,特别是齐大嫂。"

矮脚虎觉得这银票烫手,"三掌柜,我们打听过了,如今全省上下都是这个情势,你这些银子不过杯水车薪而已,我看……"

"去!"古平原怒喝一声,牵连伤处疼得钻心。

"好、好,我去,三掌柜您静养吧,我这就去。"矮脚虎缩了缩脖,哧溜一声钻出了屋。

3

古平原躺在床上,只觉得耳边隐约还能听到那些主顾的哭叫喝骂声,心神恍恍惚惚,不多时又昏沉沉地睡了过去。

他在梦中又回到了古家村，村后那条小溪从后山的岩洞中潺潺流出，游鱼在清澈的溪水中欢戏，盛夏时自己最喜爱在溪头那一片修竹中读书，白老师的女儿白依梅每日午后也会来此浣衣。二人情投意合，却从未有过越礼之事，只是有一次天降大雨，她也跑到竹林避雨，竹叶窄小不堪雨袭，自己把长衫脱下挡在二人头顶，那是两个人生平第一次如此之近，近得仿佛能听见对方心跳声。

自己一眨不眨地望着近在咫尺的心上人儿，她也抬眼看了自己一下，又含羞低下头去。自己不由得想起诗经中的"关关雎鸠，在河之洲。窈窕淑女，君子好逑"，一时心动，伸出手握住了她柔软的手。

忽然她像受了惊一样，将手抽出，飞快地跑出了竹林，自己在后焦急地喊着她的名字："依梅、依梅……"却只见那窈窕的背影越来越远，消失在一片雨幕中。

古平原猛然睁开眼，正看见身边一人急匆匆站起身，背过身去。古平原视线还有些模糊，费力地分辨着，"你……"

"古大哥，你醒了。"那人好半天才转过身来，脸飞霞红，有些局促不安，两只手像是不知道该放在什么地方。

"是你啊，常姑娘。"古平原吁了口气，回想着梦中的情形，转过头来看见桌上摆了一桌素净的小菜，还有一笼刚刚蒸好的莜面馒头，做得小巧玲珑，面香四溢。

"小菜是我自做的，都是刚采的山菜，最鲜嫩不过。我请教过人，你这伤不能沾荤腥的，倒是山菜益中补气。"常玉儿说着过来要把炕桌摆上。

"不、不。"古平原连忙摇手，"我怎么能让你侍候呢，这于礼不合。"

"我在王家，还不是一样做这些事。"常玉儿面上淡淡的，心里想的却是古平原方才梦中叫的那个名字，那便是他的意中人吧，她又看了看自己的手，唇边露出一丝苦涩。

正在二人尴尬之时，矮脚虎一头撞了进来，他瞪着眼睛左右瞧了瞧，这才觉得自己莽撞了，后退几步关上房门，小心翼翼地敲了敲，"三掌柜，我能进来吗？"

古平原和常玉儿互相看看。常玉儿到底绷不住，扑哧一声笑了出来。古平原又气又笑，"进来吧。"

"三掌柜。"矮脚虎迟疑了半天，"那笔银子我没送到。"

"怎么？"

"齐大嫂喝砒霜了。"

"啊！"古平原与常玉儿都是大吃一惊。常玉儿虽然不认得什么齐大嫂，但是人命关天，听来当然心惊。

古平原则更是情急，急急拉住矮脚虎的袖子，"到底怎么回事？"

"唉。咱们票号只付银子不付铜钱，这个消息传得飞快，远近十里八村都知道了。齐大嫂没钱送彩礼给那没过门的儿媳，亲事自然也就吹了，大概是越想越窝囊，于是一气之下就喝了药。"

"人死了？"古平原听后失魂落魄。

"总算发现得及时，灌了粪汁救了回来。可是他们家好不容易攒下的那点家业也都完了。"矮脚虎喏喏着说，"这钱我没敢送，她那俩儿子眼珠子都红了，我要是说自己是泰裕丰的人，非让村里人给扣下不可。"

"那怎么行，他们现在正是缺钱的时候，看病也要钱哪！"古平原气恼得连连捶着床。

"这……"矮脚虎是真不敢去。

"给我吧。"常玉儿在一旁接过银票，轻声劝慰，"古大哥，你的伤要静养不能动气。好在齐大嫂性命无忧，这件事我去办，一定把这银票送到。"

就在古平原养病的这段时间里，王天贵也在密切地注意银钱动向，等到五百个大钱能兑一两银子时，他觉得差不多了。

"再等一天，明天我们就把库存的铜钱拿到炉房和各地的票号去兑！"他吩咐曲管账。

"今天就把这批钱运到各乡各村去，越分散越好，这样不易被人察觉。"与此同时，苏紫轩也正在叮嘱李钦。果然有钱能使鬼推磨，他们雇了一批打井人和铁匠，许以厚利之下，人人用命，只用了很短的时间就开出一批铜矿。大清朝的铜钱是铜铅各五，而他们却是铜三铅七，真正是本小利厚。

"想不到这两个月铜钱居然疯涨，这批铜钱要是都兑成银子，那可就赚大发了。"李钦摩拳擦掌跃跃欲试。

"云南的铜路这一断，再加上官府的告示，铜价自然要涨上去。"

"还有泰裕丰，听说他们真的收了许多的铜钱，如今付账用的银子都是从同行那里付息拆借的。咱们这批假钱一流通，就等于是往泰裕丰的后心捅了一刀。"

"所以开矿铸钱的事儿我不让你告诉张掌柜，就是等到既赚了一大笔钱，又狠狠打击了泰裕丰之后，给他一个惊喜，也让他对你刮目相看。"苏紫轩扇着扇子，悠闲自在地说道。

李钦兴奋得鼻翼翕动眼里放光，让张广发刮目相看还在其次，他最想让自己的父亲李万堂看看：连被你委以重任的张广发都办不成的事儿，我却能一举功成，看你今后还说不说什么赵括马谡纸上谈兵。

"快去吧，我估计泰裕丰也要有所动作了，咱们一定要赶在他们前面才行。"等李钦走了，苏紫轩这才问四喜："你都仔细看过了吧。"

"小姐，你放心吧。凡是给李钦用作开矿的银票没有一张能查到我们头上。我们也从没去过那矿上，这事儿就算败露，也是这个大少爷一个人去扛。"

"就怕他扛不下来。"私自开铜矿铸钱是大辟重罪。当初乾隆年间，户部侍郎奉旨督查云南铜矿，发现有铜矿司官员与矿上工人私下舞弊，扣下铜矿贩卖给倭夷，于是请出王命旗牌当场斩了十几个人。其中一个不过是因为好玩，私自铸了几枚铜钱夸耀自己的手艺，结果不仅被砍头，家产还籍没充公，老婆孩子都被发往极边苦寒之地给披甲人为奴。

"不过这也不关我们的事儿，出了事儿自然有李万堂去头疼。倒是你，"苏紫轩转头对着四喜，"这些日子留意乔致庸，我听说他去包头办高粱，算算日子快回来了，我要去会会这个燕门第一大财主。"她说这话时，眼神中流露出一丝微微的嘚瑟。

"大掌柜。"曲管账沿着砖石小径一路小跑，脸上都是惶急的颜色，"今天居然是五百五十钱兑一两了，比昨天低了，咱们怎么办？"

王天贵一皱眉头，"云南那边有什么消息？"

"没有，我安排了两个伙计就守在黄河渡口，要是运铜车过河，他们马上就会飞马来报，谁的消息也快不过咱们。"

"那就没事。兴许是哪家票号手里也攒了一批铜钱抛了出来，但绝不会多。铜价还会涨上去，今日不抛了，过两天再说。"

事情大出王天贵的意料，两天之后，铜价居然掉到了七百个钱兑一两，曲管账汗都冒出来了，"大掌柜，咱们也抛吧，再不抛出去，算上高价收铜和付给别家票号的拆借利息，咱们可就要赔本了。"

"不行，我泰裕丰翻身全靠这些铜钱了。"王天贵也不由得不急，他在房间里不停转着圈，"云南的铜车没有到，铜价怎么会降下来的？"

俗话说，物以稀为贵，如今市面上没铜钱，越是缺少，价就应该涨得越高，没道理不升反降，王天贵真是百思不得其解。

这件事儿古平原在病榻上也听说了，王孔与伙计们每日来看望他，谈起此事也都是一脸纳闷。

"不会是无缘无故。"古平原也觉得奇怪,但细细一想凡事必有踪,"难不成是日升昌和蔚字五联号他们联手抛出铜钱稳定市面?"

"我问过了。"这就看出王孔的能耐,他在这些票号里都有相熟的伙计,"铜钱不比银票,要是大笔抛出是瞒不住人的,可是别说这两家,就是其余十几家大票号的伙计也都没听说柜上有这样的举动,至于剩下的小票号压根不必去问,他们没有这个实力去做这样的事儿。"

"还有一家。"古平原心里一震,"莫非是大平号?"

"更不会!"王孔摇摇头,"自从大平号与咱们对着干,王大掌柜就命人盯着他们,大平号从来没有囤积过铜钱,既然没有收,哪里来的抛呢?"

"这么说起来,这还真是一件怪事了。"饶是古平原思路缜密,也一时想不明白了。

"大掌柜,这下子可真是大事不妙了!"又隔了一天,曲管账半夜里跑到王宅,"咣咣"地拍着门,进门时一脚没留神绊在门槛上,生生磕了个头破血流。

王天贵一看曲管账气急败坏的样子就知道必有大事,也顾不得让他坐下歇息,一把抓住他的前襟。

"说!"

"官府今天到各乡去撤了先前的告示,反倒是要求缴税必用银子或者粮食,这下子咱们的铜钱不是全都砸在手里了吗!"曲管账也急得忘了疼,连连跺脚捶胸。

王天贵腿一软,坐回到椅子上。官府的这个举动意味着什么他再清楚不过了,明天天一亮,铜钱就会再往下跌,八百甚至九百个钱,搞不好还会回到一千个铜钱的官价上。自家损失惨重已成定局,最要命的是,之前别家票号肯拆借银两都是看在自己银库中有大笔铜钱作保的分上,如今铜钱一落千丈,别说再借,恐怕人家等不及要来催账了。

"叫马号备快马,我要连夜上省!"

看着王天贵急惶惶出了大门,登上马车扬鞭疾去,如意趴在门边眼里现出笑意。只是当她一瞥间发觉常玉儿也匆匆出了门,那本就不易察觉的笑容瞬间就冰冷下来,她知道这丫头要去见谁。

"古平原,你对我的羞辱,别以为断了几根骨头就算了。"

"有这事儿?"古平原到底年轻,将养了十多天,身体已然恢复得差不多了。

"我听得清清楚楚,绝不会有错。古大哥,你说这下子王天贵是不是要倒霉了?"常玉儿显得很是高兴。

出乎她的意料,古平原沉思片刻,慢慢倚着墙壁坐着,脸上竟然不见喜色。

"古大哥……"

"全城,不!全省的生意人都要倒霉了。"古平原看上去忧心忡忡。

"怎么了呢?"

"你想啊,原先铜价飞涨,官府又要求用铜钱完税,老百姓吃了亏兑回铜钱,这已经是损失了一大笔。如今官府又变了卦,他们还要把手里的铜钱兑回银子或是买回粮食,这样就又是一大笔的损失。眼下市面本就不景气,哪里还禁得住这样的折腾!"

"可王天贵的损失不是最大吗?"

"他这么贪心,这是迟早的事儿。可是如果这件事严重到足以使泰裕丰垮掉,那么百姓又会有多少倾家荡产,生意人又会有多少破产关铺,还有泰裕丰的这些伙计们,他们的饭碗也都砸了。"

"古大哥。"常玉儿静静听完古平原的话,神色中添了一丝敬意,但是她也有话要说,"做事情要先顾好自己才能顾得到别人。你看王天贵为什么无往不利,就是因为他没有顾虑,只顾着自己。而你呢,事事都要先顾别人,心肠倒真好,可是难免手脚放不开,最后自身难保,到了那时,别人也顾不到,自己也顾不到,岂不是事与愿违。"

古平原神色惊异,常玉儿外柔内刚,他在瀚海就早已领教了,想不到她看事情居然也是如此透彻,寥寥几语确是说到了点子上。

"常姑娘,你说的都对。"他缓缓道,"只不过我古平原几年前还是个读书人,如今学做生意,我既要谙熟生意人的手腕,可也不会忘了读书人的良心。"

常玉儿默然不语。她喜爱古平原其实正是因为他是一个不像生意人的生意人,也不愿他变成一个像王天贵那样不择手段的人,但是几番波折下来,王天贵手段毒辣,古平原若是不能狠下心,搞不好下一次依然输给这个人,到那时成败其次,性命能不能保得住也是两说。

古平原可没想到常玉儿想得这么远,他还在想眼前事,"王天贵既然交通官府,官府就不会无缘无故换了告示。他这次上省,一定能带回关于铜价下跌的内情,到了明天就会真相大白了。"

4

古平原猜得不错,王天贵连夜求见藩台大人。徐藩台什么都没说,只是丢给他两枚铜钱,王天贵细细一辨,顿时睁大了眼睛。

"连你都要半天才看出,老百姓更是分辨不出真假。如今藩库收上来的税钱,倒有一半都是假钱,只得改用粮银缴税了。巡抚大人吩咐了,这事儿闹到这个份儿,但求无过,保住藩库税钱才能保住协饷,除此无大事!帮不了王翁,实在抱歉了。"

假钱横行的消息不胫而走,"市面上的铜钱都是假的,官府已经停了铜钱使用!"这句话一传出来,铜价更是打着滚往下跌,几天工夫就成了一千二兑一两银子,而且连大一点的酒楼饭庄买卖铺子都拒收铜钱。原本是个香饽饽,如今变成了臭狗屎,那些手头刚刚换了几吊铜钱的百姓急得哭爹喊娘,到处央告想把银子换回来,怎奈此时人人视铜钱如畏虎,拿着铜钱处处都吃闭门羹。

李钦可不管这些,他这一次真是大赚一笔,身上揣着厚厚一沓沓银票来找张广发,进门就是一揖:"张大叔,给你道喜了!"

张广发一则在等京城的锦囊妙计发挥作用,二则也被最近燕门商场上的事儿弄得莫名其妙,见李钦又装神弄鬼,自然没好脸色给他。

"钦少爷,你最近都跑到哪儿去了?要是再胡闹……"

"慢来慢来,你先瞧瞧这个。"说着李钦把那叠银票掏出来,趁张广发愣神的时候,一五一十把开铜矿铸钱的事儿说了出来。

"如今泰裕丰可要倒了,你花了九牛二虎之力也没办成的事儿,我可是帮你做到了。张大叔你总该谢谢我吧?"李钦等着听张广发的夸奖。

"谢你。钦少爷,你知不知道你闯了多大的祸?"张广发后脊梁直冒凉气,头发根都竖了起来,"你真是不知道天高地厚,这私开铜矿是死罪,私铸铜钱更是要抄家。你以为老爷派我来燕门就是对付泰裕丰,把它打倒就没事儿了?咱们是要取代晋商,把燕门票号变成李家票号,要对付的是通省的票号买卖。"

"那我又做错了什么?"李钦一脸的不服气,"我这不是先打垮了一个嘛!"

"哎呀,我的钦少爷!"张广发急得直跺脚,"你犯得着用这种方法嘛,这是遇赦不赦的死罪,等于是送个把柄给人抓。甭管咱们把晋商打压到什么份儿上,只要被人捏住这一条,就立时要一败涂地。你这不是犯糊涂嘛!"

"我可跟你说。"张广发缓了口气,接着说道,"老爷的连环计眼看就要使出来了,这正是关键时候,你可千万不能在这时捅娄子。立刻去把所有工人解雇,把矿井填了，从今往后不许再到那附近去，不然出了事儿，连老爷也保不住你！"

李钦满心欢喜结果碰了一鼻子灰，捏着银票走出大平号，越想越是憋气，恨恨道："不管事儿说我不争气，管事儿又说我捅娄子，我就不信了，这大把银子还能没处用去！"

郎中本来说要古平原静养一个月，他不到半个月就起了身，大街小巷里转了转。到处都是唉声叹气的人群，唯一上蹿下跳的是衙门里的差役，到各家撞门子逼要税钱，大声呵斥与小声恳求交织在一起，全城一片哀声，往日热闹繁华的杂货互市如今连个人影都看不见。

"这生意是做不成了。"大街口上有两个马伕在扯闲嗑，"货摆上没人买，一天天耗着谁耗得起？"说话这位穿着双露了洞的葛麻鞋，不时把手指伸到脚缝里抠抠闻闻。

"这也就罢了，搞不好一会儿来俩差役，把一天的饭钱都收走，那才倒霉呢。"边上一个大眼汉子跟了一句。

"不算倒霉，不算倒霉。"那位连连摆手，"最倒霉是身上没银子只有铜钱，那可就糟了！官府只要银子，拿不出就要拘拿，让家人来送银子，送得晚了就打板子，这屁股非打开了花不可。"

"官府不要铜钱，生意摊也不收铜钱，我说张大哥，"大眼汉子嘿嘿笑了两声，"你欠我那二百个钱，我也不敢要铜钱，谁知道哪一枚真，哪一枚假，还是还银子吧。"

"二百个钱，折成银子一钱七而已，还没有剪下来的指甲大，你叫我怎么还？"张大哥脚也不抠了，把眼一瞪，生起气来。

"二位。"古平原听明白了，原来是欠债还钱起了纠纷，他上前道，"我能分得清铜钱的真假，你们不妨把钱给我，让我帮你们辨一辨。"

"你？"那二位彼此瞧了一眼，都有些不太相信，"瞧你这样像个不会花钱的白面书生，还会认钱的真假？我可听说这假钱能乱真，只有票号的人才分得清。"

"我就是票号的人，我是泰裕丰的三掌柜。"

"哟，那真是有眼不识泰山了。"说着张大哥把腰里的钱口袋解下来，拿了两小串穿好的制钱，"麻烦您给看一看。"

古平原拿过那二百个钱，将绳子解开，一个个拿起来，又是看又是摸又是对着太阳照，好半天才归了两堆儿，指了指少的那一堆儿，"这些都是真的，其余都是假的。"

"哎哟！"张大哥一拍大腿，"这可坑死人了！谁这么缺德造假钱，让皇上逮住活剐了他！"

古平原看过这二百个钱，心里也是暗暗吃惊，这假钱铸得真好，从外表上看与真钱并无不同，就是字画稍微模糊了一些，可是真钱用得久了，字画磨损也会模糊，这一点并不能作为分辨真假的依据。票号中人能辨真假，不过是凭借经验，能看出真钱与假钱在中间方孔处的大小稍有些不同，可是普通百姓，没经手过那么多钱，是绝难辨认的。

"能造出这套假钱来的，也不是普通人。"古平原想对了，铸钱的翻砂模子是苏紫轩画的图样，与户部所制的那二十五块真的钱范几乎是纹丝不差。

古平原回到泰裕丰，先来找王天贵。王天贵这些天焦灼不安，库里放着小山高的铜钱，如今已经成了烫手的山芋。眼看收铜钱的银子都是向同业拆借的，利息越滚越多，窟窿越扯越大，王天贵不得已把名下的几间买卖铺子都悄悄卖了出去，这才能应付得过，可是到了下个月怎么办，他还没有想好，正在房中烦恼不已。

"胡闹！"古平原进屋后，不多时屋里传出了王天贵气恼如雷的喊声，"这个时候你还敢来添乱，给我滚出去！"

古平原一言不发地走了出去。王孔等人都关切地聚在前堂与后堂间的月洞门处张望着。

"三掌柜，你这伤没好利索，怎么就跑出来了？"伙计们七嘴八舌。王孔也问道："你来找大掌柜做什么？"

古平原没回答他的话，反倒是深有感慨地说了句："有些人眼里的利就只有钱而已，这样的人就算是有了大铺子也不过还是个小生意人。"

伙计们听得莫名其妙，王孔却听出他说的必是王天贵，这是他的尊亲，自是不好往下接口，怔怔地看着古平原。

古平原却不再接着往下说，从柜上要了纸笔写了一张红纸，在上面写了两行字："母钱桌子，鉴别真假。"然后搬过一套桌椅，将字条端正地贴在上面。

"母钱桌子？"伙计们都看愣住了，"三掌柜，您这是……"

"钱不辨真假，货就无法流通，商不能取信，利便不可长留。眼下燕门商界之所以乱成一锅粥，就是因为这铜钱造假，人人自危，卖货的不敢收钱，买货的钱没处用，买卖之间的这条道便被堵死了。"古平原指了指面前的桌子，"我设这母钱[1]桌

---

[1] 指古时翻铸大量钱币时，中央和地方财政所制作的标准样板钱。母钱可以用作印范的制钱模型，通常由铜块或锡、铅块直接雕刻而成。

子,为大家辨别钱的真假,让卖的敢卖,买的能买,将这条路重新打通!"

"这……"伙计们犹豫起来,你看看我,我看看你。白花蛇挠了挠头:"燕门一省流通的铜钱何止千万,要是这样鉴别起来,猴年马月能弄完?"

古平原并不回答,就把桌子搬出去,在离着泰裕丰不远处的满一楼前摆起了摊子。

一开始没人理他,后来渐渐有食客要付铜钱,满一楼柜上不收,双方起了争执,都一同想到了古平原,于是双双出来请他做个鉴别。古平原一丝不苟地把几千个钱一一辨认清楚,双方这才免了一场口舌,满一楼的生意也做成了。打这以后,满一楼就不再高挂"免收铜钱"的牌子了,而是有人用铜钱付账,便请到古平原那里,古平原一个大子儿也不要,完全白当差,从早忙到晚。满一楼过意不去,要供他三餐,古平原逊谢推辞,只向柜上讨了壶热茶喝。

眼看这满一楼的买卖又做了起来,其他饭馆子的老板可眼红了。有的就私下找到古平原,想让他把母钱桌子挪挪地方,挪到自家饭馆前。古平原笑了笑,告诉他们这个辨钱的本事票号里三年以上的伙计人人都有,不如就在这几个饭庄所在的买卖街的街口各设下一个母钱桌子,然后请泰裕丰的跑街伙计轮流去当值。

跑街伙计本就因为市面萧条而无事可做,有人备了厚礼来请,当然少一事不如多一事,乐得赚些外快。又过了几天大家这才发现,这母钱桌子的好处太大了,甭管是哪条买卖街,只要跑街伙计在街口一坐,买卖立时就红火起来。有买有卖就有借有存,票号也不再是只有取钱的顾客上门了。

"三掌柜,你这一手可真高明。"这一天散了市,伙计们聚在古平原家里喝酒聊天,矮脚虎撮起几粒花生米放在嘴里津津有味地嚼着,一口小酒喝下去,只觉得浑身舒泰,不由得就开了口,"只是收效有些慢,市面上这么多钱,要看到何时才是个头?票号里的伙计总不能正事儿不干,成天守在买卖街上,时间长了大掌柜也不干哪!"

"你说得一点没错!"古平原正要找个机会来谈这件事,"这几日大家辛苦了,过手的钱总有好几万吧?"

"几十万都有了。"白花蛇揉了揉发酸的手指。

"好,你们发现这假钱与真钱的区别没?我说的是老百姓一下子就能辨认出来的区别。"

"这……"伙计们只顾着辨识真假,倒没考虑这么多,只有王孔说了句:"我摸着这真假铜钱有些不一样。"

"对。"古平原兴致勃勃地拿出一真一假两枚钱来,"自从同治爷登基,这真钱的模子用的时间已然不短,表面早已被磨平,所以铸出来的钱也是表面光滑,旧钱用得久了更是滑不留手。可是假钱模子才使用了不长时间,表面还有翻砂的痕迹,假钱上也就自然带了些毛刺,靠肉眼很难分辨,但是拿在手上细细一摸就能辨别出来。"

"不错!"经他这一提醒,伙计们也恍然大悟。矮脚虎便埋怨道:"三掌柜,你何不早说,我也不必挨个对着太阳看,这几日下来眼睛都快看瞎了。"

"我也是刚刚琢磨出来的。"古平原笑了,"再说这个法子不是给你们用的。"

"那是……"矮脚虎还在懵懂。王孔冲着他的脑袋拍了一巴掌:"你没听三掌柜说嘛,把这个法子教给那些小生意人,他们学得快,一传十、十传百,等老百姓都会分辨了,这假钱自然就销声匿迹了。"

"啊!"矮脚虎又惊又喜,一手拿着真钱,一手拿着假钱,"嘿,这下子总算能把那造假钱的王八蛋气个半死了。"

5

母钱桌子大见成效,但还只是限于太谷一隅,于是古平原抽空来到了平遥的日升昌总号。

"日丽中天万宝精华同耀彩,升临福地八方辐辏独居奇。"古平原站在这几十年的老票号前,眼见这高出路面五层石阶,光正院铺就五大间的票商翘楚,看着那高高刻在门墙上出自状元手笔的对联,心里一时很是激动。

这才叫给生意人长脸!他知道,要做成这么大买卖,那是几代掌柜和伙计辛苦经营而来,看上去柜里算盘有条不紊地打着,伙计满脸是笑地迎客,生意仿佛风平浪静,其实这背后不定经历了多少风风雨雨,明枪暗箭。

"小兄弟,你来了!"雷大娘穿着一身月白镶红边的裙子,神采奕奕地迎了出来。

"雷大掌柜,一向可好。"古平原躬身要拜。雷大娘真是爽利人儿,一把就把他托住,脸上还是那样亲切的笑容。

"你也真是,在西都分手时就让你没事儿到日升昌来坐坐,怎么现在才来,来了又这么多礼。"雷大娘假意嗔怪道,"还不快进来,那乔小子的大红袍被我硬讨来半两,就等你来喝呢。"说着扯了他一把,古平原只好在众人惊诧的目光中随雷大娘走进了票号里面。

满柜上的伙计见一向威仪的大掌柜对个名不见经传的小伙子如此亲热，都瞧蒙了，直眉瞪眼地看着二人走进后堂大掌柜的房里，这才互相捅了捅，小声议论起来。

"小兄弟，我猜得不错的话，你是无事不登三宝殿吧。"等茶水泡开的时候，雷大娘已经开门见山地问道。

"是。"

"说吧，是不是王大掌柜派你来借银子？"雷大娘面上一如平常地笑着，其实这些天买卖上的事儿也够她烦的。铜钱这么一折腾，市面萧条冷落，日升昌虽然财大气粗，可是连着几个月没有盈余，坐吃山空总不是办法。头疼的时候还在后面，要是王天贵来借银子，雷大娘绝不会贪图重利，想都不想就能给他吃个闭门羹，但是古平原这一来，事情就为难了。按说银库里银子要留着备急，可是雷大娘实在和古平原投缘，再则当初在西都是他救了自己和众家掌柜一难，如今只要张口，无论如何要答应下来。

出乎意料的是，雷大娘想错了，古平原说的是另一回事儿。他把自己怎么设母钱桌子，怎么帮助商人和顾客辨别铜钱真伪，又是如何找出了真假铜钱之间的区别一一细说，末了道："如今太谷县城里有泰裕丰伙计坐镇的几条买卖街又重新开了起来，打今儿起，伙计们就会教大家如何分辨真假，我想用不了多少时候，这假钱在太谷就无处容身了。"

"小兄弟，可真有你的，你算是把这一省的票号给救了！"雷大娘听得兴起，拍了一下巴掌，"我明白了，你来找我，是希望日升昌也如法炮制，在平遥也办起母钱桌子。"

"我还希望雷大掌柜能以票号龙头的身份站出来，把这个法子推广到全省去，这样用不了多久，那些假钱就如日头下的雪水自然消融不见。"

"真是好。"雷大娘想不到古平原是送计上门，正好解开心里一个驱之不去的疙瘩。她站起身走了几步，想了想道："这件事还可以走官府的路子，在衙门收税的户房前摆上几个母钱桌子，大不了票号白当差，让老百姓能安心用铜钱缴税，官府一旦准用，立时就可以稳定市面。"

"不愧是日升昌的大掌柜。"古平原见她如此敏捷，也是由衷佩服。

"乔东家，西都一别，一向久违了！"苏紫轩通名报姓来到乔家堡。一路上乔家族人都来围看，谁也没见过这样丰神俊朗的公子哥儿，围着看稀罕，一直到三面临街不与民宅相连的乔家大宅前，人们才停住脚步。

"原来是你。"乔致庸刚从包头赶回来，乔家在包头做高粱生意，但是因为钱都搁在了南方茶山上，只得百般周旋，靠着乔家多年来的信誉才维持住了这笔生意，已然是累得心力交瘁，回到家还没歇上一日，苏紫轩便找上了门。

他看了看大门外还在徘徊不去的族人，先抱歉地说，"乡下人没见过世面，倒让苏公子见笑了。"

"乔家堡坐拥金山银海，若说乔家没见过世面，那可没人相信。"苏紫轩话里有话，她今日来就是打算当面锣对面鼓地和乔致庸打打擂台。她又举头望了望乔家大宅那高达十米的砖墙，"好大气派，真和皇宫差不多了。"

乔致庸也没留神细听他话里的意思，只是尽着待客之道，沿着一条百米长的石铺甬道将苏紫轩主仆请到主院正厅落座。

二人只是在西都大狱外匆匆见过一面，苏紫轩今日贸然来拜必有缘由，乔致庸等着听他说话。谁知苏紫轩却并不开言，坐在座里左看右看，不多时居然站起身，不顾主人在座，施施然走到厅外檐下，东张西望起来。

乔家仆人训练有素，虽然环列两旁廊下，对苏紫轩的失礼却是视而不见。乔致庸心里生气却也不好发脾气，心想从来只听说主人慢客，没听说客人晾主人，今天倒叫我见识了。

他等了又等终于忍不住了，轻咳一声，刚要说话，苏紫轩忽然失惊打怪地走了回来，"乔东家，感了风寒吗？"

"只是小疾而已，不碍事。"乔致庸摆了摆手，"苏公子此来不知……"

苏紫轩根本就不接茬，顺着自己的话往下说："听说前明大内御制通宣合黄散治风寒有奇效，虽百年不失药效，如今御药房里还留着一批，乔东家不妨一试。"

"苏公子说笑了，那是大内的药，乔家怎会有呢？"乔致庸越来越不明白他话中的意思。

"不会吧，当年亢家把金子给了你们乔家，建起这么一大份家业，那药散与金子是一个出处，难道就没顺手弄些？"苏紫轩笑吟吟说了这句话，紧紧盯着乔致庸的脸。

谁知乔致庸只是愣了一下，接着万分诧异，"什么亢家，什么金子，苏公子你在说些什么，我怎么听不懂呢？"

苏紫轩一言不发瞅了他半天，忽然哈哈一笑，用折扇点指着乔致庸道："乔东家，你演戏的本事可真大，我要是不知道那首歌，还真是被你蒙骗过去。"

"什么歌?"

"因果歌!"说着苏紫轩曼声而唱,"莫打鼓莫敲锣,听我唱个因果歌。那闯王逼死崇祯帝,文武百官一网罗。那闯将同声敲火烙,金银瞬时积满河……"

她才唱了两句,乔致庸的脸色已然大变,他在西都听说苏紫轩在打听亢家的事情,所以这次也是有所防备,但是没想到这个苏公子连这首歌都知道了。

"东窗事发!"这四个字在乔致庸心里闪电般划过。

苏紫轩停下来,看了看乔致庸的脸色,满意地一笑,"这歌,乔东家一定听过吧。"

"没听过!"到了这时候,乔致庸只有硬扛了。他太清楚这里面的前因后果了,说什么也不能承认乔家与这笔金子有牵连。

"那歌里说的金子呢?"

"没见过。"乔致庸把脑袋摇得像拨浪鼓。

"这歌里说得明明白白,金子埋在燕门,后来二人架拐掘地得,这二人架拐可不就是个乔字!"

"不知道!"乔致庸仰天打了一个哈哈,"姓乔的多了去了,再说你一口一个歌里说的,你那歌可别是生编硬造出来,专要讹我乔某人的吧?"

"乔东家不认,我也没办法。"苏紫轩心平气和说,"不过你既然想洗脱这藏匿逆产的嫌隙,就请带我去乔家银库看一看。"

"哼!"乔致庸勃然变色,"我乔家的银库岂是你说看就看的!"说罢端茶在手。

廊下的听差看得明白,立时抻长了声:"送客!"

"乔致庸!你敢这样和我家主人说话。"四喜忍不住了,板着脸怒道。

"四喜,进门是客,不能对主人无礼。"苏紫轩瞟了一眼乔致庸,忽然又变了语气,"不过出门之后,我这乔家的客人可就要变成臬司衙门的座上宾了。"

"你说什么?"

"我说,我知道本省有一个富户,发家致富用的全都是逆产,而且还是前明大内本该收归本朝国库的金子。这一条罪名要是坐实了,只怕免不了杀头抄家吧。"

乔致庸并不畏惧,直视着苏紫轩的双眼,"你要诬告乔某也随你,不过就凭你这无根无梢的一首歌,只怕难以取信臬台大人。"

"不一定。"苏紫轩始终稳稳当当,说话也是成竹在胸,"既然有原告,又是这么一桩能通天的大案子,臬司衙门即使不信,也要照规矩来乔家堡查案。想必你也知道,官府查这种案子就是石头也会扒一层皮下来,你不为自己想,难道也不可怜外面那些族人？"说着，她向门外望了望。

话说到这份儿上，乔致庸也要考虑考虑了。他沉思不语半晌，忽然抬起头，"好，与其惊动官府，不如让你在这里就看个明白！"

说着他大声吩咐道："把天地玄黄四个账房里的账簿都搬来！"

"都搬来？"闻讯赶来的总账先生不置信地问。

"对，一本也不许少！就放在正厅之中。"乔致庸向厅中一指。

他是乔家堡的主人，说话就是令，就见乔家仆役如流水不断线般把一摞摞泛黄的账本抱来，不多时就堆成了一座小山。

"我乔家自打先祖乔贵发一串铜钱起家，在包头创立复盛公攒起偌大家业以来，一笔笔的生意都有详细记载，所有的账簿都在这里。你若是看出有一笔账不对，乔某亲自陪你去臬司衙门打这泼天官司！"乔致庸说完坐回椅子上，等着看苏紫轩如何查账。

"我的妈呀！这要怎么查呀！"四喜张大双目看着那座"山"，不由得咽了一口唾沫。

苏紫轩却不慌不忙，走到近前，拿起最上面一本，一看这纸都糟了，轻轻一捻直掉渣，万不是假造的。再翻开一看，第一页就贴着乔贵发走西口时用运瓷器的垫纸写下的账，这是乔家最早的一笔账，用一文钱喝了碗粗茶都记在上面。

她又接连翻看下去，她真有一目十行之能，不到一个时辰已经看了十年的账。虽然不过才十一之数，但候在一旁的账房先生已然咋舌不已，生平就没见过看账看得这么快的人。

"苏公子，还没找出什么把柄？看样子你今天是看不完了，要不要我给你安排客房。"乔致庸在旁不失时机地讥讽一句。

苏紫轩不答，从最后一摞里抽出乔家最近的一本账册，飞快地翻着，看过之后放了回去。瞧了瞧正看着自己的乔致庸，面无表情地拱了拱手，"乔东家，领教了！"

说完一扭身，带着四喜径直出了大门。

"东家！这人看了底账，就知道咱们的银库已然空了，这如何了得！"账房先生赶紧过来。乔致庸疲惫地摆了摆手，亢氏那笔金子是乔家最大的秘密，与其相比，银库空了的消息走漏出去最不济是破家，可要是牵扯到这笔金子上，那就有可能灭门，两害相权取其轻，他只能这样办了。

"立刻派人去查茶车到哪儿了，眼下已经十万火急延误不得。"说完乔致庸转身往内堂走去,他要一个人静静,好好想一想今天来的这人这事。

"小姐,这就算了?他那账册里真的没有毛病?"走出乔家堡,四喜困惑地问。

苏紫轩这才粲然一笑,"没有毛病就是最大的毛病。我从没见过谁家立账会像乔家这样事无巨细都列在上面,好像从早前他先祖走西口起就防着人家来查一样,这明明是心中有鬼。再说我方才一念那歌,乔致庸的脸色就是答案!金子就在乔家,只是没有花用而已。"

"这么一大笔钱,为什么不用呢?"四喜觉得不可思议。

"这我也不知道了。经过这一番打草惊蛇,乔致庸一定会有所动作,不怕他不把我们引到金子那儿。你从今儿起,更要监视好他的一举一动。"

6

母钱桌子在全省设立,假钱立时无所遁形。铜价慢慢涨了上来,回到了官价上。王天贵瞅准时机将手中的铜钱抛出,虽然损失不小,但是比起当初急得火上房时已是逃过一劫了。

王天贵也不是一无所获,全省的票号因为泰裕丰首倡母钱桌子一事,无不交口称赞,无形中把泰裕丰在票号里的地位提到了可与日升昌比肩的程度。王天贵一高兴,决定八月中秋就在票商公会里举办一场别开生面的堂会,找来艺人班子,摆开酒筵开堂大贺。他心里清楚,酒筵上大家举杯一敬,连日升昌的雷大掌柜都要感谢自己,那自己在票商中的地位就夯实了,即使不能盖过日升昌,也稳稳胜过蔚字五联号。

中秋这天,王天贵早早出发赶往位于祁县的票商公会。古平原则约了常玉儿一同去看常四老爹。

"古大哥,你在想什么?"常玉儿见他一路都不说话。

古平原方才想的是远在徽州的老母和弟妹,每逢佳节倍思亲,他想念家乡的一山一水一草一木,当然也就想到了白发苍苍的老师还有情切殷殷的意中人。他见常玉儿问,本想托词掩饰,话到嘴边却吐露了真情,"我在想我的亲人,还有我的老师……"

常玉儿听他越说声音越轻,心中一动,忽然大胆问道:"你的老师有个女儿对不对?"

"你怎么会知道？"古平原大是惊诧。

常玉儿笑容有些苦涩，她虽是猜的，却也并非全然无据，古平原嘴角那抹不易察觉的甜蜜微笑就是最好的证据。

"原来你们是青梅竹马。"常玉儿喃喃着又问道，"古大哥，你在我家养伤时，我见你身上有一根白玉簪子，就是那位姑娘之物吧。"

"是我赴京赶考之时，蒙她相赠。"古平原说着，不自觉又伸手入怀摸了摸那枚玉簪，这份私情表记他几年来片刻没有离身，"离开家乡时，她说无论是否得中，都要我早些赶回去。唉，我倒宁愿她早已经忘了我，不要蹉跎了大好年华。"

常玉儿听得心里一痛，默默低下头去，心想古大哥，你只怕那姑娘耽误了几年青春，却不知道身边有个人要等你一辈子呢！

二人一路再无话，等到了油芦沟村，常四老爹正在帮着村人摆桌椅搭戏台。这段时间常四老爹的身子将养得不错，早晚还能练上几把石锁，见到古平原后，赶紧告诉他那两个孩子前些日子已经被乔鹤年过来接走了，因为古平原那时正在山里拉头寸开折子，所以乔鹤年就给他留了一封信。

古平原立马将信打开，信中乔鹤年说自己已经考取了拔贡试，眼下分在户部当个抄写文书的九品笔帖式，虽然是京官中最小的一级，毕竟也算进了仕途。至于大哥被逼离家，大嫂被逼惨死的事他也悉数知晓。尽管他字里行间没有提王天贵一个字，但唯其如此才见得仇深似海深埋他心中。

"唉，要是黑塔也在就好了，这么久了都不来个信儿。"看着女儿，常四老爹自然想起了刘黑塔。

"刘兄弟一身勇武，到哪儿都吃不了亏，老爹放心好了。"古平原一愣，他倒是知道刘黑塔的下落，却不能明讲，否则非吓坏这父女俩不可。

"我就是担心他闯祸。眼下这世道啊，越来越不太平。"常四老爹说着，见村人都在看戏无人关注，凑到古平原耳旁低声说，"古老弟，有人在村子后山偷偷挖矿。"

古平原身上一震，睁大眼看着常四老爹。

"你看。"常四老爹掏出一个纸包，里面净是一些石头渣子，他伸手扒拉扒拉，"他们很留神在意，只有半夜才推车出来，车轮上带了些矿渣洒在路上被我拾了起来，村里人不认得，可是我却见过。这是……"

"铜矿！"古平原张口道。

"对喽。这私挖铜矿是大罪啊。我知道了也没敢吱声，万一让官府听了去，这些人都得掉脑袋，我无缘无故造这个孽做什么？"

"原来在这儿。"古平原没想到踏破铁鞋无觅处，得来全不费工夫，"老爹你先不要声张，等我过些日子来看看。"

7

"今晚大家都要热热闹闹地把戏听完，谁也不许中途离席。"王天贵被人敬了二十几杯酒，已然是醉意醺醺。他今日异常兴奋，只因泰裕丰从来没有如此受大家敬仰，连祁县的知县大老爷都闻讯特意赶来，连着敬了他三杯。

雷大娘和侯五味坐在大厅前排，眼看着王天贵满面得意，与众位票商推杯换盏，二人都是冷眼旁观，嘴角均带着些鄙夷的笑容。

"这台下的戏可比台上的戏好看多了。"雷大娘冲着侯五味举一举杯。

"一向如此。"侯五味见怪不怪地道，"不过雷大丫头你这话里好像有点酸味。"

"笑话！他想争票号龙头就让他来，等到了风口浪尖上再尝尝那滋味到底好不好受。"雷大娘双眉一挑。

"呵呵。"侯五味笑了。他这十几年来居于日升昌之后，别人都以为是姓毛的输给了姓雷的，只有雷家人才知道是侯五味甘愿放弃了多少次机会。真正的聪明人都是闷声发大财，只有傻瓜才会把自己架到火上去烤。

雷大娘又自斟自饮喝了一杯，眼见这堂会变得有些乌烟瘴气，她不想再待下去，站起身刚要走，就见门口忽然闯进一队差役，就在大门廊下左右两边依次排开，接着一个旗牌官手扶腰刀，威风八面地往大门口一站，中气十足地喊道："藩台大人到！"

藩台是掌管一省钱粮的主官，也是票商最希望结交的大吏。众票商一听是徐藩台来了，都不由自主站起身来。

"好大的面子啊！"雷大娘也呆了一呆。藩台是二品大员，到会馆赴宴，这是开天辟地头一回，真是太给王天贵脸上增光了。

"哼，指不定多少钱请来的呢。"侯五味不以为然道。

旁人忙乱，王天贵却是乐得满眼放光，这真是天从人愿，自己想要博一个大大的面子，偏偏藩台大人就锦上添花。眼见徐藩台正在步上台阶，头上红灿灿起花珊瑚顶子，竟是全副官服而来，这就更难得了。王天贵赶上去便是一礼，"大人日夜操劳，居然还拨冗前来，实在是票商们的荣幸，快请里面坐。"

侯五味冲着雷大娘挤了挤眼，意思是看见没有，这就把自己当成票商领袖了，雷大娘不屑一顾地撇了撇嘴。

徐藩台看了一眼满脸谄色的王天贵，脸上绷得紧紧的，一丝笑容不见。

"王翁，本官有奉旨的事儿，没空与你寒暄。来人，焚香摆案，众票商接旨！"说着徐藩台抬了抬手里紧握着的黄卷。

这一声虽不大，却如同在大厅里炸响了一声惊雷。雷大娘见那管事的手脚乱成一团，眉头皱了皱，亲自过来指挥人撤去桌椅，摆好了香案。众家票号掌柜这才回过神来，参差不齐地跪在大厅之上。

等徐藩台抑扬顿挫把旨意念完，满堂鸦雀无声。过了不知多久就听咕咚一声，一个身肥体胖的票号掌柜身子一侧歪倒在地上，竟是急昏了过去。

人们这才好似从噩梦中惊醒，连谢恩都顾不得说，纷纷站起身，你一言我一语向徐藩台陈情。

"徐大人！"第一个说话的就是雷大娘，"朝廷怎么能下这样的令。协饷的转运期只限在半个月？这笔银子光是立账就要一个月，再加上熔炼成官宝又要一个月，就算我们快马加鞭半个月赶了出来，票号要投入多少人力物力？放空期又这么短，岂止白当差？根本就是赔本的买卖！"

"不好这么说吧。朝廷赏识燕门票号，才将协饷给大家做，不然为什么不给宁绍钱庄，或是京里四大恒。"徐藩台认得日升昌的掌柜，说话也客气三分。

"哼，这哪里是赏识，分明是坑害！"

"胡说。"徐藩台脸上有些挂不住了。

"大人。老朽也有一言。"侯五味听完圣旨知道事情已经糟到了不能再糟的局面，但是该争还是要争，"自从逆匪占据半条长江，燕门票号汉口大撤庄以来，票号的生意就只限于黄河以北，可以说是一年不如一年。"

他转头看了看同行，众人都点头称是，"如今协饷的事儿朝廷要我们白当差，也罢，毕竟前两年票号因为协饷也赚了些银子，就当此时吐出来还给朝廷好了。可是这代垫赔款……"侯五味摇了摇头。

旨意上一共就两条，一是规定了协饷的半月转运期，这已经让票商吃不消了，可是真正让他们感到晴天霹雳的却是这第二条。

庚申之变，英法联军打到京城，一把火烧了圆明园，接着又要清廷赔偿军费，初议是六百万两白银，后来又议加到八百万两，说好了在通商口岸的关税中代扣，没想到方才这道旨意，竟让燕门票号按照大小同行摊派代垫。也就是说，不管将来如何，眼下这八百万两银子要票号来出。

"徐大人，您不是不知道，前些日子市面不靖，票号损失惨重，正是要休养生息的时候，一下子哪里拿得出这么多钱。"侯五味半是求肯半是陈情。

"嘿，这你们唬谁？燕门老抠能聚财，天下皆知的事儿。"徐藩台不以为意道。

"那也要情愿才行，强借不等于抢嘛！"雷大娘听藩台这话直视燕门商人的钱袋如朝廷的囊中物，越发忍受不得。

"大胆！"徐藩台气得脸色都变了，连连拍着香案，一指雷大娘，"雷掌柜，你几次三番出言不逊，是不是想抗旨不遵！"

"没有，没有，只是事出意外，还望大人容我们商量商量。"侯五味急打圆场。

"唔，这倒可以！"徐藩台也知道这差使不易办，办下来后自己必然得户部尚书宝鋆的赏识，所以软硬兼施，也不欲逼得太紧。

"各位掌柜。"侯五味到底是吃的粮多，把众人聚集起来后第一句话就是，"抗旨的事儿就甭说了，人在屋檐下不得不低头，咱们还是想想怎么付银子吧。"

雷大娘此时也冷静下来，知道侯五味说得有道理。皇帝是金口玉言，天下从没听说过有收回去的圣旨，如今事情既然无可挽回，自然是想办法熬过这一关再说。她道："那好，我们去和徐藩台谈，钱可以借，但是期限要放缓，不然哪来的时间凑钱。"

"一起去谈不成，还是找个人去吧。"侯五味冲王天贵一点头，"王大掌柜，这时候是不是该你出马了？"

王天贵的酒早就醒了，自打徐藩台念完圣旨，他就一言不发，心里七上八下打着算盘，此时见侯五味点到自己，他装作不胜酒力，扶了扶头，唉声不语。

"这老狐狸。"雷大娘暗骂一句，"还是我去吧。"

"日升昌是燕门第一票号，代表大家去谈是正理儿。"侯五味故意大声说了句，随后嘱咐道，"可别说僵喽。"

"放心吧。"恼归恼，办正事时雷大娘一向沉得住气。

"请教大人，既然朝廷说个借字，那可不可以不借？"雷大娘还是存了个万一的希望。

徐藩台早料到有此一说，他冷冷一笑，"可以，不过……"他抻长了声，"现在你们不给朝廷面子，将来汉口复庄之时，要朝廷的批文，可别弄得自己也没面子。"

雷大娘抿紧了嘴唇，她清楚徐藩台这个威胁的分量，看来要是不借银子，将来燕门票号的势力再也难过长江。

"好，我们借了，不过至少要一个月才能凑到这笔钱。"

"那不行，户部要你们七日交银，本官还帮着多争了三天，不能再多了。"

"十天来不及，至少要二十天才行。"

"十五天，一个时辰也不能超，本官也要交差的。"

雷大娘闭上眼，把通省大大小小票号的经营在心里迅速过了一遍，睁眼道："好，就是十五天吧，但是没有时间送炉房熔炼，杂银、元宝、银饼子，藩库都得收！"

徐藩台知道票号掌柜们已经做了最大让步了，自己也不能欺人太甚，但也有一番为难的做作，最后勉强点头应允。

他走了之后，掌柜们立时吵成了一团，这么一大笔银子，怎么分摊是件极麻烦的事儿，有几个小票号的掌柜想到自己柜上存银不多，吓得一脸苦瓜相。

"都别吵了。"雷大娘忽然断喝一句，"听我的行不行！"

"像这样吵到天亮也没用，听听日升昌的吧。"侯五味捋着胡子道。

"我看这样，反正时间紧迫，就不要把小同行牵扯进来了，就我们十八家大票号把这件事儿担起来！反正彼此斤两大家心里也都有数，就这样分摊下去也爽快些，不然若是通省均摊，只怕有些小铺子要扛不住的。"

扛不住自然要破产，雷大娘慈心一片，那些小票号立时感激涕零，都把大拇指一翘。

"听听人家日升昌说的这话，才是真正的龙头老大。"

看那十八家大票号的掌柜还有些犹豫，雷大娘张口便道："我日升昌领一百五十万两。"

"哦，那我蔚字五联号就领一百万两吧。"侯五味跟着说道。

两个人这一开口，就去了三成，其他票商胆子也大起来，你三十万，我二十万，不一会儿剩下五十万两，不用说，那是留给一直没说话的王天贵。

"王大掌柜，以你的实力不会连五十万两都扛不动吧？"侯五味不忘挤兑王天贵。

"不会，不会。我是想如今省内的大同行已经不止十八家了，大平号也应该算一份啊。"王天贵真不愧是老奸巨猾，他故意拖到最后，等剩下五十万两时再开口，既能把大平号这个对手扯进来，又能少扛二十几万两银子，真是一箭双雕。

雷大娘被一语提醒，冲着角落里始终缄默不语的张广发施了一礼，"这位大平号的张大掌柜，一向失礼少见了。大平号既然能立个银葫芦在街上，如此的大手笔，实力自然不凡，这次的事儿还望出些力才是。"

张广发一直坐着一动不动,方才这么热闹就像与他毫不相干,此时听了这话,才抬眼看了一下厅中的诸位晋商掌柜,脸上忽然露出了一个诡秘的笑容。他深深吸了一口气,站起身,踱了几步来到他们面前,一副迷惑不解的样子。

"我没听错的话,雷大掌柜想让我也拿钱帮着朝廷垫款。"

"不错。"雷大娘笑容可亲。

"可是不行啊。"张广发故作为难。

"喔,请问为何不行?"

"圣旨上明明说是让晋商的票号代垫赔款,兄弟我实在是有心无力。"

"你不也是晋商吗?"边上有个票号掌柜忍不住插言道。

"哈哈哈哈!"张广发发出一串得意的笑声,他把身子一横,挡在众人与戏台中间,身后火烛被他身形带着晃动起来,雷大娘就觉得这个不哼不哈的掌柜陡然间变得气势慑人,像是一只择人欲噬的黑豹。

"在下不才,京商大掌柜张广发,拜见各位燕门同行了!"张广发想说这句话等了好久了,见李万堂的计策已然成功,这些燕门票号的商人再也没有还手之力,终于把自己的京商身份一举公之于众。

"你、你是京商?!"这真是落语如雷,炸得众人耳边一阵鸣响。王天贵惊诧地上下打量着他,身后这些掌柜们也是脸色大变。

"不错,京城李家!"

雷大娘心头震动不已,她看了一眼侯五味。侯五味也是紧锁眉头,他这一辈子与京商打过多少次交道,有输有赢,知道京城李家是个极其难惹的角色。眼下燕门商人生意多舛,旁边又有强敌严阵以待,实在是情势不妙。

"张大掌柜,京商这么大老远来燕门开铺子,怎么不早说,我姓雷的好约着各位同行去贺贺,这一向可真是太失礼了!"雷大娘眼里露出一片狠色。

"哈,诸位都是财大气粗,我那小铺子如何装得下这么多财主。不过如今不妨了,各位想来就来,一起来也没关系。"张广发对雷大娘的目光丝毫不避。

两个人话中都带着刺,但到底还是张广发占了上风。雷大娘冷冷一笑,"张大掌柜,可别说我慢客。方才你自己也说了,你是京商不是晋商,这里是燕门的票商公会,今晚是晋商掌柜聚会,要是没什么事儿,你就请吧!"

张广发也是一笑,"京商晋商不就差着一个字嘛,等过几天把门口的牌子改了,我再来逛逛。"说完也不作别,大摇大摆径直走出门口。

"这分明是冲着咱们晋商来的!"有个小票号的掌柜气急败坏地说道。

"这还用你说。"好几个人不约而同白了这个"二百五"一眼。

"雷大掌柜,你说个章程,该怎么办?"

雷大娘也为难,想了半天,长长出了口气,"哪怕是在昨天呢,我一定会合同行去攻他,绝不能让京商在燕门有立足之地。可是如今……"

"如今前有狼,后有虎,能自保就不错了,这卧榻之侧少不得也得让人打呼噜了。别的甭说,先顾一头吧,大家快点去凑银子交给朝廷。"侯五味摇头叹息,佝偻着腰晃着身子出了门口,留下雷大娘与众家掌柜相顾无言。

王天贵一路上沉着脸,等进了家门,回身一巴掌打在曲管账脸上,"废物!当初让你去查大平号的底细,这么重要的事儿你怎么没查出来。"

曲管账吓得一个字不敢说,差点把腰弯成了两半。

"滚!去凑那五十万两银子。"王天贵没好气地说。

话音刚落,就见如意从门外走了进来。

"怎么大半夜从外面回来?"王天贵诧异地问。

如意满心以为王天贵必在祁县过夜,于是放心去找了李钦,两人浪了好一阵子,没想到这老头子却连夜赶回。她虽然机灵,一时也脸色慌乱,定了定神后才说:"花月楼有个姐妹要从良,我去给她贺贺,姐妹们好久不见,多喝了两杯。"

"是吗?"王天贵狐疑地盯着她,慢慢放松了脸色,"那进去歇息吧。"

如意这才放下心,却没发觉王天贵的眼睛一直盯在她的后面,直等如意走进内宅,他招手唤来管家,"明天把陈赖子找来。"

8

如果说先前铜价动荡,小买卖难做,以至于票号跟着伤筋动骨,那么这一次,李万堂策动户部尚书宝鋆讨来的这道圣旨对票号来说简直就是挖心剜肺。

十八家票号费了九牛二虎之力,好不容易才凑了八百万两交给藩库,然而生死难关还在后面。买与卖之间,但凡稍有规模都要用银子结算,市面上少了八百万两现银,等于是停了通省的买卖。那些急着交易的客商每日聚在票号门前,从日出等到黄昏,手里拿着折子取不出银子,拿着银票兑不出现银,等得直跳脚骂娘。票号的掌柜伙计只好点头哈腰赔着情,好话说尽一箩筐,才能换得今天的账明日付,明日的账后晌付。管账的先生把账本子都翻烂了,拆东墙补西墙,就差把银库掀个底朝天,再拿筛子过上三遍了。

别家如此,泰裕丰的情形只有更糟,铜钱上才缓过一口气,银子又惹了大麻烦。跑街伙计们无钱可放,也拉不来头寸,都聚在一起喝酒聊天打发时间。

矮脚虎愤愤不平道:"老子一年到头跑断腿才拉来一万多两头寸,朝廷可倒好,狮子大张口一下子就要走了五十万两,这不是明摆着要咱们票号关张吗?"

"关张倒不见得。"白花蛇尖酸地说,"只怕没几日就要被那张大掌柜并了去,泰裕丰变成了大平号的分号。"

"没门!"矮脚虎跳下桌子,"老子就是喝西北风,也不给京商干活!"

"有志气!"古平原赞了一句,"不过光骂人没用,一定要想个法子过了这一关才行!"

"没法子。"王孔在边上摇了摇头,他想了好久了,却是一筹莫展,"这可和上次设母钱桌子是两码事儿。票号的银库存银是硬功夫,来不得假。主顾等着提银子,库里没有,你变得出来吗?"

"王大哥说得对啊!"伙计们都是吃这一碗饭的,心里自然清楚。

"真的就没办法?"古平原陷入沉思。忽然一个伙计从外跑进来,把一张帖子交给他。

"哟,三掌柜真有面子,亮财主下帖请你。"矮脚虎偷着瞥了一眼,失声道。

"对啊!"古平原眼睛一亮,"乔致庸有银子,找他去想办法。"

乔致庸看着眼前一进门就伸手借钱的古平原,想叹气又咽了回去。

"古掌柜,你先坐,我讲个故事给你听。"

古平原听他这样说,眨眨眼睛不声不响坐了下来,他知道乔致庸绝不会在这个节骨眼上扯闲篇。

乔致庸想了想,一开口竟是百年前的事儿。"从前有个人叫李自成……"

李自成又称闯王,他逼死了明朝的皇帝自己登了基。可没多久又被清军撵出了京城。他走的时候把明朝国库里的赤金以及拷打京城百官搜刮来的金子都带了出来。等到了燕门境内,这么多金子带在马上,马跑不快就甩不开追兵,于是便把金子整批埋在土里。后来李自成败走九宫山,这笔金子也就被人遗忘了。

等到了康熙年间,有个姓乔的农户耕田时一锄头刨出一个大瓮,里面密密麻麻摆满了马蹄金,而且这样的瓮足有几十个,都埋在一起。封条虽然字迹模糊,可还能辨得出"闯王金"的字样。他是村中亢氏地主的佃农,亢财主知道这件事,连吓带骗把这些金子都弄到了手，于是发了家。亢财主的儿子结识了两个人，这两人用这些金子帮他开了一间买卖，就是大清朝开天辟地头一家票号。花用到此，金子也不过只用了一少半而已，其余的被亢家人熔铸成了五百尊金罗汉。

可是到了乾隆末年，亢氏子孙日渐凋零，生意也是每况愈下，竟然有破家绝嗣之危。亢家那一代的家长笃信佛法，佛前忏悔之时就把当年的事说给了无边寺的方丈。方丈告诉他，闯王留下的这笔金子上沾满了血，而亢家又是巧取豪夺而来，愈加不祥，以至于亢氏人丁不旺，如此下去真要绝子绝孙。亢氏家长求解脱之法，方丈便让他寻到乔家后人，将剩下的金子归还给了乔家。当时乔家的人便是乔致庸的先祖乔贵发。

古平原像听神话一样目瞪口呆地听着这段故事，这时忍不住插了一句："原来乔家的财富是这样来的。"

乔致庸摇了摇头，脸上露出仰慕的神色，"先祖贵发公虽然当时贫无立锥之地，可是眼见这笔金子是不祥之物，于是分文没动，而是将它们送到无边寺，交给了那位方丈，让这五百金罗汉每日在佛经颂诵中消减戾气。他自己拿着一串铜钱远走包头，二十年辛苦累积，开创了复盛公的生意。"

"原来是这样，乔氏先祖可真是了不起。"古平原听了也很是佩服。

乔致庸点点头，"所以我乔家能有今日之成，全靠了几代辛苦创业守成，绝非什么天赐财富。这笔金子的来历只有每一代乔家的家长才能得知，也必须同时立誓永远不打这金子的主意。"

"那何不就把金子捐给佛寺？"古平原问道。

"想过好几次，但终究觉得这样一大笔钱，用在正道上未尝不可，总好过给木雕泥塑涂抹金身。"

"方才古掌柜说要向我借钱，好去解通省票号的燃眉之急。其实有件事早在西都我就该告诉你，如今乔家已经大祸临头，非但银库里没银子，而且债主就要上门了。"

古平原大吃一惊，看了看乔致庸却没有一点愁眉苦脸的样子，他不相信地说："乔东家在开玩笑吧？"

"不，我把银子都投在了南方茶山上，这是我为乔家今后几十年立下的基业。为此这两年的生意仗着乔家信誉好，欠了客商主顾们不少银子，原指望这一批茶叶到，立时就能大赚一笔。可是前日派出去的伙计回报，官军和逆匪在长江一线激战正酣，所有北归的道路都断绝了，茶车被扣在军营里，看样子是没指望了。"

"……"古平原听得呆住了。

"这是我乔家的事儿，古掌柜不必跟着烦恼。"乔致庸一笑，"我请你来是为了别的事情，想请你帮个忙。"

"乔东家但讲不妨，只要古某能做到的，一定尽心尽力。"

"我想把那批金子给你。"乔致庸轻吐出一句话。

"什么！"今夜古平原听到的奇闻轶事不少，但都比不上这句话让他吃惊。

"你没听错。我要把这笔金子给你。"乔致庸想了好久。苏紫轩咄咄逼人，必不肯善罢甘休，乔家眼下又是这么个局面，一个应对不慎立时就要坠入万丈深渊。再加上眼下燕门一省生意都陷入危难之中，这笔金子乔家立誓不能用，与其留着生祸患，不如拿去给大家解难。

至于将金子托付给古平原，一是看中他急公好义，在西都能为商界舍命出头，二来像雷大娘、侯五味这样的人都是连枝带叶一大家子，只怕也不敢轻易接下这笔涉及叛逆的金子。

"前明、李闯都是两百多年前的事儿了，朝廷也未必追究吧？"古平原觉得乔致庸未免太过谨慎了。

"不然！李闯在九宫山兵败失踪，有人说他死了，却不见尸首，朝廷那道缉拿的旨意从未撤过，他始终是钦命要犯，虽然时隔这么久必定是不在人世了，可是一旦找到坟墓也要挫骨扬灰，后人一样是逆犯家属。至于这笔金子当然也就是逆产了，谁沾边都逃不过一个藏匿逆产的罪名。"

"我念一首歌你来听。"乔致庸说着把那日苏紫轩念的歌谣读了出来，"这歌其实把这笔金子的来龙去脉说得清清楚楚，便是当日贵发公将五百金罗汉送到无边寺，方丈当场所作。你听那最后两句，生意创立称雄久，全靠文法费嗟磨。相传是林青两公笔，这桩公案确无讹，你可知道这里说的林青两公是谁吗？"话说到这儿，乔致庸的声音压得低低的。

"林是顾亭林，青是傅青主。"

这两个名字一入耳，古平原重重一惊，张口结舌看着乔致庸。

顾亭林又名顾炎武，傅青主便是傅山老人，这两个都是清初不食周粟的前明耆老。顾亭林更是反清叛逆，参与过多次起义，是朝廷严旨捉拿的要犯，怎么会与这笔金子扯上关系？

"他们就是当初帮助亢家建立票号的那两个人。燕门票号称雄百年，靠的是暗押秘字和汇兑规矩，这些都是顾炎武和傅青主两人呕心沥血创建而来，至于目的嘛，当然不是为了帮着亢家赚钱。"

票号创立之初，完全是打着流通银钱便利商家的幌子，实则是为了与南方的抗清义士联络，将北钱南运，以便扩充军需，用作军饷，光复大明天下。

"我猜亢家一定也参与了反清复明这件事，不过时局难测，最后没有成功，却也没有败露。大清坐稳江山，明朝已不可复，票号生意反倒是流传百年，成了晋商的发财之道。"

"这真是有心栽花花不开，无心插柳柳成荫。"古平原不禁感慨道，忽然他眼前一亮，像是想到了什么，神情一下子机警得如同发现了兽道的猎人。

"对了，就是这么两句话。现在你知道这笔金子事涉两朝叛逆，不可不慎哪。"乔致庸说着，发觉古平原有些心不在焉，"古掌柜，古掌柜……"

"哦。"古平原回过神来，忽然想起一事，"油芦沟村有个乔松年，人称乔疯子，他长年累月唱着这首歌。他……"

"他是先父的贴身仆人。"乔致庸脸色一黯，"这笔金子实在是乔家心头重负，先父过世前神志昏昏，连着几日口中喃喃念着这歌，便被那乔松年听了去。"

"于是你就……"古平原已经猜到了，不以为然却又不忍责备。

"我不忍杀他灭口，便用药使其痴傻。执掌这么大的门庭，有时候只能用不得已这三个字来衡量对错。"乔致庸无奈地说，他递过一张字条，"古掌柜，无边寺历代方丈都知道这笔金子的来历，这笔钱怎么用都在你，只是千万小心。"

古平原这时却在想歌中那句"囚犯脱狱方能合"，乔致庸不知道自己是流犯之身，竟然就这样无巧不巧地把这笔金子托付过来，难道冥冥中真有天意，他望了一眼厅外漆黑的夜色，心里忽然生出一阵敬畏。

9

"小姐。"四喜花重金监视乔家，每日都把乔致庸见了什么人、做了什么事禀告给苏紫轩。苏紫轩一件件听着，别的都不在意，唯有听到古平原的名字时，神情一凛，疾问道："那个古平原，他从乔家出来又去了哪儿？"

"我就知道小姐你一定要问他。"四喜一脸的得意，"他又去了无边寺，见了方丈，在寺里待了很久呢。"

苏紫轩沉思许久，忽然站起身似有所悟，"天啊，藏得可真巧，我还以为在什么暗无天日的地窖里呢，没想到却是人人眼目所见之处。"

"小姐，你在说什么？"

"五百金罗汉哪，就在无边寺里的罗汉殿。你还记得吗？满殿都是莲花缸，点着往生灯。"

"我记得了。"四喜一声惊呼，"那不是镀的金身吗？"

"所以我说藏得巧。去那儿的都是善男信女，谁敢上手去摸一下？敢情这无边寺的和尚和乔家是串通好的。"苏紫轩眨了一下眼，"至于那个古平原，我在西都亲眼看见他与乔致庸有交情，想必是乔家托他想把这金子藏得更稳妥些。"

"我们得快着些下手了？古平原是个聪明人，他要真是想出什么好办法来藏金子，再想找可就难了。"苏紫轩对四喜说。

"可是无边寺那么多僧众，那金子又多，怎么能避人耳目弄出来呢？"四喜为难道。

"谁说我要避人耳目了？"苏紫轩忽然放缓了声音，脸上现出一片寒意。

"小姐……"四喜咬着下唇，不安地叫了一声。她跟着苏紫轩久了，见她这样子就知道有人又要倒霉了。

转过天来风高月黑，无边寺里忽然起了一把大火，火是从大殿那尊最为宝贵的千年木佛处烧起，一发不可收拾。无边寺斗角飞檐彼此相连，做的是个钩心斗角的样式，远远望去连成一大片，如今着起火来，仿佛祝融做法一般，瞬间烈焰飞腾。

寺里当然有值夜的僧人，可是等到发觉时，火已经蹿上了房梁，慌乱中咣咣敲起铜锣，静夜中传出老远，别说寺里僧众，就是附近百姓也都从梦中惊醒，纷纷提水赶来相救。

弘净老方丈赶到寺前一看这火势就知道不好，大火已经着了起来，若是四处泼水根本就无济于事。他深谙佛法心智清明，瞬间就拿定了主意，在奔走呼号的人群中找到了知客僧。

"人命至重，你去把老弱妇孺都带开，然后找人把所有的水都用来救大殿这尊古佛。"

"方丈，那这一大片禅林僧舍，还有前后的殿宇……"

"管不了这么多了。佛在寺在，能保全这尊千年古佛就是万幸，快去吧。"弘净方丈挥了挥手。

当下众人舍了别处，只管来救大佛。却没注意有一群人趁着四处火光，溜进了罗汉殿。

无边寺的大火足足着了一夜，古平原闻讯赶来时，垮塌的房屋还处处都冒着火苗。他走到弘净方丈身后，老和尚正仰头望着被火烧毁的大殿，里面的木佛被熏黑了几处，却是完好无损，如今正屹立于光天化日之下。

　　古平原还没想好怎么开口，弘净忽然道："那五百罗汉昨天被人趁乱偷走了。"

　　"……有这种事，如此说来是贼人下手放火喽。"古平原又惊又怒。

　　"不是！"弘净摇了摇头。古平原一愣，又见老和尚往旁边指了指，一处草席下躺着一具尸身。

　　"他身上带着引火之物，官府已经认定了是他放的火。放火的凶嫌已死，哪里还有什么贼人。"

　　古平原心里突起了不祥之念，一步步走过去，掀起草席一看，大叫一声跌坐在地上，草席里那人虽然被烧得面目损毁，可是还能看得出正是失踪已久的乔松年！

　　"不是他，绝不是他！"古平原悲愤地大声道。

　　"老衲也知道不是，可是官府却巴不得有这个替罪羊。"

　　"那……那被偷走的五百罗汉呢？"

　　老和尚默然不语。古平原全明白了，这批金子若是丢了，根本就报不得案，他气得狠狠一跺脚。

　　弘净看了看院中，对着正在整理废墟的僧人说："你们先都出去吧。"见众人离开，他冲着古平原招招手，"古施主，你随老衲来！"

　　说着进了烧得只剩下砖石台子的大殿，伸手在木佛旁掀动了一下，忽然一处地面陷了下去，露出一个漆黑的洞口。

　　弘净回头看了一眼古平原，拿了一盏油灯，不言声自顾走下地洞。

　　古平原满腹狐疑，见方丈已然下去，只好也拿了一盏灯跟着下去。地道里幽暗潮湿，然而越往下走越是宽阔，直到来到一个地下大屋中。弘净方丈停下脚步，将油灯摆在地下，古平原顿时觉得双目被什么东西刺了一下，往墙根儿看去竟是满眼金光，耀目非常。

　　"这里是无边寺的地宫，真正的金罗汉早已被移入地宫之中，如今安然无恙，总算是不负乔家信任，便请古施主将其拿走吧。"弘净平静地说。

　　"那罗汉殿被人偷走的五百尊佛像呢？"古平原一呆之下立时恍然大悟，"原来如此，看来是有人机关算尽。"他摇了摇头。

　　弘净微微一笑，"金佛铜佛都是佛，世人觉得差别大，在出家人眼中本无不同。"

　　"话不能这么说，金子还是能做许多事，比如重建庙宇。"古平原看着弘净道，

"这笔金子我有处置之权,如今无边寺受累被焚,我至少要拿个二三十万两银子出来,帮助寺庙重建。"

"若真如此,施主功德无量。"弘净正在为此事发愁,一听之下当然欣喜。

"不过我有个条件……"古平原脸上忽然现出一丝奇异的笑容,虽然在这深入地下的地宫之中,也把声音压低了许多。

"老爹,这件事我没别人可以信得过,只好找你来帮忙。"古平原诚恳地说。

常四老爹听后,半晌作声不得,犹豫道:"我……我不善与人打交道,特别是官儿,我见了就打怵。这个差事你还是找别人吧。"

"那除非是常姑娘或者是刘黑塔,眼下燕门一省,我能信得着托付这么一大笔银子的,就只有常家人了。"

"玉儿怎么行!"

"是啊,可刘兄弟又不在这儿,所以虽然辛苦,也只好求老爹走一趟了。这件事办好了可是功德无量。"

"那好吧,我勉为其难去一趟,不过要是弄砸喽,你可别怪我。"常四老爹其实也被古平原方才一番说辞打动了。

"多谢老爹。其实您也不用担心,您不会和官府打交道不要紧,银子自己就会说话。"古平原嘱咐再三后辞出来,决定再去后山那片矿看看。等他按照老爹的指点,刚到了一片用木栏围挡起来的空场前,就见李钦从里面走了出来,他敏捷地闪身避开,眼睛盯在那人身上,悄没声地跟了上去。

10

李钦表面上听了张广发的话,可实际上只是把开矿铸钱的事情暂时停了下来,他食髓知味舍不得这片财源,正思量着想个办法改进钱范,今天来矿上就是琢磨这件事。

谁知弄了半天不得法,李钦只得暂时抛开不理,他与如意约好了在那租下的小宅子里幽会,眼下急着要赶去,却没想到身后跟了一个古平原。

古平原眼见着李钦进了城,还以为他要回大平号,没想到李钦却进了一家首饰店,买了一对珠宝耳坠揣在怀里,接着七拐八拐来到了一处偏僻的小巷。

古平原见李钦开了门上的锁,闪身进去,一时拿不定主意要不要等他出来。他其实早就怀疑京商与假铜钱有关系，如今亲眼证实了还是暗暗心惊。这是能把京商连根拔起的死罪，张广发居然就敢冒天下之大不韪？古平原想来想去摇了摇头，按照他对张广发的了解，这个人老谋深算，绝不会冒这样的险。那么就是李钦瞒着他，自己动的手。古平原心里冷笑一声，自己本来还在担心一件事，现在有这个把柄握在手里，倒是可以放心了。

他正准备走了，冷不防远处街上袅袅娜娜走来一个女人，走到近前回头张望了一下，然后敲了敲门，门开处这女人也轻捷地走进门里。

原来李钦到这儿是与如意幽会。古平原不想理会这件事，却发现有个人影鬼鬼祟祟跟在如意后面。

"这不是陈赖子吗？"古平原注目于他，就见陈赖子爬到巷子对面的矮墙上，张着眼偷偷往对面院子里看，看不多时转身撒脚如飞跑了。

"真的是与人私通，这个贱人！"王天贵破口大骂，"那个奸夫是什么人？"

"是大平号的少东家，那个什么李少爷！"陈赖子上次调戏常玉儿被如意发现，结果挨了一顿臭骂，此刻竭力撩拨着王天贵的火气，"我亲眼看见，他把四姨太接进院中，还没进房两个人就亲热得很。"

他见王天贵脸色一时阴晴不定，出主意道："这捉奸捉双，而且要快，等他们快活完了，可就逮不到人了。要不要小的去把护院都召集起来？"

"不，"王天贵大手一挥，"你赶紧去把恶虎沟的三当家还有他手下几十个弟兄都找来。"

"是！"陈赖子一咧嘴，他知道那些都是杀人不眨眼的恶匪，这下子如意和那小子怕是要倒大霉了。

古平原看见陈赖子跑了，知道等会儿必然有事儿。他一时拿不定主意，若说去警告李钦，别说自己和他有仇，就是无冤无仇，天下也没有一个外人去给奸夫淫妇通风报信的道理。若是不闻不问，不用说陈赖子是去找王天贵，那接下来的事情就可想而知了。

他正在踌躇不决，就听一阵急促的脚步声，眼见那个又黑又胖的恶虎沟三当家带着十几个凶神恶煞的人把门封了。

古平原一看见这个人，心头顿时凛然，就知王天贵下了狠心，不然不会放着那么多护院不用，而把这帮土匪找来。

不多时王天贵从后赶到，三当家上前直接大力踹着那道上了门闩的黑漆大门。

李钦与如意正在屋里躺着说情话，忽然听到踹门声，吓得心都跳了出来。李钦忙找裤子，如意披上衣服紧走两步来到院中，从门缝往外一望，顿时面如死灰。她强自镇静着回到屋中，看着手忙脚乱的李钦。

"是谁啊？"李钦急急问道。

"王天贵，还带了一群杀人不眨眼的土匪。"如意喃喃地说。

"这、这可怎么办！"

如意低头想了一下，忽然道："这是有备而来，我是万万跑不掉的。你快些逃吧，捉奸捉双，出了这个门口他就拿你没辙了。"

"我不能丢下你。"李钦摇摇头。

如意凝望着他，苦笑一声，"有你这句话就够了。"说着她把李钦用力推到屋后，指了指墙头，"快走啊，真想被人进来杀奸不成。"

李钦吃力地爬上墙，伸手想去拽如意。如意摇摇头退后两步，"李少爷，你还是忘了我吧。"说罢转过身走回到前院中。

这时候三寨主已经把门踹开了，一伙人扑到院子里。王天贵一步步走进来，三角眼死死盯着如意。如意一脸漠然，人站在院中，眼睛却看着远方。

李钦跳出小院，拔腿刚想跑，却一眼看见对面拐角处正站着一个人，那个人也同时看见了他，二人目光一对，都是一呆。

"古平原！"李钦恍然大悟，怪不得，他在西都就看见自己和如意在一起，等到今天终于告了密，还带人过来捉奸，真是处心积虑，真是阴狠毒辣！他瞪着古平原，目中像是要喷出火来。

古平原却是问心无愧，只是在远处静静地看着他。院里忽然传来如意的一声痛叫，李钦心一颤，目光像刀子一样剜了古平原一眼，转身向着远处跑去。

院子里，王天贵一巴掌把如意打倒在地，俯下身咬着牙轻声道："你想卖身我可以送你回花月楼，让你陪男人睡个痛快。可是你一朝住在王家，做出这种事来，那不是自己找死嘛。"

如意并不看他，捂着脸伏在地上，依旧是不言不语。

"我问你，你的那个相好是不是京商的大少爷？"王天贵一把揪住她的头发，把她的脸转过来，恶狠狠地瞪视着。

"是又怎样，不是又怎样？"如意忍着疼说。

"是的话，我就要恭喜你了。"王天贵松开她，站起身来，绕着如意走了两圈，视线却一直盯在她的身上。

"我是什么人,你最清楚不过,你敢背着我偷汉子,我就能把你沉河。不过要是那个男人真是京商大少爷,我不但不追究,而且还敲锣打鼓把你送到大平号,让那李家少爷收下你。你看如何?"王天贵心里早就打好了算盘,如意虽然妩媚可喜,不过在他眼里连泰裕丰的一块砖都比不上,如今眼看票号危在旦夕,好不容易掐住京商一个短儿,非好好利用不可。张广发要是识趣,那么自己也就不再追究,舍了一个如意,便能保泰裕丰平安,这笔生意想都不用想便做得过。

倘若张广发强硬到底,自己就让如意告那李少爷逼奸。这两人在一起不是一天两天了,身上有个伤痕痣记什么的必定是看得清楚,一告一个准,到时候不愁京商不服软。

他想得虽然妙,却没料到如意一口咬定不认识什么京商少爷。王天贵逼问不得,恼羞成怒刚要发作,却见方才一通乱,巷子里街坊四邻都惊动了出来。

"把她带回去!"王天贵冲着三寨主吩咐一声。

等把如意带到了常家大院里王天贵住的那座独院中,三寨主把如意往地当中一掼,晃着又黑又胖的身躯站到一旁。

"我再问你一遍,那个奸夫是不是李家少爷?"王天贵眼里闪着阴寒的光。

"不是。"如意还是那副一脸漠然的样子。

"到底是不是?!"王天贵忽然暴怒,把如意揪起来,左右开弓打了她十几个耳光,直打到口鼻流血。如意喘息着,紧咬着下唇依旧道:"不是,不是!"

"好,我让你嘴硬。"王天贵打累了,把手一松,看着如意那副豁出去了的神态,冷笑道,"你不是喜欢陪男人睡觉嘛,今天我就让你睡个够!"说着冲三寨主一使眼色。

三寨主咯咯一笑,两眼放着光,几步走过来,嗤啦一下,扯开了如意的衣襟。

如意叫骂着,身子在地上翻滚,三寨主下死力按住她的双肩。如意拔下头上的玉簪,向他眼珠扎去,三寨主拿手臂一挡,半截玉簪扎到肉里,登时断了。

三寨主把那半截玉簪夺到手里,狞笑一声,"好,你一半,我一半!"说着把玉簪向如意脸上用力一划。

就听如意惨叫一声,从眼角到下颌,脸上顿时现出一道长长的伤痕,鲜血迸流,溅到了胸前的一抹雪白肌肤上。

"血美人,真赶劲儿!"三寨主淫笑着扑到如意身上,院中又传来一声长长的惨嘶。

三寨主死命蹂躏着如意，过了好一会儿提着裤子站起身，冲着身后十几个弟兄一摆头，"这女人是王大掌柜赏的，还不过来领赏！"

随后院中又传来如意的惨叫声，只是这声音一次比一次微弱了下去……

老歪被王天贵事先借故支开，他总觉得心里不安，在外面办完事儿加紧脚步赶回了王家，走过围墙里那条长长的甬道，迎面过来两个人，长得都是一脸凶相。老歪稍稍一愣，这两人他都不认得，擦肩而过时只听他们笑道："不愧是财主家的四姨太，就是有味儿，比那乡下婆姨强上百倍。"

"可不是，这样的女人睡一个顶十个。"

这两人只顾说着，冷不防身后那人忽然回身，一拳一脚把他们打倒在地，然后凑近逼问道："你们说的是谁？"

王天贵的院子里，那十几个人都轮着来了一遍，如意躺在地上已经被糟蹋得不成人样。三寨主觉得不过瘾，还想要再来一遍。

这时候院子的小门忽然被踢开，老歪像头豹子般扑了进来，他冲过几个人，一把扯起压在如意身上的三寨主，把他向后扯去。这些都是瞪眼杀人的土匪，哪容得了人在面前撒野，立时挥动拳脚围了上来。

老歪一心只想护住如意，可是敌手实在众多，而且都是懂些武艺之人，他虽然身手不凡，一时也取之不下，不过又快又重的拳脚却也打倒了好几个人，把三寨主气得哇哇直叫。

王天贵在一旁紧张地看着，他知道老歪的能耐，别看这些人能把他围一时，可还真不是老歪的对手。眼下老歪还腾不出手从怀里拿刀，不然地上躺倒的就不是一个两个了。

他招了招手把三寨主唤到面前，低声说了两句，那三寨主再跃入场中，不断后退，把老歪引到了廊下一块大青砖旁。王天贵看得明白，见老歪双脚踏定那块青砖，他伸手把房门框旁一个活销拔了出来。就听咔的一声，那块砖忽然翻了过来。

老歪再有本事也想不到，身子一沉落到坑里，这坑不深，只有二尺，可是里面密密麻麻都是尖锐的竹签。老歪一落进去，两只脚就被扎烂了，竹签透过脚面穿了出来，几乎疼得昏厥过去。

三寨主哈哈大笑，掐着老歪的琵琶骨把他硬扯出来。老歪站都站不稳，血染红了地面。三寨主抓住他的一只手腕，"嘎嘣"扭断。王天贵这才施施然走了过来，站在老歪面前。

"你武功那么高，我怎么会不防着呢？这陷阱当初就是给你设的，终于派上用场了，怎么样，滋味还不错吧？"说着冲三寨主使了一个眼色。

"那日在山神庙前，我见你杀官用的招儿不错，我今天也学学。"三寨主扳住老歪头颈，双膀一运力，老歪的颈骨登时被扭断，三寨主冷笑一声，把他抛在地上。

老歪多年习武，丹田一口气比旁人长许多，颈子虽然折了，可是一时没有断气，他用两只胳膊在地上艰难地爬着，一直爬到如意身边，凸出的双眼直盯盯地望着如意。

衣不蔽体的如意双手抱着肩，身子不停颤抖着，脸上的血依旧在流，双眼本是茫然无着，可目光一落在老歪身上忽然瞪大了眼睛。

"高德辉，你看着我干什么？"如意声音喑哑，嘶着嗓子对老歪喊着，"别以为我会原谅你，我这一辈子都不会原谅你，就算到了十八层地狱，也要把你拉下去！"

老歪原来名叫高德辉。

高德辉嘴里吐着血沫，已经口不能言。听了如意的话，他牵了牵嘴角，眼神彻底变得绝望，然后用剩下的那只手，颤动着从怀里掏出匕首塞到如意的手中，对准了自己的心脏，用力一拽把匕首刺了进去。

"把这女人丢到街上去，谁要是敢收留她，就是跟我王天贵过不去！"王天贵吩咐道。

几个人过来架着如意就往外走，到了门口她忽然拼命地挣脱，跟跟跄跄跑回来，盯着看了老歪一眼，伸手把他那顶始终挡了半边脸的帽子摘了下来，手掌在他脸上轻轻地摩挲着，一边摩挲，一边哭泣着说道："德辉，你是我的第一个男人，却也是我这辈子最恨的男人，当初不是你嗜赌如命，我不会被卖进妓院，彻底毁了这一生，所以我要报复你，让你亲眼看着我变成一个人尽可夫、全天下最放荡的女人。可是，如果还有下辈子，我希望我们还能像开始那样在一起，后面什么都不会发生！"

第十四章

做　局

1

泰裕丰生意不顺，王天贵想要把手里的生意兑出输血，失了财源的万源当便首当其冲。

得知万源当已经被王天贵待价而沽，祝晟心里很不是滋味，"万事到头都是梦。"他喃喃自语向着自家走去。

"老爷，可不得了。"他还没到家，就见老仆从对面急匆匆赶过来，一见了他立时就紧拉住不放。

"怎么了？"祝晟有气无力地问道。

"大少爷和孙少爷被人绑票了！"

"什么！"这是祝晟的一子一孙，也是他单传的血脉，一听之下如同五雷轰顶，"在城里怎么会被人绑了票？"

"我也不知道啊。"老仆苦着脸，"我听人说，二位爷去烟馆待了一天，谁知刚走出来就被人掳上车绝尘而去，地上只留下一张字条。"说着把字条递过来。

祝晟刚一过目，手就发起抖来，上面写着要他拿十万两银子出来，不然就把他这一儿一孙剁成肉馅喂给狗吃。

祝晟一言不发，想了片刻忽然回身就走。

半夜时分，祝晟拖着脚步摇摇晃晃再次回到家中，他方才去找王天贵，想从柜上借十万两银子。谁知王天贵冷笑连连，断然拒绝，还冷嘲热讽，完全不留半分情面，末了更是要他立即准备好盘账，不几日后他就要收回万源当的所有存银，将当铺转手卖出。

祝晟失魂落魄地推开自家小院的门，却不见老仆来迎，正厅中倒是点着两盏灯。

"大朝奉，这么晚回家，是不是有应酬呢？"一人端坐在厅中，正在等他。

"古平原！"祝晟瞪大了眼睛。

"坐吧。"古平原淡淡的，倒像是他才是这个家的主人，"我猜得不错的话，大朝奉方才是去泰裕丰借银子了吧，想必是借到了？"

祝晟紧咬着牙一言不发。

"没借到？这可奇了，你为王天贵鞍前马后效命多年，为了保他连杀父之仇都不管了，还害死那么多人，他连十万两都舍不得借给你？"古平原故作惊讶，面露讥诮之色。

"你请回吧！"祝晟浑身发抖，指了指门口。

"回？我还没听到个准话怎么回。"

"什么准话？"祝晟一转念间明白了过来，惊恐地看着古平原，就见他把手里的东西轻轻放在桌上。

祝晟自然认得，那正是自己儿子和孙子随身带着的小烟枪，铜烟头是五福捧寿的式样，绝错不了。

"原来是你，古平原。"祝晟的身子慢慢往下滑，终于瘫坐在了地上，"你要杀要剐冲着我来，我就这一儿一孙啊！"

"哼！"古平原的脸色比屋外的夜色还要阴沉，"你也知道骨肉分离之痛！那金虎的家人呢？丁二朝奉还没出世的孩子呢？还有我的大哥邓铁翼也是被你活活害死的！"

祝晟低下头去不敢看古平原那双喷着火的眼睛，只听他又说道："我真奇怪，就算是这些人你都不理，难道杀父之仇也是假的？也可以弃之不顾？"

祝晟费力地咽下一口唾沫，"杀父之仇不假，可是儿孙的性命也不能不管。他诱着我的儿子、孙子染上鸦片瘾，整日挥金如土，不抽就闹得死去活来，如同疯癫。我哪有那么多钱，家产都败光了，全靠王天贵的烟馆供着他们抽，不然我祝家早就绝后了。"

"你在泰裕丰不是还有半成的财神股？"这一点是古平原最想不透的。

"呵呵。"祝晟惨笑两声，"是啊，你一定也听说了，我仗着有半成财神股，每年都能去痛骂王天贵，是不是？"

"其实我连一分财神股都没有，这都是王天贵编出来的瞎话。他就是要让人知道，我是他不共戴天的仇人，谁要对付他就不会不跟我来商量。"

古平原听得心头一阵阵发凉，这个王天贵的手段真是让人不寒而栗。

"那你为什么在王天贵面前说假话救我？"

祝晟痛苦地闭了闭眼，摇着头没吭声。古平原来找自己商量对付王天贵，他那时心里也是矛盾万分，要是连古平原一起说出来，这个自己很是赏识商才的年轻人也保不住命。他想起自己对丁二朝奉说的那句话："小鱼要想翻江倒海，得先长成大鱼才行。就看他有没有这个造化了。"一念怜才，这才冒着危险保下了古平原。

见他默然不响，古平原也有些猜到了原因，不由得放缓了语气。"你还想不想要这一子一孙的命？"弄清楚祝、王之间的真正关系后，他决定单刀直入。

"当然想！"

"好，我要你帮我办一件事。办成了，我就把他们毫发无损地放回来。"

说着古平原拿出一本小册子，"我知道你沉浸典当行多年，不仅会识假，造伪也是好手。如今要你把这本册子里写的东西，让人看来像是国初顺治康熙朝之物，你能办到吗？"

"能！"见他一口答应，古平原倒有些不信，祝晟急道，"这造伪一术，手法还在其次，关键是用料。比如伪造宋版书，那就要寻得宋朝时的纸张，看起来才不失真。可是宋纸一张便值一片金叶子，如此稀少根本就寻不到，所以市面上假的宋版书都是用的明纸，只能哄哄冤大头，明眼人一眼就能分辨出来。"

说到鉴宝，祝晟是大行家，说得兴起口舌也就利落起来，"要仿国朝之初的东西，那就容易多了，那时的墨和纸尚有不少留存，只需寻来，然后按照年代做旧便成，物是真的，只要仿得细，天下也没几个人能辨出假来。"

"好。"古平原满意地点点头，把那册子往祝晟怀里一抛，他翻开来看了看，顿时毛骨悚然地打了一个冷战，抬起头面无血色地看向古平原。

古平原毫不在乎地站起身，"敢露出一个字去，就等着收尸吧！"他说罢向外走去。

"古平原。"祝晟在后哀求着。

"只要你守诺，我不会为难他们。"

"钦少爷，这次我让你抖抖威风！"张广发终于等到扬眉吐气的一天。他把一沓银票往桌上一放，脸上都是踌躇满志的笑容。

"啊，啊，什么？"李钦回过神来。他这些天心神不宁，一想到如意就连觉都睡不好。

"先前我们的打算是先攻泰裕丰，将其吞并后借着两家票号合一的实力去打垮剩下的燕门票号。如今燕门票号帮朝廷垫付了赔款后已然成了强弩之末，我们的方法也要变一变了。"

所谓变，就是从十八家大票号中实力较弱的票号下手，一口气打垮几家，造成通省恐慌挤兑，一轮挤兑之后，大平号再出手，如此反复几次，这十八家票号就剩不下几个了。

"眼下我挑了三个，分别是汾都的通和、榆次的恒兴还有介休的合盛元，你、我加上苏公子各去一处，我算过了，凭这三家的实力，桌上的这些银票足够他们好看。"

要在往日，李钦早就眉飞色舞起来，可是今天他却怏怏不乐地打不起精神，连苏紫轩都奇怪地看了他一眼，张广发更是觉得反常。

"钦少爷，你怎么了？"

"没什么。"李钦摇了摇头

"好，那就事不宜迟，咱们速速动身。"张广发知道商机如戎机，也是半点耽误不得的。

李钦骑着马心事重重地来到大街上，策马向着城西而去，快到城门口时，就见几个顽童围着一个乞丐在拍手嬉笑，"丑八怪、丑八怪！"

李钦从旁过时不经意地望了一眼，正与那乞丐的眼神撞上，他立时变色，身子一晃差点从马上栽下来。那女丐也是瞬间睁大双眼，却马上回过头去，再也不看他。

"如意，是你吗！"李钦下马几步走过来，颤声问道。他怎能相信几天前还是娇滴滴如花似玉的一个女子，如今却鹑衣百结蓬头垢面地卧身于一地污秽中。

女丐一声不吭，只是用身上的破布挡着头脸，身子在微微发着抖。

李钦认定了是如意，伸手过来要拉他，女丐却忽然尖叫起来，把李钦吓了一跳。

"你走，你走，我不要见你！"

"如意……"

"李少爷。"如意拼命挡着自己的脸，身体剧烈地颤抖着，声音也是如此，"你要是还念着往日的情分，就请你一辈子也别来看我。就像我那天对你说的最后一句话，忘了我吧！我求求你了。"

李钦呆呆地望着如意，泪水忽然夺眶而出，他翻着身上，把所有的银票都掏了出来放在地上,"这些银子你拿着,足够你花用一辈子了。"

如意苦笑着摇了摇头,"我不要,再多的银子对我来说都没有用了。"

李钦狠狠一跺脚,"我知道是古平原告的密,你放心吧,我一定替你报了这个仇!"

"原来是他……"如意目光一闪,像是两团鬼火一般。

2

张广发气势十足地来到位于榆次的恒兴票号,这也是当地的一家大票号。张广发一进去,二话不说便往柜上拍了厚厚一摞银票,把管账先生吓了一大跳。

"这位主顾,您这是……"

"二十万两银票,张张都是你们发出去的,兑现银!"

银库里的存银只有十几万两,其余的都拿去借给了朝廷。管账先生一哆嗦,拿过银票细细一看,可不是嘛,张张都是恒兴的字号,一张都不假。

"您等等,我这就进去找大掌柜。"管账先生一路小跑来到后面,把这事儿一说。掌柜的听说有人拿了二十万两银票来,连忙来到柜上,满心以为是哪个老主顾,盼着说上几句好话延期几日好去筹银子,等从门后偷眼一瞧,这位大掌柜顿时眼前发花,咕咚坐到了地上。

"大掌柜,您怎么了?"

"完了,完了。"大掌柜眼都直了,"这就是京商的大掌柜,他今天是来者不善,咱们票号完了。"

"我现在就去找日升昌拆借银子。"

"没用。日升昌的银子自保还不够呢。"大掌柜一股火撞上来,竟然急得昏了过去。

张广发站在前柜,忽听后面传来一连串"大掌柜!""快去请郎中!"的急喊声,他的脸上露出了稳操胜券的得意笑容。

苏紫轩这边做得更辣手,她到了介休,先没去合盛元票号,而是让四喜雇了些街头闲人在四街八巷里喊了一个时辰,"合盛元快倒了,大家都去看稀罕,有钱存在合盛元的快点拿折子去取钱啊!"

等老百姓聚了一堆,合盛元大掌柜正在满头热汗地解释着,苏紫轩上去把手一扬,"大掌柜,你也不必说这么多,把这摞银票兑了,大家自然相信柜上有钱,不然……"

等到合盛元的招牌被愤怒的主顾摘下踩烂时，苏紫轩早就带着四喜出了人群离开了。

燕门十八家大票号是名声在外的买卖，如今一日之内就被京商打塌了三家，消息传出震动了整个燕门商界。

当天夜里，余下的票号大掌柜齐聚票商公会商量对策。

"这样下去怎么得了，今天垮了三个，明天再垮三个，后天过完，十八家票商岂不就只剩下了一半！"王天贵内心恐惧之极，他知道是泰裕丰往日排名票商第三，靠着这张已然名不副实的虎皮这才逃了一难，要是把苏紫轩今日的做法用在泰裕丰上了，只怕眼下已经被人卸了牌子。

他在地上转了两圈，忽然又道："不必等那么久，明天，只要明天再倒三家，一定就会有大规模的挤兑，到时候不要说其他票号，就是日升昌和蔚字五联号也扛不住。"他翘起一根手指，"要是今晚想不出办法，明天就是十八家票号一同覆灭之日！"

王天贵严酷的口气激得在场众人都是一颤。一直闭目沉思的侯五味睁开眼看了他一眼，心中暗道："这头老狐狸真有几把算盘，让他说对了，形势如此发展下去，只怕燕门票号就让京商一窝端了。"

"雷大掌柜，你可得拿个主意啊，不然明天就全完了。"众家票商此时都感到情势已经到了千钧一发之际，心里头都急得如同油烹一般，齐齐注目雷大娘。

雷大娘深深吸了一口气站起身，"这个局面我早就想到了，也一直在想办法，可是直到今天京商出手，我也没想出个好主意。如今谈手腕，比技巧都没用，京商练的是金钟罩铁布衫，实打实上来硬碰硬，没银子怎么和人家拼！"

雷大娘的话听得大家心里一凉，难道就这么完了，称雄大清商界两百多年的燕门票号就这么毁在京城李家手里？

雷大娘看大家脸色沉重，又接着道："我是真没有好主意，可是今日临来之时，我弟弟雷念珠倒是出了个点子。他这个办法说起来是治标之法，不是治本之策。"

"管他什么治标治本，保住明天再说。"王天贵快要吼起来了。

"对呀，雷大娘你就快说吧。"众票商听说还有办法，就像捞到了一根救命的稻草。

"如今我们各家虽然缺钱，可是把手头的银子都集合在一起，还是比京商的银子多。"雷大娘说到这儿，侯五味已然不断点头，他明白了。"我想让大家留下应付小户的钱，然后把剩下的银子都凑到一起，一旦京商上门，立时用信鸽传讯，银车马上赶过去。"

"太远了，恐怕来不及吧。"有人喃喃道。

"那就分成三处。"侯五味道，"这样就都能顾上了。"

众位大掌柜你瞅瞅我，我瞅瞅你，票商之间彼此竞争，本来就是同行冤家，现如今说要把银子都放在一起，这是破天荒，从来没有过的事儿。

"诸位，我说句实话，这是没法子的法子！京商眼下采用的是各个击破的手法，我们只能兵合一处来应对。如今大难临头如果再不能同仇敌忾，就像王大掌柜说的，明天太阳升起，只怕就是燕门票号存于世上的最后一天了。"雷大娘面向众位掌柜，声音十分沉重。

"我同意。"终于有票号掌柜开了口。

"同意。"

"我也同意！"

雷大娘素来内心刚强，此时眼圈也不禁有些发红，身上微微发着抖，抬起手向大家施了一礼。

"嘿，想不到是这么个法子！把钱都凑到一块儿，攻一个就等于攻这些所有的票商，也亏他们想出这个笨办法。"张广发笼着手在屋中转了两圈。

"笨虽笨，却有效。如今晋商成了缩头乌龟，却是刀砍不得，斧剁不得，这事儿还真难办了。"苏紫轩手摇折扇，沉吟着。

"有什么难办的，他们如今挨打还不还手，咱们不过多费些工夫罢了，这是稳赢的局面。"张广发用手指敲了敲桌面，"现在这些票号已经没有银子可以放账，又有主顾不断上门取银，等于是只出不进。我估摸着最多一个月，他们连防备我们京商的这笔银子都要拿去付给主顾了。到了那时候，我们反倒可以一举把燕门票号都灭了。"

苏紫轩静静听着，张广发的分析无论从哪一面听都是入情入理，可是她不期然想起一个人，心里顿时一沉，把扇子啪地一合，轻轻道："就怕夜长梦多啊。"

3

"只怕连半个月都挺不到。"票号的跑街伙计们都在紧张地议论着眼下这个局面，毕竟把所有票号银库里的银子都聚到一块儿，这是个从未有过的举动。古平原按照如今的出入账细细一算，当时就下了断言，这笔银子也挺不了多久，王孔在一旁赞同地点了点头。

"那怎么办，眼睁睁看着燕门票号就被京商的人给灭了？"矮脚虎头上青筋绽起多高。

"眼下还没到绝境，这聚财挡灾的法子虽然不能挺一世，却能挡一时。"

"以日升昌雷大掌柜的本事，也不过就是想出这个拖延时间的法子，咱们还能有什么办法。"白花蛇不以为然道。

"不，古掌柜说得对。"王孔站起身，"票号不仅是东家、掌柜的，要是票号垮了，咱们这些伙计都得喝西北风去，大家集思广益，三个臭皮匠赛过诸葛亮，也许就有好法子想出来。"

可惜的是，通省的票号掌柜、账房、伙计绞尽脑汁想了十多天，到头来还是一无所获。

"我看是绝境了。任你有千条妙计，人家京商有一定之规，就是和你比银子，比财大气粗，一句话，票号没银子玩不转哪。"白花蛇算是绝了望。再看看众位伙计也都是如此，一脸的泄气样。

"别这么脓包势。"古平原发了一会儿呆，忽然笑了，"别说天不会塌下来，就算是塌了，不还是我这做掌柜的最倒霉。"他从床头褡裢里拿出一小包银子。

"大家忙了这么久，今天好好乐乐。看戏听曲，喝点小酒，去赌两把。银子不花光不许回来。"说着不由分说把银子给每个伙计分了。

伙计们三三两两都走了。王孔问古平原："三掌柜，那你呢？"

"我也去满一楼吃顿好的。"

王孔一笑，"那我陪三掌柜一道儿去。"

票号之危牵动全省的买卖，连酒楼的生意也大为萧条。见古平原与王孔相偕而来，跑堂的忙笑脸相迎准备让到雅座，古平原摆了摆手，"我们就在散座好了。"

等到酒菜上齐了，二人举杯动了筷子，古平原忽然问："王兄，你将来有什么打算？"

"我？我打算学好本事回家乡云南。"

"云南，你不是王大掌柜的侄儿吗？"古平原惊奇地问。

"我这个侄儿不在他五服之内。我们这一支早在道光年间就迁到了云南，当时是为了做茶马生意，可是不成功，又没钱返乡，就留了下来。后来我知道有个远房伯父在燕门开大票号，就千山万水投奔来了。倒不是冲着他的钱，云贵川山路崎岖，正有票号汇兑用武之地，我打算学好本事在当地开一家票号，从小生意做起，总有一天我王孔的招牌要遍及川滇。"

"好。"古平原举起杯，"王兄，我祝你早日成功。"

二人一饮而尽。正在叙谈之际，旁边桌上忽然起了争执。

就听一个跑堂的正在伸手要钱，"烧鹅三钱银子一只，你拿了怎么不给钱？"

就见旁边一个人长得尖嘴猴腮，手里拎着一只用油纸包好的烧鹅与伙计争辩着，他指了指桌上的一个盘子，"这只熏鸡是我点的不是？"

"是啊！"

"我说不要了，让你换烧鹅对不对？"

"对啊！"

"那你还冲我要什么钱！烧鹅是用熏鸡换的。"尖嘴汉子抬了抬手。

"那熏鸡你也没付钱哪。"

"哼，我没吃退给你了，付什么钱？"尖嘴汉子眼珠一瞪。

王孔在一旁见那伙计急得昏头涨脑，却又算不明白这笔账，不由得笑了出来。却冷不防听到身旁啪的一声巨响，别说王孔，连旁边正吵着的那二位都惊得跳了起来。就见古平原用手重重一拍桌子，碗筷盘子震起多高，汤汤水水洒了一地。

"三掌柜，你……"王孔惊道。

"客官，你这是干什么！"跑堂的也急了，心说这是哪道菜不合口味了。

古平原瞪着眼睛，脸上是惊喜莫名的表情，他来不及细说，抛下一块银角子，往外就跑，回头冲着王孔叫了一声，"我去找雷大掌柜。"

"这人是个疯子吧？"那个尖嘴汉子走过来，目瞪口呆地望着一桌狼藉。

"不……他是泰裕丰的三掌柜。"王孔半天没回过神来。

"如今已经开始耽误买卖了。曹财主在邻县买地，到我这儿取银子，我好说歹说延了三天，可那边的地价又涨上去五百两，曹财主问我这笔账怎么算，我真是没法回答人家。"一位票号掌柜摇头叹息。

"那也不能动那笔凑集了的银子，动了这笔银子，京商立时就找上门来，只有死得更快。"一旁的另一位掌柜说道。

"现在是进也死，退也死，早晚都是个死！"先说话的掌柜恨恨道。

"那可不一定！"雷大娘话到人到，从票商公会的大门口走了进来。

"雷大掌柜，派伙计连夜把我们都叫来，到底有什么事？"

"今天不是我找大家来，是泰裕丰的三掌柜古平原，他有事要当众和大家说说。"雷大娘也好奇，古平原口口声声说有了好办法，他葫芦里究竟卖的什么药呢？

古平原走到大厅中间，向四方作了一个罗圈揖，"各位大掌柜，眼下想必都是在发愁柜上现银不足吧？我这儿有个法子，能立时变出钱来，而且是要多少有多少。"

要多少有多少？这也未免太过大言欺人了，掌柜里没一个信的，本来古平原因为母钱桌子一事已经颇得大家的好感，但是方才这句话说的口气太大了，不免让人怀疑他是个疯子。

"我知道大家不信我。"古平原笑笑，"其实这个法子很简单。主顾为什么上门取钱？无非是为了花用，也就是买卖。"

一买一卖就是银子与货物之间的交换，而银子易手，说白了就是从一个人的票号户头转到另一个人的票号户头里。

"如今一个铜钱就能立折子，通省几乎家家都有票号户头，那买卖何必提现银？只要票号从买主的户头划去货款，再出一张画了密押的单子，送到卖主的票号去，那边将这笔货款如数加到卖主的户头上，这笔交易不就成了嘛。剩下的就是两边票号结算，那是咱们自己的事儿。"

这些票号大掌柜也都是见多识广，北方的票号，南方的钱庄，甚至是洋人的银行规矩也都略通一二，可对古平原的法子也都闻所未闻，一时都怔住了。

古平原见大家瞠目结舌看着自己，索性叫过王孔，"大家既然疑惑，我与王兄扮上一场，看过之后想必大家就全明白了。"

说着古平原冲王孔兜头一揖，"王兄，我用一万两银子买你手头这批粮可好？"

王孔本来就不苟言笑，当众做戏更是不惯，当下不言声只点了点头。

"好嘞！"古平原就像真的做得了一笔买卖一样，兴高采烈来到雷大娘座前，假作递过折子："雷大掌柜，我来取银子，一万两要去买粮，您行行好快些，不然等一会儿卖家变了卦，我这笔好买卖可就泡汤了。"

雷大娘没想到古平原这个人还会当场装神弄鬼，肚子里忍着笑，摇了摇头，"实在对不住，柜上没现银。"

"那怎么办！"古平原摆出一副发急要怒的样子。

"不要紧。"雷大娘伸手要过笔墨，在一张白纸上点点画画写了一个"一万两"，画了两个圈权当是密押，递给古平原，"拿去给卖家的票号便能结账！"

"一张纸抵一万两银子，这能行？"古平原挑起眉毛，惊疑地问。

"能行，不行你回来找我。"

"好，我去试试。"古平原半信半疑，拉着王孔来到侯五味面前，"侯大掌柜，这是日升昌给您的。"

侯五味见演戏自己也有份儿，扑哧一下乐了，边笑边接过那张纸，假意认认真真看了看。"嗯，好了。"他对着王孔道，"你的户头立马就存进一万两银子。"

古平原看着王孔，"王兄，咱们的买卖成了吧？"

"成了。"

古平原转过身，扬了扬手，"各位大掌柜可都看明白了？这一万两银子谁都没看到，可是这笔生意却已经做成了。"

这时候，整个大堂里已经没有人坐着了，所有大掌柜都兴奋地站起身来。雷大娘慢慢走过来，眼中全是笑意，猛地一拳捣在古平原肩上，"小兄弟，真有你的！"

这大堂里一下子震动开了，这些平素赫赫威仪的大掌柜脸上都是喜不自胜。他们都是内行，这时候已经像吃了个萤火虫一样，连心都是透亮的。侯五味不住点头，连声问："这法子简直让你想绝了，总该有个名字吧？"

"名字我已经想好了。既然是从一家票号的账上过到另一家票号的账上，不妨就叫过账法！"古平原稳稳当当地说。

"好一个过账法，这下子算是把燕门票商给救了。"侯五味击节赞叹，不过面色依旧有些凝重，"虽然有这么个好法子，可是京商依旧在旁虎视眈眈，大家还是不能大意。"

"等缓过这口气，我一定带大家想法子攻掉大平号，它在燕门始终是咱们的心腹之患，绝不能留！"雷大娘当大掌柜这么多年，别看是个女人，却从来都是杀伐决断。

几句话一说，大家又都静了下来，没错，接下去与京商还有一场龙争虎斗，京城李家岂是易与之辈，接下来的这场拼杀只怕又是腥风血雨。

"我看不必了。"古平原慢悠悠地说。

"古掌柜，这话什么意思？"侯五味问道。

"我说句话，还请老前辈指点一二。"古平原别看立了这么大功劳，却是不骄不衿，言语从容恭谨，这份气度就把在场不少大掌柜比下去了。

"你说吧。"侯五味越来越喜欢这个年轻人,含笑点头道。

"过账法全靠票商之间彼此通气联络,说白了就像联号一样,自成体系,自成圈子。无论是哪家票号想用这个过账法,都必须加入这个圈子,否则你开出去的单子人家就不认。"这个道理很浅,人人听得明白,"咱们自然不会让大平号加入进来,对不对?"

"这还用说嘛!"一个票号掌柜插言道。大平号已经变成了死敌,燕门票商都恨不得它能立刻垮掉。

"既然如此,过账法风行燕门之日,我想大平号也就没有银子来和燕门票号斗法了。"古平原看着侯五味说道。

侯五味低头沉思了一会儿,忽然惊喜交加地望着古平原,"哎呀,古掌柜,你真是商界奇才呀!"

雷大娘看着众家掌柜交头接耳,很多人都面露疑惑之色,她笑着说:"大家只要回去把这个过账法在全省推开,大平号自然就完了,你们等着瞧好了。"

"可惜还是百密一疏。"王天贵一直在旁沉默不语,票号的危难解了,他当然高兴。可是看到古平原被众人捧得这么高,却又生出了妒意。这时候走过来要鸡蛋里挑点骨头,显摆显摆能耐。

"要是有票号不守规矩或者存心犯律,这过账法岂不是等于给他提供了一个好机会。比方说有的小票号账目不清眼看要破产了,于是与客商通同作弊,明明客商账上没有这笔银子,他偏要说有,然后开出单子去到大票号过账,等到结算之时就溜之大吉,那该怎么办?"王天贵确是老狐狸,一下子就看到了过账法的软肋。

"这我也想到了。"古平原正要说这件事,此刻见王天贵忍不住蹦了出来,心里一声冷笑,接着道,"过账法虽然方便易行,可是却易引来小人窥财之心。为了防止损失,唯有设立一处总柜。"

"总柜?"这是个闻所未闻的名字。

"对!这总柜与众家票号,就如同户部与各省藩库一样,虽然没有统属关系,但能纠察审账。定期或不定期就可到施行过账法的票号中查验账本,查看存银,如果发现有银账不符的舞弊行为,就可以立时纠正甚至将犯规的票号逐出过账法以儆效尤。"

众家票商听后都是默默点头,过账法纯粹是票商之间用彼此信任搭起来的一座桥,倘若有人不守规矩乱踩乱蹦,这座桥就有倒塌的危险,看样子非有个守桥人不可。

"可这个人是谁呢？"大家不由得把目光投向了雷大娘。

雷大娘却道："小兄弟，这个法子是你想出来的，你来说吧，总柜设在何处？"

"好，那我就说。"古平原倒是当仁不让，他向着众家票商脸上挨个看了一圈，最后转过头来。

所有人都认为古平原一定说的是日升昌，连雷大娘自己都这么想，见他把眼光投过来，刚准备接话，古平原说的却是："这总柜应该放在泰裕丰！"

泰裕丰？一句话语惊四座，众人这才想起古平原是泰裕丰的三掌柜，看起来是偏帮自家，心里都有些腻味，可是人家出了这么大力，这时候说不行，也太过河拆桥了。

王天贵可乐坏了，这真是意外之喜，他见票商一时无人反对，站前一步拱了拱手，"诸位请放心，这总柜放在泰裕丰，我王某人一定公平处事，联络同行，负好度支稽查的责任，一定不负大家所望。"

本来挺好一件事，最后因为设总柜，弄得众家掌柜都有些扫兴。王天贵手腕狠毒，人人都清楚，谁知道他会不会利用这个总柜的身份做出些损人利己的事儿来。

掌柜们纷纷辞去。王天贵也带着古平原、王孔走了。公会里就剩下雷大娘和侯五味，二人彼此望望，都看得出对方眼神里的那份疑惑。

"这个姓古的年轻人真是为王天贵卖命？"侯五味喃喃自语。

雷大娘皱着眉头，"不应该呀，他和王天贵不是一路人。"

"嘿。"侯五味忽然感慨地笑了，"我原以为自己那辈人是风云际会英才辈出，没想到如今的年轻人更是一个比一个让人瞧不透，我真是老了，老了……"

雷大娘看着侯五味那张历经沧桑的面孔，一时愣愣地说不出话来。

"古平原，你立了大功，不，是头功！"回到泰裕丰，王天贵依旧是兴奋之情溢于言表。

他太清楚这个总柜的身份意味着什么了，过账法必然风行燕门，也必定被众票商奉为经营圭臬，那么这个总柜实际上就等于一手掌握燕门票商银钱流通的命脉。管他什么日升昌、什么蔚字五联号，总柜就是当仁不让的票商领袖。这是自己一辈子梦寐以求的目标，想不到是古平原一把将自己推了上来。

"古平原，从今往后你就接任二掌柜之职！"王天贵用力拍了拍他的肩膀。

"是。"古平原低了低头，脸上看不到一丝表情。

"大掌柜，那我呢？"曲管账在旁颤声问。

"你?让你去查京商的底细你查出什么啦,没有尺寸之功,事事落于人后,凭什么当二掌柜!你和古平原换个位置吧。"

"大掌柜。"曲管账做梦也没想到会这样,"我为您鞍前马后二十年,没功劳也有苦劳……"

"算了吧。"王天贵一甩袖子进了内院。

曲管账魂不守舍地回到前柜上,越想越是窝囊,忽然一拳砸在柜上,从牙缝里迸出一句话:"王天贵,你欺人太甚!"

4

"完了,看样子我乔家的生意今天就算是完了。"乔致庸很明白,门外人山人海,呼喊着要乔家还银子的这些债主不会是无缘无故就齐聚于此,一定是有人给他们透了信儿,说是乔家没了银子,这才引发了这场巨灾。这个人搞不好就是上次来查账的那个苏公子。

他猜得不错,而且也猜准了,故意把这个消息散布出去的正是苏紫轩。她费尽心机派人从无边寺盗走的不过是一尊尊铜佛,愤怒之下就想出了这个釜底抽薪的办法,要是乔致庸拿出金罗汉解围,自己当然不会放过这个机会,要是乔家真的没有金子,那么自己也可以出一口恶气。

这一招真是辣手!乔致庸一心期待茶车早日归来,可是打听到的消息,朝廷仍旧在封锁道路,路不通,茶车就不可能赶回来,这兵荒马乱的年月,也许永远也回不来,他已经死了这条心了。自己使的本就是空城计,如今被人识穿了,手里又没有一兵一卒可以派,只能坐以待毙。

一旁的管家是乔家的老仆,听着门外一片吵嚷,也是急得团团乱转,忽然想起,"东家,票号里最近不是用了什么过账法?咱们何不也试一试。"

"过账法帮不了我。"乔致庸早就想过了,"只有户头上有银子才能用过账法,我乔家的户头上如今分文没有,这些日子还全靠了日升昌帮我遮掩,如今哪里有数目过给人家。"

"那找日升昌去借,大不了多付利息。"

"如今全省票号元气未复,凭我和雷大娘的关系,只要开口,她必然全力帮我,可是那样就把日升昌坑了,我不能做害朋友的事儿。"乔致庸摇了摇头。

"这……"管家也为了难,忽然眼前一亮,"东家,你和省城的大官儿素有往来,何不叫他们派兵把这些人撵走。"

"住口！"乔致庸发怒了，他一指大门处，"外面那些都是我乔家的主顾，信得及我才将货物赊欠，如今上门要银子，我不但不给，还邀兵来撵，那我乔致庸成什么人了，我将来有什么脸面去见乔氏先祖！"

管家吓得连连点头。乔致庸吁了一口气，看了看身后先祖乔贵发的画像，又看看自己亲笔所书的那副对联，"惜食惜衣非为惜财原惜福，求名求利但须求己莫求人"，他忽然豁达地一笑，站起身拍了拍手，"管家，把那些主顾都放进来！"

"东家！"

"做生意有赚就有赔，我乔家赚了多年了，如今赔了也平常。我乔致庸不是还在嘛，凭我赤手空拳，十年后还能把这份家业赚回来。去吧，把那些要债的主顾都客客气气请进来，他们曾是我乔家的衣食父母，将来也许还是我做小生意时的相与，我要好好谢谢他们。"

"东家！"白发苍苍的管家哭了起来。

"去吧。"乔致庸挥了挥手。

乔致庸坐回正厅的太师椅上，微微闭上眼睛等着那些人冲进来，也想好了一肚子的话要和大家说。他清楚地听见了管家打开大门时那清晰的吱呀声，这院子是父亲在时建起来的，乔迁之时，父亲抱着牙牙学语的自己，第一个推开门进了院，那时大门开启的吱呀声如同就在耳边，自己瞪着好奇的眼睛看着这大院里的新鲜事，一切仿佛就在昨天。

他一时有些神志恍惚，过了好一会儿才发觉不对，怎么这半天还没有人进来？他睁开眼向门外望去，管家正跌跌撞撞跑了进来，语声发颤，"东家，东家，您快出去看看吧！"

"怎么了？"乔致庸站起身，紧盯着他。

"茶车，茶车呀！"管家语不成声，手一直指着门外，这时外面已经传来欢呼之声。

乔致庸愣住了，喃喃道："不会，路还没通，茶车怎么可能会到？你看错了吧。"

"东家，你去看看吧！"管家又是抹泪又是笑，连连往外推着他。

乔致庸惊诧地出了门口，所有人都在望向乔家堡前的那条路，一支壮观的队伍正迤逦而来，长长的茶车依次行进，后面一眼望不到头。前面第一匹马上坐着的人正是古平原，而在他身边赶着头一辆茶车的是常四老爹。

队伍来到前面，古平原翻身跳下马，几步走到乔致庸面前。两个人互相看着，古平原把着乔致庸的臂，笑着说："乔东家，你的那笔金子我用了，买了一条茶路。"

常四老爹累瘦了一圈，可是精神极好，也在一旁打趣道："这一路上的官儿让我喂得直打饱嗝，乔东家不心疼这笔钱吧。"

"不心疼，不心疼。"乔致庸眼中含着热泪，紧紧握着古平原的手。

"去看看茶吧。"古平原轻轻推了他一把。乔致庸来到茶车前，轻轻把盖布掀开，满满一车的茶砖，堆砌得整整齐齐。他拿起一块，掰下一个角揉碎了放在鼻前贪婪地闻着，那茶的清香仿佛散入了五脏六腑。

"好！"乔致庸大喝一声，猛地一扬手，茶叶被风卷着，飘到了周围众人的身上，乔家堡上下顿时欢声雷动！

乔家及时到来的茶叶把一省的生意都带动了起来。燕门有三成以上的生意直接或间接与贩茶有关，省内靠着往通商堡贩茶为生的脚夫、趟子手以及各式各样的生意人成千上万，这茶一到就等于久旱逢了甘霖，甘霖借着票号施行的过账法又变成活水，生意套生意，买卖连买卖，彻底把燕门票号从奄奄一息中给拉了回来。

燕门票号活了，大平号可就离死不远了！

"大掌柜，银库里只剩下五万多两的现银了，今个儿一开板要是有人大笔兑现，咱们就麻烦了。"管账先生小心翼翼地说。

"知道了，你先出去吧。"说话的人声音有些无力。李钦不由得抬头看了看张广发，这才惊讶地发现不过十几天而已，他的额头鬓角竟然多了星星白发。

"千算万算，算不到这一招。"张广发忽然双掌互击，声音里有气恼也有一丝恐惧，"燕门票号竟然能想出这种起死回生的法子，我真是太低估他们了。"

何止是他，就是当初设下计谋，要把燕门票号掀个底朝天的李万堂也万万没有料到会有今天这样的局面。

过账法通行全省票号，唯独把大平号排除在外。商人之间的买卖往来凭借过账法在各个票号间通行无阻，唯独到了大平号这儿不灵。一来二去，把钱存在大平号反倒变成了一件极不方便的事情，于是便开始有人结清折子将钱提往别家票号另存，一开始是一个两个，后来是十个八个，再后来站起长排，大平号的银库才真正变成了有出无进，不过十几天工夫，号称要把燕门票号一网打尽的大平号，银库竟然见底了。

"不是燕门票号。"苏紫轩站在窗前，瞧着树上的鸟儿打架，脸色平静如水，"是一个人。"

"你说什么？"张广发愣愣望着她。

"我是说，是古平原一个人就把你的大平号打垮了。"

张广发嗫嚅着嘴唇，刚想问个清楚，管账先生急匆匆赶来，"大掌柜，有人来兑现银票。"

"多少？"

"五十万两。"管账先生看起来要昏过去了，这个数目往常不是问题，可放在如今就是要命，大平号终于体会到前些日子燕门票号的窘境了。

李钦蹦起来，来到苏紫轩面前，"你不是还有一百万的银票子嘛，这时候还不拿来应急？"

苏紫轩看了他一眼，又看了看张广发，忽然一笑："大平号两个东家，一个是我，一个是李老爷。前几日张大掌柜就派人快马回京求援，如今就算银车不到，怎么回信也没一封？"

张广发身子抖了一下，看着苏紫轩怔怔不语。

"李老爷也知道大平号输定了，所以不肯再往这个无底洞里投钱，他不添本，我为何要做这傻事？"

"你能把银子不要抵押借给古平原，如今为何就不能往自家的买卖上添本。"李钦不服气地追问。

"这里面有个值得与不值得的区别，钦少爷，你慢慢去想吧。"苏紫轩说着往后院走去。

"四喜，把行囊打好，我们这就回京去。"苏紫轩一进房便吩咐道。

"这次来燕门，既没弄到闯王宝藏，又没杀了僧格林沁，连燕门票号都奈何不得，全怪那个古平原从中搅局！"四喜想来想去不甘心。

"做事情一半看人一半看天，天若不予，强取招祸，天予弗取，反受其咎。"苏紫轩倒是心平气和，"我不喜欢死缠烂打，既然胜负已分，那就不用再留下去了。"

"那个古平原呢，就这么放过他？"四喜气恼地说。

"要除去他倒也不难，他的弱点太多了，可是……"苏紫轩考虑什么事都一向冷静，唯独想到古平原的时候，总觉得这个人让自己捉摸不透，她不喜欢这种感觉，便有些心烦意乱，"算了，天地这么大，我和他不见得会再碰到了。"

5

张广发不失大掌柜风范，虽然银库里银子不够，可还是镇定地来到前柜。就见柜前站着一群人，其中有一个就是当初来赌输赢的王孔，他和十几个伙计众星捧月般围着一人。

"张大掌柜，咱们又见面了。"古平原面带微笑，手里托着个布包，里面是一沓整整齐齐的银票。雷大娘与侯五味在得知大平号的困境之后，立时发动同行搜集大平号开出去的银票，五十万两不算多，但如今却成了张广发的催命符！

古平原得知消息特意赶去日升昌，把这个差事讨了下来，今日带着跑街伙计们来到了大平号。

"古平原，你不过是个三掌柜，这儿还轮不到你撒野！"张广发知道势不可免，说话却毫不服软。

白花蛇和矮脚虎待要反唇相讥，古平原摆了摆手，走上几步，"张大掌柜，这就是你对待主顾的态度？我今天不是以什么三掌柜的身份来此，只是个兑银子的主顾，请你照票吧。"

张广发铁青着脸一言不发。李钦在旁边肺都要气炸了，忽然扑过来抬腿就要踢古平原。王孔看得分明，伸手用力一推，把李钦推了个踉跄，后背重重撞在墙上。

"钦少爷。"张广发赶紧过去扶住李钦，回头怒道："古平原，你既然是有备而来，咱们就打开天窗说亮话，库里如今没银子，你想怎样？"

"怎样？摘招牌！"王孔踏前一步。

"不。"古平原摇头道，"王兄，你也把大平号的招牌看得太值钱了，摘了招牌这五十万两银子就算了？岂有此理！"

"你……"张广发不料古平原话语也如此尖刻，一时竟忘了回击。

"别忘了，街上还有个银葫芦呢，拿来抵五十万两银子岂不是绰绰有余，搞不好咱们还能倒找给张大掌柜几文。"

跑街伙计这才明白古平原为什么要他们带上镐头大锤，一个个都兴奋起来，摩拳擦掌就要动手。

"慢着！"古平原喝止道。他往前又走了两步，几乎与张广发面对面，压低了声音道："张大掌柜，你要是说出当日为何陷害于我，我就让大平号体体面面撤出燕门，不然休怪古某人不留情面。"

张广发一震，垂下眼皮想了半天，最后决然地一咬牙，冷冷道："横死竖亡都是这么一下，何必多说！"

古平原盯着他，半晌才移开目光，见李钦恶狠狠地瞪着自己，忽然揶揄地一笑，"要不然，李少爷给我磕个头？"

"你做梦！"李钦恨不得咬掉他一块肉。

"那就怨不得古某了！"古平原返身大踏步来到街上的银葫芦前，挥了一下手，齿缝中迸出一个字："砸！"

伙计们早就等着这声令，个个争先恐后，抡起镐头大锤，叮叮咣咣一顿猛砸。大平号办的时间虽然不长，可是有声有色，银葫芦这个点子又让它出尽了风头，此刻听说要倒牌子了，连银葫芦都要砸了还债，差不多半城的百姓都赶过来围观，把一条大街堵得水泄不通。

人多力量大，不多时银葫芦被砸开一条大缝，眼看再来上一下就能一分为二，矮脚虎把大锤递给古平原。"三掌柜，今儿是真出气了，这最后一下你来吧！"

古平原接过来，忽又把王孔叫过，将锤塞到他手里，拍了拍他的肩。

王孔明白他的意思，感激地看了古平原一眼。自己当初险些在这儿剁掉双手，如今就要用这双手讨回这笔账。他高高抡起大锤，瞪圆了双眼，使出全力砸了下去。

就听一声闷响，银葫芦从中间裂开分成两半，轰然倒地，顿时尘土飞扬。古平原一双利眼透过飞尘，看向票号里面无人色的张广发。

张广发只觉得胸口一阵燥热，一张口"哇"地吐出一大口血。

苏紫轩站在远处，隔着人群望见了这一幕。四喜惊道："小姐，这个姓古的可够狠，这下子大平号算是彻底毁了。"

苏紫轩一眨不眨地盯着古平原，忽然觉得心头一阵战栗，"还记得半年前初见时吗？那时他一身书生气，现在却多了几分杀气，这把刀如今算是真的出鞘了。"

"张大叔，你说吧，现在该怎么办？"李钦烦躁地在张广发书房里绕来绕去。

张广发坐在座位上，木然不语，许久拉开抽屉，从里面拿出一封已经封缄的书简。"我是输了，可是京商有训，以牙还牙，以眼还眼，这个古平原，我绝不能放过！"

李钦知道内中何物，一把拿过去，"让我去，这个臭流犯敢和我李家对着干，这一次非让他被逮回关外大营，被活活打死！"

"这是内堂，你不能进来！"门外忽有吵闹声，听起来是门丁在拦人。

"大平号眼看就要抵债了，我进来看看又怎样？"说话的人不紧不慢，竟是古平原。

李钦怒冲冲打开房门,"你来倒省事了,抓住他!"

古平原见几个护院扑上来要动手,他微微一笑,不慌不忙地跨前一步进了院中。

"古某又没习过武,既然来了,还怕我跑了不成?"说着步子不停进了屋,迎面一笑,"我有一言,张大掌柜可否听听?"

张广发没吱声,只沉着脸看向古平原。

"你想求饶?晚了!"李钦指着古平原喝道。

古平原摇摇头,望着张广发的眼睛,脸色忽然变得郑重无比,开口说了一句绝无可能说出的话。

"张大掌柜,你想不想把燕门票号一网打尽?"

就是让张广发猜上一千次一万次,也绝想不到古平原会冒出这么一句来,他几乎觉得自己是听错了。

"你……"张广发一时无法应变,瞠目结舌地看着古平原。

"我有个办法,能让你把燕门票号收拾得一干二净,连个渣子都剩不下,怎么样,张大掌柜想不想听听?"

李钦刚开始也呆住了,这时上前骂道:"又烧香又拆庙,你到底算哪头的?!"

"我……"古平原笑容有些苦涩,他找了把椅子坐了下来,开口道,"我想二位也没什么生意要做了,不如听我慢慢说一说。"

他用缓慢的语气,从自己当初藏身盐车出关说起,一路说到如何被王天贵设计迫害,恩人下狱,家产被夺,好友、义兄都死在此人手里,自己也几番受辱。这番话全是真的,半句虚言都没有,自然讲得情真意切,也让屋中二人听得呆住了。

"我与王天贵不共戴天,这仇不能不报!"古平原说到这儿才算是结煞,语气里流露出透骨的恨意。

"你和我们说这些做什么?你我也有不共戴天之仇,这仇也不能不报!"李钦回过神来又要过来扯古平原。

"慢!"张广发回想了一下方才古平原说的话,"你刚才说能把燕门票号一网打尽,这是真的?"

"千真万确!"

"怎么个打法?"

古平原解开一直提在手上的蓝布包裹,从里面拿出一本泛黄的册子,小心地放在桌上。

"两百年的东西了，张大掌柜慢些看。"

张广发狐疑地瞅了古平原一眼，他不明白，对付眼前的票号，与两百年前的一本书有什么相干。可是拿在手上翻了两页之后，他立时屏住了呼吸，双眼不由自主地大张着，嘴也越张越大。

"这是从哪弄来的？"他抖着手上的册子问古平原。

"就是靠我打垮了大平号，得了晋商的信任，这才有机会弄到。要让这册子发生作用，非得李家在京城的势力才能做到，至于其他的不用我多说了吧。"

张广发心下思虑着，慢慢地点着头，"你这么做，遭殃的可不仅仅是泰裕丰，就像你说的，燕门票号一网打尽。"

古平原一扬眉，"若是能整垮王天贵，其他人受池鱼之殃，那也说不得了。"

张广发凝视着古平原，心里不禁打了一个寒战。他站起身从李钦手里拿过那封原本要告发流犯私逃入关的书简，把它丢给古平原。

"咱们两清了！"

6

从大平号出来，古平原心头沉甸甸的，脚下也有如千钧重。这一步迈出去，事情再也回不了头了，自己的计策倘若不能奏效，甚至哪怕是不能全然成功，都会闯下一个前所未有的泼天大祸。

他迈步往外，正赶上常玉儿在街上经过，二人自从中秋后再没碰过面。古平原见她手里拿着个篮子，里面有些吃食，便问道："你去看常四老爹吗？"

常玉儿摇了摇头，反问道："古大哥，你怎么一脸的忧色？"

古平原这才知道自己的心事都写在了脸上。也不知为什么，他愿意把心事说给常玉儿听，每次与常玉儿交谈过，他的心情就会平静许多。

"常姑娘，最近可能会有一场大风波。也许会牵扯到很多人，但是最终的结果我希望是常家大院能够重回老爹手上。"

常玉儿愣了一下，这才明白过来，大院重回常家人手里，那就是说王天贵必定大势已去，可眼下见他每日志得意满，更听人说他成了名副其实的票商领袖，不像是会一朝失败的样子。

古平原见常玉儿面露诧异之色，他轻轻地说："你还记得我在骊山脚下说的话吗？要擒老狐狸，一定要布一个局。诱饵吃得香，离掉到陷阱里的日子就不远了。"

"我懂了。"常玉儿很聪明,眼里闪着愉悦的光,"我听说是古大哥想出了过账法,才让王天贵当上了什么总柜,这就是你喂给他的诱饵吧。"

"爬得越高,摔得越重。"古平原点点头,"我这个局分几步走,如今已然快成了。可是今天不得不闯一个大祸,不破不立,这个祸不闯就擒不住王天贵,只是将来结果殊难预料。"古平原难得地叹了口气。

"古大哥,你放心,一定会有好结果。"

"为什么?"

常玉儿只是顺着话去安慰古平原,古平原却认真要问,她想了想忽然灵机一动,"不是说皇天不负苦心人吗?"

古平原笑了,他布这个局确是煞费苦心,"但愿如常姑娘所说。"

"对了,你拿了这些吃的,不去看常老爹,倒是去什么地方呢?"

这时两个人已经边谈边走到一处陋巷。常玉儿看了看巷口一个用破毡布和几个小棍搭起的窝棚,里面有个乞丐正倒卧着,看来是昏睡未醒。

常玉儿冲古平原摆了摆手,让他不要出声,自己走前几步把篮子里的东西拿出来摆在乞丐身前,然后退了回来。

古平原起初迷惑不解,后来定睛一瞧认了出来,险些失声叫了出来。"她、她不是……如意吗?"

"嗯。"常玉儿点点头,一脸的不忍,"她也是个可怜人,被王天贵害成这个样子。古大哥,咱们走吧,她看到我们会难过的。"常玉儿当然明白女人的心思。

古平原默不作声地点点头,从怀里摸出一个银角子,也放在如意身侧。又看了她一眼,这才与常玉儿相偕转身离去。

他二人没走出多远,如意的眼睛忽然睁开了,直勾勾地望着古平原和常玉儿的背影。她慢慢坐起身,把常玉儿带来的吃食一样样抛给路边的野狗,手心里紧紧攥着那枚银角子,碴口刺入她的掌心,滴滴鲜血落在地上,她却浑然不觉,目光似恨似妒,闪动着一团烧毁一切的火光。

这天夜里,城中的居民都已经睡熟了,如意来到小南河边,她脱下身上的褴褛衣裳丢到河里,将自己一丝不挂地暴露于深沉的夜色中,然后缓缓走入了河水中。她用流淌的河水洗着身子,虽然河水冰凉刺骨,她的动作却缓慢轻柔。她洗了好久,直到身上的污垢都被河水冲走,这才走上岸,将一件毙衣穿在身上,这衣服是她用古平原的那块银角子买的。

"啪、啪……"敲门声响了十几声,醉酒酣睡的陈赖子这才爬起身,嘴里骂骂咧咧地来到院中,"谁大半夜敲门,要不是起火来贼,看我不揍死你!"

他打开门便是一愣,"你!"

"对,是我!"门外的人擦着陈赖子身边走进院里。

"哎,哎,你进来干吗,王大掌柜可说了,谁敢收留你,就是和他过不去。"想到王天贵的凶狠手段,陈赖子也不由自主打了一个寒战。

"你怕什么,这么晚了,不会有人知道。"如意脚步不停,一直走进陈赖子的屋中。

想想也是,陈赖子的胆子大了些,"那你大半夜跑到我这儿来干什么?"

"我有件事要你去做。"如意回过头来,望着陈赖子。

"做事?行啊,拿银子来。"陈赖子讥讽地一笑,"姨太太这次想赏我多少?"

"我没银子。"

"没钱去花月楼赚啊,哎呀,瞧我这记性,你这张脸现在能吓死人,老鸨子怎么敢让你进门呢!"陈赖子笑了两声,见如意毫无反应,觉得没趣便停了下来。

"没银子我还有别的。"如意说话间,把氅衣的捻襟解开,衣服从肩上滑落于地,雪白晶莹的身体无遮无挡地站在陈赖子面前。陈赖子顿时看呆了,不由自主地咽了一口唾沫。

"我的脸虽然坏了,可还有身子。"如意看着陈赖子眼中的欲火,"你答应帮我做事,我就陪你。"

陈赖子不由自主点了点头,如意淡然一笑,仰身躺在床上,扯过一块方巾遮住自己的脸,"来吧。"

7

"老爷,这是张广发派人紧急送来的信件。"贴身长随李安把一个油纸包打开,从里面拿出一本小册恭谨地放在桌上。

李万堂午饭后照例要运笔写上一幅字,定气凝神写罢,才拿过那本册子,随手翻了翻,接着又细细从头看到尾,脸上并不动声色,心里却在急转着念头。

"也难为他,一败涂地之时还能找出这个办法。"李万堂将册子顺手递给李安。李安名为长随,其实经过李万堂十几年的调教,加之耳濡目染,本领见识已然超出寻常大掌柜许多。

此刻他翻了翻这本册子,沉思片刻道:"老爷当初是想把燕门票号收归己用,如今张广发寻出的这个办法，岂不是将所有票号连根拔起，只是白白便宜了朝廷，咱们什么也得不到，这是费力不讨好之事，老爷三思。"

李万堂闭上眼沉吟半晌，已经拿定了主意，"这件事值得做，一可去强敌，二可结朝廷，三嘛，就算是一片白地，我也能再建起亭台楼阁。"

他命车赶到户部尚书宝鋆府上，门上说宝鋆去了恭王府，这却正合了李万堂的心意，于是又转道来到恭王府上。

"老弟，你有什么事竟找到王府来了。"宝鋆正与恭亲王谈论南边战事，此时笑呵呵转头问李万堂。

李万堂赶紧先给王爷下跪磕头，随后与宝鋆见了礼，之后说的第一句话就把这一王一军机给镇住了。

"下官有一笔上千万两的银子，要报效朝廷。"

上千万两银子，那岂不是把家底都端出来了？恭亲王与宝鋆都知道李万堂是个精明的生意人，绝不会做弦高犒师之事，互相望了一眼，目中都是诧异之色。

"老弟，这是王府，可不比寻常说话，你此话当真？"过了半晌宝鋆才道。

"当真。但这笔钱不是下官的，也不是京商的。"

"李万堂，你说清楚，到底是怎么回事？"恭亲王皱了皱眉。

"是。"李万堂忽然双膝跪倒，"启禀王爷，下官近日得知，燕门票号乃是用李闯从前明掠去的逆产所创建，此后又为叛逆顾炎武、傅青主一手把持，作为支援反清复明叛军的财源。至今燕门票号所有密押铺规依旧遵从顾、傅二人所定之规，沿袭百年而不变，例如用赵氏连城璧，由来天下传作为从壹到拾，用国宝流通作为亿万仟佰的暗字密押，暗喻传国玉玺乃属汉家之意。"

"竟然有这种事？"宝鋆素知燕门票号由来已久的经营规矩，没想到却是逆贼所订，大为惊异。

"下官得到一本顾炎武于国朝之初手书的票号规册，创建燕门票号的用意以及与当时南方逆党的联络历历分明写在上面。燕门票号既然有此背景，逆匪和西征军兴起如此之速，扑灭如此艰难，焉知背后不是他们在支持？故此下官不敢怠慢，星夜便来寻王爷与大人禀报此事。"说着将袖中的那本册子双手呈上。

宝鋆接过，拿与恭亲王细细一看，果如李万堂所说，册子里写得明明白白，甚至说有朝一日明朝重兴，燕门票号立时便可挪作户部之用。

"哼，顾炎武这个死不悔改的逆首，一梦百年，朽骨可羞。"恭亲王冷笑一声。

宝鋆却还在想着李万堂方才说的话，燕门票号既然是逆产，按律就可以查抄充公，刚从那里借的那八百万两赔款不必还，立时至少还有上千万收归户部银库。顾炎武那句话可谓一语成谶，只不过不是挪作大明户部，而是变成了大清户部的重产。

票号有宅有地有现银，还有各种名下的铺子买卖，查抄这么一大笔资产，从上到下不知要肥了多少官儿，自己当然是头一份，而这些分了好处的官儿也都会感激自己。

想到这儿，宝鋆于公于私都要促成此事了。

"王爷，逆迹既已昭彰，断无不办之理，不然传扬出去，恐怕摧折将士们的士气。"

"唔……"恭亲王只觉得兹事体大，一时拿不定主意。

李万堂一直在听他们说话，这时静静地插了一句，"王爷，下官以为，眼下是东南用兵的重要时刻，燕门票号创于逆产，建于逆规，确有反叛之罪，不能留着这个祸患给逆匪供粮饷，王爷一手主导的平叛岂容这些商人扰乱大局。"

看到恭亲王缓缓点头，李万堂露出了一丝不易察觉的笑容。

"开开门，我有急事找大掌柜。"日升昌的后宅是雷家的私宅，平素关门下板之后，外院与内院之间的大门就落锁了，除非有紧急的事情，不到五更是不开的。今晚这扇门却被重重地擂着，雷大娘穿戴整齐，起身看时，却是柜上值夜的管账先生。

"大掌柜，有人来提银子。"

票号关门之后便不再存银，二更之前尚可叫开取银，可是过了二更一切买卖就都停了。如今听外面梆子响，已是三更天，这时来取银子，不问可知一定是十万火急的事情。而管账能找到内宅来，可见这主顾也非同一般得罪不得。

所以雷大娘开口不问取多少银子，先问道："是谁的户头？"

"詹记。"管账先生小声吐出两个字。

雷大娘眉毛一挑，也怔住了。清制不许官员在原籍当官，所以凡事任本省官的都是外省人，在票号里开一个户头存放官俸原也平常，但是基本上这些户头里的钱都大大超出了他们应得的俸禄，为防御史查寻参劾，也免得民间口碑如铁，所以大多采用一个隐秘的户名，比如这个詹记就是如此，在日升昌存着二十几万两银子。至于户头的主人，票号里只有极少的几个人才知道其正是本省的巡抚大人。

"提多少？"

"全数提走！"

雷大娘就觉得心里一翻个，她只低头想了一下，便立时喊道："备车，我要上省。"

"大掌柜，这么晚了你还要去省城，他要提的银子咱们柜上有，要不然就先提给他？"管账先生问了一句。

雷大娘旋风一般转过身，以迅雷不及掩耳之势抓住管账的衣襟，一连串声音如爆豆一般："听着，巡抚派来取银子的这个人要好酒好饭招待着，他要赌，你就输他几万两银子也没关系，他要女人，你就把平遥最漂亮的妓女找来，他要打要骂，你和伙计们都受着，哪怕他要一把火把票号点了，你们也不许去救！总而言之一句话，拖住他！我没回来之前，詹记的银子绝不许付。"

管账先生从来没见过雷大娘脸色如此郑重，吓得面如土色，除了连连点头，答不出一个字，傻呆呆地看着雷大娘出门离去。

"大人，念在这么多年的交情，您不能不给我一句实话！"王天贵看着眼前青衣小帽微服私行的徐藩台，声音急迫无比。

"不是告诉你了吗，本官要告老还乡，要提走银子回家去！"徐藩台不耐烦道。

一任清知府十万雪花银，何况是掌管钱粮的藩台，这么好的缺份挤破头都抢不到，岂能无端端说不干就不干了，"您的任期还没满呢，为何要辞官不做？"

"本官、本官……"徐藩台张口结舌，半天才道，"本官病了，这总可以了吧？赶快给我提银子，不然我派兵封了你的票号。"

王天贵越听心里越惊，情知是出了大事，眼下唯一能抓住的就剩下这个徐藩台了。他咬了咬牙，"大人，既然你不讲实话，就别怪王某不讲交情了。"

"怎么，你还敢跟我挺腰子！"徐藩台把眼一瞪。

王天贵也豁出去了，"大人今夜微服至此，只怕不敢让人知道吧？"

"你……"一句话正撞在徐藩台的软肋上。

"我只想知道大人为什么要急着提走全部银子，你说了，银子一分不少你的，不说咱们就耗着。"半夜来提银子必有急不可待之事，王天贵料定了徐藩台耗不起。

果然，徐藩台语气软了许多，"你一定要知道？"他犹豫了半响，"好，反正最迟过了明天你也知道了。"说着他让王天贵附耳过来，密密地说了几句话。

等他说完，王天贵头上豆大的汗珠已然滚落，身子止不住地发起抖来，"不可能！"他忽然狂喊了一声。

"朝廷的密旨已经下了，明天就要迎接来查抄票号的钦差，现在全省只有我和巡抚知道此事。王翁，听我一言，把那些活钱挪挪，至于票号、宅子、铺子、田产之类的，已经无可设法了。这是圣旨，又是这样的谋逆大案，谁也没办法帮你们，认命吧。"

王天贵眼神空洞地跌坐在椅子上，藩台的话他像是听见了，又像是没听见，整个人都呆住了。

"各位，此事千真万确，你们不必再问真假了。"雷大娘静静地看着挤在面前争先恐后说话的这些大掌柜。

真是一波未平一波又起！众家票号大掌柜被紧急找到票商公会，一听雷大娘说了从省城打听回来的消息，如同晴天霹雳一般，再看看一旁王天贵如丧考妣的脸色，连这个素有手腕的人都绝了望，这一次看来真是在劫难逃。

"票号不能就这么垮了，哪怕把所有人都召集起来，大家一起上京去告御状。"一片混乱中，有人喊道。

"对，管他什么掌柜伙计，连老婆孩子都去，非讨个说法不可！"立刻有人响应。

"别犯糊涂。"侯五味站起身沉声说，"眼下朝廷追究的就是谋逆罪，你们弄一大帮人聚在一起，还要到京师去告御状，那不更成了聚众造反吗，岂不是自己把脖子伸过去等人来杀！"

一语惊醒梦中人，这些掌柜的顿时都没了动静，却又急得团团乱转。

"王大掌柜。"雷大娘说话了，却是只冲王天贵一人，声音里充满了嘲讽，"大概你还不知道吧，谋逆罪一定要揪出一个逆党首领，也就是首犯。你这总柜已然在官府备了案，钦差一到第一个就提你过堂。"

这话徐藩台昨晚却没说，王天贵瞪眼看着雷大娘，知道她不是在开玩笑，身子晃了一下，喃喃自语道："怎么会是这样？怎么会是这样呢！"

雷大娘不再理他，对着那些掌柜道："钦差今晚就会到省城，像这种查抄大案，一定从户部带了不少盘账老吏，若是办事麻利，搞不好会连夜来贴封条查账簿，大家回去好好准备一下吧。"

众家掌柜虽然在商场上呼风唤雨，可是谁也没遇过这样的大事儿，一时茫然都不知道要如何准备，过了好一会儿才有人开口问："雷大掌柜，那您呢，要如何去准备？"

"我嘛。"雷大娘清丽的脸上并不见凄苦怨怼，反而波澜不惊，"回去清点一下银库，把能找到的主顾都请来，把银子付给他们。然后把我的私财拿出来分给柜上的掌柜伙计们，他们这些年辛苦了，日升昌要管到底，不能让出过力的人寒心。"

"那之后，我就带一壶好酒，几样小菜，坐在日升昌门口一边吃喝，一边等着钦差大人来抄。"

谁也没想到雷大娘是这么个应对法儿，大家面面相觑，有人忍不住问："这就完了？"

"可不，皇帝老儿要来抢你的票号，能有什么办法，要不就一把火烧了，可我又舍不得，干脆就让他抢好了。"雷大娘洒脱地一笑。

侯五味慢慢走到雷大娘面前，忽然慨然一叹："雷履泰，我终于还是输给你了，我的儿孙就没一个像你女儿如此好样的！唉，你倒好，一死百了，如今票号有难，我真是后悔多活这么多年，不然也不必看着朝廷来毁了咱们一辈子的心血呀。"说着连连顿足，老泪纵横。

雷大娘扶住他，这时眼圈才有些红了。众家掌柜也跟着唏嘘不已，有人已经捶胸顿足痛哭失声，往昔如日中天的票商公会里响着一片哀声。

"门外有两个人要见诸位掌柜。"主事的匆匆走进来一看这情形也吓呆了，愣了半响这才想起通禀。

"是官府的人？"雷大娘心里一沉，这么快就下手了？

"不是。一个是泰裕丰的三掌柜，还有一个……"

主事的话还没有说完，古平原的声音已经传了进来，与厅中气氛格格不入的是，他的声音显得很是悠闲，"我还当是走错了地方，这是公会大堂还是丧礼仪堂，怎么各位大掌柜都哭丧着脸？"

雷大娘这时候哪有心情开玩笑，"小兄弟，你怕是还不知道吧，眼下……"

"我知道了。"古平原这些天日盼夜盼等的就是这个消息，"不就是朝廷降旨要查抄全省的票号嘛。"

说得好轻松，这些大掌柜不由得纷纷抬起头瞪过去，眼里都冒着火。古平原只当没看见，反倒施施然走到大厅正中，环顾四周然后开口道："诸位，你们想过没有，两百多年的事了，偏偏如今朝廷翻起旧账来，又恰好是在燕门票号打垮了京商票号不久，事情怎么就这么巧？"

这些大掌柜听古平原一路攀引，把事情矛头直指京商，细思之下都觉得有道理，"无鬼不死人，可是要捉鬼就要有时间，如能徐徐图之，弄清事情原委，再请托交通京中大员，事情未必没有挽回的余地。"古平原缓缓道。

雷大娘摇了摇头，"这些我都想过了，可是钦差立至，查抄刻不容缓，一旦抄入官府，便是羊入虎口，岂有发还之理？"

"我有办法！"古平原这四个字出口，连王天贵都瞪大了眼睛，众人全都急急看着他。

"老方丈，您请过来吧。"

随着一声"阿弥陀佛"，一个老和尚走了进来，单掌合十向厅中众人施了一礼。

在座众人没有不认识这和尚的，他正是无边寺的主持方丈弘净大师，都知道他数十年没出过无边寺半步，怎么今天会突然到此？

"是我把大师请来的。老方丈心怀慈悲，知道票号将劫，所以愿意随我到这十丈红尘中走一趟，特来拯救众位大掌柜于水火。"古平原这么一说，众人反倒更糊涂了，朝廷要查抄票号，干和尚什么事？

古平原不卖关子了，他直截了当地说："想必各位都知道朝廷在雍正年间就下过一道旨意，凡是佛财一律不能查抄。"这事儿知道的人确实不少，有传说是因为雍正一把火烧了少林寺，此后梦寐不安，深受其苦，为了报偿故此下了这道旨意。

"眼下趁着朝廷来抄家的人还没到，各票号将一切资财全数捐给无边寺，如此钦差也没办法了，别说是他，就是当今皇上亲至，也不能违背祖命。等到日后想办法让朝廷网开一面，哪怕是减轻处罚，到时候无边寺自会将众位的资财一一返还，总好过被官府一口吞下连个渣都不剩吧？"

这真是异想天开的一个计策，难为古平原怎么想来。雷大娘与众掌柜互相看着，一时都说不出话来。

"那要是想不出法子让朝廷网开一面呢？"王天贵转着眼珠问道。

"那又怎样？如果让朝廷来查抄，不仅票号要籍没充公，各位大掌柜还要背上反叛的罪名，甚至累及家人。可是捐给寺庙，就算将来无可挽回，也不过还是一样的双手空空，反倒是钦差查抄不成，这案子就没法办下去，各位最起码可保性命。"古平原站在厅中侃侃而谈。

"他说得对。"雷大娘瞬间权衡利弊，"宁予佛寺，不予官府！现在事态紧急，恐怕就只有这条路可走了。"

"可是……"王天贵看了看弘净大师，吞吞吐吐，依旧在犹豫着。

"我知道大掌柜在想什么，可是此时此地，谁能再找出一位比弘净大师更加值得信任托付之人？"古平原这句话实在是说到头了，如果说一个佛法高深，谨守修行几十年，全省僧众无不敬仰的佛门大师都不值得信赖，那整件事也就不必再谈下去了。

雷大娘率先点了点头，各位大掌柜思前想后，终于也都慢慢点头应允了下来。

商议的结果是，这件事情一定要假戏真做，不真就不能取信于官府。其实大家也都清楚，钦差一旦得知此事，马上就会明白这是票商的计策，但是越是如此就越不能让人在文书上挑出毛病来。所以各家大掌柜紧急回到各自票号，清点盘账，将所有资财账簿、房契、地契、铺契、买卖契约等都拿好，约定了时间赶到无边寺，弘净老方丈要办一个"法会"，会上众家施主自然会当众舍财，同时还要立据为证，这样有人证有物证，官府来查也是无可奈何的。

王天贵回到泰裕丰，一进门就看见恶虎沟的三当家掐着曲管账的脖子，老鹰抓小鸡似的拎了进来。

"王大老爷，你这个手下鬼鬼祟祟，背个包裹要逃，我看他不地道就搜了搜。你瞧瞧吧。"说着把一张银票甩了过来。

"五万两，还是京中四大恒的银票。曲先生，你能说说这票子是哪儿来的吗？"王天贵看清楚之后，脸色阴郁地问，"是不是京商给你的？是不是让你在我这儿打探消息？"

"不是，不是。"曲管账苦胆都吓破了，带着哭音，"我对天发誓没拿过京商的一分银子。"

"那你年俸五百两，刨去吃喝怎么就攒下来五万两呢？"王天贵眼神里射出凶狠的光。

"是我吃了主顾的回佣，还有、还有贪了账上的钱。"曲管账怕落个奸细的嫌隙，只好把这些自家的丑事都喃喃说了出来。

"哼，所以你不敢把银子存在燕门票号，就是怕我发觉。眼下你大概是知道了泰裕丰要倒，怕受连累，所以想一走了之了对不对？"

"大掌柜开恩，我再也不敢了。"曲管账哀求着。

"你已经敢了！"王天贵冲着三当家使了个眼色，这曲管账知道的事情太多了，既然起了异心就绝不容他活下去。

三当家狞笑一声，伸出两个手指掐住曲管账的喉结，使劲一捏，曲管账双眼凸出，两腿使劲蹬了几下，不多时头一歪不动了。

王天贵这才长出了一口气，三当家看着他咧嘴一笑，把那五万两的银票拿在手里，"王大老爷，这块臭肉我帮你处置了，这五万两就送给兄弟喝酒吧。"

"你……"王天贵又惊又怔。

"实不相瞒，兄弟的实缺已经补下来，又眼看你这大树就要倒了，我就不多待了，告辞了。"三当家拱了拱手，脸上露出讥讽的笑容。

王天贵无力地坐在厅中，看着这往日让他能够威风八面的票号厅堂，这时他才真切地感到，别人之所以逢迎讨好甚至惧怕自己，都是因为身后的这个泰裕丰，都是因为银库里的银子，而眼下这些东西眼看就不属于自己了！

"不，不行，我不能把泰裕丰交出去，这是我的命，没了泰裕丰我还要命做什么！"王天贵看着桌上一箱子的账簿契册，发狂地摇着头，不住地自言自语着，"我不能把它交给无边寺，一旦交了出去，谁知道还能不能拿得回来！这些东西只能放在我的手里，绝不能交给别人，哪怕是佛祖，我也不给！

"我去找巡抚、藩司，还有总兵大人，他们都拿过我的钱，不能不帮我想办法。"王天贵抬起脚往外走，走了几步又停下来，"这是朝廷交办的钦命大案，有钦差在，巡抚只怕也说不上话。到时候别家票号都成了佛财，只抄没了我这一家泰裕丰，我又不巧当了个总柜，可别就拿我当了替罪羊，当了叛逆首犯，那反倒是弄巧成拙了。"他又犹豫了，收回了脚步。

就这样，一会儿想把票号交给无边寺，一会儿想要托官府人情甚至贿赂钦差以求免罪，王天贵身上一会儿冷一会儿热，始终是无法抉择，心里乱得像猫挠一样。

"王老爷。"旁边忽然有人叫了一声。

王天贵心乱如麻，竟没发现有人走到了身旁。

"是你？"王天贵怔了一下，看着面色平静的常玉儿。

"我来告诉老爷，宅子里有些下人已经跑了，有的还拿了一些东西。"

那自然是泰裕丰要倒霉的消息已经传了出去。王天贵咬了咬牙，忽又问道："你为什么不逃？"

"我不仅不逃，还要把自己押在老爷这儿。"

"什么？"王天贵不明白。

"老爷方才的自言自语我都听见了，我劝老爷还是把票号交到无边寺去，这样才稳妥。若是说到信不过这三个字，这主意是古平原出的，我愿意把自己押在这儿，好让老爷放心。"常玉儿一听到这个惊人的消息，就想到了那天古平原对她说的近日要有一场大风波，也猜到这就是古平原布的那个局。如今看王天贵这个老狐狸在陷阱前徘徊不决，常玉儿心想，古大哥，你这么辛苦设的局，如今到了九转丹成眼看收功之际，无论如何我一定帮着你把这个局做成，绝不让王天贵跑了。

"他出的主意，为何要你押在这儿？"王天贵狐疑地看了常玉儿一眼。

"话说到这儿，我也不必隐瞒了。想必王老爷也知道古平原与我常家的渊源，我和他早就私订了终身，已然立誓非他不嫁。"这句"立誓非他不嫁"说得真是斩钉截铁，王天贵也不能不信，常玉儿又道，"他好不容易做到二掌柜，我也不忍见他转眼又是一无所有，所以宁可把自己押在这儿，还望老爷相信古平原。"

看来是妇人贪财，害怕跟着古平原过苦日子，于是费尽心机也要帮未婚夫保住二掌柜之位，这么说来古平原出的这个主意应该没有什么别的心思在里面。想到叛逆首犯要受凌迟之苦，王天贵也不由得悚然心惊，看了看桌上的账簿契册，猛地一咬牙："好，就去无边寺，只要别家掌柜都交了，我也交！"

古平原对常玉儿的所作所为全然不知情，他看着全省票号的大掌柜一个个面色复杂，把全部家底都带到无边寺的法会上，排着号捐给了弘净方丈，一口气这才松下来，只觉得前心后背都是冷汗。

深夜中，古平原面对一盏孤灯，凝视着桌上的一张空白信笺，他提笔蘸了蘸墨，沉思良久写下了自己有生以来最为重要的一封信。

"奏为备陈燕门票号无端受累，恭折奏闻，仰祈圣鉴事……"

几日后，户部笔帖式乔鹤年接到了一封来自燕门老家的信，里面还夹着一张奏折的底稿。

"二叔，这是什么？"他的侄儿看乔鹤年的眼圈忽然红了，指着那几页纸，问道。

"老家来的信。"

"是娘的来信吗？二叔，下次把我习字的帖子寄回家去好吗，我好想让娘高兴啊。"

乔鹤年深深点了点头，"只要二叔想办法把这封信递到宫里去，你娘知道了一定会高兴。"他的目光落在桌上那一摞户部奏疏上，这些文书每日便由他这个笔帖式整理送到宫中。

8

"妹妹，你也该节劳了，总这么没白没黑地批折子，可别把身子骨熬坏了。"深宫中，慈安太后对着慈禧太后说道。其实她比慈禧还小着两岁，只是虽说两宫并尊，可是慈安毕竟是当年大清门抬进来的正牌皇后，慈禧也就只能委屈地当了"妹妹"。

为此她要争一口气，虽然是住在西暖阁的太后，可是要让旁人看来比东太后在政事上更能拿主意，所以她一刻不肯放松，见慈安回了寝宫，她又拿起一份折子，忽然从黄缎封面中掉出一页纸来。

慈禧还以为是折子的附片，刚要放回去，目光一触发觉有异，扫了几眼不由得看住了。

第二天早朝，诸臣奏事已毕，本该退朝，慈禧忽然问道："六爷，燕门票号那桩案子办得怎么样了？"

恭亲王正在生气，这件事办得糟不可言。本来朝廷想得挺好，以迅雷不及掩耳之势将燕门票号收归国有，然后或官办或委托其他商人办理，实际上宝鋆与李万堂已有成议，将一半燕门票号委托给京商打理。这样迅速处置，虽然票号易手，可是买卖不停，市面上必然波澜不惊，没想到燕门票号出人意料的应对把一切部署都打乱了。

他只好出班陈奏道："启禀皇上、皇太后，这燕门商人狡诈无比，竟然将所有资财一夕之间捐给了佛寺，如今钦差和燕门官员正在商量处置办法。"

慈禧太后不屑地道："也就是说朝廷派去的钦差被人玩弄于股掌之上。钦差是代天子行事，如今把事情弄成这样，岂不有损朝廷威仪？"

奏请惩办燕门票号的是宝鋆，一力赞成的是恭亲王，听慈禧这样说，脸上都有些挂不住，当然要争辩。

"自古以来，罪犯大多顽滑，何况是一群钱眼里翻筋斗的生意人，朝廷只要稍假时日，此事定能有一个结果。"还没等恭亲王说话，宝鋆已越次陈奏。

慈禧早就看出来恭亲王如今不是那么"恭"，手下的一群人已然渐有结党之势，若是姑息下去搞不好又弄出个肃顺来，所以她今日打算借此事敲打敲打恭亲王。

"还要等！你们看看，这是各地发来的告急折子。"说着慈禧拿起一沓奏折，"这些不是军报，而是燕门票号关门歇业之后，汇兑无法流通，各省的生意买卖都大受影响，已成民不聊生之势，长此以往怎么得了！"

"那依着圣母皇太后的意思，应该怎么办？"恭亲王以退为进，故意倒逼一句。

"我先念个折子给你们听。"说着慈禧拿过那页纸，"奏为备陈燕门票号无端受累，恭折奏闻，仰祈圣鉴事……有商斯有财，有财斯有饷，有饷斯有兵，有兵斯有土，有土斯有大清……故燕门票商之福祸实为大清之福祸，票号亡则天下亡，为政者不可不鉴，望皇上三思而行。"

这个折子里说的都是保商固本的道理，大臣中不乏明白事理的人，听后都是暗暗点头，知道折子上的话并非危言耸听，燕门的事儿要是这样僵持下去，一旦民怨沸腾，真的会动摇大清的根基。

可是恭亲王和宝鋆不这么想。恭亲王自从当了议政王，自认为满朝文武哪怕不依附于自己，也是不敢公然反对，如今无声无息冒出这么个折子，简直是岂有此理。

"臣敢问圣母皇太后，这折子是何人所上？"宝鋆大着胆子问了一句。

慈禧心中立时大怒，宝鋆这样问，搁在雍正乾隆朝就是无人臣之礼，认真起来可以砍头，但是她自知如今垂帘听政，在朝廷内少不得要靠这一班人办事，"上折子的是你户部的笔帖式，一个叫乔鹤年的人，虽是个微末小吏，论起道理来，可比有些一二品的大员更加明白事理。"慈禧不动声色地刺了宝鋆一句。

"真是反了，一个笔帖式也敢上折子，这是妄言乱政！"恭王此言一出，慈禧的脸色才真的变了。恭亲王岂止不恭，简直有跋扈之态。

慈禧微微冷笑一声："那六爷又是怎么看的？"

"燕门票号罪无可逭，那顾炎武的逆书已然传示六部，倘若不办，朝廷岂不更是威严扫地。说不得，只好改了祖宗成法，废了不得查抄佛寺这一条。"恭亲王觉得心头火一拱一拱，也不暇多想，总之一个议政王要是败给一个九品笔帖式，传扬出去岂非天大的笑话？

"原来你眼里也有祖宗！"慈禧等的就是这句话，恭亲王说出这一句，今天非碰得头破血流不可。

这是何意？恭亲王万没料到慈禧竟然会说这么一句重话，也忘了避讳，愕然抬头看向帘后。满朝文武连同慈安太后也都是又惊又怔。只有小皇帝不在乎，坐在宽大的龙椅上，手里自顾自拿个绒球在玩。

慈禧太后命小太监把那所谓的逆证，也就是古平原让祝晟伪造的顾炎武手书交给恭亲王，恭亲王茫然地接了过去。

"这是假造的证据，可笑你还蒙在鼓里。"

"假在何处？"恭亲王也不是莽撞之辈，找过京城琉璃厂的高手鉴别过，这确实是国初顾炎武的手迹，琉璃厂都看不出假来，慈禧又怎能一口咬定这是假的？

"你看看那册子里的两句诗。"说着慈禧太后站了起来，"人事天时诚极盛，盈虚默念惧增哉，顾炎武死在圣祖康熙朝二十一年，他怎么会引用高宗乾隆皇帝的御制诗呢！"

一句话如雷轰电掣般把恭亲王震在当场。他翻开那本簿册一瞧，里面果然有这么两句，至于慈禧说的当然不假，能在朝堂之上当着众人如此指证，必定是拿着高宗御制诗查过了。

满朝文武鸦雀无声，有好几个人不由得钦佩地看了一眼这位西太后，这真是一处极难发现的破绽。乾隆皇帝一生最喜作诗题诗，有人数过，这位皇帝从孩提时起到成为太上皇，有时兴起一天能作十首八首诗，积攒下来共有四万八千六百余首，只比《全唐诗》少了三百首而已，真可谓是浩如烟海。而且其中大多是砌词造作、枯燥无奇之作，自从嘉庆朝以来就少有人看，更不会想到这看起来千真万确的逆证中还藏着这么大个破绽。

"虽说是遍传六部，可是别人尚可原谅，恭亲王，你是高宗的子孙，怎么连他的御制诗都认不出来，还误以为是逆贼之作。这岂不是可笑！"慈禧抓住机会连讽带刺，口下不留情面。她是看了昨晚乔鹤年上的折子才知道所谓确凿不移的证据里有这么大一个漏洞，正好用来教训一下恭亲王。但她不知道的是，此处是古平原在让祝晟作伪时，为了不让事情变得不可收拾而故意加上去了，真要是闯下大祸，连累了雷大娘和侯五味，靠着这个反驳不了的破绽，就可以一举把铁案推翻。

谁也想不到一个读书人设计作伪，结果把满朝文武连同一个王爷再加上精明无比的李万堂一股脑都给套了进去。

恭亲王满脸通红，这个硬头钉子碰得真是厉害，他总不能说高宗的诗作太多了，我没有一一看过，那岂不是不敬祖宗。想来想去，只有坦承疏忽之罪。

"臣供职无状，疏忽大意，请皇上、皇太后重重降罪责罚！"

"哼！"

慈禧还不肯善罢甘休，倒是好脾气的慈安打了圆场，"六爷也不是故意的，整日里那么多军机大事，漏看一眼就别追究了。"

"还好没有拿到大堂上去审，要是当场让人挑出错来，朝廷的脸可就真丢光了。"慈禧瞥了一眼恭亲王，"算了，都跪安吧。"

来势汹汹的钦差大臣悄无声息回了京城，虽然没有明诏，可是一道安抚燕门票商的密旨白天宣给巡抚和藩台，到了晚上所有票号掌柜就都已知道大劫已过。

然而这些掌柜们顾不上额手相庆，甚至脸上连个笑模样都没有，就星夜齐聚无边寺，急三火四叩开寺门，张口就要找弘净大师。

"阿弥陀佛，施主们既然都来了，看来票号危难已解，真是可喜可贺。"弘净大师合什一礼。

掌柜们等着方丈往下说,可他偏偏就没话了。掌柜们心急如焚,最后还是雷大娘开口了:"大师,我也知道漏夜来访实在是失礼了,不过要是不来,只怕您眼前的这些人要一夜辗转难以入眠。"

"雷施主也是吗?"

"我也是。"雷大娘并不隐讳。

"呵呵,真是快人快语,不愧是日升昌的大掌柜。"

"如今日升昌在大师手里,还了我,我才是日升昌的大掌柜。"雷大娘的话说得很是清楚。她心里也纳闷,不知道弘净大师为何一直避而不谈。

"施主此言差矣,日升昌的账簿契册已然不在老衲手中。不只是日升昌,所有票号的账簿契册都不在无边寺了。"

众掌柜闻言大惊失色。王天贵过来一把就揪住弘净的僧袍,"老和尚,你待怎讲!"

"王大掌柜,不可失礼。"雷大娘连忙劝开,回头又道:"老方丈,这事儿可不能开玩笑。"

"出家人不打诳语。"

"什么不打诳语,你当初分明说此事过后要归还票号,怎么如今变卦了?"有的票号掌柜不由得怒吼起来。

"阿弥陀佛,佛祖在上,那日老衲哪有说过什么,请施主不要污人太甚。"

众人一回想,果然,那天的话都是古平原说的,弘净大师好像真的是什么都没应承过。可是他站在那里,对古平原的话并不反驳岂不就是默认了?

雷大娘知道如今再撕掳这些也没用,于是急急问:"老方丈,那么我们的账簿契册都到哪里去了呢?"

"想必众位施主也知道无边寺早前受了祝融之灾,有位施主慷慨解囊帮助寺里重建大殿,当时讲明这钱是借的。后来票号既然都捐给了寺里,这位施主要老衲用票号的资财顶账,于是便写了笔据,将原属于各位的票号转给了那位施主。也就是说,你们想要讨回的东西都在那位施主手里。"

"此人是谁?"票号掌柜异口同声地问。

弘净说了一个名字,众人顿时呆若木鸡。

"古平原!"

尾声

复 仇

太谷县鼓楼大街上的居民这天清晨一出门,几乎无一例外地吓了一大跳,就见一群人黑压压地围在一个不起眼的小屋门口。定睛瞧去,这些居然都是燕门本地有名的票号掌柜,个个家财万贯,呼风唤雨,如今却像是等待塾师责罚的蒙童一样,站在那里连大气都不敢喘,眼睛直望着那扇破板门。

这些大掌柜天不亮就赶到了这里,然而你看看我,我瞧瞧你,都没有伸手去敲这扇门。他们实在是心里没底,这么一大笔钱,谁拿了会甘心吐出来?就连一向推重古平原的雷大娘和侯五味也不免心里七上八下。

就在大家等得忧心如焚的时候,门终于开了,从里面走出来的却是乔致庸。

见大家都愣愣地望着自己,乔致庸耸了耸肩,"古平原找我喝酒,这么一笔富可敌国的钱摆在眼前,他不知道该怎么办才好。"

"那你怎么说?"雷大娘盯着乔致庸。

"我嘛,让他随自己的心意。我是燕门第一大财主,而他拿了这笔钱就能当上大清第一财主,立时便要什么有什么。他如今正在屋子里想着呢。"

这么一说,众掌柜心里更是忐忑不安,雷大娘实在等得心焦,一跺脚,"我进去看看。"

侯五味却一把拉住她,摇了摇头,"让他自己想。"

又过了大概小半个时辰,古平原终于提着一个大包裹从屋子里走了出来,看得出他也是一夜都没有睡好,眼睛里布满了血丝。众家掌柜把目光都投向他,静得连一根针落在地上都能听见。

"祁县正昌票号的黄掌柜在吗?"

这是一间不大不小的铺子，掌柜的听古平原叫自己的名字，左右看了看，这才迟疑地走上一步。

古平原把包裹解开，从里面拿出一沓文书交给黄掌柜，"这是柜上的账簿契册，拿好喽。"

黄掌柜大张着嘴，简直不相信自己的耳朵，盯着古平原看了半晌，这才知道自己没听错，抖着手把文书接了过去。

"汾阳太和永的朱掌柜……"古平原一句多余的话也没有，一个接一个地念下去，账簿契册一个接一个地还给众位掌柜。念到蔚字五联号，侯五味走上前去，看了看古平原手中的这些契册文书，抬起头问道："这些东西就放在你手里好不好，我老了，你来当蔚字五联号的大掌柜吧。"

古平原笑了一笑，还是把账册递了过去，"多谢老前辈抬爱，古某心领了。"

"小兄弟……"最后到了日升昌，雷大娘这时候嫣然一笑，拍了拍古平原的肩，"昨晚很难熬吧。"

古平原点了点头，可是雷大娘下一句话谁也没料到，"我要是年轻个十几岁，管他发过什么鬼誓，都一定要嫁给你这样的男人。"

在场众人一愣，接着都捧腹大笑起来，笑声一扫这些日子来的阴霾，大家眼里都闪着喜悦之光。

"古平原。"这时候王天贵走了过来，他凑近了古平原的身前，微微弯着腰，笑容中带了些讨好，轻声地问，"我的账簿契册呢？"

古平原收敛了笑容，静静地看着王天贵，什么话都没说。

"可别把我忘了，还有我的呢，泰裕丰的账册在哪儿？"王天贵的声音越发地轻。

古平原依旧是一言不发，嘴角带着一丝讥诮的笑意，目光中带着嘲弄，牢牢盯着王天贵的眼睛。雷大娘和侯五味以及众家掌柜见状，也停了笑语，都看着这一幕。

"古平原，这次你办得很好，保住了泰裕丰，我把财神股分给你一成。"王天贵伸出一根手指，见古平原连眉毛都没动一下，他又再举一根，"两成！"

"三成如何？你我三七开。"

"四成，你拿了四成就是大财主，你还想怎样？"

"五成！我跟你平分泰裕丰，这总行了吧，你说话啊！"王天贵被古平原的缄默不言逼得快发疯了。

终于，古平原嘴角的那丝笑容变大了，"王大掌柜，你一向视泰裕丰为禁脔，如今也肯和人平分？可惜泰裕丰也不在我手上了，早几日我就已经把它卖了。"

"卖了？卖给谁了？"王天贵瞪着血红的眼珠问。

"卖给我了。"乔致庸走前一步，"古老弟把卖泰裕丰的钱都分给了在前些日子银钱动荡时受损失的百姓和小生意人。换句话说，他把泰裕丰都分给了那些被你坑害过的人。"

古平原紧紧望着王天贵："你一向仗着有钱结交官府欺压良善甚至滥杀无辜，如今你已一文不名，不妨看看是否还有官府中人愿意为你出头。"

王天贵的身子不由自主地发起抖来。

"王天贵，我以其人之道还治其人之身，如今你也尝尝这滋味！"

"想不到常年打雁如今反被雁啄了眼。"张广发怔怔地坐在书房里，前几日他还与李钦弹冠相庆，认为这一次晋商必然无可幸免，京商只等户部查抄之后就可顺利接手燕门票号的买卖了。没想到风云突变，李万堂来信，把他骂了个狗血淋头，还问他那本伪造的册子从何而来，张广发这才知道自己从头到尾被古平原利用了。

张广发从桌上拿过一封剪开口的信，看着旁边呼呼直喘粗气的李钦。"钦少爷，我知道你想说什么，别白费工夫了，这是古平原刚刚让人送来的。"

李钦打开一看，脸色顿时白了，"他、他知道我开铜矿铸钱的事儿？"

"他早就知道。上一次就能用这个来要挟咱们，可是却送来了一本伪造的顾炎武手书，年纪轻轻有这样的心术手段，实在可怕。"

"真的就拿他无可奈何？"李钦狠狠一擂大腿。

"彼此互有把柄，谁也奈何不了谁。"但张广发知道，这一次自己真的是一败涂地了，弄砸了这么一笔大买卖，再回京城，只怕京商中没有自己的容身之地了，想到这儿，他脸上不由得露出凄凉的表情。

李钦气冲冲走出门去，他也不知道自己要去哪儿，可是心头那把火烧得他坐立不安，恨不得能真的放一把火，把这太谷县城化为白地。

"李少爷。"他刚走出大平号门口，忽然有人叫他的名字。

李钦觉得这个声音很陌生，再仔细瞧瞧，不由得眉毛竖了起来，"你不是泰裕丰的大掌柜吗？"他知道如意的脸就是这个人毁的。

"如今不是了。李少爷，我知道你很恨一个人，我也恨这个人。"王天贵早就知道李钦在当铺时被古平原亲手打败，后来又误会是古平原告发了他和如意，自然对其恨之入骨。

"那又怎么样？"李钦也听说泰裕丰被古平原卖了。

"我交给你一个人，你可以尽情地折磨她，甚至把她带到京城去，卖到妓院里，这样古平原一定会心疼死的。"王天贵眼里都是恨意。

李钦的眼里也有一样的恨，等听完了原委，他喃喃道："好，古平原，我要把你的女人丢到暗无天日的地方去，让你一辈子都再也看不见她！"

古平原夺回了常家大院，把常四老爹请回家，再找常玉儿却不见踪影，怎么找都找不到。而且王天贵也失踪了，古平原就知道事情不妙。雷大娘等人知道后，一面安慰他，一面发动所有票号的力量，在省内各处寻找。

到了第三天头上，还是毫无消息，古平原心里沉甸甸像压了一块巨石，等回到家中，却发现屋中亮着灯。他诧异地打开门一看，便是一愣。

"王天贵！我问你，常姑娘呢？"

王天贵没有说话，嘴角露出一丝诡秘的笑容，他举起一只手，小指上戴着一个鹦哥绿的翡翠扳指。古平原一眼就认出来了，那正是常玉儿之物，是她的亡母留给她的东西，平素都不离身的。

"是你把常姑娘抓走了？"

"呵呵，真是开门见山哪。"王天贵瞪着古平原，笑声中充满了快意，"怎么如今你也知道着急了，也知道被人抢了东西的难过了？"

"古平原，你知不知道，其实我很佩服你，不是因为你的手腕够高明，而是你的心够狠，为了打垮我，连自己的老婆都豁出去了，这才是真正的狠角色。"

"你在说什么，谁的老婆？"

"你的呀！"王天贵把那天的事儿一五一十说了，"本来我还不敢信你，可是常玉儿把自己押下作保，这才让我上了一个恶当。"

古平原身体晃了两晃，只觉得头脑一阵眩晕，原来常姑娘为了帮自己，竟然做出如此大的牺牲，这要是有个三长两短，岂不都是自己的罪过。

"常姑娘在哪儿？"

"啊，你算是问到点子上了。她此刻生不如死，会死得很痛苦，且还会再活几天，活着的时候会更痛苦。最重要的是你再也找不到她，一辈子只能在心里想象她受了什么罪！"

古平原猛地扑过来，狠狠抓住王天贵，挥拳就要打下去。

"你就是杀了我也没用的。"王天贵脸上露出狞恶的笑容。

"来!"古平原二话不说,用力拖着王天贵走出门去,一路拖着他来到了无边寺。他走进正在建的大雄宝殿,伸手按动佛旁机括,带着王天贵走下密道,来到地宫深处。

"你看见了吗?"古平原一指墙角,那批金子被他用了一些帮乔家买茶路,还有一些捐给佛寺,仍有大半堆在墙角,灯光映照下,放着耀眼的金光。

"金子!是金子!"王天贵随便捧起一尊金罗汉,在手里一托就能断定这是十足真金。他咽了一口唾沫,"这是谁的金子?"

"当然是我的。可要是你说出常姑娘的下落,这些金子就都归你,足以弥补失去泰裕丰的损失。"

"你说真的?"王天贵看了看古平原的脸色,忽然哈哈大笑起来,"你真是个不折不扣的疯子!"

"你说不说?"

"说,为什么不说?"王天贵把他将常玉儿交给李钦的事儿一说,李钦最后的那句话他也讲了出来。

"我知道了。"古平原猜到了李钦会把常玉儿带到什么地方,转身便走。

"等等。"王天贵叫了一声,他把那枚扳指抛给古平原,"你是天下第一的疯子,那么多票号加起来足够让你当天下第一大财主,可你竟然都一一还了回去,居然还用这么多金子去换一个女人,你知道这些钱能买来多少个女人?像你这样的人,拿钱不当钱,一辈子也成不了大生意人。"

古平原只是轻蔑地看了他一眼,握紧了那枚扳指,一句话也没说就走了。

"你一辈子也成不了大生意人!"王天贵声嘶力竭地喊起来,声音回荡在地宫之中,久久没有消散。

古平原骑快马赶到油芦沟村的后山,他悄悄地来到山麓的矿井处,探头看去第一眼就看到了常玉儿。

常玉儿手上缠着绳子,被悬空绑在一个木头架子上,绳子的另一头被压在她身后不远处的一块大石下,而她的身下就是深不见底的矿井。

李钦本来想就这样把常玉儿丢到井下,可是他从没杀过人,到了下手的时候只觉得手发软,怎么也使不上力,又想到冤魂缠身,更加不敢下手。于是便想了如今这个办法,他知道常玉儿一定会挣扎,即使她不挣扎,那条绳子也被她的身体带着从大石底下慢慢抻出来,到了那时常玉儿就等于是自己掉到了矿井里,而李钦可以就这样看着,只等那一刻来临便可出了胸中一口恶气。

李钦从没干过重活,搭木架搬石头费了他九牛二虎之力,此刻正在不远处欣赏地看着常玉儿花容失色的样子,绳子眼看就要从大石底下出来了,李钦兴奋地期待着。忽然一条影子猛扑出来,一把拽住了那条即将滑出的绳子。

"古平原!"真是仇人相见分外眼红,李钦见古平原双手抓着绳子躲闪不得,从旁边捡起一根木棍,劈头盖脸就打了下来。

古平原双手死命抓住了绳子,咬着牙不放。李钦虽然力气不大,可是下死力打下来,古平原身上接连挨了几棒眼看就要承受不住了。他知道这样下去,如果被李钦猛一棍打在头上昏厥过去,或是打折了手臂松了手,常玉儿非落入井里摔死不可。这时他见李钦向前一冲,他将身子向后缩了缩,瞧准李钦的来路,猛然一脚踹了出去。李钦没想到古平原还有还手的余地,猝不及防被蹬个正着,踉跄后退,正撞在木架上。这木架是李钦现搭的,本来就不结实,此刻被这么大力一撞,顿时稀里哗啦散了架。

常玉儿惊叫一声,身子急坠掉入井中。这一下抓着绳子的古平原被这股向下的坠力带着,身体在地上滑了一丈多远,险些跟着一起掉了进去,幸亏他在最后一刻用脚蹬住井沿,这才止了坠势。

"古大哥,你放手吧,你会被我带下来,不要两个人都死在这儿!"常玉儿在黝黑的矿井中喊着,声音在井壁上撞来撞去,如同呜咽。

古平原不答,把绳子在臂上缠了几下,忍着身上的疼痛,用力一点点拽着绳子,手掌边缘磨掉了一层皮,鲜血顺着绳子淌下去,直流到常玉儿身上。

古平原拼了命一寸一寸地拉着,终于把常玉儿拽出了井口,常玉儿一头扑在古平原的怀里,哭得柔肠寸断。古平原安慰地拍了拍她的肩,回头看看,这才发现,李钦一直没过来捣乱,原来是方才架子塌了,一根木桩把他的腿压在了下面。

古平原一把拽住他的衣襟,把他向上一扯,眼里满是怒火。李钦腿被压着,身子又被扯了起来,立时痛叫一声,却也不甘示弱地瞪着古平原。

就在这时,常玉儿忽然喊了一声,"古大哥,当心!"

古平原就觉得身后有一个人猛地把自己扑倒在地,他一回头,"张广发!"两个人随即在地上激烈扭打起来。

古平原毕竟身上有伤,张广发又练过拳脚,很快就把古平原打得只有招架之功没有还手之力,最后他被张广发压在矿井的边缘,张广发用两只手卡着他的喉咙,怒目圆睁一心想要扼死他。常玉儿支撑着身体走过来,她捡起李钦方才拿的那根木棍,照着张广发的后脑就要打下去,谁知张广发察觉到了,回身把木棍握在手里。也就在这时,古平原使出浑身力气,抓住张广发的脚腕,用力一扭,张广发发出一声可怕的叫声,跌入矿井之中。

"张大叔!"李钦失声大叫,也不知哪儿来的力量,也不顾疼了,奋力把受伤的腿抽了出来,在地上爬了几步,来到井口。

古平原正拉着张广发的一只手,不然他早就掉下去摔死了。李钦爬过来努力探着身子,"钦少爷,危险!"张广发急叫,李钦不听,到底还是握住了张广发的另一只手。

"快拽啊!"李钦冲古平原喊道。

古平原却没动,"张广发,你当初为什么要陷害我?"此时不问更待何时。

张广发咬着牙不响。

"张大叔,你就告诉他啊!"李钦急得直喊。

张广发摇了摇头,"我不能说,就是死也不能说。"

古平原知道,这时候都不说,那么自己这一辈子也不会从张广发嘴里知道真相了。他彻底绝了望,紧盯着张广发的眼睛,"既然如此,我也没必要救你,自求多福吧。"说着把手一松,只剩下李钦拉着张广发的手。

"古平原,你回来!"李钦看着古平原拉着常玉儿离去,他大喊着。

"别叫了,他不会回来的。钦少爷,你也走吧。"

"不,我一定能把你拉上去。"李钦含着泪咬牙使力,可是他的力气还没有古平原大,腿又使不上力,眼看着反倒被张广发一点点扯了下来。

"小少爷,回家去吧。"这是李钦小时候张广发对他的称呼,声音轻柔,就仿佛依旧在呵护着那个调皮的孩子。张广发冲着李钦笑了笑,然后松开了手,堕入无边的黑暗中。

"不!"李钦听到井底传来一声闷响,他知道自己再也见不到这个一直在保护自己,陪着自己长大的张大叔了。

"古平原,我要杀了你,我一定会杀了你!"李钦迸泪嘶声,放声长号,声音在山坳里荡起一阵阵回响。

古平原带着常玉儿回到了常家大院。常玉儿这几日虽然没有受什么折磨,可也是食不知味,寝不能眠,再加上经历了方才那惊心动魄的一幕,她在马背上就昏沉沉地睡了过去。

古平原小心地扶下常玉儿,一眼看见王孔正等在大门外,满脸都是惶急的神色。

"古掌柜,你可算是回来了。"王孔走上来。

"王兄,你在这儿稍等我一下。"古平原把常玉儿扶进大院。常四老爹见了又惊又喜,少不得要问经过,古平原简短截说,把常四老爹听出一身冷汗。

"外面还有人在等我。"古平原走出常家大院。王孔迎上来第一句话就是,"古掌柜,你快跑吧。王大掌柜已经报了官,说你是私逃入关的流犯,现在衙役正等在你家呢。我派了伙计四处去堵你,总算在这儿把你找到了。还有,我记得你说过你的家乡是徽州,南边的茶贩子说朝廷眼下正在徽州调兵遣将,看样子一场大战一触即发了。"

古平原心里顿时一惊,脸色都变了,想到家中老母弟妹和恩师,还有青梅竹马的白依梅,古平原恨不得肋生双翅赶回去。

"古掌柜,你可千万别让官府的人抓到,快走吧。"

"好,我这就走。"古平原看了一眼手里那枚翡翠扳指,犹豫了一下把它放入怀中,就和那枚白玉簪子放在了一处。

"王兄,你替我和常家人告个别,就说我非立时动身不可。咱们后会有期了。"说着古平原在马上拱了拱手。

"古掌柜,保重,咱们后会有期!"

常玉儿昏沉沉中听到王孔在屋外向常四老爹说着话,仔细辨了辨,这才听明白古平原为了避祸已经走了。

她勉力坐起身,坐在床边抬起头看着自己的这间屋子。这常家大院终于又姓常了,古大哥真是一个说到做到的男子汉。她看了看自己身上,还留着方才古平原救她时洒下的血迹。常玉儿来到梳妆台前,打开古平原送给她的那盒胭脂,轻轻地点了点,犹豫片刻,在镜上写了两行字。

她拎着自己的小行囊,从院子中穿过,隔着窗棂看着常四老爹的背影,他正偻着腰在厨房忙碌着,不问可知是在给女儿做着饭菜。常玉儿鼻子一酸,泪水滴答地流下来,

"爹,恕女儿不孝!"

她走出大门,刚想着如何去找古平原,身边忽然响起一个声音。

"玉儿姑娘,你是要去找古平原吧?"

常玉儿抬眼望去，站在眼前的却是好久未见的如意。

她不敢看如意的脸，微微低下目光，一时不知该如何回答。

"瞧，我说对了吧。"如意的声音已经没有以前那样柔美，而是带了些沙哑。

"你现在去找他也没用，你知不知道，王天贵还要害他，这次他万万也躲不掉的，你找到他只能和他一起死！"

一句话抓住了常玉儿，"他还要怎么害人？"

"我不能在这儿告诉你，你跟我来。"如意说完就转身走去。

常玉儿跟着她一直走到北门外，眼看就要到了金虎被杀的那处山冈。常玉儿犹疑地停下了脚步，"你有什么话就在这儿说吧，反正左右也没人。"

"不行，在这儿说不清楚。"如意口气坚决，"你看我的脸，是王天贵害的，你还怕我不帮着你们去对付他吗？"

常玉儿想了想是这样，于是跟着如意继续走下去，直走到不远处的一座山下，又上了半山腰来到一处废弃的山神庙。

常玉儿看着建在悬崖峭壁边的这座庙，心里忽然有些害怕。

"进去啊，你不是想听怎么才能救古平原的命？"这句话又让她鼓起了勇气，大着胆子走进庙里。

"你快说啊。"她催促着如意。

"你急什么！你得答应我，不能把我说的话泄露出去。"

"好。"常玉儿一口答应。

"别忘了，要起誓的。"如意指了指那座破败不堪的山神像，"你跪在菩萨前起誓，我就信你。"

"嗯。"常玉儿点了点头，毫不犹豫地跪下，双掌合十微闭双眼，"山神爷爷在上，我常玉儿对天发誓，绝不……"她刚刚说到这里就觉得耳边有风，紧接着眼前一黑，就什么都不知道了。

如意丢了手中的棒子，看着昏倒在地的常玉儿冷笑一声。

"你还不出来！"

"这不来了嘛，你以为我不急，等了半天了。"一个流里流气的声音从神像后发出来，现身的正是陈赖子。

"给我找女人，倒让姨太太跑断腿，真是我的福分。"陈赖子嬉皮笑脸地说。

"别废话。"如意向着常玉儿一指，"便宜你了。"

陈赖子也看着常玉儿，他得意地一笑，自言自语道："你整天想着姓古的，今天我就让你姓陈。"

如意看着陈赖子扯开了常玉儿的衣襟，这才把山神庙的门关上。她走了几步来到悬崖边，此时晨曦微露，山上的树枝、岩石都染上了一层淡淡的金色。

"好美啊！"如意喃喃地说，她的脑海里忽然像走马灯一样闪着往昔的片段，从很小的时候起，直到来到高家，遇到高德辉，与他两情相悦，订下终身，因为这个男人生活充满了快乐和希望，却又因为这个男人自己的人生变得面目全非……

如意不再想下去了，她向前走了一步，觉得自己飘了起来，越飘越高，越飘越快！

与此同时，古平原已经来到太谷县境的界石边，莫名地，他的心里突然忐忑不安，情不自禁地摸了摸怀中的那枚翡翠扳指，又回过头看着远方炊烟正在袅袅升起的县城，眼神中带着些许不舍。

片刻停留后，古平原终于还是冲着徽州的方向加了一鞭，纵马飞奔而去。

在那里，一场更大的血雨腥风，正在等待着他到来。

（本部完）

《大生意人2》精彩看点

古平原九死一生逃回家乡，徽州古村却突逢战火兵灾，又遇茶商霸盘欺压，古平原为家乡父老出头，返乡后的第一笔生意该如何死中求活？

一边是青梅竹马的白依梅，一边是深情痴心的常玉儿，生意好做，人心难平，究竟哪个"她"才是古平原的答案？

京商李家斥资百万办"万茶大会"，天下茶商齐聚京城，究竟谁能斩获"天下第一茶"殊荣？

古平原抽丝剥茧，揭开了京商与洋商勾结的内幕，带领徽商突出重围，赢得了商界大佬们的一致拥护，走向徽州商王的道路。然而卧榻之侧忽来强敌，李家大举进军两江，更有王天贵在旁虎视眈眈，古平原生意彻底陷入死局，他又该如何破局重生？

……

《大生意人2》为你揭晓谜团，敬请一阅。

大生意人 1

作者 _ 赵之羽

编辑 _ 一草　　产品设计 _ 李剑
技术编辑 _ 白咏明　　责任印制 _ 杨景依　　出品人 _ 王誉

物料设计 _ 王佳梦依

鸣谢（排名不分先后）

程峰　谢彬　赵金娇　陆如丰

果麦
www.goldmye.com

以 微 小 的 力 量 推 动 文 明

图书在版编目（CIP）数据

大生意人. 1 / 赵之羽著. -- 南京：江苏凤凰文艺出版社, 2025. 4. -- ISBN 978-7-5594-9375-0

Ⅰ. I247.5

中国国家版本馆CIP数据核字第2025U9J765号

大生意人. 1

赵之羽 著

出 版 人	张在健
责任编辑	白　涵
特约编辑	一　草
出版发行	江苏凤凰文艺出版社
	南都市中央路165号，邮编：210009
网　　址	http://www.jswenyi.com
印　　刷	天津丰富彩艺印刷有限公司
开　　本	710毫米×955毫米　1/16
印　　张	34.5
字　　数	600千字
版　　次	2025年4月第1版
印　　次	2025年4月第1次印刷
印　　数	1～12,000
书　　号	ISBN 978-7-5594-9375-0
定　　价	78.00 元

江苏凤凰文艺版图书凡印刷、装订错误，可向出版社调换，联系电话：025-83280257